COUPABLE !
I love you

Image de couverture : Shutterstock / © G-Stock Studio
Couverture : Marion Rosiere

Extrait : *The Winner Takes It All*, Abba, composée par Benny Bror Göran Andersson et Björn Kristian Ulvaeus. Universal Music Publishing, 1980.

© 2020, Hugo Poche, Département de Hugo Publishing
34-36, rue La Pérouse
75116 Paris
Collection dirigée par Franck Spengler
Ouvrage dirigé par Marie Maublan

ISBN : 9782755648942
Dépôt légal : novembre 2020
Imprimé en Espagne par Blackprint

ISA LAWYERS

COUPABLE !
I love you

Hugo Poche

NEW ROMANCE®

À celui qui a le courage de m'aimer,
Je t'aime tout court...

CHAPITRE 1

SARAH

« Il échet de statuer sans faire droit aux prétentions de la demanderesse et, partant, de rejeter… »

À tes souhaits l'ami. Franchement, c'est quoi encore cette tournure alambiquée ? À croire que certains avocats essaient de justifier leurs honoraires exorbitants avec un jargon juridique imbuvable. Je tourne les pages avec agacement. Dans tout ça, il a quand même oublié un petit détail. Ce n'est pas le tout de faire son prétentieux avec de belles phrases, il aurait peut-être pu ouvrir un Code civil, ça lui aurait évité le scud que je vais lui renvoyer fissa. Trente-quatre pages remplies d'un florilège d'inepties en tout genre. *Génial ! Je vais y passer tout l'après-midi.*

J'ouvre nerveusement mon tiroir « première urgence » et en sors une tablette de chocolat. J'hésite entre celle au feuilleté praliné et celle aux noisettes entières. J'opte pour la première compte tenu de mon niveau très élevé de contrariété. Je déchire l'emballage et m'apprête à m'en casser un carré mais je suis tellement exaspérée que je décide carrément de croquer dedans à pleines dents. Les effets de ma drogue se diffusent aussitôt sur mes papilles. Envahie d'un sentiment de plénitude, je flotte au-dessus de ma table comme Yoda en pleine méditation.

J'inspire un grand coup et replonge dans mon affaire de malfaçons. J'essaie cette fois-ci de comprendre où veut en venir la partie adverse en mettant de côté mes critiques sur la forme, mais pas moyen de me concentrer avec ce bruit de fond parasite. Je serre les dents et relève le nez de mon ordinateur, regardant par la porte de mon bureau, laissée entrouverte. Véra. La secrétaire, les lunettes tout au bout de son nez, lit à voix haute les instructions de la plateforme de communication entre avocats, tout en se limant les ongles. Je retiens un grognement lorsque je vois mon dossier de plaidoiries servir de réceptacle à ses rognures d'ongles.

– Sélectionner la chambre civile. La septième. Voilà. Taper le numéro de registre général. Voilà… Choisir la date de l'audience. Le 16 mars. Voilà…

Vingt minutes que ça dure, juste pour demander un renvoi d'audience par Internet. J'ai envie de l'assommer avec son clavier. Elle se relève, réajuste sa jupe outrageusement courte avant de se rasseoir. Elle croise précieusement ses jambes sur le côté, tire légèrement sur l'étoffe et caresse ses collants pour vérifier que la pose est parfaite. Un vrai toc qu'elle réitère toutes les dix minutes.

Petite quarantaine, carré plongeant d'un noir brillant, tailleurs sombres aux jupes toujours à mi-cuisse, maquillage impeccable, elle est la caricature de la secrétaire recrutée par une bande de mâles en rut. Quinze ans qu'elle travaille au même poste dans cette société d'avocats, composée seulement d'hommes, jusqu'à mon arrivée il y a un an.

Être la première collaboratrice femme dans ce prestigieux cabinet, je n'en suis pas peu fière, mais j'admets qu'au quotidien, c'est parfois difficile. Trouver ma place autour de la cafetière au milieu de blagues grivoises, de commentaires de match de foot ou d'invitations dans des tournois de golf, ce n'était pas gagné. Pas une femme pour parler cinéma, des extravagances de la dernière Fashion Week ou des Oreo saveur banana split. Encore moins de lectures à l'eau de rose ou de problèmes de ragnagnas. Juste Véra, la secrétaire de Bruno – mon boss – et de ses deux collaborateurs, mon collègue Gabriel et moi. Les autres associés ont préféré choisir des secrétaires hommes qu'ils appellent « assistants » – un poste à plus hautes responsabilités qui justifierait la différence importante de salaire par rapport à ce que Véra perçoit chaque mois. Comme si l'efficacité se calculait au taux de testostérone.

C'est vrai que je ne peux pas leur donner tort lorsque j'observe notre Véra. Cette femme, qui, à chaque pause-café, circule d'un avocat à l'autre, remplissant les tasses et caressant les épaules costumées.

J'ai bien essayé de lui parler à mon arrivée, mais elle a tout de suite posé les distances entre nous, comme si elle me voyait d'un mauvais œil. Nos relations se sont vite limitées aux politesses d'usage et aux quelques échanges nécessaires pour notre travail. Au fil des mois, j'ai béni ce rejet, car nous n'avons rien en commun. Elle est de ces femmes superficielles pour qui l'apparence est primordiale et, l'argent, une nécessité absolue qui justifie parfois des attitudes dérangeantes. Chargée du recouvrement de mes honoraires, elle n'hésite pas à me tomber sur le paletot lorsque je traîne des pieds pour réclamer mon dû à des clients désargentés. Pas plus tard que ce matin, elle me demandait de signer un courrier pour mettre en demeure une pauvre femme au chômage et mère de quatre enfants, à cause d'un manquement de deux mille euros pour une courte plaidoirie devant le juge aux affaires familiales. Je l'ai envoyée paître, j'avais encore mon manteau sur le dos.

La porte d'entrée se met à tinter. J'essaie de ne pas m'en préoccuper et plonge de nouveau sur mon écran et sur les conclusions de mon adversaire. Je ne comprends rien à ce qu'il a voulu dire. Si je lis encore un « nonobstant » ou un « superfétatoire », je vais devenir chèvre et brûler le dossier dans un grand brasero sur le toit de l'immeuble.

– Me revoilà ! s'écrie une voix masculine dans l'embrasure de la porte.

Je lève le nez et découvre mon collègue Gabriel, sa serviette en cuir dans une main et sa robe d'audience roulée en boule sous son bras. Je me radoucis en apercevant son sourire malicieux.

– J'ai réussi à obtenir une libération conditionnelle pour Mme Potard ! s'exclame-t-il en levant un bras de la victoire.

– Ta quinquagénaire qui a « suicidé » son mari avec dix coups de couteau dans le dos ?

– Oui, mais il la battait depuis des années, grommelle-t-il en perdant son sourire.

– Encore une qui aurait dû employer tes services pour une bonne procédure de divorce avant d'en arriver là.

– Elle l'aimait, que veux-tu. Tu es encore trop jeune pour comprendre les affres de l'amour.

– Trop jeune… Tu n'es pas beaucoup plus vieux que moi, rétorqué-je, amusée, en détaillant le grand blondinet qui me fait face.

– Trois années qui font toute la différence, ricane-t-il en se retournant vers Véra alors que la sonnerie du standard retentit. C'est moi ou elle devient sourde ?

– Non, elle a effectivement monté le volume de la sonnerie, mais pas de son plein gré. Une mauvaise manip' à cause de ses faux ongles. C'est un bonheur de la voir se dépatouiller de ce casse-tête depuis ce matin tout en limant l'ongle qu'elle a manqué de s'arracher en ouvrant le courrier du jour.

Gabriel éclate de rire et reprend son sérieux en entendant la secrétaire :

– Oui, monsieur le juge ! Je me renseigne tout de suite.

Véra pivote vers nous et me cherche du regard en se penchant.

– Le juge Laurent souhaiterait savoir quand vous déposerez vos écritures dans le dossier Palowski.

– Je vous les ai remises hier pour les déposer au palais en vous précisant que c'était très urgent…

– Ah oui ? Alors j'ai dû le faire.

Je fronce les sourcils et m'apprête à lui faire une méchante remarque mais je l'entends répondre au magistrat :

– Monsieur le juge, les écritures sont en cours d'acheminement. Vous les aurez dans la journée. Très bonne matinée à vous !

Gabriel me fait perdre ma cible du regard en avançant dans mon bureau et en larguant ses paquets sur une de mes chaises. Il pose une fesse sur le coin de ma table.

– J'ai croisé Bruno au palais. Il veut nous confier une grosse affaire à tous les deux car il est encore sur le dossier Courteau.

Je ne l'écoute pas, trop énervée. À cause de Véra, je vais passer pour une bleue auprès du juge Laurent. J'avais réussi à négocier quelques jours de plus pour apporter des éléments complémentaires en faveur de l'une de mes clientes, harcelée sexuellement par son patron. Je secoue la tête, exaspérée. Ce retard va faire mauvais effet.

– Elle déconne de plus en plus.

– Quoi ?

– Véra, râlé-je. Franchement, elle bossait bien quand je suis arrivée au cabinet mais depuis quelques mois, elle est complètement ailleurs.

– Ouais, tu as peut-être raison, fait-il en regardant par-dessus son épaule. Donc, comme je te disais…

– C'est comme son accoutrement, continué-je en me penchant. Ses jupes deviennent de plus en plus courtes.

– Bah j'aime bien ses jupes, moi.

– Ça ne m'étonne pas de toi, gros pervers.

– Ça y est, madame MLF[1] est de retour, geint-il en levant les yeux au plafond. Il n'y a rien de rabaissant pour une femme à mettre ses jambes en valeur. En plus, ça fait du bien à la gent masculine que je représente dans ce bureau. Heureusement que toutes les femmes de vingt-cinq ans ne portent pas des pantalons et des baskets en toile comme toi, sinon notre monde serait affreusement triste.

Je fais grise mine en baissant les yeux sur mon jean.

– Ça fait combien de temps que tu n'as pas mis les pieds chez un coiffeur ? m'enfonce-t-il

1. Mouvement de Libération des Femmes.

en pointant un doigt vers mon chignon flou. Une superbe blonde comme toi qui se cache derrière des fringues trop grandes et une tignasse pareille, c'est du gâchis.

Cette fois-ci, je sens le feu me monter aux joues. Il exagère, quand même. Je suis certes plutôt du genre classique mais je prends malgré tout le temps de me maquiller et j'adore les sacs à main. On croirait entendre ma sœur Maxine.

– Enfin bref, dis-je pour détourner la conversation de ma petite personne.

Gabriel me toise, satisfait. Lui et moi passons beaucoup de temps à nous chamailler même si nous nous adorons. Gabriel est sûr de lui. Il a tout pour réussir dans le métier : il est intelligent, séduisant et, surtout, il est un homme. Moi, malgré mon cursus universitaire plus que glorieux, je dois chaque jour faire mes preuves, tout ça parce que j'ai le malheur de ne pas avoir cet appendice entre les jambes qui fait toute la différence. Je fais partie de la mauvaise moitié de l'humanité qui passerait son temps à pleurnicher, à demander des jours de congé pour s'occuper de ses chiards et à changer d'humeur à cause de ses menstruations.

– Pour en revenir à Bruno, il souhaite nous confier un gros dossier, reprend Gabriel plus sérieusement.

– Ah oui ?

– Ouais, du droit des affaires avec les mecs qui ont monté HG&Co.

– Les deux types qui viennent de vendre une appli à Microsoft ?

– Oui, ça va être un gros boulot et tu sais combien j'aime le droit des affaires !

Il l'aime comme j'aime les pizzas aux anchois. À savoir pas du tout.

– T'inquiète, je serai là, le rassuré-je en abaissant les yeux sur mon clavier.

– Oui je crois qu'on ne sera pas trop de deux. Bruno va nous mettre la pression sur ce coup-là. Il m'a parlé d'un poste d'associé pour chacun de nous si nous réussissons.

– Ah quand même ! m'exclamé-je.

Un poste d'associé, c'est-à-dire le Saint Graal. Ne plus être salarié mais devenir mon propre patron, au même titre que Bruno et ses confrères. Mon nom sur la plaque en laiton en bas de l'immeuble, sur l'en-tête des courriers du cabinet. La classe internationale, quoi ! Je me mets à sourire, la tête dans les nuages. Un rêve enfin à portée de main.

– On a intérêt à… Comment il dit, déjà ?

– À se sortir les doigts du cul, ma grande !

Je ris à son imitation, mais je sens déjà la tension me tordre les boyaux.

La silhouette longiligne de Véra s'agite derrière Gabriel. Je tends le cou et l'observe fouiller nerveusement sous les piles de papier qui jonchent le comptoir de l'accueil. Elle ronchonne sans faire attention à un client qui vient de faire son entrée dans le cabinet.

Gabriel se relève et salue l'homme qu'il semble connaître.

– Un rendez-vous qui devrait être rapide, me lance-t-il en partant. Tu m'attends pour aller déjeuner ?

– Non, je déjeune avec Maxine ce midi. Ce sera pour demain.

– Ah, les voilà ! s'écrie Véra en levant une liasse de feuilles devant elle.

Je la scrute, intriguée, même si j'ai dans l'idée que lesdites feuilles sont mes écritures pour le juge Laurent. Son téléphone portable se met à vibrer et elle se précipite dessus. Elle s'arrête sur l'écran avant de se racler la gorge et de poser l'appareil sur son oreille.

– Bonjour, répond-elle d'une voix suave. Oui, c'est bien moi. À midi, c'est tout à fait possible.

Je la vois prendre des notes sur un bout de papier puis se mettre à sourire d'une façon bizarre. Elle regarde sa montre puis dit tout doucement :

– Alors à très vite.

C'est quoi cette voix de téléphone rose ? C'est sûr que si elle parlait comme ça à nos clients, je n'aurais plus besoin d'être commise d'office.

Je l'observe discrètement, bien dissimulée derrière mon écran, se baisser sous son bureau et en sortir son grand cabas dont elle ne se défait jamais. Tous les matins, je me demande ce qu'elle transporte dedans. Ce n'est pas ce qu'elle mange le midi qui lui prend autant de place, elle a l'appétit d'un moineau. À côté d'elle, j'ai l'impression d'être Pantagruel.

Je ne lâche pas Véra du regard. Je devrais avoir honte d'être si curieuse, mais mon métier n'est pas toujours très joyeux, alors la moindre distraction est la bienvenue. Oui, OK, j'adore jouer les commères. Je retiens ma respiration lorsqu'elle sort une paire d'escarpins vernis à talons d'au moins dix centimètres et les enfile à la place de ses chaussures de ville. Elle se saisit d'un petit miroir de poche et applique une couche épaisse de rouge à lèvres, défait les premiers boutons de son chemisier en soie, se parfume allègrement le cou et les cheveux, puis se lève. Je baisse brusquement la tête pour qu'elle ne me prenne pas en flagrant délit d'espionnage. Son imperméable impeccablement noué sur sa taille ultrafine, elle me lance :

– Je passe relever les cases au palais et j'en profiterai pour prendre ma pause déjeuner. À tout à l'heure !

– Oui, n'oubliez pas mon dossier de plaidoiries par la même occasion ! rétorqué-je, sarcastique. Cela évitera au juge Gantois de vous appeler à son tour demain.

– Oui, évidemment, répond-elle d'un air pincé en l'attrapant au passage.

Pourquoi tout ce petit manège pour aller au palais de justice ?

Je me mets à faire une grimace suspicieuse en m'imaginant dans la peau de Chloé Decker dans un épisode de *Lucifer*. J'appellerais bien le très séduisant M. Morningstar pour me seconder dans cette enquête, qui sent le soufre et la luxure à plein nez.

CHAPITRE 2

SARAH

Le cabinet plongé dans le calme, le standard en mode silencieux, j'avance enfin sur mon dossier. Je sursaute lorsque mon téléphone portable se met à vibrer. J'aperçois la photo de ma sœur. *Zut, c'est déjà l'heure et je n'ai pas encore bouclé mes conclusions.* Je ne dois pas la faire attendre, sinon j'aurai encore droit à un sermon.

Je la rejoins au bout de quelques minutes et m'amuse de la découvrir tout en couleurs, un joli béret de feutrine rouge posé de biais sur sa bouille de gamine de vingt ans. Le nez collé à une vitrine, elle détaille avec intérêt le mannequin. Maxine et sa passion pour la mode. Depuis toute petite, elle passe ses journées à travailler le tissu, coordonner les couleurs et les matières. Un jour, je suis certaine qu'elle sera styliste et créera sa propre ligne. C'est l'artiste de la famille, elle a un coup de crayon fantastique, comme mon père. Moi, je suis l'intello, celle qui a passé toute sa jeunesse le nez dans ses livres, au grand désespoir de ma mère.

Lorsqu'elle me voit arriver à sa hauteur, ma sœur fait une moue dégoûtée :

– Franchement, couper un tergal comme ça, c'est un crime ! Quand est-ce que le monde va ouvrir les yeux sur le génocide de la mode ?

– Génocide, rien que ça, réponds-je en gloussant. Le monde n'attend que toi. À nous les jupes en cuir jaune et les pulls de mamie Hortense à grosses mailles fuchsia des années 1980 !

– Moque-toi, mais les gens étaient heureux à ce moment-là. La couleur, c'est important pour le moral.

– Oui, les épaulettes aussi. J'aime tellement revoir les photos de maman et tante Agathe à leur première boum !

Maxine fait la tête une fraction de seconde avant de se mettre à rire à son tour. J'enroule mon bras autour de ses frêles épaules et l'entraîne avec moi vers le grand boulevard.

– Italien ou chinois ?

– Je tenterai bien le végane.

– Le genre d'endroit où il n'y a rien à manger ?

– Pas du tout, le genre d'endroit où on mange sainement sans gros morceau de barbaque sanguinolent.

– Mais quand est-ce que le monde va ouvrir les yeux sur le génocide de la bonne bouffe ! m'écrié-je à mon tour si fort que deux hommes se retournent sur moi en riant.

– Oh, tu me fais honte, grommelle ma sœur en me plaquant une main sur la bouche.

Quelques instants plus tard, nous arrivons dans le sanctuaire de la nouvelle cuisine végane. J'apprécie la décoration très bistrot parisien, j'avais peur de tomber sur un de ces restos avec encens et musique bizarroïde. Je jette un bref coup d'œil sur les plats des clients et *ô miracle*, je vois des frites et même un hot-dog. Je suis sauvée !

– Arrête de loucher sur les assiettes des autres comme ça, chuchote ma sœur en me donnant un coup de coude dans les côtes. Comment peux-tu avoir une silhouette de rêve comme ça en bouffant n'importe quoi comme tu le fais ?

– Le stress, ma chérie. Le boulot jusqu'à pas d'heure et le célibat.

– Alors, toi ! T'es vraiment la seule nana qui prend du poids quand elle rencontre un mec.

– Normal, chaque crétin que j'ai rencontré m'a mise derrière les fourneaux. Au moins, quand je suis célibataire, je mange un repas sur deux. C'est plus économique.

– En parlant d'économie, ce n'est pas trop folichon pour moi ce mois-ci…

Je vois ma petite sœur arriver avec ses gros sabots. Elle pose nerveusement sa serviette sur ses genoux et se saisit du menu derrière lequel elle se cache.

– Et ? l'interrogé-je.

– Je suis allée à Barbès et j'ai craqué au marché Saint-Pierre. J'ai acheté une soie, elle est magnifique.

– Et ?

– Et j'ai peut-être dépensé ma pension du mois.

– Mais on est le quinze !

– Il ne restait que deux mètres et elle était en solde ! Et puis il y avait de la mercerie dont je rêvais depuis des mois…

– Purée, Maxine, quand vas-tu grandir un peu ? Tu me fais le coup tous les mois !

– Oh arrête, tu es avocate, tu gagnes plein de fric.

– Détrompe-toi… Et je rembourse tous les mois mon prêt étudiant, je paie mon loyer et accessoirement, je t'aide à payer le tien.

– Mais l'argent, c'est fait pour être dépensé.

– Facile à dire, ce n'est pas toi qui le gagnes.

Elle me fixe avec son regard de chien battu et je flanche.

– Tu m'agaces. Combien ?

– Deux cents.

– On s'arrêtera au distributeur en sortant, soupiré-je.

Adieu, ma sortie shopping du week-end. *Au moins, j'aurai un argument la prochaine fois que Gabriel me reprochera ma garde-robe.* Comment pourrais-je refuser quoi que ce soit à ma sœur ? J'ai toujours eu ce besoin viscéral de la protéger contre tout, de notre mère frivole, de ses amants, de notre père démissionnaire. J'ai envie de lui offrir ce que moi je n'ai pas eu : la paix, la sécurité, l'insouciance de la jeunesse. Alors, si je dois me serrer la ceinture pour les lui offrir, je n'hésite pas un instant.

Mes yeux se posent sur le grand parvis de l'hôtel quatre étoiles de l'autre côté de la rue. Un homme, beau costume bien coupé, récupère les clés de son gros bolide noir auprès d'un voiturier et démarre sur les chapeaux de roues. Une silhouette élancée jaillit du grand tourniquet doré. Je fronce les sourcils car je reconnais cet imperméable. J'entrouvre la bouche en découvrant Véra.

Qu'est-ce qu'elle fait là ? Un hôtel luxueux, une secrétaire en tenue ultra sexy, une pause déjeuner… Ça sent le douze à treize à plein nez.

Je jubile en me versant un verre d'eau. Véra a un amant ! Qui est-ce ? Est-ce que je le connais ? Et si c'était mon boss ? J'ai toujours trouvé qu'il avait une façon bien particulière de la regarder.

– T'es encore avec moi ? demande ma sœur alors que je me penche, au cas où une tête connue sortirait à sa suite de l'hôtel.

– Hmm hmm !

– Qu'est-ce que tu regardes comme ça ?

– Ma secrétaire, elle vient de sortir de l'hôtel d'en face.

– Et ? me lâche-t-elle avec un air dédaigneux.

Et cette info est une véritable bombe à retardement ! Gabriel ne va pas en croire ses oreilles.

– Bah, elle doit avoir un amant ! À tous les coups un mec du cabinet.

– Au moins une qui en profite et qui ne finira pas vieille fille.

Je détourne le regard de la vitrine.

– Ça fait plaisir. Mais à vingt-cinq ans, il est un peu tôt pour me cataloguer, non ?

– Ma pauvre Sarah, tu es navrante de sérieux. Depuis combien de temps ?

– Depuis combien de temps quoi ?

– Depuis combien de temps tu n'as pas eu de dépoussiérage de la grotte de l'amour ?

– T'es con, dis-je en éclatant de rire.

– Combien ?

– Trois mois, finis-je par cracher.

De toute façon, elle ne me lâchera pas tant que je n'aurai pas avoué.

– Trois mois ? Rien depuis la cuite du réveillon ?

– Rien, ça m'a plutôt échaudée pour quelque temps.

– Comme tu y vas ! Tu n'es pas la première à te réveiller dans le lit d'un inconnu après une nuit d'ivresse, se gausse-t-elle.

– En l'occurrence, ce n'était pas un inconnu mais un vrai connard que je tenais à distance depuis des mois.

Je tressaille en me remémorant la scène de mon réveil. Une horrible gueule de bois et une vision traumatisante dans le lit à mes côtés. Gauthier, un type que je connais depuis la fac, plutôt bien bâti mais une ordure de première catégorie que j'exècre au plus haut point. Cela n'aurait pas pu être pire si je m'étais éveillée dans les bras d'un type du Ku Klux Klan.

– Et rien en vue ? Ton petit collègue, le blondinet, il est pourtant canon.

– Gabriel ? m'étranglé-je.

– Oui, Gabriel. Avoue qu'il a un petit côté Brad Pitt !

Je ris car c'est comme ça que le surnomme Camille, sa sœur jumelle.

– Un peu, c'est vrai.

– Et toi, avec tes cheveux façon Belle des champs, on pourrait vous prendre pour Barbie et Ken ! Il ne t'intéresse pas ? me questionne-t-elle malicieusement.

– Non, pas du tout, réponds-je d'un ton un peu trop catégorique.

Je dois bien avouer que j'avais craqué sur lui à mon arrivée au cabinet. Grand mâle, à l'allure élancée, des épaules bien carrées, un sourire à faire griller les neurones de bon sens d'une bonne sœur, il avait tout pour me charmer – et je reconnais qu'il a alimenté quelques-unes de mes soirées avec Ryan, mon canard vibrant. Mais c'était avant… avant d'assister à son carnage lors d'une soirée du barreau. Deux nanas durant la même réception. Je crois que Gabriel a bien plus d'attrait en tant que collègue qu'en tant que petit ami.

– C'est dommage, je suis sûre qu'il assure dans un pieu.

Elle a certainement raison, vu son succès auprès des nanas qui reviennent inexorablement malgré ses manières de mufle bien élevé.

– Je ne te dis pas de l'épouser, juste de passer une nuit ou deux en sa compagnie pour te détendre un peu, m'assène-t-elle comme si elle me conseillait une crème hydratante.

– M'envoyer en l'air sans être amoureuse, ce n'est pas mon truc. Je ne suis pas ce genre de fille.

Maxine lève les yeux au ciel.

– Quel genre de fille ? De celles qui profitent de la vie ?

Je hausse les épaules et regarde autour de moi en espérant que Maxine me lâchera un peu.

– T'as eu des nouvelles de maman ? demandé-je pour changer de sujet.

– Oui, hier. Elle nous attend pour Pâques, elle veut nous présenter son nouveau jules.

– Oh, la poisse ! J'espère que j'aurai trop de boulot pour y aller.

– Quoi ?

– J'ai pensé tout haut ? m'amusé-je en plaquant la main devant ma bouche.

– Tu exagères, tu n'as pas vu maman depuis Noël.

Oui, et il y a une raison.

– Écoute, tu sais bien qu'entre elle et moi, c'est conflictuel.

– Tu es toujours en train de la juger !

– Non, mais j'ai subi maman et ses trente-six amants durant notre enfance. Tous ces types plus glauques les uns que les autres, pour lesquels elle perdait toujours le contrôle dès qu'ils lui faisaient les yeux doux. Toi, tu ne t'en souviens pas.

J'ai toujours tout fait pour faire écran entre eux et elle, mais parfois j'aimerais qu'elle s'en rende compte.

– Tu dis ça parce que tu n'as jamais connu l'amour, me rabroue-t-elle.

– Oh toi, tu peux parler, à vingt ans. L'amour, ça ne se trouve pas au coin de la rue. Ça prend du temps. Et *je* prends mon temps.

– L'amour, ça te tombe dessus comme ça. Et puis ce n'est pas parce que tu n'as pas encore trouvé que tu ne peux pas t'amuser en attendant.

– « M'amuser en attendant »…

– T'entraîner, quoi. Muscler ton périnée, faire ronronner ton minou…

– Mais chut, Maxine !

Notre voisin de table relève le nez de son assiette et se met à me scanner du regard, comme si ma sœur venait de lancer une annonce du type « Fille à baiser de toute urgence ». Je me renfrogne, me tortillant sur ma chaise. Qu'est-ce qu'elle croit ? Que c'est un choix d'être seule ? Et puis, pourquoi faut-il toujours classer les filles célibataires en deux catégories, les filles désespérées et les sans-cœur ? Est-ce si inconcevable de ne pas faire tourner sa vie autour de ses relations amoureuses ? J'aimerais rencontrer mon âme sœur et être heureuse à deux, mais j'ai très vite intégré que l'amour n'était pas fait pour moi, rien de plus. Chaque fois que je rencontre un homme, cela se termine en fiasco. Alors aujourd'hui, je ne cherche plus, je me contente de ma vie, à la plus grande incompréhension de ma mère et de ma sœur. Pour elles, une seule façon de rencontrer un prince charmant : essayer toute la Cour. Moi, ce n'est pas mon truc. Je passe certainement à côté de super plans cul, mais je suis trop réfléchie, trop dans la planification pour être comme elles. Le « lâcher-prise », ce n'est pas pour moi, je suis bien trop trouillarde. En attendant il y a bien d'autres joies dans l'existence que le partage d'un lit, non ? La famille, les amis, le travail, les passions… Sinon, c'est bien cruel pour toute cette frange de l'humanité qui n'a pas la chance de rencontrer son âme sœur.

– On peut changer de conversation ou tu vas me faire tout un débriefing sur ma vie sexuelle ?

– On va parler d'autre chose, sinon on n'aura pas de quoi meubler jusqu'au dessert.

– Petite garce, m'offusqué-je avant de secouer la tête en tentant de masquer ma peine.

– Arrête de bouder, je dis ça pour ton bien.

– Ne t'inquiète pas pour moi. Je suis épanouie professionnellement, je vis dans une ville extraordinaire et j'ai une petite sœur fantastique, même si elle est parfois chiante.

Maxine se met à rire et son air de sale gamine suffit à me redonner le sourire.

Une fois notre déjeuner terminé et alors que je remonte seule la rue vers le cabinet, je ne peux réprimer une vague de mélancolie. Je supporte de moins en moins la façon dont Maxine me juge à mesure qu'elle vit sa vie de femme. Plus épicurienne, plus libérée, elle ne comprend pas ma philosophie de vie. Oui, je suis seule, et alors ? Est-ce que ça signifie que je ne vaux pas le coup ? Que sans un homme, je ne suis rien ?

Pourquoi Maxine est-elle devenue si dure envers moi ? Moi qui ai toujours été là pour elle, toujours à la protéger durant notre enfance, des soirées livrées à nous-mêmes alors que notre mère passait la nuit chez un amant de passage. Je me souviens de l'avoir bercée des heures entières alors qu'elle était terrorisée. Moi aussi j'avais peur, toute seule, mais je ne montrais rien. Le matin, je lui faisais son petit déjeuner alors que maman dormait encore et je l'emmenais à l'école. J'arrivais en retard au collège et je me faisais coller. Je préférais ne rien dire à mes profs, j'avais peur qu'on soit placées par les services sociaux, que mon père ne veuille pas nous reprendre et qu'on soit séparées. Maxine ne l'aurait pas supporté. Elle était pourtant si gentille lorsqu'elle était plus petite, mais elle ressemble de plus en plus à maman. Et pour elles deux, je serai toujours la fille rabat-joie, la bonne élève, l'enfant modèle qui pensait à faire ses devoirs et à mettre la table, à jouer la petite maman de substitution, celle qui faisait tourner la maison, qui pensait aux factures à payer quand elles voulaient toutes les deux faire des virées shopping.

Maman, mon problème depuis toujours. Celle qui a toujours préféré sa vie bohème à sa famille. Celle à cause de qui nous étions surnommées « les sœurs Soutif » parce qu'elle tenait une boutique de lingerie fine dans une petite ville encore prude. Celle qui a quitté mon père pour un amant brutal et pervers. Celle qui a tout fait pour nous garder auprès d'elle alors qu'elle ne s'occupait pas de nous, et qui a fait de nous les spectatrices de sa vie de fêtarde et de son addiction aux liaisons charnelles sans lendemain. Celle qui m'a dégoûtée de l'amour et des hommes.

CHAPITRE 3

SARAH

Essoufflée après avoir gravi en vitesse les interminables marches du palais de justice, je me faufile au milieu des badauds agglutinés dans la salle des pas perdus. Quand je pénètre dans la salle d'audience correctionnelle, je grimace en voyant le nombre d'avocats déjà assis sur les bancs. Je les scanne les uns après les autres et me décompose en percutant qu'ils sont tous plus anciens que moi dans la profession. Maudit soit cet usage qui veut que les avocats passent selon la date de leur serment au barreau. Avec ça, je suis coincée ici au moins jusqu'à dix-neuf heures.

Je fais un clin d'œil à l'huissier, qui me sourit et me rejoint.

– Bonjour, maître Lucas. Pas de chance pour vous, aujourd'hui. Tous les vieux de la vieille sont de sortie, il va falloir être patiente.

– Oui, c'est ce que je vois ! Ma cliente est-elle déjà arrivée ? Je ne sais pas à quoi elle ressemble, j'ai été désignée ce matin.

– Oui, là-bas. La blonde assise au dernier rang.

Je lève un sourcil et me retourne vers le fond de la salle. Une petite femme aux formes plus que généreuses mâchouille un chewing-gum de façon peu discrète. Sur le visage, un hématome qui lui recouvre la moitié de la joue et un œil boursouflé presque fermé.

– Qui est le juge, aujourd'hui ?

– Carole Robiault.

– Une femme, parfait, ça m'arrange.

Je me dirige vers ma cliente et je la vois lever des yeux presque effrayés vers moi. La cause, je la connais : ma robe noire d'avocat. Elle impressionne toujours les gens, sauf les délinquants qui la connaissent trop bien pour encore la craindre.

– Bonjour, vous êtes Rosita Cortes ?

– Oui, madame la Juge !

Je souris avec indulgence.

– Je ne suis pas la juge, je suis votre avocate. Je suis là pour vous aider à vous défendre et à obtenir réparation de votre préjudice.

Elle me regarde avec des yeux ronds. J'oublie parfois que je peux aussi abuser d'un charabia juridique incompréhensible.

– Je vais parler à la juge pour vous et vous obtenir de l'argent.

– Ah oui ! fait-elle en s'illuminant.

Pas besoin d'avoir fait Saint-Cyr pour comprendre qu'on est en pleine misère sociale.

– Vous voulez bien venir avec moi pour que l'on puisse parler plus au calme ?

Elle hoche la tête et se relève difficilement du banc, s'appuyant sur mon bras.

Ce sale type ne l'a pas loupée, je vais l'allumer devant le tribunal. S'il y a bien quelque chose que je déteste, c'est la violence faite aux femmes sous toutes ses formes. S'il veut échapper à la prison, il aura besoin d'un très bon avocat. En tout cas, d'un meilleur que moi.

Assises près de Rosita sur un banc en bois dans un coin du grand hall à l'abri des oreilles indiscrètes, j'écoute sa triste histoire, qui me prend aux tripes – ma mère et Maxine y verraient mon goût immodéré pour les causes perdues. Quand je m'entretiens avec Rosita et qu'elle m'explique en détail le calvaire qu'elle a subi, mon envie de combattre pour elle s'accroît.

Elle m'apprend qu'elle vit de la location de son corps depuis déjà de nombreuses années. Je ferme les yeux, plongée dans un décor où les odeurs suffocantes se mêlent à des images de coïts mal consentis, presque arrachés à coups de billets. Son mari est devenu aveugle après un grave accident et elle doit subvenir aux besoins de sa famille. Elle fait des passes pour finir les fins de mois lorsque son salaire de femme de ménage ne suffit plus à payer les factures. C'est au cours de cette activité qu'elle a rencontré son bourreau qui, plutôt que de lui verser son dû, l'a noyée sous une pluie de coups.

Je suis presque choquée de la voir me détailler la scène comme si elle parlait d'une journée de travail classique. Elle banalise l'horreur de son quotidien, peut-être pour mieux le supporter. Je prends des notes au fur et à mesure et imagine déjà les questions que je poserai au prévenu lorsqu'il sera dans le box des accusés. Je la regarde attentivement, épie ses contusions, son œil poché. Je ne peux m'empêcher d'avoir de la compassion pour cette femme qui doit taire jusqu'à sa propre personne pour faire vivre son mari et ses trois enfants.

– Je vous promets que je vais tout faire pour que cet homme aille en prison et paie pour ce qu'il vous a fait. À l'avenir, vous devriez peut-être penser à trouver un autre travail. La prostitution, c'est dangereux, et puis pour vous, ce serait mieux d'arrêter, non ?

Elle me scrute une nouvelle fois, ahurie.

– Arrêter de faire la pute, c'est pas possible ! C'est ce qui rapporte le plus !

Mon âme de défenseuse du droit des femmes se contient de hurler. C'est son choix, même s'il est difficile à entendre. Mais peut-on vraiment parler de choix ? Quand on conclut que la solution à nos problèmes, c'est la prostitution, est-ce que ça ne veut pas dire quelque chose de fondamental sur notre environnement ?

– Et votre mari, il est au courant ?

– Bah oui !

– Mais cela ne lui pose pas de problème ?

– Ah, vous savez, les hommes, ils aiment l'argent plus que tout !

Je reste sans voix, si choquée et démunie que je préfère me reconcentrer sur ma plaidoirie. C'est le seul moyen que j'ai de l'aider. J'imagine les types répugnants qui doivent lui demander tout un tas de positions dégradantes. Je frissonne de dégoût avant de reprendre la parole, le cœur au bord des lèvres.

Après quelques explications sur le déroulé de l'audience, je la raccompagne sur son banc et vais m'asseoir sur les banquettes réservées aux avocats. La fin de journée va être difficile.

Le dossier suivant est appelé et je souris en voyant avancer dans sa robe élimée l'un de mes mentors, Gloria Attia, l'une des plus anciennes avocates du barreau. Elle et son mari, deux personnes formidables qui m'ont chouchoutée comme leur propre fille, m'ont appris toutes les ficelles du métier. Je l'écoute commencer sa plaidoirie pour un voleur de portable à l'arraché et je me régale de sa verve élégante d'un autre temps. Je repense avec un pincement au cœur au jour où je leur ai annoncé que je les quittais pour le cabinet prestigieux de Bruno. Malgré leur déception, ils ne m'ont pas jugée. Je sais pourtant que Gloria était furieuse. Mon boss représente tout ce contre quoi elle s'est battue durant toute sa carrière, une société phallocrate où la femme n'a pas encore la place qu'elle mérite et où l'argent est roi au-delà de la morale.

Sa plaidoirie achevée, elle se retourne et s'assied à mes côtés, tout sourire.

– Tu es de commission d'office à la place de ton monarque de patron ?

Elle n'a toujours pas avalé la pilule.

– Ça sert à ça, les jeunes recrues. Tu n'étais pas la dernière à m'y envoyer aussi, la taclé-je tendrement.

– Il fallait bien que tu apprennes. Mais t'envoyer ici maintenant que ta formation est achevée, c'est du gâchis. Je suis certaine qu'il n'envoie pas ton collègue.

– Gabriel fait encore plus de pénal que moi, arrête donc un peu. Et Henri, comment va-t-il ?

– Ça va, ça va. Nous avons décidé d'arrêter dans quelques semaines.

– Arrêter quoi ?

– Le cabinet. Nous sommes trop vieux. On aurait bien voulu que quelqu'un le reprenne, mais…

Elle s'arrête, contrariée.

– C'est bien pour vous, vous allez enfin pouvoir profiter d'une bonne retraite, lui réponds-je en posant une main sur sa cuisse.

– Tu aurais pu le reprendre, toi, me reproche-t-elle en regardant droit devant elle.

Je soupire. J'ai travaillé dur pour en arriver là.

– Gloria, je suis bien là-bas, je vois de super affaires…

– Je n'en démords pas, ce cabinet n'est pas pour toi. Tu es une femme de conviction, tu es faite pour défendre des grandes causes à l'image d'une Gisèle Halimi, pas des patrons du CAC40. Tu perds ton temps.

– Fais-moi descendre de ce piédestal, ma Gloria ! Je n'ai rien d'extraordinaire.

– En tout cas, je t'ai vue la semaine dernière aux infos aux côtés de cette Femen. Tu as été extra. Je ne suis pas trop pour leurs façons de faire, mais ça avait de la gueule.

– Ne m'en parle pas, Bruno m'a fait la tronche pendant deux jours. Ça faisait tache dans notre clientèle huppée, ricané-je. Et en plus, elle ne me paiera pas, elle n'a pas une tune.

Gloria se met à rire avant de me regarder avec tendresse.

– Je vois tant de choses en toi. Il y a encore tellement à faire pour les femmes, Sarah. On te céderait le cabinet à un petit prix pour que tu puisses te développer très vite.

– Arrête un peu ! Tu sais que je vous adore, toi et Henri, mais j'ai déjà choisi…

– Très bien, alors je te laisse, ma jolie, dit-elle en faisant la moue. Tu en as au moins jusqu'à dix-neuf heures.

– Je sais, je sais. Embrasse Henri de ma part.

– Si tu changes d'avis, tu sais où nous trouver.

– Sauve-toi ! lui ordonné-je.

Je me cale contre le dossier en bois du strapontin et j'écoute l'affaire suivante. Je reste éveillée les premières minutes mais bien vite, saoulée par les dossiers qui s'enchaînent, je ferme les yeux et m'évade quelques instants, bien loin de ces histoires de violences, de vols et d'agressions en tout genre.

Quelqu'un se laisse tomber à son tour à mes côtés et je sursaute quand mes fesses rebondissent sur la banquette. Je grommelle en ouvrant un œil avant d'entendre la voix de mon blondinet de confrère.

– Oh non, pas toi, grogné-je.

– Merci pour l'accueil, princesse Sarah.

– Il ne restait plus que onze avocats devant moi et il faut que tu viennes me faire reculer encore d'un rang. Encore douze, du coup.

– Non, treize, ma chère. Nicolas Gauthier est arrivé en même temps que moi.

– Pas ce sale con…

– Désolé, je sais que tu le détestes.

Je jette un coup d'œil vers la rangée d'en face et repère vite fait le « connard du réveillon ». Celui-ci me gratifie d'un sourire lubrique avant de dessiner une sorte de baiser avec sa bouche. Je fais mine de vomir en me mettant deux doigts dans la bouche. Il écarquille les yeux avant de me tourner le dos, visiblement mécontent.

– Oh, Sarah, tu m'éclates trop ! Ce mec a vraiment dû être une merde au pieu.

– Je ne sais pas, je ne m'en souviens plus, grommelé-je en cachant mon visage dans l'épitoge de mon camarade. Pas le moindre souvenir, sauf son service trois pièces collé devant mon nez au réveil.

– C'est terrible pour ce pauvre garçon, alors. Il a peut-être été formidable et t'a fait prendre un pied magistral.

– Ne me dis pas ça, c'est encore plus horrible.

Gabriel et moi tournons la tête vers mon coup d'un soir. Ce dernier nous jette une œillade mauvaise avant de se remettre à sourire et à draguer une jeune avocate à ses côtés.

– J'espère qu'il ne t'avait pas refilé de la drogue, au moins. Sinon je lui défonce le crâne avec tes Louboutin, menace Gabriel en lui adressant un regard glacial.

– Non, je suis l'unique responsable de ce désastre. Je me suis infligé ça toute seule en descendant un pichet entier de mojito.

– Quelle idée de boire comme ça.

– Ma mère m'avait fait suer à Noël, et mon ex m'avait laissée tomber la veille. Il fallait que je me cuite.

Une nouvelle vision de mon réveil ce matin-là me revient et je le vois, le sourire triomphal. Trois ans qu'il essayait de me mettre dans son lit et que je le repoussais à grandes doses de râteaux. Je le hais depuis notre première rencontre à la fac. Un vrai bourge antipathique et suffisant qui n'a aucun respect pour les femmes.

– Je suis désolée de te décevoir…

– D'avoir couché avec ce crétin ? me coupe-t-il. On commet tous des erreurs, moi le premier.

– Non pas ça. Je n'ai pas de Louboutin. C'est plutôt le genre de Véra, pas le mien, dis-je en lui montrant mes Converse qui dépassent de ma robe d'audience.

Gabriel se met à ricaner et mon esprit se réveille enfin de sa profonde léthargie.

– Oh, mais il faut que je te raconte ce que j'ai vu à midi !

Cancaner, c'est moche, mais ça détend. *Surtout quand on est coincé dans une salle d'audience surchauffée, à l'odeur de poivrots et de vieux joints de cannabis.*

– Quoi ?

– Véra…

– Qu'as-tu encore à reprocher à cette pauvre femme ?

– Je l'ai vue sortir d'un hôtel de luxe ce midi.

– QUOI ?

Il a crié si fort que la juge relève le nez de son dossier et que l'avocat qui plaide s'arrête pour se retourner vers nous. Gabriel fait un geste de la main pour s'excuser et revient se coller contre moi pour me chuchoter dans le creux de l'oreille.

– Que faisait-elle ?

– Je n'en sais rien, mais elle sortait de l'hôtel. Elle s'était fait une beauté avant de quitter le cabinet. Je suis sûre qu'elle a rejoint un amant.

– Rien d'exceptionnel, elle est célibataire. Elle vit seule avec son fils étudiant.

– Oui, mais un amant friqué et certainement marié, sinon il la verrait le soir.

Gabriel se met à sourire en regardant le plafond de la salle d'audience.

– Tu crois que ça pourrait être un des associés du cabinet ? demande-t-il, moqueur.

– C'est envisageable, réponds-je en gloussant.

– Purée, il faut mener l'enquête, Sherlock !

– Élémentaire, mon cher Watson !

Trois heures s'écoulent avant que Gabriel ne plaide pour un pauvre bougre poursuivi pour conduite en état d'ivresse, un malheureux qui a eu la malchance d'être contrôlé le jour des quatre-vingts ans de sa mère. Après lecture de son casier, qui montre dix mentions identiques, Gabriel réussit tant bien que mal à lui éviter la prison, sous mes ricanements moqueurs.

– Quel idiot, celui-là ! me dit-il en revenant s'asseoir près de moi.

– Il reviendra pour les quatre-vingt-cinq ans de sa mère, me moqué-je.

– Rigole, mais tu ne seras pas mieux quand ta cliente va expliquer que le type l'a cognée parce qu'elle ne l'avait pas assez bien sucé.

Je m'arrête un instant, me demandant si je dois le gifler ou lui tordre le cou.

– Pute ou pas pute, il n’avait pas le droit de la battre.

– C’est vrai, mais il aura une peine moins grave, parce que frapper une pute, ça coûte moins cher que frapper une bonne mère de famille.

– C’est ce qu’on verra.

J’entends alors la juge appeler mon dossier. Le prévenu, un grand type tout maigre au visage blafard, arrive dans le box, escorté par deux policiers. Alors que le cliquetis de l’ouverture des menottes résonne dans la salle, mon coup d’un soir se lève et s’annonce comme le conseil du malotru. Je plisse les yeux, mécontente, avant de tourner la tête vers mon collègue qui se marre.

Je me lève et dépasse mon très cher confrère adverse qui me souffle :

– Je vais obtenir la relaxe. Ta pute ne gagnera rien.

Je me renfrogne et marche volontairement sur l’une de ses pompes à au moins mille euros la paire.

– Salope, siffle-t-il tout bas.

– Regarde une pro, mon pote, et prends des notes.

La présidente expose les faits et je sens mes nerfs à fleur de peau lorsqu’elle insiste longuement sur le deuxième emploi de ma cliente. Les questions du crétin sont pertinentes et je prends conscience que Rosita, pourtant victime, est jugée par toute l’assistance. Il finirait presque par comparer son client à un acheteur mécontent qui aurait été abusé sur la qualité de la marchandise.

Recroquevillée sur sa chaise, Rosita baisse les yeux sur ses mains. Moi aussi, j'ai du mal à concevoir que l'on puisse se prostituer. Je préférerais mille fois bosser jour et nuit pour gagner de l'argent plutôt que me vendre à un homme. Pourtant, quand j'observe cette femme, il m'est impossible de voir autre chose qu'une personne comme les autres, brisée par la vie et ses épreuves, mais surtout victime d'un lâche.

Je me lève à la demande du magistrat. Aux côtés de ma cliente, mes doutes s'estompent et je n'ai plus qu'une envie, la défendre encore plus fort.

Je souris, comme chaque fois que je dois plaider. Certains tremblent, d'autres toussotent, moi, j'exulte. J'adore aller au combat, chercher l'adversaire et le terrasser, qu'il soit un prévenu lorsque je défends une victime comme aujourd'hui ou le procureur de la République quand je suis l'avocat du diable. Ce soir, il y aura une mise à mort, et ce sera celle du bourreau – ou de son conseil. Je réajuste mon épitoge, tire sur ma bavette et ouvre mon dossier, le regard droit devant moi vers le magistrat qui me scrute attentivement.

– Merci madame la Présidente, monsieur le Procureur. Comme vient de nous le rappeler à plusieurs reprises maître Gauthier, ma cliente est une travailleuse du sexe, mais elle n'en est pas moins et surtout la victime de cet homme, accusé-je en le désignant du doigt. Ne nous trompons pas de méchant, aujourd'hui. Le seul délinquant présent dans cette affaire est cet homme derrière vous, mon cher confrère, et non celle qui loue son corps par nécessité. Oui, j'entends les chuchotements dans la salle. (Je me retourne vers le public.) « C'est une pute, alors ce n'est pas grave ! » (Quelques personnes baissent les yeux.) Mais bien sûr que ça l'est ! m'écrié-je en levant le ton. Une pute, comme vous aimez le dire tout bas, n'en est pas moins une femme et une femme déjà torturée comme personne ne souhaiterait l'être ici…

J'entame ma plaidoirie. Je parle fort en prenant soin d'appuyer sur les mots choc. J'accuse l'homme dans le box mais aussi l'assistance présente dans la salle. Je pilonne sans retenue le lâche qui me fait face derrière les vitres pare-balles. Je démonte un à un les arguments soulevés par mon adversaire. Je relève tous les points à charge de son client dans les procès-verbaux, je fais le récit médical des plaies et blessures de ma cliente. À mesure que je parle, que j'attaque, je la regarde, elle si abîmée par la vie, se relever, redresser les épaules pour redevenir une femme, celle qu'elle n'aurait jamais dû cesser d'être.

La juge lève régulièrement les yeux de son dossier, le regard brillant. Je la vois basculer de mon côté. Je donne le coup de grâce en utilisant tous les artifices à mon service. J'énonce les coups durs de la vie de Rosita, son mari aveugle, ses enfants encore jeunes, son travail de femme de ménage cruellement mal rémunéré. J'édulcore un peu plus la vérité pour faire pleurer dans les chaumières.

Lorsque je vois le jeune avocat se laisser glisser sur son siège, je sais que j'ai gagné. J'intime au tribunal d'enfermer le coupable et de le condamner lourdement à dédommager ma cliente.

Quinze minutes de plaidoirie, précises et chirurgicales. Le public retient son souffle pendant que la juge plonge le nez dans son dossier avant de décider d'une peine de treize mois d'emprisonnement. Il repart directement en prison sous le regard soulagé de ma cliente.

Le cliquetis des menottes qui se referment sur ses poignets est le chant de ma victoire.

CHAPITRE 4

SARAH

À la sortie de l'audience tardive hier soir, je suis allée dîner avec Gabriel. Pour une fois, je ne suis pas retournée au cabinet pour travailler jusqu'à une heure avancée de la nuit. J'avais besoin de me changer les idées, de décompresser. À mon retour à la maison, j'ai découvert un colis sur mon lit ainsi qu'une robe noire étalée bien à plat. Il y avait un petit mot posé à côté, griffonné de la main de Maxine.

Profite de la vie !
Mets-la pour aller bosser
et lâche tes satanées baskets !

Une robe élégante confectionnée par les mains de ma petite sœur dont je suis si fière. Dommage qu'elle soit si courte – c'est d'ailleurs ce qui m'a retenue de la mettre ce matin. Ce n'est pas la tenue idéale pour assister des types louches en garde à vue. Mes Converse ont encore de belles journées devant elles.

L'autre colis venait tout droit de Normandie. De ma mère plus précisément, *alias* maman Soutif. À l'intérieur, toute une ribambelle de petites culottes et soutiens-gorge en dentelle, avec une petite carte au milieu :

La panoplie indispensable
pour rendre un homme heureux !
Crois-moi, ma fille, tu me remercieras !
Maman

Deux lignes manuscrites qui m'ont mise en boule. À croire qu'elle fait tout pour m'énerver. Pour une fois, et puisqu'elle y tient, ne pouvait-elle pas se contenter de m'envoyer ses nouveautés ? Après tout, j'ai toujours aimé les ensembles de dentelle de sa boutique. Mais non, il fallait encore qu'elle me rabâche son leitmotiv : séduire un homme.

Je me redresse sur ma chaise pour sortir de mes pensées. Deux heures que je suis sur le gril dans la salle de réunion. Bruno est d'une humeur de chien. Il ne sera pas, une fois de plus, nommé bâtonnier l'année prochaine. Ce n'est pas la première fois qu'il subit une telle déconvenue. La raison, selon lui, c'est la jalousie, car notre société d'avocats serait la meilleure du marché.

– On me snobe parce que nous avons gagné le procès Robillet, j'en suis certain. Je compte sur vous pour leur montrer de quoi nous sommes capables avec le dossier HG&Co. Il faut assumer ce que nous sommes, les gars. Des tueurs ! s'égosille-t-il en nous regardant, Gabriel et moi.

« Les gars. » *Une quéquette dans le duo et me voilà masculinisée en trois secondes.*

– Sarah, tu n'as pas droit à l'erreur sur ce dossier, reprend-il en fronçant les sourcils.

Moi, c'est sûr. Du résultat, du résultat, du résultat ! Saint Gabriel, lui, n'a qu'une obligation de moyens.

– Le droit des affaires, c'est ta spécialité, jeune fille. Une entreprise jeune et florissante conseillée par une charmante avocate dynamique et prometteuse. Les deux leaders vont être séduits !

Si c'est pas sexiste, ça.

Gabriel me tend son poing serré et je checke en guise d'encouragement, même si je ronge mon frein.

– Je vous fais confiance, la fine équipe. Alors au boulot jour et nuit, même si vous devez emménager ici !

– Pas de problème pour moi, patron, mais ça va devenir compliqué à cause de Sarah et de son odeur de pieds.

J'ouvre la bouche, estomaquée. J'ai une envie subite de mordre. Lui se marre en me voyant devenir rouge pivoine.

– C'est vrai que dans ces infâmes choses en tissu, les pieds ne respirent pas bien, renchérit Véra qui est en train de servir le café au boss.

Je la foudroie du regard. *Fallait qu'elle vienne se mêler à la conversation, celle-là.* Je remarque alors un petit geste. Une caresse sensuelle dans le dos du patron, très discrètement, mais pas tant que ça, puisque Gabriel me fait aussitôt un clin d'œil de conspirateur.

– Sarah, vous devriez vous habiller de façon plus féminine, quand même, me rabroue Véra. Vous êtes jolie et cet accoutrement dessert vraiment votre silhouette. À votre âge, je ne portais que des jupes.

– Je pense que vous n'avez jamais poireauté des heures derrière la porte d'un juge en compagnie de repris de justice.

– Dans votre métier, les femmes sont très sophistiquées. C'est aussi une façon de fidéliser les clients qui apprécient une femme intelligente dans un corps bien mis en valeur.

Et que je passe sous la table, aussi ?

– Pour ça, nous vous avons, Véra. Une belle vitrine pour notre cabinet, n'est-ce pas, Bruno ? rétorqué-je sournoisement.

– Oui, tout à fait, Véra renvoie une très belle image de notre société. Un lieu où les salariés s'épanouissent et sont très bien rémunérés, continue-t-il alors que Véra bloque sur la dernière phrase.

– J'aime les choses raffinées, que voulez-vous, se défend-elle en me jetant un regard courroucé. Jamais je ne pourrais mettre vos tenues.

Nerveusement, je croise mes jambes mais je vois son regard s'engouffrer sur les quelques centimètres de peau qui apparaissent entre ma chaussette et l'ourlet de mon jean. Une micro mise à nu qui lui suffit pour repérer les quelques poils que j'ai laissé vivre durant la période hivernale.

– C'est bien ce que je disais, totalement négligée, conclut-elle d'un air outré.

Machinalement, je tire sur ma chaussette et me relève pour m'enfuir.

– Sarah, c'est vrai que demain nous recevons les patrons de HG&Co, vous êtes priée de faire un petit effort vestimentaire, balance le boss.

J'encaisse et hoche la tête sans broncher. *Ne dis rien, même si tu as envie de lui cracher à la figure. Tu tiens à ce boulot et tu en as besoin pour rembourser ton prêt étudiant, payer ton loyer et les études de ta petite sœur.*

Je m'éclipse de la salle de réunion et file me planquer dans mon bureau pour m'écrouler sur mon fauteuil à roulettes. C'est vrai que ces derniers temps, j'ai moins pris soin de moi, mais je crois que ma dernière relation m'a laissé une piètre idée de ma petite personne, surtout lorsque j'ai vu la femme pour laquelle mon petit ami m'a quittée. Une fille tout ordinaire alors que je passais des heures à me faire belle pour lui. La preuve que tout ça ne compte pas vraiment. Ma mère s'est toujours pomponnée pour chaque homme de sa vie, et elle n'est vraiment pas un exemple à suivre. Ne jamais lui ressembler, voilà mon seul objectif.

La dernière fois que je me suis apprêtée, j'ai fini dans le lit de cet idiot de Nicolas Gauthier. Pas question que ça m'arrive de nouveau. Enfin, vu la remarque de mon patron, j'ai plutôt intérêt à faire des efforts pour demain même si je serais bien tentée de venir en jogging trop grand et vieilles baskets usées rien que pour voir sa tronche. Je soupire en jetant un trombone contre la vitre dans un geste d'agacement. Il n'a jamais fait de remarques similaires à Gabriel alors que lui aussi est adepte du concept jean-baskets.

Je râle puis repense à la robe confectionnée par ma sœur et à la lingerie envoyée par ma mère. Va pour souffrir, alors !

La première chose à faire pour pouvoir enfiler une robe et des collants transparents, c'est de déblayer mon corps laissé en friche depuis le 31 décembre. C'était le meilleur moyen pour éviter de me retrouver encore dans le lit d'un homme au petit matin sans me souvenir de la nuit. Plus efficace que n'importe quel taser.

Je pianote sur mon téléphone à la recherche d'une esthéticienne dans le quartier. J'ai autre chose à faire que passer ma soirée à me tordre dans tous les sens avec mon pot de cire chaude à la chasse au moindre poil. Je réussis à prendre rendez-vous en début de soirée, après avoir bugué lorsque la femme au téléphone m'a proposé de faire le SIF – *sillon inter-fessier*. Je m'imagine un instant la position dans laquelle je vais devoir me mettre. Ce n'est plus un rendez-vous professionnel, c'est une séance de torture. Un vrai bal des débutantes où je vais devoir faire ma première apparition publique. *Attention, le cabinet Scozza et associés sort son atout, sa jument de compétition !*

Je préfère revenir à ma mission première sur mon contrat de travail, c'est-à-dire mes compétences juridiques. Je me saisis de l'énorme dossier HG&Co et commence à m'imprégner de l'affaire. Bien vite, mon esprit évacue les futilités du jour. Épilation, coiffure, chaussures sont vite remplacées par propriété intellectuelle, actionnaires, fusion-acquisition. J'ouvre un bloc-notes et noircis une dizaine de feuilles. Je recouvre les pages de Post-it, badigeonne les paragraphes de fluo. Je suis déjà tout en sueur et dans un état d'excitation pas possible lorsque Gabriel pénètre tranquillement dans mon bureau, une tasse de café à la main.

– Ce dossier est un casse-tête infernal, lui dis-je sans relever le nez d'un procès-verbal. Prévois ton lit de camp pour plusieurs semaines.

– Non, tu déconnes !

– Assieds-toi sagement en face de moi, finis ta tasse de café en deux gorgées et oublie ta pause déjeuner car on s'y colle tout de suite.

– Putain de rabat-joie.
– Putain de procrastinateur.

Gabriel ne tient pas deux minutes. Je le perds dès la dixième page du dossier. À mesure que je parle, je vois ses yeux devenir plus fins au point que je n'arrive plus à y distinguer le bleu de ses iris. Son regard se fixe sur les mouvements de mes lèvres et devient vite très vide.

– Tu m'écoutes ?

– Je ne comprends strictement rien.

– Ce n'est pas possible Gabriel, tu es fils de notaire. Tu as le droit dans tes gênes ! Tu es formaté pour ça, la loi est gravée dans ton ADN. Fais un effort et promis, je t'emmènerai manger un sandwich si on progresse un peu plus vite.

– Ah oui, un sandwich, geint-il en laissant sa tête tomber sur mon bureau.

Derrière nous, une sonnerie retentit. Véra toussote. Véra répond. Un rendez-vous est donné d'une voix suave et intrigante. Gabriel s'éveille, ses yeux s'illuminent. On se scrute sans dire un mot mais on écoute tous les deux. Notre secrétaire raccroche et s'active aussitôt. Le même rituel qu'hier recommence. On change de chaussures, on se parfume, on déboutonne les premiers crochets du chemisier. Véra se sauve sans un regard ni un mot pour nous. La porte claque et Gabriel laisser échapper un rire gras. Je reste la bouche ouverte, ahurie, lorsque

Bruno sort de son bureau à son tour, nous fait un geste et s'apprête à passer sans s'arrêter.

– Chef, chef, la fine équipe est au boulot, s'exclame Gabriel. Travail ardu mais passionnant !

– Ah, très bien. Mais désolé, je ne peux pas rester, j'ai un rendez-vous. On en reparle plus tard, répond-il en s'enfuyant littéralement.

Gabriel et moi restons quelques secondes soufflés par ce que nous sommes en train de découvrir.

Véra et le boss ont une liaison.

CHAPITRE 5

SARAH

Je ne suis pas mécontente de cette nouvelle journée qui commence. Hier, je suis rentrée éreintée après avoir passé des heures à expliquer le droit des affaires à Gabriel. J'ai été plus d'une fois sur le point de l'étrangler à force de répéter mes phrases dans le vide, somnolant sur les feuilles du dossier HG&Co. J'adore ce mec, il est ce que je pourrais appeler un ami, même mon meilleur ami, mais c'est une brêle en droit des sociétés. Heureusement pour moi, il a dû me quitter prématurément pour se rendre à une reconstitution de meurtre. C'était ça ou je finissais la journée inculpée de tentative d'homicide au coupe-papier.

Au milieu des trois cent quarante pages du dossier, j'ai pu heureusement compter sur le spectacle de Véra pour ne pas sombrer à mon tour dans le coma. Elle était totalement à l'ouest, bâillant tout son saoul et s'énervant sur la clientèle au téléphone, surtout sur la mienne, réfractaire à régler ses honoraires. Bruno n'a pas arrêté de venir la voir et de lui chuchoter des choses à l'oreille.

Ce type est quand même d'un commun affligeant. La liaison adultère avec sa secrétaire, c'est tellement banal. Il aurait au moins pu se décarcasser pour se trouver une juge, un huissier de justice ou, encore mieux, une meurtrière comme dans *Basic Instinct. Un peu de fantaisie, mon gars !*

Je suis ensuite allée me faire dépoiler, d'où je suis repartie grimaçante de douleur. Quant au petit plus intime, j'ai eu le bonheur d'apprendre, une fois à quatre pattes sur la table et le derrière à l'air, que je n'en avais pas besoin, mes fesses ressemblant selon l'esthéticienne à celles d'un beau bébé.

– Ne me regardez pas comme ça, les filles, me lamenté-je devant mon meuble à chaussures. Je vous adore mais le boss a dit « au placard pour aujourd'hui » !

Je donne un coup de pied dans mes baskets en toile et sors d'un sac en feutrine une paire d'escarpins que j'avais achetée l'an passé pour un mariage. Mes chevilles se tordent légèrement lorsque je les enfile. Je fais la moue en réalisant un premier pas. Une journée là-dedans, ça va être l'enfer. *Pense à ton nom gravé sur la plaque en laiton.* J'espère qu'il ne sera pas plutôt inscrit sur ma pierre tombale lorsque je me serai brisé la nuque à cause de mes talons trop hauts.

Je lisse ma tenue sur mes hanches et hallucine en voyant ma poitrine moulée dans cette robe fourreau noire. Je sais qu'on ne me regardera pas dans les yeux aujourd'hui. Je me contorsionne pour zipper la fermeture Éclair dorsale jusqu'en haut – un truc que mon canard vibrant ne peut pas faire à la place d'un homme. Je ricane en repensant à ma soirée de la veille, devant mon feuilleton préféré, et à cet extraordinaire lâcher-prise devant la musculature de cet acteur rouquin. *Cette série sur les Écossais est d'un érotisme !* Ryan a failli finir projeté contre le mur. La preuve que les hommes sont remplaçables. Enfin, sauf pour remonter une fermeture Éclair ou sortir les poubelles.

Je suis les conseils de Véra et remonte mes cheveux en chignon flou. Quelques-unes de mes mèches blondes caressent mes joues alors que je tire la langue pour me concentrer sur mon trait d'eye-liner. Un peu de mascara, du gloss, un nuage de parfum et me voilà prête.

Le trajet jusqu'au boulot est périlleux. Le métro aux heures de pointe est déjà un périple pour la Normande que je suis, mais en talons de dix centimètres, ça devient un *mud day*[2] duquel je ne sortirai pas vivante si je tombe au milieu de la foule.

Lorsque j'arrive au bureau, je retiens ma respiration ; on ne m'a jamais vue ici dans une telle tenue.

---

2. Challenge avec des obstacles qui ressemble à un parcours du combattant dans la boue.

Tout juste un petit tailleur jupe lors de mon entretien d'embauche. Je passe la porte et Véra relève à peine la tête pour me dire bonjour.

Je pénètre dans mon bureau, un peu vexée. Débarrassée de mon manteau, je vais toquer à la porte de Gabriel mais il n'est pas encore arrivé. Décidément. Je continue jusqu'à celle du boss et sursaute lorsqu'il manque me percuter en sortant hâtivement.

– Ah, Sarah, vous tombez bien, les gars de chez HG&Co viennent de nous transmettre un nouveau contrat pour avis, un contrat type. Véra se chargera à la fin de le mettre en forme avec les en-têtes. J'attends vos observations pour hier alors filez étudier ça ! dit-il en me collant quelques feuilles dans les mains.

J'acquiesce et repars, déjà lasse.

– Sarah ? m'appelle le boss.

Je me retourne, d'humeur ronchon.

– Vous allez les mettre à genoux, comme ça, m'assure-t-il en souriant.

– Ça mérite une augmentation, rétorqué-je avec un petit sourire ironique. Je souffre le martyre dans ces escarpins.

– Je saurai m'en souvenir.

– À propos : je me suis levée à cinq heures du matin pour étudier le dossier jusqu'à la dernière ligne. Je n'ai jamais misé sur mon *sex-appeal* pour gagner un contrat.

Ça, au moins, c'est dit !

Je fais quelques pas et j'entends la sonnette d'entrée du cabinet. Gabriel fait son apparition et, souriante, je fais exprès d'adopter une démarche chaloupée. Quand il m'aperçoit, il en ouvre la bouche, stupéfait, et la petite étincelle qui s'allume dans son beau regard bleu ciel n'est pas pour me déplaire.

– Oh la bombasse ! s'écrie-t-il tout fort, me faisant rougir devant deux associés qui discutent un peu plus loin.

L'un d'eux se penche pour me regarder et se met à siffler. L'autre me lance un clin d'œil approbateur. *C'est bon les gars, je voulais juste qu'on remarque mes efforts, rangez vos regards lubriques !*

Gabriel, les yeux bloqués sur ma poitrine puis sur mes hanches, ne semble pas m'entendre lorsque je lui annonce que nous avons encore deux heures pour travailler sur les derniers éléments transmis par notre client. Je claque des doigts devant ses yeux hagards pour le sortir de sa torpeur et il m'adresse un sourire sardonique.

– Allez Gaby, au boulot !

Je détourne mon attention quelques secondes pour observer Véra qui semble absente ce matin. Je m'arrête devant son pupitre.

– Ça va, Véra ? Vous êtes ailleurs, aujourd'hui.

Elle relève des yeux tourmentés.

– Je ne suis pas très en forme ce matin. Ce doit être à cause de mon fils qui passe le permis pour la troisième fois. J'en ai des crampes à l'estomac.

– Ne vous bilez pas, il va finir par l'avoir. Après vous stresserez de le voir prendre votre voiture, gloussé-je pour détendre l'atmosphère.

– Oui, certainement.

Je dépasse Gabriel pour le guider jusqu'à mon bureau lorsque Véra me rappelle :

– Sarah, bravo pour ce relooking, vous êtes superbe !

Deux heures plus tard, Gabriel est beaucoup moins souriant. J'ai dû le houspiller à plusieurs reprises pour qu'il assimile les éléments essentiels du dossier. Il a fini par m'appeler professeur Rogue parce que j'ai eu le malheur de lui claquer l'arrière du crâne alors qu'il commençait à regarder par la fenêtre.

Étonnamment, à la pause-café, chacun y va de son compliment sur ma robe, mes escarpins et mes cheveux relevés. Je plonge le nez dans ma tasse fumante qui, je l'espère, est suffisamment large pour cacher mes joues écarlates et mon agacement. C'est fou comme je suis beaucoup moins intéressante lorsque je suis en jean-baskets. Là, il suffit que j'ouvre la bouche pour qu'on m'écoute religieusement.

Véra circule d'un associé à un autre avec la cafetière mais elle n'est vraiment pas à ce qu'elle fait, mélangeant le nombre de sucres de chacun.

– Vous avez des nouvelles, Véra ? demandé-je, un peu inquiète.

– Non, pas encore.

– Vous avez vraiment mauvaise mine…

– J'ai le ventre douloureux, se plaint-elle en chuchotant.

– Encore votre idiot de fils qui vous tourmente ! s'exclame Bruno.

Elle le foudroie du regard.

– Je m'inquiète pour mon enfant comme tout parent devrait le faire. Et il n'est pas du tout idiot.

Bruno fronce les sourcils mais reprend sa conversation avec un associé. Le sujet dévie sur la nouvelle recrue d'un cabinet adverse ; ils y vont tous de leur petite remarque déplacée à propos du physique de la jeune avocate. Je sens mon exaspération grandir à chaque minute. Je plonge dans mon portable et recherche un papier que j'ai lu la veille.

– Vous avez vu l'article du *Monde*, hier ?

Deux associés lèvent les yeux vers moi et Bruno s'arrête au beau milieu d'une phrase.

– « Paroles d'avocates sur le harcèlement », un article affligeant de réalisme. On y décrit le climat extrêmement libidineux de notre milieu, sexiste et machiste.

– Oh Sarah, vous n'allez pas encore nous déclamer toutes vos inepties féministes ! s'insurge mon patron.

– Il ne tient qu'à vous d'arrêter toutes ces conversations humiliantes pour les femmes.

– Vous êtes fatigante. On a bien le droit de rire un peu entre mecs sur le joli cul des nouvelles.

– Mais vous n'êtes *pas* entre mecs, mon cher Bruno. Véra et moi sommes là, sur notre lieu de travail. Que diriez-vous si nous commencions toutes deux à parler du stagiaire qui a postulé hier ? De la taille de ses bourses ou de la longueur de son pénis ?

Le silence se fait et Véra ne peut contenir un petit rire. Bruno lâche un juron et un autre associé se rembrunit.

Le téléphone sonne et notre secrétaire quitte la pièce pour aller répondre. Au milieu du brouhaha, je l'entends revenir dire au boss :

– Le rendez-vous avec HG&Co est annulé. Monsieur Graçay ne peut être présent.

Je regarde mes escarpins. *Tout ça pour rien.*

J'ai profité de cette réunion de travail avortée pour prendre de l'avance dans mes dossiers. L'audience de divorce cet après-midi s'annonce houleuse. Un mari volage, très fortuné, qui voudrait se débarrasser de sa femme devenue trop âgée et trop encombrante, en fermant les yeux au passage sur les trente années passées à lui repasser ses chemises et à torcher leurs trois rejetons. Encore un que je ne vais pas rater. J'en ai ma claque aujourd'hui de tous ces mecs !

Je lève les yeux vers le couloir lorsque j'entends Véra répondre à son téléphone portable d'une voix rauque. *La pauvre, ça n'a pas l'air de s'arranger.*

Je fronce les sourcils en la découvrant se tenir le ventre tout en écoutant son interlocuteur.

– Mais qu'as-tu raté ? demande-t-elle, complètement dépitée.

J'ai l'impression que le fiston n'a pas obtenu son permis de conduire.

– Encore dix leçons ? Où veux-tu que je trouve cette somme, Nicolas ? Je ne sais pas si tu pourras en reprendre ce mois-ci, s'énerve-t-elle. Il fallait te concentrer davantage !

La conversation s'envenime et c'est presque au bord des larmes que Véra repose son portable sur le bureau. Le visage enfoui dans ses mains, elle paraît totalement anéantie, pliée en deux derrière son guichet. Je l'entends sangloter et instinctivement, je la rejoins et pose ma main sur son épaule, la faisant sursauter.

– Des mauvaises nouvelles ? lui demandé-je d'une voix douce.

– Mon fils a encore raté l'examen du permis, soupire-t-elle. Il a grillé une priorité. Il n'est pas fichu de se concentrer deux minutes de suite ! Et l'auto-école préconise encore une dizaine de leçons… Ce permis commence à me coûter les yeux de la tête.

– Et le père, il ne vous aide pas ?

– Le père ? Il a pris la fuite lorsqu'il a appris ma grossesse. Cela fait vingt ans que je l'élève seule.

Elle se tord de douleur sur son siège.

– Véra, vous devriez rentrer chez vous, vous n'allez vraiment pas bien.

– Ça va aller, je vais prendre un antispasmodique et ça va passer.

– N'hésitez pas à partir si ça continue.

Je retourne à mes dossiers quand j'entends une nouvelle sonnerie sur le portable de ma secrétaire. Cette dernière se tend bien droite en lisant l'inscription sur l'écran, toussote puis répond :

– Bonjour, je suis ravie de vous entendre ! dit-elle d'une voix bien plus suave. Aujourd'hui ? demande-t-elle en devenant blême.

Elle laisse tomber sa tête en arrière et pose une main sur son front comme si tous les malheurs de la terre lui avaient donné rendez-vous le même jour. Un petit sourire lui échappe puis elle répond dans un souffle :

– OK pour aujourd'hui. À tout à l'heure.

Bruno a pourtant bien remarqué qu'elle n'est pas au top de sa forme, il pourrait lui laisser un peu de répit.

Une nouvelle heure s'écoule et j'essaie de me concentrer sur les témoignages de ma cliente bafouée par son mari. Le mufle n'a pas hésité à emmener sa maîtresse au ski alors que son épouse était à l'hôpital. Ce type est à vomir. Tiens, il a maître de La Brissière, l'avocat des riches, le patron de mon erreur du réveillon. Je sens que les débats vont être animés.

Véra se lève lorsque l'horloge de mon ordinateur annonce 11 h 30. Elle se penche sur son cabas et entame son rituel habituel. Changement de chaussures, déboutonnage de chemisier, parfum en nuage. Elle se redresse et fait quelques pas pour aller chercher son manteau, mais je l'entends crier de douleur et s'effondrer au sol.

Gabriel accourt vers elle avant même que je n'arrive sur le seuil de mon bureau. Il lui soulève la tête pour la prendre dans ses bras mais elle geint, les jambes recroquevillées sur son ventre.

– Appelle les secours, m'ordonne-t-il alors que je reste pétrifiée.

Je me secoue et contourne le guichet de l'accueil. Quelques instants plus tard, qui semblent pourtant durer des heures, les pompiers arrivent au cabinet. Véra est toujours allongée sur le sol, dans les bras de Gabriel. Des collègues nous ont rejoints et nous sommes tous autour d'elle à tenter de lui apporter du réconfort. Le médecin nous intime l'ordre de nous reculer et au bout de quelques minutes, il demande à l'un de ses camarades d'aller chercher un brancard tout en appelant les urgences. Appendicite. Lorsqu'elle apprend qu'elle va devoir être opérée dans les heures qui suivent, Véra s'accroche à la main de Gabriel et le supplie de l'accompagner à l'hôpital, pendant qu'un des associés prévient son fils.

Nous devons reculer davantage lorsque les pompiers débarquent en force dans le petit hall du cabinet pour hisser doucement notre collègue sur le brancard. Malgré leurs précautions, elle ne peut contenir un cri de douleur.

Alors qu'ils commencent à partir, elle se met à hurler :

– Sarah, s'il vous plaît, aidez-moi !

Je me précipite vers elle, terrifiée. J'espère qu'elle ne va pas me transmettre son message d'adieu.

– Oui, Véra, tout ce que vous voulez.

– Il faut que vous alliez à mon rendez-vous pour moi !

– À votre rendez-vous ? demandé-je, étonnée.

Mince, c'est vrai que Bruno est parti une dizaine de minutes avant sa crise.

– Oui, vous voulez bien vous rendre à l'Hôtel des Lys pour moi ? Prévenez la réception que je ne pourrai pas venir à mon rendez-vous chambre 124.

Je relève les yeux vers les associés qui me toisent, étonnés. Gabriel me scrute sévèrement et répond à ma place.

– Bien sûr, Véra, Sarah va y aller. Ne vous inquiétez pas pour ça.

– C'est très important, Sarah, insiste-t-elle.

– Oui, je vous le promets, réponds-je, le regard menaçant du blondinet braqué sur moi.

Le brancard s'éloigne et je reste les bras ballants. Gabriel s'empresse d'enfiler son pardessus et me lance :

– Tu ne te défiles pas, tu lui as promis !

– Oui, mais j'imagine la tête de Bruno lorsqu'il va me voir débarquer à l'hôtel… Je ferais mieux de l'appeler sur son portable.

Gabriel se saisit d'un objet sur le comptoir et me le colle sous les yeux.

– Il a oublié son téléphone en partant, c'est pour ça qu'elle te demande d'y aller, nigaude.

– Oh, je suis dans la merde !

CHAPITRE 6

SARAH

Résumons. Véra est à l'hosto, et je dois aller à l'Hôtel des Lys prévenir son amant qu'elle ne pourra pas venir le rejoindre pour cause d'appendicite aiguë. Amant qui, soit dit en passant, n'est autre que mon boss Bruno Scozza, l'un des meilleurs avocats de Paris. Petite cinquantaine, encore belle allure, marié depuis plus de vingt ans à maître Nadine Scozza, notaire avec laquelle je travaille en étroite collaboration sur tous mes dossiers de divorce. *Autant dire que ça pue.* Encore une chose importante : j'ai mal aux pieds dans mes escarpins presque neufs. Véra aurait pu choisir un autre jour pour s'effondrer au bureau.

Je marche dans mes instruments de torture. Je me faufile entre les voitures qui klaxonnent à mon passage, pour changer de trottoir. Devant le grand tourniquet doré, je prends une profonde inspiration sous le regard de biais du groom.

C'est la première fois que je pénètre dans un hôtel cinq étoiles. Je n'ai jamais eu les moyens de m'offrir une chambre dans ce genre d'établissement et je n'ai jamais eu de petit ami suffisamment friqué pour m'inviter dans un endroit pareil. Telle une touriste, je balaie l'immense hall d'un regard admiratif, les lèvres entrouvertes de béatitude. Les dorures me rendraient presque aveugle.

Je me présente à la conciergerie où un grand type à l'allure guindée me fixe depuis mon arrivée. Il me sourit aimablement et j'approche, peu rassurée. *Je laisse le message à cet homme et je me sauve vite fait, ni vue ni connue.*

– Bonjour madame, bienvenue à l'Hôtel des Lys.

– Bonjour monsieur, réponds-je timidement.

– Vous avez réservé une suite ? demande-t-il en pianotant sur son ordinateur.

– Non, je dois laisser un message de la part d'une collègue pour un homme qui se trouve chambre 124.

Bien sûr, je rougis.

– Ah, je vois, reprend-il d'un air suffisant. Ce monsieur est déjà dans la suite depuis quelques instants. Je vous invite à vous y rendre pour transmettre votre message.

– Non, il vous suffit de lui dire que cette dame ne pourra pas venir.

– Ce service n'est pas compris dans les prestations des chambres de jour, me rétorque-t-il tout en me désignant les portes d'un ascenseur. Premier étage sur votre droite, madame.

Je reste devant lui, agacée, puis me sens obligée d'aller vers les portes dorées qui s'ouvrent devant moi.

Dans la cabine qui se referme, je lâche un « merde, fait chier ». Je détaille mon reflet dans le miroir tout en maudissant Véra de me faire subir ça. *Que vais-je donc dire à Bruno ? Je ne suis pas censée savoir qu'il est l'amant de Véra. Et s'il était déjà à poil ?*

Mon téléphone se met à hurler dans mon sac à main et je mets quelques secondes à le dénicher au fin fond de mon capharnaüm. Alors que les portes coulissent devant moi, je réponds à l'appel de Gabriel.

– T'as transmis le message ?

– Non, je vais le faire.

– Qu'est-ce que tu fous ? s'énerve-t-il gentiment.

– Deux minutes, je suis à l'hôtel et le sale type de la réception n'a pas voulu prendre le message car ce n'est pas compris dans le prix. Je vais devoir prévenir Bruno dans la suite. Je te jure que je hais Véra de me mettre dans une telle situation.

– La pauvre est sur le billard, un peu de compassion, quand même.

– Je voudrais t'y voir, toi, grogné-je en chuchotant alors que je me plante devant la porte 124. Je vais peut-être me retrouver nez à nez avec Popaul, alors fous-moi la paix !

– Bonne chance, ricane-t-il.

– Va te faire voir !

Je toque tout doucement à la porte mais elle s'ouvre brusquement devant moi. Le téléphone encore à la main, j'ai à peine le temps de voir une ombre passer devant mes yeux. Le palpitant au grand galop, je la suis jusqu'au seuil d'une immense chambre lumineuse. Devant les grandes fenêtres, une silhouette en contrejour me force à plisser les yeux pour en distinguer les contours. Un homme se retourne vers moi mais son allure est bien trop longiligne pour être celle de mon boss.

Je me fige, totalement désemparée. *Où est Bruno ?* Je pivote vers la porte encore ouverte et vérifie le numéro. 124, c'est bien ça.

L'homme s'est approché et se tient devant moi, à quelques pas. L'incompréhension me tétanise. J'ai dû me tromper lorsque Véra m'a donné le numéro de chambre. Je m'apprête à faire demi-tour sans demander mon reste mais il demande d'une voix grave :

– Véra ?

Je me liquéfie et fais volte-face vers l'homme. *C'est lui, le rendez-vous de Véra ?* Je le détaille lentement, de la tête aux pieds, et en reste époustouflée. Jeune – beaucoup plus jeune que Véra –, très séduisant – indéniablement plus séduisant que Bruno –, dans un costume bleu soyeux bien coupé, chemise blanche et cravate impeccablement nouée autour de son cou musclé.

Il fait deux pas et je reste là, incapable de dire un seul mot, de faire le moindre mouvement. Il se penche et je retiens ma respiration. D'une main, il claque la porte derrière moi et je sursaute, le nez presque enfoui dans son cou. Son parfum m'enveloppe doucereusement mais il ne suffit pas à m'empêcher de sentir l'odeur de sa peau, une fragrance qui me trouble aussitôt.

Je ne bouge pas d'un centimètre et pendant un quart de seconde, je m'étonne d'aimer ce contact fugace entre ma poitrine et son torse. Un frisson naît sur ma nuque et me fait plisser les yeux. Fascinée, je bloque sur sa peau entre son col de chemise et la naissance de sa barbe de quelques jours.

Il se redresse mais ne s'éloigne pas. Ses doigts me surprennent à se saisir de mon téléphone, toujours dans ma main, pour le poser sur la console à ma droite, mes yeux suivant son geste lent. Je me statufie lorsque je sens ses doigts venir ensuite caresser les quelques mèches qui se sont échappées de mon chignon flou.

– Tu es très belle, me dit-il d'une voix douce.

Je remonte alors les yeux vers son visage et je ne peux m'empêcher de retenir mon souffle lorsque je croise furtivement son regard. Bleu, vert, je n'ai pas le temps de vraiment le voir, juste suffisamment pour qu'il m'électrocute sur place. Une fraction de seconde, je ne sais plus où je suis. Il penche la tête et je ne veux qu'une seule chose, recroiser ces yeux troublants.

Son odeur brouille mon esprit et ses gestes lents me captivent. Un sourire aux lèvres, des fossettes se creusent délicieusement sur ses joues malgré la fine barbe qui les recouvre. Son menton s'incline vers mon épaule tendue. Je poursuis son visage des yeux pour capturer son regard, en vain. Il glisse ses doigts sous l'anse de mon sac et le pose délicatement à mes pieds, et alors qu'il se baisse, je contemple ses cheveux soyeux d'un châtain si clair que la lumière du jour passe au travers.

Mais qu'est-ce qui me prend ? Comment ai-je pu me laisser enfermer dans cette chambre avec ce *parfait* inconnu ?

– Je suis navrée, je dois y aller.

Il braque ses yeux étonnés vers moi.

– Non, ne pars pas !

La main sur la poignée de la porte, je m'arrête avant de me retourner vers lui et de m'abîmer dans son regard étincelant.

– Pourquoi ? murmuré-je.

– Pourquoi je suis là ? Pourquoi aller sur un site pareil ? demande-t-il en semblant chercher une réponse à sa propre interrogation.

Je papillonne des yeux. Je suis un peu perdue devant sa manière de répondre par une question, mais j'en déduis qu'il a dû faire la connaissance de Véra sur un site de rencontres.

– Je ne sais pas trop, soupire-t-il. C'est la première fois. Je n'en avais jamais eu besoin.

C'est vrai qu'un homme aussi séduisant que lui peut sûrement se passer d'aide pour rencontrer une femme.

– Je voulais juste m'évader quelques instants.

Je le dévisage alors qu'il semble tout à coup gagné par une certaine mélancolie.

– Ma vie… est compliquée en ce moment.

Je détourne les yeux, un peu mal à l'aise.

– Je ne sais pas pourquoi je te raconte ça. Je… Je ne sais pas ce que je suis en train de faire…

Devant son regard troublé et ses mâchoires serrées, un élan de compassion me porte.

– J'ai quelques minutes, si vous avez besoin de parler.

Il fait un pas vers moi et mon cœur s'emballe.

– Tu vois… J'ai l'impression d'être prisonnier d'une de ces énormes tornades qui embarquent tout sur leur passage. Tout va trop vite. Tout est harassant. Je n'ai plus le temps de rien, plus l'envie. Je voudrais juste un instant…

– … suspendu ?

– Oui, exactement ça, répond-il comme fasciné. Que le temps s'arrête, ne serait-ce qu'une heure, pour me permettre de reprendre mon souffle.

– Une bulle d'air en pleine tempête, susurré-je, émue.

Il sourit tendrement et se met à jouer avec une mèche de mes cheveux avant d'approcher son visage.

– Oui, une bulle de douceur.

Ma respiration se bloque quand il n'est plus qu'à quelques centimètres de moi. Je bats des cils lorsqu'il vient caresser ma joue du bout de son nez. Je l'entends prendre une profonde inspiration contre ma peau, les paupières fermées. Je ne cille pas, je respire à peine. Les yeux écarquillés, je ne veux rien rater de la scène dont je ne suis qu'une simple spectatrice.

Il déglutit et mes yeux dérivent vers sa bouche. Des lèvres parfaites, charnues et rosées à souhait que j'aimerais aussitôt goûter. Elles s'étirent en un large sourire, me laissant pantoise. Son corps se colle contre le mien et je perds l'équilibre, butant contre la porte derrière moi. Ma respiration s'accélère, passant d'inexistante à erratique. De ses mains, il prend mon visage en coupe et me force à relever les yeux vers lui. Le menton maintenu entre ses doigts fins, je suis prisonnière de son regard et je reste là, bouleversée par cette façon qu'il a de me contempler. Je ne parviens pas à m'en détacher. Je le laisse lire en moi sans couverture, sans préface pour me préserver. Mon âme à nu pour la première fois devant un homme, les yeux emplis de larmes, je ne suis déjà plus celle que j'étais en entrant. Incapable de comprendre ce qui se passe, je sais juste que je ne ressortirai pas indemne de cette chambre.

Jamais on ne m'a regardée comme ça. Jamais de cette façon. Comment ai-je pu vivre, être heureuse jusque-là sans cette admiration qu'il me renvoie ?

Ai-je vraiment existé jusqu'ici ? Ou ai-je été transparente jusqu'à ce que ses iris se posent sur moi ? Ses yeux dévient lentement vers ma bouche et ses lèvres s'entrouvrent. Sa langue se faufile entre ses dents, son corps contre le mien se fait puissant, réduisant à néant l'espace entre nous. Pourquoi est-ce que je ne bouge pas ? Que suis-je en train de le laisser faire ?

D'un coup il se détache, comme brûlé par une flamme. Il plante son regard stupéfait sur moi, recule comme un animal sauvage et me considère quelques secondes. Je me sens vulnérable, fragile comme jamais dans son regard flamboyant. Je m'attarde sur ses mâchoires carrées qui se contractent. Il résiste, comme si la tentation était douloureuse.

Et moi, tout à coup, j'ai envie qu'il cède. Je voudrais sentir encore son corps contre le mien, me désirer, pourtant je sais que cet homme est là pour Véra. Pourquoi convoiter un homme qui ne m'a jamais voulue ? Un homme qui rêve d'une autre ? Mon âme se fêle et le supplice me plie presque en deux.

– Je meurs d'envie de t'embrasser, lâche-t-il d'une voix grave.

Mon pouls devient assourdissant contre mes tempes et je m'entends à peine répondre :

– Moi aussi.

Avant même que je reprenne mon souffle, il revient brusquement contre moi et sa bouche s'empare de mes lèvres. Le sol se dérobe sous mes pieds et je ne tiens plus debout que grâce à mes bras qui s'enroulent autour de son cou. Sa langue envahit ma bouche avec une telle fougue que j'en gémis de surprise. Dans les bras de cet inconnu, je ne ressens étonnamment aucune peur, juste une envie irrépressible de lâcher prise et d'ouvrir les portes de tous les interdits. Cela me ressemble pourtant si peu. Ses doigts glissent sur mes épaules et retirent mon manteau, puis viennent ensuite se poser sur mes reins pour me ramener si près de lui que mon bas-ventre s'éveille contre sa masculinité déjà puissante. Cet homme me désire et bien que je ne le connaisse pas, que je ne sache rien de lui, même pas son prénom, je le veux comme je n'ai jamais voulu quelqu'un auparavant.

Il me tire vers le lit tout en continuant à m'embrasser langoureusement. Ses doigts s'activent sur la fermeture de ma robe. En quelques battements de cils, je sens la fraîcheur venir balayer mon corps presque dénudé. Aussitôt, ses mains brûlantes caressent la peau frissonnante de mon dos.

Il s'écarte, je m'agrippe. Il m'admire de ma gorge à mes cuisses en mordillant sa lèvre inférieure. Haletante, je rougis en voyant mes seins gonflés menacer de quitter mon balconnet. Il me pousse doucement vers le lit puis pose de nouveau son regard étincelant sur moi, et chaque parcelle de mon corps s'enflamme à mesure que ses yeux se promènent.

– Tu es magnifique, me souffle-t-il. Et cette dentelle me rend fou !

Sans me quitter des yeux, il desserre sa cravate et la retire, puis défait lentement les boutons de sa chemise. *Je ne l'ai même pas vu quitter sa veste*. Son torse se dévoile et je suis obligée de serrer mes cuisses pour contenir le désir qui m'envahit. Il est beau, ses pectoraux bombés recouverts d'une légère pilosité qui me captive étrangement. *Depuis quand est-ce que j'aime ça ? Et depuis quand est-ce que je couche avec un homme que je ne connais pas ?* Plus bas, des abdominaux parfaitement dessinés et une peau dorée n'attendent que mes mains. Mes yeux poursuivent leur chemin et lorsque j'aperçois son pantalon tendu, j'en reste bouche bée. Ses doigts entrent dans mon champ de vision, affairés sur sa ceinture. Je relève le visage et le contemple, nu devant moi, tout en virilité.

Ne suis-je pas un peu folle de faire ça ? Je ne le connais pas ! Et pourtant, mon corps vibre comme jamais auparavant… *Je pourrais écouter les conseils qu'on n'a cessé de me donner, je pourrais profiter de la vie. Je pourrais embrasser ce lien que je ressens et me laisser porter…*

Mes yeux papillonnent lorsque je sens le lit ployer sous l'un de ses genoux et que je le vois ramper vers moi. Je le couve d'un regard fasciné alors qu'il me surplombe, flânant sur mes cuisses, à l'orée de mes bas, sa bouche caressant ma peau fine si réceptive à cet endroit. Je sursaute alors qu'il effleure à peine la dentelle de ma culotte et qu'il rejoint mon nombril, un sourire collé à ses lèvres. Mon ventre ondule d'excitation sous sa bouche qui chemine. Je suffoque lorsque sa langue explore délicieusement le creux de mon ventre.

D'une lenteur abominable, il remonte vers mes seins qui soubresautent à chaque tentative d'inspiration. Il se tient quelques instants en l'air à la force de ses bras, plantant son regard émerveillé sur moi. Envoûtée, je reste là, haletante, à le désirer comme jamais. Sa bouche s'abat sur mes lèvres et je gémis, suppliante. Il me dévore avec frénésie durant quelques secondes, et je peine à reprendre mon souffle.

Alors qu'il descend vers mes seins, j'enfouis mes doigts dans ses cheveux doux et le presse contre moi. De ses joues, il câline quelques instants ma poitrine avec une douceur qui me bouleverse. Si on ne m'avait jamais regardée comme lui le fait, on ne m'avait jamais cajolée de cette manière non plus.

Ses lèvres déposent de doux baisers et je me cambre de plaisir. Quand il fait jaillir mes seins de leur carcan de dentelle, je laisse échapper un long gémissement de désir. Il s'enflamme et dégrafe d'un geste mon soutien-gorge. Son corps se pose sur le mien et sa bouche s'abat sur l'un de mes tétons déjà dressé. Je manque de jouir alors que ses dents le mordillent légèrement et que son bassin se frotte contre mon sexe.

Mes mains se faufilent sur ses reins et j'empoigne ses fesses que je presse contre moi. Il gémit à son tour et tous mes sens s'embrasent. Je montre mon impatience mais il continue à prendre son temps, et ses mains s'emparent de mes bras pour m'obliger à les relever au-dessus de ma tête. Il veut faire durer le plaisir, garder le contrôle. Je lâche un geignement rauque de frustration.

Son regard revient se planter dans le mien, il enlace mes mains et m'embrasse de nouveau avec une passion enivrante. Il dévale le long de mon ventre et vient enfouir son nez entre mes cuisses. Ses doigts glissent sous la dentelle de ma culotte, qui disparaît comme par magie.

Avec la faim d'un animal sauvage, il s'engouffre entre les plis de mon sexe et je ne suis plus capable de contenir tout mon désir pour lui. J'explose sous son attaque langoureuse en quelques secondes. Je crie, tremble, traversée de spasmes. Il relève le nez, médusé, puis, captivé par mes essoufflements qui agitent mes seins devenus lourds, il revient m'embrasser avec un sourire satisfait.

Il tend le bras vers la table de nuit et se redresse à genoux entre mes cuisses. Les doigts nerveux, il déchire l'étui d'un préservatif ; je m'assieds et l'aide à dérouler délicatement la protection. Ses yeux se mettent à briller d'une lueur incroyable. Le temps suspendu, je savoure le plaisir que je lui donne en le masturbant, ses yeux plissés pour se contenir de jouir.

Soudain, il les rouvre et se saisit de l'une de mes cuisses pour me faire basculer sur le dos. Me défiant d'un regard impérieux, il se frotte contre moi et, d'un geste lent, me surplombe de nouveau. La main tenant ma jambe relevée, il donne un coup de reins et s'enfonce en moi d'un seul coup. Bouche contre bouche, yeux dans les yeux, nous nous découvrons dans ce que nous avons de plus intime. Sa douceur mêlée à l'ardeur qu'il met à me posséder ébranle tout ce que j'ai pu imaginer du sexe avec un inconnu. Bousculée dans ce que je suis depuis toujours, je reste là à subir ses assauts, à gémir, à crier, presque à pleurer, à me donner à un homme que je ne connais pas mais qui semble, lui, tout savoir de moi et de ce à quoi j'aspire.

Mes lèvres contre les siennes, je prends chaque poussée de sa virilité au plus profond de moi avec félicité. Mes mains se font possessives sur ses fesses divinement douces. Je veux plus, toujours plus. Il devient plus fort, plus brutal, plus rapide. Je supplie, à bout de souffle, et ses va-et-vient m'emportent dans un état d'euphorie puis de délivrance.

Un dernier coup de reins et il se fige au fond de moi dans un long râle rauque. Je le dévisage, magnifique dans sa jouissance, aussi beau qu'un lever de soleil. Cet homme est mon âme sœur, il ne peut en être autrement. Je m'accroche à son cou et je l'embrasse langoureusement tandis qu'il reprend peu à peu ses esprits.

Son regard curieux s'ouvre de nouveau sur moi et il demeure quelques secondes à me dévisager, aussi surpris que moi par ce qui vient de se passer. Sans voix, il détaille chaque centimètre de mon visage. Il caresse doucement mes sourcils, prend une mèche de mes cheveux blonds dans laquelle il plonge son nez, hume une nouvelle fois mon cou avant de basculer sur le côté.

Je le regarde, fragilisée par les sensations qui m'assaillent et ce je-ne-sais-quoi qui s'insinue pernicieusement en moi. Quelque chose cloche. Reprenant son souffle en silence, il ne détache plus ses yeux du plafond tout en retirant son préservatif. Il se rassied au bord du lit, regarde sa montre et se dirige vers la salle de bain sans un mot. J'entends couler l'eau un moment mais je suis incapable de dire combien de temps cela dure, sous le choc de ce que je viens de faire.

Il revient vers le lit et me contemple une nouvelle fois avec quiétude, un sourire heureux sur les lèvres. Je ne le quitte pas des yeux alors qu'il se rhabille devant moi. Enfilant sa veste, il se saisit de mon téléphone et déverrouille l'écran en le plaçant devant mon visage. Je le vois pianoter quelque chose et se satisfaire d'un bip dans sa poche.

Toujours incapable de dire le moindre mot et de faire autre chose que dissimuler mon corps sous le drap, je finis par me redresser en comprenant qu'il s'apprête à partir. Prise de panique, je m'accroche à son pantalon alors qu'il passe devant moi. Il s'arrête net et devant ma tête basculée en arrière pour mieux le voir, il se penche, une nouvelle fois surpris.

Tout près de mes lèvres et pourtant trop loin à mon goût, il me chuchote d'une voix douce :

– Je te rappelle bientôt.

Je me mets à sourire comme une midinette, mon cœur implosant d'une joie intense. Son visage s'illumine et il me dit en ouvrant son portefeuille :

– Tu as été parfaite, Véra.

Véra ?

J'entrouvre les lèvres mais ses mains glissent quelque chose entre le drap et mes seins. Je baisse les yeux et découvre une liasse de billets. Je relève aussitôt les yeux vers lui mais j'entends la porte claquer.

Il est parti.

CHAPITRE 7

SARAH

Les billets dans les mains, je demeure quelques secondes interdite. S'il m'a prise pour Véra, c'est qu'il ne la connaissait pas. Il avait rendez-vous dans une chambre d'hôtel avec elle mais il ne l'avait jamais vue auparavant. Mes mains se mettent à trembler autour de cette liasse d'argent lorsque les pièces du puzzle commencent à s'assembler devant mes yeux exorbités d'effroi. Je jette avec horreur le millier d'euros qui s'éparpille lentement, volant à travers la chambre. Prise de nausée, je me précipite vers les toilettes où je vomis ma soupe de la veille.

Pute. Voilà le seul mot qui résonne dans mon crâne. Nouvelle nausée. Pute. Il m'a prise pour une pute. Il m'a baisée comme une pute. Il m'a payée comme… une pute. Encore une nausée qui, cette fois-ci, me laisse sans forces, anéantie sur le sol carrelé de la salle de bain. Une douleur indescriptible me vrille le corps tout à coup et je me mets à hurler dans mes mains. Comment ai-je pu être stupide au point de penser que j'avais rencontré mon âme sœur, dans cette chambre, aussi soudainement, sans même que nous ayons échangé nos prénoms ?

Recroquevillée à même le sol, nue comme un ver, je suis anéantie. J'ai pété les plombs. Mais comment puis-je être aussi stupide quand il s'agit d'amour ? Comment ai-je pu croire que Véra l'avait déniché sur un site de rencontres ? Et qui donne rendez-vous à un homme directement dans une chambre d'hôtel, à part une prostituée ? Je suis une idiote. Pour lui comme pour les autres auparavant, je ne représente rien, je ne suis personne. Juste une femme que l'on baise moyennant de l'argent. Après tout, je ne vaux peut-être rien et je ne récolte que ce que je mérite.

Je pleure quelques instants, tremblante, les dents claquant de froid, sur le sol d'une chambre d'hôtel sordide même si c'est un palace. Bien vite, la colère et le dégoût prennent le dessus. Son image voile mon regard. Ce type était presque surréaliste, si beau, si parfait. Était-ce vraiment la réalité ou ai-je halluciné ? Pourquoi un homme si élégant aurait-il besoin d'une prostituée ? Est-ce que c'est un pervers qui m'a manipulée pour obtenir ce qu'il voulait ? Ou peut-être qu'il passe par ce service parce qu'il cache une maladie… *Oh mon Dieu, qu'ai-je fait ?* Je frotte ma peau en tentant de me relever. Heureusement, il a mis un préservatif. Je me sens tout à coup souillée, si sale.

Pourtant, je dois admettre que je suis la seule responsable de tout ça ; je me suis livrée corps et âme à un homme que je ne connaissais ni d'Ève ni d'Adam. À aucun moment je n'ai arrêté ses gestes, ses caresses et ses baisers. Je me suis laissée prendre sans résistance. J'ai aimé être à lui, j'ai joui dans ses bras, à deux reprises. J'ai pris plaisir à être sa pute. Je contiens une nouvelle nausée et me redresse sur mes jambes flageolantes, croisant mon reflet blafard dans le miroir.

J'ouvre le robinet de la douche et n'attends pas que l'eau devienne tiède pour plonger dessous. Je crie, saisie par le froid, mais je préfère cette souffrance-là à celle qui est en train de me broyer les entrailles. Je m'enduis le corps de gel douche et frotte ma peau jusqu'à la voir rouge, pour effacer toute trace de ses mains, de son odeur, mais elles persistent. Mon sexe, mes seins subissent le même châtiment, ces traîtres qui ont tant aimé être flattés par les lèvres de mon *client*. Je frappe la faïence de la douche à grands coups de poing, à m'en faire mal. La honte prend le dessus sur la colère. Comment ai-je pu en arriver là ? Comment ai-je pu être aussi naïve de croire au prince charmant ? Je sais pourtant ce qu'il en est, je connais la vie réelle, je la croise tous les jours au tribunal.

Je retourne dans la chambre et devant le lit défait, je perds le peu de couleur qu'il devait me rester. Les images de son regard sur moi finissent de briser mon âme. Je me rhabille en vitesse et alors que je cherche ma pince à cheveux, son odeur encore présente sur l'oreiller me fait frémir. Mon corps frissonne, comme en manque, et je laisse échapper un grognement de mépris envers moi-même.

Quelqu'un frappe à la porte et je panique. Est-ce qu'il est revenu ? Je ne veux plus jamais le voir. J'ai trop honte. Personne ne doit savoir ce qui s'est passé dans cette chambre, ce que j'ai laissé faire, ce que j'ai été quelques instants, une femme qui a vendu son corps pour quelques billets.

Je ramasse l'argent sur le sol et le fourre à la va-vite dans mes poches de manteau. La porte s'ouvre et je sursaute en retenant un cri. Une femme de chambre passe la tête dans l'embrasure de la porte et demande si elle peut faire le ménage. La gorge nouée, le regard fuyant, je la pousse presque pour sortir et m'enfuis loin d'ici, loin de ce que je suis devenue.

Je déambule dans la rue, complètement sonnée. J'ai envie de retourner chez moi prendre cinquante douches en pleurant. *Arrête ça tout de suite, Sarah, tu n'es pas la victime d'un viol, ni même d'une escroquerie. Tu es la victime de ta propre bêtise, de ton envie naïve de croire en l'amour.* J'hésite tout de même à prendre le chemin de mon appartement, mais je percute que si je rentre, ils vont se poser des questions. Et je ne pourrai pas supporter cette humiliation.

Lorsque j'arrive au cabinet quelques instants plus tard, c'est encore l'effervescence. Deux des associés et Gabriel parlent devant le guichet de l'opération de Véra. Véra, une prostituée. En temps normal, je serais affligée, mais cette femme m'a demandé d'aller à son rendez-vous à sa place. Elle m'a volontairement mise en danger. Je la hais.

Je passe sans un mot à côté de mes collègues et ouvre avec empressement ma porte de bureau. Gabriel jette un coup d'œil vers moi et s'approche en demandant :

– Le message est passé ? Le boss est informé ?

Oh le message est plus que passé. Je l'ai baisé, le message ! Je hurle de l'intérieur, je m'effondre, mais je reste interdite devant lui.

Gabriel se penche et ramasse quelque chose sur le sol. Étonné, il me lance en riant :

– C'est quoi tout ce fric, t'as fait le tapin à l'hôtel ou quoi ?

Je manque de mourir sur place alors qu'il se marre en me regardant d'une façon déplacée.

– Si je ne te connaissais pas si bien, je dirais que tu viens de baiser, se moque-t-il en me redonnant les quelques billets qui se sont échappés de ma poche. Il pleut ?

– Quoi ?

– Tu as les cheveux mouillés, dit-il en glissant l'une de mes mèches derrière mon oreille.

– Il n'y avait personne, j'ai du boulot, balbutié-je en lui claquant la porte au nez.

Derrière mon écran, je reste quelques minutes sans bouger, à regarder le vide. Un bruit dans le couloir me fait sursauter et je tente de rassembler mes dossiers pour les prochaines plaidoiries. Je n'arrive pas à me concentrer malgré tous mes efforts. Gabriel vient s'incruster en face de moi pour me raconter les longues heures d'attente à l'hôpital aux côtés de Véra. Pendant tout ce temps, des images du *client* en train de lécher mon corps viennent me hanter, auxquelles succèdent des nausées que je retiens vaillamment.

Je ne l'écoute plus mais il ne s'en rend pas compte. Machinalement, je tape sur mon moteur de recherche « prostituée définition ». Je lis sur un site : *« Personne qui se prostitue, qui donne son corps pour de l'argent. »* Je regarde les billets qui dépassent de la poche de mon manteau.

Oui, c'est bien moi.

CHAPITRE 8

HÉLIAS

– Tu as vu l'interface de Grégory ? Il a fait un boulot du tonnerre.

J'ai beau avoir les yeux rivés sur ma tablette, je n'arrive pas à comprendre de quoi il me parle depuis mon retour. C'est le brouillard total. Louis n'arrête pas de parler, parler jusqu'à l'overdose. J'aimerais le faire taire sans le vexer, ne serait-ce que quelques secondes.

Je dois reconnaître que je ne suis pas encore revenu pour le moment. Mon esprit vagabonde sans cesse vers cette chambre d'hôtel où j'ai pris un pied d'enfer ce midi. Cette blonde, une vraie bombe. Une vraie femme, loin de ce à quoi je m'attendais, extrêmement belle, naturelle, presque une princesse.

Une main se pose sur mon épaule alors que la salle de réunion se remplit devant moi.

– Alors Hélias, ça va mieux ?

Arthur s'assied à côté de moi et, tout en regardant les salariés qui prennent place face à nous, il continue à voix basse :

– Qu'as-tu pensé de Véra ? Elle a réussi à calmer tes nerfs ?

– Hmm, me contenté-je de répondre.

Arthur est mon pote depuis le lycée et je ne me suis jamais senti gêné de lui raconter mes exploits sexuels mais là, étrangement, je n'ai pas envie de lui détailler mon rendez-vous avec la jolie blonde.

– Elle a des heures de vol mais j'étais certain qu'elle te plairait. C'est une pro, cette nana.

Des heures de vol ? Elle a commencé à quel âge ? Elle m'a semblé plutôt jeune. Je fronce les sourcils tandis que mon associé poursuit :

– Et cette bouche ! *Mamma mia*, un aller direct au septième ciel.

Je grimace en l'entendant parler comme ça de ma belle. Ce n'est pas la première fois qu'on se tape la même fille tous les deux, mais cette fois-ci, ça m'est plutôt déplaisant.

– C'est bien de t'entendre invoquer ta mère, mon grand, lui dis-je d'un regard noir. Tu te souviens qu'elle t'a escorté jusqu'à l'autel, que tu es marié et que ta femme attend un gosse ? Tu ne crois pas que tu devrais arrêter de te taper des putes ? Mec, Sophie est une nana extra, pourquoi tu ne t'en contentes pas ?

– Je t'ai déjà expliqué que c'est ceinture depuis plus de six mois. Le gynéco m'a mis en garde. Si je la touche, on risque de perdre le gosse. Autant te dire que Sophie ne veut même plus dormir dans le même lit que moi. Ça devenait trop dur. Je commençais à reluquer toutes les secrétaires. Je préfère avoir recours à une professionnelle plutôt que prendre une maîtresse. J'aime bien trop Sophie pour lui faire du mal.

Je pouffe en écoutant les explications bidons de mon pote. À l'entendre, on devrait presque le féliciter d'être si loyal.

– Tu aurais pu faire abstinence comme un bon père de famille, lui dis-je en souriant.

– Je voudrais t'y voir ! J'avais besoin de relâcher la pression.

Je me mets à rire en voyant la gueule de six pieds de long qu'il me tire. Je sais qu'il déteste quand je lui fais la morale mais il a la chance d'avoir une gentille épouse et ce crétin ne se rend même pas compte de son bonheur.

– Et en parlant de pression, tu as bien vu ce matin les dégâts lorsqu'un mec ne baise pas pendant quelques semaines, me balance-t-il avec un regard narquois.

Je me renfrogne sur mon fauteuil et détourne le regard pour faire mine de m'intéresser aux deux secrétaires qui viennent d'arriver. La conversation va tourner au vinaigre et je n'ai pas envie de m'engueuler avec lui.

– T'es parti en vrille ce matin. Ça ne m'étonne pas avec les derniers événements, il était temps que tu te trouves un petit cul.

C'est vrai que ses fesses m'ont tenté, mais j'avais envie de la voir, de la contempler pendant que je découvrais son corps. Au moins pour la première fois. Je gigote sur mon fauteuil car je me sens aussitôt serré dans mon pantalon.

Purée, cette fille m'a fait un effet de malade. C'était pourtant bien mal parti, surtout après m'avoir fait poireauter plus de trois quarts d'heure. Je m'apprêtais à partir furax de cet hôtel pour putes de luxe. Je n'avais déjà pas apprécié le petit rictus du type de la réception lorsque je lui avais donné le numéro de la chambre ; je lui avais balancé une liasse de billets pour payer sa piaule, avec juste un regard le sommant de ne pas me faire chier aujourd'hui.

La matinée avait déjà été contrariante ; la démission de la troisième femme de ménage de mon père en un mois a été la goutte d'eau qui a fait déborder le vase déjà bien rempli. Il a ensuite suffi qu'Arthur se pointe avec sa tronche de cake pour m'expliquer les problèmes sur les softwares de notre dernière appli et j'ai pété une durite. Quand il m'a proposé d'aller voir cette fille pour me détendre, je l'ai envoyé sur les roses. J'aurais mille fois préféré qu'il m'accompagne dans une salle de boxe pour que je puisse cogner sur sa face d'abruti. Il a commencé à me déballer sa psychologie de comptoir, me disant qu'avec tout ce que j'avais vécu ces derniers mois sans une nana pour m'aider à décompresser, ce n'était pas étonnant que j'en arrive à un tel état de nerfs. J'ai fini par me laisser convaincre car ce mec a beau être le pire des cons que je connaisse, c'est mon meilleur pote. Et je voulais surtout qu'il me lâche avec ses conseils débiles. Le calme, la solitude, c'est ce dont j'ai le plus besoin en ce moment.

Ça faisait donc un bout de temps que j'étais dans cette chambre à tourner en rond, les nerfs en pelote, et stressé à l'idée d'avoir recours à une escort. À vrai dire, payer pour ce que je peux avoir en sortant en boîte de nuit, pour coucher avec une nana probablement contrainte par des raisons économiques, c'était plutôt rédhibitoire, même si en ce moment je ne peux pas sortir et passer la nuit avec quelqu'un. Contraire à mon éducation, à mes principes. Pourtant, à l'idée de me retrouver dans les bras d'une femme, contre un corps chaud alors que je suis seul depuis trois mois, j'ai eu envie d'essayer, fermant les yeux sur ma bonne éducation et sur la morale. Alors j'y suis allé, dubitatif. Je craignais un peu de ne pas réussir à bander, surtout en imaginant les bus entiers de types qui lui étaient passés dessus.

Mais c'était avant. Avant de voir cette blondinette au regard perdu pénétrer dans cette suite qui est aussitôt devenu l'antre de ma perdition. Envolés mes beaux principes, il a suffi d'une seconde, d'une étincelle dans ses yeux bleus cristallins pour que mes *a priori* soient annihilés. Dès que je l'ai vue, je l'ai voulue.

Et maintenant, j'ai énormément de mal à me concentrer sur mon travail, alors que c'était justement l'inverse qui était censé se produire. Pourtant, ça fait déjà plus d'un quart d'heure que Grégory détaille un programme que j'avais hâte de voir à propos de notre dernière application, et je ne suis pas mécontent d'avoir déniché ce petit génie de l'informatique alors qu'il croupissait dans un vieux labo expérimental de Lille.

Je griffonne sur mon bloc-notes et donne un petit coup de coude à Arthur.

Prévois de lui débloquer une belle prime,
je ne voudrais pas qu'il aille voir ailleurs.

Il acquiesce de la tête et reporte son attention sur Grégory. Je souris à ce dernier lorsqu'il conclut sa présentation et je lève le menton vers l'une de ses collègues pour la suite. Elle se redresse pour entamer son bilan, et dans l'un de ses mouvements, sa chevelure blonde vient se balancer devant mes yeux et mes idées aussitôt quittent la salle. Je n'entends plus rien, ma vue se voile sur un sourire fabuleux, celui que ma jolie blonde m'a lancé, assise sur le lit alors que je me rhabillais, ses yeux clairs animés d'une tendresse bouleversante.

Je bats des cils pour revenir à cette réunion mais le souvenir de sa peau frissonnante me hante. Son parfum enivrant m'a fait perdre la tête au point que j'ai tout à coup oublié ce qu'elle était pour l'aimer comme si nous étions amants. Dans ses bras, j'ai laissé de côté les coups durs de ces derniers mois, mes tracas, mes désillusions, tout, jusqu'à mes nouvelles résolutions.

Je ferme les yeux en soupirant et je revois ses seins fabuleux dans mes mains, son cou offert à mes lèvres et son sexe si… Je toussote et me rassieds en réalisant l'effet qu'elle me fait encore, deux heures après. J'éparpille les feuilles devant moi pour dissimuler ce qui se déroule sous la table. Je maudis ces meubles en verre, pensés par des pervers qui voulaient probablement mater les cuisses de nanas aux jupes trop courtes.

Je prends mon téléphone et cherche dans mes derniers SMS. Je trouve sans mal le message que je me suis envoyé de son portable. Mordant à pleines dents ma lèvre pour contenir le désir qui s'agite dans mon pantalon, je l'enregistre dans mes contacts. *Véra*.

Je fronce les sourcils. Ce prénom ne me plaît pas. Je suis sûr que ce n'est pas le sien. Non, elle n'a pas un visage à s'appeler Véra. Elle a plutôt celui d'une noble lignée aux traits fins et harmonieux. Charlotte, Anne, Sophie. J'efface aussitôt « Véra » et tapote sur mon écran « Princesse ».

Je lisse ma cravate pour me reconcentrer sur la réunion alors que la jeune femme développe son projet mais une odeur vient de nouveau me distraire. Mes vêtements sont imprégnés de son parfum et mon corps s'électrise. Mes doigts me démangent, et après seulement quelques secondes de réflexion, je tapote quelques mots.

Hélias : Demain même heure,
même chambre. J'ai envie de te revoir.

J'inspire brusquement alors que j'appuie sur « Envoyer ». C'est fait. Demain, elle sera de nouveau à moi. Maintenant, je peux reprendre les rênes de ma journée.

– T'en penses quoi, alors ? me souffle Arthur dans le creux de l'oreille.

Je sursaute.

– Pas mal.

– Tu trouves ? s'étonne-t-il. C'est du archi-vu !

– Ouais, c'est vrai, éludé-je.

Il éclate de rire d'un coup, surprenant l'assemblée. Il fait signe à notre collaboratrice de poursuivre et, se penchant vers moi :

– Dis-moi, tu ne serais pas encore dans la chambre 124 ?

Je ne peux contenir un sourire avant d'être interrompu par Sonia, ma secrétaire. Je relève les yeux vers elle. Son visage fermé n'est pas de bon augure.

– Un appel très urgent pour vous. C'est votre père…

Je ne la laisse pas terminer sa phrase et me lève alors qu'Arthur me fait signe de filer. Que se passe-t-il encore ? Qu'a-t-il fait ? Ce n'était pas suffisant, de faire pleurer la femme de ménage ?

Le cœur au bord des lèvres, je m'enferme dans la cage en verre qui me sert de bureau et me précipite vers le téléphone. La respiration saccadée, je prends le combiné :

– Hélias ! hurle une voix féminine.

– Tante Val ?

– Mon Dieu, Hélias, il faut que tu viennes tout de suite !

– Qu'est-ce qui se passe ? m'écrié-je, affolé.

– Il y avait du sang partout, pleure-t-elle. Il respirait à peine…

– QUOI ? C'est papa ?

– Oui, les secours viennent de le transporter à l'hôpital… Je l'ai trouvé dans la salle de bain. Il s'est ouvert les veines, sanglote-t-elle. Je ne savais pas quoi faire. J'ai eu si peur, j'ai cru qu'il allait mourir…

Mes jambes se dérobent. Je m'accroche à ma table de travail quand je vois mon bureau tanguer devant mes yeux. Sonia, ma secrétaire, fronce les sourcils en m'observant à travers la vitre qui nous sépare.

– Il est où ? demandé-je.

– À la Clinique des Roses.

– J'arrive le plus vite possible.

– Il ne se remet pas de son départ, Hélias, continue-t-elle en pleurant. Il n'a plus goût à la vie.

– Il n'est pas le premier à qui ça arrive, réponds-je en enfilant mon blouson.

– Il a besoin de toi, il a besoin de son fils pour surmonter cette épreuve, me sermonne-t-elle entre deux sanglots. Tu ne peux plus gérer ça à distance, Hélias… Tu dois t'en occuper !

Sa remarque me blesse. Je n'y suis pas retourné depuis trois mois, c'est vrai. Je ne pouvais pas. C'était trop dur alors que là-bas, tout me fait penser à elle.

– Je fais au plus vite, dis-je froidement.

Je raccroche et me précipite vers l'ascenseur. Une main se pose sur mon épaule.

– Encore un problème, mon pote ? demande Arthur.

– Il a voulu mourir.

– Quoi ?

– Il s'est ouvert les veines, dis-je d'une voix blanche. Faut… il faut que je retourne là-bas.

– Prends tout le temps qu'il faut. Je m'occupe du reste. Appelle-moi dès que tu y es.

Je pénètre dans ma voiture et fouille le vide-poche à la recherche de mon badge. Je tombe sur un feuillet de cérémonie d'obsèques ; la photo de la première page me fait aussitôt frissonner. Un beau visage. Le plus beau que j'aie jamais aimé.

Celui de ma mère.

CHAPITRE 9

SARAH

– Vous, vous êtes une pute ! s'égosille l'homme qui tente de se libérer de la poigne de son avocat.

Je ne peux pas le contredire, il a tout à fait trouvé mon qualificatif du jour. Une pute, c'est bien ce que je suis depuis ce midi. Je me rapproche de lui, un sourire mauvais sur les lèvres. La haine qui me ronge de l'intérieur depuis ma fuite de cet hôtel me donne des ailes. Je fonce sans peur, comme si j'attendais qu'on me donne le coup de grâce.

– Monsieur Huriot, sérieusement, vous ne pensiez pas vous en tirer si facilement ? Libre à vous d'aller vous vautrer dans l'antre de je ne sais quelle femme avide de mépris mais avant, vous n'oublierez pas de passer par la caisse.

– Salope, j'aurai ta peau ! crache-t-il alors que je me détourne pour sortir du palais de justice, entraînant avec moi l'épouse du malotru.

Elle me toise, inquiète, et je ne peux m'empêcher de rire en entendant son mari volage hurler des insanités.

– Je suis navrée, Maître, dit-elle en regardant par-dessus son épaule.

– Ne vous inquiétez pas, j'ai l'habitude de ce genre de désagréments. Si votre mari s'emporte autant, c'est qu'il a compris que nous le tenons bien serré par les *cojones*. J'ai vu le regard de la juge. Elle est de votre côté. Elle va vous allouer une grosse pension alimentaire le temps de la procédure et ensuite, laissez-moi batailler pour une prestation compensatoire à la hauteur de l'humiliation qu'il vous a infligée.

– Je vous remercie pour tout ce que vous faites pour moi. Vous êtes formidable.

À ces mots, je perds mon sourire. Non, je ne suis pas formidable. Je suis même tout sauf cela. Aujourd'hui, j'ai été misérable, un être incapable de garder son libre arbitre lorsque l'on s'intéresse un peu à elle.

En bas des marches du palais, j'abandonne ma cliente et pars dans la direction opposée, la démarche fragilisée par les ampoules que j'ai aux pieds. Je déniche par miracle un taxi et m'engouffre dedans avec soulagement. Le chauffeur me regarde dans le rétroviseur, attendant la destination de sa course. Lasse, je récite mon adresse en massant mes mollets. Je pose ensuite ma nuque sur l'appuie-tête en geignant.

– Dure journée ? me demande-t-il en jetant un regard lubrique sur mes jambes.

– Oui, alors dépêchez-vous de m'y conduire, grogné-je en tirant sur ma robe.

J'ai hâte de pouvoir abandonner cette tenue pour reprendre mes jeans et mes baskets. Je ferme les yeux alors qu'il s'insère dans la circulation. Mes pensées me transportent inexorablement vers les souvenirs de cette chambre, vers le regard de cet homme qui m'a fait basculer en enfer.

Je secoue la tête pour effacer ces images, en vain. Ses yeux bleu-vert viennent encore et encore me bouleverser. J'ai tellement aimé les observer me couver d'une douceur infinie. Je le vois ramper vers moi avec cette lueur qui a tout emporté sur son passage. Je me mords la lèvre en imaginant encore le goût mentholé de sa salive dans ma bouche, la chaleur de ses doigts sur mes seins. Ses coups de reins en moi. Machinalement, je presse mes cuisses l'une contre l'autre.

– C'est votre téléphone qui fait tout ce boucan ? crie le chauffeur de taxi.

Je tressaille car je m'étais presque endormie.

– Oui, désolée.

Je récupère mon portable au fond de ma poche et regarde l'écran. Un numéro inconnu. J'hésite quelques secondes. Si c'était lui ?

– Vous allez le laisser sonner longtemps comme ça ?

– Non. Désolée.

Je décroche avec appréhension.

– Maître Lucas ? demande une femme à l'autre bout du fil.

– Oui, c'est moi, réponds-je avec soulagement.

– C'est le commissariat de Boulogne. On retient une dénommée Rosita Cortes qui nous a indiqué que vous étiez son avocate.

– Rosita Cortes ?

Je mets quelques secondes à resituer ce nom. La prostituée que j'ai assistée il y a deux jours.

– Oui, effectivement.

– Elle vient d'être mise en garde à vue pour racolage sur la voie publique.

Je lâche un juron. Elle m'avait prévenue.

– OK, j'arrive, réponds-je avec lassitude.

Je tapote l'épaule du chauffeur et lui demande de changer de direction. Une fois arrivée au poste de police, j'appréhende à l'idée de devoir entamer une garde à vue dans une telle tenue, surtout quand je vois les regards appuyés des deux brigadiers chefs à l'entrée. Je pousse la grande porte vitrée et suis aussitôt frappée par le vacarme qui règne dans le petit commissariat. Une jeune policière me salue :

– On a fait un gros ramassage cet après-midi. Ça piaille comme dans un poulailler. La vôtre est avec le lieutenant Bernard. Je vous y conduis.

Je pénètre à sa suite dans le tout petit bureau de l'enquêteur et une odeur de sueur aigre m'indispose illico. Le policier se lève et me tend la main ;

j'ai déjà eu l'occasion de le rencontrer lors d'autres gardes à vue.

– Vous aviez une soirée ? me demande-t-il en me détaillant de la tête aux pieds. Je suis désolé de contrecarrer vos projets.

– Non, non, rien de bien important.

Juste une soirée cachée sous ma couette à faire taire mes remords.

Rosita lève les yeux vers moi, gênée, et lorsque je croise son regard, ma gorge se serre. Sur son visage, je vois dorénavant le reflet du mien.

– Je voudrais lire la procédure, s'il vous plaît. Et puis m'entretenir avec ma cliente.

Dans un placard qui sert de salle de consultation, j'épluche les procès-verbaux de l'arrestation de ma cliente, les conditions dans lesquelles on l'a trouvée au bord de la route, attendant que des hommes s'arrêtent en voiture pour la ramasser. Il ne me faut pas longtemps pour déceler un vice de procédure. En retournant vers le lieutenant, je passe devant les cellules, remplies de femmes aux goûts vestimentaires plutôt douteux, criant, pleurant, parfois dormant à même le sol. Je frissonne en m'imaginant à leur place, moi qui ai vendu mon corps à un homme, tout comme elles. La seule différence, c'est que je n'en avais pas conscience et que j'étais au chaud dans la chambre d'un palace.

Mon téléphone vibre alors que je m'apprête à pénétrer de nouveau dans la salle d'interrogatoire.

Inconnu : Demain même heure, même chambre. J'ai envie de te revoir.

Mon cœur loupe un battement. Un coup d'œil vers le lieutenant qui m'attend en souriant ; je me sens tout à coup coupable. Il fronce les sourcils et me toise, comme s'il lisait en moi et découvrait mon activité illicite de la pause déjeuner. J'enfonce la main dans ma poche pour vérifier que mes billets y sont toujours bien dissimulés et, la gorge serrée, je fais un pas dans le bureau.

– Un problème, Maître ? demande-t-il poliment.

– Oui effectivement.

***

– Sans rancune lieutenant ?

Tout juste deux heures dans ce commissariat pour faire libérer dix-sept prostituées.

– Au plaisir de ne pas vous revoir de sitôt, Maître. Une journée de boulot foutue en l'air pour une petite ligne oubliée dans mes procès-verbaux.

– Navrée, mais les droits de la défense sont impitoyables.

– Certains de vos confrères ferment les yeux pour ne pas anéantir le travail des forces de l'ordre.

Une voiture de luxe s'arrête devant nous. Un type louche en sort et embarque *manu militari* l'une des filles que j'ai fait libérer.

– Dans dix minutes, elle sera de nouveau sur le trottoir.

Je baisse les yeux, un peu honteuse. Je ne devais défendre que Rosita, mais l'avocat de permanence étant retenu au palais, j'ai pris sa place et relevé la même erreur dans chaque dossier, faisant lever les gardes à vue.

Je scrute une autre grosse berline s'arrêter et trois filles s'y précipiter. J'imagine que la soirée aurait finalement été meilleure pour elles au chaud en cellule plutôt qu'à tapiner au bois de Boulogne. Pourtant l'une d'elles se retourne vers moi et m'adresse un geste de la main, toute souriante.

– J'espère qu'on ne la retrouvera pas étranglée demain matin, lâche le policier en secouant la tête. Sinon, je vous appelle pour la levée du corps.

Un nœud se forme dans ma gorge. *Décidément, aujourd'hui, je ne fais que de la merde !*

J'ai intérêt, je crois, à me faire oublier quelques jours du côté du pénal. Je laisserai mes prochaines permanences à Gabriel en échange de ses audiences de divorce. Le proc était furax, je l'entendais hurler à travers le téléphone. À deux reprises, il a demandé mon nom. *Du moment que je ne finis par sur son tableau des gardés à vue pour racolage dans un palace.*

Je ne suis pas mécontente d'être rentrée chez moi au bout d'une heure de bouchons à travers Paris. Je file sous ma douche pour effacer encore une fois les marques de mon déshonneur du jour et y demeure un long moment, à refouler les images de cette rencontre. J'ai beau me répéter que personne n'en saura rien, que je ne savais pas ce que je faisais, je m'en veux d'avoir agi ainsi. Cela me ressemble tellement peu de me donner à un homme que je ne connais pas. Au réveillon, ce n'était pas beaucoup mieux, mais je le connaissais. Je ne l'aimais pas mais je savais au moins comment il s'appelait. Et surtout, j'étais ivre. Aujourd'hui, j'avais tout mon libre arbitre et j'ai fait le mauvais choix.

Je ne sais même pas comment s'appelle cet homme. Je sais juste qu'il a les plus beaux yeux de la planète, un regard tendre, un corps façonné pour aimer, une bouche dessinée pour s'étirer en de merveilleux sourires. Je parle comme si j'étais amoureuse de ce type, mais pas du tout. Au contraire, il me dégoûte. Enfin… Si, il me dégoûte ! Que cache-t-il pour avoir recours à des prostituées ? Il est beau comme un Dieu ! À tous les coups, il est marié, a une gentille femme, un merveilleux petit bébé avec le même regard fantastique et se tape des filles de joie pour contenter une addiction au sexe.

J'allume la télévision et essaie de me détendre en pensant à autre chose mais mes doigts s'emparent de mon téléphone. Dedans, la tentation absolue. Une proposition totalement indécente. Presque une supplique de sa part. Il a *envie de me revoir*. Et moi, ai-je envie de retourner dans cette chambre, de le laisser s'approprier une fois de plus mon corps pour quelques billets ? Entre parenthèses, il paie plutôt bien. Je comprends mieux les tenues hors de prix de cette chère Véra, qui je l'espère, souffre le martyre à l'heure qu'il est.

Je zappe dans les menus. *Pretty Woman*, *Baby*… Non seulement je suis majeure et vaccinée, mais j'ai embrassé le client avant de plonger. De rage, j'éteins la télé. J'entre dans ma chambre et reluque méchamment Ryan. Je prends mon canard vibrant entre les doigts et le laisse tomber avec dédain dans la corbeille de ma chambre. Après ce que j'ai vécu, adieu plaisirs artificiels !

Mon téléphone se met à sonner et mon cœur s'arrête. Ça doit être lui, il veut une réponse. Mes jambes flageolantes me conduisent jusqu'à l'appareil qui vibre sur la table du salon. Ma peur s'estompe dès que je vois le nom de ma mère sur l'écran. Au lieu de ça, la colère m'envahit. Après tout, c'est en partie de sa faute, ce qui s'est passé aujourd'hui. À force de l'entendre me rabâcher de m'ouvrir aux hommes, j'ai complètement perdu les pédales.

– Salut, maman.

– Bonsoir, Sassa. Comment vas-tu ?

Ça ne va pas, mais c'est bien la dernière personne à qui j'ai envie de me confier.

– Bien.

– Je suis obligée d'appeler sinon je n'aurais aucune nouvelle.

Premier reproche.

– Tu as bien reçu mon colis ?

– Oui.

– J'attendais un coup de fil pour un petit merci.

Deuxième reproche.

– Je t'ai envoyé un texto, mais merci.

Surtout quand on voit l'effet qu'il a eu sur mon client.

– Ta sœur m'a dit que tu avais un rendez-vous important ce matin et que tu as dû te faire belle.

Une mère dirait que je n'ai pas besoin de m'apprêter pour être belle, que je le suis naturellement.

– Oui, mais il a été annulé.

– Si tu faisais un effort plus souvent, tu te trouverais un beau mari avec une belle situation.

Troisième reproche.

– Toi, ça ne t'a pas suffi.

En guise de réponse, un soupir. Elle sait de quoi je parle : du divorce, de la façon dont elle s'est débarrassée de mon père.

– Un jour, il faudra que tu me pardonnes, Sarah, sinon tu n'arriveras jamais à être heureuse. Ton père l'a fait, lui.

Mes yeux s'emplissent de larmes. Je ne peux pas lui pardonner la période la plus dure de ma vie. Je n'y arrive pas. Pourtant, j'essaie, surtout pour Maxine.

Nous étions une famille heureuse. Nous vivions dans une belle maison que mon père avait dessinée pour nous. Nous avions des amis, plein d'amis, ma petite sœur était joyeuse et épanouie. J'avais un père aimant, qui m'emmenait à mon cours de danse entre deux rendez-vous professionnels et qui adorait regarder les étoiles avec Maxine et moi, le soir sur notre petite terrasse en bois.

Jusqu'à ce qu'elle *le* rencontre. Le petit-fils de notre voisine. La vingtaine, beau parleur à la plastique de rêve, aux muscles saillants, aux tatouages impressionnants qui recouvraient la moitié de son corps. Rien à voir avec la bonhomie de mon père. Il revenait d'un long séjour en Nouvelle-Zélande, la bouche remplie d'aventures qui faisaient rêver ma mère. Elle ne travaillait pas à l'époque ; le salaire confortable de mon père suffisait pour nous offrir une vie cossue. Une vie dans laquelle, toutefois, elle ne s'épanouissait pas, sombrant chaque jour un peu plus dans une certaine morosité. Au contact de Tony – c'est comme ça qu'il s'appelait –, elle retrouvait le sourire même si elle devenait plus distante et moins patiente avec nous. Je n'aimais pas cet homme. Il avait une façon de la détailler qui me dérangeait. Et ma mère, une manière de l'idolâtrer au point d'en oublier jusqu'à notre présence.

Un jour, ma sœur et moi n'avons trouvé personne à la sortie de l'école. Ni maman, ni notre père. J'ai pris ma petite sœur par la main et nous sommes rentrées à pied. En arrivant à la maison, la porte était ouverte, et des cris résonnaient dans l'escalier. Maxine a filé rejoindre Réglisse, notre chaton, et je suis montée à l'étage. Mon père venait de surprendre notre mère dans les bras de son amant ; les deux hommes étaient en train de se battre sous les hurlements de ma mère. J'assistais à la fin de notre vie protégée.

Prostrée sur une marche de l'escalier, j'ai regardé la scène, choquée et encore inconsciente du fait que ma famille venait d'être détruite. Tony est sorti de la chambre en ricanant méchamment, ma mère pleurant, criant après mon père. Celui-ci, dans une rage que je ne lui avais jamais connue, l'a attrapée par le coude pour la jeter dehors à moitié nue, lui ordonnant de dégager. Et c'est ce qu'elle a fait. Elle est partie.

Deux semaines se sont écoulées sans aucune nouvelle de sa part. Ma grand-mère était venue s'installer chez nous pour aider mon père, dévasté. Nous avons commencé à reprendre une vie presque normale, même si notre mère nous manquait énormément, jusqu'au jour où elle est venue nous chercher pendant l'école avec son jules. Elle nous a enlevées en pleine journée, en un claquement de doigts, de notre vie dorée. Ont suivi deux années sur les routes pour échapper à mon père. Deux années avec ce type qui n'avait pas les épaules pour assumer une femme et ses deux enfants. Très vite, il s'est mis à boire. Oisif depuis toujours, il n'était pas question qu'il travaille. Ma mère devait enchaîner plusieurs boulots pour nous faire vivre. Elle l'avait dans la peau. Il était beau, jeune ; elle avait peur de le perdre, qu'il s'envole pour une autre. Au point qu'elle s'est aveuglée pendant des années. Il levait parfois la main sur moi, jusqu'à ce que ça en devienne régulier. Quand je suis devenue préadolescente, son regard et ses attitudes se sont faits dérangeants. Et puis un jour, il a commis l'irréparable. Alors que je tenais un couteau devant moi pour l'empêcher de m'approcher, ma main tremblant, ma mère a finalement ouvert les yeux. Mais de l'emprise de Tony, elle est passée à celle d'un autre, puis encore un autre.

Difficile de pardonner ça.

– Tu comprendras un jour quand tu aimeras, toi aussi.

C'est vrai que je ne comprends jamais rien, moi, la fille sans cœur.

– J'ai besoin de dormir, maman. Bonne nuit.

– Bonne nuit, Sassa.

J'ai pourtant essayé toutes ces années de déchiffrer ce qui avait pu la conduire à cela. Pourquoi malgré les échecs, elle continue dans cette voie, préférant enchaîner les liaisons éphémères et insatisfaisantes plutôt que de se contenter de ses filles. Que peuvent lui apporter ces hommes ? *Se donner à eux au point d'aller à l'encontre de sa famille, de ses valeurs, se perdre dans leurs bras et oublier tout le reste ; c'est ça, vivre ? C'est ça, aimer ?*

La colère se diffuse en moi. Je lui en veux, mais je n'arrive pas à me dire qu'elle a fait tout ça sans penser sincèrement que ça en valait le coup. Et si elle avait raison ? Si j'étais en train de passer à côté de ma vie ? Et si je lâchais enfin prise, si j'arrêtais un temps d'être la fille modèle, la rabat-joie qui s'en fait pour elle pour devenir la fille de ses rêves, une femme moins réfléchie, qui se laisse guider par ses sens, une femme à son image ? Si, pour une fois dans ma vie, je m'autorisais à faire n'importe quoi, comme elle ?

Tu veux que j'essaie, maman ? Alors allons-y !

Dans mes mains, mon téléphone. J'ouvre la messagerie. Je tape seulement deux lettres : OK.

CHAPITRE 10

HÉLIAS

Je roule en direction de la clinique où mon père a été admis cet après-midi, mais lorsque j'aperçois au loin les bords de Seine près de Fontainebleau, mon cœur se serre. Notre maison, celle où j'ai grandi, celle où ma mère a fermé les yeux pour toujours, n'est plus très loin. Je n'y suis pas retourné depuis trois mois, depuis le jour où je l'ai regardée renoncer au combat et s'éteindre pour toujours, me laissant avec une plaie béante à la place du cœur. J'ai toujours réussi à voir mon père dans un autre endroit que celui qui renferme mon plus grand chagrin, la douleur de ma vie. Une fois chez ma tante, une autre fois chez le notaire, à la clinique après son malaise vagal… Oui, je suis un lâche, je le reconnais. Incapable d'affronter ces murs. Incapable de nous voir, mon père et moi, seuls sans elle dans ce cocon qu'elle avait mis tant de cœur à aménager pour notre bonheur.

Je me gare devant l'établissement de santé et reste quelques minutes dans ma voiture, à prendre sur moi, à me motiver pour supporter de le voir comme ça, à repousser la culpabilité qui m'enserre les boyaux. Je lâche un long soupir et ouvre la portière. Il est temps que j'affronte les problèmes comme un adulte. À vingt-sept ans, il serait temps.

Je pénètre doucement dans la chambre après avoir frappé à la porte d'une main mal assurée. La pièce est baignée dans la pénombre malgré l'heure encore raisonnable, les stores baissés, et je distingue à peine mon père étendu sur le lit médicalisé.

Mon ventre se tord lorsque je le reconnais enfin en approchant du lit. Les larmes aux yeux, les lèvres tremblantes, j'effleure sa main. Endormi, amaigri, il est presque méconnaissable : ses traits sont tirés, ses cheveux sont longs et gras, son visage est recouvert d'une barbe de plusieurs semaines, loin de son allure raffinée habituelle. En si peu de temps, il a tellement vieilli. Ses cheveux grisonnants ont blanchi d'un coup.

Je déglutis en posant mes yeux sur les bandages de ses poignets. Si je l'avais appelé plus souvent, j'aurais peut-être pu me rendre compte de son mal de vivre. Je me laisse tomber dans le fauteuil et me mets à pleurer. Je m'en veux tellement. J'aurais pu empêcher ça. Tous ses coups de sang envers les femmes de ménage étaient un signe que je n'ai pas compris, un appel au secours que je n'ai pas entendu. Je suis le pire des fils. J'imagine ce qui aurait pu arriver si tante Val n'était pas passée aujourd'hui. J'aurais pu le perdre pour toujours. Il serait mort seul, sur le carrelage de la salle de bain, le cœur brisé, avec le sentiment d'avoir été abandonné par son fils unique. Je frissonne comme si la mort rôdait encore autour de lui. Je découvre ses ongles noircis de sang séché, sa peau blafarde et des hématomes au bras qu'il a dû se faire lorsqu'il a perdu connaissance.

– Je te demande pardon, papa, j'aurais dû être là, voir que tu n'allais pas bien.

Je sanglote plus fort en posant sa main contre ma joue. Je détaille son visage, chacune de ses rides. Je ferme les yeux et cherche à me souvenir de la dernière fois que je l'ai vu sourire. Cela remonte à tellement loin… Avant l'annonce de la maladie de maman. Avant ce coup de tonnerre qui s'est abattu sur notre maison.

Ses doigts soubresautent dans son sommeil et je resserre sa main contre moi. Je caresse son bras fin. La fraîcheur de sa peau me surprend et me rappelle celle de ma mère lors de son agonie. Sur son visage, une larme roule lentement et finit prisonnière des marques du temps. Je lève la main vers lui et effleure sa pommette délicatement. Ses yeux noisette se posent sur moi et ses traits s'illuminent quelques secondes avant de s'assombrir de nouveau. Ils s'emplissent de larmes et je le vois détourner les yeux.

Je me lève pour m'asseoir plus près de lui et prendre son visage entre mes mains.

– Papa, dis-je d'une voix serrée. Comment te sens-tu ?

– Je suis désolé, fils. Je n'en pouvais plus. Je ne peux pas vivre sans elle.

Il refuse toujours de me regarder.

– Il te faut juste du temps, papa. Du temps pour apprendre à vivre autrement.

Je me hais de lui dire ça, moi qui ne suis même pas capable de remettre les pieds à la maison.

– La vie n'a plus aucun sens sans elle. Ta mère était ma raison de vivre, dit-il en sanglotant.

– T'es pas tout seul, papa, je suis là.

– Tu as ta vie, mon grand. Tu es occupé par ton travail.

Ses paroles me brisent le cœur. Je me suis servi de mon entreprise pour décliner toutes ses invitations à venir le rejoindre chez nous durant des semaines. J'ai été minable. Je ne pourrai plus me regarder dans une glace. Mais je dois trouver les mots pour lui donner la force de continuer maintenant, pour qu'il ne me quitte pas lui aussi.

– Papa, maman ne voudrait pas que tu te laisses aller comme ça. Elle voudrait que tu continues à vivre, que tu sois heureux.

– Je sais, Hélias. Ta mère serait furieuse après moi. Elle n'aurait pas voulu que je t'abandonne à mon tour mais…

– Papa, je sais combien tu souffres. C'est dur pour moi aussi, sangloté-je.

Très dur, putain !

– On va y arriver tous les deux, pour elle, pour maman, continué-je en frottant sa paume entre mes mains avant d'y déposer un long baiser.

Mon père baisse les yeux comme s'il ne voulait pas me faire une promesse qu'il ne tiendra peut-être pas. La peur m'envahit.

– Papa, quand tu sortiras de la clinique, tu viendras chez moi.

– Chez toi ? Pour quoi faire ?

– Pour te sortir de cette maison.

– Je n'ai aucun problème avec cette maison, rétorque-t-il, bourru. C'est la nôtre, celle où ta mère et moi avons passé les plus belles années de notre vie, à te voir grandir.

– Je sais, mais ça te ferait du bien de prendre l'air…

– Tu es le seul à avoir un problème avec cette maison ! s'énerve-t-il.

– Il y a trop d'elle, dedans. Ça me bouffe le moral d'y mettre les pieds, papa. Je ne vois qu'elle dans ce lit, l'ombre de ce qu'elle était devenue.

– Ce n'est pas une raison pour la bazarder, s'emporte-t-il, à fleur de peau. Je ne te laisserai pas faire !

– Calme-toi, papa. On ne la vendra pas, ne t'inquiète pas…

Une infirmière, alertée par le bruit, pénètre dans la chambre et se penche sur sa perfusion.

– Comme il est très agité, je vais le sédater, m'explique-t-elle. Il va dormir quelques heures et son corps pourra reprendre des forces.

– Je ne veux pas dormir, se révolte-t-il. Ne me donnez pas votre drogue. Je veux juste rentrer chez moi !

– Tout doux, papa, le tempéré-je en posant mes mains sur ses épaules lorsqu'il fait mine de se relever.

– Le médecin est dans le bureau des infirmières, si vous souhaitez le voir, poursuit la soignante en ne prêtant aucune oreille aux lamentations de mon paternel.

– Merci.

L'infirmière sort de la chambre et je reprends la main de mon père, qui me regarde avec tristesse avant de se détendre, le temps que le calmant se diffuse dans sa perfusion.

– Je suis là, papa. Je vais m'occuper de toi. Je ne te laisserai plus.

– Hélias…, siffle-t-il alors que son regard se voile.

– Je serai là à ton réveil. Repose-toi.

Ses yeux papillonnent puis se ferment. Sous le choc, je le contemple avec un chagrin immense. Où en sommes-nous tous les deux aujourd'hui ? La mort de maman nous a jetés dans le néant. Nous plongeons tous les deux, chacun à notre façon : mon père en essayant de quitter ce monde où elle n'est plus, moi en attendant que la vie s'écoule, inlassablement sans plus jamais aimer.

Le médecin me reçoit quelques instants. Très déprimé, mon père devra probablement passer quelques semaines dans l'aile dédiée à la psychiatrie. Le terme me fait frémir. Où est passé ce brillant professeur de faculté qui faisait la fierté de ma mère ? Imbibé de produits censés masquer ses idées noires, il n'est plus qu'une pâle copie de ce qu'il était, une enveloppe vide. L'infirmière me remet ensuite ses effets personnels, parmi lesquels la clef de notre maison. Je souris en reconnaissant le trousseau de maman orné d'un porte-clefs en bois que je lui avais confectionné pour la Fête des mères.

Cette fois, je ne pourrai pas me défiler.

Quand j'ouvre la porte, j'ai l'impression de faire un bond dans le passé. J'imagine la bonne odeur de gâteau au chocolat que maman adorait me faire le mercredi après-midi pour mon retour du tennis. La machine à laver tournait à plein régime. Pendant ce temps, maman corrigeait ses copies. Elle levait le menton avec ses lunettes posées sur le bout de son nez et me faisait un beau sourire avant de me dire : *« Douche, goûter et ensuite devoirs, mon fils. Et puis si nous avons encore un peu de temps avant le retour de ton père, nous ferons une petite partie... »*

– D'échecs.

Ma voix se meurt dans le silence de la maison. Mon imagination s'éteint et les murs emplis de soleil laissent place à la grisaille d'une fin de journée de mars. Je pose les clefs sur le petit meuble du vestibule et entre dans le salon. Rien n'a changé depuis ma dernière visite. Le jeu d'échecs est toujours à sa place devant la baie vitrée, une partie encore en cours. La dernière pendant laquelle j'ai affronté ma mère, quelques jours avant sa mort. J'observe les pions et je remarque qu'elle aurait encore gagné. Elle était imbattable. Cette mathématicienne était d'une intelligence exceptionnelle, un esprit vif animé d'une soif d'apprendre permanente.

J'avance vers la cuisine. Un peu de vaisselle sale est entreposée dans l'évier et je m'applique quelques instants à tout laver. Ma mère se moquerait en me voyant. De toute mon adolescence, je n'ai jamais aidé à quoi que ce soit. Elle aimait m'appeler le pacha. Chaque fois que j'amenais une nouvelle petite amie, elle aimait dire que j'allais être un mari épouvantable. Je sais pourquoi. À ses yeux, aucune n'avait jamais assez de qualités pour son fils unique. Elle avait peut-être raison, car je n'ai jamais trouvé l'étincelle si déterminante dans leurs yeux.

Un flash fugace me surprend. Le regard de la jolie blonde. Oui, elle a cette lueur, mais elle n'est pas de celles qu'on épouse. D'ailleurs, maman me tuerait si elle savait ce que j'ai fait à midi. Son fils, aller voir une prostituée, après toutes les valeurs qu'elle a tenté de lui inculquer, surtout le respect. Elle en serait morte, même sans cancer.

Je passe devant le bureau de mon père mais continue mon chemin jusqu'à sa chambre. Mon estomac se vrille alors que je franchis le seuil. Les images de ma mère dans son lit médicalisé ressurgissent en une violente gifle et je n'ai qu'une envie, fuir loin d'ici. Je bats des paupières pour chasser ce mauvais souvenir. Je prends des affaires pour mon père, et je rentre.

Je grimace en découvrant la penderie encore remplie des robes de ma mère. Mon père n'a pas eu le courage de s'en défaire, il faudra que je le fasse avec lui. Mes doigts glissent sur les étoffes et comme un gosse, je viens frotter le tissu contre mon nez. Son parfum imprègne encore le manteau. Les yeux plissés, je m'y pelotonne quelques secondes mais un bruit derrière moi me fait sursauter.

– Val, fais-je, la voix serrée, en découvrant ma tante derrière moi.

– Ça va, mon grand ?

– C'est dur d'être ici. Elle est partout et à la fois nulle part. Ça fait un drôle d'effet.

– Oui, chaque fois que je rentre, j'ai l'impression qu'elle va débouler pour me dire : « As-tu bien essuyé tes pieds ? »

Je ricane doucement en prenant ma tante dans mes bras et en la pressant fort contre moi.

– C'est vrai qu'elle était maniaque.

– Une foldingue du ménage. J'ai fait un rêve l'autre jour où elle me reprochait de ne pas avoir nettoyé sa tombe. Ni une ni deux, j'ai couru le faire dès le lendemain matin. Je n'ai pas envie qu'elle vienne me chatouiller les doigts de pied.

Je regarde avec tendresse la sœur de ma mère et je sais ce qu'elle essaie de faire : me distraire de mes angoisses.

– Bon, j'ai du boulot. Je te laisse.

Elle sort avec énergie de la chambre. Je l'entends s'agiter dans le débarras avant de retourner vers la salle de bain. Intrigué, je la suis et lorsque je passe la porte, je m'arrête, saisi d'effroi. Le sol est maculé de sang et la baignoire n'est qu'une mare rouge.

– Oh, mon Hélias, ne reste pas ici. Ça va te tourner les sangs.

– Il… Il était déterminé, balbutié-je, le cœur brisé.

– C'est très dur pour ton père. Je ne sais pas s'il va se remettre un jour de son départ. Il l'aimait comme un fou depuis toujours.

Des souvenirs de mes parents dansant au dernier bal du 14 Juillet me reviennent en mémoire. Après trente ans de mariage, ils étaient toujours aussi amoureux.

Je me penche pour ramasser la lame de rasoir qu'il a dû utiliser pour se tailler les veines. Un petit bout de ferraille tranchant pour ôter une vie si essentielle à la mienne. Et pourtant, lorsqu'il a eu besoin de moi, je n'ai pas su être présent.

– Je m'en veux tellement. J'aurais dû être là pour lui.

Ma tante me lance un regard compatissant.

– Le principal, c'est que tu sois là maintenant.

Je soupire dans mes mains, choqué par tout ce sang, imaginant mon père dans cette baignoire. Je me saisis de la serpillière que ma tante tient dans les mains.

– Je vais m'en charger.

Je préfère m'activer pour ne pas me laisser davantage submerger.

Après un long moment à nettoyer tous les deux et à rassembler des effets pour lui, nous restons là, regardant avec nostalgie quelques photos avant que Val ne rentre chez elle. Je pénètre dans le bureau de mon père et contemple avec admiration les grandes bibliothèques remplies à ras bord de livres. Parmi eux, quelques-uns portent son nom : Philippe Graçay, professeur d'histoire à la Sorbonne. Je suis triste à l'idée qu'il ait tout arrêté après la mort de maman.

Je me souviens m'être parfois assis dans son fauteuil pendant son absence pour y fumer quelques cigares qu'il planque dans son tiroir. J'attrape le cadre posé sur le meuble, arborant une photo du mariage de mes parents. Ils étaient beaux et lumineux. Finalement, à quoi ça sert tout ça, le bonheur à deux, l'amour fou, si c'est pour se laisser mourir de chagrin lorsque le premier ferme les yeux ? Quand j'ai assisté au dernier souffle de ma mère, j'ai cru que je n'arriverais pas à m'en relever. Cette douleur que je ressens dans ma poitrine, ce vide, je ne veux plus jamais le ressentir. Jamais je ne laisserai une femme prendre autant de place dans mon cœur. Je me refuse à aimer si c'est pour souffrir autant. Je préfère vivre seul pour toujours, me contenter de liaisons sans lendemain plutôt que m'attacher et être ravagé de chagrin si elle me quitte, de quelque façon que ce soit.

De toute façon, les femmes que je rencontre dans le milieu que je côtoie aujourd'hui ne sont intéressées que par l'argent et la luxure. J'ai l'impression d'être un banquier devant alimenter en permanence leurs envies superficielles.

Mon téléphone vibre et je lis un message de « Princesse ». Juste un mot : OK. Elle a dit oui pour me revoir. Étrange d'avoir recours à une prostituée, moi qui me plains de la vénalité des femmes. Mais au moins, elle ne s'en cache pas. Et puis, elle, elle me fait du bien.

CHAPITRE 11

SARAH

Je sors de la rame de métro sur les nerfs. N'y a-t-il plus moyen de prendre les transports en commun en jupe sans se faire coincer contre un mur ? Le dernier qui l'a fait entre les portes automatiques va s'en souvenir. Un coup de sac dans les parties, quand on trimballe le Code civil, c'est plutôt efficace pour couper tout entrain à se servir de son attirail.

Mon cartable dans une main et un grand sac en cuir sur l'épaule, j'arrive au cabinet particulièrement tard. Je n'ai pas fermé l'œil de la nuit à cause de ce SMS envoyé sous le coup de la colère. Je me suis demandé jusque tard dans la nuit comment cette nouvelle rencontre tarifée pouvait m'apporter quoi que ce soit dans le néant de ma vie amoureuse. Ce type pense voir une prostituée, il ne va pas me demander en mariage. Peut-être que si je lui annonçais que ma prestation est finalement gratuite, ça lui ôterait tout plaisir.

Je ne sais pas si c'est la fatigue à trois heures du matin ou ce magnifique regard qui continuait à danser devant mes yeux, mais j'ai finalement admis que cela ne pouvait pas me faire de mal. Je pourrais prendre le plaisir qu'il me procure, le laisser m'offrir de l'argent, que je donnerais éventuellement à une œuvre de charité, comme une association de réinsertion sociale pour les prostituées, par exemple. Et tous les deux, nous y trouverions notre compte.

À quatre heures, nouveau réveil. Cette activité est illégale. Que se passerait-il si j'étais arrêtée au cours de cet échange de bons procédés ? Je perdrais mon job, ma réputation, ma famille… Je devrais fuir la ville, me cacher là où personne ne me reconnaîtrait.

Je me suis rendormie à cinq heures. À six heures, les deux billes ouvertes, je me convainquais que cette histoire ne sortirait pas de la chambre d'hôtel. Qui le saurait ? Personne à part moi et ma conscience. Et je percutais que Véra allait bien finir par découvrir ce que j'avais fait. Est-ce que ça m'inquiétait vraiment ? Dieu sait depuis combien de temps elle fait ça elle-même.

À sept heures, j'ai fermé les yeux pour une dizaine de minutes… pour me réveiller en sursaut à neuf heures, avant de passer une heure à décider quoi mettre. Une petite jupe droite en cuir et un chemisier chic en voile noir à pois blancs, la lingerie sexy de maman Soutif et deux paires de chaussures, des ballerines pour la matinée et des escarpins pour ma « pause déjeuner », avant de rejoindre le cabinet.

10 h 18, je décide de lui dire que je ne suis pas une escort. 10 h 20, je le lui annoncerai après notre petite séance car ce serait malin de lui faire perdre ses moyens. 10 h 26, je ne vais certainement pas le lui dire. Quelle femme accepterait de faire ça juste pour s'envoyer en l'air ? Il va me prendre pour une nymphomane. 10 h 30, je le lui dis. 10 h 35, je ne le lui dis plus. 10 h 53, je suis en surchauffe. Je ne sais plus quoi faire. La seule chose dont je suis sûre, c'est que je dois le revoir… au moins une fois. J'ai peut-être rêvé, hier. J'ai peut-être halluciné et couché avec un type horrible. 11 h 04, je n'ai plus d'ongles sur la main droite et j'attaque la gauche. 11 h 16, arrivée au cabinet. Le vestibule est désert. Je me glisse à pas de velours dans mon bureau, ni vue, ni connue.

J'accroche mon manteau tout en discrétion quand Gabriel surgit brusquement derrière moi en vociférant :

– T'aurais au moins pu me prévenir avant de m'envoyer au casse-pipe, ce matin !

Je me retourne et regarde le blondinet s'agiter devant moi en me toisant de la tête aux pieds. Je le vois secouer la tête comme s'il tentait de remettre ses neurones en place, brièvement déconcentré par ma jupe, avant de reprendre :

– Le proc m'a dézingué ce matin. J'ai dit bonjour et il m'a dit le reste.

– Les prostituées d'hier, percuté-je en déglutissant.

– Oui, les dix-sept putes que tu as fait libérer. Le procureur a une dent contre le cabinet, maintenant.

La sonnette d'entrée retentit et détourne notre attention quelques secondes. Un type à l'allure douteuse pénètre dans le cabinet. En l'absence de Véra, j'observe le boss aller à la rencontre de l'homme, mais Gabriel se remet devant moi et continue :

– Franchement, ça te coûtait quoi, un petit SMS pour m'avertir ? Et puis depuis quand tu fais dans la défense des putes de Boulogne ?

– Je suis navrée Gab, j'étais épuisée et je suis rentrée me coucher. Je ne pensais pas que tu irais au palais de si bon matin.

– De si bon matin ? Il est onze heures passées, Sarah, tu déconnes vraiment.

Bruno pénètre dans mon bureau, le sourire aux lèvres et une énorme liasse de billets dans les mains.

– Bravo, Sarah ! Le coup des putes, c'était du grand art. Un énorme coup de pub pour le cabinet.

– Tu parles d'un coup de pub, rétorque méchamment Gabriel. Une clientèle raffinée, bravo.

– Une clientèle peut-être peu orthodoxe mais qui paie bien, dit-il en brandissant l'argent sous le nez de mon collègue. Je préfère dix fois des proxénètes qui paient en cash à des voyous en col blanc qui esquivent chaque fois qu'il faut passer à la caisse.

Gabriel retourne dans son bureau, vexé. Moi, je tourne en rond jusqu'à midi, dépoussiérant ma table de travail, arrosant mes deux plantes vertes et rangeant mes piles de dossiers. Impossible de me concentrer.

Quand l'heure arrive, je me lève, raide comme un piquet. Je prends mon grand sac et me dirige vers la porte.

– Tu vas où ? me demande Gabriel d'un air soupçonneux.

– J'ai un truc à faire, réponds-je sèchement.

– T'as quoi dans ce grand sac ?

Je reste figée, lui tournant le dos. *Réfléchis !*

– Je vais à la piscine.

– Ah ? Quelle piscine ?

Et merde.

– Je ne parlerai qu'en présence de mon avocat, raillé-je sans me retourner. Bon app' ! lui lancé-je en passant la porte presque en courant.

En arrivant à l'hôtel, je reconnais le type guindé de la réception et décide de l'ignorer carrément. Dans l'ascenseur, je souffle pour éviter la crise de nerfs. J'appuie avec stress sur le bouton arrêt entre le rez-de-chaussée et le premier étage. J'enfile en vitesse mes talons hauts. Je m'asperge de parfum, peut-être trop. Je remets du rouge à lèvres. Un doigt sur le bouton. Je suis prête.

Les portes coulissent et je tressaille en tombant nez à nez avec un homme qui recule de quelques pas pour me laisser sortir. Mes ballerines dans les mains, je le dépasse, rougissante, alors qu'il me fait un petit clin d'œil complice. Une jeune femme, très jeune, très maquillée et très peu habillée, le suit. Il ne faut pas chercher bien loin pour savoir ce qu'ils viennent de faire. J'imagine qu'avec mes chaussures que je suis en train de fourrer à la va-vite dans mon grand sac, ils n'ont pas beaucoup de doutes non plus sur ma personne.

Lorsque les portes se referment, je lâche un long soupir. Hier, à la même heure, j'allais dans cette chambre sans savoir ce qui m'y attendait. J'étais innocente de tout. Aujourd'hui, je m'apprête à pénétrer dans cette suite 124 en toute connaissance de cause.

Qu'est-ce que je fais là ? Je suis complètement dingue. Je suis avocate, je suis censée avoir la tête sur les épaules, et je m'apprête à vendre mon corps. Même pas par cupidité, simplement par envie.

J'avance vers la chambre, le claquement de mes talons légèrement étouffé par la moquette du couloir. Mon cœur bat à une telle cadence que la crise cardiaque me guette d'ici peu. Je m'arrête devant la porte et laisse ma main en suspens dans l'air. Je me demande encore si je dois y aller ou si je devrais plutôt fuir. Je tends l'oreille et perçois des bruits de pas qui se rapprochent. Je panique et reste tétanisée quelques secondes, contenant mon souffle. Le cliquetis de la porte qui s'entrouvre me fait sursauter et je reconnais la voix douce qui m'invite :

– Tu ne veux pas entrer ?

Son parfum se diffuse par l'embrasure de la porte et vient aussitôt m'envelopper. L'effet est immédiat, ma peau se couvre d'une fine chair de poule.

– Tu hésites ? demande-t-il avec une pointe d'amusement.

Il se penche tout en ricanant doucement. J'attends, silencieuse, jusqu'à ce que l'éclat de son regard apparaisse de manière fugace dans l'entrebâillement. Je suis de nouveau électrocutée, figée dans le bleu-vert de ses iris. Cela va devenir compliqué si je ne suis pas capable de dire le moindre mot en sa présence.

Je laisse échapper un petit cri quand je sens ses doigts agripper l'une de mes mains et me tirer dans la chambre. La porte claque derrière moi, deux bras s'enroulent autour de ma taille. Tout son corps vient se coller contre mon dos et je me sens délicieusement prisonnière. Il plonge son visage dans mes cheveux et je l'entends y prendre une profonde inspiration.

– J'ai rêvé de ce moment depuis hier, me susurre-t-il lentement.

Du bout du nez, il balaie mes cheveux pour découvrir mon cou. Enivrée de son odeur, je bascule ma tête en arrière, lui livrant ma gorge. Je gémis dès que ses lèvres se posent sur ma peau et que sa bouche remonte sensuellement jusqu'au lobe de mon oreille.

Ses doigts partent explorer mon corps avec une telle faim que tout mon être s'enflamme instantanément. Une main empoigne l'un de mes seins tandis que l'autre se faufile sans attendre sous ma jupe. Je savoure l'instant avec excitation lorsqu'il glisse très vite ses doigts sous ma culotte et qu'il s'empare de mon intimité. Ses dents frôlent la peau fine de mon cou, je tremble de plaisir dans ses bras, les paupières closes. Je l'entends haleter de désir derrière moi alors qu'il s'approprie mon corps avec empressement. Ses mains s'éloignent de moi et je râle de frustration. Je veux qu'il poursuive sa douce introspection. J'ouvre les yeux mais je suis déçue de ne pas le voir, juste le sentir dans mon dos.

Il prend mes mains et les pose sur la console devant nous. Je le laisse faire, un peu désappointée car j'aimerais pouvoir le toucher, le contempler comme hier. Il saisit mon bassin et le tire brusquement vers lui. J'essaie de pivoter pour l'apercevoir mais il appuie légèrement sur ma tête pour m'obliger à me pencher en avant. Ses mains remontent ma jupe sur mes hanches et il siffle entre ses dents :

– Tu es tellement belle.

Il tire sur ma culotte et la fait glisser le long de mes cuisses. Mon sexe se met alors à crépiter. Je rougis alors qu'il caresse mes fesses lascivement et qu'il ondule, pressant son bassin contre moi avec un soupir lubrique.

Je devine au bruit métallique qu'il détache sa ceinture et qu'il baisse son pantalon. Je fronce les sourcils car je voudrais pouvoir enfin croiser son regard, retrouver le goût de sa bouche sur mes lèvres. Je cherche un miroir mais celui qui trône majestueusement de l'autre côté de la chambre ne me permet pas de le voir, juste deviner ses omoplates et quelques centimètres de ses fesses. Je me redresse pour essayer d'attraper sa nuque mais il lâche un petit bruit d'agacement.

– Penche-toi, ma belle.

J'entrevois un étui vide de préservatif finir sa chute sur le sol alors qu'avec l'un de ses pieds, il me force à ouvrir davantage mes cuisses. Je veux protester, certes très mollement, mais je suis prise de vitesse par mon *client* pressé de plonger en moi. Lorsqu'il m'emplit d'un coup brusque, tout l'air de mes poumons s'échappe, me laissant comme un poisson agonisant hors de l'eau. Il se retire et revient aussitôt avec force et je suffoque. Je jette un coup d'œil vers le miroir et aperçois sa chute de reins divinement sculptée lorsqu'il amorce un nouveau va-et-vient. Cette vision éphémère m'électrise et je me laisse emporter par mes sens et le plaisir qui monte.

L'une de ses mains ancrée à ma hanche, l'autre posée sur mon épaule, il s'active, ondulant, claquant. Je respire au rythme de ses poussées, je crie quand il accélère. Mes yeux se nourrissent des quelques bribes de lui dans ce reflet brillant. Ma chair s'abandonne à ce corps à corps durant de longues minutes et je jouis tout à coup en même temps que lui, alors que je l'entends crier d'une voix rauque derrière moi. Mon orgasme puissant et dévastateur me laisse en état de choc quelques secondes. Son sexe encore dur se retire brutalement et je frissonne aussitôt de froid. Je demeure inerte, penchée, les cuisses écartées.

Le voilà déjà qui retire sa protection, reprend sa vie comme si rien ne venait de se passer. Je me redresse, assommée. Je baisse ma jupe avec empressement comme si je voulais dissimuler une fois de plus mon déshonneur.

Je me tourne vers lui et croise enfin son regard alors qu'il remonte son pantalon. Mon cœur se brise sur ses yeux doux et je ne sais quoi faire, quoi penser. *Que croyais-tu, ma pauvre fille ? Qu'il allait te faire l'amour ? Il t'a juste baisée, comme la pute qu'il croit que tu es !*

– Je veux prendre une douche, dis-je en grelottant.

– Ça ne va pas ?

– Je veux juste me laver.

Il pose un regard inquiet sur moi, que je ne peux pas supporter.

J'entends à peine son appel lorsque je m'enfuis vers la salle de bain.

CHAPITRE 12

HÉLIAS

Noyé en elle, je savoure cet instant de répit. Lorsque je la sens se contracter tout autour de moi, jouir de notre étreinte sauvage, je lâche prise et je m'abandonne à mon tour, les yeux perdus sur ses courbes divines, balayées par les fils d'or de sa magnifique chevelure.

Alors que je déverse mon plaisir, je caresse la peau diaphane de son dos. Jamais je n'ai effleuré quelque chose de si doux et de plus beau. Je plisse les yeux et je souris car elle a chassé les images de ma nuit, celles de mon père, entravé sur son lit d'hôpital. Je n'entends plus ses cris, ses larmes. Non, elle a recouvert tous ces événements terrifiants d'un voile de coton doucereux dans lequel je me blottis, apaisé et heureux. Elle demeure extatique tandis que je me retire de sa croupe fantastique. Je regrette aussitôt de ne pas avoir pris mon temps, de ne pas avoir goûté ses lèvres, de ne pas avoir nagé dans ses grands yeux bleu ciel.

Elle se relève alors que je me rhabille, un peu frustré de la fin de notre entrevue, trop rapide. Elle pivote vers moi et son regard hagard me foudroie sur place. Les pupilles dilatées, ses joues rosies par notre échange passionné, elle me toise avec colère avant de ne devenir que tristesse.

Mon cœur s'arrête. Mon ventre se contracte alors que je la vois tout à coup devenir pudique à l'excès, comme si elle regrettait ce qui vient de se passer entre nous.

– Je veux prendre une douche, dit-elle en frissonnant comme si elle venait de subir un choc.

Je panique. L'ai-je forcée à faire ce qu'elle ne voulait pas ? J'étais tellement perdu dans ma douleur que je n'ai peut-être pas entendu son refus. Elle s'enfuit vers la salle de bain au pas de course, je la poursuis en criant :

– Attends !

Elle ne m'écoute pas et se réfugie derrière la porte entrebâillée. Abasourdi, je la suis mais elle est perdue dans ses pensées. Elle s'est refermée d'un coup et mon cœur se broie sur place. Dans ses yeux, plus une seule lueur lorsqu'elle m'observe, juste une note sombre qui me fait angoisser. La gorge serrée, je la supplie :

– Ne me regarde pas comme ça.

Elle papillonne des cils et j'entrevois des larmes au bord de ses yeux. Le chagrin me submerge à mon tour comme si j'étais relié directement à son âme. L'étincelle, celle qui m'avait tant bouleversé hier, réapparaît subrepticement et elle tend une main vers ma joue. Sans retenue, je me frotte à sa paume pour m'emplir de nouveau de son contact fabuleux. Je ferme les paupières et je me sens instantanément quiet, loin de tout ce qui nous entoure. J'ouvre les yeux et je plonge dans son regard ému, d'une beauté à couper le souffle. Je la contemple, presque en amour, ma main retenant la sienne posée sur mon visage. À fleur de peau après les événements de la nuit et renversé par ce qui est en train de se dérouler entre nous, par ce lien qui grésille à travers nos doigts, je ne veux plus me détacher d'elle, comme si mon salut en dépendait. J'ai besoin d'elle.

Je détaille avec fascination ses lèvres qui s'entrouvrent et je bats à mon tour des cils lorsque j'entends quelques mots sortir de sa bouche d'une douceur envoûtante :

– Embrasse-moi.

N'écoutant que nos cœurs qui battent bruyamment la chamade, je m'enroule autour d'elle et je me jette sur cette bouche qui m'a fait tenir depuis hier, sur ces lèvres qui m'ont rappelé la douceur que peut revêtir la vie. Je gémis contre elles, des larmes roulant sur mes joues. Ses bras fins me serrent et elle s'accroche à moi avec une telle force que mon corps brûle aussitôt pour sa silhouette enchanteresse.

Sa langue s'insinue timidement entre mes lèvres et je la laisse me posséder avec un plaisir absolu. Ses doigts s'agitent sur mon tee-shirt qu'ils soulèvent avec ardeur. Je frissonne d'un désir fou pour elle. Je souris lorsque ses mains restent prisonnières du tissu et qu'elle grogne d'impatience. D'un geste souple, je facilite sa curiosité et me dénude devant ses yeux scintillants. Elle dénoue le nœud de son chemisier en voile sans me quitter des yeux et je ne peux contenir l'envie de le faire moi-même.

– Laisse-moi faire, dis-je en l'attrapant par la taille.

D'un air heureux, je la contemple lever ses mains et m'offrir accès à son corps, n'opposant aucune résistance à mes gestes nerveux. Sa jupe rejoint le sol tout comme son chemisier et ses sous-vêtements. À genoux devant elle, je roule ses bas le long de ses jambes. Je lève les yeux et elle me transperce d'un regard. Je m'enflamme et commence à déposer des baisers lancinants sur la peau fine de ses cuisses. Elle laisse échapper un soupir d'aise, basculant sa tête en arrière et plongeant ses doigts fins dans mes cheveux. Je m'attarde sur son entrejambe jusqu'à ce qu'elle tremble et m'oblige à me relever pour s'emparer de mes lèvres avec passion. Son baiser est si intense que je perds pied et la soulève presque pour la serrer encore plus près de moi. Je voudrais ne plus jamais la quitter. Tout oublier. Être heureux pour toujours comme je le suis à cet instant, dans ses bras.

Elle s'écarte, les lèvres gonflées, aussi rouges et tentantes que des fraises juteuses, et me dévisage, le regard tourmenté.

– Pourquoi ? demande-t-elle comme la veille.

Pourquoi ? Pourquoi suis-je avec elle ?

– Parce que j'ai besoin de toi, pensé-je tout haut.

Elle me scrute, étonnée, avant de caresser tendrement mon visage avec un regard si profond que j'en ressors de nouveau désemparé. Si elle n'était pas ce qu'elle est, je serais capable de l'enlever pour l'épouser sur-le-champ.

– Et toi, pourquoi ? l'interrogé-je alors qu'elle me déshabille.

Ses yeux s'affolent avant de me répondre :

– Parce que je ne peux pas faire autrement.

Mon cœur se serre de l'entendre avouer qu'elle est contrainte d'être ici, mais elle me distrait aussitôt en me tirant par la main vers la douche. Elle revient vers moi et dépose un baiser si léger sur mes lèvres que j'en veux davantage aussitôt, et je me recolle à elle avec élan. Elle ouvre le robinet et m'embarque sans attendre sous le jet d'eau glaciale. Je crie mais elle m'enlace de nouveau avec une telle faim que j'en oublie jusqu'à la morsure du froid sur nos peaux brûlantes. Vivant, voilà ce que je suis tout contre elle, et cette pluie d'eau fraîche ne fait que me le rappeler. Ses lèvres contre les miennes sont le souffle qui me manque depuis des mois. J'avance vers elle en prédateur. Elle se fait proie sans défense et m'agrippe pour se laisser dévorer. Ses mains me parcourent avec curiosité et je me retiens de mordre à pleines dents dans cette bouche délicieuse puis dans cette épaule délicate.

Je n'arrive pas à tenir bien longtemps et je la bloque aussitôt contre la faïence pour lui faire de nouveau l'amour. *Elle est belle, putain !* Parfaite avec ses seins ronds, ses tétons roses, ses hanches joliment dessinées. La sensation que j'ai en la tenant dans mes bras est si enivrante, elle, si frêle, si douce, si à moi pour l'heure. Juste une heure, avant de repartir vers les bras d'autres chanceux.

Je fronce les sourcils, tourmenté par je ne sais quoi. *De la jalousie ? Pourquoi ?* Je la fixe quelques instants, ahuri. Je vais vite avoir un problème si je commence à être jaloux en l'imaginant avec d'autres hommes. Je détaille sa bouche qui doit être l'écrin magnifique de bon nombre de…

Elle me sort alors de ma torpeur en se pendant à mon cou. Elle s'empare une nouvelle fois de ma bouche, et j'oublie tout. Un seul baiser de sa part et effacés, les autres gus. Je ne sais plus où je suis, juste que je suis avec elle, au seul endroit où j'ai envie d'être, dans ses bras.

Son regard me couve langoureusement et je me sens tout à coup la carrure d'un homme, de celui que j'aimerais encore être et non de ce lâche qui ne veut plus aimer par peur de souffrir. J'aime être à elle quelques instants. Nous, seuls au monde, loin de tout ce bordel qui nous entoure.

Je l'explore avec une passion qui me consume littéralement. Je m'enfonce, je la fais suffoquer, crier et finalement jouir dans un long râle d'extase. Je la contemple, magnifique dans sa jouissance, au point de me perdre à mon tour dans le souffle de ses lèvres.

Les yeux rivés aux siens, je la vois revenir au bout de quelques secondes. Je suis certain qu'elle n'a pas simulé son plaisir, elle est encore traversée de spasmes tout autour de moi. Les pupilles dilatées, elle me scrute comme si j'étais la huitième merveille du monde et je ne peux me retenir de ricaner doucement.

– Ça va ? osé-je lui demander alors qu'elle rougit.

– Oui, et toi ?

– Merveilleusement bien.

Elle se met à glousser doucement à son tour et je reste là, fasciné par son rire délicieux. Cette femme est parfaite. Pourquoi en est-elle arrivée à se donner pour de l'argent ? Je la repose doucement sur le sol et me débarrasse avec discrétion de la capote dénichée sur le porte-savon. Je la reprends dans mes bras comme si me détacher d'elle ne serait-ce que quelques secondes me devenait insupportable. En silence, nous savonnons nos corps et nos regards en disent long sur ce qui pourrait encore se passer. Je savoure de la voir me détailler d'un regard curieux et je ne me retiens pas d'en faire autant. Elle est si belle que je voudrais la contempler jusqu'à en perdre la vue. Je m'applique à laver ses cheveux dorés et à les démêler lentement avec mes doigts.

Lorsque je la vois enroulée dans un drap de bain, appétissante comme un gâteau dans un joli paquet, je ne résiste pas une fois de plus et l'embarque dans mes bras vers la chambre où je déguste son corps durant encore un long moment. Repu d'amour, je m'endors dans ses bras comme je ne l'ai pas fait depuis des mois, apaisé, calme et heureux.

CHAPITRE 13

SARAH

Je suis amoureuse. Définitivement. Ma mère a finalement peut-être raison. L'amour ne se commande pas. Sinon, bien évidemment, j'aurais fait autrement ; je ne comptais pas commencer une relation de cette manière. C'est incontestable, ce n'est pas un homme pour moi, en tout cas pas pour celle que j'incarne et qu'il est venu rejoindre dans cette chambre d'hôtel. Sarah Lucas, la jeune avocate, serait peut-être parfaite pour lui. Je pourrais lui dire qui je suis, lui expliquer ce terrible quiproquo, mais je crois que ce ne serait pas une bonne idée. Il a certainement une raison pour avoir recours aux services d'une escort. Alors pour le moment, je lui donnerai ce qu'il veut. Juste parce que je suis égoïste et que je ne veux pas risquer de ne plus le revoir. Et puis, qui voudrait de moi ? Personne n'en a jamais voulu, pas plus que quelques nuits. Alors, pourquoi lui ?

Je le contemple tout contre moi dans cette cabine d'ascenseur. Suis-je en train de perdre la raison, comme ma mère l'a fait ? Mon *client* n'a rien de Tony. Mais si j'étais comme elle, déraisonnable au point de m'inventer une histoire, un lien qui n'existe pas ?

La main dans la sienne, je me laisse aller à imaginer quelques secondes que je suis sa petite amie qu'il a aimée dans un douze à quatorze avec passion et tendresse. Je serais la plus heureuse des femmes, la plus chanceuse. Il me sourit tout en jouant avec le nœud de mon chemisier, son corps encore collé au mien. Je m'enivre du parfum de sa peau en effleurant son cou du bout de mon nez. J'ai l'impression d'être complètement stone de lui, *addict* à chacun de ses regards, de ses gestes.

Son téléphone vibre dans sa poche, il s'en saisit d'une main sans me lâcher de l'autre. Son regard s'assombrit en regardant l'écran.

– Je suis obligé de répondre, je suis désolé.

Il s'écarte légèrement, le portable collé à l'oreille. Après avoir laissé son correspondant lui expliquer quelque chose, il demande, le visage marqué tout à coup par l'inquiétude :

– Il va bien ? Je l'ai trouvé très fatigué ce matin. J'ai dû m'absenter quelques heures… Je ne sais pas si c'est la solution. Je préfère en parler de vive voix avant… Non, non, je vais venir. Je serai là en fin d'après-midi. Je souhaite ce qu'il y a de mieux pour lui. Je déciderai dans son intérêt uniquement, mes états d'âme importent peu. C'est lui avant tout… À plus tard.

Il raccroche, angoissé. Se pinçant l'arête du nez, il lâche un long soupir, comme s'il devait faire face à un dilemme cornélien.

– Ça va ?

Il baisse les yeux vers moi et je me sens bouleversée par tout ce que je lis dans son regard. Démunie, je m'approche de lui et je ne trouve qu'à déposer un doux baiser sur ses lèvres, qu'il boit comme un élixir de vie. Il frotte son nez tendrement contre ma pommette et me dit tout bas, la voix chargée de douleur :

– Merci.

Cet homme a quelque chose d'incroyablement touchant. Tout son être transpire une douceur infinie. Je dois redescendre sur terre alors que les portes coulissantes s'ouvrent sur le hall de l'hôtel et qu'il me tire par la main vers la sortie. Je jette un bref coup d'œil vers le concierge qui nous détaille avec dédain. Je me retiens de lui tirer la langue. Un bras protecteur vient s'enrouler autour de mon épaule et je lève les yeux vers mon *client*, qui le fusille du regard.

Je le vois faire signe au voiturier et attendre son véhicule pour repartir vers son monde où je n'ai pas ma place. Timidement, je viens vers lui et il me dit d'une voix douce :

– C'est là qu'on se quitte. Je te rappelle très vite.

Subjuguée par son regard encore plus beau à la lumière du jour, je hoche la tête comme une enfant. Je mets quelques secondes à me résoudre à partir. Je voudrais le supplier de m'emmener où qu'il aille.

– Va, me lance-t-il, amusé. Sinon, je serais capable de te ramener dans cette chambre.

Je souris en rougissant. J'aimerais qu'il m'embarque sur son épaule et qu'il me retienne prisonnière encore plusieurs jours. Avec lui, je veux bien prendre perpétuité. J'hésite, j'ai envie de l'embrasser. Je crois que lui aussi, si j'en juge par la manière dont il fixe mes lèvres. Mais je résiste. Ainsi, il aura envie de me revoir, rien que pour ce baiser qu'il aura désiré en vain. Je m'éloigne mais nos mains restent jointes. Il me garde captive une seconde, nos bras tendus, puis avec une petite moue de frustration, il me laisse partir.

– Pars vite avant que je te rattrape.

Les premiers pas sont les plus durs. Le froid succède à la chaleur de ses bras. Je me force à avancer droit devant et à ne pas me retourner sur lui. Je veux garder encore quelques bribes de mon libre arbitre et me concentrer de nouveau sur ma vraie vie, celle de Sarah Lucas. Je m'arrête quelques secondes et change de chaussures. J'attache mes cheveux tout emmêlés de nos étreintes. Un coup d'œil sur mon téléphone et je vois que Gabriel m'a envoyé sept SMS, dont :

Rapplique vite fait !
Sors de l'eau et ramène-toi
tout de suite, même en bikini !
Putain, t'es où ?
Déconne pas, j'ai besoin de toi.
Les mecs de HG&Co seront là
dans quelques minutes. Je vais
t'étrangler si tu n'arrives pas !

Je panique et me mets à courir autant que peuvent l'endurer mes jambes après trois coïts. À peine cinq minutes plus tard, je pénètre en trombe dans le cabinet. Cinquante minutes de retard à ma montre connectée qui me signale que je suis au bord de la crise cardiaque. J'aurais dû prendre une version munie d'un défibrillateur.

Je me faufile dans la salle de réunion le plus discrètement possible mais, en bon traître qu'il est, Gabriel s'arrête de parler pour me regarder m'installer. Tous les regards se tournent vers moi et je salue l'assemblée d'un mouvement raide du menton. Je prends place à côté de celui qui était mon meilleur ami – vu la façon dont il me toise, c'est une période révolue. En face de moi, deux hommes que je ne connais pas. Ils doivent être les deux fameux dirigeants d'HG&Co. Deux jeunes types au look de patrons des nouvelles start-up. L'un barbu, petites lunettes à l'allure négligée, dissimulé derrière son ordinateur portable recouvert d'autocollants de jeux vidéo. L'autre, plus élégant, plus à l'aise et surtout plus intéressé par ma petite personne. Il me détaille avec une telle minutie que mes joues s'empourprent aussitôt. Un sourire un peu dérangeant sur les lèvres, il me scanne de la taille jusqu'au front et plante son regard gris sur moi comme s'il lisait dans mes pensées. Machinalement, je vérifie que je me suis bien rhabillée et que mes billets sont parfaitement dissimulés dans mes poches.

Bruno me fait sursauter en me présentant à nos clients, après m'avoir scrutée sévèrement. Je bafouille quelques paroles pour excuser mon retard et enchaîne directement avec la présentation des contrats que j'ai préparés. Gabriel soupire et me murmure qu'il a déjà expliqué cette partie-là, mais l'homme au regard insistant s'en mêle :

– Non, non, laissez-la continuer. Je n'avais pas tout saisi et votre consœur me semble beaucoup plus claire que vous.

Gabriel encaisse mal, mais il ne bronche pas. Bruno renchérit :

– Sarah est notre spécialiste du droit des sociétés, un vrai petit génie en la matière.

Gabriel me fait une petite grimace en mimant sur ses lèvres un « gna gna gna ». La guerre des egos est déclarée.

Deux heures s'écoulent durant lesquelles je perds à tour de rôle le type derrière son ordi qui finit par se mettre à jouer au solitaire, si j'en crois le vert qui se reflète dans ses lunettes ; un des associés qui se met à gribouiller sur une feuille ; Gabriel qui fait celui qui lit le dossier – il serait temps – ; puis, un petit moment après, Bruno, avec un sourire façon « je ne comprends rien mais elle va me faire gagner le contrat de l'année » ; et enfin le type au regard dérangeant qui parle un long moment avec moi en regardant régulièrement son téléphone, comme si quelqu'un lui soufflait les questions à poser.

Quand j'arrête enfin mon monologue, tous me sourient, soulagés.

– Tout ça me paraît parfait, Carla, conclut le type au regard de pervers.

Pas la peine de loucher sur mon chemisier. Il ne va pas s'ouvrir tout seul.

– Sarah, monsieur, pas Carla.

– Oh, désolé, reprend-il en me faisant un petit clin d'œil.

– Pour ce qui est de la fiscalité de l'opération…

– Ça ira pour aujourd'hui, me coupe-t-il. Préparez tout cela et envoyez-le au siège par mail. Je regarderai ça à tête reposée. Pour la rédaction des contrats, vous mentionnerez mon nom, mon associé sera probablement indisponible dans les semaines à venir.

– C'est noté, dit Bruno en se levant.

La réunion arrive à son terme et je ne suis pas mécontente de voir HG&Co repartir dans leurs pénates. Une fois la haie d'honneur formée pour les raccompagner, je regagne en silence mon bureau. Je m'effondre dans mon fauteuil, les jambes en coton et le train arrière douloureux, comme si j'avais chevauché toute une journée. Je me mets à rire en imaginant ce que ma vie pourrait devenir si je devais revoir mon *client* tous les midis. Je m'arrête net, prise en flagrant délit de dispersion lorsque Gabriel pénètre dans mon bureau avec une moue suspicieuse.

– Tu en as mis du temps pour revenir !

– Je nageais, mens-je en rougissant. Je n'ai pas vu tes messages. Je suis navrée.

C'est vrai, j'étais sous la douche !

– Bon, tu es prête ?

– Prête à quoi ?

– À m'accompagner à l'hôpital pour rendre visite à Véra.

– Quoi ? Pas question. J'ai beaucoup de boulot. Des conclusions à rédiger, deux rendez-vous à préparer pour la fin de l'après-midi.

– Rien d'essentiel, tu viens avec moi. Véra m'a dit qu'elle voulait te voir.

Mon cœur s'arrête.

– Pourquoi ?

– Je ne sais pas, elle a beaucoup insisté.

Mon Dieu, elle va vouloir que je lui explique ce qui s'est passé !

– Ça ne m'arrange vraiment pas.

– Ne discute pas, je ne partirai pas sans toi, râle-t-il.

– Tu m'embêtes, Gab ! Tu sais bien que je n'aime pas trop Véra, et encore moins les hôpitaux.

– C'est ça ou tu me dis qui est le type que tu es allée retrouver ce midi, dit-il tout doucement en se penchant au-dessus de mon bureau.

Je manque de m'étouffer avec ma salive et m'exclame, rouge pivoine :

– Je n'ai vu personne à midi.

– Menteuse, tu ne sens même pas le chlore, m'assène-t-il sur un ton de reproche.

– Je me suis douchée après.

– Après avoir joué la bête à deux dos, c'est plus hygiénique, tu as raison, ricane-t-il.

– Je n'ai pas couché.

– Debout, c'est bien aussi.

– Ni couchée, ni debout.

– C'est fou, j'ai l'impression que ton nez s'allonge.

Je me mets à rire nerveusement mais Gabriel ne me quitte pas des yeux, avec un sérieux qui me fait perdre toute joie.

– C'est qui ?

– Personne.

– Si tu ne veux pas me répondre, blondinette, prends ton manteau, on part à l'hosto.

Le ventre en charpie, je n'ai plus le choix. Je vais droit vers les ennuis.

CHAPITRE 14

HÉLIAS

Cela fait une heure que je suis au chevet de mon père. Le trajet en voiture a déjà fait éclater la bulle dans laquelle je me suis blotti ce midi. Les jolis sourires de ma princesse se sont évanouis pour laisser place au visage crispé de mon paternel. Pourtant, ce minois, je l'ai désiré, je l'ai savouré. Cette femme est bien plus efficace qu'un antidépresseur, bien plus euphorisante que je ne sais quelle drogue. Elle s'insinue en moi comme un élixir de bonheur.

Je me revois la laisser partir à contrecœur de l'hôtel, une grosse liasse de billets enfouie dans sa poche de manteau. En attendant que le voiturier amène ma voiture, je l'ai regardée s'éloigner avec entrain, s'arrêter à quelques mètres et se tenir à une voiture pour changer de chaussures. Elle a relevé ses cheveux dans un chignon improvisé, regardé l'heure et s'est mise à courir. Où pouvait-elle bien aller ? Un rendez-vous avec un autre homme ? Elle est jeune, elle est peut-être étudiante, avec un emploi précaire. J'ai été tenté quelques secondes de la suivre, mais la peur d'être déçu m'a retenu. Après un dernier regard vers elle, ma princesse s'est échappée au bout de la rue. Envolée.

Dès que je ne suis plus dans ses bras, l'obscurité de ma vie m'engloutit de nouveau et le froid de mes peurs remplace la chaleur de son corps. Les souvenirs des dernières heures ont ressurgi tel un cauchemar à mesure que les kilomètres défilaient. Mon corps tout entier a repris sa nouvelle posture, courbé par l'angoisse. Une boule dans la gorge m'empêche de déglutir.

J'ai passé la nuit dans la chambre de mon père, à le veiller. Lorsque je lui ai rapporté ses affaires, je l'ai trouvé prostré dans son lit, comme si continuer à vivre était une douleur insupportable. J'étais démuni, incapable de trouver les mots pour le réconforter. J'étais là à ses côtés mais il ne me voyait pas, plongé dans un délire abominable où il appelait ma mère, gémissait d'un mal-être à transpercer même un cœur en granit. Je lui ai tenu la main, caressé les joues alors qu'il divaguait. Il a eu quelques accalmies en plongeant dans mon regard, semblable à celui de ma mère, me souriant quelques instants avant une nouvelle crise de panique.

Le personnel a préféré l'entraver au petit matin pour l'empêcher de se faire du mal, et le voir ainsi privé de ses mouvements m'a rendu aussi dingue que lui. Les médicaments ont fini par faire effet et il a plongé dans une sorte de transe, les yeux à demi ouverts. Je n'ai pas trouvé le sommeil, malgré le calme revenu. J'ai gardé le regard posé sur lui, pour l'empêcher de partir à son tour. Il ne peut pas me quitter lui aussi. Orphelin de mère, je ne laisserai pas notre deuil m'enlever aussi mon père.

La culpabilité me ronge de l'intérieur car je sais que je suis responsable de tout cela. J'ai fui durant trois mois, prétextant la jeunesse de mon entreprise pour ne pas venir l'épauler. Je n'ai pas été là pour lui. Je ne l'étais même pas pour moi, préférant fermer les yeux sur mon chagrin et plonger dans le travail pour masquer ma peine. Mon rendez-vous dans cet hôtel a été ma bouffée d'air, celle qu'il me fallait pour me rappeler que je suis vivant et que je vais le rester, pour mon père.

J'ai passé l'après-midi les yeux rivés sur cette perfusion qui le sédate à mesure que la journée s'écoule, et je n'arrive pas à me sortir de la tête que c'est passer d'un mal à un autre. Comment une substance chimique pourrait-elle l'aider à accepter le départ de ma mère, à admettre qu'il ne la verra plus mais qu'il faudra continuer à vivre ?

Je repars de l'hôpital pour quelques heures. L'infirmière m'a assuré qu'il dormirait toute la nuit. Je compose le numéro de mon meilleur ami pour prendre la température de l'entreprise.

– Salut, beau gosse, lance-t-il. Comment va ton père, mon grand ?

– Ce n’est pas génial. Il est abruti par les médocs et ne fait que dormir.

– Fait chier. Tu sais combien j’adore ton père. T’es là-bas ?

– Non, je rentre dormir quelques heures. Je suis sur la route.

– Tu veux venir dîner avec nous ?

– C’est gentil mais non, je vais plutôt aller me pieuter. L’infirmière m’a promis de m’appeler s’il y avait le moindre souci, alors je vais en profiter pour me reposer. Tu es au bureau ?

– Ouais j’ai encore des trucs à traiter et je rentre. Je t’ai transmis quelques mails. Tu me diras ce que tu en penses mais ne te bile pas, je gère. Et merci pour tes indications pendant la réunion, ça m’a permis d’assurer sans toi. C’était très intéressant, je t’en parlerai quand on se verra.

– OK, tant mieux.

– Tiens le coup, et n’hésite pas si tu as besoin de quelque chose, d’une Véra ou autre.

Lorsque j’entends le nom de ma jolie blonde dans sa bouche, ce que j’ai ressenti sous la douche ressurgit d’un coup. Une forme de colère presque violente me vrille le ventre.

– Justement à ce propos, Arthur, j’aimerais que tu ne la revoies plus pour le moment.

– Tu ne vas pas me refaire la morale, quand même ?

– Non, je veux l’exclusivité sur cette femme.

– T'es gonflé, j'étais là en premier, s'insurge-t-il en ricanant.

– C'est pour toutes les fois où tu as récupéré les filles que j'avais dégotées.

– Putain, pourquoi ?

– Parce que je n'ai pas envie de me taper la même nana que toi. C'est comme si je couchais avec toi. Je t'aime mais pas à ce point, dis-je en ricanant pour masquer mon humeur.

– Je pourrais t'en trouver une autre.

– C'est elle que je veux, pas une autre, insisté-je d'un ton catégorique.

– Je crois que de toute façon, c'est mort pour nous deux. Elle m'a annoncé ce matin qu'elle avait des problèmes de santé qui la rendaient indisponible durant deux semaines.

Je souris comme un bienheureux. Elle ment pour me garder l'exclusivité. Savoir que je serai le seul à la tenir dans mes bras me comble d'un bonheur surprenant. Je la veux rien que pour moi, et si pour cela je dois la voir tous les jours, je le ferai quel que soit mon emploi du temps et quoi que ça me coûte.

– Tu l'as rendue malade, c'est malin, ricane-t-il.

– Non, elle était en pleine forme à midi, je peux te l'assurer, fanfaronné-je, tout guilleret.

– Connard !

– T'as jamais fait le poids face à moi, mon pote. Et puis, c'est mieux pour toi, tu vas bientôt être père. Remballe la marchandise et prépare les biberons, me moqué-je.

– Va te faire foutre, grogne-t-il avant de se mettre à rire. Je n'en reviens pas qu'elle m'ait menti pour aller se vautrer avec un petit con comme toi. Toutes les mêmes, un mec qui fait un peu de gonflette et elles oublient les vrais mâles.

– Tu sais ce qui te reste à faire : passe au crossfit !

Après quelques minutes, j'abrège la conversation avec mon ami et décide de dicter un SMS à ma princesse *via* la connexion de ma voiture.

Hélias : Demain, même lieu
même heure.

À peine quelques secondes plus tard, l'ordinateur de bord me lit sa réponse :

Princesse : Avec plaisir.

Je ne peux pas m'en empêcher, j'ai envie qu'elle me parle, alors je réponds aussitôt :

Hélias : J'attends ce moment
avec impatience.

Nouvelle réponse lue de façon mécanique par la voix artificielle de ma voiture.

Princesse : Si tu as besoin de moi,
je serai là.

Mon regard se brouille. Cette femme n'imagine même pas combien j'ai besoin d'elle. Elle est la bouée à laquelle je m'accroche dans cette tempête. Je dicte de nouveau.

Hélias : Oui, j'ai besoin de toi.

J'attends sa réponse avec fébrilité car je n'ai jamais montré mes faiblesses à une femme comme je le fais avec elle. Jamais je n'avais pleuré devant une de mes compagnes, même le jour des obsèques de ma mère, alors que j'étais accompagné ce jour-là de la fille du moment.

Princesse : Je serai là pour toi.

Mon cœur se gonfle, envahi d'un sentiment étrange. De ceux que je me refuse dorénavant.

CHAPITRE 15

SARAH

Je me serais bien passée de ce trajet en voiture. Pour une fois, j'aurais préféré la cohue du métro, les mains aux fesses, les odeurs de pisse des souterrains et les mains-courantes recouvertes de microbes. Tout plutôt que cet interrogatoire en bonne et due forme. Gabriel a tenté de savoir ce que j'avais fait pendant ma pause déjeuner ; j'ai tenu le coup. Je n'ai rien avoué et il a fini par passer à un autre sujet.

Il s'engouffre dans la chambre d'hôpital avant moi après avoir toqué contre la porte avec énergie comme s'il était dans une fanfare. Allongée dans son lit médicalisé, Véra se redresse avec difficulté, grimaçant de douleur.

– Bonjour, ma petite Véra, lui dit Gabriel en se penchant au-dessus d'elle pour lui faire la bise. Comment allez-vous ?

– Gabriel, je suis si contente de vous voir. Je souffre encore un peu mais ça va mieux, répond-elle avec un sourire gêné.

Gaby se retourne vers moi et attend que j'avance vers la malade. Cette dernière relève les yeux et me sourit gentiment. Lorsqu'il lui tourne le dos pour enlever son manteau, elle me fusille du regard. Je déglutis.

– Bonjour, Véra, vous avez meilleure mine qu'hier.

Pas de doute, je suis grillée. Que sait-elle exactement ?

– Sarah a bien transmis votre message, dit Gabriel en se retournant vers elle.

Mais pourquoi il parle de ça ?

– Ah, c'est vrai ? demande-t-elle en me transperçant de ses yeux.

– Comme vous me l'avez demandé, réponds-je, droite comme un I. J'ai laissé l'information à l'accueil.

– Je croyais que le type t'avait demandé de monter dans la chambre ? s'exclame Gabriel.

Quelle plaie, celui-là !

Véra me scrute avec intérêt.

– Oui, mais je suis redescendue car il n'y avait personne, insisté-je en balbutiant.

– Personne, vous en êtes bien sûre ? demande Véra.

– Qui vous attendait dans cette chambre ? intervient Gabriel en me jetant un petit coup d'œil de côté.

Le visage de Véra pâlit. *Aha, tu es faite ! Ne joue pas à ce petit jeu, parce que je ne serai pas la seule à plonger.*

– Juste un ami qui séjournait dans cet hôtel, dit-elle en prenant un air détaché. Il avait dû sortir faire du tourisme dans la capitale.

– Juste un ami ? Je suis déçu, Véra. Une belle femme comme vous, je m'imaginais que vous deviez rejoindre votre amant, plaisante Gabriel.

Cette dernière se met à rougir du compliment et, prenant un petit air badin :

– J'ai dit un *ami*, mais cela veut peut-être dire autre chose.

Je me mets à rire en même temps que Gabriel mais lorsque je croise le regard venimeux de ma secrétaire, je perds toute once de gaieté.

– Mon petit Gabriel, vous serait-il possible d'aller me chercher quelques journaux ? Je m'ennuie à mourir.

– Bien sûr, Véra. J'y vais tout de suite.

Je fais mine d'accompagner mon collègue quand j'entends derrière nous :

– Restez donc avec moi, Sarah, on pourra papoter ensemble.

Gabriel s'empresse de sortir et je me retrouve nez à nez avec Véra, qui m'observe méchamment. Je dois être souffrante car j'entends tout à coup la musique d'Ennio Morricone dans *Le Bon, la Brute et le Truand*.

– Sarah, il faut qu'on parle.

– Ah ? fais-je d'une voix fluette.

– Je sais très bien que vous avez menti.

– Pas du tout, débité-je à toute vitesse.

– Je sais que vous êtes allée dans cette chambre, insiste-t-elle lentement. Arthur m'a dit que vous y étiez.

Arthur, c'est son nom ? Je suis déçue, il n'a pas une tête à s'appeler comme ça, même s'il a l'allure d'un prince charmant.

– Je ne connais pas cet Arthur, mens-je.

– Normal, ce n'est pas lui que vous avez vu.

Je savais qu'il n'avait pas une tête à s'appeler Arthur.

– Mais c'était qui, alors ? insisté-je.

Je me retiens de grommeler de frustration quand je percute que je viens de me vendre. *Quelle idiote !* J'ai envie de me gifler tellement je suis stupide. Véra me scrute avec suffisance et je bouillonne sur place.

– Un ami d'Arthur.

– OK, j'ai effectivement vu un homme à qui j'ai remis le message, et je suis repartie sans m'attarder.

– Qu'avez-vous fait avec cet homme, Sarah ? me questionne-t-elle en plantant son regard froid sur moi.

– Rien du tout, réponds-je sèchement. Je lui ai dit que vous ne pourriez pas venir et je suis partie.

– Ce n'est pourtant pas ce qu'il a dit à son ami.

– Je ne vois pas ce qu'il a pu dire d'autre, m'agacé-je, de parfaite mauvaise foi.

– Vous le savez très bien.

Je sens le vent tourner.

– Véra, je crois qu'il vaut mieux s'arrêter là car nous risquons d'aller sur un terrain qui vous sera très déplaisant.

Les lèvres pincées, je la vois hésiter, puis céder.

– J'espère que vous n'avez pas mis mon activité en péril. Elle est essentielle pour me permettre d'élever mon fils convenablement.

– Il fallait y songer avant de m'y envoyer à votre place. J'aurais pu tomber sur un psychopathe.

Je me mordille la lèvre, très mal à l'aise à mon tour, mais je ne supporte pas son petit air suffisant alors qu'elle joue les escorts tous les midis.

– Vous avez un travail qui est tout de même bien rémunéré, m'agacé-je.

– Je suis seule et mon fils fait des études. Ça coûte cher.

– Heureusement que toutes les mères célibataires ne sont pas obligées de faire ça. Et votre fils peut travailler, non ? C'est ce que j'ai fait pendant mes études de droit. J'étais serveuse au restaurant d'un club de tennis.

Ma mère avait effectivement eu cette lubie que je traîne toute la journée au club de notre bourgade normande pour rencontrer des fils à papa bien riches, jusqu'à m'y trouver un job lorsque je suis devenue étudiante. Avec mes tenues courtes, la blondinette que j'étais ne passait pas inaperçue. Au bout d'un mois, j'ai perdu ma virginité avec un fils de médecin dans les vestiaires, à même le banc. Un charmant garçon de bonne famille qui ne m'a jamais reparlé après cela. Je suis vite devenue la serveuse pimbêche, celle qui ne souriait jamais à personne et qui rembarrait les garçons un peu trop entreprenants et leurs pères en mal de sensations fortes avec une gamine de dix-sept ans.

– Et vous, Sarah, pourquoi avez-vous fait ça ? me demande-t-elle.

Je papillonne des yeux pour revenir au présent et la regarde, totalement décontenancée. Véra prend son téléphone et cherche quelque chose dans sa messagerie. Elle relève un regard accusateur vers moi et lit :

– « Merci Véra, mon ami est sur son petit nuage. Tu as assuré comme une pro. Je savais que je pouvais compter sur toi. »

– Il a dû être charmé par mon sourire.

Elle replonge dans son téléphone et continue :

– « Je ne sais pas ce que tu lui as fait ce midi, mais il est complètement déconnecté de notre réunion. À croire que tu lui as fait prendre un pied d'enfer. »

J'écarquille les yeux et me retiens de sourire comme une bienheureuse. *J'assure grave !*

Je me force à faire une moue boudeuse.

– J'ai juste été aimable.

Elle poursuit encore :

– « Pourquoi me dis-tu que tu es malade alors que tu as couché avec lui ce midi ? Il me dit qu'il te veut pour lui tout seul. »

– Il me veut pour lui tout seul ? répété-je, ébahie, avant de comprendre.

Mais c'est pas possible d'être aussi débile !

– Vous allez devoir tout m'expliquer, Sarah.

J'avale ma salive. Comment vais-je pouvoir avouer une telle infamie ?

– Sarah, avez-vous couché avec mon client ?

Mon cœur s'arrête de battre quelques fractions de seconde.

– Oui, avoué-je en baissant les yeux, morte de honte.

– Mais… mais pourquoi ? balbutie-t-elle, totalement sous le choc. Vous aviez besoin d'argent ?

– Non.

– Alors pourquoi ? Vous aviez juste à donner le message et à repartir.

– Parce que… je ne sais pas. Parce qu'il m'a plu, parce qu'il était charmant, trop beau, trop tendre, trop tout ! réponds-je en m'emportant. Vous m'avez dit de profiter de ma jeunesse, qu'il fallait que j'aie des aventures. C'est ce que j'ai fait.

– Je ne vous ai pas dit de vous prostituer. Nom de Dieu, Sarah, comment en êtes-vous arrivée à coucher avec lui ?

– Ce n'est pas ce que je voulais ! Je n'ai pas compris pourquoi il était là. J'ai cru que vous vous étiez donné rendez-vous *via* un site de rencontres. Il a cru que j'étais vous, il m'a embrassée et…

– Et quoi ?

– Et je ne sais pas, j'étais bouleversée par son regard et… et je me suis laissée faire.

– Tu t'es laissée faire pour quoi ? demande une voix masculine derrière moi.

Gabriel pénètre de nouveau dans la chambre avec une pile de magazines et la tend à Véra. J'essaie de me reprendre bravement, même si j'ai face à moi une Véra très remontée.

– Durant la réunion. J'explique à Véra que c'était compliqué, surtout avec le type de chez HG&Co qui ne me lâchait pas du regard.

– Oui, elle a fait sa mignonnette et elle l'a emballé en deux-trois tours de passe-passe.

Gabriel s'assied sur le fauteuil et se met à raconter la réunion, comment Bruno m'a encensée devant les clients, et surtout comment j'ai saoulé tout le monde avec mes explications de juriste des affaires.

– Une vraie première de classe. On s'endormait tous autour de la table.

– Merci beaucoup, Gabriel, grogné-je.

Son téléphone se met à hurler et il s'éclipse rapidement :

– C'est ma mère, Mamandzilla. Je reviens.

Je regarde avec détresse mon traître d'ami qui me laisse seule avec Vérazilla.

– Il n'est pas question que vous le revoyiez. Je prends la suite, continue-t-elle.

Comment ça, prendre la suite ? Véra avec *mon client* ?

– Pas question, m'insurgé-je.

– C’est moi, Véra. Vous n’êtes qu’un imposteur. Vous avez volé mon identité.

– Non j’ai juste omis de lui dire que je ne suis pas vous.

– Vous avez flingué ma clientèle. Je suis sûre que vous ne l’avez même pas fait payer.

– Il m’a payée !

– Et vous l’avez laissé faire ?

– C’est plus compliqué que ça ! La première fois, j’ai cru au coup de foudre réciproque avant qu’il ne me glisse des billets en partant. J’ai d’ailleurs cru mourir de honte en comprenant pour quoi il m’avait prise. J’ai eu envie de venir vous retirer moi-même l’appendicite avec un couteau rouillé.

Véra détourne le regard, un peu gênée. Il serait temps.

– Mais vous y êtes retournée aujourd’hui, poursuit-elle en baissant d’un ton.

– Il m’a recontactée. J’ai hésité, mais j’avais envie de le revoir.

– Vous êtes complètement folle, Sarah. Cet homme croit que vous êtes une prostituée, il n’y a rien de romantique. Un homme qui a besoin de ça, ce n’est pas un homme pour vous.

Pourquoi ça ? Pourquoi ne serait-il pas un homme pour moi ?

– Il n’est pas comme les autres.

– Qu’en savez-vous ? Vous n’avez jamais eu affaire à ce genre d’hommes avant. Vous allez renoncer à le revoir, pour votre bien. Je m'en arrangerai dès que je serai sur pied.

– Mais je…

– Il n'y a pas de mais, Sarah. Oubliez tout ça et je gère la suite.

– Je ne peux pas… Cet homme, je l'ai dans la peau, avoué-je en me laissant tomber sur le fauteuil à côté d'elle.

– Je vous le répète, il n'est pas pour vous. À tous les coups, il est déjà marié avec des enfants. Il cherche juste l'adrénaline de l'interdit. Son ami Arthur est comme ça. Sa femme est enceinte et ne peut pas coucher avec lui en ce moment, alors c'est le moyen qu'il a trouvé pour assouvir ses besoins. Pourquoi son ami serait-il différent ?

Ma main remonte devant ma bouche alors que j'imagine l'homme avec qui j'ai passé quelques heures rentrant chez lui, une gentille jeune femme l'attendant, enceinte jusqu'au cou.

La bile envahit douloureusement le fond de ma gorge. Non, je n'y crois pas.

– Laissez-moi le revoir, supplié-je.

– Sarah, c'est complètement insensé. Je suis navrée de vous avoir embarquée là-dedans, vous n'avez pas les épaules pour ça. Vous êtes jeune, vous êtes belle. Vous avez la vie devant vous pour rencontrer un homme bien.

– Mais c'est lui que je veux, pas un autre. Et lui aussi, relisez votre message. Il me veut moi, pour lui tout seul.

– Il veut juste coucher avec vous. Payer pour faire sa petite affaire et repartir dans sa vie.

Les larmes perlent au coin de mes yeux.

– Sarah, oubliez-le ! C'est ce que vous avez de mieux à faire.

Je ne peux pas imaginer que cela puisse s'arrêter comme ça. Je le revois à midi me laisser partir avec regret. Non, je dois le revoir, ne serait-ce qu'une fois.

– Je peux continuer le temps que vous soyez de retour au cabinet. Vous reprendrez la suite, proposé-je en ayant bien conscience de mentir. Je vous donnerai l'argent.

Je sors les billets de mes poches.

– Mais qu'est-ce que c'est que ça ? C'est une véritable fortune !

Je la vois écarquiller les yeux, livide.

– Non, Sarah, ça va trop loin. Vous feriez de moi une proxénète. Il est temps que ça cesse.

Elle me regarde en insistant, et lorsqu'elle comprend qu'elle n'arrivera pas à me raisonner, elle change brutalement de ton.

– Je vous dénoncerai à Bruno si vous continuez à le voir, me menace-t-elle.

Mon téléphone vibre dans ma poche. C'est lui. Un nouveau rendez-vous.

– Sarah, promettez-moi de ne pas y retourner.

Je la regarde un instant, elle me voit hésiter. Elle a raison, je suis allée trop loin. La Sarah qui fonce tête baissée vers un inconnu au risque de perdre sa carrière, celle qui couche avec un homme qu'elle ne connaît pas quitte à se faire passer pour une prostituée, ce n'est pas la Sarah que je connais. Je prends une grande inspiration et souffle, avant de céder.

– Très bien.

Sur mon smartphone, mes doigts tapent une réponse.

Sarah : Avec plaisir.

CHAPITRE 16

HÉLIAS

Le psychiatre de mon père m’a tenu la jambe plus d’une heure. Il veut le faire interner, mais je refuse. Depuis deux jours maintenant, mon père est un zombie qui bave et refait surface juste quelques minutes par jour, trop abruti par les médicaments. J’ai fait intervenir notre médecin de famille et ce dernier a obtenu qu’il soit transféré dans une maison de repos quelques jours, le temps pour moi d’organiser son installation chez moi. L’argent que je gagne m’a souvent fait comprendre qu’il pouvait véroler ce qui m’entoure, mais aujourd’hui il va me permettre de venir en aide à mon père. Il aura le personnel nécessaire la journée et il m’aura surtout moi, son fils. Il a râlé quand je lui ai annoncé mon projet lors d’un de ses rares moments de lucidité, voulant rester dans sa maison, mais je lui ai posé un ultimatum : soit il vient vivre avec moi, soit il termine en institution. Son choix a été rapide, même si c'est par dépit pour le moment. Je sais qu'il ira mieux à mes côtés.

Lorsque j'aperçois enfin la devanture de l'hôtel, je suis soulagé. Quinze minutes de retard, j'espère qu'elle sera encore là. Je lui ai envoyé un message pour la prévenir mais elle n'a pas répondu. Je traverse le grand hall et approche de l'ascenseur où se trouve le concierge antipathique. Ce dernier, les yeux levés sur le cadran au-dessus des portes, semble si préoccupé qu'il ne me voit pas arriver. Il introduit une clé sous une trappe et je l'entends ronchonner alors que l'ascenseur réamorce sa descente. Il me remarque enfin et je glisse quelques billets dans la poche de son veston pour le paiement de la chambre.

– L'ascenseur était bloqué. La jeune femme vous attend déjà, me dit-il aimablement pour une fois.

J'écarquille les yeux lorsque les portes s'ouvrent sur une silhouette familière. Des mèches blondes retenues dans un chignon, une nuque délicate et un postérieur presque à l'air… *Mais bordel, que fait-elle ?* Elle sursaute en lâchant un petit cri en nous découvrant derrière elle. Elle manque de trébucher mais se retient *in extremis* à la main-courante de la cabine. Je fais volte-face vers l'employé de l'hôtel qui s'est penché pour la mater, mais mon regard de tueur fait son effet et il tourne les talons pour rejoindre son comptoir.

Je pénètre dans la cabine en me retenant de rire. La jolie blonde a viré pivoine et se débat tant bien que mal avec une paire de baskets en toile qu'elle tente d'enlever.

– Salut, lui lancé-je, amusé.

– Sa… salut, bafouille-t-elle en virant bordeaux. J'essaie de me changer pour être plus convenable, dit-elle en ôtant d'un coup sec son jean et en tirant sur son pull en laine, qui devient aussitôt une robe divinement courte.

– Ici, dans cette cabine d'ascenseur ?

– Je n'ai pas eu le temps de repasser par mon cab… mon appartement, continue-t-elle à bredouiller.

– Tu sais qu'il y a des caméras dans ces cabines ?

– Sérieux ? lance-t-elle en regardant brusquement tout autour de nous avec angoisse.

Je me mets à ricaner tandis qu'elle enfile de superbes escarpins qui lui font gagner dix bons centimètres d'un coup. Elle fourre négligemment son pantalon et ses chaussures dans son grand cabas mais elle le renverse à moitié. Un Code pénal s'en échappe. Tiens, peut-être une étudiante en droit. Je souris de cette information obtenue sans lui poser la moindre question, alors qu'elle panique. J'ai déjà entendu dire que certaines étudiantes devenaient escorts pour financer leurs études. Au moins, je fais une bonne action en louant ses charmes.

Elle ramasse rapidement son livre et se redresse enfin devant moi. Avec ses talons, elle est suffisamment grande pour que ses lèvres soient presque à la hauteur des miennes. Je l'observe d'un regard approbateur et elle rougit de nouveau. J'aime cette façon qu'elle a de réagir à la moindre de mes œillades, alors j'en rajoute un peu. Je la contemple avec tendresse et je prends conscience qu'elle m'a terriblement manqué depuis la veille.

Sa bouche s'entrouvre sur un beau sourire et je reste là, sous son charme. Elle est merveilleusement belle, presque irréelle. Putain, d'où sort-elle ? Elle est si parfaite. Je suis comme un camé devant un fix qu'il a attendu des heures, ravagé par la douleur du manque. J'ai envie de me la faire, cette injection d'héroïne, blonde à brûler mes rétines, ici, dans cette cabine d'ascenseur, mais je me retiens malgré mon corps déjà tendu. Je la sens basculer en même temps que moi dans ce monde où il n'y a plus que nous et notre désir brut l'un de l'autre. J'ai faim, terriblement faim d'elle. Je suis vivant, extrêmement vivant et j'ai besoin de le sentir.

Quarante minutes plus tard, nous sommes sur le lit, après être passés sur la console de l'entrée, qui a résisté à notre fougue. Notre premier round était pourtant si intense que j'ai cru que mon cœur allait lâcher. Ses hanches chaloupent et je gémis tant j'aime la sensation d'être à sa merci tandis qu'elle me coule des regards torrides et que sa bouche cherchant l'air m'hypnotise. Je me redresse pour partir en quête de ses lèvres et elle vient m'enlacer avec douceur. Elle anticipe comme par magie tout ce que je veux d'elle et me laisse sans voix, souriant comme un bienheureux. Je voudrais tout savoir de cette jolie fille, de sa vie, de ce parcours qui l'a menée jusqu'ici dans mes bras.

Je lui attrape les joues tendrement et la force à croiser mon regard. Comme chaque fois, elle en reste abasourdie, presque statique, comme touchée par le tonnerre. Je lui susurre en la possédant un peu plus fort :

– Dis-moi comment tu t'appelles.

Elle me scrute, en proie au désir qui monte en elle. La respiration saccadée alors que je recommence le même coup de reins, elle me dit en ouvrant grand ses yeux sur moi :

– Toi d'abord !

Je ricane de son audace et mes soubresauts la font gémir davantage.

– Tu es trop belle pour t'appeler Véra. Dis-moi ton vrai prénom, insisté-je.

– Je te le dirai si tu me dis le tien.

– Non, refusé-je en riant.

Elle s'empare de mes lèvres et m'embrasse avec une telle intensité que j'en perds le fil. Je resserre mes bras autour d'elle et elle soupire d'aise sur ma bouche. Ses doigts sur ma nuque électrisent toute ma colonne vertébrale. Elle ondule plus vite, se frotte lascivement sur moi à la recherche de son plaisir et me chevauche comme une amazone sauvage. Son corps s'arc-boute. Ses seins s'agitent en rythme. Nos sexes s'échauffent et ne forment plus qu'un, nos cris se mêlent dans un chant harmonieux. Je ne parviens même plus à détacher mes yeux des siens et mes mains de ses reins qui dansent langoureusement sous mes doigts.

Je l'entends alors me demander :

– Dis-moi ton prénom, que je le crie en jouissant pour toi.

J'ouvre la bouche, stupéfait de l'effet qu'elle me fait, et je m'entends lui répondre d'une voix rauque :

– Hélias.

– Hélias, répète-t-elle d'une voix si suave que je manque de jouir tout à coup.

– O… oui, balbutié-je, fasciné par son corps contre moi et ses yeux flamboyants.

– J'adore ce prénom, dit-elle en souriant, me faisant perdre le peu de contrôle qu'il me reste. Hélias, susurre-t-elle.

Je la bascule sur le lit et me loge de nouveau entre ses cuisses. J'aime la surplomber, sublime et offerte. Je pousse en elle avec possessivité et elle décolle. Elle crie, elle s'abandonne. Je poursuis mes coups de reins à en perdre mon souffle et elle jouit enfin tout autour de moi en criant :

– Hélias !

En sortant de la douche, je la trouve encore souriante, ravie de sa petite victoire. Juste un prénom, et la voilà heureuse comme jamais. Un drap de bain enroulé autour de ma taille, je me retiens de rire, amusé par ses joues qui s'empourprent une nouvelle fois alors que je viens de la surprendre suçant ses lèvres en dévalant du regard mes abdominaux. Elle fronce les sourcils, comme si elle cherchait une réponse à quelque chose.

– Pourquoi me regardes-tu comme ça ?

Je laisse glisser la serviette à mes pieds. Elle détourne le regard, gênée.

– Tu rougis encore comme si tu me découvrais pour la première fois, me moqué-je gentiment. Je te plais ?

Je me rapproche d'elle, entièrement nu, provocateur. Il faut bien que je me venge de ma défaite.

– Oui, avoue-t-elle en rougissant davantage. Peut-être trop.

– Pas assez encore pour que tu me dises ton prénom, lui lancé-je en la prenant dans mes bras et en mordillant son cou.

– Tant pis pour toi, tu n'as pas su me faire parler quand j'étais vulnérable.

– Tu es une sorcière !

J'attrape ses hanches et tente de la chatouiller. Elle crie en se débattant avant de me balancer :

– Tu devras attendre notre prochain rendez-vous pour le savoir !

Je me fige et la contemple quelques secondes, rayonnant. Elle veut qu'on se revoie.

– Quand ? demandé-je, impatient.

Elle répond timidement :

– Quand tu veux. Très vite, j'espère.

J'ai envie d'être avec elle, plus longtemps qu'une heure dans cet hôtel. Je veux plus, même si ce n'est pas raisonnable.

– Tu accepterais de passer tout le week-end avec moi ? proposé-je avec une once d'angoisse.

– Tout le week-end ?

– Oui.

– Oui.

– Oui, tu veux bien ? redemandé-je pour être sûr.

– Oui, Hélias.

Je me retiens d'exploser de joie. J'ai envie de la faire tournoyer dans les airs, mais je me contiens.

– Ça m'agace de ne pas savoir ton prénom. J'aurai deux jours pour te le faire avouer sous la torture.

– On verra, mais je peux être très forte à ce jeu-là. Moi aussi, j'ai les moyens de te torturer.

– Ça, c'est sûr. Tu es même très douée pour ça, me moqué-je.

Je m'empare de ses lèvres et elle enroule ses bras autour de mon cou. Ma bouche explore le creux de son épaule et je sens déjà mes hormones prendre le dessus. Je caresse son dos encore nu puis faufile mes doigts sous sa culotte. J'ai encore envie d'elle. J'ai *tout le temps* envie d'elle.

Son estomac choisit le silence de cet instant pour se mettre à crier famine avec une telle force que nous nous mettons tous deux à rire.

– Je t'affame tous les midis. Habille-toi, je t'emmène déjeuner, lui proposé-je en m'éloignant pour ne pas me jeter sur elle une nouvelle fois.

Puis j'enfile à la va-vite mon boxer et mon pantalon pour mettre une barrière entre nous, avant de changer d'avis.

Nous sortons main dans la main de l'hôtel et ce geste complice me fait du bien. Ma douce blondinette semble perdue dans ses pensées, mais je la ramène à moi pour lui faire oublier ses soucis. Je l'embarque vers un restaurant de l'autre côté de la rue qui fera bien l'affaire. Je me rattraperai ce week-end en lui dénichant une table gastronomique. Elle fait grise mine en passant le seuil de l'établissement, elle tient peut-être à sa ligne.

– Ça me paraît très bien ici. On va te trouver une bonne salade, lui lancé-je pour la détendre.

Le serveur nous place et je rapproche aussitôt ma chaise de la sienne. Je m'amuse à lire le menu par-dessus son épaule et à la sentir frissonner lorsque j'y viens poser délicatement mon menton. Les joues rosies, elle est d'une mignonnerie sexy qui me rend dingue.

Une ombre s'arrête devant nous.

– Bonjour, Sarah !

Je relève les yeux sur le type qui vient se planter face à notre table, et je comprends au regard de ma jolie blonde qu'il s'adresse bien à elle. *Sarah*. Alors c'est comme ça qu'elle s'appelle. Ça sonne bien à mes oreilles. *Un beau prénom pour une très belle femme.*

– Gauthier, répond-elle en lui lançant un regard froid.

– Je t'aurais plutôt crue carnassière, toi, lui assène-t-il avec un regard mauvais.

– Toi aussi, vu ton râtelier qui raye le parquet, lui décoche-t-elle.

J'en ouvre la bouche, stupéfait, et observe le type tourner les talons après m'avoir jeté un coup d'œil curieux.

– On peut dire que tu as le sens de la repartie, toi.

– Avec lui, c'est si facile, répond-elle en grimaçant de dégoût.

– C'est un autre… ? demandé-je sans oser continuer.

– Lui ? Non, même si j'aurais bien mérité d'être payée, grommelle-t-elle en retournant à la lecture du menu. Juste une erreur.

– Une erreur ? T'as couché avec ?

Je suis contrarié, je ne sais pas pourquoi, mais je ne peux pas m'empêcher de détailler le type un peu plus loin qui nous observe en plissant les yeux.

Elle relève un regard empli de détresse vers moi. *OK, elle a baisé avec lui.* Une douleur désagréable apparaît entre mes pectoraux et j'ai une envie subite d'étrangler ce grand brun snobinard.

– C'est quoi l'histoire ?

– Une soirée de réveillon trop arrosée. Je me suis réveillée dans son lit avec une gueule de bois qui m'a tenue plus de deux jours.

– Pourquoi avais-tu autant bu ?

Elle hausse les épaules.

– Changeons de sujet.

– Il t'a droguée ? la questionné-je en fusillant ce connard d'un regard Kalachnikov.

– Non, je me suis infligé ça toute seule, comme l'idiote que je peux être.

– J'ai envie de tuer ce type, dis-je en attrapant ses cuisses pour la ramener davantage contre moi.

Elle lève la main vers mon visage et me caresse tendrement la joue. Elle est merveilleusement belle, comme chaque fois. Je ne peux pas, je ne veux pas l'imaginer dans les bras d'un autre, la douleur est trop aiguë.

– Tu m'offrirais un baiser ? lui demandé-je, avide de ses lèvres.

Elle me regarde une nouvelle fois, décontenancée, avant de venir effleurer ma bouche en susurrant :

– Tous les baisers que tu veux, c'est compris dans le service après-vente.

Je ricane et attrape sa nuque pour l'enlacer langoureusement. Mon baiser est possessif, je m'en rends bien compte, mais j'ai envie de marquer mon territoire. Pathétique de ma part quand je la paie pour être avec moi. Elle ne l'est pourtant pas, et ne le sera jamais. Elle en donnera juste l'illusion le temps que l'heure qui m'est accordée s'écoule.

Je souris en repensant à ma découverte.

– Alors comme ça, tu t'appelles Sarah.

– Hmm, fait-elle en faisant mine de lire encore le menu.

– Tu l'apprends par cœur, me moqué-je.

– Non, j'hésite entre le hot-dog et le hamburger.

– Pas de salade ? demandé-je en détaillant sa taille de guêpe.

– Pourquoi, tu me trouves trop grosse ?

– Non, tu es parfaite. J'adore les femmes qui ont de l'appétit.

– Alors tu vas tomber amoureux, je suis un vrai puits sans fond, selon ma sœur.

– Je suis déjà fou de toi, lâché-je en me rendant compte trop tard de l'énormité que je viens de balancer.

Avant qu'elle ne prenne conscience de ce que j'ai dit, je poursuis :

– Tu as une sœur ?

– Oui, une petite sœur, Maxine.

Son sourire tendre me touche.

– Vu ton regard, tu as l'air d'y être très attachée.

– C'est la personne que j'aime le plus au monde. Tu as des frères et sœurs ?

– Non, je suis fils unique. J'aurais rêvé d'avoir un frère.

Elle me regarde avec gentillesse et je fonds une fois de plus. Je lui dépose un long baiser sur les lèvres et lui murmure :

– J'aime beaucoup ce prénom. Il te va merveilleusement bien, ma douce Sarah.

– Merci, mon bel Hélias.

– Dans ta bouche, mon prénom devient tout de suite beaucoup plus sexy, gloussé-je tout contre elle.

Elle m'admire quelques secondes, tout sourire, et je me sens incroyablement léger, comme si son regard était le meilleur des remèdes. Je devrais l'amener à mon père.

– Alors, où comptes-tu me faire passer le week-end ? demande-t-elle avec curiosité.

– C'est un secret.

– Comment dois-je m'habiller ?

– J'ai bien envie de te dire de ne rien emmener car nous connaissant, nous risquons de passer beaucoup de temps sans rien…

Elle devient écarlate tout en vérifiant que personne autour n'a entendu. Elle me fait rire à être si pudique en dépit de son activité.

– … mais nous allons quand même peut-être sortir de la chambre, alors prends du décontracté, du sexy, du chaud, du léger, du sportif…

– Deux malles entières, si je te suis.

– Ah non ! Une toute petite valise.

– Tu es bien un homme, toi. Une toute petite valise mais une tenue pour chaque occasion.

– Oh, tu as l'air d'être ingénieuse en la matière, madame Je-transforme-mon-pull-en-robe-en-un-tour-de-main-dans-un-ascenseur, la taquiné-je tout en glissant discrètement une main sous l'ourlet de sa tunique en laine.

Le serveur s'approche de nous et demande si nous avons choisi. Il jette un regard sévère sur Sarah et cette dernière baisse les yeux, gênée. *C'est quoi encore cette histoire ?* Je me renfrogne en me rappelant qu'elle a son « bureau » de l'autre côté de la rue. Elle doit connaître pas mal de monde dans le coin. Sans jeter un œil sur le menu, je commande sur un ton sec :

– Un steak saignant et une assiette de frites.

Sarah ouvre de grands yeux avant d'éclater de rire.

– Quoi ? grogné-je.

– C'est un resto végane.

– Tu déconnes ?

Sarah me fait signe que non de la tête et j'entends le serveur lâcher un gros soupir.

– Tu prends quoi, toi ? demandé-je.

– Deux hot-dogs et des frites, s'il vous plaît, dit-elle en me souriant, moqueuse.

Le serveur s'éloigne et je me rapproche d'elle.

– À ton avis, il y a quand même de la viande, dans les saucisses ?

– Non, du tofu.

Devant ma moue de dégoût, elle éclate de rire.

– C'est pire que ce que tu imagines. J'ai mangé ici il y a quelques jours, ma sœur m'y a traînée de force. J'ai dit tout fort que le steak de soja avait le goût d'une vieille biscotte rassie. Il faut que je fasse profil bas, grimace-t-elle.

J'éclate de rire, soulagé de je ne sais quoi, peut-être de ce sentiment de jalousie déplacée qui me tenait au corps.

– Au pire, on se rattrapera sur le fromage.

– Ce n'est pas ici que tu en mangeras, ricane-t-elle.

Je fronce les sourcils en balayant d'un regard contrit toutes les assiettes.

– Mais on mange quoi, ici ?

Nous rions en chœur et je me penche pour l'embrasser tendrement tout en jouant avec une de ses mèches de cheveux. Son rire se calme sur mes lèvres et je la vois se perdre dans mon regard. Elle semble s'assombrir mais très vite elle me câline, ses lèvres effleurant délicatement les miennes. Ses mains sur mes cuisses me donnent chaud.

– Je suis encore affamé de toi, lui susurré-je.

– Tout le week-end, je serai à toi, répond-elle d'une voix étouffée.

Je rougis de plaisir et me penche à son oreille.

– Finalement, ne prends rien. On ne sortira pas de la chambre.

CHAPITRE 17

SARAH

L'heure qui suit est l'une des plus belles de ma vie. Jamais je n'ai passé un moment aussi agréable à discuter avec un homme. Cinéma, séries, musique, politique, voyages, sport ; tout y passe. Hélias est adorablement bavard et le repas s'éternise au point que nous sommes les derniers à partir. Chacun de nous a fait traîner les choses en longueur pour ne pas nous quitter.

Il me rejoint dans la rue après avoir réglé l'addition. Un dernier regard et j'embrasse tendrement son sourire, puis m'éloigne pour rejoindre mon bureau. J'ai déjà fait quelques enjambées lorsque j'entends des pas précipités. Il se plante devant moi, surpris de son élan, presque gêné, mais m'enlace langoureusement comme dans un *happy end* de comédie romantique. Aussi soudainement qu'il est apparu, il repart un sourire charmeur sur les lèvres, rempli de promesses pour notre week-end.

Je file vite vers le bureau où une tonne de dossiers m'attend. J'ai à peine mis un pied dans le hall d'entrée du cabinet que Gabriel me tombe dessus avec une moue coléreuse.

– Ah, quand même ! Je commençais à croire que tu avais posé ton après-midi sans me le dire.

– Tout va bien, je suis là. *No panic*, lancé-je très décontractée, encore sous l'effet Hélias.

– Si, justement, c'est la panique. Ils sont là depuis une bonne demi-heure et je ne sais pas quoi en faire.

– Qui ? Les gars de chez HG&Co ?

– Non, pas eux. D'ailleurs à ce sujet, nous avons reçu deux mails auxquels il faut que tu répondes fissa. Ils veulent des détails sur les incidences fiscales du projet. Alors débarrasse-toi de tes visiteurs vite fait.

– Qui ?

– Ta frangine et le dragon qui te sert de mère.

– Oh la tuile ! rouspété-je à voix basse. Aide-moi !

– Pas question. J'ai déjà assez à faire avec Camilove et Mamandzilla.

– Lâche, grogné-je avant de pénétrer dans la pièce.

Maxine et ma mère attendent, assises devant mon bureau comme deux clientes.

– Maman, Maxine, quelle surprise !

J'aurais pu préciser « bonne », mais ça aurait sonné faux.

– Ma Sassa, qu'est-ce que tu es belle, s'exclame ma mère en se levant pour venir m'embrasser. Tu as fait quelque chose à tes cheveux ? Tu as bonne mine.

– Rien de particulier. *(Juste un plan cul du tonnerre et une cascade de baisers avec un dieu vivant.)* Salut, toi, dis-je à ma sœur qui me claque une bise sur la joue.

– Maman et moi venons t'inviter à passer un week-end entre filles.

– Quelle chouette idée ! Mais ça ne va pas être possible, réponds-je spontanément presque en sautillant sur place.

Je calme mon excitation égoïste face à leur déception. Ma mère affiche une mine contrariée mais me tend un sac, comme dépitée. Maxine, quant à elle, m'assassine d'un regard crépusculaire. Tout en découvrant mes mets préférés de Normandie, camemberts, confiture de lait et biscuits, avec un réel enthousiasme pour la première fois de ma vie, je leur dis :

– J'aurais vraiment voulu passer ce week-end avec vous, mais je pars deux jours.

– Je suis sûre que tu mens, s'insurge ma sœur. Avec qui est-ce que tu pars ? À part Gabriel et sa sœur, tu ne connais personne.

– Tu exagères un peu, répond ma mère. Et Sarah a sûrement ses raisons.

Je fais la moue, car Maxine n'a pas tout à fait tort. Question vie sociale, je suis bonne dernière de la classe. Il faut dire que je passe ma vie à travailler.

– Je pars en week-end avec un homme que vous ne connaissez pas, m'exclamé-je un peu brusquement.

Les deux femmes ouvrent la bouche en grand, comme si je leur annonçais que je quittais tout pour élever des lamas au Chili.

– Un homme, un vrai ? s'étonne Maxine en me détaillant de la tête aux pieds. Un client ?

Je manque de m'étouffer en entendant le dernier mot et je peine à calmer ma quinte de toux.

– Mais non, pas un client. Et oui, un vrai, avec tout le matériel qu'il faut, je peux te l'assurer, confirmé-je en faisant un geste de la main.

– Tu as un petit ami, c'est merveilleux, ma chérie ! se réjouit ma mère. Avec les petits ensembles que je t'ai envoyés, tu vas l'éblouir. Tu as toujours eu une si jolie poitrine. Bien mise en valeur, tu pourrais faire tourner la tête de n'importe quel prince charmant.

Ma sœur me regarde, suspicieuse, et je ne peux m'empêcher de préciser :

– Ce n'est pas vraiment un petit ami, juste un amant pour le moment.

– Toi, juste un amant ? se moque-t-elle.

La colère commence à monter, mais je garde mon calme.

– Oui, un amant. Tu n'as pas le monopole des plans cul.

– Je te croyais plus romantique, à *attendre le grand amour*, poursuit-elle, sarcastique.

– L'amour, ce n'est pas pour moi, réponds-je amèrement. J'ai décidé de profiter de ce que la vie peut m'offrir même si c'est quelque chose de peu académique. *Carpe diem*, tout ça, tu vois.

Maxine m'observe, étonnée, mais ne rajoute rien. Ma mère, quant à elle, vient caresser mon épaule.

– Je sais que je n'ai pas été un bon modèle pour toi, mais je suis certaine qu'il y a, quelque part sur cette Terre, un homme qui t'aimera plus que sa propre vie et qui te rendra heureuse.

J'aimerais qu'elle dise vrai, mais je sais que cet homme ne sera pas mon bel Hélias, et c'est pourtant lui que je veux. D'ailleurs, un tel homme existe-t-il vraiment ? C'est si difficile pour moi d'accorder ma confiance. Je papillonne des yeux pour chasser les larmes qui brouillent mon regard.

– Je sais que c'est difficile de le concevoir, surtout après ce que tu as vécu avec ton père, dit-elle doucement en replaçant une mèche de mes cheveux comme si elle lisait dans mes pensées.

– Je ne vois pas comment un inconnu pourrait vouloir passer sa vie avec moi alors que mon propre père a décidé de me tourner le dos.

– Laisse faire le temps, Sassa. Ton père t'aime plus que tout.

Mon père, l'homme que j'aimais le plus au monde. J'avais treize ans lorsque nous avons enfin refait surface dans sa vie. J'étais une adolescente rebelle et en colère. Furieuse après un père qui ne nous avait pas retrouvées, que j'avais attendu en vain devant mes écoles successives, les mois puis les années passant. Il avait perdu ce statut de héros qu'il avait dans mon esprit de petite fille. Je lui en voulais. Je crois qu'il n'a jamais pu se résoudre à envoyer la police aux trousses de ma mère.

Nos premiers tête-à-tête ont été si compliqués qu'il a très vite décidé d'espacer ses visites. La séparation de ces deux années avait brisé notre lien.

Et puis, il a refait sa vie. Il a vendu notre maison. Il en a construit une autre pour sa nouvelle femme. Il a eu deux autres enfants, une fille et un garçon, qui ont comblé le vide que nous avions laissé. Il a retrouvé le bonheur sans nous. Il n'a plus été que celui qui envoyait un chèque pour financer nos études, que l'expéditeur de quelques cartes d'anniversaire et de Noël. Il est devenu un étranger.

Depuis, nos contacts se font de plus en plus espacés. Trop de temps, trop de non-dits ont pollué à jamais notre relation. J'aurais aimé qu'il essaie plus, qu'il voie au-delà de ma colère, qu'il me dise à quel point je comptais pour lui. C'était son rôle. Peut-être un jour comprendra-t-il toute ma souffrance d'enfant. Peut-être arrivera-t-il à pardonner à cette gamine de treize ans qui était profondément traumatisée à son retour et qui, malgré tout ce qu'elle pouvait dire et montrer, ne rêvait que d'une chose, que son père la prenne dans ses bras pour lui dire « je t'aime ».

– Et cet homme, il est comment ? demande Maxine qui me ramène au présent.

– Il est… magnifique.

Je ne peux pas m'empêcher d'arborer un sourire heureux.

– Toi, tu es amoureuse, s'exclame ma sœur en riant.

– Non.

– Oh que si.

– Tu as raison de laisser ton cœur te guider, ma fille, intervient ma mère. L'amour, il n'y a que ça de vrai dans la vie. La réussite, l'argent, ça ne remplit pas une existence heureuse.

Je contemple ma mère, encore très belle dans sa cinquantaine. Je lui ressemble énormément, je le sais. Je devrais la haïr pour tout ce qu'elle nous a fait endurer par égoïsme, mais elle a toujours été là pour nous, à sa façon. Pas comme une mère modèle, mais comme elle a pu. Elle a su me protéger quand il l'a fallu, ne pas fermer les yeux sur l'horreur tout en sachant qu'elle perdrait ce vers quoi elle courait depuis des années. Malgré toute ma rancœur, malgré ma colère, elle est toujours là. Elle ne me tourne pas le dos, elle ne me juge pas. Elle patiente encore aujourd'hui, en espérant que je lui pardonne un jour.

– Donc pour notre week-end entre filles, c'est foutu, bougonne ma petite sœur.

Toujours aussi capricieuse.

– Oui, mais j'ai une valise à remplir de tenues que je n'ai pas. Tu sais ce que ça veut dire ?

Je la vois retrouver son sourire.

– Vendredi shopping ! s'écrient Maxine et maman en chœur.

CHAPITRE 18

SARAH

Il est sept heures lorsque j'arrive au lieu de rendez-vous. Comme je préfère rester prudente, je n'ai pas donné ma véritable adresse à Hélias et j'arrive donc avec quelques minutes d'avance dans une rue transversale à la mienne. J'avance tranquillement, tirant ma grosse valise derrière moi. Je sursaute lorsque la portière d'un SUV s'ouvre à mon passage et qu'Hélias s'en extirpe, tout sourire.

– Méfiante, ma jolie Sarah.

– On ne l'est jamais assez.

Il me soulage de ma valise pour la mettre dans le coffre, puis vient vers moi et se penche, me susurrant :

– Bonjour, Sarah.

– Bonjour, Hélias, réponds-je timidement.

Plongeant son regard doux dans le mien, il sourit.

– On s'embrasse ?

Je fais signe que oui de la tête et il m'attrape par la taille pour m'embarquer tout contre lui. Sa bouche s'écrase contre la mienne avec avidité. J'aime me sentir désirée comme ça de bon matin. Il se décolle ensuite de moi et me jette un petit coup d'œil qui n'est pas pour me déplaire. Ma mère et ma sœur ont eu raison de me conseiller ce jean ultra moulant et ces bottines à hauts talons. Une veste en cuir par-dessus un top échancré, et me voilà une nouvelle femme plutôt sexy.

– Pourquoi me regardes-tu comme ça ? demandé-je, amusée de reprendre ses mots.

– Parce que je te trouve encore plus belle qu'hier. J'ai hâte d'arriver à destination pour profiter de toi, me lance-t-il de façon provocante.

– N'hésite surtout pas, mon bel Hélias.

Je tends mes lèvres vers lui et embrasse l'une de ses sublimes fossettes. Il fait démarrer la voiture et je me laisse balader dans les rues de la capitale. Je ne manque pas de le reluquer discrètement, concentré sur la conduite, alors qu'il s'engage sur le périphérique. J'observe l'intérieur de sa grosse voiture à la recherche d'indices sur sa vie, mais je ne découvre pas grand-chose, seulement quelques tickets de parcmètres, une canette de soda et une boîte de chewing-gums à la menthe. Alors que la voiture prend de la vitesse, il pose sa main sur ma cuisse.

– Je te ramène un peu vers chez toi aujourd'hui.

– On va en Normandie ?

– Tu verras, répond-il avec mystère. Dors un peu si tu veux. Tu as l'air fatiguée.

Il me caresse tendrement l'une des joues.

– Je n'ai pas beaucoup dormi, j'étais trop excitée de partir en week-end avec toi.

Je le vois sourire, un regard tendre posé sur moi.

– Dors, tout va bien.

J'hésite quelques secondes puis me cale contre l'appuie-tête. Il embrasse mes cheveux et penche sa tête vers moi pour me câliner. Mon corps recroquevillé vers lui, je pose une main sur sa cuisse pour être certaine qu'il ne s'envole pas pendant mon sommeil. Bercée par la musique et la respiration tranquille de mon compagnon, je m'endors en quelques minutes.

La voix d'Hélias me réveille un long moment plus tard. J'ouvre les yeux et je ne comprends pas trop où nous sommes jusqu'à ce qu'un petit avion passe devant nous et me fasse sursauter. Un aérodrome. Hélias ouvre ma portière et m'aide à descendre. Il attrape ma joue et m'embrasse doucement, m'envoyant des picotements jusqu'aux orteils.

J'essaie tant bien que mal de faire tenir mes cheveux derrière mes oreilles mais le vent est plutôt fort ce matin. Un homme vient vers nous et le salue chaleureusement, puis je l'entends expliquer que les conditions météo sont bonnes pour voler. Hélias prend mon bagage et donne le sien à son acolyte qui nous entraîne vers une piste où un tout petit avion est en attente.

– On va monter dans cet engin ?

Je suis tout à coup beaucoup moins enthousiaste. *Ce truc est vraiment tout petit.*

– Oui, je vais en profiter pour prendre un cours de pilotage.

– Parce que tu ne sais pas piloter ? m'affolé-je d'un coup.

– Si, mais je n'ai pas encore ma licence. Il me manque des heures de vol.

– Écoute, on pourrait attendre et prendre l'avion une autre fois, continué-je, de moins en moins rassurée.

– Dis tout de suite que tu ne me fais pas confiance, ricane-t-il.

– On se connaît si peu.

Hélias s'arrête et revient vers moi. Il enlève son chèche et l'enroule autour de mon cou.

– Mets ça, je ne veux pas que tu attrapes froid là-haut. Et surtout, je ne voudrais pas louper le décollage parce que je louche sur ton décolleté plongeant.

– C'est rassurant, répliqué-je en prenant soin de couvrir toute ma gorge. Tu n'aurais pas plutôt un parachute que je pourrais enfiler dès maintenant au cas où ?

– Es-tu prête à mourir avec moi ? susurre-t-il en m'attrapant par la taille.

– Pas du tout. D'ailleurs, à ce sujet, il faudrait peut-être envisager une prime de risque.

– Pas de souci, je te paierai en nature, répond-il, goguenard.

– Ça ne compte pas.

– Même pas en massage ?

– Ah si, si c'est un massage, ça compte, dis-je, ravie. Mais jusqu'aux doigts de pieds !

Hélias éclate de rire et je le regarde, ensorcelée par ce si joli son.

Nous grimpons dans le petit avion et je m'installe sur la banquette arrière. Je tapote sur l'épaule du type qui nous accompagne et lui demande :

– Rassurez-moi, vous savez piloter, vous ?

Se retournant, il se marre :

– Non, je suis là pour prendre une leçon. J'espérais que vous seriez pilote. On est mal !

– Attache-toi bien, me crie Hélias alors que le moteur commence à couvrir nos voix. Et mets ton casque !

Je le contemple, un peu nerveux tout à coup, en train de faire le tour des instruments en vérifiant une sorte de liste. Je me blottis au creux de son foulard et j'y savoure son odeur. Je vérifie trois fois que je suis bien attachée, même si je sais bien qu'en cas de problème, ce n'est pas ce bout de lanière qui me sauvera. *Je suis quand même un peu jeune pour mourir dans un crash à la John Kennedy Jr., même en compagnie de mon bel Hélias !*

Le petit avion se met à bouger et je regarde la piste défiler par le hublot. La carlingue bringuebale dans tous les sens et j'ai le réflexe de vouloir faire une prière. Malheureusement je suis athée, la faute à ma mère, une fois de plus. Alors j'implore le seul dieu que je vénère.

– Thor, par le pouvoir de ton marteau, protège-moi de la foudre, dis-je d'une voix d'outre-tombe.

– Je n'en crois pas mes oreilles ! T'invoques un super héros ? se marre Hélias.

Le sol se dérobe sous nos pieds et nous prenons de l'altitude. Je crie, emballée par la magie de l'instant. Les sensations sont tellement décuplées par rapport à un gros avion de ligne. Les yeux grands ouverts, émerveillée par le paysage qui se dessine sous nos pieds, je me perds dans les champs à perte de vue s'imbriquant comme des pièces d'un couvre-lit en patchwork. Les cours d'eau serpentent entre les terres et les hommes ne sont que des points fourmillant dans leur voiture. Je vole et je plane en même temps, le cœur en apesanteur. Je ne sais plus où donner de la tête entre les côtes françaises qui s'éloignent, éclairées par un soleil fabuleux en ce mois de mars, et les sourires heureux de mon bel Hélias qui joue au pilote sous les conseils avisés de son coach.

Je l'observe. Il est à la fois comme un gosse au volant d'une voiture à pédales un jour de Noël, et puis si sérieux, soucieux de bien faire.

– Où m'emmènes-tu ? lui demandé-je. Ma Normandie n'est plus qu'un point derrière nous.

– Là-bas, me répond-il en montrant une terre qui se dessine au loin.

– Les îles anglo-normandes ?

– *Yes my dear !*

Une heure plus tard, après un atterrissage mené d'une main de maître, une grosse berline nous dépose devant un complexe hôtelier de luxe qui donne sur la mer. Je ne peux contenir un cri d'extase lorsque nous pénétrons dans l'immense suite baignée d'un soleil radieux, avec vue sur la baie à perte de vue devant nous. Je reste fascinée quelques secondes tandis qu'Hélias remercie en anglais l'employé de l'hôtel.

– Regarde comme c'est beau, m'exclamé-je en ne lâchant pas des yeux l'horizon étincelant à travers la baie vitrée.

Hélias se laisse tomber sur le lit king size en émettant un grognement de plaisir. Les bras croisés derrière la tête, il me toise, amusé, tandis que je trépigne de joie comme une gamine, criant lorsque je vois un immense voilier par la fenêtre.

Je me retourne et j'entrouvre les lèvres. Mon Dieu, qu'il est beau, à me détailler de la tête aux pieds avec ce sourire de séducteur, ses petites fossettes creusées, ses joues rosies. Il tapote le lit à côté de lui pour me faire signe de venir. Je laisse glisser mon perfecto de mes épaules, dénoue son chèche après y avoir pris une profonde inspiration, retire mes bottines et grimpe sur le lit.

Mordillant ma lèvre, je rampe jusqu'à lui, timidement. Il agrippe ma nuque et s'empare de mes lèvres avec tant de tendresse que tout mon corps devient chamallow. Je me laisse aller contre lui et il m'enfouit dans son cou dans un câlin à faire de moi une amoureuse transie. Même si je le suis déjà, et que ce n'est pas raisonnable. Pourquoi lui ? Pourquoi en arriver à vendre mon corps pour l'approcher ? Je n'ai pas vraiment de réponse. La seule chose que je sais, c'est que je ne peux plus me passer de lui. *No pain no love.* S'il faut que je transgresse mes règles pour continuer à ressentir ça, j'accepte. Je ne laisserai pas filer l'amour.

Je reste tout contre lui à caresser son ventre pardessus son tee-shirt. Il ne dit rien, se contentant de passer doucement sa main dans mes cheveux. Nos jambes mêlées, nos corps collés l'un à l'autre, je savoure ce moment rien qu'à nous, le temps suspendu, la réalité de nos vies loin derrière nous, de l'autre côté de la mer.

Ses caresses cessent et sa respiration ralentit. Il s'est endormi. Le fait qu'il s'assoupisse aussi vite pourrait me conduire à me remettre en question, mais je sais au contraire que c'est parce qu'il est bien qu'il se laisse basculer dans un sommeil réparateur. Je relève le nez et le contemple, le visage apaisé, le cœur battant lentement. Une petite cicatrice à l'arcade sourcilière ressort légèrement et je l'imagine quelques instants, blessé dans un sport de combat ou dans une rixe de rue. Peut-être s'est-il fait cela en se prenant le coin d'une table lorsqu'il était enfant. J'aimerais pouvoir l'interroger sur son passé, sur son enfance. Lui poser toutes les questions qui me sont interdites.

Je soupire de frustration et me blottis davantage contre lui, recouvrant sa jambe de ma cuisse pour être sûre qu'il ne filera pas. Machinalement, je glisse mes doigts sous son tee-shirt et caresse la naissance de son ventre, là où une fine pilosité part de son nombril. Sa peau réagit immédiatement, ce qui me fait sourire. Je reste un long moment contre lui, profitant de la chaleur de sa peau mate et de son odeur merveilleuse.

Je remarque soudain que la respiration d'Hélias s'accélère, une larme s'échappant de ses paupières agitées. Il rêve. Probablement un cauchemar, à sa façon de se tendre sous mes doigts. Il s'agite de plus en plus et je sens son corps se raidir. Il geint, avant de se débattre légèrement dans mes bras. Une deuxième larme dévale sa joue et je me redresse au-dessus de lui. Dois-je le réveiller ou le laisser poursuivre ce rêve qui le rend si malheureux ? J'hésite mais laisse bien vite mon corps agir, guidé par mon cœur. Je viens me lover contre lui, caressant son visage d'une main et embrassant ses lèvres crispées.

– Ça va aller, Hélias, je suis là, susurré-je tout contre sa bouche. Réveille-toi, ce n'est qu'un mauvais rêve.

De mon pouce, je balaie ses larmes avec inquiétude. Je ne sais pas ce qui lui fait si mal mais je ferai tout mon possible pour éloigner ce chagrin qui le meurtrit jusque dans son sommeil. Je recouvre son corps du mien et j'entreprends de le ramener au présent en l'embrassant, en psalmodiant son prénom tout bas. La chaleur de ma paume sous son tee-shirt semble l'apaiser petit à petit, tout comme le timbre de ma voix que je veux rassurante. Il se réveille enfin après quelques longues minutes, plongeant son regard encore désemparé dans le mien.

– Je suis là, répété-je.

Son regard se brouille mais il se reprend vite, posant ses mains sur ses yeux pour chasser les images qui semblent encore le traumatiser, tout en lâchant un long soupir. Tendrement, j'embrasse ses phalanges et au bout de quelques secondes, son regard apparaît entre ses doigts légèrement écartés. Il attrape mon visage et me tire à lui, posant mon front contre le sien.

– Je suis là pour toi.

Je le sens contenir une douleur, mais sa bouche vient rejoindre la mienne. Dans un baiser doux, je le sens me revenir petit à petit et quand je devine son corps s'éveiller contre le mien, je comprends que j'ai réussi pour cette fois-ci.

CHAPITRE 19

SARAH

Il faut absolument que je nous trouve une occupation pour les heures qui viennent. Sinon, c'est clair, il ne résistera pas. Pas Hélias, non. Lui, il est fait d'acier. Il ne flanche pas. Peut-être juste lorsqu'il dort. Non, mon corps. J'ai l'impression de suivre un entraînement sportif digne d'une athlète russe mais dans le corps d'un vieillard. J'ai mal partout.

Il faut que je me dépêche de trouver une activité avant qu'il ne sorte de la douche. *C'était très intelligent de profiter d'un de ses coups de fil pour aller te laver en fermant la porte à clef, sinon tu étais bonne pour une troisième séance, ma petite Sarah.*

Je suis quand même gonflée de me plaindre alors que je m'enflamme dès qu'il est à moins d'un mètre de moi. Tout à l'heure, alors que je me remettais à peine du premier orgasme qu'il venait de m'offrir, le visage enfoui entre mes cuisses, et qu'il se déshabillait tranquillement devant moi en me scrutant d'un regard fiévreux, j'ai littéralement pris feu.

Je sursaute en entendant la porte de la salle de bain s'ouvrir et je plonge le nez dans le dépliant fourni par l'hôtel. Je fais mine de lire, debout devant la baie vitrée – je vérifie quand même que la brochure est dans le bon sens. J'entends ses pas derrière moi et son parfum suffit à déclencher de petits crépitements annonciateurs d'un désir encore latent. Je ne suis *toujours* pas rassasiée.

Il vient se coller à mon dos et embrasse mon cou avec une telle sensualité que j'en plisse les yeux en gémissant. Ses mains sont déjà sur mes seins à les martyriser et j'en mords ma lèvre pour ne pas jurer tous les dieux une nouvelle fois. Son bassin se colle à mon postérieur et je devine que monsieur est déjà tout à fait opérationnel.

– Incroyable, ils ont même un parcours de golf, balbutié-je entre deux longs frissons.

– Ça te dirait d'en faire ? s'étonne-t-il sans arrêter de me caresser.

– Je suis inscrite sur la liste noire des clubs de golf, comme celle des casinos. J'ai détruit tout un green la seule fois où j'ai essayé, gloussé-je en me disant que c'est foutu, je vais devoir encore assurer.

Il faudra quand même que je demande des conseils à Véra pour tenir la cadence.

– Une promenade à cheval ?

– De l'équitation ? Surtout pas, j'ai assez monté comme ça, m'exclamé-je avant de me rendre compte de l'énormité que je viens de lâcher.

Hélias me serre davantage contre lui en se mettant à rire.

– Et j'étais ta monture ?

– Un vrai pur-sang.

– Tu as raison, nous ferions bien de quitter cette chambre quelques heures pour te permettre de te remettre de cette chevauchée sauvage. Tennis ?

– Pourquoi pas, lancé-je, le regard lumineux.

– Tu sais jouer ?

– Ce n'est pas bien compliqué de taper dans une balle.

– Alors va pour un tennis !

Après quelques achats à la boutique de l'hôtel, nous nous retrouvons à l'entrée des courts. J'ai à peine fait quelques pas vers lui dans ma nouvelle tenue qu'il ouvre la bouche, stupéfait. Mes cinq années au club de mon village m'auront au moins servi à savoir choisir la tenue idéale pour être irrésistible. Petite jupette plissée blanche, polo sans manches légèrement trop petit au niveau de la poitrine avec large ouverture des boutons sur un décolleté presque abyssal, queue-de-cheval haute et visière rose pour me donner l'air d'une fille sage.

Je mate mon dieu grec, pas mal du tout non plus. Short légèrement moulé au niveau des fessiers, polo bleu ciel qui fait ressortir son teint mat et qui ne dissimule rien de ses sublimes pectoraux, quelques petits poils virils qui s'échappent de son col déboutonné. Je suis déjà bonne pour une douche glacée.

– C'est moi ou il fait horriblement chaud, aujourd'hui ? demande-t-il alors que j'arrive à sa hauteur.

– On se croirait en pleine mousson, très chaud et humide, réponds-je, provocatrice.

Je le dépasse pour chercher le terrain que nous avons réservé, mais il m'attrape par la taille et me chuchote dans le creux de l'oreille alors qu'un autre couple passe devant nous :

– Je vais t'arracher cette jupette avec les dents.

Je me dégage et nous nous installons sur le court, chacun de notre côté du filet. Je suis un peu tendue, ça fait déjà quelques mois que je n'ai pas joué. Avec un peu de chance, il sera peut-être une chèvre en la matière.

– Je vais jouer doucement mais n'hésite pas à me dire si tu n'arrives pas à suivre, annonce-t-il. J'ai pratiqué pas mal d'années alors parfois, j'oublie ma force.

Pas de bol, c'est foutu pour la chèvre. *Mon bel Hélias est un peu macho, on dirait !*

Il envoie un premier service tranquille et je retourne la balle tout aussi doucement. Il continue quelques échanges gentillets et je m'amuse à le voir retenir son bras et ne pas trop me faire courir. Il est mignon, le garçon. Il tape un peu plus fort et alors qu'il amorce quelques mots d'excuses, je lui décoche un revers bien placé et je gagne le point.

– Joli, me lance-t-il, étonné. À toi de servir, tu veux que je te montre ?

– Ça va aller, j'adore regarder Roland-Garros et je suis imbattable sur la Wii U.

Je fais rebondir la balle sur le sol plusieurs fois, la maintiens quelques secondes entre ma main et la raquette. Je relève le bras et le gratifie d'un très bel ace. Hélias perd son sourire et me regarde, hébété.

– Ah ? J'ai omis de te dire que j'avais aussi fait quelques années de tennis ? J'étais assez douée. J'ai même été sélectionnée pour partir à Paris mais ma mère n'a pas voulu, alors j'ai continué pour le plaisir. Je vais jouer doucement mais n'hésite pas à me dire si tu n'arrives pas à suivre. J'ai pratiqué pas mal d'années alors parfois, j'oublie ma force, me moqué-je.

Son regard malicieux ne me dit rien qui vaille.

– Une fille douée au tennis en plus de l'être dans un lit, j'adore.

Je m'empourpre aussitôt et rate mon service.

– Concentration, ma douce Sarah.

Je grommelle avant de lui décocher un regard de tueuse ; il se met à rire et me fait les gros yeux. Il tapote ses baskets avec le haut de sa raquette pour faire tomber la terre battue de ses semelles ; il cherche à me distraire mais je vois bien qu'il est nerveux. Je souris.

L'échange se poursuit et nous commençons à courir. Les corps se relâchent et la vitesse augmente. Ça court des deux côtés du filet et plutôt vite, chacun sait glisser sur la terre ocre. Les jambes s'échauffent, les bras aussi, nos respirations se font bruyantes et aucun de nous ne lâche l'affaire. Je crie, il crie, ça me rappelle nos gémissements deux heures plus tôt, et je rougis en y repensant. Deux tempéraments forts et orgueilleux face à face durant presque une heure. On se taquine, on se congratule, on s'amuse merveilleusement bien. Et on finit dans les bras l'un de l'autre lorsque je rate un dernier coup au filet. Épuisés, nous rejoignons les vestiaires, joyeux et dopés aux endorphines.

Dans le grand hall de l'hôtel, on se chamaille encore à propos de notre dernier point lorsque Hélias reçoit un appel téléphonique. Je le vois devenir tout à coup très sérieux, jetant régulièrement des petits coups d'œil embarrassés vers moi.

– OK, Gérald, dans une demi-heure au bar du club. J'amènerai le projet avec moi. Ravi de vous rencontrer.

Il raccroche et revient, un peu gêné.

– Ma Sarah, j'ai un rendez-vous pro dans une demi-heure. Je ne pense pas que ça durera longtemps. Tu pourras te reposer en m'attendant ou aller faire un peu de shopping au village, me propose-t-il en évitant mon regard.

Mon statut d'escort me revient en pleine face. Il avait prévu un entretien professionnel. Je suis juste une distraction pour combler un week-end travail.

– Ne fais pas cette moue, s'il te plaît. J'aurais dû te prévenir mais rien n'était sûr. C'est mon associé qui a tout décanté pour moi, il y a juste quelques minutes. J'étais là au cas où mon client voudrait bien me rencontrer.

Et moi je suis le petit interlude qui t'a permis de patienter en attendant que ton pote décroche ce rendez-vous.

– Je ne voudrais pas te retenir.

– Je sais, ce n'est pas drôle pour toi, dit-il en m'entraînant dans l'ascenseur. Mais c'est un gros contrat qui est en jeu. Je ne peux pas rater cette occasion, même pour passer un peu plus de temps en ta très charmante compagnie.

Je regarde ailleurs pour ne pas lui montrer combien je suis vexée. Après tout, je ne suis là que pour le distraire. Cela n'a rien d'un week-end romantique, je suis juste la pute qu'il a embarquée pour s'amuser à ses heures perdues. Je reste silencieuse jusqu'à la chambre, m'affalant dans le canapé face à la baie vitrée. Je le vois du coin de l'œil s'agiter et reprendre son allure d'homme d'affaires. Il me toise à son tour, un peu irrité par mon attitude, mais ne lâche que quelques soupirs tandis qu'il enfile sa veste et ses chaussures. Avant de partir, il fouille dans ses poches et sort quelques grosses coupures qu'il pose sur la console de l'entrée.

– Si tu as envie de faire quelques emplettes, je te laisse de quoi te faire plaisir. Je fais au plus vite.

Super. Maintenant, je suis la maîtresse qui dépense de l'argent pour se divertir. Tout ce que j'ai toujours rêvé d'être. Un ricanement a dû m'échapper, puisqu'il revient s'accroupir devant moi.

– Sarah, ne me fais pas la tête, s'il te plaît. Je te promets que je vais faire de mon mieux.

Si je n'avais pas si peur de le perdre, je saisirais cet instant pour mettre fin à toute cette mascarade, lui dire qui je suis en réalité. Mais comment lui expliquer que j'ai préféré me faire passer pour une prostituée pour continuer à le voir, et que j'ai attendu autant de temps pour le lui dire ? Il me prendrait pour une femme folle à lier et il me chasserait de sa vie.

– Je voulais passer la soirée avec toi, fais-je tristement.

Il me regarde avec tant de tendresse que je ne mets pas longtemps à m'adoucir et à l'enlacer avec passion, jusqu'à ce qu'il se détache de moi, en retard, et s'éclipse presque sans un regard.

Deux heures plus tard, j'en ai ras le bol de tourner en rond dans cette suite. Je regrette amèrement de ne pas avoir emmené mon ordinateur. J'aurais moi aussi pu travailler sur mes dossiers, et notamment sur les retours pour HG&Co. Il faut que je sorte d'ici pour me calmer, je suis une bombe à retardement. Je n'ai pourtant aucune raison d'en vouloir à

Hélias. Il est gentil et prévenant, mais c'est peut-être pour ça que j'en suis là. À être si heureuse à ses côtés, j'en oublie presque que nous ne sommes pas un couple, mais une escort et son client. Entre nous, il n'a jamais été question de week-end romantique, d'instants entre amoureux. Je suis une prostituée qu'il emploie pour se divertir et lui faire oublier les soucis qui le pourchassent jusque dans son sommeil.

La seule responsable de mon mal-être, c'est moi. Je suis amoureuse d'un homme qui ne le sera pas en retour car cela n'a jamais été prévu au programme. *Réveille-toi, Sarah. Écoute Véra. Hélias n'est pas un homme pour toi. C'est le méga chagrin d'amour qui t'attend au bout.* Je dois retrouver mes esprits, redevenir la Sarah cartésienne et raisonnable que je suis depuis toujours, celle qui sait que l'amour est pour les autres. Pourtant, ça semblait clair dans ma tête il y a quelques jours : je continuais à voir Hélias en toute connaissance de cause, profitant seulement de l'instant. Je ne devais pas rêver d'un lendemain, juste de quelques rencontres sensuelles. Mais non, il a fallu une fois de plus que mon cœur de midinette avec ses envies de *happy end* s'en mêle et que j'attende davantage. Quelque chose d'inatteignable.

Je ne devrais pas être ici. Je ne devrais pas m'infliger ça. Je vais devoir lui parler, tout lui dire, je ne peux pas continuer. Ça ne peut pas être si désastreux, si ? Il ne partira pas alors que si je suis là, c'est de mon plein gré ?

J'ai besoin de prendre l'air, de m'éloigner de tout ce qui me fait penser à lui pendant un instant, de reprendre le contrôle pour me décider. Je m'habille rapidement et sors de la chambre. Dans l'ascenseur je scrute avec jalousie un jeune couple collé-serré. Suis-je la seule à avoir été amenée ici comme petit passe-temps érotique ? N'y a-t-il que de vrais amoureux ? Je me mets presque à courir dès que les portes coulissent sur le rez-de-chaussée pour fuir ce que je n'aurai jamais.

Une fois sortie du grand tourniquet de l'entrée, je suis presque giflée par le vent qui vient de la mer. Il s'engouffre sous ma robe et manque tout dévoiler devant les quelques personnes qui discutent sur le parvis. Je replace tant bien que mal derrière une oreille une mèche de mes cheveux, mais lorsque la bourrasque se calme enfin et que je reprends mes esprits, j'aperçois l'origine de tous mes maux.

À quelques mètres de moi, Hélias, en compagnie d'un homme d'une cinquantaine d'années, me scrute, contrarié.

CHAPITRE 20

HÉLIAS

Garder mon calme. Il faut que j'arrive à garder mon calme. Déjà deux heures avec ce connard, je n'en peux plus. Ce type représente tout ce que j'exècre. Il est de ceux qui pensent que l'argent permet de tout avoir : de superbes maisons, des voitures de luxe, des épouses soumises, des maîtresses à tout-va et même l'attention de personnes comme moi alors qu'ils n'ont pourtant rien d'intéressant. Deux heures à écouter ses blagues dégueulasses, deux heures à le mater en train de tripoter deux pauvres filles à moitié à poil. J'ai eu l'impression de boire un verre avec Jabba le Hutt. Aussi visqueux et répugnant. J'aurais mieux fait de laisser Arthur s'en charger.

J'étais déjà agacé en le rejoignant au bar de l'hôtel. L'attitude presque capricieuse de Sarah m'avait mis en rogne. Elle m'a déconcerté avec ses bouderies et sa façon de se comporter en petite amie délaissée. Ma position envers elle n'est pas suffisamment claire, c'est vrai. J'admets que j'ai du mal à la traiter comme une prostituée alors qu'elle me fait tellement de bien et que nous nous entendons si bien, mais notre relation devient ambiguë et je vais devoir clarifier ça pour éviter toute méprise de sa part.

Le type fait durer le plaisir en me proposant de le rejoindre ce soir pour signer mes putains de contrats. Ça tombe bien, je rêvais de passer une partie de la nuit à me saouler dans une boîte de nuit en compagnie d'un gros porc. S'il n'y avait pas tant d'argent et de postes en jeu, je l'aurais envoyé se faire voir depuis longtemps.

Je lui serre la main quand je vois débouler Sarah devant nous. Ma douce Sarah, ma bulle de bonheur. Un coup de vent et sa robe s'envole, dévoilant ses cuisses. Elle pousse un petit cri et plaque le tissu contre ses jambes, morte de honte. L'enfoiré à mes côtés se met à rire, me donnant un coup de coude dans les côtes :

– Regarde-moi le petit lot qui se pointe. J'ai déjà la trique rien qu'en matant ses cuisses.

Je serre les poings et me mords l'intérieur des joues pour m'empêcher de lui mettre ma main dans la gueule. *Non, Hélias, pas si près du but ! Tu ne vas pas gâcher deux heures de lutte acharnée pour la remarque d'une pourriture !*

Je scrute Sarah qui se débat avec une mèche rebelle et je prie son dieu Thor qu'elle ne me voie pas, mais apparemment, il n'a décidé d'écouter qu'elle. Rien d'étonnant de la part d'un blondinet bodybuildé qui ne pense qu'à faire tourner la tête des gonzesses. Sarah approche, et je broie mes phalanges contre la paume de mes mains. C'est certain, si cette enflure lui manque de respect, je n'arriverai pas à me contenir.

– J'allais prendre un peu l'air mais il y a beaucoup de vent, s'excuse ma belle d'un ton mal assuré.

Quelle idée de mettre une robe légère au mois de mars en bord de mer !

Devant le regard insistant de mon client, je me sens obligé de la lui présenter.

– Gérald, je vous présente Sarah, une amie, dis-je en prenant un air détaché comme si je n'avais pas entendu ses paroles salaces quelques secondes avant.

M. Gros Porc se met à sourire d'une manière horripilante :

– Enchanté, mademoiselle.

Il lui serre la main et je frissonne de dégoût ; Dieu seul sait où il a pu mettre ses paluches avant. Je contemple avec affliction ma Sarah souillée par cet individu répugnant. Je crois qu'elle a le même ressenti que moi car elle retire vite fait sa main et ne lui adresse même pas un sourire crispé. Gérald se tourne vers moi avec un air supérieur :

– Amenez donc votre amie à notre petite sauterie de ce soir !

Une sauterie ? Il me propose de lui amener Sarah dans une partouze ? Je vais lui casser la tête.

– Je suis navré, mais Sarah a déjà prévu quelque chose. Ce sera pour une prochaine fois. Je vous dis à tout à l'heure.

Ma douce fait grise mine et le type ne cache pas ses regrets. Rien à foutre, il n'est pas question que je lui fasse courir le moindre risque en l'exposant aux mains baladeuses de cette enflure. J'attrape Sarah par le coude et la tire avec vigueur pour que l'on prenne très vite de la distance. Je ne laisserai pas ce type respirer le même air qu'elle et la déshabiller du regard plus longtemps. Elle me suit sur quelques mètres mais dès que nous sommes hors de vue, elle se débat pour que je la lâche. *Elle est en colère ? Moi aussi.*

Elle me provoque avec son petit air hautain et j'ai envie de l'embrasser. De lui infliger un de ces baisers possessifs, étouffants de testostérone. Je veux la sentir à moi, abandonnée à mon corps. Les lèvres pincées, le regard orageux, elle est encore plus belle et mon sang se met à pulser sauvagement dans mes veines. Je l'attrape par la taille et la ramène jusqu'à mes lèvres mais elle ancre ses poings sur mes épaules et pousse dans l'autre sens pour se dégager.

Malgré mon désir exacerbé, j'ouvre les bras et elle s'en échappe en vitesse. Elle se met à marcher droit devant vers la plage, presque en courant. Je lève les yeux au ciel car cet après-midi part vraiment en couille et ça commence à me prendre la tête. Je pensais passer un week-end de rêve au bras de cette jolie blonde et avec un contrat de plusieurs millions d'euros dans la poche, mais pour le moment, je ne me prends que des vents.

Sarah marche devant moi, filant vers je ne sais où. À cette cadence, elle va me faire faire le tour de l'île.

– Sarah, où vas-tu comme ça ?

– J'ai besoin de prendre l'air.

– Quelle mouche t'a piquée ?

Elle fait volte-face au point que je manque lui rentrer dedans.

– À ton avis ?

Je fronce les sourcils face à sa rogne.

– Tu m'expliques ?

Elle souffle, agacée, avant de me tourner le dos. Je lui attrape le poignet et la ramène une fois de plus contre moi.

– C'est quoi le problème, ma douce ? tenté-je d'une voix plus calme.

– Tu as honte de moi ! s'écrie-t-elle, au bord des larmes.

– Quoi ?

Je l'écarte un peu pour la regarder dans les yeux.

– Jamais de la vie. Pourquoi dis-tu ça ?

– Tu ne veux pas que je t'accompagne à tes rendez-vous. Je suis juste bonne à baiser.

Je blêmis devant ses paroles et en lâche son bras. Elle repart de plus belle et je recommence à la poursuivre, cette fois-ci sérieusement agacé. Je la devance et me poste devant elle pour l'empêcher de fuir encore sur un kilomètre.

– D'une, je n'ai pas honte de toi. Il faudrait être idiot pour ne pas être heureux de se promener au bras d'une femme aussi séduisante que toi. Et de deux, tu n'es pas juste bonne à…, bredouillé-je. Je ne t'ai jamais traitée comme une…

– Comme une pute, assène-t-elle.

Un vieux qui promène son chien sur la plage se retourne un peu plus loin et je lui adresse un geste pour lui montrer que tout va bien.

– C'est pourtant ce que je suis, n'est-ce pas Hélias ? continue-t-elle plus bas, en larmes. Une femme que tu baises moyennant de l'argent.

– Peut-être, mais ce n'est pas comme ça que je te vois, tu le sais, plaidé-je, complètement déstabilisé par la tournure que prend cette dispute. Même si je te paie pour passer du temps avec moi, je ne t'ai jamais traitée de cette manière. Enfin… j'ai toujours agi pour que ce moment te soit agréable aussi, malgré le deal qu'il y a entre nous. Rassure-moi, tu ne feins pas ton plaisir, quand même ?

Elle détourne les yeux avant de revenir sur moi et de secouer la tête. Je soupire, soulagé, craignant quelques secondes de m'être voilé la face pendant tous ces instants ensemble. Le regard fuyant vers la mer, elle se met à sangloter, et ses larmes me rendent totalement barge. Je ne supporte pas de la faire pleurer. Je veux la voir sourire, illuminer ma vie de sa gaieté.

– Je refuse que tu approches ce type. C'est un porc, j'ai passé deux heures à le regarder tripoter des nanas. Je ne supporterais pas qu'il te manque de respect. C'est pour ça que je ne veux pas que tu m'accompagnes ce soir.

Elle baisse les yeux en soupirant, comme pour se calmer. Je ne comprends pas sa réaction, mais tout ce que je sais, c'est que je ne veux pas lui faire le moindre mal et la perdre. J'ai trop besoin des moments passés avec elle.

Je me penche pour capturer son regard. Je lui lance un sourire contrit alors que je croise ses beaux yeux noyés de larmes, qui me font fondre.

– Sarah, ne me regarde pas comme ça. Je ne voulais pas te faire de la peine. J'ai passé deux heures horribles à convaincre ce connard de signer un contrat mais j'étais contrarié de t'avoir laissée toute seule. Viens là, bébé, continué-je en attrapant sa taille. Je t'assure que je préférerais passer toute la journée dans tes bras. Je suis si bien avec toi.

J'embrasse son cou et caresse son dos pour l'apaiser. Elle se blottit dans le creux de mon épaule et se laisse bercer.

– Ma Sarah.

Je la sens trembler contre moi.

– Viens, je te paie un chocolat chaud, lancé-je en l'entraînant vers le village.

– Je préfère une glace au chocolat, dit-elle d'une petite voix.

– Alors, va pour une glace !

En face de ma jolie blondinette, je l'observe, le nez dissimulé derrière son énorme coupe de glace. Ce n'était pas gagné mais je sais que le sucre a toujours été un bon dérivatif en cas de coup de blues. Ma mère avait son rituel lorsqu'elle se disputait avec mon père, un *mug cake* au chocolat recouvert de chantilly. Je me faisais discret quand elle en boulottait un sur le canapé. Ce n'était pas le moment de venir l'embêter.

Je ne la quitte pas du regard, encore inquiet. Les yeux rougis, le teint pâle, je vois bien qu'elle essaie de prendre sur elle. Notre week-end en tête à tête est en train de tourner au vinaigre. Je continue à sourire, à parler de tout et de rien à la fois mais dans mon ventre, c'est la bérézina.

Mes explications sur le dirigeant du laboratoire pharmaceutique ont semblé la convaincre mais elle reste contrariée par je ne sais quoi. J'ai été maladroit quand j'ai répondu à Gérald que Sarah ne viendrait pas ce soir. Elle a cru que je ne voulais pas qu'elle m'accompagne, c'était légitime. Les jeunes femmes comme elle qui se livrent à la prostitution sont très certainement la plupart du temps rabaissées et bafouées. Elle pense probablement que je me joue d'elle, que derrière mes attitudes de type sympa, de gentleman, je ne vaux pas mieux que tous ceux qui abusent d'elle. Pourtant, je ne suis pas un de ces sales types.

Sarah triture sa glace avec sa cuillère jusqu'à la transformer en bouillie qu'elle aspire avec sa paille.

J'ai mal pour elle. Non, je ne suis pas comme eux. À mes yeux, elle incarne tout ce dont j'aurais pu rêver auparavant. Je la paie pour profiter d'instants avec elle, c'est vrai, mais seulement parce que je ne suis plus capable de plus avec une femme. Mon cœur ne pourrait pas le supporter.

– Pourquoi ?

Ce mot s'échappe de ses lèvres et me transperce le cœur. Il est temps que je sois honnête avec elle, je sens bien que ça l'inquiète et que ça met à mal notre complicité. Je fronce les sourcils en cherchant mes mots.

– Pourquoi avoir recours à des escorts ? se sent-elle obligée de préciser.

– *Des* escorts ? Tu es la première, me justifié-je, un peu gêné.

Une ou plusieurs, suis-je moins coupable pour autant ? Je loue les services d'une femme parce que je suis devenu lâche de vivre, lâche d'aimer par peur de souffrir.

– Tu es beau, tu es charmant, alors pourquoi ?

C'est vrai que l'option que j'ai choisie peut paraître absurde. Je pourrais certainement séduire facilement une femme dans une soirée quelconque, mais j'ai mes raisons. Je réfléchis un instant, j'ai peur de la blesser davantage. J'ai vu comme elle se ferme lorsque je lui donne de l'argent. Elle assume mal et je peux le comprendre.

– J'ai besoin de toi, finis-je par lâcher, un peu évasif.

D'un autre côté, c'est totalement ça. Si ce n'était pas Sarah, je ne sais pas si j'aurais poursuivi ces rendez-vous.

– Ça, j'ai compris, tu n'arrêtes pas de me le dire. Mais pourquoi moi ?

– Parce qu'avec toi, c'est facile.

Facile. Je regrette aussitôt ce terme à son visage qui se rembrunit.

– Je…

– Ça pourrait l'être aussi avec une femme que tu n'aurais pas besoin de payer cinq mille euros pour passer le week-end avec toi, me coupe-t-elle en lâchant sa cuillère et en s'appuyant contre le dossier de la banquette. Tu es jeune, séduisant, cultivé. Tu pourrais être heureux avec une autre femme. Et gratuitement.

Je la contemple douloureusement. Elle cherche à m'aider, ma douce Sarah. Entre elle et moi, tout pourrait basculer si vite… vers ce à quoi je n'aspire surtout pas. Je le sens à cette façon qu'elle a de lire en moi, de me faire ressentir tant de choses.

– Je ne veux pas d'une relation stable avec une femme. Ça va forcément se compliquer et je refuse.

– Je ne comprends pas.

– Je ne tiens pas à me poser avec quelqu'un, tomber amoureux, fonder une famille. Je ne veux rien de tout ça. Je veux juste profiter de l'instant, rien de plus.

– Tu n'es pas marié ?

– Non ! m'offusqué-je, un peu vexé.

Ses yeux papillonnent, comme soulagés.

– Tu pourrais avoir ça avec des femmes rencontrées dans des soirées, poursuit-elle. Ça arrive tous les jours, élude-t-elle sans oser soutenir mon regard.

– C'est sûr, mais elles finissent toujours par vouloir plus, me mettre la corde au cou par intérêt ou parce qu'elles tombent amoureuses, ricané-je, mal à l'aise.

Josépha, ma dernière compagne, en est l'exemple vivant.

– Avec toi, il n'y a pas de complication, précisé-je. Nous avons un contrat tacite. Tu me fais passer un agréable moment, je te paie pour ça, c'est tout.

– Un agréable moment, oui… c'est tout, répète-t-elle mécaniquement en avalant une énorme cuillère de glace au chocolat.

Elle met quelques instants à relever les yeux sur moi et à revenir à la charge :

– Et si tu m'avais rencontrée en dehors de cette chambre ?

Je serais tombé fou amoureux d'elle.

Je suis stupéfait d'avoir pensé ça instantanément, de n'avoir même pas hésité. Je me mens à moi-même en lâchant sans appel :

– Il ne se serait rien passé. Enfin, peut-être une fois, mais pas deux.

Elle se ratatine sur la banquette, blessée. Je me maudis intérieurement.

– Ce n'est pas parce que tu ne me plais pas, me justifié-je. Au contraire, tu es le genre de femme dont on tombe amoureux tout de suite, mais ça, je ne le veux plus.

Elle ouvre de grands yeux, abasourdie.

– Tu ne veux pas aimer ?

– Non.

– Mais pourquoi ? Ça ne se commande pas !

Prisonnier de ses yeux clairs, je me sens acculé, jugé même, comme si refuser de tomber amoureux était un crime inimaginable.

– J'ai mes raisons. Dans la vie, on peut avoir le contrôle sur tout, même sur ses sentiments, rétorqué-je sèchement. Je ne veux pas tomber amoureux et ça ne m'arrivera pas.

J'apprécie énormément Sarah et tout ce qu'elle m'apporte, mais je ne suis pas prêt à m'ouvrir à elle de façon aussi intime. Je ne veux pas lire de pitié dans son beau regard.

On se jauge un long moment, elle, interdite par ce que je viens de balancer ; moi, perdu entre ce que je dis et le creux qui s'est formé dans ma poitrine. Elle doit me trouver inhumain.

Elle se lève, le visage crispé.

– Tu vas où ?

Elle s'est décomposée. Je prends peur et attrape son poignet. Pourquoi réagit-elle si vivement ? Je la dégoûte à ce point ? L'autre hypothèse, ce serait qu'elle tombe amoureuse de moi, mais c'est impossible. Pas elle. C'est une professionnelle, elle voit défiler des hommes toute la journée. J'ai la nausée, d'un coup. Elle essaie de partir mais je ne peux pas la regarder s'envoler.

– Sarah, c'est quoi le problème ? Toi et moi, c'est parfait comme ça. Je ne veux rien d'autre.

Elle me contemple sans un mot, caressant ma joue doucement, se retenant de pleurer.

– Pourquoi es-tu bouleversée comme ça ? Je te promets que je ne suis pas fou, que je ne te veux pas de mal. Je suis juste un homme qui a besoin de toi, pour passer des moments fabuleux sans prise de tête, sans engagement. Tu me fais confiance ?

Tétanisée, elle fait signe que oui de la tête.

– Je suis là pour toutes ces raisons, parce que tu es une jeune femme fantastique, que j'aime toutes nos rencontres, mais aussi parce que je sais que toi, tu ne tomberas pas amoureuse de moi, que tu ne viendras pas tout compliquer, expliqué-je, plus pour me convaincre moi.

– Ne t'inquiète pas, fait-elle d'une voix rauque. L'amour, ce n'est pas pour moi, c'est inscrit dans mes gènes. Et c'est le deal entre nous. Un instant suspendu au milieu de la tempête.

Je soupire, soulagé, mais une vague de tristesse m'envahit insidieusement. Je la contemple, merveilleusement belle, me sentant tout à coup responsable du naufrage qui la guette comme si j'étais l'abîme qui semble vouloir l'engloutir.

Égoïstement, je l'attrape par la taille et l'embrasse avec une telle intensité que tout son corps s'éveille contre moi. Je la serre, désespéré. Elle m'est si précieuse que je ne supporterais pas de la faire souffrir. Je souffle sur ses lèvres tendres :

– Sarah, j'ai tellement besoin de toi. Ne me laisse pas.

Elle pose son front contre le mien et me dit d'une voix si fragile qu'elle me laisse tremblant :

– Il va me falloir une deuxième glace.

– Une glace avec deux cuillères ? demandé-je avec un petit sourire contrit.

– Oui, répond-elle en se serrant contre moi.

CHAPITRE 21

SARAH

Deux glaces, un dîner en tête à tête dans une petite crêperie au centre du village et quelques fous rires en rentrant dans la nuit après s'être trompés de chemin. Il n'en fallait pas plus pour oublier mes doutes de l'après-midi.

Je ne sais pas pourquoi cet homme ne veut plus aimer mais une chose est sûre, il est impossible de ne pas tomber amoureuse de lui. Il est adorable. Bien élevé, gentil, drôle, attentionné, intelligent. Quand il se passionne pour un sujet, il en parle avec une telle ferveur que je pourrais l'écouter pendant des heures. Alors, lorsqu'il m'a dit qu'il ne voulait plus accorder son cœur à qui que ce soit, je n'ai pas réagi. J'en suis incapable, c'est bien trop tard. Même si ça me brise le cœur, même si l'entendre dire que je suis le genre de femme dont on tombe amoureux m'a obligée à m'accrocher à la table comme à une bouée pour ne pas m'effondrer, continuer de jouer cette mascarade me permet d'avoir un petit bout de lui, le temps de quelques heures.

Je l'observe se changer pour se rendre à la boîte de nuit de l'hôtel. Il se débarrasse de son costume et enfile un jean sombre et une chemise bleue légèrement satinée. Il est sublime, comme toujours. J'ai du mal à le laisser partir seul car je suis certaine que des filles vont tenter leur chance ce soir. Elles auraient tort de ne pas essayer devant un spécimen pareil.

Allongée sur le lit, je fais semblant de zapper à la télévision. J'aurais bien du mal à regarder quoi que ce soit car mon anglais est plutôt rudimentaire, et de toute façon le programme qui se balade à moitié nu devant moi est bien plus intéressant. Hélias me jette quelques regards tandis qu'il se prépare, les yeux irrésistiblement attirés par mes cuisses, ma robe remontant insidieusement.

Au bout d'un moment, il vient s'asseoir sur le bord du lit, me caressant les jambes.

– Tu as quartier libre. Profite du jacuzzi ou demande à la réception qu'on t'envoie quelqu'un pour un soin ou un massage… sauf si c'est un homme. Il y a aussi un spa. Fais ce qui te plaît. D'accord ?

– Les hommes sont meilleurs pour les massages.

– Pas de massage si c'est un homme, insiste-t-il en promenant ses doigts sur ma peau.

– Jaloux.

– Ce week-end, je serai le seul chanceux à poser mes mains sur cette chute de reins démoniaque.

– Elle est tout à toi.

– Je reviens le plus rapidement possible. Et la nuit sera à nous, prévient-il en déposant un doux baiser sur l'un de mes genoux puis sur mes lèvres.

Je le regarde partir et je soupire de frustration. Mes cuisses n'auront pas suffi à le retenir.

Mon téléphone vibre.

Hélias : Tes cuisses vont me manquer.
Attends-moi dans une petite nuisette !

Je me mets à rire toute seule.

Sarah : Désolée, je n'ai prévu
que le pyjama en pilou,
mais il est très doux.

Hélias : Peste ! Je te l'arracherai.

Le temps s'écoule lentement, très lentement. J'ai bien essayé d'avoir un massage, mais le planning était complet. J'ai tenté le jacuzzi mais je n'ai pas réussi à faire marcher l'engin. Alors j'ai lu sur mon smartphone, mais le dernier livre de Camilove m'a donné si chaud que j'ai envie qu'Hélias revienne tout de suite pour me faire la même chose. Je ne regarderai plus la sœur de Gabriel de la même façon.

À bout, j'envoie un SMS à mon bel Hélias :

Sarah : Je m'ennuie, tu rentres quand ?

Hélias : Je suis coincé avec ce sale type. Il tergiverse. Je vais lui mettre le couteau sous la gorge.

Sarah : Les filles sont jolies ?

Hélias : Collantes et beaucoup moins belles que toi !

Comment ça, collantes ? Et merde, il y a des filles avec lui. J'ai tout à coup des envies de meurtre. *Je ne peux rien faire, coincée ici.* De rage, je ramasse mes vêtements de la journée que je replie à la va-vite pour les remettre dans ma valise, lorsque je la vois. Ma robe dorée. Objet de toutes les tentations, qui pourrait causer ma perte. C'est sûr, il serait furieux. Mais il m'a donné quartier libre.

Trente minutes plus tard, je suis prête. J'ai enfilé ma tenue commando. Le plus dur a été de mettre ces faux machins collants sur mes cils, mais ils ont fini par se déposer pile poil comme il faut. Dans la psyché, je ne me reconnais pas. Je suis si différente de la jeune avocate au look classique ! Je suis prête pour l'extraction du bel Hélias.

Je ne passe pas inaperçue dans le grand hall de l'hôtel ni à l'entrée du club. Tant mieux, c'était mon objectif. Il faudra que je remercie Maxine de m'avoir forcée à emporter cette petite robe dans ma valise. Je glousse comme une collégienne excitée avant sa première boum.

Lorsque je pénètre dans l'immense salle, je prends conscience que la tâche sera rude. C'est blindé de monde et de fumée parfumée. Je reste comme une godiche à chercher du regard ma cible, à moitié aveuglée par les spots de la piste de danse. Je me fais bousculer au passage par un groupe de jeunes et un type me siffle d'approbation tout en me scannant de la tête aux pieds. J'avance vers le bar, beaucoup moins téméraire. Je n'arriverai peut-être pas à le trouver. Un barman vient tout de suite me voir, je m'assieds sur un haut tabouret et montre du doigt la boisson d'une femme à mes côtés. Je ne sais pas ce que c'est, mais mon anglais est si mauvais que je m'en contenterai.

Le serveur pose un verre devant moi et je m'en saisis aussitôt pour siroter en regardant tout autour de moi. *Ce n'est pas si mal, finalement*.

Je me penche pour observer la piste de danse, mais c'est peine perdue avec les deux types qui se plantent devant moi pour m'inviter à danser. Heureusement que « non » n'est pas difficile à traduire. Je tire nerveusement sur l'étoffe dorée de ma robe qui remonte de plus en plus, surtout quand je croise les jambes.

Je reprends mon observation minutieuse et je finis enfin par le débusquer, dans la partie salon. Dans un recoin sombre. Assis dans un grand canapé en velours avec le type de cet après-midi et quatre femmes. Deux chacun. L'une tourne carrément le dos au pacha pour contempler Hélias avec des yeux de biche. Et l'autre, la main posée sur sa cuisse et la bouche contre son oreille, serait déjà pulvérisée si mes yeux pouvaient tirer.

Je bois mon verre cul sec et en redemande un autre. Il va me falloir un peu de folie pour ce que je m'apprête à faire. Nouvelle descente rapide. J'espère que l'alcool agit vite.

À l'attaque ! Je me lève mais le barman me toise, perplexe. *Ah oui, il veut certainement que je le paie.* Et bien sûr, j'ai oublié mon portefeuille. Je réfléchis vite, bafouille le nom de la suite et il me sourit, satisfait. Je me retourne vers le salon, tire légèrement sur ma robe, remets mes seins en place pour qu'ils débordent de mon décolleté. Le barman me lance un petit clin d'œil :

– *Good luck* !

– *Thanks* !

C'est sûr qu'il va m'en falloir, de la chance !

J'avance, les jambes un peu tremblantes, ma cible verrouillée. La rouquine a toujours la main posée sur la cuisse d'Hélias. Il a bien l'air renfrogné, mais ne la repousse pas ; il va falloir que je le fasse moi-même. L'autre type a les deux mains affairées à peloter les deux brunettes qui sont contre lui. Il me dégoûte. J'ai détesté la façon qu'il a eue de me regarder cet après-midi. Pas besoin d'avoir fait des études de psychologie pour savoir que c'est le genre d'individu qu'il faut éviter à tout prix, surtout quand on est une femme, sauf à vouloir se faire violer dans un salon privé.

Celui-là est le premier à me voir approcher. Hélias lui parle tranquillement mais le type me désigne d'un geste du menton. Je croise alors le regard de mon amant, et c'est le choc sur son visage. La bouche entrouverte, les pupilles fixées sur moi, il est statufié.

Je profite de son temps de réaction pour foncer sur lui et me laisser tomber dans ses bras.

– Te voilà, mon amour ! Je m'ennuyais de toi alors j'ai décidé de te rejoindre.

Hélias me serre contre lui en marmonnant aussitôt dans mon cou :

– Qu'est-ce que tu fais là ?

Derrière moi, la rouquine râle en essayant de retirer sa main de sous mon auguste postérieur.

– Merci ma grande, ça ira pour ce soir. Il aura bien assez de mes deux mains, m'exclamé-je en lançant un regard de peste à la concurrence.

La musique couvrant les conversations trop basses, je réponds à mon bel Adonis :

– Te voilà débarrassé des filles trop collantes.

– Tu es venue parce que tu étais jalouse ?

– Moi, jalouse ? Je me contente de faire mon travail. Je suis au service de ton bien-être.

– Je t'avais dit de m'attendre dans la chambre, s'agace-t-il. Je ne veux pas que tu restes.

Je sens bien qu'il fait un effort pour ne pas s'énerver, mais c'est plus fort que moi.

– Pourquoi ? Je t'empêche de profiter de ta rouquine ?

– Ne dis pas de bêtise. J'essaie juste de me tirer de cette soirée au plus vite. Alors retourne dans la chambre, je te rejoins.

– Non, réponds-je, catégorique.

– Comment ça, non ?

– J'ai quartier libre, c'est toi qui l'as dit. Je vais aller danser pendant que tu gères tes affaires.

– Il n'en est pas question, s'offusque-t-il en me retenant alors que je commençais à me relever. Tu ne vas pas danser dans cctte tenue.

– Ma petite robe ne te plaît pas ?

– Au contraire, un peu trop. Je vais être obligé de me battre pour décoller les mecs de tes miches.

Ah ! Monsieur a le droit de se faire tripoter par la première venue, mais c'est trop dur pour lui de me laisser prendre du bon temps. Enfin, au moins, j'ai obtenu une réaction de sa part.

– T'inquiète, je peux me servir de mes talons pour me défendre.

– Pff, tu es chiante ! Après tout, fais ce que tu veux, mais reste loin de ce type, chuchote-t-il. C'est un gros porc.

– OK, mais veille à repousser les deux dindes.

– Tu es vraiment jalouse, s'amuse-t-il en relevant les yeux vers moi.

– Si ça te fait plaisir de le croire. Je te préviens, je ne me ferai pas piquer mon bon plan du week-end.

– « Bon plan » ? J'aurais préféré « bon coup ».

– Un coup d'enfer, m'exclamé-je.

Je m'accroche à son cou et l'embrasse outrageusement devant l'assemblée, de quoi laisser ma trace sur sa bouche. *Il est à moi !* Le bel Hélias ne met que quelques secondes à perdre le contrôle et déjà ses mains commencent à remonter mes cuisses plus que dévoilées. Sa bouche plonge le long de ma gorge pour finir sur mon décolleté généreux.

– Hélias, nous ne sommes pas seuls, dis-je tout fort. Toi et moi, dans notre suite. J'ai envie de faire l'amour toute la nuit.

Face à ma mise en scène culottée, il s'esclaffe et fait semblant de ranger la bête déjà imposante dans son pantalon. À moins que cela ne soit vrai, vu la légère rougeur qui s'est installée sur ses pommettes.

Un petit coup d'œil par-dessus mon épaule alors que j'avance vers la piste. Il fixe mes jambes mises en valeur par mes talons vertigineux. *Le garçon y est vraiment accro !* Je lui adresse un clin d'œil coquin et il me sourit, radieux.

Je me faufile dans la foule, suffisamment près pour qu'il puisse garder un œil sur moi. Je commence à danser timidement en lui jetant de petits regards de loin, mais je me laisse vite entraîner par le rythme léger de la musique. Je me trémousse, les yeux fermés, pour mieux profiter du son et de la liesse qui envahit mon bassin. Quand je les ouvre de nouveau, je me retrouve plongée dans son regard étincelant. Le désir m'envahit. J'ai besoin de le sentir contre moi. Je voudrais être une sorcière, réciter une incantation pour qu'il me rejoigne sur la piste, transi d'amour. Je ralentis mes mouvements, le regard de nouveau rivé sur lui. J'ondule les épaules et les hanches de façon sensuelle, je lève les bras et mes cuisses se dévoilent davantage.

Quelques hommes me détaillent sur la piste mais je ne soutiens pas leur regard. Mon message est clair, je suis déjà à un autre. L'un d'eux, plus aventureux, tend ses mains pour que je danse avec lui mais je l'ignore. Il se marre et essaie une nouvelle technique, tout aussi vaine. Je recule d'un pas lorsqu'il essaie de revenir à la charge, et je m'apprête à l'envoyer sur les roses lorsque ses yeux dévient derrière moi.

Des doigts se posent sur le haut de mes bras. Je reconnais aussitôt le parfum qui m'entoure et laisse Hélias s'enrouler autour de mon corps. Ses lèvres effleurent ma nuque et son bassin vient se coller tout contre mes reins.

– Je t'avais dit que je ne pourrais pas te laisser toute seule dans cette si petite robe, grogne-t-il. Je ne veux pas qu'on te reluque, je ne veux pas qu'on te touche. Je te veux toute à moi, rien qu'à moi, insiste-t-il en me serrant.

Une main sur ma hanche, il donne un nouveau tempo à mes mouvements. Mon corps s'éveille aussitôt à son contact. Je bascule ma tête en arrière et je savoure sa bouche dans mon cou, sa main qui remonte jusqu'à ma poitrine. Je me retourne et plonge dans son regard. Il entrelace mes doigts aux siens et me fait tournoyer sur la piste dans une sorte de mambo à la *Dirty Dancing*. Il danse merveilleusement bien. Mon regard prisonnier du sien, je m'envole presque dans ses bras, ma tête se mettant à tourner et à tourner encore. J'attrape son cou et rapproche son visage de moi. Front contre front, je lui souris comme la séductrice que j'ai envie d'être ce soir.

– Pourquoi es-tu venu me rejoindre ?

– Parce que j'en ai marre de cette soirée. J'ai juste envie d'être avec toi, comme ça, tout contre toi, me répond-il avec de grands yeux doux.

Mon petit cœur devient guimauve et je l'embrasse avec passion.

– Sarah, tu me rends dingue.

Ses doigts agrippent le bord de ma robe et je ne peux contenir un rire lorsque je les sens tirer dessus pour couvrir davantage mes cuisses.

– Jaloux ? me moqué-je.

– Exclusif ! Je ne suis pas partageur, bougonne-t-il.

– Tant mieux, je ne suis qu'à toi.

Il bloque sur ce que je viens de dire et je crains de lui avoir fait peur. Contre toute attente, il m'enlace langoureusement et la température sur la piste grimpe d'au moins dix degrés. *Bon Dieu, pourquoi autant de monde autour de nous ? Laissez-nous seuls, que je savoure cet instant où mon Hélias ne me veut rien que pour lui.*

Son baiser est parfait, ses lèvres d'une douceur infinie, sa salive légèrement amère à cause du champagne. Ses mains sont fermes sur mes reins et je sens qu'il est déjà sacrément en forme. Je susurre dans le creux de son oreille :

– J'ai tellement envie de toi.

Ses mains deviennent béton sur mes fesses, et pas que ça. J'ai tout à coup très chaud.

– Promis, je ne te lâcherai pas de la nuit.

Je ferme les yeux, le nez enfoui dans son cou. Je me retiens de lui dire : « Moi, je ne te lâcherai pas de la vie. » Une fois de plus, les paroles de Véra reviennent tel un boomerang. Je les chasse d'un petit grognement. Je l'embarque alors dans un nouveau baiser où il n'y a plus de doutes, plus de contrariétés, juste un moment heureux à deux.

CHAPITRE 22

SARAH

Deux morceaux de musique plus tard, Hélias se décolle de moi en faisant la moue.

– Je dois y retourner.

– OK, je t'attends sur la piste, réponds-je en souriant.

Il regarde tout autour de lui et, s'arrêtant sur un type qui me scrute comme un steak saignant, il poursuit en prenant ma main :

– Non, tu viens avec moi, je n'en ai plus pour longtemps.

Je trottine derrière lui et souris comme une bienheureuse. Hélias est jaloux. Jaloux et possessif. Deux gros défauts habituellement rédhibitoires pour la fille moderne que je suis, mais dans le cas d'Hélias, cela signifie tellement. *Un homme qui refuse d'être amoureux et qui est jaloux et possessif, c'est peut-être qu'il est un peu amoureux quand même, non ?* Ou alors, il veut simplement l'exclusivité de ce pour quoi il paie.

À l'approche du carré VIP où le type est toujours en train de tripoter les deux brunettes, et où les deux autres potiches affichent une moue d'ennui, mon cavalier arrête net notre progression et se retourne vers moi. Il me regarde avec anxiété, cherchant ses mots.

– Ce type peut être vraiment grossier.

– Ne t'inquiète pas, ce n'est pas la première fois que j'ai affaire à un mufle.

– Oui mais là, c'est un gros contrat pour ma boîte qui est en jeu, alors…

– Alors quoi ? demandé-je en commençant à voir où il veut en venir.

– Alors quoi qu'il dise, même si ça te démange de l'envoyer bouler, n'en fais rien, je te le demande.

C'est bien ce que je me disais. C'est toujours agréable de se laisser insulter sans rien dire. Un peu refroidie et quand même bien grisée par l'alcool, je ne peux m'empêcher de lâcher :

– Du moment que tu ne me demandes pas de coucher avec lui.

– Bien sûr que non, s'offusque-t-il, outré.

– Quoi ? Tu ne serais pas le premier homme d'affaires à faire ça.

– Mais tu me prends pour qui ?

– Pour un type qui se paie une pute.

Bien sûr, je sais qu'il ne le fera jamais, mais je n'ai pas apprécié sa mise en garde. Ses yeux virent au noir orage et il balance méchamment, en lâchant ma main :

– Je croyais que nous avions déjà eu cette conversation, Sarah.

Il me jette un regard dépité puis reprend le chemin des sofas, me tirant derrière lui sans ménagement. Lorsqu'il se retourne de nouveau vers moi, je ressens jusque dans ses doigts la fureur qui le submerge.

– Comme tu penses que tu n'es qu'une pute que je paie, contente-toi de faire le job, OK ? Tu poses ton cul à côté de moi et tu la boucles, le temps que je conclue ce contrat de merde avec ce gros porc.

J'encaisse sans broncher. Tendue jusqu'au dernier de mes orteils, je marche droit, raide comme un piquet. Je sais bien que j'ai dépassé les bornes, mais il m'a vraiment vexée.

Nous parvenons enfin au carré VIP où le fameux Gérald nous adresse un regard aviné. L'énorme magnum de champagne a dû faire son œuvre. Les deux filles laissées seules accueillent Hélias avec des sourires hypocrites, les autres me toisant avec un air hautain sous les mains du client.

– Te revoilà enfin, lance la rousse avec la bouche outrageusement barbouillée de rouge.

Ferme la bouche ou tu vas prendre froid ! Hélias se laisse tomber sur le sofa à ses côtés et semble tarder à se calmer. La fille se colle aussi sec à sa cuisse. J'hallucine devant mon amant devenu totalement hermétique et je reste debout à me demander si je dois m'enfuir ou obtempérer.

Je m'assieds un peu plus loin sur la banquette, Hélias me fuyant du regard. Il est encore agité et ses mâchoires sont crispées.

– Bon, Gérald, on le signe, ce contrat ? s'exclame-t-il sèchement. Je suis naze, j'aimerais aller me coucher.

Coucher pour dormir ou pour autre chose ? Hélias me jette un nouveau coup d'œil irrité. Je crois que je peux tirer une croix sur mes orgasmes, ça risque maintenant de se rapprocher un peu plus d'une passe au bois de Boulogne.

– Tranquille, garçon ! On se boit encore une petite coupe en charmante compagnie et on parle boulot ensuite, répond le type qui me scanne des genoux au décolleté.

Hélias soupire et se laisse aller contre le dossier de la banquette. Il capte les regards vicelards de son client et je le sens se contenir d'exploser. Lorsqu'il tourne la tête vers moi, ses yeux s'adoucissent. Je le contemple à mon tour, prise de remords de l'avoir agressé en sortant de la piste de danse.

– Bébé, ne reste pas si loin de moi, quémande-t-il en tendant une main vers moi.

Bébé. Ce n'est pas la première fois qu'il le dit, mais j'adore ce petit nom. Je me relève et avance doucement vers lui sous les regards de toute l'assemblée. Je jette un coup d'œil à la rouquine et elle se décale en rongeant son frein. Hélias m'attire sur lui et je me laisse glisser sur ses cuisses. Dans ses bras, mon cœur s'emballe. Je n'aime pas être fâchée avec lui. Son corps raidi s'enroule autour de moi et ses bras forment un bouclier musclé infranchissable au regard libidineux de Gérald. Instinctivement, je caresse ses pommettes marquées par la contrariété. Pas de mot nécessaire, juste une main sur sa joue et il comprend que je l'implore de ne rien dire. Il papillonne des yeux et je lui souris en déposant un petit baiser sur ses lèvres.

– Ce n'est rien, je gère. Continue de le travailler au corps et on pourra enfin s'en aller.

Le visage d'Hélias s'apaise.

– Je ne veux pas que tu croies que je suis comme lui, supplie-t-il.

– Je sais, Hélias, je sais, le rassuré-je en l'embrassant de nouveau avec tendresse.

Je finis par me décoller de ses lèvres lorsque le client fait tinter son verre face à nous.

– Tu veux boire du champagne ? demande mon homme.

– Non, j'ai bu assez d'alcool pour ce soir, réponds-je en passant mes mains sur mes joues brûlantes.

– Je vais aller te chercher un soda, ne bouge pas.

Il se lève et me jette un regard qui en dit long : « Tiens bon, et ne fais rien foirer ! »

Je me rassieds et tire sur ma robe pour qu'elle me couvre quelques centimètres de plus. Je ne lâche pas Hélias des yeux. Je m'accroche à sa silhouette qui s'éloigne comme aux lumières tournantes d'un phare en pleine tempête. Ne pas accorder mon attention à ce sale type répugnant, c'est ce que j'ai de mieux à faire. *Garder mon calme quoi qu'il arrive. Ne pas répondre quoi qu'il me dise.*

Hélias intercepte le barman et je l'observe commander en levant deux doigts devant lui. En attendant d'être servi, il se tourne vers nous et me lance un clin d'œil complice. Je le détaille, séduisant dans son jean et sa belle chemise bleue. Une fille passe devant lui et se retourne pour lui décocher un sourire très ouvert, mais il ne la remarque même pas. Il se contente de me fixer en battant la mesure avec son pied.

– Elle est chouette, ta robe, me dit la brunette de droite tandis que l'autre subit l'invasion d'une langue digne d'un dromadaire.

Je lève des yeux horrifiés en entendant la pauvre fille avoir un haut-le-cœur alors que le gus transpirant ne la relâche pas.

– Merci, dis-je en regardant ailleurs pour éviter une conversation déplaisante.

– Tu travailles pour qui ? continue-t-elle.

– Pour personne.

– C'est lui qui t'a amenée ici ? demande à son tour la rouquine.

La brunette de gauche va bientôt disparaître sous le tas qui lui sert de client. Il est répugnant.

– Oui, je suis en week-end avec Hélias.

Elle se met à faussement sourire avant de tirer sur sa robe. *Tu n'as plus qu'à te rhabiller, ma vieille. La blondinette est dans la place.*

L'autre fille se relève en s'adressant à sa collègue :

– Je vais taffer plus loin. Je te fais signe si on me demande un plan à trois.

J'entrouvre les lèvres, choquée par son ton blasé. C'est clair, pour une prostituée, je ne suis vraiment pas au point.

– Tu veux combien pour me sucer ? demande l'horrible personnage à l'autre bout du salon.

Je ne prends même pas la peine de le regarder. Qu'il parte avec la rousse, ça fera deux soucis en moins !

– Oh ! Tu prends combien pour une pipe ? J'ai envie que tu me la suces, répète-t-il d'une voix traînante.

Je lève les yeux au ciel avant de chercher Hélias du regard. Il discute avec le barman. La rouquine me donne un coup de coude et je tourne la tête vers elle.

– C'est à toi qu'il parle.

Je pivote la tête vers le sale type et croise son regard salace.

– Il y a méprise, je ne suis pas à vendre.

– Ton prix sera le mien, insiste-t-il.

– Je n'ai pas de prix.

– Toutes les femmes en ont un, même la mienne, rétorque-t-il en montrant son alliance.

Ce mec est l'un des types les plus horribles qu'il m'ait été donné de rencontrer.

– Votre femme est méritante, j'espère que vous la payez en diamants, réponds-je, narquoise.

Il se marre avant de me dire de nouveau :

– J'ai envie de baiser ton petit cul de pute. Je paie le double de ce connard.

– Ça ne sera toujours pas assez, l'ami. Change de cible.

– Si tu veux que je signe son putain de contrat, je te conseille de faire ce que je demande. D'ailleurs pour la peine, ce sera gratis.

J'en reste bouche bée. Je sais qu'Hélias m'a dit qu'il n'était pas ce genre d'homme, mais ça ne m'empêche pas d'être outrée.

– Je ne suis pas dans le deal. Pour la négociation, ce sera avec Hélias. Et je ne pense pas qu'il sera d'accord, précisé-je en voyant celui-ci revenir vers nous.

Ce n'est d'ailleurs pas trop tôt. Je suis au bord du malaise à force de voir ce type me dénuder des yeux avec ses mimiques de pervers.

– Elle t'a dit qu'elle n'était pas à vendre, répète l'une des brunettes qui essaie de dédramatiser la situation. Mais nous, on e…

Elle n'a pas fini sa phrase que le porc se retourne vers elle et lui décoche une gifle magistrale, me faisant sursauter de terreur. Je me lève brusquement et accours vers la pauvre fille dont la lèvre est en sang. Ma colère jaillit d'un coup et je hurle :

– Va te faire foutre, sac à merde ! Je vais te faire coffrer pour violence !

– Ta gueule et allonge-toi, continue-t-il en éclatant de rire.

Sans réfléchir, je vire la bouteille de champagne et prends le seau à glace que je lui déverse sur le pantalon. Il s'égosille lorsque les glaçons se répandent sur son entrejambe.

– Ça va peut-être refroidir tes ardeurs, ducon !

Derrière moi, un mouvement brusque me fait tourner la tête et je tombe nez à nez avec Hélias, blanc comme un linge.

– Putain, Sarah, qu'est-ce que tu fous ?

Sans attendre, je lui arrache des mains les deux verres de soda et les renverse aussi sec sur la face du gros porc qui m'injurie des pires mots possibles.

Je ne prends même pas la peine de répondre à Hélias et attrape la pauvre fille ensanglantée que je confie au videur qui s'est approché de la table.

– Je suis désolé, Gérald, je ne sais pas ce qui lui a pris, s'excuse Hélias en tendant des serviettes en papier au vicelard.

– Cette grognasse est complètement tarée !

Mon sang ne fait qu'un tour et je pousse mon amant pour m'en aller. Il attrape violemment mon bras et m'oblige à lui faire face.

– Putain, je t'avais dit de la fermer quoi qu'il puisse dire.

– Je suis peut-être ta pute, mais ça s'arrête là, fulminé-je en me débattant. Si tu veux signer avec une ordure pareille, ça sera sans moi.

– Mais de quoi tu parles ? s'indigne-t-il tandis que l'autre continue à m'insulter.

– Laisse-moi partir, sinon je lui retourne la table sur la tronche ! hurlé-je. Regarde ce qu'il a fait à cette pauvre fille !

Hélias découvre le visage de l'entraîneuse et perd le peu de couleurs qui lui restait. Il me lâche enfin et je commence à faire un pas.

– Retourne à la suite, on continuera cette conversation plus tard, menace-t-il.

– Pas la peine, j'ai compris. Je suis virée.

CHAPITRE 23

HÉLIAS

Devant mes yeux, le chaos.

Je laisse une Sarah sage comme une image, qui me fait des sourires de loin en m'implorant de revenir au plus vite, et je retrouve une femme enragée dans une scène postapocalyptique.

Je mets quelques secondes à comprendre ce qui s'est passé. Quand j'arrive, je n'entends que les insultes proférées par le gros porc. Le pantalon trempé, recouvert de glaçons, j'ai la naïveté de croire que Sarah a simplement eu un geste maladroit. Quand elle se saisit des deux verres dans mes mains et qu'elle balance leur contenu sur la gueule du type rougeaud de colère, je n'ai plus de doute. Sarah a pété un câble.

Je manque de m'étrangler en voyant mon contrat de 172 millions d'euros fondre comme la glace sur le pantalon de Gérald. *Presque une journée à cirer les pompes de ce connard pour rien.* En un coup de sang, Sarah vient d'anéantir tout espoir de signer ce papelard avec une entreprise pharmaceutique internationale.

Je laisse Sarah prendre la fuite. Je pense qu'elle a fait assez de dégâts comme ça. Je la regarde partir, magnifique dans sa robe en lamé or. Une fille qui pourrait être une actrice de cinéma tellement elle est belle. La nuit s'annonçait si chaude en sa compagnie, surtout avec un tel contrat signé dans ma sacoche. Au lieu de cela, c'est la déconfiture, avec en bande-son les mots orduriers de cette raclure de fond de chiottes.

J'essaie tant bien que mal de calmer l'atmosphère devenue électrique mais c'est peine perdue. L'acheteur potentiel de mon appli pour diabétiques n'est plus qu'une bête hurlante en sueur et au bord de la crise cardiaque. Il ne manquerait plus qu'il clamse ici.

La brunette à la lèvre enflée revient vers moi avec une poche de glace collée sur la figure.

– Faut pas lui en vouloir.

– Il vous a frappée, ce type mériterait d'aller en taule.

– Je parle de la fille. Elle a gardé son calme malgré les horreurs qu'il a pu lui dire. Il lui a même fait du chantage : « tu couches si tu veux que je signe ». Elle n'a pas bronché. C'est quand il m'a giflée qu'elle s'est énervée.

Je regarde cette pauvre fille, le visage tuméfié. Elle est si différente de Sarah, comme si elles venaient de deux univers distincts. Ma belle n'a pas hésité à foncer tête baissée pour la défendre, et ça ne m'étonne pas d'elle. Elle me paraît si forte vis-à-vis des autres et pourtant elle porte en elle quelque chose de bien plus fragile, au plus profond de son être, bien dissimulé sous sa carapace.

– Mais où tu l'as trouvée cette sale pute ? s'égosille le connard.

– Ce n'est pas une pute, grogné-je en serrant les poings.

Pourquoi nier la réalité ? Peut-être parce qu'à mes yeux, elle ne l'est pas ? Pourtant c'est bien une prostituée que je paie pour la sauter à loisir. *Putain, non, elle ne l'est pas !*

– Si tu veux que je signe ton fichu contrat, va falloir baisser ton prix, mon gars. Fallait pas amener cette salope ici ! continue-t-il à vociférer.

– Écoute, connard, mon contrat va repartir avec moi. Il n'est pas question que je vende mon appli à une merde comme toi.

– Perdre 172 millions d'euros parce que ta pute n'a pas voulu sucer ma queue, c'est quand même con, ricane-t-il.

Un flash. Sarah agenouillée devant lui alors qu'il lui maintient la tête. Je perds le contrôle, et me rue sur lui. Je l'attrape par son col imbibé de sueur et lui décoche une droite qui me fait un putain de bien même si j'ai dû exploser au moins une de mes phalanges.

Aussitôt, je suis attrapé au niveau des épaules par une grosse baraque. Le videur me somme de me reculer et de quitter les lieux. J'essaie de me débattre mais ce n'est pas raisonnable vu la carrure du malabar. Je fais signe au barman de mettre ça sur ma note et je me tire sans un mot d'excuse ni un regard pour le gros porc que je quitte presque avec soulagement.

J'ai besoin de prendre l'air. Des heures à contenir cette rage. Si je fumais, je m'en grillerais bien une, mais je sors de l'hôtel et prends quelques cailloux que je balance en contrebas sur la plage.

Je me saisis de mon portable et compose le numéro d'Arthur malgré l'heure tardive.

– Salut mon pote, c'est bon, c'est signé ? demande-t-il tout endormi.

– Non, c'est mort.

– Tu déconnes, dit-il au bord de l'asphyxie, maintenant bien réveillé.

– Non, c'est une pourriture. Il s'est mal comporté avec une nana et je l'ai envoyé chier.

– Quelle nana ? C'est quoi cette connerie ?

– Peu importe, il faut que tu m'obtiennes un rendez-vous avec le plan B.

– Non non non, tu y retournes. Tu t'excuses et tu signes ce contrat, s'affole-t-il.

– Même pas en rêve.

Je l'entends presque réfléchir, le silence pesant entre nous.

– Ne me dis pas que tu y étais avec Véra.

Je me sens légèrement embarrassé mais ne réponds pas.

– Putain, c'est pas vrai ! Tu y es allé avec une vieille pute sur le retour ? s'égosille-t-il.

– « Vieille pute sur le retour » ? On ne doit pas parler de la même fille.

– Je te rappelle que je la connais, *ta* Véra.

– C'est qui, Véra ? demande une voix féminine derrière lui.

– Ce n'est rien ma chérie, rendors-toi !

J'entends Arthur se lever et quitter la chambre.

– C'est elle qui a tout fait foirer ?

– Non, pas vraiment, éludé-je.

– Tu as planté un contrat à 172 millions d'euros pour l'honneur d'une pute ? C'est ça, Hélias ?

– Ce type est une ordure.

– Putain, tu déconnes complètement, mon pote. Je veux bien être patient avec ce qui t'arrive, la mort de ta mère, les problèmes de ton père, mais là tu es à l'ouest ! 172 millions d'euros qui viennent de nous passer sous le nez ! hurle-t-il.

– Trouve-moi un rendez-vous avec le plan B. Je pars pour la Suisse dès demain, tempéré-je, à la fois irrité par sa leçon de morale et furieux parce qu'il a fichtrement raison.

– Tu vires Véra ! Je ne veux plus que tu la voies. J'ai fait une erreur en te conseillant ses services, s'énerve mon meilleur ami.

– On verra.

– Non, me coupe-t-il. Pas de « on verra », tu la vires ! Reprends contact avec Joséphа ou trouve-toi une gonzesse, mais arrête avec les putes. T'es trop gentil pour ça.

Joséphа, il abuse. Joséphа, mon ex, que je fréquentais depuis plusieurs mois au moment du décès de ma mère. Une belle Métisse à la plastique de rêve. Une femme dont je pensais être amoureux, du moins pendant un temps. Le genre de beauté qui fait rêver dans les soirées branchées. En tant que nouveau riche, je n'en revenais pas d'avoir été choisi par elle. Je m'en suis pourtant vite lassé, incapable de trouver autre chose que le sexe comme centre d'intérêt commun avec elle. Mon argent l'obnubilait. Il fallait toujours que je lui offre des vêtements, chaussures, sacs à main ou bijoux pour des fortunes considérables. Elle voulait que j'achète un loft avec vue sur la tour Eiffel, une villa à Saint-Tropez. En retour, elle n'était jamais là pour moi et encore moins pour écouter mes états d'âme alors que ma mère agonisait. J'étais encore plus seul que si j'avais été célibataire. La dernière pelletée de terre ne recouvrait pas encore le cercueil de ma mère qu'elle me demandait si on ne pouvait pas s'arrêter dans une boutique de luxe qu'elle avait repérée en arrivant à Fontainebleau. Autant dire qu'elle est rentrée à pied. C'est la dernière fois que je l'ai vue malgré ses innombrables messages et appels. *Pas question que je la fréquente de nouveau.*

– Tiens-moi au courant pour le rencard en Suisse, éludé-je.

– Promets-moi, Hélias.

– Ouais, ouais, réponds-je, agacé. Obtiens-moi un rendez-vous avec le PDG des laboratoires Clériac.

– Il est deux heures du mat', tu permets que je dorme.

– Je ne te paie pas pour dormir, alors bouge ton cul ! grommelé-je avant de raccrocher.

Je m'en veux, mais sa petite leçon de morale m'a mis les nerfs en pelote.

J'appréhende l'affrontement avec Sarah. Arthur a certainement raison. Je vais devoir mettre fin à nos rencontres tarifées, ce n'est pas une solution à long terme. Autant tout arrêter avant que je ne m'attache à cette fille.

Tomber amoureux, il ne manquerait plus que ça.

CHAPITRE 24

SARAH

Je ne marche pas, je ne cours pas. Je vole sur mes escarpins vernis. La colère, la haine et l'alcool sont les turbines qui font avancer la machine que je suis. Je dois m'en aller d'ici au plus vite. Derrière moi, Hélias.

Hélias, qui a été l'illusion de mon bonheur durant quelques jours, mais c'est terminé. Je le sais. J'ai voulu croire à quelque chose qui n'a jamais existé. Ce soir, devant moi, s'est dessinée la réalité d'un milieu duquel je suis étrangère, et auquel je ne veux surtout pas appartenir. Argent, pouvoir, esclavage sexuel, irrespect de la femme. Tout ça n'est pas pour moi.

Partir ou me perdre, moi et tout ce que je suis. Même si pour cela, je dois renoncer à lui, à tout ce qu'il a pu m'apporter, à cette douceur, à cette lumière qui est venue embellir ma vie monotone. Hélias, et tout ce qui gravite autour. Parce que c'est à cause de lui, pour lui, que je suis entrée dans ce monde, et que le seul moyen d'en sortir, c'est de ne plus jamais le revoir. Ne jamais sacrifier la ligne de conduite que j'ai tracée depuis si longtemps. Ne pas désavouer la promesse que je me suis faite à treize ans lorsque cet homme a voulu poser ses mains sur moi. Ne jamais subir. Ne jamais être victime. Toujours lever la tête, même devant le plus terrifiant des hommes, ne jamais courber l'échine. Même pour l'homme dont je suis amoureuse.

Je fourre au plus vite mes quelques affaires disséminées dans la suite dans ma valise. Je dois m'éloigner, je ne tiendrai pas face à son beau regard ; j'aurais encore l'espoir illusoire d'un futur à deux. J'enfile mes baskets pour pouvoir courir jusqu'au village. Pas le temps d'enlever ma robe, je ferme ma veste en cuir, me saisis du chèche d'Hélias que je noue autour de mon cou – un emprunt longue durée. Je prends une profonde inspiration dans l'étoffe imprégnée de son odeur. Ma lèvre se met à trembler. *Il fallait y penser avant.*

Je claque la porte et descends deux à deux les marches qui mènent au grand hall. Je déboule en trombe devant le maître d'hôtel, ma valise se coinçant dans la porte battante. L'employé me détaille, interloqué, mais alors que je m'apprête à traverser le grand tourniquet, je repère avec effroi Hélias à l'extérieur.

Je fais demi-tour, totalement paniquée, et me rue sur le concierge dans un anglais plus qu'hésitant :

– *Is there another exit ?*

Le type me regarde, les sourcils froncés, et je perds le peu de contenance qu'il me restait.

Putain, t'es tellement conne que t'es pas foutue d'aligner trois mots en anglais pour te barrer d'ici au plus vite !

– Vous pouvez prendre la sortie de secours derrière moi, répond l'employé avec un accent britannique. Vous allez bien, mademoiselle ? s'affole-t-il alors que je fonds en larmes.

– Non, ma vie est un carnage perpétuel, sangloté-je en voyant Hélias s'agiter dehors. Je dois quitter cet endroit tout de suite…

– Par ici, suivez-moi.

Le jeune homme me guide jusqu'à l'extérieur par une porte de service. Il m'indique le chemin le plus court pour rejoindre le village et je m'enfonce dans la nuit noire.

Deux kilomètres plus tard, je suis frigorifiée, les jambes nues, fouettées par le vent de la mer, le visage maculé de larmes, ma valise à roulettes que je tire comme un boulet derrière moi, et mon téléphone qui se décharge très vite et qui pourtant me servait de lampe torche, seule lumière dans ce chemin insulaire. *C'est la pire nuit de ma vie !* Au village, j'embarquerai sur le ferry pour la France. J'ai envie de revoir ma Normandie, mon chez-moi, mais plus personne ne m'attend là-bas. Même ma mère est à Paris.

Des phares dans mon dos éclairent la route et je me décale pour ne pas me faire renverser mais me tords la cheville. *Je n'en peux plus.* Le véhicule s'arrête à ma hauteur – une vieille guimbarde d'où sort une énorme silhouette. Mon palpitant s'accélère. La peur me cueille d'un coup alors que je prends conscience de ma position : avec ma chance, je vais tomber sur un tueur psychopathe. Je vais me faire violer, torturer puis étrangler et on retrouvera mon corps dénudé sur la plage demain matin. Je tuerais ma sœur si j'apprenais qu'elle avait marché dans l'obscurité vêtue seulement d'une robe ultra-courte dans un pays étranger. Mais moi, je me suis crue au-dessus de tout.

Je me tiens derrière ma valise comme si elle pouvait me protéger, dernier sursaut de lucidité avant la fin.

– Bon Dieu, baissez cette lumière, je vais finir aveugle !

Une femme d'un certain âge apparaît dans la lumière de mon téléphone. J'éclate de rire en même temps que je me mets de nouveau à sangloter tant je suis soulagée. La dame me regarde et se met à me parler en anglais mais je ne comprends rien du tout.

– Je suis française, précisé-je.

– Oh, que fait une compatriote ici, en pleine nuit, à pied sur un chemin aussi lugubre ?

– Je cherche à rejoindre le village pour prendre le ferry.

– Vous n'êtes pas arrivée, jeune fille. Allez, montez ! me fait-elle en ouvrant la portière arrière de la voiture pour que j'y mette ma valise. Je vous emmène.

Je grimpe à ses côtés et la chaleur dans l'habitacle réchauffe autant mes jambes que mon cœur en compote. Je reste silencieuse, prostrée contre la vitre, honteuse. Heureusement, elle ne me questionne pas, même lorsque je me remets à sangloter. Elle remonte le son de la radio et me laisse à mes pensées sombres. Alors que nous arrivons au village, elle tourne la tête vers moi :

– Un chagrin d'amour ?

Mon regard larmoyant lui répond.

– Ça va passer, vous êtes encore bien jeune. Vous trouverez votre prince charmant.

Si elle savait ! Je la gratifie quand même d'un faible sourire pour la remercier.

Quelques minutes plus tard, elle me dépose devant un pub.

– C'est le seul endroit encore ouvert à cette heure. C'est mon mari qui le tient et je sers de chauffeur à ceux qui ont trop bu pour reprendre la route. Le premier ferry ne part que dans cinq heures. Nous ne faisons pas hôtel mais je ne vais pas laisser mourir de froid une fille de mon beau pays sur cette bonne vieille île de Jersey.

Dans le bar, la fête bat encore son plein. Au fond, des hommes jouent aux fléchettes, d'autres rient devant des pintes de bière tandis qu'un groupe de filles s'égosille bruyamment devant un karaoké.

Ma sauveuse de la nuit pose ma valise dans un coin et me fait signe de m'asseoir au comptoir. Son mari lui pose des questions et je l'entends répondre *« broken heart »*. L'homme me jette un coup d'œil compatissant puis me tend une énorme choppe de bière. J'ai toujours détesté ça, mais ce soir la douleur me le fera oublier. Je plonge mon nez dedans et en avale une première gorgée. Le goût est infect, cependant j'ignore mes papilles et lève plus haut le coude.

Au bout de trois quarts d'heure, mes joues sont en feu. Plus je bois et plus j'ai soif. Je montre ma chope vide au barman et il me sert encore une nouvelle tournée. De plus en plus détendue, je lève le nez de mon verre et commence à regarder autour de moi. Une fille chante à tue-tête un tube de Lady Gaga et je ne peux me retenir de rire à gorge déployée.

– Je n'ai jamais entendu quelqu'un chanter si faux !

La fille me scrute avec méfiance mais je me lève pour la rejoindre. Je ne sais pas ce qui cloche dans ce bar mais le sol n'est pas droit, j'ai un mal fou à marcher vers elle. *Quel roulis, bordel !*

Je parviens tout de même jusqu'à elle et lui arrache son micro des mains, la laissant rouspéter dans un jargon incompréhensible. Je crie au patron que je veux un tube d'Abba. D'un air flegmatique, il obtempère au bout d'un temps incroyablement long. Quand les premières notes de *Dancing Queen* résonnent dans le bar, je sens tout mon être devenir aussi solaire que les tenues d'Agnetha Fältskog. À bas le chagrin, à moi Abba !

CHAPITRE 25

HÉLIAS

La main sur la poignée, je prends une profonde inspiration avant de devoir faire face à la tempête. Je devrai être ferme, ne pas faiblir devant son beau regard bleu porcelaine, ignorer sa moue tristoune, sinon je serai incapable une fois de plus de lui résister. Sarah est indéniablement mon talon d'Achille. Quitte à me couper le pied, il faudra bien que je m'en sépare pour de bon. J'ouvre la porte, bien décidé, mais ne trouve que pénombre dans la chambre. Aucun bruit. Aucun objet fracassé. Aucune Sarah non plus. J'allume la lumière : sa valise a disparu. Elle est partie.

– Et merde !

Il fait nuit noire, elle n'a pas pu quitter l'hôtel. Elle a peut-être pris une autre chambre. J'appelle la réception, mais on me confirme vite mes pires craintes :

– Elle est partie, il y a déjà un long moment.

– Comment ça, elle est partie ? Elle a appelé un taxi ?

– Non, elle est partie à pied.

– À pied ? En pleine nuit, toute seule ? hurlé-je, affolé.

– Oui, elle pleurait et voulait partir le plus vite possible. Je n'ai pas eu le temps de lui proposer un taxi.

– Trouvez-moi une voiture, ordonné-je froidement avant de me précipiter sur mon portable.

Mes nouvelles résolutions s'évanouissent pour laisser place à l'inquiétude. Les yeux perdus sur la mer faiblement éclairée par la lune, j'enchaîne les appels. Sarah ne me répond pas. *Putain de soirée ! Où est-elle, bordel ?* Pourvu qu'il ne lui soit rien arrivé. Jamais je ne pourrais me le pardonner.

Je file à la réception où je récupère les clefs d'un SUV. L'employé m'indique le chemin emprunté par Sarah et je m'engage à vive allure sur la route. Pleins phares, j'observe le bas-côté en priant pour ne pas y découvrir son corps en lambeaux. Dieu sait quelle mauvaise rencontre elle pourrait avoir faite sur ce chemin désert. Mon cœur bat au rythme de mes peurs. Pourquoi l'ai-je laissée partir ? Je tape rageusement sur le volant. J'essaie encore de l'appeler mais elle ne répond toujours pas. Je dicte des SMS, la suppliant de me dire où elle est, que je suis inquiet pour elle, mais aucune réponse.

Je fais le chemin plus de dix fois entre l'hôtel et le village. J'arpente les rues désertes et la peur se transforme en panique, la colère, en désespoir. Qu'ai-je fait pour ce contrat ? Une boule se forme dans ma gorge et je pile sur un petit chemin. La tête sur le volant, je me retiens de pleurer parce que ce soir, j'ai perdu gros, très gros, et ça n'a rien à voir avec les 172 millions d'euros. J'ai abandonné Sarah, ma bulle de bonheur. Je crie, fou de rage, avant de frotter vigoureusement mon visage pour reprendre mon sang-froid et poursuivre mes recherches. Nous sommes sur une île. Elle est forcément quelque part et je vais la retrouver. J'espère juste qu'il ne sera pas trop tard.

Je m'apprête à reprendre le chemin de l'hôtel pour prévenir les secours lorsque mon téléphone retentit dans l'habitacle silencieux. Je soupire de soulagement en reconnaissant le numéro de Sarah.

– Putain Sarah, t'es où ma douce ? J'étais super inquiet.

– Votre Sarah est dans mon pub mais elle est en piteux état, me répond une voix féminine.

– Quoi ? Que lui est-il arrivé ?

J'ai du mal à entendre avec le bruit en arrière-fond.

– Rien de grave, mais elle a un peu bu pour oublier votre dispute. Et maintenant, elle chante depuis plus de vingt minutes. Mes clients commencent à s'en plaindre, continue-t-elle en me faisant écouter une femme s'égosiller derrière elle.

Je souris de soulagement en reconnaissant la voix rauque de ma jolie blonde.

– Où êtes-vous ?

Dès que je passe le seuil du pub, je ne vois qu'elle. Peut-être parce qu'elle est en train de chanter à tue-tête au milieu de ce bar, un micro à la main, larmoyante sur ce vieux tube d'Abba. Peut-être aussi parce qu'elle est belle à tomber, scintillante de mille feux avec cette robe décidément beaucoup trop courte. Ou peut-être simplement parce que je la cherche depuis plus d'une heure et que, putain, c'est bon de la revoir, même ici.

Je croise son regard baigné de larmes alors qu'elle continue à chanter tout à coup beaucoup moins fort et beaucoup plus juste.

I was in your arms
Thinking I belonged there
I figured it made sense
Building me a fence
Building me a home
Thinking I'd be strong there
But I was a fool
Playing by the rules

Je m'approche doucement d'elle pour ne pas l'effrayer. Ses paroles deviennent plus lentes, sa respiration, saccadée. Elle est là, devant moi, bouleversée, et je ne ressens plus aucune colère envers elle. Non, je suis juste soulagé de l'avoir retrouvée. Je pose mes mains sur sa taille et elle se jette dans mes bras en pleurs, si triste que j'ai le cœur en miettes de lui avoir fait si mal. Dans le creux de mon cou, je l'entends sangloter comme une petite fille. La main dans ses cheveux, je la console quelques secondes. Elle relève ses grands yeux vers moi et je vacille. Sarah, ma douce Sarah. C'est trop difficile à supporter. Elle se rue sur mes lèvres avec un tel désespoir que je ne la repousse pas. Je ne veux qu'une chose, la garder tout contre moi.

Désolé Arthur, je crois que je ne respecterai pas ma promesse.

Je m'assieds à une petite table et elle vient se caler sur mes genoux. Pourquoi ai-je été aussi con ? Jamais je n'aurais dû la laisser avec ce type. Je savais qu'il ne pourrait que la blesser. Elle n'a fait que défendre cette pauvre fille et moi, je l'ai accablée de reproches. Je me suis comporté comme un connard.

Je la contemple quelques instants, subjugué par son visage, si beau, si doux qu'il pourrait être celui d'un ange. Elle se blottit contre moi et je la berce un moment. Je souris en voyant ses baskets aux pieds qui lui donnent un air encore plus juvénile.

– Tu as quel âge, ma douce ?

– Vingt-cinq ans, sanglote-t-elle.

Complètement à côté de la plaque, cet Arthur. Elle a trois ans de moins que nous deux.

Le type du bar nous apporte deux pintes de bière et la patronne me fait un petit sourire de loin.

Je balaie les cheveux du visage de Sarah et elle me regarde d'un air embarrassé.

– Je te demande pardon, Hélias. Je suis désolée pour ton contrat.

– Ce n'est pas grave.

– Je ne comprends pas pourquoi tu veux conclure avec un sale type pareil, s'énerve-t-elle.

Elle n'est pas dans son état normal. Les effets de l'alcool s'entendent dans sa voix.

– Dans les affaires, on ne choisit pas son client. On vend au plus offrant. Mais je ne signerai pas avec lui, ne t'inquiète pas.

– Il faut suivre une certaine éthique, baragouine-t-elle.

– Tu parles, me moqué-je. Tu les choisis, tes clients, toi ? lui balancé-je sans m'en rendre compte.

Je me mords la lèvre, stupéfait d'avoir osé lui dire ça.

– Oui, je les choisis, répond-elle en essayant d'afficher une mine sérieuse.

Je vois bien qu'elle fait un effort pour maintenir sa tête immobile. *Ça doit tanguer, là-haut.*

– D'ailleurs Gabriel me le reproche très souvent. Il n'arrête pas de me dire qu'à trier la clientèle, je ne risque pas de m'enrichir.

Gabriel ? C'est qui celui-là, son mac ? Mon ventre se contracte. Savoir qu'elle ne s'appartient pas mais qu'elle est l'esclave d'un enfoiré de proxénète me vrille le bide.

– Moi, je m'en fous du fric, continue-t-elle. Tout ce que je veux, c'est aider les gens.

– Tu as beaucoup de clients ? demandé-je, le cœur serré.

– Bof, je commence juste. Mais j'ai déjà pas mal de nanas.

– Des nanas ? m'étranglé-je, l'imaginant dans un lit avec une autre fille.

– Ouais, c'est mon truc, les femmes. Ça me plaît de les aider avec leur mari.

Des plans à trois. La bile commence à remonter le long de mon œsophage.

– Tu es bisexuelle ?

– Bisexuelle ? Faire l'amour avec une fille ? s'égosille-t-elle, faisant lever le nez de toute une table. C'est pas mon truc. Une fois, j'en ai embrassé une, mais j'ai pas eu le petit truc. Pourtant elle était belle, Kelly.

– Le petit truc ? répété-je en ricanant.

– Ouais, tu sais, les étoiles dans les yeux, l'envolée de papillons.

Je ne peux contenir un rire moqueur. Parler avec Sarah saoule, c'est plutôt drôle. Pas tellement constructif, mais ça me permet d'en apprendre un peu plus sur elle.

– Et avec moi, tu l'as ce petit truc ?

Elle s'arrête et me fixe tout à coup très sérieusement.

– Avec toi, c'est plus qu'un petit truc.

Je souris en caressant son visage. C'est vrai que nos corps réagissent plus qu'un *petit* peu.

– Alors comme ça, tu aimes Abba !

– Abba, bafouille-t-elle, c'est un truc de famille, avec ma mère et ma sœur. Abba, c'est bon pour les chagrins d'amour.

Je l'imagine, adolescente, chanter avec sa famille après une rupture. L'alcool doit la faire régresser pour qu'elle se remette à hurler pendant un karaoké.

– Tu as un petit ami ?

Pourquoi est-ce que je lui pose cette question débile ? Si elle me dit oui, ça va me rendre furax.

– Non, je n'ai que toi, répond-elle en rougissant, avant de fondre sur mes lèvres.

Elle a beau avoir l'haleine qui empeste l'alcool, je savoure son baiser sauvage et je me laisse griser quelques secondes avant de me ressaisir. Je la repousse légèrement.

– Comment ça, tu n'as que moi ? Je suis ton seul client ?

– Bah oui, je n'ai que toi, répond-elle, presque offusquée. Tu me prends pour qui ?

Je souris comme un bienheureux. D'un autre côté, avec ce que je lui donne à chaque rendez-vous, elle peut s'offrir des cours particuliers.

– Tu suis des cours de droit ?

– Le droit, c'est ma spécialité. Je suis un as en droit des affaires !

J'avais vu juste. Enfin, vu son âge, elle a peut-être repris ses études.

– Tu as quel niveau ?

– Doctorat, mention très bien.

Quand même ! Un gros QI pour cette petite bouille d'ange.

– Pourquoi tu… ?

Je n'arrive même pas à lui demander.

– Tu sais… avec moi.

– Parce que tu me plais, dit-elle en me décochant un sourire de séductrice à remuer la bête dissimulée dans mon calbut.

– Je te plais ?

– Oui, t'es trop beau et tes yeux enflamment tout le temps mes petites culottes, ricane-t-elle en rougissant.

Je souris en la contemplant, si belle dans mes bras. Je crois que je ne me suis jamais senti si à l'aise avec une autre femme, même pompette. Elle me prend dans ses bras, sa tête contre la poitrine, et serre fort.

– Et puis, je ne sais pas pourquoi, mais j'ai besoin de toi, Hélias, continue-t-elle en perdant toute gaieté. Comme toi. Comme si on était le remède de l'autre. Avec toi, tout est si simple et si beau. Je me suis jamais sentie aussi vivante.

Je suis touché, parce que j'ai la même sensation. Je ne pensais pas qu'elle le ressentait aussi.

– T'as ce chagrin en toi, là, continue-t-elle en touchant mon cœur, toujours sans me regarder. Et moi, cette envie de t'aider qui me donne l'impression d'être vraiment importante aux yeux de quelqu'un pour la première fois de ma vie, d'être utile, mais pas seulement…

Je promène mon pouce sur sa joue, totalement bouleversé.

– C'est pas une question d'argent, Hélias. Tu es gentil, drôle, si cultivé. T'es un homme bien, je le sais. J'ai envie de te connaître vraiment. Et pas seulement dans un lit. Moi aussi tu sais, je suis quelqu'un de bien…

– Je le sais, Sarah…

– Non, tu ne sais rien de ma vie, me corrige-t-elle.

Elle se redresse et s'écarte un peu. Que subit-elle quotidiennement ? J'ai peur de le lui demander, mais j'ai besoin de savoir. Je veux être là pour elle, comme elle est là pour moi.

– Sarah, pourquoi es-tu obligée de faire ça ? la supplié-je.

– P… parce que c'est le seul moyen de te voir, me dit-elle en faisant la grimace.

– Quoi ?

Elle détourne les yeux et fronce les sourcils. Je dégage ses cheveux de son cou et l'embrasse tendrement en la serrant contre moi. C'est si dur de me réjouir de l'avoir dans mes bras et de savoir en même temps qu'elle le fait peut-être contre son gré.

– Sarah, est-ce que quelqu'un te force à me voir ?

Elle semble réfléchir à ce que je viens de lui demander. Après quelques hésitations, j'ai l'impression qu'il lui coûte de me répondre, les yeux baignés de larmes :

– C’est plutôt le contraire. S’ils savaient, ils m’empêcheraient de le faire.

Je fronce les sourcils et tente de décoder ce qu’elle vient de me dire. Elle regarde autour d’elle, atterrée, comme si elle prenait conscience de l’endroit où elle se trouvait. Les yeux baissés, l’accablement semble s’être emparé d’elle lorsqu’elle tire sur l’ourlet de sa robe. Prenant une grande inspiration, elle lève la tête vers le plafond, l’air de prendre une décision capitale.

– Je veux rentrer.

CHAPITRE 26

HÉLIAS

Le retour en voiture est épique. L'alcool a des effets surprenants sur Sarah, comme des montagnes russes. Tantôt elle pleure, se ferme comme une huître et semble redevenir lucide, tantôt elle part en vrille et vire euphorique. Sur le trajet, nous sommes résolument dans cette seconde phase. L'entendre chanter *Dancing Queen* me fait rire aux éclats quelques minutes, mais quand elle se met en tête de faire l'amour dans la voiture sous les fenêtres de la réception de l'hôtel, je suis moins emballé.

Je l'extirpe tant bien que mal du SUV malgré ses jérémiades et la maintiens debout tandis que nous pénétrons dans le grand hall. L'ascenseur se fait attendre sous le regard interloqué du type de la réception.

– Toi, t'es pas drôle. Je veux faire l'amour dans la voiture !

Le mec se met à ricaner. Un regard noir vers le gus et il fait semblant de chercher quelque chose sur son ordinateur. La discrétion, ça ne fait plus partie des dix commandements d'un concierge de palace ?

– Toi, t'es plutôt casse-pieds quand t'as bu, réponds-je à ma pochtronne sexy.

Elle m'attrape par le cou et m'embrasse en lâchant un *Héliaaaassss* qui me déclenche un long frisson tout le long de la colonne vertébrale puis se termine dans mon boxer. *Bordel de merde, même totalement bourrée, elle me fait bander.*

Quand nous arrivons dans la chambre, elle n'est toujours pas redescendue. Elle me chauffe tellement que ma queue se prend pour la grande aiguille d'une horloge, bloquée sur le douze. Je l'emmène vers le lit avec l'idée de la forcer à dormir. Il n'est pas question que je profite de son ivresse même si, putain, j'en meurs d'envie.

Elle me prend de court en faisant tomber sa robe dorée à ses pieds. Je mets quelques secondes à reprendre mes esprits, scotché devant la beauté de son corps nu. Elle en profite pour m'arracher un baiser sulfureux dans lequel je manque me noyer. Tout mon corps s'enroule autour d'elle et je dois me faire violence pour m'en écarter. Dans l'affolement, j'attrape un de mes tee-shirts que je lui enfile un peu brusquement. *Ouf !* Je lâche un soupir de soulagement mais elle revient à la charge en se frottant lascivement contre ma braguette.

– Sarah, arrête !

– Non.

Elle insiste encore en passant les mains sous ma chemise.

– Tu as besoin de dormir, m'énervé-je en voyant mes dernières barrières flancher.

– Je veux faire l'amour.

– Eh bien pas moi !

– Mais je paie ! s'énerve-t-elle.

– C'est moi qui paie, Sarah.

Elle arrête de gesticuler dans mes bras et braque ses yeux sur moi.

– Tu paies mais je ne suis pas une pute. Je veux juste être avec toi.

– Oui Sarah, je ne t'ai jamais considérée comme ça. Combien de fois devrai-je te le dire ? Purée, t'es chiante quand t'as picolé.

Elle se blottit dans mes bras, soudain très calme, et j'accueille avec bonheur sa nouvelle phase de déprime. Je la berce une minute et elle me semble tout à coup fragile. Je la couche dans le lit et viens me coller à son dos. Moi aussi, je ressens le besoin de m'occuper d'elle, de la protéger de ce quelque chose qui la tourmente par moments. Je l'enveloppe de mes bras et j'attends qu'elle s'endorme pour me laisser enfin glisser à mon tour dans un profond sommeil.

Au petit matin, je me réveille en sursaut en découvrant Sarah assise sur le lit, en train de me contempler dans la pénombre de la chambre. Je me redresse sur les coudes, le palpitant explosant ma jugulaire, avant de me laisser retomber, les mains sur le visage. Elle ne bouge pas, plongée dans une profonde réflexion. Son regard posé sur moi me trouble un instant ; ce n'est plus du tout celui de tout à l'heure. Il est déterminé. Elle papillonne des yeux et hoche la tête comme pour acquiescer à quelque chose.

Je m'assieds à mon tour, pris tout à coup d'une angoisse sourde.

– Un souci, ma douce ? lui demandé-je en caressant sa joue.

Elle plisse les yeux, comme si mes doigts lui brûlaient la peau.

– Sarah à quoi tu penses ? insisté-je.

Quelque chose ne va pas. Elle détourne les yeux et tente de se rallonger en me tournant le dos, mais je m'accroche à son épaule et la ramène vers moi. Je me mets aussitôt au-dessus d'elle pour mieux la voir dans l'obscurité.

– Sarah, qu'y a-t-il ?

– Rien, rendors-toi, répond-elle en passant ses doigts dans mes cheveux.

Elle essaie encore de se retourner mais mes bras l'en empêchent. Sans lui laisser le temps de râler, je m'empare de ses lèvres et pose mon corps sur le sien pour la clouer au lit. Pas question que je la laisse m'échapper pour je ne sais quel lieu où elle semble déjà partie. Elle ne tente même pas de résister une seconde et enroule ses bras autour de ma nuque. Je l'entends susurrer comme si elle se parlait à elle-même des mots quasi inaudibles. Je comprends seulement un « dernière », mais je refuse d'y prêter attention pour ne pas perdre le fil. Je dois la distraire de ses idées noires.

Je lui souris avant de frotter mon visage contre sa poitrine. La magie opère, nos corps s'éveillent l'un contre l'autre. Nos pouls s'accordent sur un même tempo, mon baiser devient le nôtre, et bien vite je ne suis plus le seul à mourir de désir. Sa faim me fait perdre le contrôle et je me précipite vers le seul lieu où je suis bien. En elle. Je la contemple, magnifique malgré cette fêlure dans son beau regard. Cette fois-ci, c'est moi qui ramènerai la lumière dans ses yeux.

Il est dix heures lorsque je sors de la salle de bain. Sarah m'attend, déjà habillée, tranquillement assise sur le lit à scruter la mer. Malgré notre réveil très sensuel, je ne parviens pas à ôter ce sentiment désagréable de ma poitrine. Elle est étrangement silencieuse depuis qu'elle s'est levée. Elle dit avoir la gueule de bois et une terrible migraine, mais j'ai dû mal à la croire.

– Tu es sûre que tu ne veux pas m'accompagner en Suisse ? Nous serons rentrés à Paris dans la nuit.

– Je préfère rentrer maintenant. Je ne te serai pas de bonne compagnie. J'ai trop abusé d'Abba, dit-elle en faisant la grimace.

– Comme tu voudras, je vais commander une voiture pour te ramener à Paris.

La traversée en ferry me paraît interminable malgré la beauté de la mer et des côtes françaises. Sarah dort durant tout le voyage. Quand le chauffeur sa gare sur la piste de l'aéroport où je dois prendre un jet privé, j'ai le ventre noué. J'ai tenu la main de Sarah tout le long mais c'est comme si nous étions arrivés au bout du chemin.

Elle m'accompagne à l'extérieur de la voiture et quand je me retourne sur son regard bouleversé, je comprends.

– On se voit dans quelques jours ? lui demandé-je en prenant un air enjoué pour ne pas lui faire voir ma peur.

En guise de réponse, elle m'adresse un petit sourire timide. Je sors une enveloppe de ma sacoche et la lui tends.

– Voilà la somme convenue, lui dis-je, embarrassé.

C'est toujours un moment difficile entre nous, où elle fuit mon regard et agrippe l'argent presque avec dégoût. Comme si elle regrettait. Comme si ça souillait les moments passés ensemble.

Elle refuse le pli d'une main devant elle.

– Je te l'ai dit, ce n'est pas une question d'argent, Hélias.

J'ouvre la bouche, stupéfait.

– Et ce week-end a été un fiasco pour toi. Je pense t'avoir fait perdre assez d'argent comme ça.

– Mais non, pas du tout.

Je sens cependant que je ne dois pas insister, alors je dissimule le papier dans ma poche et lui attrape la main pour la ramener à moi. Je plonge mon regard inquiet dans le sien mais elle détourne vite les yeux.

– Bon voyage, Hélias, dit-elle en posant à la va-vite un petit baiser sur mes lèvres avant de faire mine de repartir vers la voiture.

Je la rattrape presque désespérément et lui vole un vrai baiser. Dans mes bras elle s'abandonne, comme si elle n'était plus que l'enveloppe d'elle-même. Mon bonheur s'évanouit en poussière. J'écarte les bras et elle s'en va sans un mot, ni même un regard pour moi.

CHAPITRE 27

SARAH

Je sais que je peux être forte. Je le suis depuis l'enfance. Je surmonterai cette épreuve, comme je l'ai fait pour toutes les autres. Je regarde par la fenêtre du véhicule et je ne suis pas mécontente d'apercevoir enfin les grands boulevards parisiens. Je ne rêve que de me blottir sous ma couette jusqu'à demain matin. Mon téléphone vibre à côté de moi. J'y jette un coup d'œil. Un nouveau SMS d'Hélias, le troisième depuis l'aéroport.

Hélias : Rendez-vous mardi,
même heure même lieu.

Comme les autres, je n'y réponds pas. La voiture s'arrête devant mon immeuble. Retour à la case départ. Une nuit et je retournerai travailler comme si la semaine qui vient de s'écouler n'avait jamais existé. Oublier, voilà ce que j'ai de mieux à faire.

Je pénètre dans mon appartement bien rangé et le désert de ma vie se rappelle à mon bon souvenir. Tout est comme avant, comme si je n'avais jamais rencontré Hélias. Je papillonne des yeux. *Non non non, je ne dois pas craquer.* Je file dans ma chambre et je décide de vider tout de suite ma valise pour balayer toute trace des deux derniers jours. Je fourre directement tous mes vêtements dans mon panier de linge sale. Je me fige quand je vois un bout de tissu dépasser du couvercle. Je tire dessus et suis obligée de m'asseoir sur le rebord de la baignoire lorsque je découvre le chèche d'Hélias entre mes mains. J'y enfouis mon visage et ne peux m'empêcher d'y prendre une profonde inspiration. Son odeur réveille mon cœur anesthésié par la douleur, et j'éclate en sanglots.

Les images défilent devant mes yeux. Celles du type répugnant, son visage dégoulinant de sueur, d'Hélias furieux, de mon périple à travers la campagne, en pleine nuit noire. Du pub, de l'alcool que j'ai ingurgité. Du karaoké. D'Hélias encore. De moi, lui disant que je ne suis pas une prostituée. De lui n'écoutant pas. De cette décision que j'ai prise en pleine nuit : reprendre mes esprits, revenir à ma vie, loin de lui. Loin de ce monde où je me suis perdue. Ne plus m'infliger ça. Arrêter. Tout arrêter. Ne plus jamais le revoir.

Je hume encore son odeur et détaille l'étoffe. De tout cela, il ne restera que ce bout de tissu, imprégné du parfum de sa peau. Je ferme les yeux et il est là devant moi, le regard étincelant, avec son sourire fabuleux. Je serre les dents pour contenir un sanglot qui menace.

Mon téléphone sonne et je sursaute. La sonnerie hurle dans ma chambre, comme l'agonie de mon cœur. Le visage de Maxine illumine l'écran. Je n'aurais jamais dû parler à ma mère et à ma sœur de ce week-end. Malgré ma fébrilité, je dois répondre. Autant abréger ce moment.

– Alors, cette lune de miel ? me demande Maxine de but en blanc.

Je ferme les yeux, résignée.

– Je suis rentrée, réponds-je en me retenant de pleurer.

– Ça va, grande sœur ? Tu as une petite voix.

– Pas trop.

Impossible de contrôler ma voix tremblante.

– Abba ?

– Abba, glace au chocolat et Nutella.

– Oh la vache ! On arrive tout de suite.

Une demi-heure plus tard, j'entends Maxine m'appeler depuis le salon. Recroquevillée sur mon lit, je n'ai pas arrêté de pleurer depuis son appel.

– Oh Sassa, s'écrie ma mère en me découvrant. Mon bébé, que t'arrive-t-il ?

Maxine arrive à son tour et s'allonge à mes côtés avant de m'offrir son épaule pour que je puisse y sangloter.

– Qu'est-ce qu'il t'a fait, ce connard ?

– Rien, il était parfait, balbutié-je en fondant davantage en larmes.

– Pourquoi il t'a larguée, alors ?

– C'est moi, pas lui.

– Quoi ? Bah pourquoi ? s'étonne-t-elle en me repoussant pour pouvoir me regarder droit dans les yeux.

– Parce qu'il n'est pas fait pour moi. Il ne veut pas tomber amoureux. Il veut juste une aventure comme ça.

– C'est ce qu'ils disent tous, intervient ma mère, mais ils finissent par nous demander en mariage.

– Pas lui, maman. Lui, il est malheureux. Je ne sais pas pourquoi, mais il l'est tellement qu'il ne veut plus aimer.

Mes larmes ne se sont pas taries, mais c'est déjà un peu plus facile d'articuler à mesure que je m'explique.

– Laisse-lui le temps, me conseille ma mère.

– Il a peut-être eu une rupture difficile ou il a perdu une fiancée, continue ma sœur en cherchant de quoi m'essuyer le nez dans ma table de nuit.

– Sous le lit, reniflé-je.

– Il a peut-être besoin de te connaître davantage, d'être en confiance avec toi, insiste ma mère.

– Ce n'est pas un homme comme les autres, maman.

Ma sœur me tend un mouchoir.

– Justement, c'était peut-être le bon.

– Mais tu ne comprends pas, maman ! m'énervé-je, en larmes. Il n'y a pas de bon ! Il n'existe pas et n'existera jamais !

Maxine, à genoux, me regarde tout à coup avec inquiétude avant de relever des mains pleines de billets.

– C'est quoi tout ce fric ?

L'argent de mes passes m'accuse silencieusement. Je panique alors que ma mère et ma sœur me scrutent, attendant mes explications.

– C'est un bandit, c'est ça ? demande Maxine. Un mafieux, un trafiquant de drogues ?

– Non, pas du tout. Enfin, je ne crois pas.

– C'est lui qui t'a donné cet argent ? m'interroge ma mère.

J'acquiesce de la tête.

– Pourquoi ?

– P… parce que…

– Parce que quoi ? s'impatiente ma petite sœur.

– Parce qu'il… il me prend pour une puuute !

Ma sœur devient blême et en lâche l'argent. Je m'effondre dans les bras de ma mère, qui flanche avant de se reprendre et de me caresser les cheveux.

– Oh mon bébé, que s'est-il passé ?

Et là, je dis tout. Je leur révèle comment j'ai rencontré Hélias, comment tout s'est enchaîné. J'ai honte mais je tiens le coup malgré leurs visages décomposés. J'explique mes états d'âme et mon envie tellement forte de le revoir que j'ai fermé les yeux sur la méprise. Comment j'ai joué le jeu.

Maxine se met à pleurer avec moi, bouleversée. Je raconte comment tout a capoté samedi soir. Pourquoi j'ai décidé de ne plus le revoir.

– Comment as-tu pu en arriver là ? sanglote Maxine, sous le choc. Toi, Sarah ? C'est une histoire qui aurait pu arriver à…

Elle s'interrompt net.

– À moi, termine ma mère, peinée.

– Pas à toi, Sarah, reprend ma sœur. Pourquoi tu t'es laissée embarquer là-dedans ?

Je hausse les épaules, résignée.

– Parfois l'amour nous fait faire des trucs stupides, Maxine.

– Mais qui est ce type ? C'est peut-être un taré ! s'alarme-t-elle. Il t'a peut-être poussée à ça sans que tu t'en rendes compte !

– Hélias est quelqu'un de bien, j'en suis certaine.

Je ferme les yeux et revois le sourire de mon amant. Il ne m'aurait jamais fait de mal.

– Pourquoi tu ne lui as pas dit la vérité tout de suite, dans ce cas ? Pourquoi avoir accepté son argent ?

– Parce que j'avais honte. J'ai couché avec lui tout de suite, sans même le connaître. J'ai eu le coup de foudre. Je ne voulais pas qu'il me prenne pour une fille facile.

– C'est pire, maintenant, il croit que tu es une pute, me poignarde Maxine en ramassant l'argent qu'elle avait jeté sur le lit.

Elle me transperce de ses yeux noirs.

– Il avait une façon de me regarder, me justifié-je. On ne m'avait jamais regardée comme ça, Maxine. Il m'a recontactée et je n'ai pas pu résister. Il était si touchant, j'ai senti qu'il avait besoin de moi.

– Sainte Sarah, se moque-t-elle. Quand arrêteras-tu de te prendre pour mère Teresa ? Surtout si pour ça on monnaye tes faveurs sexuelles ! Tu as perdu l'esprit, tu t'en rends compte ?

– Il ne s'est pas comporté comme ça avec moi, me rebiffé-je. Il était tendre, doux, drôle, prévenant…

– Un prince charmant qui va aux putes. Génial ! Walt Disney doit se retourner dans sa tombe.

Devant ma mine déconfite, ma mère serre mes épaules de son bras.

– Pourquoi as-tu décidé de ne plus le voir, s'il est si gentil ?

– Parce que je ne peux plus continuer cette mascarade. Je ne suis pas une prostituée, mais lui ne cherche rien de plus. Il ne veut pas d'une relation avec moi. Ça n'a jamais été le deal entre nous. Juste de brèves rencontres. Mais moi, je…

– Toi, tu veux plus…, me coupe ma mère.

– Oui, pleurniché-je. Si je continue, il me brisera le cœur.

Elle me jette un regard désolé.

– Sarah, je pense que c'est déjà fait.

Elle me prend dans ses bras et me serre comme quand j'étais petite et que je faisais un cauchemar. Sa voix redevient douce, et je l'entends me susurrer des mots tendres. Je ne l'avais plus sentie si proche de moi depuis notre départ de la maison. Comme si elle avait deviné que ce chagrin d'amour allait me hanter très longtemps, peut-être toute ma vie. Je pleure quelques instants avant de la repousser doucement en reniflant. Cette promiscuité me gêne, elle ne m'est plus naturelle depuis trop d'années.

– Tu ne comptes pas lui dire la vérité ? reprend-elle. Juste pour toi, pour qu'il sache qu'il s'est trompé ? Parfois les grandes histoires d'amour débutent sur un gros malentendu.

– Non mais tu t'entends parler, maman ? s'insurge Maxine. Je t'interdis de l'inciter à partir en vrille comme ça ! Sarah, le mieux est de l'oublier et de prier pour que tu ne le rencontres plus jamais.

Mon téléphone se met alors à sonner. Le numéro d'Hélias s'affiche et je ferme les yeux, bouleversée.

– C'est lui, c'est ça ? grommelle ma sœur.

– Oui.

– Tu devrais répondre, conseille ma mère. Pour te sentir mieux, qu'il sache que tu n'es pas ce qu'il croit.

– Certainement pas, s'oppose Maxine. Il n'en est pas question !

Je les regarde toutes deux, surprise de voir ma sœur prendre mon rôle, celui de la fille sensée. Ma mère se saisit de l'appareil et je la vois plisser les paupières en farfouillant dans les menus.

– C'est lui ? demande-t-elle en me montrant une photo.

J'écarquille les yeux en découvrant un cliché d'Hélias. Je suis dans ses bras, probablement un selfie fait dans le pub alors que j'étais saoule. J'acquiesce en me remettant à sangloter.

– Putain ! s'égosille ma sœur.

– Tu n'avais pas bonne mine.

– J'étais ivre.

– Je comprends mieux pourquoi t'as fait ça, se marre ma sœur, dont la frivolité est revenue aussi soudainement qu'elle avait disparu. Ce type est canon. Moi aussi, je crois que je me serais laissée faire.

Son petit sourire réconciliateur me fait du bien. Ma mère se met à glousser.

– Au moins, tu pourras raconter ça à tes petites-filles quand elles te traiteront de vieille bique, reprend Maxine. Tu auras de quoi leur clouer le bec.

– Certainement pas, j'aurais trop honte.

– On s'en fout, me console ma sœur en attrapant mes épaules. Il n'y a pas mort d'homme.

– Ça nécessite une bonne dose d'Abba, tout ça, intervient ma mère.

– Oui et de la glace au chocolat, continué-je.

– Et du Nutella, renchérit Maxine.

Elle s'active pour chercher *I Have a Dream* dans ma playlist et brancher mon enceinte bluetooth. Ma mère ouvre le pot de glace au chocolat qu'elle a rapporté et je sors trois grosses cuillères.

Notre rituel à chaque chagrin d'amour. C'est moi qui l'ai instauré lorsque ma mère a largué ce sombre connard de Tony. Elle était inconsolable après ce qu'il avait tenté de me faire. Abba passait à la radio, je lui ai attrapé les mains et l'ai obligée à danser et à chanter à tue-tête. Maxine était en train de manger de la glace et nous en avons profité. On a recommencé à chaque rupture, chaque fois qu'on devait changer de maison. Puis quand j'ai perdu ma virginité au club de tennis, au premier amour de Maxine. On a continué à chaque peine de cœur de l'une d'entre nous.

Je me mets à fredonner la chanson, le visage encore maculé de larmes. Les images d'Hélias défilent devant mes yeux. Je ferme mes paupières et réprime un frisson lorsque j'imagine ses lèvres dans mon cou, ses mains sur mes reins. Je revois son regard malheureux ce matin. Je sais qu'il a compris. Plus jamais nous ne serons ensemble.

Je pleure en chantant plus fort et la musique envahit mon cœur sans pour autant en remplir le vide. Ma mère pose sa main sur mon épaule et je m'accroche à son cou, me laissant bercer dans ses bras. Ma sœur se colle à mon dos pour un câlin collectif.

– Ma petite fille au cœur brisé. Ça va passer, tu verras. Je suis sûre qu'un jour, tu trouveras l'amour.

Je l'enveloppe de mes bras et me blottis davantage contre elle. Cette histoire m'aura au moins permis de retrouver ma mère.

CHAPITRE 28

SARAH

J'arrive au bureau avec la ferme idée d'oublier les événements de la semaine dernière. Terminées, les petites escapades entre midi et deux. À partir d'aujourd'hui, retour à la réalité et à ma vie ordinaire. Travail, travail et encore travail. Rien de tel pour laisser derrière soi un chagrin d'amour, aussi grand soit-il. Après tout, avant cette rencontre incongrue, j'étais plutôt heureuse dans ma vie, même si elle était un peu ennuyeuse. J'ai toujours su que l'amour n'est pas fait pour moi, cet interlude n'a fait que confirmer ma conviction.

J'ai la main sur la poignée de la porte du cabinet lorsqu'elle s'ouvre sur Gabriel. Ce dernier me toise avant de reculer pour me laisser pénétrer dans le hall. Les lèvres figées en un sourire féroce, il donne une pichenette sous mon menton pour me faire lever le nez vers lui.

– T'en as, une petite mine. Tu as abusé de ton jules tout le week-end, c'est ça ?

– Quel jules ? demandé-je en fronçant les sourcils.

– Oh, c'est bon, je suis au courant. Je t'ai entendue en parler avec ta frangine et ta mère vendredi.

– C'est nouveau, tu écoutes aux portes, maintenant ?

– On ne t'a jamais dit que tu parles un peu fort ?

À peine arrivée, déjà fatiguée. J'adore être passée au gril de bon matin.

– C'est qui ? Je le connais ?

– Ce n'est plus personne.

Je vois sa bouche s'ouvrir alors qu'il me regarde, étonné.

– Il n'est plus d'actualité. J'aimerais tourner la page alors n'en parlons plus, OK ?

Une moue contrite sur le visage, Gabriel se frotte l'arrière du crâne, embarrassé.

– On se fait un cinoche ce soir ? propose-t-il en évitant mon regard.

– Si tu veux. Tu choisis le film. Je vais bosser, j'ai vu à l'aube que le patron d'HG&Co m'avait canardée de mails. Quel casse-pieds, celui-là !

– Je pars au palais. J'ai audience toute la matinée. Véra sort de l'hosto à onze heures, tu iras la chercher ?

Mon cœur s'arrête et je déglutis bruyamment.

– Quoi ? Pourquoi moi ?

Je n'ai vraiment pas envie de la voir, surtout aujourd'hui. J'ai déjà bien assez de tourments comme ça pour en rajouter avec un sermon à la Véra.

– Parce que je serai *au palais*.

– Mais son fils ne peut pas s'en charger ?

– Je te rappelle qu'il a raté son permis de conduire.

Quel crétin, celui-là.

– On ne va tout de même pas la laisser rentrer en taxi, insiste Gabriel.

– Pourquoi pas ? Ça ne va pas la tuer.

Il me foudroie du regard, alors je renonce.

– OK, j'irai.

Après tout, il va falloir que je l'affronte, puisqu'elle reviendra bientôt travailler.

Mon Dieu, va-t-elle prendre la suite auprès d'Hélias ? Je crois que je ne supporterais pas de la voir partir le midi pour aller le rejoindre. Mon cœur se serre et je soupire pour empêcher les sanglots de m'envahir.

Je file dans mon bureau et plonge dans mes mails pour distraire mon cerveau de ces sombres pensées. Je réponds une bonne partie de la matinée à celui qui signe ses messages « Big Boss ». Le PDG d'HG&Co doit avoir du mal à enfiler ses chaussettes le matin. Je n'ai pas encore rencontré cet homme que sa manière de me questionner sans formule de politesse m'irrite déjà au plus haut point. J'imagine bien le geek à l'humour bien lourd, gras et boutonneux, qui passe ses nuits à se palucher devant des vidéos pornos sur YouTube tout en jouant à des jeux pour adolescents attardés. C'est peut-être cliché, mais j'ai besoin de l'imaginer de la pire manière possible pour me défouler. Je lui démontre à coups de raisonnements juridiques le bien-fondé de clauses supplémentaires à insérer dans le contrat qu'il me demande de rédiger, mais il pinaille sur tout et c'est presque soulagée que je pars récupérer Véra.

J'arrive un peu en retard à l'hôpital, encore en sueur après avoir affronté le trafic totalement délirant de la capitale. Ma voiture est indemne par miracle. Je toque à la porte et j'entends la voix de Véra me crier d'entrer. Je la trouve en train de fermer sa valise et son visage s'assombrit quand elle me voit pénétrer dans la pièce.

– Bonjour, Véra ! lancé-je d'un air excessivement enjoué.

– Bonjour, Sarah.

Son ton me fait perdre tout sourire.

– Vous êtes prête ? demandé-je.

– Je pensais que Gabriel viendrait me chercher.

– Il aurait souhaité être là, mais il est bloqué au palais.

Elle soupire mais se reprend.

– Enfin, ça tombe bien, je voulais vous parler. J'ai reçu un message cinglant d'Arthur.

– Arthur ?

– Mon client, vous vous souvenez ? Celui qui a proposé mes services à…

– À Hélias.

– Hélias, c'est ça. Il m'a accusée d'avoir fait perdre 172 millions d'euros à leur société.

– 172 millions d'euros, répété-je, la gorge tout à coup abominablement sèche.

Finalement, Hélias a été plutôt sympa avec moi, vu la perte.

– Sarah, vous m'aviez promis de ne plus le revoir, mais vous avez passé le week-end avec lui. Arthur est furax.

– Je sais, je sais. Mais c'est terminé, Véra.

– Ne me prenez pas pour une idiote. Sarah, qu'avez-vous fait ? Arthur m'a virée, geint-elle, accablée. Comment avez-vous pu en arriver là ? Vous êtes avocate !

Elle se rassied sur son lit, bouleversée, comme si ces passes étaient une question de vie ou de mort.

– C'est totalement dément, je sais. Quand je suis avec lui, je ne suis plus moi-même. Mais…

– Sarah, se plaint-elle.

– … mais cette fois-ci, c'est fini, je vous le promets. J'ai décidé de tirer un trait sur toute cette folie. C'est terminé. Il n'arrête pas de m'envoyer des SMS depuis hier mais je n'ai répondu à aucun de ses messages. Je ne veux plus lui mentir. Il n'est pas un homme pour moi, c'est vous qui l'avez dit. Dites à cet Arthur que vous n'y êtes pour rien, que vous aviez envoyé une collègue à votre place et qu'elle n'a pas assuré.

– Bien sûr qu'il n'est pas un homme pour vous, mais ce n'est pas si simple que ça ! Vous ne vous rendez pas compte de ce que vous avez fait. À cause de vous, je vais perdre ma clientèle. Une parole malheureuse d'Arthur au club de golf et c'est la fin. Il va falloir que j'en trouve une autre, j'ai besoin de cet argent. Je suis seule. Je n'ai pas le choix.

– Véra, on va bien trouver une solution pour vous permettre de finir vos fins de mois sans ça !

– Mais vous ne comprenez pas, Sarah. J'ai besoin d'argent, de *beaucoup* d'argent, sanglote-t-elle. Il n'y a pas que les études de mon fils. Ma mère est atteinte d'Alzheimer. J'ai eu beaucoup de mal à trouver un établissement pour elle, je ne veux pas qu'elle finisse à l'hospice. Je suis fille unique et j'ai promis à mon père d'être toujours là pour elle… Mais ça coûte si cher.

Je la regarde, effondrée. Décidément, les ennuis n'arrivent jamais seuls.

– Véra, c'est impensable pour moi de savoir que vous allez continuer cela. Je suis vraiment désolée, je ne voulais pas vous occasionner tous ces ennuis, mais aujourd'hui, vous n'êtes plus seule, je vais vous aider.

La porte de la chambre s'ouvre alors et un jeune homme apparaît sur le pas de la chambre. Quand je découvre son visage, c'est le choc complet.

Je tourne la tête vers Véra qui reste figée.

– Finalement, je suis sorti plus tôt de cours. Je vais pouvoir t'aider à porter tes valises. Ton collègue vient toujours te chercher ?

– C'est Sarah qui va nous ramener, répond Véra. Sarah, je vous présente mon fils Nicolas.

Totalement déconcertée par la ressemblance, je mets quelques secondes à réagir.

– Enchantée, fais-je, interdite.

– Nicolas, tu veux bien aller dire à l'infirmière que je suis prête pour la sortie ?

– Oui, j'y vais.

Le garçon sort de la pièce et je reste deux secondes à regarder la porte.

– Je crois que je ne suis pas la seule à avoir des secrets.

Véra ne répond pas et je tourne la tête vers elle.

– Ce n'était pas prévu qu'il soit là.

– Il le sait ? demandé-je.

– Qui ?

– Le père. Il le sait ?

– Oui, mais il ne veut pas en entendre parler.

– Mais il lui ressemble comme deux gouttes d'eau…

– J'ai toujours interdit à Nicolas de venir au cabinet, assène-t-elle sèchement.

– Et votre fils, il sait que Bruno est son père ?

– Bien sûr que non. Ça lui briserait le cœur de savoir que son géniteur ne veut pas de lui, pas même le rencontrer une seule fois.

– Quel enfoiré !

– Non, Bruno m'a permis d'élever Nicolas correctement. Et il a été honnête de me laisser mon travail. C'est un accord entre nous.

– Bien sûr, et c'est pour ça que vous êtes obligée de faire le tapin pour arrondir les fins de mois ? Il vous paye pour votre travail, ça ne ressemble en rien à une pension alimentaire. Je savais qu'il était misogyne, mais c'est vraiment une pourriture.

– Sarah, ne perdez pas votre temps avec cette histoire. Vous êtes une chic fille, mais vous ne pouvez pas sauver le monde entier.

Je la regarde poser une main sur mon genou et je regrette de n'avoir rien vu depuis tout ce temps. J'ai tellement mal jugé cette femme qui se dépatouille comme elle peut pour élever son fils toute seule, sous le regard indifférent de cet enfoiré. Il n'est pas question que je sois le témoin de cette mascarade sans agir.

– On va trouver une solution, Véra.

– Non, je vais continuer à faire ce que je fais et vous ne direz rien.

J'ouvre la bouche mais elle me regarde avec détermination, serrant un peu plus mon genou.

– Vous ne direz rien, insiste-t-elle. Nous avons chacune nos secrets.

Elle me menace du regard et je comprends. Elle ne dira rien si je me tais aussi. Elle rencontrera Hélias, couchera avec lui. Il l'emmènera déjeuner, peut-être même qu'il passera des week-ends entiers avec elle. Elle aura ses sourires, ses câlins, ses baisers, ses regards étincelants. Mon cœur se déchire, la douleur me vrille le ventre. Je fais la moue mais acquiesce en fixant la porte.

– Comment allez-vous faire pour vos… clients ?

– Ce n’est jamais compliqué à trouver. Les hommes en manque de sexe, ça existera toujours.

Hélias en manque de sexe ? Non, il ne veut pas tomber amoureux, c’est tout. Est-ce qu’il le fera pour elle ? Ma gorge se serre.

– Véra, vous ne rencontrerez pas Hélias, n’est-ce pas ?

Elle lève des yeux étonnés sur moi.

– Après ce qui s’est passé ce week-end, je ne pense pas qu’il voudra me voir. Mais s’il le demandait, vu ce qu’il paie, je ne pourrais pas dire non.

J’en reste sans voix, stupéfaite. C’est une chose de le savoir, mais voir que l’argent peut forcer les gens aux comportements les plus humiliants, c’en est une autre.

– Pourquoi me posez-vous cette question ?

– Je… Pour rien, balbutié-je.

– Sarah, ne me dites pas que vous êtes amoureuse de ce type ?

Je ne réponds rien.

– Vous n’avez donc rien écouté ? Hélias n’est pas un homme pour vous, il se paie des prostituées ! Je vous avais prévenue qu’il vous briserait le cœur, Sarah.

– Il n’a rien fait. C’est moi, je me suis lancée là-dedans comme une idiote, j’ai vu toute mon enfance ma mère enchaîner les désastres amoureux et j’ai bien l’impression que je suis sa digne fille.

Devant ma déconfiture, Véra soupire.

– Sarah, si cela peut vous aider à ne surtout pas revenir en arrière, je vous promets que je ne rencontrerai pas Hélias.

Un léger – très léger – poids disparaît de mes épaules.

– Je vous remercie, réponds-je en balayant une larme de ma joue.

Le fils de Véra fait alors irruption dans la chambre :

– C'est bon, on peut y aller. Je vais enfin pouvoir manger autre chose que des nouilles chinoises !

Je ricane en même temps que sa mère, qui me lance :

– Les hommes sont tous les mêmes. Dès qu'ils n'ont plus une femme pour s'occuper d'eux, ils sont perdus.

Je ne sais pas pourquoi je pense alors à la détresse d'Hélias. Il est perdu, lui aussi. Mais à cause de qui ?

Durant le trajet, la conversation est plutôt détendue. Nicolas est un garçon sympathique et bien élevé, il ne ressemble que physiquement à mon patron. Il est sensible et respectueux des femmes, tout ce que n'est pas son père. Il m'explique chercher un job d'étudiant pour aider sa mère financièrement et être en quatrième année d'histoire. Il faut que j'essaie de lui trouver quelque chose, ne serait-ce que pour Véra. Et que je réfléchisse à un moyen d'avoir ce sale hypocrite de Bruno au tournant ; j'aimerais que Véra puisse arrêter cette activité d'escort. Je les dépose devant leur immeuble et les observe partir tous deux, souriants et complices.

Je m'apprête à me faufiler de nouveau dans la circulation lorsque mon téléphone vibre. Je jette un coup d'œil pour voir s'il n'y a pas de problème au bureau mais je reconnais le numéro d'Hélias.

Hélias : Dis-moi que tu seras
au rendez-vous demain.

Hélias, Hélias ! Non je n'y serai pas. Le pauvre m'attendra peut-être dans cette chambre où nous nous sommes donnés l'un à l'autre. Il ne mérite pas que je lui pose un lapin, lui qui a perdu un contrat à 172 millions d'euros à cause de moi.

Sarah : Non, je suis désolée.

En écrivant ces mots, je me remets à pleurer. J'ai mal. Autant pour moi que pour lui, car quelque part au fond de moi, je sais qu'il va souffrir aussi.

Hélias : Une autre fois, alors ?

J'ai mal, mais cette fois-ci je suis déterminée.

Sarah : Non, oublie-moi.

Les trois petits points de la messagerie instantanée clignotent quelques instants, signe qu'Hélias s'apprêtait à répondre, puis se volatilisent. Il a compris. Ça y est, il a disparu de ma vie.

Je repose mon téléphone sur le siège passager et m'insère dans la circulation pour rejoindre mon appartement. Je n'ai pas de doute sur ce qui m'attend pour la soirée – un joli coup de déprime. J'y ferai face comme j'affronte toutes les difficultés de la vie : avec Abba et un pot de glace au chocolat.

CHAPITRE 29

HÉLIAS

Elle est là, debout devant la baie vitrée, le regard perdu dans les reflets de la mer.

– Sarah ?

Elle se retourne vers moi, si belle, si sensuelle. Sa bouche pulpeuse forme une moue boudeuse, son regard s'assombrit. Elle ne m'a jamais dévisagé comme ça, elle, pourtant si douce, si lumineuse. Je m'approche lentement pour ne pas l'effrayer mais son corps me fuit. La vitre s'ouvre et le vent fouette mon visage ; le sien n'est plus qu'une envolée dorée. J'essaie d'attraper sa main, je veux caresser sa peau, la prendre dans mes bras, mais elle fait plusieurs pas en arrière.

– Sarah, laisse-moi te toucher…, l'imploré-je.

Je la veux. J'ai besoin d'elle. Je me précipite sur elle tandis qu'elle bascule dans le vide sous mon regard épouvanté. Je hurle en tendant les bras, horrifié ; elle est déjà loin. Une seule phrase me parvient alors qu'elle tombe :

– Oublie-moi, Hélias.

Je me réveille en sursaut sur le canapé. Je me suis encore endormi devant la télé. Je plisse les yeux pour faire la mise au point : une émission débile de zapping me casse les oreilles avec sa boîte à rires. Je frotte mon visage avec mes mains, je suis trempé de sueur. *Putain de cauchemar ! Elle me hante encore.*

Je me lève pour aller boire un coup et sursaute en découvrant mon père derrière moi.

– Tu es encore debout ? demande-t-il en se dirigeant lui aussi vers la cuisine.

– Oui, mais je dois pioncer depuis un bon moment devant la télé. Quelle heure il est ?

– Deux heures du matin.

– Je vais avoir encore la tête dans le gaz demain matin.

Mon père ouvre le réfrigérateur et en sort une bouteille d'eau pétillante. Il me la propose en la levant devant lui.

– Oui, s'il te plaît.

– Il faut vraiment qu'on se mette à cuisiner. On va s'empoisonner avec tous ces plats préparés. C'est bourré de sel.

Je souris et repense à la pizza chorizo qu'on a dévorée hier soir devant le match de foot.

Deux semaines qu'il vit chez moi. Encore shooté de calmants, les premiers temps ont été difficiles, mais depuis quelques jours je retrouve enfin mon père, calme et joyeux. Je crois qu'il apprécie finalement d'être ici, en ma compagnie, loin de tout ce qui lui rappelle maman.

Il nous verse deux verres et m'en tend un nonchalamment :

– C'est qui, cette Sarah ?

Heureusement que je n'ai pas commencé à boire, sinon je recracherais tout.

– Sarah ?

– Oui, tu l'as appelée dans ton sommeil. C'est ta petite amie ? Ce n'est plus cette grande fille métisse ?

– Je ne suis plus avec Josépha depuis un moment, déjà.

– Alors c'est ta nouvelle compagne ?

– Non, Sarah est juste une…

Une prostituée que je paie pour coucher avec moi.

– … une fille avec qui je… enfin, tu vois ?

Mon père me regarde, intrigué.

– Ce n'est pas ma petite amie. Je couche juste avec, finis-je par lâcher un peu sèchement.

– Ah, très bien ! C'est de ton âge. Il faudra que tu me la présentes.

– Ce n'est pas au programme, me défilé-je en riant.

– Pourquoi ? Tu as honte de ton vieux père ?

– Non, mais Sarah n'est jamais venue ici. Et de toute façon, on ne se voit plus.

Il hausse un sourcil et plonge le nez dans son verre.

– Je comprends mieux.

– Tu comprends mieux quoi ?

– Pourquoi ce « Sarah » désespéré tout à l'heure.

– Mais pas du tout ! C'est juste une fille comme ça. Ne va pas te faire un film, je ne suis pas amoureux.

– Si tu le dis, ricane-t-il en repartant vers le salon.

– *Si tu le dis*, répété-je en faisant une grimace. J'ai simplement fait un cauchemar où elle tombait dans le vide. Un cauchemar débile.

– Freud y verrait un amour inachevé.

– Laisse Freud reposer en paix et va te coucher.

Mon père me sourit et repart vers sa chambre, me laissant derrière le plan de travail, passablement énervé.

Deux semaines, putain, deux semaines que je ne l'ai pas vue. Elle ne répond plus à mes messages. *« Oublie-moi. »* Impossible. *Fait chier !* Je ne sais pas pourquoi j'agis comme ça. Je pourrais dénicher une nouvelle nana avec qui passer du bon temps mais je n'arrive même pas à trouver le moindre intérêt aux autres femmes. Je ne compte même plus le nombre de SMS que je lui ai envoyés les premiers jours. Je me suis ridiculisé à me jeter à ses pieds pour la revoir ne serait-ce qu'une fois. Elle ne m'a plus jamais écrit. Le pire, c'est que je n'arrive même pas à lui en vouloir ; je crois que la mésaventure du contrat l'a effrayée et qu'elle a préféré prendre le large.

Je grimpe jusqu'à ma chambre et m'écroule sur le lit, espérant dormir au moins quelques heures. Demain, je dois travailler sur de nouveaux contrats avec l'avocate de mon entreprise, maître Lucas. Une vraie enquiquineuse. J'avoue que je suis bien content d'avoir trouvé cette morveuse comme défouloir depuis deux semaines. J'adore la bombarder de mails à longueur de journée et la faire tourner en bourrique. Elle se dépatouille de chacune de mes demandes farfelues tout en gardant un flegme déconcertant, c'est presque jouissif. J'imagine bien sa tête : une petite brunette, un peu rondelette, lunettes d'institutrice, lèvres pincées et un cou robuste entouré d'un carré Hermès.

Les paupières lourdes, je me laisse envahir par le sommeil. Comme chaque soir, la silhouette lointaine de Sarah m'apparaît, réconfortante. Mon cœur s'emballe et mon corps s'échauffe. Elle s'approche et je suis émerveillé par son sourire si tendre. Je m'imprègne de son parfum délicieux, une douce note d'agrumes, et je plonge dans son cou. Sa peau frissonne sous mon baiser. Mes mains se gavent de ses courbes fantastiques. Je souris ; je suis de nouveau heureux. Mon cœur s'apaise, mon pouls ralentit. Je me roule sur le côté et me laisse aller à ce rêve merveilleux, blotti contre mon oreiller. Le seul endroit où je peux la retrouver.

Quelques heures plus tard, je croise de nouveau mon père dans la cuisine, tranquillement assis devant un café noir. Dans ses mains, ma tablette qu'il ne quitte plus depuis qu'il a découvert qu'il pouvait y lire tous les journaux et bouquins qu'il souhaite. Il faudra que je lui en achète une.

– Bonjour mon grand, as-tu fini par trouver le sommeil ?

– Hmm.

Ma tête de bandit doit parler pour moi. Il faut vraiment que j'arrive à dormir davantage.

– Tu as réussi à sauver ta belle Sarah ? se moque-t-il en me jetant un regard malicieux.

– Non, elle a fini en miettes dans un ravin.

– Quel dommage !

J'insère une capsule dans la cafetière et appuie sur le bouton. Ma tasse se remplit doucement et l'odeur du café me chatouille les narines. Je crois qu'il m'en faudra un litre pour réussir à maintenir mes paupières ouvertes toute la journée.

– Il y a une superbe exposition au musée d'Orsay qui commence à la fin de la semaine, s'exclame mon père en me montrant son écran lumineux. On pourrait y aller tous les deux !

Mon père et les musées, le cauchemar de ma vie. Combien de fois me suis-je ennuyé à mourir en l'accompagnant dans ses sorties culturelles ?

Un vrai calvaire pour le scientifique que je suis. La Cité des sciences, ça, j'adorais, mais le Louvre, Orsay et toutes les galeries d'art… un supplice.

– Génial, réponds-je laconiquement. On en reparle ce soir.

Avec un peu de chance, les médocs lui auront fait oublier cette idée effroyable. Pas besoin de me pourrir mes journées, j'ai déjà suffisamment à faire avec Sarah qui hante mes nuits.

CHAPITRE 30

SARAH

Plus de deux semaines sont passées depuis que j'ai tiré un trait sur Hélias. Un trait fin. Je passe mes soirées devant des séries romantiques, sur mon canapé, un nouveau pot de glace chaque soir et son chèche enroulé autour du cou. Les seuls moments où je le lâche, c'est lorsque Maxine me rend visite. Je lui ai promis d'oublier toute cette histoire, en conservant tout de même mon nouveau goût pour le laisser-aller. Elle voit dans cette aventure le sursaut qui me manquait jusque-là pour vivre enfin une vie épanouie de femme moderne. Quand je ne parviens pas à trouver le sommeil, c'est pourtant la photo d'Hélias que je contemple sur mon téléphone, plutôt que celle des innombrables prétendants potentiels des sites de rencontres sur lesquels ma petite sœur m'a créé un profil la semaine dernière. Mon cœur se serre en remarquant chaque fois sa façon de me regarder, son air émerveillé. Il ne l'était certainement pas, pourtant.

Mon chagrin d'amour me coûte cher. Plus deux kilos sur la balance. Je n'ai plus le choix si je ne veux pas ressembler à un pachyderme : régime et sport. Je jette rageusement ma tablette de chocolat dans le tiroir de mon bureau – interdit jusqu'à nouvel ordre. Je lance un coup d'œil au sac de sport posé à terre – je me suis convaincue de faire un jogging ce midi. Au moins, mes douze à quatorze avec Hélias avaient deux avantages : je sautais les repas et je faisais du sport…

Ma messagerie électronique se met à clignoter en bas de mon écran. *Pas lui !* Encore un message de Big Boss, le PDG mégalo d'HG&Co. J'ouvre rageusement le courriel.

De : Big Boss
À : S. Lucas
Objet : Pouvez-vous cesser vos chinoiseries ?
Maître Lucas,
Je viens de lire la dernière version du contrat. Je ne comprends rien au charabia utilisé dans les clauses 22-4 et 48-7. Vos années à rallonge de droit vous ont-elles fait oublier la langue française ? Ces deux clauses sont du chinois. Réécrivez-les dans la langue de Molière !
H.G.

Je ferme les yeux après avoir lu ce neuvième mail de la matinée alors qu'il n'est que 10 h 24. Deux semaines qu'il me pompe l'air. Ce type est un cinglé doublé d'un sadique, triplé d'un harceleur, quadruplé d'un inculte. Plus jamais je ne travaillerai avec une équipe d'informaticiens. Ils vivent sur une autre planète, peuplée de 0 et de 1. Comment veut-il que je reprenne des clauses qui doivent être rédigées ainsi pour être légales ? Il veut du Molière ? Si j'avais une heure à perdre, je réécrirais bien l'intégralité du texte en vieux français rien que pour le faire criser. Je lâche un long soupir avant de fixer mon écran. Je fais craquer mes doigts pour répondre à « Monsieur Big fait chier ».

De : S. Lucas
À : Big Boss
Objet : Re : Pouvez-vous cesser vos chinoiseries ?
Monsieur H.G.,
Je suis navrée de vous perdre dans les méandres de la sémantique juridique. J'ai envie de vous répondre : à chacun sa spécialité. À vous le langage binaire et les arcanes des jeux vidéo, à moi les clefs des portes arides des textes de loi et de la jurisprudence.
Laissez faire la professionnelle ! Vous me payez pour cela... Je vous rappelle d'ailleurs à ce sujet qu'une facture complémentaire sera adressée à votre compagnie pour les différentes exigences apportées à la rédaction de ce contrat qui, à l'origine, devait être des plus banals.
Bonne journée,
S.L.

En clair : fais pas chier ! *C'est moi la juriste, l'ami. Continue à jouer à ta PS4 : pour m'avoir emmerdée plus d'une fois pour rien, ça te coûtera plein pot.*

À peine deux minutes se sont écoulées lorsque je reçois une réponse, qui me fait lâcher un cri enragé.

De : Big Boss
À : S. Lucas
Objet : Re : Re : Pouvez-vous cesser vos chinoiseries ?
Mon bon cher maître Lucas,
Je crois que nous ne nous sommes pas bien compris.
Réécrivez ces deux clauses ! Ce n'est pas négociable.
H.G.

Ras le postérieur de ce type.

De : S. Lucas
À : Big Boss
Objet : Re : Re : Re : Pouvez-vous cesser vos chinoiseries ?
Mon bon monsieur H.G.,
Je pourrais rédiger 25 fois ces deux clauses que vous ne comprendriez toujours pas le jargon utilisé. Il faut savoir reconnaître ses limites… N'insistez pas. Il vous en coûtera sinon un montant hallucinant pour mes honoraires.
Bonne journée et cette fois-ci pour de bon.
S. Lucas.

NB : J'ai des dossiers bien plus ardus que le vôtre qui prennent la poussière sur mon bureau.

Je souris en cliquant sur le bouton « Envoyer ».

Dix minutes s'écoulent, je savoure le calme revenu. J'ai enfin réussi à lui boucler le museau après quinze jours de mails en tout genre. Je glousse dans mon fauteuil avant d'être interrompue par la sonnerie de mon téléphone. Maxine n'arrête pas de m'envoyer des SMS pour me prévenir que des hommes matchent mon profil sur une de mes applis de rencontres. Au beau milieu de la cacophonie de notifications, un nouveau message sur mon ordinateur attire mon attention. Encore lui. Je lâche un grognement d'ours mal léché.

De : Big Boss
À : Mini Boss
CC : S. Lucas
Objet : L'enquiquineuse a encore sévi !
Cette avocate est une pétasse ! C'est jouissif de l'emmerder.
H.G.

J'écarquille les yeux. *Putain, il me traite d'enquiquineuse et de pétasse ? L'enfoiré !* Et en plus c'est un crétin, il n'a même pas vu qu'il m'a mise dans la boucle de ses mails. Un nouveau message tombe aussitôt.

De : Mini Boss
À : Big Boss
CC : S. Lucas
Objet : Re : L'enquiquineuse a encore sévi !
Fous-lui la paix ! Elle est plutôt mignonne, en plus. Quand tu vas la voir, tu vas regretter d'avoir été aussi con avec elle. T'aurais pu la mettre dans ton lit.
Arthur

J'ai à peine le temps de m'offusquer que les mails s'enchaînent.

De : Big Boss
À : Mini Boss
CC : S. Lucas
Objet : Re : Re : L'enquiquineuse a encore sévi !
Me taper une brunette grassouillette avec des lunettes triple foyer, pas pour moi.
Je ne suis pas aussi désespéré que toi, mon pote. Je préfère encore me branler sous la douche que sauter ce genre de chieuse.
H.G.

De : Mini Boss
À : Big Boss
CC : S. Lucas
Objet : Re : Re : Re : L'enquiquineuse a encore sévi !
C'est une superbe blonde, idiot ! Laisse tomber…
Arthur

De : Big Boss
À : Mini Boss
CC : S. Lucas
Objet : Re : Re : Re : Re : L'enquiquineuse a encore sévi !
Trop tard, j'ai appelé son boss…
H.G.

Je crie de stupéfaction mais la porte de mon bureau s'ouvre si violemment que je manque m'étouffer en découvrant Bruno.

– Sarah, je viens d'avoir un coup de fil du patron d'HG&Co. Il est furieux. Il semblerait que vous soyez insolente avec lui et que vous refusiez de modifier deux clauses du contrat.

Mais quelle enflure ! Il m'a prise pour quoi, une écolière ?

– Bruno, ce type est un big con. Il me fait suer sur des détails. J'ai autre chose à faire que de céder à tous ses caprices.

– Il nous paie une fortune. Ravalez votre fierté et faites ce qu'il demande. Et en parlant de fierté, jeudi soir, c'est le quatorzième gala des entrepreneurs. Sortie obligatoire pour tout le cabinet. Nous irons y jouer les VRP afin d'y dénicher de nouveaux clients. Tenue chic imposée. Talons hauts, coiffure, maquillage du soir. Tout le tralala et la pochette remplie de cartes professionnelles que vous distribuerez à tour de bras en même temps que vos sourires charmeurs.

Je le regarde, totalement abasourdie.

– C’est le cabinet qui offre la tenue et tout le package, alors faites quelque chose pour m’arranger tout ça, balance-t-il en pointant ma tête et mon corps avec un air hautain. Véra, hurle-t-il en direction de l’entrée, je compte sur vous pour transformer Cendrillon en princesse !

– Oui, Bruno.

– En clair, vous me demandez de faire la pute pour le cabinet, lancé-je, toujours choquée.

Bruno me toise à son tour, stupéfait.

– Si c’est de cette manière que vous appelez ça, alors oui. C’est à ce genre d’exercice périlleux que l’on estime les qualités d’un vrai associé, me poignarde-t-il. Et le groupe HG&Co sera présent. Ce sera le moment de vous rattraper auprès du Big Boss et de lui montrer que vous pouvez être conciliante.

Sur ce, il referme la porte avec énergie et repart en lançant à Véra :

– Cette gamine a un caractère impossible !

Quelques secondes plus tard, Véra passe la tête dans mon bureau.

– On peut parler ?

– Bien sûr.

Je ne m’arrête qu’une seconde de pianoter nerveusement sur mon clavier. Si je cesse, je tue quelqu’un.

– Il ne faut pas vous offusquer de l’attitude de Bruno. C’est la vieille génération, pour lui une femme doit se servir de ses atouts si elle le peut. Il est très admiratif de votre travail, n'en doutez pas.

– Arrêtez de défendre ce connard, m'énervé-je. Vous savez aussi bien que moi que ce type est une ordure. Si je n'avais pas autant travaillé pour en arriver là, je claquerais la porte.

– Ne soyez pas si vindicative. Avec tout ce qu'il reste à faire pour la cause des femmes, vous ne serez jamais heureuse si vous ne mettez pas d'eau dans votre vin.

– Justement, je compte bien travailler dur pour faire avancer les mentalités dans ce domaine, à commencer par votre situation. Il n'est pas question que je vous laisse poursuivre cet esclavage pour quelques piécettes. Je vais exiger que vous soyez immédiatement payée à la hauteur des autres assistants du cabinet.

– Je vous interdis de faire cela. Je croyais que nous avions un accord.

– Mais enfin, pourquoi ? Véra, comment voulez-vous que je trouve le sommeil en sachant ce que vous êtes obligée de faire pour offrir des études à votre gosse ? Sachant en plus que son père est plein aux as, finis-je en baissant le ton.

– C'est ma bataille, pas la vôtre !

Je fais la moue et elle s'assied en face de moi.

– Pour ce gala, je vais faire de vous la plus belle femme de la soirée. Ils tomberont comme des mouches.

– Je ne veux pas entrer dans ce jeu, Véra.

– Les hommes dépenseront des fortunes pour vous avoir comme avocate. Vous plumerez tous ces salopards qui ne voient en nous que des jolis culs à besogner.

Je pouffe de rire en voyant la petite étincelle briller dans son regard.

– Et puis pour cette ordure de Bruno – comme vous aimez l'appeler –, nous allons commencer par lui faire faire une attaque avec le prix exorbitant de la robe et de « tout le tralala » que nous allons vous trouver.

Je me laisse tomber contre le dossier de mon fauteuil en la regardant se réjouir d'avance.

– Haute couture ? demandé-je.

– Rien de moins, c'est nécessaire.

– Avenue Montaigne ?

– Tout à fait.

– Et le coiffeur des stars ?

– Celui qui s'occupe du blond de Catherine Deneuve. J'ai un ami qui le connaît.

– Il va falloir que je retourne chez l'esthéticienne ? me lamenté-je.

– Absolument. La totale !

J'en pleurniche déjà.

– Pour le moment, faites en sorte d'arranger les choses avec HG&Co, conclut-elle en quittant mon bureau.

Je fulmine avant de reprendre ma plume. Rien que d'y penser, j'ai les griffes qui sortent.

À nous deux, Big Boss.

CHAPITRE 31

HÉLIAS

Mon ordinateur m'annonce un nouveau mail et je jubile en repérant le nom de l'avocate. Maître S. Lucas. Deux semaines. J'ai mis deux semaines mais j'ai réussi. Elle commence à craquer. Je n'en pouvais plus de ses messages condescendants. L'archétype de la première de la classe qui lève le doigt à toutes les questions du prof et a réponse à tout. Je savais bien qu'elle avait quelque chose dans le slip et je vais enfin savoir jusqu'où elle peut aller. Je clique sur l'icône de ma messagerie et ouvre le mail avec excitation.

De : S. Lucas
À : Big Boss
CC : Mini Boss
Objet : L'enquiquineuse vous dit bien des choses !
Je suis ravie d'apprendre que je suis à l'origine de vos plaisirs solitaires. Vous avez demandé une

professionnelle : je suis navrée mais il semble que vous vous soyez trompé de spécialité. Je vous invite donc à quitter le quinzième arrondissement pour le bois de Boulogne où je suis certaine que vous ne manquerez pas de trouver votre bonheur.
N'ayez pas de regret suite à ce qu'a pu vous écrire votre mini associé. Vous n'aviez aucune chance de me mettre dans votre lit. J'exige un QI minimum que vous semblez loin d'atteindre.
Je transfère votre mail concernant votre demande de réécriture des deux clauses à mon confrère G. Legris qui mettra un *poing* d'honneur à vous donner satisfaction.
S. Lucas

Je relis le mail deux fois et reste soufflé. Je fais défiler à toute vitesse mes messages précédents et découvre ma boulette. *Merde, quelle tanche !*

Je repasse encore sur notre échange, éclatant de rire. Je viens de me mettre à dos mon avocate, mais ça faisait des semaines que je n'avais pas ri comme ça. Une chose est sûre, maître Lucas est à la hauteur de ce que j'attendais d'elle. Elle vient de me tacler d'une façon magistrale.

Arthur débarque en furie dans mon bureau : à voir son regard noir et sa chemise qui menace de craquer au niveau des pectoraux, il n'est pas très content.

– Quoi ? attaqué-je aussi sec. C'était fun. Tu as raison, cette fille est extra.

– Franchement Hélias, ce n'est pas drôle. C'est un des meilleurs avocats sur le marché en droit des contrats et toi, tu nous la mets en rogne.

– Son pote va reprendre la suite, tempéré-je.

– Legris ? C'est un pénaliste ! Il n'y pane rien en droit des affaires.

Merde, j'ai encore déconné. Je tiens à ce que mes contrats soient carrés pour Miami. Je fais la grimace ; je dois réparer ma boulette et récupérer Mme l'Enquiquineuse même si maintenant elle doit me prendre pour un gros lourdaud. Sur ce coup-là, je ne peux pas lui donner tort.

Arthur derrière moi, je me remets à pianoter sur le clavier de mon ordi.

De : Big Boss
À : S. Lucas
Objet : Je ne veux que vous !
Maître Lucas,
Je suis désolé que vous ayez si peu d'humour. Bien évidemment, il n'est pas question que votre confrère Legris reprenne le dossier alors qu'il est une bille en droit des affaires. Qu'il garde donc son *poing* d'honneur pour un autre client qui briguerait votre vertu.
Je compte sur votre professionnalisme « juridique » (et juste celui-là) pour la rédaction des deux nouvelles clauses. Je serais fort marri de devoir changer de cabinet d'avocats.
H.G.

– C’est bon, c’est réglé.

J’admets que je n’ai pas été très fair-play. J’aurais pu m’excuser, mais je dois garder ma réputation de chef d’entreprise implacable à la J. R. Ewing.

– Tu devrais peut-être trouver une autre façon de t’amuser que de faire tourner en bourrique nos collaborateurs et nos avocats.

– Arthur, ta future paternité te rend bien triste sire. Ça n’avait rien de méchant. On a tout au plus asticoté les hormones de cette pauvre fille, me marré-je, d’une mauvaise foi à peine retenue.

– Je pense qu’elle ne doit pas être en reste dans ce domaine. C’est plutôt le genre superbe blonde atomique.

– Alors là, permets-moi d’en douter, vu ce que tu dis de S… Véra.

Je détaille mon pote et ose enfin poser la question qui me tarabuste depuis quelques jours. Mon palpitant s’accélère.

– Tu l’as revue ?

– Qui ?

– Tu sais bien.

– Véra ?

Je vois bien que ça l’amuse de me faire languir.

– Ouais.

– Non, elle ne répond plus à mes SMS depuis que je l’ai engueulée.

– Quoi ? Quel SMS ?

– Quand elle a déconné à Jersey, je lui ai demandé des explications. Elle a nié y être, alors je lui ai dit ses quatre vérités. Depuis, silence radio.

– Putain, mais de quoi je me mêle ? m'écrié-je en me levant de mon fauteuil.

Rien d'étonnant à ce qu'elle ne réponde pas à mes messages ! Dieu sait ce que cet idiot a dû lui dire. Un coup à la porte de mon bureau m'arrête dans mon élan – Arthur ne perd rien pour attendre.

– ENTREZ ! hurlé-je.

Ma secrétaire, un peu inquiète, passe juste une tête :

– Je peux vous déranger quelques secondes ?

– Oui Sonia, bien sûr, m'adoucis-je en lâchant un long soupir.

Qu'a-t-il pu dire à Sarah pour l'effrayer au point qu'elle ne veuille plus me revoir ?

– Votre smoking vient d'être livré. Je vous le suspends ici ? propose-t-elle en désignant le portemanteau.

– Oui, merci.

– Notre Hélias va être beau comme un sou neuf pour le gala des entrepreneurs ! chantonne Arthur, que j'ai toujours envie d'étrangler.

– Oh, mais il est toujours très élégant, continue ma secrétaire en rougissant.

Je jette un bref regard vers Sonia qui baisse les yeux et repart.

– C'est clair que toi, si tu ressembles à une vieille piécette du Moyen Âge, on aura du bol, me moqué-je en transperçant mon associé d'un regard mauvais.

Je contrôle machinalement l'horloge.

– Tu y vas seul ? demande sournoisement mon meilleur ami. Tu pourrais peut-être appeler Josépha.

Je tire mon sac de sport de sous mon bureau, ne l'écoutant qu'à moitié.

– Certainement pas. Les plats réchauffés, ce n'est pas mon truc.

– Ça fait con d'arriver tout seul, insiste-t-il alors que je me désape devant lui pour passer mon short.

– Non, ce qui est con, c'est de finir la soirée tout seul, le titillé-je. Peut-être que je repartirai avec maître Lucas sur mon épaule.

– Connard, répond-il avant de se mettre à rire. Enfin, si tu peux faire baisser ses honoraires, pourquoi pas. Tu fais quoi ? craque-t-il au bout de plusieurs minutes à me regarder me préparer.

– Je vais soulever de la fonte. Tu viens avec moi ?

Je m'arrête sur sa bedaine qui pousse depuis quelques mois.

– Non non, je dois déjeuner avec ma femme.

– Pauvre vieux, j'ai l'impression que c'était hier que tu draguais les filles à la salle de sport pendant que je transpirais.

– Tout ça, c'est fini, soupire-t-il, faussement triste.

J'éclate de rire et pose une main compatissante sur son épaule avant de quitter mon bureau.

La salle est mon nouveau hobby de la pause déjeuner. Soulever des poids, ramer, courir devant un écran géant, pomper sous le regard enamouré de Josie, la patronne, sexagénaire botoxée, c'est toujours mieux que ruminer et passer cinquante fois en bagnole devant l'hôtel avec l'espoir de la croiser ou m'empiffrer de plats véganes en fixant par la fenêtre le grand tourniquet de l'entrée principale.

Je suis sur la bonne voie de la détox. Sarah n'est plus qu'un souvenir. Un superbe souvenir, tout en courbes généreuses, en sourires lumineux, qui revient en 3D chaque nuit, mais juste un souvenir.

Je conduis à travers les rues en tapotant sur mon volant au rythme de la musique à la radio. Je longe le jardin du Luxembourg devant lequel un marchand ambulant fait carton plein. Ça me fait penser que j'ai un peu faim, il faudra que je commande en rentrant, quelque chose de sain. J'ai envie de reprendre enfin le dessus sur tous les trucs moches qui m'arrivent en ce moment. Agir pour ne plus subir. Me reprendre en main. Mon téléphone sonne et je décroche grâce à la commande sur le volant.

– Gabriel, j'ai changé d'avis. Prends-moi un sandwich, je ne tiendrai pas jusqu'à ce soir.

Mon cœur loupe un battement. Je reconnais sa voix dès les premières syllabes.

Ne plus subir, tu parles.

CHAPITRE 32

SARAH

Quand j'ai vu un nouveau mail de Big Boss tomber dans ma messagerie, j'ai jeté l'éponge. Pas question que je l'ouvre avant de partir, sinon je vais ruminer et courir à une cadence bien plus élevée que mes capacités ne me le permettent. Un coup à faire un malaise.

Je rejoins Gabriel qui s'apprête à sortir déjeuner. Il affiche sa moue des mauvais jours.

– Tu vas courir ?

– Oui. Tu vas au resto ?

– Non, juste me chercher un sandwich. J'ai une ouverture d'information cet après-midi. Un infanticide. Le dossier fait déjà cinq cents pages, c'est foutu pour la pause déjeuner. Tu veux que je te ramène quelque chose ?

– Mon pauvre. Non, régime absolu ! Un seul repas par jour jusqu'à jeudi. Je me gaverai vendredi midi. On pourrait se faire un couscous.

Gabriel se met à rire.

– Tant d'efforts anéantis en un repas. Pourquoi t'infliges-tu cette torture ? Tu es parfaite comme tu es. Je suis sûr qu'il y a plein de mecs qui se contenteraient bien de ces belles hanches, moi le premier, m'assure-t-il en essayant de me pincer.

– Pas touche.

Je rejoins le jardin du Luxembourg en quelques minutes. Mon estomac vide se rappelle cruellement à mon bon souvenir alors que je dépasse une petite sandwicherie ambulante. L'odeur de frites affole mes papilles en manque de matières grasses mais j'allonge mes foulées pour laisser derrière moi la tentation.

J'entame un premier tour et je ne suis pas mécontente de constater que la grisaille a rebuté pas mal de monde. Le parc est presque vide. J'ai toujours détesté être une curiosité rougeaude, en sueur, à la respiration de vieux fumeur. Dix minutes que je cours et je n'en peux déjà plus ; j'ai recraché au moins deux paquets de clopes que je n'ai jamais fumées.

Je dépasse un groupe de jeunes qui s'empiffrent de chips et je jette l'éponge. J'ai trop faim. Un petit jambon-beurre. Juste ça, le temps de finir mon running. Je touche mon oreillette et appelle Gabriel pour qu'il m'en ramène un.

– Siri, appelle Hélias !

Un passant me parle alors que Siri répète ma demande.

– Vous avez fait tomber votre paquet de mouchoirs.

– Oh, merci, réponds-je en revenant sur mes pas.

Je reprends ma course en entendant les sonneries s'enchaîner. Il décroche enfin et je ne lui laisse pas le temps de dire le moindre mot, dans l'espoir qu'il ne soit pas déjà revenu au cabinet :

– Gabriel, j'ai changé d'avis. Prends-moi un sandwich, je ne tiendrai pas jusqu'à ce soir. Un jambon-beurre, ça suffira, avec un complément fromage, *beaucoup* de fromage.

À l'autre bout du fil, pas de réponse.

– Gabriel, tu es là ? demandé-je en décélérant.

– Je crois que tu as fait un mauvais numéro, dit une voix masculine.

Mes jambes flanchent. J'arrête net, bouche bée. Ce n'est pas Gabriel.

– Hélias… Oui j… j'ai dû faire une erreur, balbutié-je en plissant les yeux de panique.

Je suis la reine des idiotes. Comment ai-je pu faire cette bourde ? Des jours de glace au chocolat pour en arriver là !

– Salut, Sarah, continue-t-il froidement. Je ne pensais pas entendre de nouveau ta voix un jour.

– Oui… Je suis pas mal occupée en ce moment, balbutié-je.

– De nouveaux clients ? s'enquiert-il toujours aussi sèchement.

– N… Non, je fais du sport. Je cours.

– Tu cours ? Toute la journée, au point de ne répondre à aucun de mes messages ? me tacle-t-il.

– Non, je cours en ce moment.

– Ah, maintenant…

J'ai l'impression que sa colère retombe comme un soufflé, comme si elle n'avait plus de prise.

– Tu cours où ? À Paris ?

– Oui, au jardin du Luxembourg.

– Du Luxembourg ? s'écrie-t-il. Merde.

J'entends des bruits de klaxon.

– Un problème ?

– Non, je suis en train de conduire. Je me gare, c'est plus prudent.

– Je vais te laisser te concentrer, dis-je pour mettre fin au plus vite à cette conversation. Je suis désolée de t'avoir dérangé pour rien. Bonne jou…

– Non, non, c'est bon, me coupe-t-il. Tu vas bien ?

Son soudain intérêt me surprend. Je lui réponds, suspicieuse :

– Oui, très bien.

– Tu comptais me rappeler, après avoir fini de courir ? On se voit bientôt ?

Mon cœur se met à battre plus vite. Voilà le genre de phrases que je voulais éviter. Je meurs d'envie de le revoir, mais j'ai pris ma décision. Le mensonge, c'est terminé. Mettre à mal mes convictions, même pour le voir lui, c'est fini. Il faut que je résiste.

Mon silence doit parler pour moi.

– Tu ne me rappelleras pas, bougonne-t-il.

J'entends un claquement derrière lui.

– C'est mieux comme ça, Hélias, soupiré-je.

– Écoute Sarah, je suis encore désolé pour ce week-end désastreux mais je ne comprends pas pourquoi tu m'évites, continue-t-il, tout à coup essoufflé. Je me suis énervé à tort, tu avais raison. Ce type était un connard. Je suis bien content de ne pas avoir signé avec lui. C'est trop con de ne plus se voir juste pour ça.

– Hélias, ma décision n'a rien à voir avec Jersey.

J'entends sa respiration de plus en plus fort et je me demande ce qu'il est en train de faire. Il n'est pas assis dans sa voiture ? Je fronce le nez, puis un mauvais pressentiment m'envahit. Je regarde tout autour de moi comme si je devenais soudain une antilope sur le qui-vive, guettée par un grand fauve. Je repère un groupe de jeunes assis sur un banc, deux personnes âgées qui promènent leur chien et une silhouette en partie dissimulée par les arbres. Je me retourne brusquement et je le vois, Hélias, à quelques mètres de moi, courir dans ma direction.

Arrêt cardiaque. Je suis foutue, il va me dévorer. La peur me prend aux tripes – pas de lui, non, la peur de moi. Je sais que le plus grand danger à cet instant précis, c'est mon incapacité viscérale à lui résister. J'aimerais fuir, mais j'aurais l'air ridicule de prendre mes jambes à mon cou. Il ne lui faudrait pas longtemps pour me rattraper.

– Ne t'enfuie pas ! crie-t-il dans le téléphone, mais je peux déjà l'entendre.

Il accélère et me rejoint en quelques battements de cils inexistants, puisque je suis restée les yeux écarquillés le temps qu'il arrive. Il s'arrête devant moi, le souffle coupé ; il a dû parcourir en quelques secondes ce que j'ai couru en dix minutes. Les mains sur les hanches pour reprendre sa respiration, il me scrute, l'œil vif, comme de peur que je prenne la poudre d'escampette, prêt à me bondir dessus à la moindre tentative de fuite. Il a raison.

En tenue de sport, il est encore plus beau que dans mes souvenirs. La photo de mon téléphone ne fait vraiment pas honneur à sa personne. Son regard plus vert que bleu, scintillant à la lumière du jour, plonge sur moi et me cueille d'un coup. Pendant une seconde, je me sens beaucoup moins sûre de moi. La seconde suivante, je regrette carrément. Comment ai-je pu être assez forte pour rester loin de lui durant deux semaines ? *Reprends-toi, Sarah !*

– Salut, souffle-t-il en faisant un pas vers moi.

Un mètre nous sépare.

– Salut, bafouillé-je, rougissante.

Hélias pose une main sur mon bras et se penche pour déposer un baiser sur ma joue. Je frissonne, comme un animal effrayé. La *mission extraction* va être plus complexe que prévu.

Il me sourit, mon cœur accélère. Plus que cinquante centimètres. *Je suis foutue !*

– Alors comme ça, tu cours ? demande-t-il, faussement enjoué.

– Tu m'as suivie ?

Je deviens parano mais ce type est trop parfait. Il est peut-être un de ces tarés qui ne supportent pas d'être lourdés, encore moins par une prostituée. Après m'avoir filée, il va choisir son moment et m'étrangler dans une ruelle sombre alors que je rentrerai chez moi. Nerveuse, je le détaille dans son short et son sweat sans manches.

– Non, j'allais à la salle de sport, répond-il. Je longeais justement les grilles du jardin du Luxembourg en voiture. C'est juste une coïncidence, Sarah.

– Étrange coïncidence, dis-je en faisant la moue.

– Si tu veux, viens jusqu'à ma voiture, tu verras que je me suis garé n'importe comment pour te rejoindre plus vite.

Et finir bâillonnée dans son coffre à pleurer ma mère alors qu'il m'embarquera à des kilomètres pour me jeter à moitié nue dans un bois ?

– Pourquoi es-tu là ?

– C'était trop tentant de te revoir, continue-t-il en ancrant son regard dans le mien.

Non, non, non, ne le regarde pas ! Il est pire que Médusa.

Il lève une main vers mon visage et j'enclenche un mouvement de recul. Il est plus rapide et retire l'un de mes écouteurs avec un air amusé.

– Tu écoutes quoi ? Pas Abba, j'espère, ricane-t-il.

– Non, j'en ai un peu trop abusé avec la glace au chocolat. Plus deux kilos, râlé-je en tapant sur mes hanches.

– Deux kilos ? Je ne sais pas où tu les as mis, tu es superbe, me sourit-il en rosissant à son tour.

D'ailleurs, je te trouve encore plus belle, continue-t-il en se mordant la lèvre.

Alerte, alerte ! Arme de destruction massive de petites culottes. Dégage vite de là !

– J'ai été contente de te revoir mais je dois y aller.

Je commence à vouloir me remettre à courir mais il attrape mon coude.

– On se revoit bientôt ?

La question.

Je me mets à trembler et n'arrive même plus à reprendre une respiration normale. Ses doigts glissent sous mon avant-bras et enlacent les miens. La douceur de son geste me bouleverse et je frissonne, emplie d'une envie d'être de nouveau avec lui.

– Hélias… J'ai décidé de tout arrêter. Je ne veux plus de cette vie-là. L'argent, les hôtels, c'est fini. Je veux reprendre une vie normale. Avec tout ce que ça implique. Toi et moi, nous sommes désormais sur deux routes parallèles, on ne se croisera plus.

Son regard s'assombrit et il semble déstabilisé par ce que je suis en train de lui dire.

– On a pourtant passé de super moments ensemble, non ? tente-t-il en posant sa main sur mes reins.

– C'est vrai, de très beaux moments, réponds-je en papillonnant des yeux pour repousser les larmes qui s'approchent, mais je ne veux plus. Je n'en peux plus.

Il me presse plus près de lui et je me retrouve prisonnière de son regard d'incompréhension.

– C'est à cause de moi ?

Ma gorge s'assèche. Il ne peut pas croire ça. Mon corps réagit à ses mains sur moi. J'ai l'impression d'être une camée en manque.

– Non, pas du tout, lui assuré-je en posant à mon tour une main sur sa joue. Tu as même été parfait, Hélias, mais j'ai pris ma décision. Je préfère laisser ça derrière moi.

Tout mon corps sonne l'hallali, en proie à la torture de son parfum et de ses bras qui s'enroulent autour de moi. Je me retiens de gémir, traversée par un long frisson. J'ai soif de lui.

– Laisse-moi partir, Hélias, supplié-je en soutenant son regard.

Je suis déchirée par la souffrance que je vois dans ses yeux, mais je me rappelle les promesses faites à ma sœur et à Véra. Je dois tenir le coup, au moins pour elles. Il me lâche enfin, après avoir laissé ses doigts glisser de ma hanche. Je me détourne lorsqu'il me lance, contrarié :

– À Jersey, tu m'as dit qu'entre nous, ce n'était pas une question d'argent. Que tu avais cette sensation que chacun de nous était le remède de l'autre.

Je m'arrête et me retourne vers lui.

– À Jersey, tu m'as dit que tu ne voulais plus aimer. Le remède me fait plus de mal que de bien, Hélias, lâché-je.

Il se raidit, abasourdi. Ses mâchoires se contractent, il réfléchit. Il hésite.

– Reste loin de moi.

J'ai du mal à partir car je lis dans ses yeux le mal que je lui inflige. Et pourtant, j'aime cet homme, plus que je n'ai jamais aimé. Je vis l'instant comme une véritable torture physique. Je voudrais me jeter dans ses bras, retrouver la douceur de ses lèvres, la lumière de ses sourires fabuleux. Mais je ne veux plus me perdre, même pour lui.

– Sarah ?

Je tourne la tête et tombe sur le regard étonné de Maxine, à quelques mètres de moi.

– Je suis passée à ton bureau, me dit-elle. J'ai vu Gabriel qui m'a prévenue que tu avais faim. Je t'ai apporté un sandwich.

Surprise et un peu gênée, je reste un instant sans voix avant de m'approcher d'elle.

– Merci, réponds-je en attrapant le sachet que me tend ma petite sœur.

Cette dernière détaille Hélias, resté planté devant nous.

– Bonjour, Maxine, la petite sœur de Sarah, se présente-t-elle.

– Hélias, sourit-il timidement, encore sous l'effet de mes paroles. Enchanté.

Maxine perd aussitôt son air enjoué et me jette un regard inquiet. Elle s'accroche à mon bras et je la sens aussitôt se crisper. Mon cœur se serre en voyant ce visage fermé qu'elle avait chaque fois que ma mère ramenait un nouveau jules louche à la maison. Maxine est effrayée. Je suis en train de lui infliger exactement la même douleur que notre mère des années plus tôt, alors que je lui ai toujours promis qu'elle n'aurait jamais besoin de s'inquiéter pour moi, que jamais je ne lui ferais subir ça.

C'est peut-être ce qu'il me fallait pour ne pas revenir en arrière.

Je considère Hélias, gravant ses traits dans ma mémoire une dernière fois, puis prends une grande inspiration.

– Au revoir Hélias. Ne me recontacte plus.

Mon bel amant est tellement décontenancé qu'il reste figé, et je m'éloigne enfin, au bord des larmes.

J'entraîne Maxine avec moi et avance dans l'allée d'un pas rapide.

– Mon Dieu Sarah, c'était lui ?

– Oui.

– Je ne comprends pas. Tu as pleuré presque une semaine, geint-elle. Tu nous as promis de ne plus le revoir. Tu ne vas pas recommencer à te prostituer, hein ?

– Non, assuré-je en frissonnant devant la dureté de ses mots. Je suis tombée sur lui par hasard. Je ne le verrai plus, c'est terminé.

Je tourne subrepticement la tête vers Hélias et le vois partant dans le sens opposé, une main sur la tête. Mon cœur se brise, j'ai mal pour lui. Je sais que je lui ai fait de la peine. Maxine soupire.

– Ce type est une bombe sexuelle, lâche-t-elle en le matant de façon indiscrète.

Je sais bien qu'elle cherche à masquer sa peur, mais ça ne m'aide pas.

– Oui, c'est vrai. J'avais oublié combien il était beau.

– Pour une fois, j'aurais bien aimé que maman ne raconte pas des âneries, dit-elle avec un petit air contrit. Il aurait fait un super prince charmant, cet Hélias.

Mon cœur se serre une fois de plus en revoyant la détresse dans les yeux de mon ancien amant.

– Si tu veux bien, j'aimerais changer de sujet.

Maxine tourne la tête vers moi et cette fois-ci, je n'arrive plus à contenir mes larmes.

CHAPITRE 33

SARAH

– Aïe !

– C'est bon Sarah, arrêtez de faire votre douillette. Je vous avais dit que vous deviez prendre une taille au-dessus. Qui m'a dit « Non non je vais me mettre à la diète jusqu'à jeudi et je rentrerai dedans sans problème » ?

– Pas la peine de remuer le couteau dans la plaie, grommelé-je en rentrant mon ventre.

Trois pots de glace au chocolat, voilà les coupables. Il n'était plus question de régime après mon entrevue avec Hélias dans le jardin du Luxembourg. Glace, Nutella et Abba. Franchement, difficile de croire que le destin n'est pas cruel après cette rencontre fortuite. Je commençais à me remettre de ce chagrin d'amour. Certes, j'en étais aux balbutiements, mais il a fallu que je le voie cinq minutes pour que tout parte en fumée. Une soirée Abba et une nuit de feuilletons larmoyants, peuplés d'hommes infidèles.

Tous les mêmes ! Fuyez, les filles, ou rentrez dans les ordres. Moi, je suis convaincue qu'ils ont été créés pour nous tourmenter.

– Ne respirez plus, m'ordonne Véra en remontant la fermeture de ma robe d'un coup. Voilà, vous êtes empaquetée. Ne grignotez rien ce soir, sinon la robe va craquer, ricane-t-elle.

– Je n'ai rien mangé depuis hier soir, je n'en suis plus à un repas près.

– C'est du grand n'importe quoi, tu vas finir par tourner de l'œil, et qui va devoir te faire du bouche-à-bouche ? demande Gabriel, sapé comme un milord dans son smoking. Moi. Et toutes les riches héritières de la soirée vont me passer sous le nez à cause de toi.

Il s'approche et tourne autour de moi en sifflant d'approbation avant de faire semblant de regarder dans mon décolleté.

– Tu sais que ce genre d'attitude va finir par être proscrit par la loi, un jour.

– Tu gâches ce si beau bout de viande que je dévorerais bien tout cru, rétorque-t-il en louchant sur mes fesses.

– Pas touche !

– Mais je ne touche pas, juste avec les yeux.

– T'es beau gosse aussi, comme ça.

– Elle a raison, répond Véra en ajustant le nœud papillon de Gabriel.

Je le reluque, soulève sa veste.

– Quel cul !

– Han ! s'exclame-t-il, outré. Pas touche non plus !

Je reviens vers lui et dis à Véra :

– Et quel paquet ! Il doit être bon à sucer.

– Non mais ça va pas ? s'énerve-t-il alors que Véra et moi éclatons de rire.

– Quoi ? demandé-je innocemment.

– C'est bon, j'ai compris le message. Je suis le vilain homme des cavernes et vous les gentilles filles. Je ne ferai plus de remarques déplacées…

– … sinon j'en ferai aussi et les miennes seront bien plus salaces.

– C'est malin, tu m'as excité avec tes allusions cochonnes, dit-il en replaçant son joujou dans son pantalon.

– Gabriel, menacé-je.

– Il ne faut jamais baisser les armes devant une femme, Gabriel ! nous interrompt Bruno.

– Dixit le roi des mufles, soufflé-je à Véra, qui me reprend d'une tape sur le bras.

– Voilà notre féministe adorée, enfin habillée en femme. Vous êtes magnifique, Sarah. Heureusement, vu le prix que ça m'a coûté, poursuit-il en jetant un regard noir à Véra.

– Il faut savoir investir, lui répond-elle en haussant les épaules.

– Enfin, au moins, vous n'allez pas passer inaperçus, acquiesce-t-il en passant de Gabriel à moi. Les hommes vont baver sur Sarah et les femmes vont rougir au passage de Gabriel. On aura peut-être une chance de talonner Relaxator et sa bande de blondes trop maquillées.

– Bruno, rappelez-moi, intervient Gabriel, vous nous avez engagés comme avocats ou comme potiches ? On doit juste distribuer des cartes de visite ou il faut coucher ? Parfois, votre approche des affaires me fait peur.

– J'en profite pour vous rappeler que les deux PDG d'HG&Co seront là ce soir. Plus d'histoire de « balance ton porc », Sarah, d'accord ?

– Ce type est un vrai connard !

– L'un a quand même suggéré à l'autre de s'envoyer Sarah, s'énerve Gabriel.

Je rougis comme si mon aventure avec Hélias était dorénavant mentionnée sur mon CV.

– Je ne coucherai avec personne et je pense que tous les *Boss* l'ont compris.

Quand j'ai trouvé le mail de Big Boss à mon retour au bureau l'autre jour, j'ai vu rouge. En lisant que je n'avais pas d'humour, qu'il ne voulait pas de Gabriel en le traitant de bille et enfin qu'il n'attendait qu'une prestation juridique, j'ai explosé. Apparemment, je suis tombée sur une mauvaise journée de Big Boss qui était en rage au retour de sa séance de sport – d'après Mini Boss – et j'en aurais fait les frais, puisqu'à la lecture de mon mail il a rappelé Bruno et a exigé, je cite, « de faire fermer le bec de cette petite merdeuse insolente ». J'ai donc écopé d'une bonne remontée de bretelles en présence de tous les associés du cabinet et de la menace d'une mise à pied, tout ça parce que j'ai osé répondre que je passais l'éponge pour cette fois-ci mais que je n'hésiterais pas à balancer mon porc si de tels agissements devaient se reproduire. Après mon entrevue avec Hélias, j'étais malheureusement moi aussi remontée à bloc et je n'ai rien trouvé de plus intelligent que d'envoyer chier mon boss sous le regard outré de Véra.

Une chose est sûre, je ne suis pas la seule à n'avoir aucun humour.

Le business de Bruno fonctionne à merveille. Une heure que nous sommes arrivés et ma pochette est déjà beaucoup plus légère. Notre technique est imparable. Gabriel et moi passons de groupe en groupe, serrons des mains. Deux, trois œillades vers nos proies, de beaux sourires. Des paroles réconfortantes sur certains points juridiques, quelques articles de doctrine cités ici et là pour émerveiller l'auditoire et le tour est joué. Une main sur une épaule, une dernière grimace et une carte de visite tendue avec persuasion, puis nous nous éloignons, les prunelles de nos proies encore braqués sur nous, un sourire niais sur leurs lèvres.

Fermer les yeux quelques heures sur mes principes, ignorer les regards qui se promènent sur ma robe longue en dentelle noire ajourée sur ma poitrine et mes hanches. Faire fi de mes jambes à peine dissimulées sous la longue traîne en voile sombre. Gabriel me rejoint, pose une main sur ma taille et me guide vers la piste de danse. Quelques pas ensemble, parfaitement synchronisés car répétés toute la semaine au cabinet. L'effet est immédiat. Les hommes me dévorent du regard, les femmes fondent devant les sourires fabuleux de mon confrère.

Ce dernier est somptueux dans son smoking, le teint légèrement hâlé, la chevelure ensoleillée. Les épaules carrées, les pectoraux bombés, il est parfait. Si je pouvais être amoureuse de lui, ma mère serait comblée. Beau, intelligent, promis à un bel avenir, d'une famille bourgeoise même si la mère est imbuvable, la frangine et le beau-frère très célèbres. Mais rien, juste un sentiment fort d'amitié. Pas un frisson, pas un regard difficile à soutenir, pas un battement de plus qu'à l'accoutumée.

Je retourne en quête de nouveaux clients, me faufile à travers la foule et les confrères de cabinets adverses qui se lancent dans la même course à la clientèle. Bruno m'intercepte et me présente à un groupe d'hommes d'affaires spécialisés dans les énergies renouvelables. L'un d'eux, séduisant, avec un beau regard noisette, me demande conseil sur la lecture d'une directive européenne. J'y réponds avec retenue en l'invitant à prendre rendez-vous avec le cabinet pour une consultation plus approfondie. Un sourire en lui tendant ma carte. Il me propose une coupe de champagne sous le regard approbateur de mon patron qui jubile sur place. J'ai l'impression que je viens d'hameçonner un gros poisson. Je discute quelques minutes avec l'homme avant de poursuivre mon petit tour de la salle. Je lui promets une danse avant la fin de la soirée sous les encouragements un peu trop poussés de mon boss.

Je me fraie un chemin entre les robes du soir, escarpins vertigineux et smokings satinés. Au passage d'un plateau, j'en profite pour reposer ma coupe encore pleine et prendre un verre de jus de fruit. Le ventre vide, boire de l'alcool ne serait vraiment pas judicieux.

Je plisse les yeux en apercevant le sourire mauvais de mon coup du réveillon. Il me frôle exagérément, je me retiens de faire semblant de vomir.

– Qui sera ta victime ce soir ?

– Ne te fais pas d'illusion, ce ne sera pas toi.

Alors que je m'éloigne, il me ramène à lui en passant son bras autour de ma taille et me susurre dans l'oreille :

– C'est dommage, j'ai pourtant adoré te baiser.

Je me dégage avec un méchant coup de coude et pars presque en courant, le cœur au bord des lèvres.

Presque arrivée aux toilettes, j'avance au milieu de tous les visages qui m'entourent lorsque je croise des yeux qui me font vaciller d'un coup, au point de devoir me retenir à un pilier en pierre. Je raidis ma cheville à la dernière seconde mais je sens déjà les prémices d'une foulure. Balayant la foule du regard avec angoisse, je le retrouve, les yeux toujours posés sur moi.

Hélias.

CHAPITRE 34

SARAH

Son regard est dur. Orageux comme je ne l'ai jamais vu. Que fait-il là ?

Il avance vers moi et je panique. Trop tard pour l'éviter : lui résister quoi qu'il me dise, je l'ai promis. Couleur tempête, les yeux d'Hélias sont magnifiques et lui, il est à tomber dans son costume du soir. L'atmosphère se charge d'électricité et tout devient flou autour de lui. C'est comme si je ne voyais plus que sa personne, au milieu de toute cette foule. Son regard ancré dans le mien, je me ratatine sur place. Pas besoin de miroir pour savoir que j'ai les joues et la gorge en feu. Ma respiration s'accélère, ma main se met à trembler autour de mon verre de jus de fruit.

À quelques mètres de moi, il fronce davantage les sourcils, me toise avec mépris avant de dévier son regard plus loin derrière. Ses yeux s'éclaircissent et il me dépasse sans s'arrêter, me frôlant de si près que sa manche caresse mon bras nu. Je frissonne, ferme les yeux, pétrifiée, avant de les rouvrir, anéantie par son indifférence. Je me retourne pour vérifier qu'il n'était pas juste une illusion, un mauvais coup de mon imagination. Non, il est bien là, marchant droit devant lui, sans un geste ni un mot pour moi. Mon cœur se brise, mes yeux s'embuant de larmes. Je plonge le nez dans mon verre pour reprendre contenance. Seule au milieu des gens qui parlent, j'ai l'air d'une idiote.

Hélias s'arrête à quelques mètres et je l'entends s'exclamer d'une voix forte que je ne lui connais pas :

– Josépha, quel plaisir de te revoir ! Tu es superbe.

L'air me manque en l'écoutant flatter une autre, lui dire les mêmes mots. Je n'ai plus de force tout à coup et je sens le malaise me cueillir. Je tangue mais arrive tant bien que mal à me traîner jusqu'au buffet. Il faut que je mange.

Me tenant à la table, j'engloutis à la va-vite quelques canapés sous le regard choqué de deux femmes. Je ferme de nouveau les yeux pour contenir le mal-être qui m'envahit et j'attends, priant pour que mes jambes ne me lâchent pas. Une goutte de sueur perle le long de mon dos.

Un parfum, *son* parfum, vient soudain me tirer de ma torpeur. Je n'ose pas ouvrir les yeux mais je sais que c'est lui qui passe son bras au-dessus de mon épaule en me gratifiant d'un simple « pardon ».

– Tu veux du champagne ou un soda ? lance-t-il derrière lui.

– Du champagne, mon cœur.

Je ne bouge pas d'un centimètre, paralysée, lui tournant le dos alors qu'il entame la conversation avec cette femme. J'essaie de reprendre pied. Est-ce sa petite amie, sa maîtresse, sa femme ? Elle est très belle, bien plus que moi. Je me sens minable, je comprends qu'il ne me calcule même pas. À ses yeux, je ne suis qu'une escort de passage que l'on paie pour quelques minutes d'un plaisir fugace, presque interdit. Elle, elle semble faire partie de sa vraie vie.

Je bois d'une traite deux verres de jus d'orange et je maudis Gabriel de m'avoir laissée toute seule. J'ai envie de fuir loin d'ici mais Hélias est juste derrière moi, si proche que je ne pourrai pas partir sans devoir lui demander de se pousser pour me laisser passer. Et je n'ai pas envie de lui parler, ni même de lever les yeux vers lui, car je sais que je vais m'effondrer en larmes.

Leur discussion me paraît lointaine, Hélias ne dit que des banalités. Je farfouille dans ma pochette à la recherche de mon portable. Mon coude s'enfonce dans son dos et je lance froidement un « désolée » par-dessus mon épaule. Je récolte un regard de biais, peu aimable. Je pianote un SOS à Gabriel en lui indiquant ma position avant de pivoter légèrement vers la salle, mais Hélias est une vraie muraille infranchissable et je me retrouve presque au milieu de son tête-à-tête avec cette femme qui me regarde avec dédain.

– J'ai attendu de tes nouvelles pendant des semaines, minaude-t-elle. J'étais inquiète pour toi, mon chou.

Elle caresse la joue d'Hélias. Me voilà au pire endroit, à tenir la chandelle. J'ai envie de mourir.

– J'ai été très occupé ces derniers mois, répond-il avant de jeter un coup d'œil vers moi, toujours aussi glacial.

Je me mords la lèvre, le cœur définitivement piétiné. *Respire, sinon tu vas pleurer.*

– Tu m'as manqué, tu sais, fait-elle la bouche en cœur, se lovant contre lui.

J'ai la nausée. Je ne supporterai pas de le voir l'enlacer à quelques centimètres de moi. Je sens tout mon sang quitter mon corps d'un coup et mes forces se faire la malle. Je chancelle, et Hélias s'en aperçoit. Il amorce un mouvement mais deux bras forts s'enroulent autour de moi.

– Sarah, ça ne va pas ? demande Gabriel, surgi de nulle part.

– Non, emmène-moi ailleurs, j'ai besoin d'air, dis-je en osant soutenir le regard inquiet d'Hélias.

– Tu peux marcher ?

– Je ne crois pas.

– Je vais la porter, s'immisce Hélias.

– Je m'en occupe, merci monsieur, répond Gabriel avant de me soulever du sol et de m'embarquer vers la sortie.

Dans ses bras, le visage posé sur son épaule, je regarde Hélias. La mine contrariée, il ne me quitte pas des yeux et semble indifférent aux paroles de sa compagne qui s'accroche toujours à lui. Moi, je ne suis plus qu'une blessure à vif. Je ne pensais pas le revoir et encore moins avec une autre femme. Si j'avais encore des doutes, je sais maintenant que je suis amoureuse de lui à tel point que je préférerais mourir plutôt que revivre cet instant où il se donne à une autre.

Un bon quart d'heure plus tard et un plateau de petits fours sucrés englouti par Gabriel et moi sur le perron de la grande salle, je vais mieux. J'ai le cœur brisé mais je tiens sur mes deux jambes.

– On y retourne ? demande Gabriel. On fait le job et on se casse d'ici. C'est dingue, je supporte de moins en moins l'ambiance du cabinet. Ce n'est pas ce que j'imaginais quand j'ai postulé chez eux. Tout est une question de fric, ça me saoule !

– Tu sais ce qu'on devrait faire ? On devrait claquer la porte et ouvrir notre propre cabinet. On commence à avoir une jolie réputation.

– Ils ne nous laisseront jamais embarquer notre clientèle, ne rêve pas.

– On en trouvera une autre.

– Ouais. C'est encore un peu tôt, mais un jour, promis. Tous les deux associés, Legris & Lucas !

– Taratata. Lucas & Legris !

Gabriel se met à rire et me tend une main pour m'aider à me relever.

– Tu as meilleure mine. Je préfère te voir comme ça. Tu étais si blanche, tu as fait flipper le mec d'à côté. Il était prêt à te faire du bouche-à-bouche, le bougre. C'était pourtant à moi de m'en charger, glousse-t-il.

– Heureusement que je ne me suis pas évanouie, ça aurait fini en combat de coqs.

Nous avançons vers la salle de réception. Bruno nous fait signe de le rejoindre, mais je suis arrêtée par Hélias qui déboule devant moi. Mon collègue se retourne et je panique à l'idée qu'il ait une conversation avec lui.

– T'inquiète, je te rejoins dans deux minutes.

Gabriel fronce les sourcils mais obtempère.

– Tu vas mieux ? demande Hélias en posant sa main sur ma joue.

La colère se propage sous mon épiderme à une telle vitesse que ma main retire la sienne de mon visage.

– Bonsoir, Hélias, dis-je froidement. Je suis contente que tu m'aies finalement reconnue.

Je lui ai demandé de ne plus me contacter, mais son indifférence tout à l'heure m'a blessée. Il y a un monde entre passer à autre chose et nier mon existence. Et maintenant, de la sollicitude ? C'est trop pour moi. Hélias me toise, un peu déstabilisé par mon aplomb.

– Évidemment, je t'ai reconnue, grommelle-t-il. Je n'ai pas l'habitude d'oublier les gens, surtout les femmes avec qui…

– Tu as baisé, lâché-je entre mes dents.

– Avec qui j'ai passé tout un week-end, reprend-il, agacé. Je suis étonné de te trouver ici. Je croyais que tu avais arrêté ton activité. Que tu voulais une vie normale. Pourtant, je te découvre en plein racolage à distribuer ta carte à tous les types de la soirée, me balance-t-il méchamment. Ta petite sœur est au courant ? À moins que ce soit une entreprise familiale.

Ma main décolle mais elle termine sa course dans celle d'Hélias. Furax, il tient mon poignet en l'air. Je reste abasourdie. Lui qui a toujours été gentil avec moi, qui n'a jamais jugé la prostituée qu'il croit que je suis… Il a dû observer mon petit manège un bon moment avant que je ne le repère.

– Tu as tout faux, finis-je par dire en secouant mon bras pour le libérer.

– Ah bon ? Pourtant ça en avait bien l'air. Vas-y que je passe une main dans le dos à tous ces connards, que je distribue des sourires d'allumeuse à tout-va et que je refile mon numéro. Lequel aura la chance de te baiser cette nuit ? Le blondinet ?

Je fusille Hélias du regard, la rage au ventre. J'avais bien raison en reprochant à Bruno de me faire passer pour une pute. La preuve, c'est l'image que j'ai donnée à Hélias. Les lèvres pincées, il ne me lâche pas des yeux, fourrant ses mains nerveusement dans les poches de son pantalon.

Malgré la gêne que je ressens, je le détaille à mon tour. Il a tous les airs d'un mec… jaloux. Hélias est furieux et jaloux. Mon cœur se serre car je ressens toute sa détresse. Je tente de me reprendre aussitôt. J'ai promis de ne plus me laisser embobiner par ses beaux yeux et sa tête de chien battu. Je ne suis pas mère Teresa. C'est terminé.

– Ce n'est pas ce que tu crois, continué-je pour le calmer tout de même. Mais je ne sais pas pourquoi je perds mon temps à te le dire, ça ne te regarde pas.

Je m'apprête à partir lorsque Hélias attrape mon cou des deux mains et me tire brusquement à lui pour m'enlacer passionnément. Son baiser possessif m'étourdit avant de m'embarquer dans une fièvre sensuelle qui me fait oublier l'endroit où nous nous trouvons. Me ressaisissant, je tente de m'écarter de lui mais il tient mes joues.

– Tu avais dit que j'étais ton seul client, susurre-t-il sur mes lèvres.

– Et j'ai dit la vérité.

– Qui est ce type avec toi ? rétorque-t-il en cherchant dans la foule.

– Personne.

– Passe la nuit avec moi et je te paierai le double.

Mon cœur se soulève. Toujours le même problème entre nous. L'argent et ce mensonge que je n'arrive pas à dissiper. Ma mère a raison, je devrais peut-être lui dire. Non. Qu'importe, puisque c'est fini.

– Ce n'est pas une question d'argent, Hélias, je te l'ai déjà dit.

Il tente de se rapprocher pour m'embrasser de nouveau mais je me recule à temps.

– C'est ton petit ami ?

– Non, ce n'est pas mon petit ami. Et toi, celle à qui tu parlais tout à l'heure, c'est ta femme ?

– Josépha ? Non, c'est juste une ex, il n'y a plus rien entre elle et moi, se défend-il.

– Tu peux faire ce que tu veux, cela ne me concerne pas.

Il balaie ma phrase d'une main.

– Si ce n'est ni ton mec ni un client, c'est qui ? C'est ce Gabriel, ton mac ?

– Mon mac ? Mais pas du tout ! m'étranglé-je.

– Putain, je vais aller lui défoncer la gueule !

– Hélias, reste ici, je t'en supplie ! m'écrié-je en le retenant par le coude. Gabriel est mon meilleur ami et je l'accompagne pour son travail. Juste ça, rien d'autre.

Il me scrute, nerveux, avant de se raviser et de revenir à l'attaque :

– Je ne peux pas t'oublier, Sarah. Toi et moi, on ne peut pas tout arrêter comme ça.

Il s'approche de nouveau et caresse l'une de mes épaules dénudées.

– Hélias, écoute-toi, tu délires, lui dis-je, à bout de forces, traversée par un long frisson provoqué par ses doigts sur ma peau. Rien n'a jamais commencé.

Tu as engagé une escort, continué-je tout bas, et c'est ce que tu as eu.

– Tu sais bien qu'entre toi et moi, il n'a jamais été question de ça, me percute-t-il d'un regard étincelant.

Ça y est, il est en train de m'embrouiller. À sa façon de tourner les choses, il va bientôt me faire une déclaration d'amour.

– Putain, dès qu'on est ensemble, il y a un truc qui se passe. Tu ne peux pas le nier, lance-t-il en effleurant l'arête de ma mâchoire.

– Fais attention, Hélias. Quand tu parles comme ça, on dirait un mec amoureux, me défends-je, aux abois.

– Oh, ma douce, je t'assure que si je devais tomber amoureux d'une fille, ce serait de toi.

Ferme les écoutilles sinon tu vas prendre l'eau, ma fille ! Trop tard. Je suis déjà obligée d'écoper la déferlante sur mon cœur en surchauffe.

– Mais tu ne le veux pas. Et comme tu l'as dit à Jersey, tu éviteras celle qui te fera courir ce risque. Alors hisse la grand-voile et va-t'en tant que tu le peux encore.

CHAPITRE 35

SARAH

Hélias reste bouche bée et je profite de son hésitation pour m'éloigner de lui et rejoindre mes collègues.

– Ça va ? demande Gabriel en passant un bras autour de mes épaules.

– Oui, mais j'ai chaud, réponds-je en ventilant mon visage avec ma pochette.

Je tourne la tête et tombe sur le regard contrarié d'Hélias. Garder bonne distance, voilà ce que j'ai de mieux à faire. Heureusement pour moi, il s'éloigne, renonçant finalement au combat.

Dix minutes plus tard, j'ai repris les rênes de ma soirée. Je distribue de nouveau quelques cartes de visite mais de façon plus discrète. Plus de battements de cils, quelques sourires purement professionnels et des mains qui se tendent moins facilement pour recevoir mon précieux numéro. Il n'y a pas à dire, le monde des affaires est encore plus machiste que je le pensais.

Gabriel continue la tournée également mais s'éloigne peu, préférant garder un œil sur moi. Soudain, il est happé par un homme qui crie avec enthousiasme son prénom. La boule au ventre, je reconnais Mini Boss de chez HG&Co. Avec toutes ces émotions, j'avais oublié les deux idiots de cette société. Je me penche pour voir si Big Boss est dans les parages, mais il y a juste une femme avec lui. Je suis bien curieuse de découvrir sa tête, à celui-là. J'approche alors que Gabriel me lance un regard suppliant. C'est parti pour le florilège de paroles douteuses.

– Bonsoir, dis-je en tendant la main.

– Sarah, tu reconnais Arthur de chez HG&Co ? s'exclame Gabriel, soulagé.

– Bien sûr.

– Voilà Barbie ! s'écrie Mini Boss. On avait déjà Ken, maintenant on a sa copine du rayon jouets.

Je me force à sourire et me retiens de lui dire qu'avec lui, on a Kiki, le kiki de tous les kikis, petit, rond et poilu. Je tends la main à la femme enceinte qui se tient à ses côtés.

– Je vous présente Sophie, mon épouse.

– Enchantée, réponds-je en louchant sur son ventre rond.

Les femmes enceintes m'ont toujours fascinée. J'aimerais tellement porter un enfant un jour, un tout à moi, un qui pourrait avoir un aussi beau regard qu'Hélias. *Je délire complètement. Vire-le de tes pensées !* Je cherche l'objet de ma folie mais il a disparu des radars. *Il faut que je parte au plus vite d'ici.*

– Je te laisse, j'ai une personne à voir, lâche mon traître d'ami qui prend la poudre d'escampette.

Mini Boss louche sur mon décolleté et je ne peux me retenir de mettre instinctivement la main sur ma gorge. Pressée de pouvoir quitter la soirée, je lui demande :

– Et votre odieux Big Boss, il n'est pas venu ?

– Si, si, il est là. Attendez, je vais le trouver.

Arthur balaie la salle du regard tandis que je lance un sourire contrit à sa femme. Elle est pourtant bien mignonne pour porter des cornes, la pauvre.

– Ah, le voilà !

Je pivote vers Mini Boss qui me désigne quelqu'un mais dans la foule, difficile de distinguer qui que ce soit à part Hélias qui discute avec un homme.

– Il est impatient de vous rencontrer.

– Ah bon ? Je me contentais bien de nos échanges savoureux de mails, gloussé-je pour me forcer à me détendre.

– Je vous prie de ne pas nous en vouloir. Nous sommes deux amis d'enfance alors on a parfois un humour potache entre nous.

– Qu'avez-vous donc encore fait ? intervient l'épouse.

– Rien de grave. On déconnait par mail et cet idiot d'Hélias a laissé la demoiselle en copie.

J'avale de travers. J'ai dû mal entendre.

– Hélia… ? m'étranglé-je.

– Oui, Big Boss, répond-il.

Je me tourne vers le groupe un peu plus loin, les épaules tout à coup nouées. Hélias s'entretient avec deux hommes et se marre à ce que dit l'un d'eux.

– Là-bas, qui discute avec les deux types à lunettes.

J'encaisse un grand coup de massue et me tasse de vingt bons centimètres.

Hélias est Big Boss, le plus gros client du cabinet. Hélias est le type avec qui je n'arrête pas de me crêper le chignon par mail depuis plus de quinze jours. Hélias est le patron de la boîte qui doit me permettre de décrocher mon titre d'associée dans le cabinet. Il est l'homme qui valait trois milliards aux yeux de Bruno. Et il est mon *client*.

Je suis foutue.

– Ne bougez pas, je vais le chercher, s'exclame Mini Boss.

Mini Boss *alias* Arthur. Le client de Véra. Le meilleur ami d'Hélias. Le bras droit du gros client du cabinet.

Foutue, les deux pieds dedans.

Tétanisée, je regarde Arthur se diriger droit vers Hélias. Pas de doute, on parle bien du même.

– Je suis navrée, ils peuvent être graveleux tous les deux, même si ça m'étonne un peu de la part d'Hélias, me surprend la jeune femme à mes côtés. C'est plutôt un garçon bien élevé habituellement.

Comment va-t-il réagir ? S'il balançait tout à Bruno ? C'est direction Pôle emploi pour Véra et moi. Moi à la rigueur, tant pis, il ne fallait pas jouer avec le feu, mais Véra, pas question.

Mon instinct de survie se met sur « on » et je sens une force incommensurable m'envahir. Je dois absolument m'extirper de ce foutoir au plus vite tout en évitant les dommages collatéraux.

– Désolée, je ne me sens pas très bien, dis-je à Sophie.

– Vous avez besoin d'aide ?

– Non, juste d'une cuvette de toilettes.

La jeune femme grimace et je m'éloigne, choisissant d'utiliser cette énergie insoupçonnée pour m'enfuir une fois de plus. Je m'évanouis dans la foule, là où Hélias et son ami Arthur ne pourront pas me repérer. Je dois filer vers la sortie et une fois chez moi, je trouverai une solution pour nous extirper de ce bourbier, Véra et moi.

Les grandes portes de l'entrée en vue, j'accélère la cadence mais Bruno me cueille juste avant le seuil.

– Gabriel vient de m'envoyer un SMS. Les gars de HG&Co nous attendent. Pas de bêtises, Sarah. Quoi que ces types puissent sortir comme horreurs, sourires et rires hypocrites, je ne veux aucun faux pas de votre part. Il n'est pas question de perdre ce contrat, vous m'avez bien compris ?

– Oui patron, grommelé-je en me laissant embarquer de mauvaise grâce vers l'échafaud.

Nous avançons péniblement au milieu de la foule qui devient de plus en plus dense à mesure que la soirée avance. Je traîne les pieds et trouve une échappatoire lorsque nous longeons les toilettes.

– Je dois aller faire pipi. Avec le stress de rencontrer Big Boss, j'ai la vessie qui menace de déborder. Je vous rejoins.

Avec un sourire ulcéré, Bruno acquiesce :

– OK, mais ne traînez pas.

Je pénètre dans les commodités et referme derrière moi comme si le grand méchant loup me filait le train. Le dos collé à la porte, je maudis le destin de me faire encore une mauvaise blague. Quoi que je fasse, il n'a de cesse de mettre Hélias sur ma route. Combien avais-je de chance de coucher avec le plus gros client du cabinet ? Rien qu'à Paris, il doit bien y avoir plus d'un million d'hommes. Et il a fallu qu'au milieu de toute cette nuée de mâles, je me tape le seul mec avec lequel je ne devais surtout pas batifoler.

Au bord de l'apoplexie, je cherche le numéro de Véra dans mes contacts. Les trois sonneries qui s'enchaînent avant d'entendre sa voix me semblent durer des heures.

– Allô, Sarah ? Ne me dites pas que vous avez un souci avec la robe. Vous avez mangé des petits fours et elle a explosé ? ricane-t-elle.

– Véra, cette soirée est un cauchemar, dis-je d'une voix blanche.

– Non, elle a vraiment craqué ?

– Véra, ce n'est vraiment pas le moment de plaisanter, s'il vous plaît.

– Que se passe-t-il ? demande-t-elle en arrêtant de glousser.

– Les patrons d'HG&Co sont là.

– Oui, c'était prévu.

– C'est Arthur et Hélias, lâché-je dans un souffle de terreur.

– Quoi ? Comment ça ?

Tu m'étonnes qu'elle ne comprenne pas. Si j'avais été à sa place, j'aurais pensé qu'elle se shootait à la colle.

– Mini Boss, c'est Arthur, celui que vous rejoignez dans la chambre 124. Et Big Boss, c'est Hélias, celui qui…

– Arthur… Hélias… Mais ce n'est pas possible… C'est… c'est…

– … c'est la catastrophe, je sais. Je ne sais pas quoi faire.

– Ils vous ont vue ? se reprend-elle.

– Pas encore, je me cache dans les toilettes.

– Mon Dieu, si Bruno apprend tout ça, il nous flanquera à la porte toutes les deux.

– Vous croyez que je ne le sais pas ? paniqué-je. C'est foutu, Véra. Je ne vois pas comment lui cacher ça. Dans quelques minutes, je vais me retrouver en face d'Hélias, et vu comme il est remonté après moi, il va tout balancer à Bruno, c'est certain.

– Quittez tout de suite la soirée.

Elle a complètement perdu l'esprit.

– Comment voulez-vous que je me barre de cette putain de soirée ? m'énervé-je. Bruno m'attend derrière la porte. En plus, ça ne servira à rien. Dès qu'Hélias rencontrera Gabriel, il fera le lien. Il m'a vue avec lui tout à l'heure, il m'en a même fait une crise de jalousie. Il a cru que c'était mon mac.

Je tremble en imaginant la scène. Ils sont peut-être déjà ensemble, Hélias s'est peut-être déjà jeté sur Gabriel. Il lui a peut-être déjà cassé la gueule.

– Où sont-ils ? sursaute-t-elle. Allez voir !

Vu le ton, j'obtempère. Je sors des toilettes en jetant un coup d'œil apeuré à gauche puis à droite. J'avance à couvert et me dissimule derrière un poteau. À quelques mètres, Gabriel est en charmante compagnie avec une brunette qui lui fait les yeux doux. À mon plus grand soulagement, il est encore intact. Plus loin, droit devant, Arthur, Hélias et Bruno sont en pleine conversation.

Mon patron tourne la tête dans ma direction et j'ai juste le temps de me recroqueviller derrière le pilier avant de répondre à Véra qui me crie des « Alors ? » dans les oreilles.

– Pour le moment Gabriel ne les a pas rejoints.

– Alors vous devez partir avec lui.

– Avec Gabriel ? Il ne voudra jamais, il tient trop à sa promotion.

– Non, avec Hélias. Vous devez le faire quitter la soirée.

– Hélias ? Mais il n'en est pas question !

– Il vous a parlé, non ? Vous avez dit qu'il était jaloux.

– Oui mais…

– Que voulait-il ?

– Que je parte avec lui.

– Alors c'est ce que vous allez faire.

– Non, non, non !

Hors de question que je retourne vers mes démons.

– Vous n'avez pas le choix, Sarah. C'est ça ou on perd toutes les deux notre job.

– Ne me demandez pas ça, Véra. Si je pars avec lui, je n'arriverai plus à tenir mes engagements. Je vais replonger.

– Juste une nuit. Ou même quelques heures, le temps que cette soirée se termine. On trouvera une solution ensuite.

– Mais comment vais-je faire ? Je l'ai envoyé sur les roses il y a moins d'une demi-heure.

– Je suis sûre que vous allez trouver un moyen. Vous êtes une baratineuse, née : vous êtes avocate. Et il est sous votre charme. Proposez-lui cash de passer la nuit avec lui. Sarah, vous pouvez le faire.

Le piège se referme sur moi.

– C'est vous, la professionnelle du sexe, m'agacé-je.

– Je ne veux pas être blessante, mais dans ce domaine, vous avez déjà fait vos preuves.

J'ai un hoquet offusqué avant de ravaler ma fierté.

– J’en ai marre de toute cette histoire, je veux que ça s’arrête.

Je raccroche, furieuse. Je soupire un grand coup pour reprendre un semblant de calme et réfléchir. *Elle est marrante, Véra. Elle ne se rend pas compte de la merde dans laquelle je suis.*

Un coup d’œil vers Gabriel : il drague toujours, tout va bien de ce côté-là. Au moins un problème écarté. Un autre regard vers Hélias. Il discute avec Bruno, rit avant de scanner la salle, les sourcils froncés. *Qui cherche-t-il ? Moi ? L’escort, ou l’avocate ?*

Je trouve son numéro dans mes contacts et appuie sur le combiné vert. Une sonnerie, deux sonneries. Hélias fouille dans sa poche tout en parlant avec Bruno. Il rit toujours mais regarde l’écran et se fige. Troisième sonnerie. Il pince les lèvres. *Mais décroche, bon Dieu !* Quatrième sonnerie, il pose son oreille contre l’écran.

– Oui.

Ma gorge s’assèche instantanément mais je pense à Véra.

– Partons.

– Quoi ? demande-t-il en regardant tout autour de lui.

– Partons tout de suite, toi et moi.

– Tu te fous de moi ? répond-il sèchement.

– J’ai changé d’avis.

– Tu as changé d’avis ? répète-t-il d’un ton narquois.

– Hélias, ça fait quinze jours que je tente en vain de t'oublier, et je te trouve ici ! Quinze jours que je ne pense qu'à toi et tu me tombes dessus, en minaudant avec une autre femme. J'ai perdu mes moyens. J'ai eu tort de croire que je pourrais rester loin de toi. Tu as raison, entre toi et moi, il y a ce truc incroyable…

– Tu as pourtant été claire.

La tâche s'annonce ardue.

– Je n'en pouvais plus, Hélias. J'étais bloquée entre toi et cette femme magnifique, à l'écouter te dire que tu lui manquais, à la regarder te toucher, et je ne pouvais pas le faire. J'étais verte de jalousie. J'ai voulu te blesser.

– Il ne se passe rien avec Joséphа, dit-il en cachant sa bouche sous sa main pour que personne n'entende. Sarah, je n'ai que toi en tête.

Mon cœur s'affole. Pas le temps de s'y attarder.

– Alors prouve-le-moi.

Il soupire dans le combiné.

– Passe la nuit avec moi.

Je le sens hésiter, cherchant mon visage dans la foule.

– Toi et moi, toute la nuit, continué-je d'une voix plus suave. Rien que nous deux.

– Et après tu disparaîtras une fois de plus ? s'agace-t-il.

– Après, on verra. Pas d'engagement. C'est ce que tu veux, non ?

– C'est toi que je veux, lâche-t-il, déterminé.

Je souris, heureuse, et ne peux empêcher un tout petit cri de passer mes lèvres. *Sarah, Sarah, concentration !*

– Tu ris ? demande-t-il, offusqué.

– Oui, parce que moi aussi, je ne veux que toi.

Il rougit tout en tournant le dos à son ami et à mon patron. Il sourit à son tour.

– Dis-moi où tu es.

– À ta gauche, derrière le poteau, réponds-je en faisant un pas pour apparaître dans son champ de vision.

Son regard se met à scintiller et mon corps réagit aussitôt, comme rebranché après une panne de secteur.

– OK, acquiesce-t-il, amusé.

Il avance vers moi d'un pas élégant.

– J'ai une condition, assené-je, arrêtant sa marche.

– Quoi ?

Ses sourcils se froncent, son regard se fait inquiet.

– Plus d'argent entre nous.

– Juste pour le plaisir, Sarah ? demande-t-il en se mordant la lèvre.

– Juste de merveilleux orgasmes comme toi seul es capable de m'en donner.

– Attention, on croirait entendre une femme amoureuse, me tacle-t-il.

– Hélias, je t'assure que si je devais tomber amoureuse d'un homme, ce serait de toi.

Il éclate de rire et reprend sa progression. Je suis soulagée de voir Gabriel filer derrière lui sans le remarquer. Le regard d'Hélias ne me quitte pas et je lis sur ses lèvres :

– Je te veux.

Quand il n'est plus qu'à quelques mètres de moi, je fais les derniers pas qui nous séparent et me jette à son cou. Je ne sais pas ce qui me pousse tant vers lui – l'envie de fuir ce bordel sans nom, ou celle d'être juste de nouveau avec lui. Et à vrai dire, je m'en fous.

CHAPITRE 36

HÉLIAS

Sarah est là et je suis sous son emprise, subjugué par ses mains qui s'accrochent à moi. Elle était belle à Jersey dans son enveloppe dorée, mais ce soir elle est époustouflante, divinement moulée dans une robe en dentelle noire qui laisse deviner ses courbes parfaites. Ses lèvres s'emparent des miennes et c'est comme si je prenais une profonde inspiration après une longue apnée. J'ai le sentiment que ma vie va enfin reprendre une saveur que j'avais oubliée à contrecœur. Mes bras s'enroulent naturellement autour de sa taille et je me promets que personne, cette fois-ci, ne viendra me l'enlever ce soir.

Oublié ce début de soirée lorsque je l'ai aperçue au milieu de ce groupe d'hommes, ses cheveux dorés tombant en cascade sur ses épaules dénudées, distribuant sa carte d'escort à tous ceux qui répondaient à ses sourires et ses caresses dans le dos. Elle a beau nier, je suis sûr qu'elle était venue dénicher des clients pleins aux as. Sur ses cartons, la promesse de rendez-vous clandestins dans cette même chambre 124 où elle m'a fait perdre pied. Où elle m'a rendu accro à elle, à sa voix délicieusement grave, à sa peau douce, à ses regards tendres. Où ma vision de l'avenir est devenue nébuleuse car je ne sais plus où je veux aller ni ce que j'attends de ma vie.

Elle m'a pourtant encore éconduit il y a quelques instants, me laissant comme un ado largué par son premier amour, déconcerté et dévasté. Pourquoi une telle attitude ? Pourquoi m'annoncer ne plus vouloir de moi alors que tout son être disait oui, pour changer maintenant d'avis ? Quand j'ai vu son numéro s'afficher sur mon téléphone, cette même suite de chiffres que j'ai attendue durant deux semaines, j'ai laissé mon doigt en suspension juste au-dessus du bouton. J'ai eu peur de me brûler encore les ailes, mais l'envie de l'entendre était plus forte. J'ai voulu refuser de la suivre pour lui faire comprendre qu'elle ne pouvait pas jouer avec moi, mais mon corps s'était déjà porté en avant de son propre chef, répondant à son appel. Partir avec elle. L'avoir tout à moi une nuit entière. Impossible de dire non. Elle m'a tellement manqué.

Je jette un coup d'œil à Arthur. Je lui enverrai un SMS une fois dans ma voiture. Sage décision, car il risque de faire capoter notre fuite s'il l'apprend avant. Tant pis pour l'enquiquineuse d'avocate que je m'apprêtais à rencontrer enfin – je débarquerai demain matin à son cabinet, histoire de bien la faire flipper au réveil ; Sarah est dans mes bras, et plus rien d'autre ne compte ce soir.

Elle est pâle et tremblante malgré la fougue qu'elle met à me tenir contre elle. Il se passe quelque chose et je ne sais pas quoi. Je la force à me regarder mais elle papillonne des yeux.

– Ça ne va pas ?

– Je veux juste partir d'ici.

– Pourquoi ? Tu fuis quelque chose ?

– Non, c'est juste que je ne supporte pas de te savoir si près et si loin de moi.

Elle ment, mais je m'en contente pour le moment. J'ai l'impression que je dois l'emmener loin d'ici si je ne veux pas encore la voir se volatiliser. Un regard par-dessus mon épaule : Arthur est toujours avec Bruno Scozza.

– Viens, intimé-je à Sarah en posant une main sur ses reins pour l'embarquer avec moi.

Nous faisons quelques pas et repérons de loin Gérald, le gros porc de chez Labotech. Sarah se met à frissonner. Je dévie notre trajectoire pour l'éviter.

– C'est pour ça que tu voulais partir ?

Elle me regarde, surprise, avant d'acquiescer frénétiquement.

– Ma douce, je te promets qu'il ne te fera plus jamais de mal. Je lui ai réglé son compte à Jersey et ce soir, il est avec madame. Il va se tenir à carreau.

Elle pose sa tête dans le creux de mon épaule et je poursuis notre avancée vers la sortie. Un peu plus loin, Josépha me fait signe de la main avant de bouder en voyant Sarah collée à moi.

– Elle est très belle, me dit Sarah en regardant dans la même direction que moi.

– C'est une histoire enterrée, réponds-je en repensant aux obsèques de ma mère.

– Pourtant, tu étais proche d'elle tout à l'heure.

– Je voulais te rendre jalouse et ça a marché, ricané-je en sortant sur le perron de la grande salle.

– Me rendre jalouse ? Tu fréquentes qui tu veux.

– Ne nie pas, tu as failli en tourner de l'œil.

– J'étais en manque de sucre, persiste-t-elle en descendant les marches à ma suite. Je n'avais pas mangé depuis deux jours pour rentrer dans cette robe.

– C'est ce que tu dis.

Je déverrouille ma voiture de l'autre côté de la rue en jetant un petit coup d'œil vers ma belle. J'ai beau lui tenir la main, elle semble toujours aussi stressée. Se retournant vers la salle à plusieurs reprises, elle m'entraîne plus vite, comme si elle voulait fuir un danger.

Dans quel guêpier est-elle en train de m'embarquer ? En fait, peu importe. Je sais que mon départ ne va pas passer inaperçu, que je vais encore m'attirer les foudres d'Arthur. À cet instant, je suis le plus heureux des hommes car Sarah est avec moi.

– Wouah, cet engin est un vrai aimant à greluches, lance-t-elle en regardant mon coupé sport.

– Tu as raison, crâné-je en souriant à pleines dents. Il fonctionne à tous les coups. La preuve, ce soir, je m'en suis encore dégoté une, me moqué-je en lui ouvrant la portière.

– Navrée, je crois que tu l'as laissée à l'intérieur. Comment s'appelait-elle, déjà ? Josépha ?

Je souris en posant mon menton sur le montant de la portière alors qu'elle prend place sur le siège passager, dévoilant de superbes jambes.

– Moi, c'est la catégorie au-dessus, poursuit-elle en mordant l'intérieur de ses joues.

– C'est clair, tu es dans la division « j'ai décroché la lune ».

Elle me toise, stupéfaite, puis baisse les yeux en rougissant avant de regarder une nouvelle fois vers l'escalier. Je ferme sa portière. Derrière la vitre, son regard s'assombrit et j'y lis la peur.

CHAPITRE 37

SARAH

Je m'enfonce dans le siège pour me cacher de la rue. Un coup d'œil vers les marches : personne en vue. Tant mieux. Au moins, j'aurai quand même réussi quelque chose ce soir. Ma fuite.

J'imagine la tête de Gabriel s'il découvrait que je me suis prostituée. Lui qui me donne toujours en exemple à tous les stagiaires qui défilent au cabinet. La jeune femme partie de rien parvenue à une société d'avocats prestigieuse. Moi, escort, moi, celle qui lui martèle toute la journée mes idées féministes, mes coups de gueule de femme moderne dans ce monde encore trop misogyne à mon goût. Comment perdre toute crédibilité et toute estime de moi…

J'imagine la tête de Bruno aussi. Il pourrait en rire. Phallocentrique comme il est, il ne serait peut-être même pas surpris, lui qui prend toutes les femmes pour des traînées, bonnes à besogner moyennant quelques compensations. Il pourrait toutefois rentrer dans une colère noire si tout cela venait à entacher la réputation de sa sublime société si lucrative. S'il apprend ce que j'ai fait, c'est la porte assurée.

Et puis, il y a Hélias. Je tourne la tête vers lui alors qu'il vient de faire démarrer son bolide, un sourire collé à ses lèvres qui ne le quitte plus depuis que j'ai pris place dans sa voiture de sport. Il m'adresse un petit clin d'œil alors qu'il manœuvre pour nous faufiler dans la circulation. Comment réagira-t-il lorsqu'il saura que je ne suis pas une pute, que je ne l'ai jamais été ? Sera-t-il en colère ? Soulagé, lui qui semble parfois si jaloux ? Je le scrute, heureux à cet instant, juste parce que je suis avec lui. Oui, il sera peut-être même content.

Bon Dieu, Sarah, mais réveille-toi ! Il n'y aura pas de fin heureuse. Tout au plus, il m'utilisera encore quelques jours avant de sélectionner une autre femme sur un beau catalogue en papier glacé d'une compagnie d'escorts de luxe. Ce type-là est comme les autres, un consommateur de femmes, comme un mec qui passerait le seuil d'un bar pour se taper une bière avant de repartir chez lui. Enfin, c'est plus facile de me dire ça. La vérité, c'est que je n'y crois pas une seconde, mais si je m'attarde dessus, j'ai bien peur de replonger.

Purée, pourquoi suis-je montée dans cette voiture ? Je fais le boulot et je me tire. Pour le coup, j'ai vraiment l'impression d'être une pute.

Ma pochette se met à vibrer sur mes genoux et Hélias baisse des yeux curieux.

– C'est le blondinet qui t'appelle ? demande-t-il en cherchant mon regard.

– Je n'en sais rien, éludé-je en haussant les épaules.

Il me scrute, un peu agacé.

– Trop tard, je suis partie.

– Oui, trop tard, tu es avec moi, jubile-t-il.

Je ricane.

– Pour toute la nuit, insiste-t-il comme un gosse qui a réussi à obtenir son jouet après une comédie.

– Oui, toute la nuit.

– Rien qu'à moi.

Il attrape mon regard et je me noie quelques fractions de seconde dans ce vert hypnotisant.

– Oui…, balbutié-je. Juste à toi.

Hélias se met à rire tout en attrapant ma main pour y déposer un court mais délicieux baiser. Son coupé sport vrombit à mesure qu'il accélère et passe les vitesses. Les ennuis s'éloignent tandis qu'il file à vive allure vers je ne sais où, le regard étincelant. Il repose son attention sur ma pochette qui n'arrête pas de vibrer.

– Réponds, me lance-t-il, détendu. Sinon il ne va pas nous foutre la paix de la nuit.

– Je vais plutôt éteindre mon portable.

– Comme tu veux.

Une sonnerie retentit dans l'habitacle. Sur l'écran central de la voiture, le visage d'Arthur apparaît. Du bout du nez, Hélias me montre la console :

– Les emmerdes commencent. Je suis bon pour un remontage de bretelles.

– Ne réponds pas, alors, tenté-je pour maintenir le danger à distance.

– Non, Arthur serait capable de débarquer chez moi en pleine nuit.

Je me crispe sur mon siège alors qu'il appuie sur les commandes de son volant et qu'il s'écrie :

– Je sais mon pote, je suis un putain de connard de te laisser en plan comme ça, mais j'ai une meilleure soirée en perspective.

– T'es où ?

– Dans ma bagnole, déjà bien loin de ce gala à la noix.

– Tu déconnes, mec, il y a toute la clique des avocats.

– Désolé d'avoir loupé Mme Je-sais-tout mais j'ai mieux à faire.

Il parle de moi, là ?

– Maître Lucas semble s'être carapatée aussi. Son boss la cherche partout.

Merde, Bruno doit être furax. Discrètement, je sors mon portable de ma pochette et je constate les dégâts. Quatre appels manqués de Gabriel et deux de mon patron. Vite fait, je pianote sur l'écran que je suis souffrante et dans un taxi pour aller me ressourcer au fond de mon lit. Avec l'excuse que j'ai donnée à la femme de Mini Boss, ça peut marcher.

J'entends une voix féminine derrière Arthur qui l'interpelle, et ce dernier laisse échapper un petit cri étonné.

– Tu t'es barré avec une nana ? s'égosille-t-il.

En guise de réponse, Hélias se met à ricaner.

– J'ai de nouvelles priorités dans la vie.

Nouvelle conversation en arrière-fond.

– T'es parti avec une belle blonde ?

– Ouais, une très belle blonde.

Hélias me sourit avant de se pencher pour embrasser mon épaule nue.

– Non ! Sophie dit que tu es parti avec l'avocate à ton bras ? Tu as emballé maître Lucas ?

Mon cœur s'arrête. Madame Mini Boss est plus perspicace que je ne le pensais. Elle a beau avoir des œillères en ce qui concerne les aventures extraconjugales de son mari, elle a plutôt le nez fin pour le reste. Hélias tourne la tête vers moi, estomaqué, comme pétrifié par la nouvelle. Mon cœur n'a pas repris sa danse et j'entends déjà la sonnerie du moniteur cardiaque annoncer mon décès. Je blêmis. Hélias papillonne des yeux avant d'éclater de rire.

– Je t'assure que la fille qui est assise à côté de moi n'est pas l'enquiquineuse.

Je ris jaune, si fort que je pourrais en devenir suspecte, mais heureusement pour moi Hélias semble avoir laissé ses neurones aux vestiaires. Je jette un coup d'œil sur mon portable.

Gabriel : Tu as filé avec Big Boss ?

J'écarquille les yeux en lâchant un son de terreur mais fais passer ça pour une toux, comme si j'avais un chat dans la gorge.

– C'est la clim, soufflé-je à Hélias qui me scrute tout en conduisant, pour qu'Arthur ne m'entende pas.

– Allez, tu peux me le dire, insiste Mini Boss. Sacré veinard, c'est une bombasse.

Aussitôt, nous entendons l'épouse le rabrouer et lui se confondre en excuses.

– Je t'assure que je ne suis pas à la barre avec maître Je-me-la-pète, s'amuse Hélias.

Je me force à rire alors que j'ai tout à coup envie de lui mettre une claque derrière la tête.

Je tapote vite fait un message pour Gabriel.

Sarah : Non en route
pour mon domicile.
Je suis souffrante.

Gabriel : Arrête les bobards !
Ton plan cul du réveillon
t'a vue partir
avec un mec blindé
de tunes.

Il ne manquait plus que cet idiot se mêle aussi de mes affaires. J'aurais dû l'envoyer au tapis lorsque je l'ai croisé.

Sarah : Ne dis rien à Bruno !
Je t'explique tout demain matin.
Mon job et celui
de Véra sont en jeu.

Gabriel : Dans quelle merde t'es-tu
encore fourrée ?

Sarah : Promis, demain je te dirai tout,
mais version officielle,
je suis malade
et en route pour mon lit.

Gabriel : Tu fais chier !!!

Sarah : Ne me lâche pas,
je t'en supplie, Gab.

Gabriel : Tu n'es pas en danger ?

Sarah : Pas du tout, juste
dans la merde.

Mini Boss s'arrête de parler et j'entends la voix de Gab derrière lui :

– Ma consœur a dû rentrer chez elle, elle était souffrante. Je suis désolé pour ce dernier contretemps.

Je soupire, soulagée de voir que Gabriel me couvre une fois de plus.

– Je suis presque déçu, il semble que tu ne sois pas en compagnie de la belle maître Lucas.

– T'inquiète, je suis en bien meilleure compagnie, se marre Hélias en caressant ma cuisse. Allez, bonne nuit mec. À demain.

Il coupe la communication et se reconcentre sur la route. Le silence s'installe quelques secondes, parfois interrompu par les ricanements de mon chauffeur qui semble encore plongé dans la conversation.

Je suis archi nerveuse, et même si ça ne jouera pas en ma faveur s'il découvre le pot aux roses, je ne peux pas m'en empêcher :

– Je dois m'inquiéter de cette avocate ?

Hélias papillonne des yeux, émergeant de ses pensées, et me regarde, étonné.

– T'inquiéter ? Non. Je n'ai jamais vu cette nana.

– Justement. Tu vas peut-être tomber amoureux d'elle dès que tu la verras. À entendre ton ami, elle est canon.

– Je ne tomberai amoureux de personne, et surtout pas d'un rat de bibliothèque. S'il y a bien une profession que je ne supporte pas, ce sont les avocats. Tous des escrocs, toujours prêts à te plumer.

Je prends un aller-retour dans la face. Autant dire que les chances d'un mariage avec Hélias sont inexistantes. Il est urgent que je le fuie. *Juste un petit détail : comment vais-je réussir à éviter Hélias Graçay, le patron d'HG&Co ?* Je sursaute en sentant ses doigts se poser sur mes mains tremblantes.

– Écoute ma douce, je ne sais pas ce qui te rend si nerveuse ce soir, mais je te promets que tu es en sécurité maintenant. Détends-toi. Tout va bien se passer.

Je le scrute tout en ravalant mes larmes. J'aimerais tellement le croire, mais je sais que je suis à l'aube d'un cataclysme. S'il n'y avait que moi et ma petite carrière, je n'aurais pas tant de poids sur les épaules, mais lorsque je pense à Véra et à son fils, la peur me plie en deux. Je dois absolument la sortir de là, même si, au départ, c'est elle qui m'a jetée dans ce gouffre.

Une musique douce envahit l'habitacle et je me laisse aller contre le repose-tête, le regard perdu dans les rues de la capitale. Dehors, le calme est revenu. Plus de bouchons, plus de trottoirs grouillant de monde. Juste quelques passants qui rentrent probablement chez eux.

Je promène mes yeux sur Hélias qui conduit en silence. Il me sourit et sa douceur m'apaise un peu. Ses doigts n'ont pas souvent quitté ma cuisse, juste quelques secondes, le temps de passer les vitesses. Je caresse à mon tour sa main et lorsque j'entrelace mes doigts aux siens, je ressens toute la tendresse qu'il a pour moi malgré ce qu'il peut dire.

Mon cœur se serre.

Une dernière nuit. Elle sera belle, je sais qu'elle me hantera jusqu'à la fin de mes jours. Car ce soir je vais aimer, une ultime fois, l'homme de ma vie.

CHAPITRE 38

HÉLIAS

Lorsque nous commençons à longer le bois de Boulogne, Sarah reprend contenance. Plus calme depuis quelques minutes, elle se redresse sur son siège alors que nous dépassons l'hippodrome de Longchamp.

– Tu m'emmènes où ? demande-t-elle en tournant la tête vers moi.

– Chez moi, réponds-je doucement.

– Oh.

C'est vrai, je pourrais l'emmener passer la nuit dans un palace mais ce soir, j'ai envie de plus. La tenir toute la nuit dans mes bras. Dans mon lit. C'est un désir étrange alors que je ne veux surtout pas m'attacher à elle, cependant l'idée d'avoir son odeur imprégnant mes draps quelques heures me rend heureux. L'imaginer les cheveux dorés étalés sur mon oreiller au petit matin, juste le pied.

Sarah s'intéresse aux rues qui défilent, comme si elle cherchait à retenir le chemin. Lorsque je finis par activer le portail électrique de ma résidence, elle écarquille les yeux. Devant nous, le grand parc semble lugubre à cette heure-là, mais l'immense bâtisse dans laquelle je vis se dessine très vite, à mesure que ma voiture fait crépiter le gravier sous les roues.

– C'est ta maison ? m'interroge-t-elle.

– Oui, c'est chez moi.

– C'est immense.

– C'est une ancienne imprimerie réhabilitée.

Je la vois se pencher, époustouflée, pour détailler les murs anciens ainsi que l'extension moderne que j'ai fait construire. Je me sens tout à coup un peu gêné d'étaler ma richesse, elle qui doit probablement avoir du mal à joindre les deux bouts.

– C'est le parc qui m'a séduit, me justifié-je face à son silence.

Elle me scrute, attendant que je développe.

– J'ai grandi au cœur de la forêt de Fontainebleau. J'avais besoin de retrouver les arbres, la verdure, même aussi près de Paris.

Elle sourit avant de se perdre dans la nuit noire qui recouvre les bois.

– J'imagine que ça doit être beau en plein jour, mais pour le moment ça m'inquiète surtout, ricane-t-elle. J'espère que tu ne comptes pas m'emmener faire une balade au clair de lune.

Je gare la voiture devant le grand escalier de pierre et je coupe le contact, toujours un peu nerveux. Lorsque Sarah tourne la tête vers moi, je ne peux contenir un sourire timide ; impossible de réprimer cet air niais depuis qu'elle est montée dans ma voiture. Elle me rend mon sourire et son visage s'illumine alors que je glisse mes doigts derrière son oreille.

– Tu es si belle, soufflé-je, la gorge serrée.

– Merci, répond-elle doucement en penchant son visage vers ma main.

Ce soir, ma douce Sarah est à moi. Mais pour combien de temps, elle qui a passé ces dernières semaines à m'éviter ? Je balaie l'idée fugace que ce sera peut-être notre dernière nuit. Non, je ne la laisserai pas me fuir sans explications une fois de plus.

Les sourcils froncés, je joue avec une mèche de ses cheveux mais elle me surprend en se rapprochant pour m'embrasser. Aussitôt, je saisis son visage en coupe et l'enlace avec toute la fougue qui m'habite depuis que j'ai aperçu sa silhouette parmi les invités de la réception. Ma langue se mêle à la sienne et mon corps s'embrase quand je l'entends gémir. Mes doigts glissent sous sa chevelure et elle s'accroche à mon cou. Je dévore ses lèvres avec la faim de l'homme que je suis depuis deux semaines, un putain de drogué en manque. L'une de mes mains dévale sa gorge pour empaumer son sein.

– J'ai envie de toi.

– Viens, dit-elle en s'écartant de moi. Emmène-moi.

Elle regarde la maison et en quelques secondes, je suis devant sa portière, lui tendant une main pour l'aider à sortir, remettant discrètement en place mon sexe qui pousse déjà dans mon pantalon. Manœuvre qui s'avère totalement inutile quand Sarah se love contre moi et que je me sens aussitôt assailli par mes pulsions primaires. Je m'empare de ses fesses à pleines mains, mes lèvres s'écrasant sur les siennes.

– J'ai envie de toi, se plaint-elle.

Je la soulève du sol et grimpe à toute vitesse les marches tel un jeune marié à qui on aurait imposé l'abstinence jusqu'à la nuit de noces. Je m'agace sur la serrure, trop impatient, et Sarah se met à rire.

– Repose-moi, glousse-t-elle. Ce sera plus facile.

Je râle mais j'obtempère. J'ouvre la porte d'une main sans pour autant la lâcher de l'autre, la pressant contre ma hanche pour ne pas perdre le contact avec son corps chaud. Je l'entraîne dans le vestibule puis vers le salon, abandonnant au passage mes clefs de voiture et ma veste. Alors que je la tire vers l'escalier qui mène à ma chambre, je la sens ralentir, flânant devant la décoration. Je me colle à elle, murmurant contre ses lèvres :

– Je te ferai visiter plus tard.

Son regard bleu clair s'électrise et elle se jette sur ma bouche, me faisant basculer dans une telle sauvagerie que je renonce à l'emmener jusqu'à ma chambre. Je la pousse jusqu'à une table un peu plus loin, soulevant ses fesses pour la ramener contre ma braguette. Elle s'agrippe à mes épaules et se hisse sur la console. Aussi sec, elle me rapproche brusquement avec ses jambes et je me rue sur sa gorge, remontant en même temps sa robe pour caresser ses cuisses offertes. Le petit bout de dentelle qui dissimule son sexe ne me résiste pas longtemps et déjà mes doigts la pénètrent lascivement. Cet instant, je l'ai fantasmé durant deux semaines. Ce moment où je pourrais de nouveau me noyer en elle, la laisser prendre tout de moi.

Sarah lâche de petits cris et m'excite encore davantage en me lançant des œillades fiévreuses. De ma main libre, je détache le cordon qui retient le haut de sa robe et sa poitrine nue se dévoile d'un coup, me laissant pantois une fraction de seconde, subjugué par la rondeur de ses seins sublimes. J'engloutis l'un de ses tétons tandis que je continue à la faire vibrer. Je manque de jouir dans mon froc en la voyant mordre l'un de ses doigts pour se retenir de crier alors que je suçote ses seins goulûment. Putain qu'elle est belle, abandonnée à ses sens ! J'ai une trique infernale en m'imaginant bientôt plonger en elle. Je lèche son ventre et descends vers son sexe. J'ai envie de goûter encore et encore son entrecuisse, là où elle m'attend. Elle feule alors que je m'abats dessus avec ardeur. Ses doigts glissent dans mes cheveux et je l'entends murmurer mon prénom à plusieurs reprises. Je m'applique, je réagis à ses suppliques, lui donne le plaisir qu'elle veut. Elle me tire vers elle. Elle veut plus. Elle me veut en elle et je n'attends que ça.

Je me redresse tout en cherchant à la va-vite une capote dans mon portefeuille. La tête baissée vers mon pantalon, j'entends soudain Sarah pousser un cri. Un son de terreur qui me fait sursauter avant qu'elle ne me repousse violemment pour se relever et se cacher derrière moi, remontant sa robe sur sa poitrine.

– Il y a un homme, panique-t-elle en pointant un doigt vers le salon plongé dans l'obscurité.

Encore dans notre trip, j'ai du mal à émerger et elle crie alors plus fort :

– Là, il y a un homme !

Je lève les yeux et découvre une silhouette avancer vers nous. Pas de mouvement de panique de ma part, juste une grimace dépitée.

– Merde, marmonné-je en remontant ma braguette.

– C'est qui ?

Mon père apparaît dans le filet de lumière provenant du vestibule.

– Papa, t'es pas couché ? demandé-je en dissimulant ma contrariété.

– C'est ton père ? chuchote la blondinette derrière moi. Oh, mon Dieu, j'ai honte, continue-t-elle en se blottissant un peu plus dans mon dos pour se cacher.

Je me retiens de rire comme un sale garnement pris en flag.

– J'y allais mais j'ai entendu du bruit. Je suis navré, je ne pensais pas que tu étais accompagné, dit mon père en se penchant légèrement d'un air curieux.

– J'y crois pas, tu vis encore chez tes parents, marmonne Sarah à voix basse.

– Mais non, c'est chez moi, ricané-je.

– Bonsoir, mademoiselle, lance mon paternel. Je vous présente mes excuses, je ne voulais pas vous effrayer.

Sarah penche la tête pour répondre :

– Bonsoir, monsieur. Enchantée de vous rencontrer, je m'appelle Sarah.

– Oh, Sarah ? répète ce fourbe en m'adressant un sourire moqueur.

Il n'est pas dupe, il sait très bien qu'il s'agit de la femme dont j'ai rêvé la dernière fois.

– Oui, c'est bien ça, rétorque-t-elle tout en se rhabillant derrière moi.

Mon père me toise, à moitié débraillé.

– J'ai l'impression de faire un bond dix ans en arrière lorsque je t'ai surpris dans la buanderie avec la petite des Guibert.

Je rougis avant de faire la moue. C'est lui tout craché, de me foutre en boîte devant une fille.

– Ouais, enfin, maintenant j'ai le droit, grommelé-je. Bon, on va te laisser…

– Oui, je vais y aller, me surprend une petite voix timide derrière moi.

Je me retourne sur Sarah qui s'est rhabillée et qui commence à faire un pas en arrière avant d'écarquiller les yeux vers le sol et de se précipiter pour ramasser quelque chose. Je mords ma lèvre pour ne pas exploser de rire en comprenant qu'elle vient de récupérer sa petite culotte.

– Pas question, lui dis-je en l'attrapant par le bras. Tu restes avec moi.

– Non mais il est tard, insiste-t-elle, rouge pivoine.

Sans lui laisser le temps, je lui chipe sa lingerie et lui susurre dans l'oreille :

– Tu ne partirais pas sans elle, quand même ?

– Tu es un mufle, souffle-t-elle avant de faussement sourire à mon père, qui n'a pas l'intention de nous laisser.

– Tu as tout ce qu'il te faut ? lui demandé-je alors qu'il rit dans ses moustaches.

Il a toujours adoré me mettre mal à l'aise devant mes petites amies. Enfin, ce n'est pas pire que ma mère qui leur faisait passer un véritable entretien d'embauche.

– Oui, bonne nuit à vous deux, répond-il en faisant un petit signe de la tête et en repartant vers la chambre d'amis du rez-de-chaussée.

J'ai préféré l'installer en bas compte tenu de son état de santé ; je n'en suis pas mécontent ce soir.

Sans attendre, je tire Sarah vers l'escalier mais cette dernière traîne la patte.

– Franchement, je préfère rentrer chez moi, râle-t-elle.

– Même pas en rêve, tu m'as promis de passer la nuit entière avec moi, rétorqué-je en l'attirant vers moi.

– Je n'arriverai à rien avec ton père sous le même toit.

– Mon père est à l'autre bout de la maison. Promis, il ne t'entendra pas hurler mon prénom, raillé-je.

– Je vais y aller, c'est mieux, persiste-t-elle.

Je lève les yeux au ciel avant de lui asséner, moqueur :

– Il n'est pas question que je te ramène. Alors si vraiment tu veux rentrer, libre à toi de traverser le bois de Boulogne à pied en pleine nuit, mais dans cette robe, tu vas faire fureur, surtout sans elle, la provoqué-je en brandissant le petit bout de dentelle.

Elle lâche un soupir d'exaspération avant de me dépasser et de gravir les marches devant moi.

– OK, je resterai avec toi mais il ne se passera rien.

J'éclate de rire en la suivant tranquillement. Elle se retourne en me lançant un regard de tueuse mais je ris de plus belle. Comme si Sarah pouvait me résister. Elle a la même détermination que moi, autant dire zéro.

Sur le palier, elle me laisse passer devant. Une fois dans la chambre, elle en fait le tour lentement, prenant soin de laisser traîner ses doigts sur les meubles à mesure qu'elle avance. Elle arrête son regard sur les objets déposés ici et là, puis s'attarde sur les quelques cadres. La scène est presque irréelle. Sarah dans ma chambre, sensuelle à me faire frissonner jusqu'aux orteils. Impossible de battre des cils sans la perdre de vue, alors je ne bouge pas. J'attends qu'elle me revienne, qu'elle se livre à moi comme elle l'a fait quelques minutes plus tôt dans mon salon. Elle finit par me regarder en silence alors que je reste statique au milieu de la pièce, à la scruter tel un dompteur enfermé dans une cage avec son grand fauve.

Elle est de nouveau nerveuse, presque peureuse. Je lui adresse un regard doux pour la calmer. Un sourire tendre. Elle rosit, papillonne des yeux tout en continuant d'avancer. Elle cogite dur, alors avant qu'elle ne s'enfuie de nouveau, je lui susurre :

– Enlève cette robe.

Elle s'arrête net, entrouvre les lèvres, s'apprêtant probablement à me répéter qu'elle ne fera rien ce soir, mais se reprend quand elle me voit retirer tout doucement ma chemise. Le torse dévoilé, j'avance d'un pas vers elle. Elle rougit un peu plus et je remarque déjà dans ses yeux cette petite lueur de désir qui s'anime à mesure qu'elle remonte mes abdominaux puis mes pectoraux.

– Enlève-la toi-même.

Je ricane en mordillant ma lèvre. Je suis tout contre elle, sa respiration s'accélère. J'entends presque son cœur battre à tout rompre. Ses cils brassent l'air comme ceux d'une pin-up de dessin animé et je me retiens de me jeter sur elle.

Délicatement, je me penche vers son cou et effleure sa peau du bout de mon nez. Son parfum chatouille doucereusement mes narines. Je glisse jusqu'au creux de son épaule et elle inspire nerveusement, se retenant de gémir de plaisir. Prenant un temps infini, je dépose un tout petit baiser juste sous son oreille et je m'amuse à l'entendre trépigner d'impatience. Mes lèvres aspirent son lobe et elle plisse ses beaux yeux, laissant sa tête basculer en arrière. Ma main se faufile derrière sa nuque et je la sens retenir sa respiration ; elle attend que je détache de nouveau le ruban de sa robe, mais je n'en fais rien. Je souris contre sa gorge, mes doigts découvrant maintenant la cambrure de ses reins. Elle me toise mais je prends mon temps, lui jetant même un de mes regards qui la font fléchir chaque fois. Elle inspire, ses lèvres tremblantes. Mes doigts s'arrêtent sur la fermeture de sa robe et je la fais descendre, me délectant de voir sa peau réagir à mon contact.

Sa bouche vient narguer la mienne et son regard se plante dans le mien. La brûlure de son désir manque de me faire basculer. Mes doigts dénouent enfin le ruban de soie derrière sa nuque et sa robe tombe à ses pieds.

Devant moi, la plus belle merveille du monde. Mon regard ému devient flou mais je bats des cils pour ne rien perdre du spectacle.

– Tu es si belle.

Elle baisse les yeux, gênée, je relève son menton pour capter son beau regard.

– Tu… tu me rends fou.

Elle prend mon visage dans ses mains chaudes et pose un long baiser sur mes lèvres, trop chaste à mon goût mais bouleversant de tendresse. Mon cœur s'emballe et je me sens transporté, léger comme l'air. Son corps nu se colle à mon torse et je l'entoure de mes bras, n'osant pas la toucher de peur de la salir, elle à la peau si claire, si parfaite. Elle s'arrime alors à mon cou et lorsque je sens ses lèvres s'entrouvrir contre les miennes, je perds pied et me jette sur elle.

CHAPITRE 39

SARAH

Dans ses bras, j'oublie tout. Plus de job menacé, plus de mensonge à révéler. Plus rien à part lui. Lui et moi. Son corps contre le mien, si près que l'on ne forme plus qu'un. Le balancement de ses reins entre mes cuisses, si dévastateur que ma respiration devient erratique, que mes seins fleurissent tout en dansant au rythme de mon bel Hélias, que mon esprit se vide de toute pensée parasite. Je suis à lui, toute à lui.

Il ne me laisse aucune échappatoire à ce tête-à-tête sensuel. Je le veux. Encore. Toujours plus. Mes lèvres dévorent les siennes, mes mains agrippent son dos puis ses fesses. Je crie, je dis oui, je dis encore. Ses regards torrides supplicient mon corps déjà au bord du précipice. Partir, décoller, c'est ce que je veux. Mais il ne me laisse pas faire, ralentissant ses mouvements dès que je m'emballe un peu trop, allant même jusqu'à se retirer. Je grogne, je feule comme une chatte en chaleur. Il s'en amuse avant de me surprendre en s'enfonçant de nouveau. Je suffoque, mon corps se vrillant d'un besoin inassouvi. Il me fait perdre la raison. Nos corps s'échauffent, transpirent, claquent l'un contre l'autre. Mes cuisses se relèvent. Son bassin fait du chemin. Ses biceps gonflent, le maintenant en suspension au-dessus de moi. Purée, qu'il est beau, viril comme jamais, totalement sous l'emprise de ses sens. Il me transperce d'un regard incendiaire avant de s'abattre de nouveau sur moi, accélérant ses va-et-vient, ne retenant plus ses instincts. Je jouis alors dans un râle libérateur et il se laisse aller à son tour avant de retomber sur mon corps, essoufflé.

Encore un baiser enflammé, possessif à m'en faire perdre la notion du lieu et du temps, puis il se rallonge à mes côtés, un sourire heureux sur les lèvres. Il se tourne vers moi et promène ses doigts de ma gorge à mon nombril. Mes seins, ma peau réagissent encore aux attentions de leur maître. En sa présence, je ne suis plus qu'un être faible, incapable de rester loin de lui.

– Pourquoi est-ce si bien ? demandé-je, la respiration encore saccadée. Entre toi et moi, précisé-je en venant poser ma main sur son cœur.

Il me regarde, démuni. Je le devine réfléchir quelques secondes avant de reprendre son sérieux.

– Parce qu'on est libres.

– Libres ? m'étonné-je en fronçant les sourcils.

– Oui, parce qu'il n'y a pas d'engagement entre nous. Pas besoin de chercher à plaire l'un à l'autre. On a juste à profiter de l'instant, juste ça.

Sa réponse ne me désarçonne pas, non. Mais elle me fait mal. Toujours la même chose. Pas d'engagement, pas de futur, pas d'amour. Une interrogation me fait froncer les sourcils. Aurait-il la même position s'il savait que je n'ai jamais été une prostituée ? Que je suis, certes son avocate, mais surtout une femme comme les autres, avec les attentes d'une personne de mon âge ? Un homme, une vie à deux, une famille… Une vie ordinaire pour une femme ordinaire.

Il me ramène à lui :

– Je suis encore désolé pour tout à l'heure. En t'amenant ici, je n'ai plus pensé à mon père.

Je glousse.

– Ça aurait pu être pire, j'aurais pu tomber sur ta mère.

Hélias devient blême et je m'empresse d'ajouter :

– Ne me dis pas qu'elle était là aussi ?

Il laisse retomber sa tête sur l'oreiller.

– Non, ça ne risque pas.

– Tes parents sont divorcés ?

– Non, répond-il, comme bloqué.

Devant son attitude distante et presque sombre, je me hisse sur lui. Surpris, il me jette un regard triste avant de poser gentiment ses mains sur mes hanches.

– Ma mère est décédée il y a quelques mois…

Mon cœur ne fait qu'un tour et je me sens honteuse d'avoir été si désinvolte. Je me laisse retomber sur le côté, ne sachant plus quoi dire. Il reste là, le regard braqué vers le plafond. Je m'assieds, dissimulée derrière le drap.

– Je suis désolée, Hélias, je ne voulais pas te faire de peine…

– Je sais bien, c'est la vie.

Devant son air meurtri, je ne peux me retenir de caresser son visage et de baiser tendrement ses lèvres. Ses bras m'enveloppent et son nez s'enfouit dans mon cou. Comme souvent, il le frotte doucement contre ma peau et je le laisse dissimuler un long moment sa douleur contre moi.

– Elle me manque tellement. C'est si dur sans elle.

Son étreinte se resserre comme s'il avait besoin d'être protégé d'un chagrin trop difficile à surmonter. Voilà donc celle qui lui a brisé le cœur, qui l'a plongé dans ce désarroi dans lequel, parfois, il se noie. Une mère partie trop tôt.

– Je suis triste pour toi.

– Je voudrais ne plus ressentir cette douleur.

– Avec le temps, elle va s'estomper.

– Je ne pense pas. Je ne veux plus jamais souffrir comme ça.

– Je serai là pour toi, le réconforté-je en commençant enfin à comprendre sa détermination à ne pas tomber amoureux.

Aimer, c'est s'exposer, se découvrir, se livrer et c'est parfois aussi se briser.

Je le serre tout contre moi. Peu à peu, son corps, qui était devenu dur comme un bout de bois, se détend, bercé par ma peau tiède. Nos baisers tendres deviennent plus forts, plus pressés. Nos corps se réclament, nos âmes se consolent. Et dans la noirceur de la nuit, je l'aime autant que je le peux pour rallumer l'étincelle dans son cœur meurtri.

Notre nuit devient pourtant étrange. Nous faisons l'amour à plusieurs reprises mais nos soucis ne rôdent pas loin. Lui, rongé par son deuil comme si je n'arrivais plus à être son havre de paix, ses étreintes emplies de désespoir. Et moi, étouffée par une boule au creux de ma poitrine ; le remords. Celui d'avoir menti à un homme qui souffre. Qui n'avait que moi pour sortir de son marasme et qui perdra ce petit rien qui lui était si salutaire, lorsqu'il saura qui je suis.

– Demain, tu reviendras ? demande-t-il, épuisé.

J'hésite, mais devant son regard doux je ne peux qu'acquiescer.

– Oui, mais il faudra qu'on parle, lui dis-je en me blottissant contre lui.

– Comme tu voudras. Sarah ?

– Oui ?

– Peu importe ce qui te tracasse, je serai là pour toi. Je te promets de t'apporter toute mon aide.

Il scelle ses paroles d'un baiser sur mon front avant de me serrer davantage contre lui. Protégée dans ses bras, je finis par m'assoupir jusqu'au petit matin.

Il n'est que cinq heures lorsque je m'éclipse discrètement de sa chambre. Hélias dort à poings fermés et après quelques minutes à le contempler somnoler, je me décide à rentrer chez moi. La journée qui m'attend sera longue. Il faudra que je règle la situation, que j'explique tout à Gabriel et que je trouve les mots pour dévoiler mon identité à mon amant.

Je descends l'escalier pieds nus pour ne pas faire de bruit et je pianote sur mon téléphone à la recherche d'un taxi qui pourra venir me chercher. Un petit détail gênant, je ne connais pas l'adresse et la localisation satellite me fixe au beau milieu du bois de Boulogne. Autant dire que je vais avoir un problème.

Je regarde l'escalier qui mène à la chambre d'Hélias ; je ne me sens pas le courage de l'affronter de bon matin et de lui mentir encore. Je repère des enveloppes sur une console près de la cuisine. Bingo ! Il y aura certainement les indications qu'il me manque sur le courrier. Me voilà à déchiffrer une enveloppe avec la lampe torche de mon téléphone lorsqu'une voix masculine dans mon dos me surprend :

– Vous cherchez quelque chose ?

Je sursaute, criant et lâchant le pli de mes mains.

– Désolé de vous avoir encore effrayée, Sarah.

Je me retourne sur le père d'Hélias qui me détaille de la tête aux pieds. J'avoue en faire autant et m'attarder sur son pyjama bleu à rayures qui lui donne un petit air chic même à l'aube. Son regard noisette se pose sur l'enveloppe que je viens de ramasser. Je m'empourpre.

– Je cherchais l'adresse pour commander un taxi. Je n'étais jamais venue auparavant. Vous permettez que je finisse de réserver ?

– Bien sûr, mais mon fils pourrait vous ramener chez vous, c'est plus prudent à cette heure-ci.

– Ça va aller, Paris s'éveille. Voilà, c'est fait, dis-je en terminant de pianoter sur mon téléphone.

– Vous partez très tôt. Il fait encore nuit noire.

– Oui mais j'ai des rendez-vous professionnels ce matin et je dois me changer.

Le silence s'installe entre nous.

– Venez, je vais vous faire un café en attendant votre taxi.

Je le suis vers la cuisine et il allume une lumière au-dessus de l'évier. Alors qu'il remplit le réservoir d'eau et introduit une capsule dans la cafetière, je le détaille, curieuse de découvrir le père de celui qui a dérobé mon cœur. Je repère des bandages autour de ses poignets. La silhouette frêle, il semble faible et amaigri. Petit à petit, les pièces du puzzle s'assemblent et je commence à comprendre tout ce qui perturbe tant mon bel Hélias.

Une mère décédée récemment, un père dépressif, peut-être même suicidaire. La situation est bien plus tragique que je l'imaginais. Mon cœur se serre, j'ai mal pour lui. Je regarde avec compassion l'homme qui me tend une tasse fumante et je ne lis que bienveillance dans ses yeux. Je suis sûre que c'est un homme bon, ravagé par le chagrin. Je regarde une nouvelle fois l'escalier vers lequel j'ai envie de me précipiter pour aller serrer fort Hélias, lui apporter tout mon amour et le réconforter. Voilà ce qui l'a conduit à ne plus vouloir aimer, de peur de souffrir à nouveau.

– Je suis content qu'Hélias vous ait rencontrée, dit l'homme. Vous lui faites du bien.

– Vous croyez ?

– Oui, il est heureux lorsqu'il passe du temps avec vous. C'est un autre homme, plus calme, plus détendu.

– Oh, je ne pense pas que ça vienne de moi.

– C'est vous, c'est certain. Il a été très perturbé pendant les deux dernières semaines. Il essayait bien de donner le change, mais je sais que vous lui manquiez.

Je suis surprise par sa franchise.

– Ne le laissez pas tomber, s'il vous plaît, Hélias est fragile en ce moment. C'est un homme qui semble fort mais nous avons traversé récemment une tragédie qui nous a mis à terre tous les deux.

– Je sais, Hélias m'en a parlé et je suis navrée pour vous deux. Je peux vous assurer que je n'ai pas l'intention de faire souffrir Hélias. Je… je l'aime bien trop pour ça, mais je crois que vous

vous trompez sur ce qu'il ressent. Il n'est pas amoureux de moi. Il souhaite juste quelques instants de distraction pour oublier vos peines, rien de plus. C'est moi aujourd'hui mais ça pourrait être une autre demain.

– Non, je ne crois pas…

L'homme lève les yeux derrière moi et j'entends Hélias descendre les marches. Je me retourne doucement et ne peux contenir un sourire de bonheur en voyant la mine endormie de mon amant. Le cheveu ébouriffé, torse nu, juste vêtu d'un bas de jogging chiné gris, il est sexy à souhait.

– Qu'est-ce que vous foutez debout à cette heure-là ? demande-t-il, la voix enrouée.

– Nous faisons connaissance autour d'un café, s'exclame joyeusement son père. Tu en veux un ?

– Hein ? Ouais, si tu veux, répond Hélias, l'esprit visiblement encore embrumé.

Assise sur un tabouret de bar, je lui souris lorsqu'il s'approche de moi et enroule ses bras autour de ma taille. Il me dit tout bas :

– Pourquoi tu es partie sans me réveiller ?

– Tu dormais si bien. J'attends juste mon taxi.

– Tu pouvais rester encore…

– J'ai des rendez-vous ce matin.

Ma réponse lui fait l'effet d'une douche froide et il se redresse aussitôt, raide comme un piquet. J'attrape son menton entre mes doigts et l'oblige à rapprocher ses lèvres des miennes.

– Ce n'est pas ce que tu crois.

– Ah ? OK, mais j'étais bien avec toi, boude-t-il.

– Mais moi aussi, dis-je en lui déposant un petit baiser sur les lèvres.

Il sourit mais dès que son père revient vers nous avec le café, il se met à rosir, gêné.

– Je proposerais bien à Sarah de se joindre à nous samedi pour aller à Orsay, suggère l'homme.

– Orsay ?

– Oui, tu sais bien, l'exposition dont je t'ai parlé.

– Ah, oui, élude-t-il en faisant la moue.

– Ça vous dit ? demande le père.

– Avec plaisir, réponds-je alors qu'Hélias revient se coller à moi.

Je vois le doute dans son regard.

– Tu es sûre ?

– Orsay est mon musée préféré.

– Toi aussi, tu aimes les musées ?

– J'adore les impressionnistes.

– Alors c'est décidé, rendez-vous devant Orsay samedi à quatorze heures, se réjouit son père. La tante d'Hélias sera là. Elle sera ravie de faire votre connaissance.

– Oh, d'accord, acquiescé-je en regardant Hélias qui se renfrogne aussitôt.

– C'est bon, on ne va peut-être pas non plus organiser un repas de fiançailles, râle-t-il.

Mon téléphone bipe et j'annonce :

– Mon taxi est arrivé.

– Je vais lui ouvrir le portail, dit Hélias en se rendant dans le hall d'entrée.

– Bonne journée et à bientôt, lancé-je au père qui me fait un petit geste de la main.

– Bonne journée, Sarah. Et je tenais à vous dire : c'est parce que c'est vous, pas une autre.

Il achève sa phrase d'un clin d'œil avant de sourire gentiment.

Embarrassée, je rejoins Hélias qui ouvre la porte d'entrée. Happée par la fraîcheur de l'aube, j'enveloppe ma poitrine de mes bras en espérant que le taxi sera bien chauffé.

– Tu vas mourir de froid avec cette robe en dentelle, s'inquiète Hélias.

Il s'éloigne pour revenir aussitôt avec l'une de ses vestes en cuir qu'il m'enfile délicatement, prenant soin de relever mes cheveux.

– Voilà, comme ça, tu auras un peu plus chaud. Tu me la rendras ce soir, quand tu reviendras. Parce que tu reviens ce soir, OK ?

– Bien sûr, bel Hélias, réponds-je, amusée.

Le taxi s'arrête devant le parvis et je commence à faire un pas vers les grandes marches en pierre. Hélias me retient par le bras pour me reprendre tout contre lui et m'embrasser langoureusement quelques secondes.

– Tu es sûre de vouloir partir si tôt ? On pourrait remonter et passer encore un moment sympa tous les deux, dit-il en essayant de m'amadouer.

– Ce soir, Hélias…

– OK, file !

Un dernier baiser passionné, des mains appuyées, des corps collés et je m'éclipse dans le matin.

CHAPITRE 40

SARAH

Gabriel : Rendez-vous à neuf heures
au troquet en bas du cabinet.

Le message de Gabriel est clair : il veut des explications. Pas d'alternative possible, il va falloir que je passe aux aveux. Je me regarde dans le miroir une dernière fois, lissant mon chemisier blanc en soie. Tailleur-pantalon gris, bottines hautes. Sobriété est le maître mot en cette journée de toutes les révélations.

Quand je pénètre dans la brasserie, je n'ai pas besoin de chercher bien loin pour le repérer. Il m'attend à une petite table contre la vitrine, le visage fermé. Il se lève en me voyant approcher et, en bon garçon bien élevé, il me fait la bise avant de tirer ma chaise et de m'aider à prendre place.

– Tu sembles bien en forme ce matin, me provoque-t-il en me détaillant tandis que je retire mon manteau.

– Oui, je me sens mieux, réponds-je effrontément.

– Allez, Lucas, plus d'entourloupe. Crache le morceau.

La suite est difficile à raconter mais je lui dis tout. Dans le détail en suivant la chronologie des événements. Il se tait mais ses yeux parlent pour lui. Tout d'abord choqué par les activités de Véra, il semble ensuite abasourdi par mon attitude, pour finir par être ulcéré et en colère lorsque je lui révèle l'identité d'Hélias. La moitié du visage caché dans ses mains, il me scrute en silence.

– C'est un cauchemar, je vais me réveiller, soupire-t-il.

– Je suis navrée.

– Comment as-tu pu en arriver là, Sarah ? Je sais bien que tu es un peu borderline avec tes trucs féministes mais là, faire la pute pour voir un mec, ce n'est pas toi. Je ne peux pas le croire. Tu as failli m'arracher les couilles une fois quand je t'ai dit que la femme idéale devait rester à la maison pour élever les gosses. Et là, un mec te baise…

Je tressaille.

– … désolé mais il n'y a pas d'autre mot, il te *baise*, et tu le laisses te donner du fric en contrepartie. C'est incompréhensible.

– Je me suis laissée dépasser, c'était plus fort que moi. Je ne pouvais pas résister.

– Eh bien on peut dire que tu nous as mis dans une belle merde. Si Bruno apprend ça, tu es virée du cabinet. Et Véra aussi.

– Je sais bien. Je vais tout expliquer à Hélias ce soir, il ne fera rien contre moi. C'est un homme bien.

– Tu crois vraiment ? Tu ne le connais même pas, s'agace-t-il.

– Un peu quand même, rétorqué-je, insolente.

– Parce que tu crois qu'on connaît quelqu'un en couchant avec lui ?

Je baisse les yeux, honteuse. C'est vrai que je connais peu Hélias finalement ; nous avons passé le plus clair de notre temps à faire l'amour. Mais je suis certaine qu'il ne me voudrait jamais du mal.

– Tu es amoureuse de lui ? demande mon ami.

Je sais ce qu'il va en penser, mais je ne peux pas mentir.

– Je ne devrais pas, mais oui, avoué-je.

Il secoue la tête.

– Les sentiments ne se commandent pas, Gabriel.

– C'est peut-être juste une attirance physique. J'ai connu ça.

– Non, c'est plus, insisté-je.

– J'espère alors qu'il ressent la même chose que toi, pour sauver tes miches de l'enfer où tu t'es jetée. Putain, mettre en péril ta carrière pour une histoire de cul, en plus vachement glauque, grogne-t-il.

– Oh, en la matière, tu n'as pas de leçon de morale à me donner.

Gabriel fait la moue mais ne rétorque pas.

– Tu es sûre de lui ? Tu penses qu'il ne vendra pas la mèche à Bruno ?

– Je crois, et dans le pire des cas, j'ai de quoi faire chanter le boss.

Je repense à Véra et à son fils. Le fils caché de Bruno. Je préfère ne rien dire à Gabriel pour le moment mais je sais le cas échéant que cette carte sera un atout dans mon jeu. Et je n'hésiterai pas à m'en servir pour sauver la situation.

– J'espère que ce n'est pas un truc du style harcèlement sexuel au travail. Franchement Sarah, tu détruiras ta réputation dans toute la profession.

– Ça n'a rien à voir. Enfin, pas tout à fait, mais je t'en parlerai si c'est nécessaire.

Gabriel soupire, avant de se relever et de tirer ma chaise.

– Tu n'arriveras pas à me faire croire que ce type est ton prince charmant. S'il était si parfait, il n'aurait pas besoin d'aller voir des putes.

Décidément, c'est ce que tout le monde pense. Pourtant, au plus profond de moi, je sais que ce n'est pas vrai. J'encaisse et je ne dis plus rien tandis que Gabriel paie les consommations au comptoir.

Nous pénétrons dans l'immeuble du cabinet et grimpons les marches dans un silence presque monacal. J'ouvre la porte et je suis la première à pénétrer dans une tout autre ambiance. À l'intérieur, c'est l'effervescence. Les associés se précipitent vers la salle de réunion. Véra, blafarde, donne des ordres à sa stagiaire pour aller chercher au plus vite des mini-viennoiseries à la boulangerie au coin de la rue. Bruno passe en coup de vent et lui jette quelques billets pour payer. La gamine nous dépasse sans un regard et disparaît dans la cage d'escalier.

Gabriel me regarde, étonné, avant que Véra ne relève le nez vers nous. Sur son visage, une seule chose, la terreur.

– Ils sont là, me dit-elle d'une voix d'outre-tombe.

– Qui ? demande Gabriel.

Je n'ai pas besoin d'entendre sa réponse. Je sais. Véra me scrute, affolée, ne sachant quoi répondre.

– Gabriel sait tout, annoncé-je. Je viens de tout lui avouer.

Véra vire pivoine et je la vois vaciller avant de se reprendre :

– Les dirigeants d'HG&Co.

Mon cœur est en arrêt. Mes jambes aussi mortes que celles d'un paraplégique et mes mains aussi tremblantes que si j'étais atteinte de Parkinson. C'est un de ces moments où l'on se dit qu'on a tout raté et que sa vie est foutue, que quoi qu'il se passe dans les minutes à venir, rien ne pourra s'arranger.

Quelque chose au fond de moi me pousse pourtant à affronter mon destin. Cette force invisible qu'on ressent tous un jour, qui permet de rester debout, de garder la tête haute malgré tout. J'ai mal agi ; je dois assumer. Enfin arrêter de mentir, surtout à l'homme dont je suis amoureuse. Gabriel s'agite à mes côtés, mais je ne réagis pas. Je ne l'entends pas. J'avance vers la salle de réunion et lorsque je pénètre dans la pièce remplie de monde, je ne mets qu'une seconde à le repérer, assis de l'autre côté de la table.

Tout en parlant avec son camarade Arthur qui semble pour une fois crispé, Hélias tourne la tête vers moi et la surprise se lit sur son visage. Machinalement, il me sourit. Juste parce qu'il me sourit chaque fois qu'il me voit, comme si la simple apparition de ma personne provoquait chez lui une bouffée de bonheur. Et puis s'ensuit l'étonnement. Il hausse les sourcils, se retourne vers Arthur qui regarde ailleurs, se relève de sa chaise pour se pencher au-dessus de la table et me demande tout bas :

– Sarah. Que fais-tu là ? Tu as besoin de me voir ?

Hélias tout craché, toujours à s'inquiéter pour moi, à vouloir me porter secours. Mon cœur se broie parce que je sais que les prochaines minutes lui seront désagréables, lui qui pourtant n'est que bienveillance envers moi.

Je fais non de la tête, le corps dur comme de la pierre avant de lui tendre une poignée de main professionnelle.

– Bonjour, monsieur Graçay.

Hélias marque un temps d'arrêt avant de me donner sa main, décontenancé. Une main presque molle, qui ne me lâche plus.

– Tu es en stage ici ? chuchote-t-il alors qu'autour, c'est le brouhaha qui règne dans la salle, tout le monde prenant place autour de la table.

Il ne se doute pas de mon infâme mensonge. Trop candide, il cherche une raison plausible à ma présence ici.

– Non.

Je pourrais lui demander de me suivre dans mon bureau mais j'attirerais l'attention de Bruno et des associés. Véra jette un coup d'œil terrorisé vers moi et je sais que j'ai son avenir entre mes mains. J'essaie de réfléchir au plus vite à une stratégie, mais c'est trop tard pour cela.

Hélias fronce les sourcils en se rasseyant et se tourne vers son ami, espérant trouver une explication à cette scène surréaliste, mais ce dernier est occupé à me regarder avec un air un peu ailleurs. Hélias doit se demander pourquoi Arthur ne réagit pas alors que je suis censée être Véra, la prostituée avec laquelle ils ont tous deux couché.

– La voilà enfin ! s'écrie mon boss en pénétrant dans la salle, poussant au passage Gabriel vers moi.

Le regard d'Hélias glisse vers mon collègue et s'assombrit aussitôt dangereusement avant de revenir sur moi. Je devine toutes les questions qu'il est en train de se poser. *Que font-ils là ? Qui est ce type ? Pourquoi est-il toujours avec elle ? Qui est-elle ?*

– Sarah, je vais devoir investir dans une pointeuse. Vos heures d'arrivée laissent de plus en plus à désirer, me rabroue mon patron en cherchant à faire de l'humour.

Hélias vit la scène totalement perdu, pire, contrarié en voyant Gabriel s'asseoir à mes côtés. Il fait les gros yeux à son collègue mais de nouveau aucune réaction de sa part, ce qui semble exaspérer mon amant.

– Bonjour monsieur Josselin, fais-je en me penchant vers Arthur pour lui serrer la main.

– Bonjour maître Lucas, répond-il, très nerveux, en dévisageant Véra qui pose des bouteilles d'eau sur la table.

Mon Dieu, il l'a reconnue. Comment pourrait-il en être autrement ? Il a couché plusieurs fois avec elle. Voilà ce qui le pétrifie depuis notre arrivée.

– Qu'est-ce que tu viens de dire ? demande brusquement Hélias à son ami.

– Rien, j'ai juste dit bonjour.

– Quel nom ?

Son ami tente de reprendre le fil de la conversation mais il est déconcentré par les allées et venues incessantes de notre secrétaire.

– Quoi ? s'agace-t-il en faisant tourner son téléphone entre ses doigts.

– Lucas, interviens-je d'une voix blanche.

Hélias tourne son attention vers moi en écarquillant les yeux.

– Je suis Sarah Lucas, l'avocate en charge de votre dossier, et voici maître Legris, mon confrère qui m'assiste.

Hélias perd toute couleur. Heureusement, il est assis, car il semble avoir pris un coup de marteau sur la tête. Il ouvre la bouche pour parler mais n'en fait rien, totalement sous le choc. Ses mains s'agrippent à l'écran de son ordinateur portable, ouvert devant lui.

– Eh bien commençons cette petite réunion informelle ! s'exclame Bruno. M. Graçay nous fait la surprise ce matin de visiter le cabinet et de rencontrer toute l'équipe. Bienvenue à vous ! Je tiens tout d'abord à vous dire que nous sommes très heureux d'avoir votre confiance et que tout le monde sera mobilisé pour vous donner entière satisfaction…

Bruno improvise un petit discours qui s'éternise et qui n'a pour objectif que de cirer les pompes de l'un de nos plus gros clients. Au cabinet, nous sommes rompus à l'exercice : à chaque nouveau dossier à plusieurs zéros, c'est la même ritournelle.

Suit un tour de table dans l'ordre protocolaire, des associés par ordre d'ancienneté aux dernières recrues. Hélias demeure statique durant toute la présentation. Il est sidéré. Le visage fermé, son regard peine à suivre l'appel des membres du cabinet. Il semble ailleurs, paumé dans ses tergiversations. Lorsque mon tour arrive, il lève cependant les yeux avec un air tout d'abord désemparé, puis la colère déforme finalement ses beaux traits. Je ferme les miens.

– Et pour finir, celle qui s'est envolée hier soir un peu trop vite et qui nous revient, heureusement, ce matin en pleine forme. Sarah Lucas. Nous avons confié à Sarah le suivi de votre dossier malgré son jeune âge parce qu'elle est incontestablement la plus qualifiée pour cela. Elle est rompue aux derniers contrats de l'ère numérique. Bien évidemment, elle est secondée en permanence par ses pairs au sein du cabinet. Vous vouliez la rencontrer ; la voici.

Les mots de Bruno se meurent dans un silence oppressant. Hélias, le regard ancré dans le mien, demeure muet. Que pense-t-il ? Va-t-il dire à Bruno qu'il me connaît déjà et dans quelles circonstances il m'a rencontrée ? Mon palpitant cogne si fort que je suis au bord du malaise. Véra, dans un coin de la salle, s'adosse au mur, blanche comme un linceul. Gabriel n'est guère mieux, ses mains crispées sur la table.

Arthur est le premier à réagir. Il donne un coup de coude à Hélias qui bat des cils et revient à lui.

– Merci de nous recevoir ainsi au pied levé ce matin, finit par dire Hélias. J'avoue être un peu déconcerté par cette rencontre avec maître Lucas.

Mon sang ne fait qu'un tour alors que tout le monde se tourne vers moi. J'entends Gabriel inspirer avant de retenir son souffle. Moi, je ne quitte pas Hélias des yeux, si beau, si troublé et si furieux.

– Je ne l'imaginais pas du tout comme ça, reprend-il avant de réfléchir à ce qu'il va dire. Une verve cinglante, un art incontestable pour l'entourloupe derrière ce visage d'ange, c'est déstabilisant, lance-t-il en me transperçant d'un regard qui me fait froid dans le dos.

J'encaisse tandis que tout le monde rit autour de la table, même Gabriel qui se force à réagir, sauf Arthur, lui si boute-en-train habituellement, qui n'est pas à la plaisanterie ce matin.

– Je l'ai recrutée, je dois l'avouer, un peu pour cela aussi, s'amuse Bruno. Elle ferait fléchir même un vieux juge aigri.

Je fusille mon boss du regard. *Bruno est en train de dire qu'il m'a embauchée pour mon cul.*

– Je comprends mieux vos pratiques quelque peu inhabituelles.

– Pas si inhabituelles que ça, vous savez.

Je panique car les deux hommes ne parlent vraisemblablement pas de la même chose. Enfin, à y réfléchir, ils ne sont pas si loin l'un de l'autre et cette idée me révulse. Je serai peut-être virée, mais je n'aurai pas à regretter la morale douteuse et sexiste de ce cabinet.

– Sarah a été choisie car elle est avant tout brillante, me surprend un des associés. Elle a eu un parcours universitaire incroyable et obtenu tous ses diplômes avec mention. Elle a beaucoup de mérite et ne cesse de se montrer à la hauteur de notre confiance depuis son arrivée dans notre cabinet.

– Merci, Jean-Louis, dis-je timidement avant de croiser le regard courroucé d'Hélias.

Un silence pesant s'installe de nouveau. Hélias me fixe à me faire perdre le peu de moyens qu'il me reste. Son regard glisse vers mes lèvres, ma gorge rougie de panique, ma poitrine étriquée de terreur.

Ses yeux se marbrent d'un noir profond avant de papillonner et de se reporter sur mon patron.

– Merci pour cet accueil, mais nous n'allons pas abuser de votre hospitalité plus longtemps. Nous profitions d'un rendez-vous à deux pas d'ici pour venir faire la connaissance de l'équipe entière. Arthur et moi-même sommes attendus pour la négociation d'une nouvelle application avec un groupe américain. Merci pour tout, c'était fort instructif.

Hélias se lève, aussitôt suivi de près par son ami qui se rhabille avec empressement. Ils avancent vers le couloir qui mène à la sortie et j'avoue être soulagée de les voir partir si vite. Je contacterai Hélias dans la journée pour tout lui expliquer, à l'abri des regards et des oreilles indiscrets. Il n'a rien dit de compromettant pour mon emploi et celui de Véra, je savais qu'il ne ferait rien contre moi. Gabriel me scrute un peu à l'écart et passe une main sur son front avant de la secouer. Oui, on peut souffler. Nous ne sommes vraiment pas passés loin de la catastrophe. Je souris timidement mais je perds vite toute joie en croisant le regard glacial de mon amant. Il m'en veut, ça ne fait aucun doute. Je vais devoir ramer pour le calmer.

Son associé se penche vers lui et lui chuchote quelque chose à l'oreille. Je vois alors Hélias détailler Véra qui s'avance vers lui pour lui remettre un dossier. Il fronce les sourcils et jette un coup d'œil stupéfait vers moi.

Il fait les derniers pas jusqu'à la porte, escorté de Bruno et de quelques associés, mais alors qu'il s'apprête à franchir le seuil, il se tourne vers moi d'un air frondeur.

– Avant de partir, maître Lucas, j'aimerais m'entretenir quelques instants avec vous.

CHAPITRE 41

SARAH

Mon cœur dérape. Le soulagement était de bien trop courte durée. Je n'arrive pas à dissimuler ma contrariété en voyant Hélias revenir vers moi avec un regard qui n'augure rien de bon. Le moment de l'affrontement tant redouté est arrivé. Devant moi, il a repris contenance, il veut en découdre maintenant.

– Vous permettez, Bruno ?

– Bien sûr, mon ami. Sarah est à votre entière disposition.

– Oh, j'en ai déjà assez disposé comme ça, rétorque amèrement Hélias en se postant devant moi. Je peux même dire que j'en ai abusé.

Je mords ma lèvre avec anxiété face à sa remarque acerbe.

– Où se trouve donc votre bureau, *maître* Lucas ?

Sa façon d'appuyer sur mon titre montre combien il m'en veut. Je tends une main devant moi, il me dépasse et s'engouffre dans mon bureau d'un pas décidé. Je le suis et nous enferme, mais il me surprend en me faisant reculer violemment pour me bloquer contre la porte, un bras de chaque côté de ma tête. Mon cœur s'emballe et ma respiration devient sifflante d'angoisse.

– Putain, c'est quoi ce bordel ?

Le ton est donné.

– Je vais tout t'expliquer…

– J'espère bien, parce que là, j'ai l'impression d'avoir atterri dans la quatrième dimension.

Hélias ne bouge pas d'un centimètre et je suis si nerveuse que je ne peux pas aligner deux mots sans bafouiller.

– Je voulais tout te… te dire ce soir. Je ne savais pas que tu viendrais ce… ce matin…

– C'était un moyen pour obtenir le contrat pour ton cabinet, c'est ça ?

– N…

– Putain, je savais que les avocats étaient des enflures mais pas à ce point, s'agace-t-il en parlant de plus en plus vite, ne me laissant pas en placer une. C'était pour me faire chanter si je ne voulais pas retenir votre cabinet, c'est ça ?

– Pas du tout ! Bruno n'est au courant de rien. Ne lui parle pas de ça sinon je vais perdre mon job…

– Pourquoi tu fais ça, alors ? Il ne te paie pas assez ? Tu as des dettes ? De drogue, de jeux ?

– Non, rien de tout ça, finis-je par réussir à dire malgré son débit.

– Putain, pourquoi alors ? crie-t-il. C'est parce que tu aimes ça ? blêmit-il en se détachant de moi. Tu es une nymphomane qui a besoin de baiser avec tout un tas de mecs ? poursuit-il en faisant une moue de dégoût.

Je fais un pas vers lui et tends mes mains mais il se dégage aussitôt en crachant :

– NE ME TOUCHE PAS !

– Hélias…, sangloté-je.

– Pourquoi ? demande-t-il froidement en me scannant d'un regard noir.

– Je n'ai jamais été ce que tu crois.

– Arrête de tourner en rond et parle !

– Je n'ai jamais été une prostituée, lâché-je, bouleversée par son agressivité.

Il écarquille les yeux avant de reprendre froidement :

– Oh que si tu l'as été. Chaque fois que tu as pris mon pognon après avoir baisé avec moi.

L'estocade est violente et douloureuse. Mon regard s'embue de larmes. Hélias est en train de me traiter de pute. J'en suis donc vraiment une. Je balbutie, les lèvres tremblantes :

– Le jour où je t'ai rencontré, je venais apporter un message de la part de Véra.

– Véra ? Mais c'est toi, Véra.

– Non, c'est ma secrétaire.

Hélias ouvre la bouche, une nouvelle fois déconcerté, avant de se retourner vers la porte comme s'il venait de comprendre quelque chose.

– Véra avait fait un malaise au bureau. Elle m'a suppliée de me rendre dans un hôtel chambre 124 pour prévenir qu'elle ne pourrait pas venir. Je ne savais pas ce qu'elle faisait tous les jours pendant sa pause déjeuner. Naïvement, je croyais même qu'elle avait une liaison avec mon patron. J'y suis allée. Le réceptionniste n'a pas voulu prendre le message et m'a demandé de monter moi-même à l'étage. J'ai pénétré dans cette chambre où tu attendais Véra…

– Mais tu n'as rien dit, s'impatiente-t-il.

– Non, je n'ai pas pu. J'ai croisé ton regard et j'ai perdu tous mes moyens.

Il reste quelques secondes sonné, me laissant poursuivre :

– C'est certainement difficile à comprendre mais tu m'as tellement troublée que j'étais tétanisée…

– On n'a pas dû vivre le même moment, parce que la nana qui est venue dans cette chambre était tout sauf tétanisée, me fustige-t-il.

Il tapote furieusement le haut d'une chaise.

– Je peux t'assurer qu'elle n'avait rien à voir avec une nana terrorisée lorsque je me suis glissé entre ses cuisses, raille-t-il méchamment avant de passer nerveusement ses doigts dans ses cheveux.

Je rougis, morte de honte, devant sa façon de me toiser avec écœurement.

– Si ça continue, tu vas m'accuser de viol. Tu peux la jouer à n'importe qui, mais pas à moi.

– Je ne te dis rien de tout ça, Hélias. Je veux juste t'expliquer que j'ai eu un coup de cœur pour toi. Tu m'as plu tout de suite. Tu m'as embrassée, je me suis laissée faire.

– Laissée faire ? C'était plus que du laisser-faire. Tu as répondu à mes baisers et tu as volontairement couché avec moi, m'accuse-t-il en s'énervant de plus en plus.

– Oui, j'ai fait l'amour avec toi.

Il se tait, abasourdi.

– Je n'ai jamais été une prostituée, Hélias. Je suis rentrée dans cette chambre et j'ai fait l'amour avec un homme. Certes, que je ne connaissais pas. Tu peux m'accuser de légèreté mais juste de ça.

– Tu n'es pas une escort, répète-t-il comme pour s'en convaincre.

– Non.

– Mais… Tu… enfin… Toi, tu rencontres un mec et tu couches dans la minute qui suit avec lui, me reproche-t-il.

– Je sais, c'est complètement fou. C'était la première fois que je faisais ça.

– Enfin, tu t'es quand même réveillée dans le lit d'un mec au nouvel an.

Nouveau coup de poignard. Je plisse les yeux, peinant à respirer.

– Je le connaissais depuis plus d'une minute, celui-là, me justifié-je.

Regard noir en réponse en face de moi.

– Alors explique-moi, si tu n'es pas une pute, pourquoi as-tu pris mon blé ?

– J'ai été surprise quand tu me l'as donné la première fois. Le temps que je réagisse, tu étais parti !

– Tu es revenue le lendemain, m'accable-t-il.

– Je voulais te revoir. C'était plus fort que moi.

– Tu pouvais me dire que tu n'étais pas une prostituée, mais tu ne l'as pas fait.

– Souviens-toi, j'étais mal et j'ai même voulu partir, mais tu m'as dit que tu avais besoin de moi. Tu m'as touchée. J'ai décidé de jouer le jeu, pour ne pas te perdre.

Son ricanement méchant me fait mal.

– Quel sens du don de soi. Tant d'empathie, maître Lucas, vous m'impressionnez. Enfin pas tant que ça, tu as quand même accepté la liasse de billets.

– J'étais prête à fermer les yeux sur ça aussi pour te revoir.

Hélias demeure bouche bée quelques secondes. Je me rapproche de lui, caresse le haut de son bras, cherchant à recréer ce lien qui nous lie depuis notre rencontre, mais il est inaccessible, noyé dans l'effroi de mes révélations.

– Un mec te plaît et tu es prête à le laisser t'utiliser comme une pute juste pour le revoir ?

– Tu ne m'as jamais traitée comme telle.

– Tu es complètement cinglée. À croire que tu n'as pas d'amour-propre.

Une bonne gifle cette fois-ci, qui me vexe vraiment au-delà de me blesser. Peut-être parce qu'il a raison. J'ai toujours été une femme soucieuse du respect dû à chacun et je suis la première à me bafouer moi-même. Et ça pour quoi ? Pour les beaux yeux d'un mec que je connais à peine.

Il se dégage de moi avant de souffler dans ses mains, scié par tout ce que je lui ai avoué.

– Depuis quand sais-tu que je suis le dirigeant d'HG&Co ?

– Hier soir au gala. Ça a été le choc.

– C'est pour ça que tu as voulu qu'on parte comme des voleurs ? m'interroge-t-il en me regardant, dépité.

– Oui… J'avais peur que tu fasses un scandale devant mon patron. Je ne voulais pas perdre ma place et surtout que Véra soit renvoyée du cabinet.

– Et si je n'avais pas été le patron d'HG&Co, tu serais quand même partie avec moi hier soir ?

Je baisse la tête, sachant pertinemment qu'il ne comprendra pas.

– Non.

Il relève les yeux vers moi, furieux.

– Je voulais tout arrêter, Hélias. Je ne voulais plus mentir.

– Tu ne voulais plus de moi…

– Je ne voulais plus être une femme que je ne suis pas. Je ne voulais plus me perdre… quitte à te perdre toi, finis-je dans un sanglot contenu.

Il avance vers la porte de mon bureau et je tente de le retenir.

– Hélias…

– J'en ai assez entendu, Sarah, rétorque-t-il sans se retourner, la main sur la poignée.

– On en reparlera ce soir…

Il pivote vers moi, abasourdi. À son regard, je comprends que cette fois-ci tout est vraiment fini.

– Il n'y a plus de ce soir, ni de demain ou d'après-demain. On va se cantonner dorénavant à une simple relation professionnelle avec des prestations purement juridiques, maître Lucas. De toute façon, soyons clairs, il n'y a jamais eu de relation entre nous, uniquement des rendez-vous tarifés entre un homme et une professionnelle du sexe.

Mon cœur se brise et la douleur que je ressens dans tout mon être est terrible. Je me mets à trembler de la tête aux pieds. Rejetée par l'homme que j'aime. Piétinée comme une merde, comme la pute que je suis à ses yeux et que j'ai été, c'est vrai. Je serais presque tentée d'ouvrir la fenêtre pour me jeter dans le vide tellement je souffre à cet instant. Mais je croise son regard. La douleur que j'y aperçois est la même que celle que je ressens et je comprends que toutes ces paroles ne sont que celles d'un homme détruit.

Il sort et je ne le retiens pas.

Je me laisse tomber dans mon fauteuil, et balaie mes larmes d'une main. Ma porte ne reste pas close plus d'une minute. Déjà, Gabriel se précipite vers moi.

– Qu'est-ce qu'il t'a dit ? Je l'ai entendu crier, il va tout dire à Bruno ?

Véra fait son entrée à son tour en prenant soin de refermer derrière elle.

– Je ne sais pas. Il est furieux. Mais il a compris que tout ça n'avait rien à voir avec le cabinet. Je ne pense pas qu'il ira se plaindre à Bruno, dis-je en regardant Véra.

Cette dernière se laisse glisser à son tour sur l'un de mes fauteuils, toujours aussi pâle.

– Véra, ne vous inquiétez pas. Hélias est hors de lui mais je continue à penser que c'est un homme bien. Il ne dira rien.

Elle me regarde, tout à coup submergée par le stress, et fond en larmes.

– Tout ça, c'est de ma faute, se lamente-t-elle.

– Non, c'est moi qui ai fait n'importe quoi dans cette chambre.

– Ça, je ne te le fais pas dire, grogne Gabriel. Et vous, Véra, pourquoi n'êtes-vous jamais venue me parler de vos ennuis ? Je vous aurais aidée, vous le savez bien.

– Je sais, mais j'avais tellement honte… Et une fois les premiers rendez-vous passés, on s'habitue à fermer les yeux et à prendre cet argent facile.

– On va s'en sortir. On va trouver une solution, dit Gabriel.

Devant les larmes de Véra, j'ai du mal moi aussi à contenir mon chagrin. Les images d'Hélias dans ce bureau, en colère, blessé, malheureux, voilent ma vue. Je crois que cette fois-ci, je l'ai vraiment perdu et ça me fait un mal de chien.

– Sarah, ça va aller ? demande Véra en reniflant.

– Il ne veut plus me voir, en tout cas pas en dehors du travail.

– Il était très contrarié en partant. Il avait même l'air peiné…, dit-elle, contrite.

– Il n'avait pourtant pas besoin de ça, culpabilisé-je.

– Franchement, Sarah, tu croyais quoi ? s'énerve Gabriel. Qu'il allait te demander en mariage ? Il croyait que tu étais un plan cul sans histoire moyennant une poignée de biftons. Il ne cherchait certainement que ça, et toi tu lui amènes une pile d'emmerdes sur un plateau. Normal qu'il prenne la tangente.

Mon regard se perd vers la porte. Cette fois-ci, je pleure sans pouvoir me cacher sur mon amour perdu.

CHAPITRE 42

SARAH

Je suis un vrai zombie depuis des jours. Abba et les pots de glace ne suffisent plus à calmer le mal qui me ronge. Le chagrin, c'était le premier jour. Depuis, c'est le remords, la mauvaise conscience qui m'empêche de dormir, de réfléchir, de manger. Difficile pour moi de me regarder dans un miroir depuis qu'Hélias est venu dans mon bureau me soutirer la vérité. Impossible d'évacuer cette honte lorsque je repense au mal que j'ai dû lui faire.

Ses paroles résonnent en moi à chaque instant. *« Un mec te plaît et tu es prête à le laisser t'utiliser comme une pute juste pour le revoir ?... Tu es complètement cinglée. À croire que tu n'as pas d'amour-propre. »* Hélias était le seul à ne pas me juger jusque-là, toujours à me rassurer sur ce qu'il pensait de moi, à me promettre qu'il ne m'avait jamais considérée comme une prostituée. Mais c'était avant. Aujourd'hui, à ses yeux, je ne suis qu'une traînée, doublée d'une menteuse, suffisamment nymphomane pour avoir laissé un homme me réduire à moins que rien. Je me sens si sale.

Cela fait presque une semaine que je ne l'ai pas vu. Je l'ai noyé de SMS les premiers jours pour lui demander pardon, lui expliquer pourquoi je n'avais rien dit, le supplier de me revoir. Cependant, devant mes messages restés sans réponse, j'ai fini par baisser les bras. J'ai même voulu supprimer son numéro pour m'éviter toute tentation, tirer un trait définitif, toutefois, le doigt en suspension au-dessus de mon téléphone, j'ai renoncé. Comme si ce numéro était encore un lien entre nous, la preuve qu'il s'est bien passé quelque chose. Quelque chose de fort, de beau, malgré la réalité.

J'ai pourtant été en contact avec lui durant tout ce temps. D'innombrables mails purement professionnels ont été échangés à coups de « maître Lucas » et « monsieur Graçay ». Des lignes sans âme, formelles, chirurgicales. Des lignes qui m'ont anéantie. Deux coups de fil, aussi. L'un de dix-sept secondes et l'autre de trente-sept. Des paroles d'une froideur déconcertante, celles d'un horrible dirigeant d'entreprise, exigeant et capricieux. Quelques secondes de communication et des heures de pleurs derrière pour m'en remettre.

Je dois le voir prochainement lors d'une réunion au siège d'HG&Co et j'appréhende de me retrouver devant lui. Je le vois déjà faire comme si nous n'avions jamais partagé le même lit, comme si nous étions de parfaits étrangers. Et je m'imagine bien, tremblante et désespérée, prête à me jeter à ses pieds pour lui demander une énième fois pardon.

Le week-end qui s'annonce sera donc empreint de stress. Tous les moyens sont bons pour ne pas rester dans mes quatre murs à pleurnicher sur moi-même : cinéma, shopping avec Maxine – au grand dam de mon banquier – et même l'anniversaire de ma grand-mère en Normandie pour ses quatre-vingts printemps. Je boucle les quelques dossiers que j'ai encore sur mon bureau et direction la maison pour me changer et m'incruster à dîner chez Gabriel, qui s'est calmé depuis l'autre jour et s'avère une bonne épaule pour déverser mes litres de larmes.

Déjà quinze heures, lorsque la sonnerie de mon téléphone fixe m'extirpe d'un dossier pénal plus que surprenant : une maison close clandestine tenue par deux tenancières dignes d'un roman de Zola. Je fais toujours fureur dans le milieu de la prostitution depuis ma libération en série de tout le bois de Boulogne ; en quelques semaines, j'ai appris énormément de choses qui pourraient me permettre d'ouvrir un bordel de luxe. Je ricane toute seule dans mon bureau mais mon sourire s'évanouit lorsque je reconnais le numéro.

– Allô.

– Bonjour maître Lucas, Hélias Graçay.

Je grimace en mimant sa phrase. Il commence franchement à me gonfler avec ses conneries.

– Bonjour Hélias, tu vas bien ? le défié-je.

C'est la première fois depuis notre « rupture de contrat » que j'ose ce ton, et un blanc se fait dans le téléphone. Je m'amuse à voir s'égrener trois secondes sur l'écran digital. Dépasserai-je mon record de trente-sept secondes ?

– Oui, et vous, maître ?

– J'ai connu meilleur, mais je fais avec.

Je l'entends presque réfléchir avant qu'il ne dise :

– Ça tombe bien, j'ai du travail pour vous et on dit souvent que le travail est le meilleur moyen pour oublier ses soucis.

– Ce sont bien des conseils de patron, ça. J'ai mon propre remède, moi : glace au chocolat et Abba. Mais au bout d'une semaine, je suis au bord de l'overdose, il faut que je change de parfum. Tu en as un à me conseiller ? Je n'aime pas trop les sorbets aux fruits, je suis plutôt crème glacée. J'ai hésité à l'épicerie, hier soir. J'ai failli me laisser tenter par un feuilleté praliné. Pour ce qui est de la musique, j'ai arrêté Abba. J'ai opté pour la playlist cœur brisé. Il faut savoir se renouveler pour tenir son chagrin dans la durée.

Il soupire à l'autre bout du fil et je ne peux m'empêcher d'avoir le sourire en l'imaginant avec sa moue boudeuse, si sexy.

– La vanille est un classique, répond-il calmement.

Je souris, amusée.

– Oui, mais ça manque de goût. J'ai bien pensé au rhum-raisins mais j'ai peur de finir saoule si je mange tout le pot.

– Bon, vous avez fini, maître ? On a du pain sur la planche, s'agace-t-il.

– Et toi, tu as fini tes conneries ? Je n'en peux plus de tes « maître Lucas » à toutes les phrases.

Nouveau profond soupir.

– Écoute, ça en devient ridicule. Tu ne peux pas faire comme si tu ne me connaissais pas. Je suis certaine qu'il n'y a pas un centimètre de mon corps que tu n'as pas léché.

Provocation est mon nouveau maître mot.

– On va donc arrêter ton petit jeu condescendant qui ne me fait plus rire du tout. Tu es adulte, alors agis comme tel. Tu as baisé ton avocate ? La belle affaire, tu es loin d'être le seul. On peut parler comme deux adultes, se dire « tu » sans aller jusqu'à être amicaux, mais arrête tes « maître Lucas » car je te promets que je vais te faire bouffer mon Code fiscal.

– Alors comme ça, tu as l'habitude de baiser avec les clients de ton cabinet ?

– Quoi ?

Toujours aussi jaloux, le bel Hélias.

– Il n'y a qu'un mot qui me vient à la bouche, là ! fulmine-t-il.

– Eh bah vas-y, salis ta jolie petite bouche, me rebellé-je.

Il hésite quelques secondes puis renonce.

– Salope, c'est ça, hein ? m'énervé-je.

– C'est toi qui le dis.

– Alors, toujours le même truc. Une nana couche avec un mec qu'elle ne connaît pas, c'est forcément une salope.

Je lâche un juron, me laissant retomber contre le dossier de mon siège tout en martyrisant le cordon du combiné.

– Et un mec qui se paie une pute ? m'insurgé-je. Qui profite de la faiblesse d'une pauvre fille en manque d'argent ou contrainte par un mac violent ? C'est un type bien ?

Je ne fais que reprendre la défense de mes deux tenancières de lupanar de campagne.

– Moi, j'appelle ça un connard doublé d'une ordure, m'emballé-je avec satisfaction.

Hélias ne bronche pas mais je sens à sa respiration sifflante qu'il doit se retenir d'exploser.

– Heureusement, ce n'est pas mon cas. Tu n'étais ni en manque d'argent ni contrainte par un mac violent, raille-t-il.

– Arrête de me prendre de haut, Hélias. Je ne suis pas une pute. Je ne l'ai jamais été. J'ai juste été la fille à qui tu aimais faire l'amour pour oublier toutes tes emmerdes, celle qui te berçait pour te faire oublier tes cauchemars. Tu avais besoin de moi et j'ai été là, même si pour cela j'ai dû fermer les yeux sur la morale. Je ne regrette rien, sauf de t'avoir fait du mal.

Je jubile en voyant que j'ai dépassé les trois minutes de conversation. Comme il ne dit rien, je reprends :

– Tu m'appelles pour la clause vingt-trois alinéa deux ? J'ai recherché en doctrine et en jurisprudence. Rien ne semble problématique mais j'ai confié la vérification de certains points plus précis à un confrère spécialisé en droit anglo-saxon. Tu auras un retour par mail, je pense demain au plus tard.

– Tu travailles le samedi ? s'étonne-t-il, plus doux.

– Le travail est mon meilleur ami, en ce moment.

– Je lirai tes propositions, je vais travailler aussi tout le week-end. Tu vois, pour moi aussi, le travail est mon meilleur ami.

– Tu m'en vois ravie. Bonne journée !

Et je raccroche. Quatre minutes et cinq secondes. Incroyable ! Je lâche un long filet d'air comme si j'avais parlé en apnée durant tout ce temps. Je suis satisfaite, car j'ai pu déballer ma frustration, lui livrer tout mon agacement face à son attitude, et entendre ce qu'il a avoué à demi-mot. Il travaille pour oublier. Comme moi. Je deviens totalement contradictoire, honteuse de l'avoir fait souffrir et heureuse de savoir qu'il a mal au point de devoir étouffer cette douleur dans le travail.

Je me replonge tant bien que mal dans mon dossier, et une heure passe alors que j'étudie les derniers procès-verbaux d'audition de mes deux mamies proxénètes. Deux braves grands-mères qui vont chercher tous les jours leurs petits-enfants à la sortie de l'école mais qui, à l'heure de *Plus belle la vie*, troquent leurs tabliers pour des guêpières à sequins afin d'accueillir la clientèle endimanchée pour l'occasion. Agriculteurs, viticulteurs, instituteur, pharmacien de la bourgade et même le maire font la queue pour culbuter les dernières poulettes dénichées par nos deux acolytes.

J'entends la sonnette du cabinet retentir et Véra déverrouiller la porte. Son timbre se mélange aux mots que je lis à voix basse. Je sursaute lorsque, relevant le nez, je la découvre devant moi, un énorme bouquet de roses rouges et une enveloppe dans les bras. Je soulève un sourcil.

– C'est pour vous, me lance-t-elle en se retenant de ricaner.

– Pour moi ?

– Sarah Lucas, c'est bien vous, non ?

– Oui, réponds-je par réflexe.

– Alors c'est pour vous, ma jolie.

Je pense aussitôt à Hélias. Qui d'autre ? J'ai déjà reçu des petits cadeaux au cabinet, mais c'était plutôt du style cercueil avec mon nom inscrit dessus en lettres gothiques. Ne me voyant pas réagir, Véra pose le bouquet devant moi et tourne le dos pour repartir. Avant de refermer la porte, elle me scande en souriant :

– Finalement, il vous a peut-être pardonné !

Stupéfaite, je me précipite vers l'enveloppe cachetée. À l'intérieur, un petit carton et une place pour le musée Orsay. Mon cœur s'emballe, mes doigts se mettent à trembler. Quelques mots dactylographiés que je lis à voix haute :

Rendez-vous demain 14 h 30
devant le musée d'Orsay.

Mon organe vital se regonfle comme s'il était de nouveau opérationnel, et les larmes aux coins des yeux, je murmure :

– OK Hélias, tu as enfin décidé de grandir.

CHAPITRE 43

HÉLIAS

Ça fait déjà de longues minutes que je suis plongé dans mes pensées lorsque ma secrétaire passe la tête dans l'entrebâillement de la porte de mon bureau.

– Hélias, je m'en vais. Je vous ai transmis les différents courriers que vous aviez demandés sur votre boîte mail. Bon week-end !

Elle me sourit timidement et referme la porte sans attendre ma réponse. Elle est un vrai courant d'air depuis des semaines, m'évitant à tout prix. Elle n'ose même plus croiser mon regard à travers la vitre qui sépare nos deux bureaux. J'ai bien remarqué sa petite manigance qui consiste à poser des plantes vertes de plus en plus hautes sur sa console pour masquer notre vis-à-vis.

Je ne peux pas lui en vouloir. Je suis imbuvable en ce moment. Incapable de contenir ma colère à la moindre contrariété. Je suis furieux et… malheureux. Voilà. Malheureux de tout ce qui se passe dans ma vie. Cette douleur se transforme en une agressivité permanente que je peine à maîtriser.

Pourtant, du côté de mon père, les choses s'arrangent. Il reprend du poil de la bête, il commence à sortir un peu pendant la journée. Ma tante lui rend visite plusieurs fois par semaine et ils font de longues balades ensemble. Il a diminué les doses d'antidépresseurs et se montre moins désireux de rentrer chez lui. Il m'a même étonné hier en me disant qu'il envisageait de se trouver un petit studio dans le quartier de la Sorbonne pour ne plus avoir à faire de longs trajets lorsqu'il reprendra l'enseignement à la faculté d'histoire. Ça m'a fait un bien fou de le voir se projeter dans un avenir, lui qui appréhendait de vivre ne serait-ce que la journée du lendemain.

Notre sortie au musée d'Orsay, qui ne m'emballait guère *a priori*, me fait finalement plaisir lorsque je vois son impatience à tout préparer.

Alors, pourquoi suis-je si misérable ? Je le sais. Sarah. Ma douce Sarah.

Enfin, plutôt une nouvelle Sarah, que je ne connais pas et que je découvre peu à peu depuis une semaine. La mienne, elle, s'est évanouie dans un nuage de poussière, exit mon havre de paix au milieu de la tempête. Adieu celle auprès de qui je retrouvais le sourire quelques heures, baigné dans l'étincelle de son beau regard. Fini le toucher de sa peau, le parfum de ses belles boucles d'or, la promenade de mes mains sur ses courbes divines.

Sarah n'est plus ma douce Sarah. Elle est maître Sarah Lucas. Madame Je-sais-tout. L'enquiquineuse. La reine des menteuses. Une intrigante qui a préféré taire son identité pour je ne sais quelle raison obscure.

Maintenant, je sais tout d'elle. Je n'ai qu'à taper son nom sur Internet et je découvre son CV, quelques posts sur son compte professionnel Facebook. Des photos d'elle au côté d'une Femen, les seins à l'air recouverts de peinture, d'elle dans quelques manifestations pour les droits des femmes, d'elle avec sa sœur dans des concerts caritatifs contre les violences conjugales, d'elle à l'université dans son groupe pour l'égalité des femmes dans le monde du travail. Des dizaines d'articles sur son engagement personnel pour cette cause qui semble lui tenir tellement à cœur. Et pourtant, elle a tout remis en question, en un regard, pour un type. Pour moi.

Une bouffée de fureur m'envahit de nouveau. Pourquoi avoir fait ça ? Pourquoi avoir menti ? Pourquoi avoir supporté cette situation ? Je n'arrive pas à trouver de réponses à mes questions. Est-elle dingue ? Est-elle instable ? Ou *pire*, est-elle amoureuse de moi ?

En tout cas, elle a tout gâché. Entre elle et moi, tout était si simple. On passait des moments merveilleux, sans prise de tête, sans engagement. Je n'avais pas à me préoccuper de l'avenir car il n'y en avait pas entre nous. Moyennant de l'argent.

Ma gorge se serre. C'était un deal que je pensais avoir passé avec elle. Maintenant, savoir ce qu'elle a fait pour me voir me fait culpabiliser. Un malaise s'est niché au creux de mon estomac et je n'arrive plus à le faire partir. Il me réveille la nuit dans de terribles crises d'angoisse. Le remords, voilà ce que j'ai. La culpabilité d'avoir traité une femme comme elle comme une prostituée. Sarah est si généreuse, si tendre, si divinement normale et moi, je l'ai utilisée comme un objet. Je me souviens de cette nuit à Jersey lorsque, ivre, elle m'a lancé qu'elle n'était pas une pute. Je crois qu'elle a tenté de me le dire mais j'étais trop ancré dans mes problèmes pour pouvoir l'entendre. J'ai à présent des scrupules à avoir eu l'envie un jour de recourir aux services d'une escort. Comment ai-je pu être cet homme, si loin de l'éducation que j'ai reçue de mes parents ? Je me sens mal. J'ai honte.

Je dois garder mes distances avec elle à l'avenir. Quoi qu'il m'en coûte. Pour mon bien et surtout pour le sien. Tous deux, nous devons rester loin l'un de l'autre.

Je repense à sa façon de me parler tout à l'heure au téléphone. Elle ne supporte pas le nouveau ton que je donne à nos échanges, mais peu importe. Je ne la laisserai pas croire à un avenir entre nous, à un amour qui ne peut être qu'impossible. Et moi, je ne m'autoriserai pas à fléchir en tombant amoureux d'elle. Car après la nuit que nous avons passée chez moi, je sais qu'à poursuivre nos rencontres, c'est ce qui me guette.

Arthur frappe à ma porte et pénètre dans mon bureau sans attendre que je l'y invite.

– J'ai lu le dernier mail de Sarah, elle fait un travail extra.

Je grimace, irrité. Mon associé n'a pas l'intention de me faciliter la tâche.

– Maître Lucas, s'il te plaît. On va garder les distances de circonstance avec cette menteuse.

– J'apprécie beaucoup cette fille, moi.

– Ne recommence pas. On en a déjà parlé.

– Je sais que c'est une histoire de dingue, mais regarde la chance que tu as eue de tomber sur une fille comme ça. C'était mieux que Véra, non ?

– Véra ou Sarah, peu importe. J'y allais pour baiser, pas pour tomber amoureux. Ça aurait été avec la secrétaire, ça m'aurait fait le même effet.

Arthur se met à rire.

– Écoute mon grand, tu peux te raconter des salades si ça te fait plaisir, mais la réalité, c'est que tu as adoré les moments que tu as passés avec elle.

Je range nerveusement mon bureau, envoyant un trombone valdinguer dans mon tiroir que je referme brutalement.

– Comme un client avec sa pute, éludé-je.

– Comme un mec qui a pris son pied avec une super nana.

– Elle pouvait être super, vu la somme rondelette que je lui ai laissée.

Mon ego en prime.

– Je t'ai observé toutes les semaines où tu l'as vue. Tu étais sur un petit nuage. Tu n'as jamais eu cette attitude avec aucune de tes ex, encore moins avec Josépha.

– Josépha était un gouffre à fric mais les prestations n'étaient pas franchement à la hauteur, grommelé-je.

– Putain, ce sont des paroles pour moi, ça, mon pote. Écoute-toi, Hélias, ce n'est pas toi.

Arthur se laisse tomber sur une des chaises en face de mon bureau. Il me détaille au point de me mettre mal à l'aise, puis il me dit tout à coup avec son regard moqueur :

– Allez, avoue mon grand : t'es amoureux de cette nana.

Je me redresse, stupéfait.

– Pas du tout. Il n'est pas question que ça m'arrive. Je ne tomberai jamais amoureux de Sarah, aussi parfaite soit-elle.

– Peut-être parce que tu l'es déjà.

– Surtout parce que je ne le veux pas.

– Ce ne serait pas honteux de tomber amoureux d'elle, tu sais. Oui, c'est insolite comme rencontre, mais avoue quand même qu'elle est fantastique. Elle est belle, intelligente, pleine de caractère. Et en plus, pour avoir fait cela, elle doit être raide dingue de toi.

Oui, voilà le problème. Elle est probablement amoureuse de moi. Et parfaite comme elle est, elle n'aurait pas beaucoup à faire pour m'emballer à son tour.

– Il n'a jamais été question d'amour entre elle et moi, un point c'est tout.

– Alors, continue à la voir juste pour le fun. Franchement, t'es gonflant au possible en ce moment. Tu as vraiment besoin de te détendre. Sinon, je peux te trouver une autre escort.

– Je ne veux plus entendre parler d'escort.

– En tout cas, essaie d'être plus cool avec elle. Elle a peut-être menti mais je pense vraiment que c'était pour te revoir. Elle respire la fille romantique à plein nez. Elle attend le grand amour, cette jolie blonde.

– Ce ne sera pas moi.

Il pouffe avant de se relever et de quitter mon bureau.

Une fois seul, je repense à elle, à ses jolies mèches dorées au réveil. Je ferme les yeux et me souviens encore de l'odeur de sa peau, un parfum sucré. Elle me manque terriblement. Je secoue la tête en soupirant. Je me donne une claque sur chaque joue. Nos instants étaient si tendres. Putain, il faut que je la sorte de mon esprit.

Je reçois un texto. Ma tante me rappelle la visite au musée de demain. Sarah aurait dû venir, mon père l'avait invitée. On a fini par la reporter, mais je suis sûr que j'aurais aimé cette découverte en sa compagnie. Je décroche mon téléphone fixe et réfléchis quelques secondes, le combiné posé sur mon menton. Et si…

CHAPITRE 44

SARAH

Douze minutes que je poireaute devant le musée d'Orsay. Je suis toujours maladivement en avance à tous mes rendez-vous. Le pire, c'est que je déteste arriver avant tout le monde car je ne supporte pas d'attendre.

Quelle sensation désagréable d'être là, à faire le pied de grue, à se faire dévisager par les passants, tentant de trouver une occupation pour paraître moins cruche. Regarder l'heure – dommage, j'ai oublié ma montre. Étudier le billet électronique que j'ai dans la main – à moins d'être une douchette, je vais avoir du mal à me concentrer plus de dix secondes sur le code-barres. Pianoter sur mon téléphone – au risque de me le faire voler à l'arraché.

Tant pis. Je me saisis de mon smartphone, le dissimule à moitié dans la manche de ma veste en cuir, regarde tout autour de moi s'il n'y aurait pas un type louche en train de me repérer, et fais enfin dérouler les menus. Un petit coup d'œil sur Facebook, rien de bien prenant puisque j'y ai peu d'amis. Heureusement que les amis de mes amis sont mes amis. D'un autre côté, qui voudrait traîner avec « Princesse Sarah » ? Merci Maxine pour ce pseudo débile et dépressif. Je serais bien tentée d'ouvrir Netflix, mais avec le bruit de la rue, je n'entendrais rien. Alors j'attends, frottant mes jambes l'une contre l'autre. À ce rythme-là, je pourrai alimenter la capitale grâce à l'électricité statique que je vais produire – mes pieds dans mes escarpins commencent déjà à me faire souffrir. Je savais que c'était stupide de visiter un musée avec des talons hauts, mais je ne me voyais pas retrouver Hélias avec des Converse aux pieds.

La nervosité m'envahit à l'idée de le revoir. Comment dois-je me comporter ? Lui sauter au cou ou garder mes distances ? *Il veut se rabibocher, c'est certain. Sinon, je ne vois pas pourquoi il te ferait déplacer dans un musée.* Je l'imagine bien me déclarer sa flamme devant un beau tableau de Monet. Nos retrouvailles seront fantastiques.

J'entends une voix féminine derrière moi et je pivote, attirée par les bruits de pas. Une petite femme à la coupe de cheveux courte me sourit tout en s'adressant à un homme à ses côtés. Un coup d'œil vers lui qui me scrute également en chuchotant quelques mots plus bas.

– Bonjour, Sarah, vous me reconnaissez ? Philippe Graçay, me salue l'homme.

Il me faut quelques secondes pour reconnaître le père d'Hélias.

– Monsieur Graçay ? m'étonné-je.

Il a beaucoup changé depuis notre rencontre chez Hélias. Il a repris des couleurs et ses joues sont plus rondes. Une nouvelle coupe de cheveux et une barbe taillée. Il semble aller bien mieux.

– Je suis ravi que vous ayez répondu à mon invitation.

Quelle invitation ?

– J'avais peur que vous ne veniez pas. Sarah, je vous présente ma belle-sœur Valérie, la sœur aînée de la mère d'Hélias.

Sous le coup de la surprise et… de la déception, je papillonne des yeux, tant pour vérifier que je ne rêve pas que pour chasser les larmes de désillusion qui menacent. Ce n'est pas Hélias qui m'a invitée. Il n'est même pas là.

– Vous paraissez surprise…

– Je n'avais pas pensé à vous. Je croyais que c'était…

– Hélias, finit de dire la tante.

Je rougis en acquiesçant de la tête.

– Mais il arrive, se réjouit-elle. Il est juste en train de garer sa voiture un peu plus loin.

Je commence à regarder tout autour de moi, à la recherche de sa silhouette athlétique. Étrange qu'il ait accepté de me revoir en compagnie de sa famille, mais c'est toujours mieux que rien. Plus question d'une déclaration d'amour devant un Monet ou un

Van Gogh. Ça aurait pourtant été d'un romantisme absolu.

– Vous connaissez mon neveu depuis longtemps ? demande la petite femme.

– Depuis quelques semaines, réponds-je, distraite.

– Vous travaillez dans sa compagnie ?

– Non, je suis son avocate.

– Son avocate ? s'enquiert le père qui me détaille gentiment.

– Tout à fait.

– Vous n'êtes tout de même pas celle qu'Hélias surnomme l'enquiquineuse ? ricane-t-il.

– En personne, réponds-je en repérant enfin Big Boss, au milieu des badauds.

Hélias approche à grandes foulées, ses yeux se baladant de gauche à droite sur la foule qui s'entasse petit à petit devant les portes du musée. Il cherche à coup sûr son père et sa tante. Peut-être un peu moi aussi. Soudain, en voyant Hélias aussi détendu en quête de son père, je sens l'embrouille arriver à grands pas. Je scrute Philippe, et le coup d'œil furtif qu'il jette à sa belle-sœur avant de me sourire, un peu gêné, ne fait que confirmer mes soupçons.

– Vous ne lui avez pas dit ? demandé-je d'une voix blanche.

– Non, répond-il d'un air désolé. Mais je suis sûr qu'il sera très content de vous voir.

Je me sens mal.

– Non, je ne crois pas. On file vers la catastrophe.

– Mais non, ne vous inquiétez pas, me console la tante.

Hélias sourit lorsqu'il repère son père tout en avançant plus tranquillement. Quand une personne qui me dissimulait jusque-là fait un pas de côté et qu'il m'aperçoit, son visage se fige. Transformé par la contrariété, il finit de nous rejoindre le dos raide pour se poster devant moi. Son regard vert du style militaire armé jusqu'aux dents n'augure rien de bon. Les jambes en béton, je me ratatine sur place avant de dire d'une voix fluette :

– Bonjour, Hélias.

– Qu'est-ce que tu fais là ?

Les salutations seront pour un autre jour. Vu son ton, j'en viendrais presque à regretter les « maître Lucas ».

– C'est moi qui ai invité Sarah à se joindre à nous, intervient Philippe.

– Super, quelle mauvaise idée, s'exclame Hélias sans cacher sa colère.

– Ta tante voulait la rencontrer.

– Et pourquoi ça ? Parce que j'ai ramené cette femme une nuit chez moi ? Il n'y a aucun mariage en vue, les gars. Même pas une relation amoureuse de quelque nature que ce soit.

J'encaisse le plus dignement possible, même si ses paroles me retournent l'estomac. À croire que je suis maso pour venir m'en prendre en pleine tête un samedi après-midi. Dire que j'ai repoussé mon départ pour la Normandie et que je vais devoir me lever demain aux aurores pour arriver à temps au repas de ma grand-mère…

– Hélias, ne sois pas si méchant, grogne le père.

Son fils me détaille avec animosité, lâchant un petit soupir stupéfait avant de me reprocher :

– Et toi, mon père t'invite et tu te pointes.

– Je ne savais pas que c'était ton père. J'ai reçu un bouquet de roses au cabinet…

– Un bouquet de roses ? fulmine-t-il en regardant Philippe. Putain, c'est du délire. D'ailleurs, comment savais-tu que Sarah était avocate ? Je viens moi-même de l'apprendre.

– Je ne le savais pas, c'est Arthur qui m'a donné l'adresse…

– Quelle enflure celui-là, maugrée Hélias en secouant la tête. Toujours à jouer les entremetteurs ! La prochaine fois que tu reçois ce genre de cadeau de ma famille, continue-t-il en se tournant vers moi, abstiens-toi de venir, OK ?

– J'ai cru que ça venait de toi, Hélias, mais je n'ai pas été intelligente sur ce coup-là. Qui offre des roses à une relation purement professionnelle ?

Il me scrute de nouveau et je sens bien que mon allusion à nos rencontres tarifées le met tout à coup mal à l'aise. *Ne me cherche pas, beau brun, sinon tu risques d'avoir des ennuis.*

– Ne t'inquiète pas, je vais m'en aller, dis-je en rajustant l'anse de mon sac à main sur mon épaule.

– Oui, ce serait préférable, souffle-t-il.

– Mais que t'arrive-t-il, Hélias ? demande sa tante, outrée. Tu me fais honte à te comporter comme un malotru.

Hélias détourne les yeux, un peu vexé, pour se mettre à scruter la foule à l'opposé de moi.

– Ne partez pas, Sarah, s'excuse le père. Hélias va faire un effort, n'est-ce pas ?

– Mais pourquoi vous vous mêlez de ma vie privée ? Vous ne croyez pas que j'ai assez d'emmerdes comme ça ? s'égosille-t-il.

– Je m'en vais, les interromps-je, décidée. J'ai été ravie de faire votre connaissance, madame, et de vous revoir, monsieur. Bonne journée.

Je fais quelques pas avant de sentir une main s'accrocher à mon avant-bras, me forçant à me retourner.

– Reste ici. Sinon ces deux-là vont m'en chier une pendule. Déjà que j'adore les musées, si en plus je dois supporter leurs têtes de six pieds de long, je ne vais pas y arriver.

– Ce n'est pas mon problème.

Qu'il se démerde avec sa smala de cinglés. J'ai déjà bien assez de la mienne.

– S'il vous plaît, me hèle Philippe d'une voix triste qui me fait aussitôt de la peine.

Je repense à notre rencontre au petit matin, à ses bandages autour des poignets. Comme chaque fois que je suis dans une telle situation, je faiblis et je me laisse embarquer vers l'entrée du musée, Hélias ayant même le toupet de poser l'une de ses mains dans mon dos pour me contraindre à avancer plus vite.

Je me dégage avec animosité avant de me forcer à sourire à la tante qui me regarde, intriguée.

– Vous aimez les musées, Sarah ?

– Celui-là oui, j'y viens souvent. Je suis moins fan du Louvre, à part quelques salles.

– Ah ? s'enquiert le père. Lesquelles ?

Hélias me regarde en coin et je devine à son petit sourire narquois qu'il espère que je me retrouve coincée par le scepticisme de son père. *Quel enfoiré !*

– J'aime l'aile des *Fêtes galantes*. Watteau, Fragonard, j'adore. Je peux rester des heures à regarder tous les détails.

J'adresse un sourire mauvais à Hélias, qui semble surpris par mon aplomb.

– J'aime beaucoup ce thème aussi, se satisfait son père en me souriant gentiment.

– « *Des heures à regarder tous les détails* », répète Hélias avec dédain. Rappelle-moi de ne jamais y aller avec toi.

Il se met à ricaner en tendant son billet à l'hôtesse d'accueil et en décochant à la demoiselle un clin d'œil séducteur. Mon sang ne fait qu'un tour et je me retiens de tordre le cou à cet individu détestable qui a pris la place de mon bel Hélias.

– Je n'y emmène jamais mes relations de travail, complété-je. Vu l'érotisme de ces peintures, je préfère y entraîner les hommes que je veux mettre dans mon lit. Comme ce n'est pas ton cas, tu ne risques rien, lui assené-je devant la jolie brunette.

Hélias en perd son sourire et le ticket qu'il tenait entre ses doigts. Sa tante éclate de rire et son père ricane doucement.

– J'adore cette petite. Venez donc, ma jolie, laissons Hélias ronger son frein dans son coin. De toute façon, il est toujours grognon quand on le traîne dans une sortie culturelle. À part ses ordinateurs et ses jeux vidéo, rien ne l'intéresse.

– J'ai bien vu qu'il avait des lacunes en culture générale, me moqué-je.

– Sale peste, balance-t-il, vénéneux, avant de se prendre une claque derrière la tête par son père.

– On respecte les femmes, fiston. Tu es mauvaise langue, Val, il adore le Palais de la découverte et La Villette.

– Un vrai scientifique, dis-je. Je suis sûre que plus jeune, il était boutonneux et portait les mêmes vêtements des semaines entières.

– Et bien non, langue de… vipère, se corrige-t-il en voyant le regard noir de son père. Je n'ai jamais eu d'acné. Par contre, toi, madame Je-sais-tout, je suis certain que tu étais la petite blondinette rondouillarde au premier rang, binoclarde avec un horrible double appareil dentaire.

Il me coupe le sifflet quelques secondes avant que je ne récupère ma verve.

– Tu n'as pas tout à fait tort. J'étais toujours première de classe car après le divorce de mes parents, je ne voulais surtout pas que ma mère s'inquiète. Elle avait déjà tellement de mal à joindre les deux bouts avec ses deux filles. J'étais maigre comme un clou parce que le frigo était souvent vide, et j'ai malheureusement dû porter un appareil dentaire jusqu'en troisième pour avoir ce sourire Ultra Brite aujourd'hui.

– Ma pauvre, votre enfance n'a pas été rose, s'émeut la tantine Val.

Hélias me transperce d'un regard ébahi.

– Menteuse, me dit-il tout bas.

– Une de mes grandes qualités. C'est nécessaire pour être avocat. Être convaincant pour plaider l'innocence de son client même lorsqu'il a encore le sang de sa victime sous ses ongles.

– Je te connaissais beaucoup de talents, mais tu excelles incontestablement dans celui-là, me tacle-t-il, irrité.

– Merci !

Il perd son arrogance devant mon air provocateur. J'entre dans le musée, amusée, et il me suit, tout autant revigoré que moi par ce duel qui s'annonce. La visite risque d'être moins gênante que prévu.

Le père et la tante nous devancent pour faire le tour des sculptures tout en papotant à voix basse. J'avance à pas lents, redécouvrant la beauté de cet ancien hall de gare, baigné de lumière grâce à son immense verrière. Je cherche Hélias et le trouve juste à quelques pas, son regard rivé sur moi. La promenade de ses yeux sur mon corps me rend tout à coup fébrile. Ses lèvres s'étirent en un sourire coquin devant mon décolleté, au point de me faire rougir.

– Je rêve ou tu es en train de me mater ? lui chuchoté-je.

– Je ne sais pas. Je n'ai pas l'impression que tu dormes, raille-t-il. Dis-moi Sarah, c'est pour moi que tu t'es faite si belle ?

Je rougis du bout des oreilles jusqu'aux doigts de pieds.

Il vient se loger à mes côtés et me susurre :

– Tu comptais me récupérer avec cette jolie robe ? Peut-être passer la nuit avec moi ? Profiter de mes lèvres sur ton sublime décolleté ?

Je ne réponds pas et poursuis mon chemin en essayant de refermer discrètement l'un des boutons de ma robe fluide à fleurs pour dissimuler la naissance de ma lingerie. Hélias se met à rire et je tire machinalement sur les pans de ma veste en cuir pour me couvrir davantage.

– Dommage, ricane-t-il.

Je fais la moue, prenant un air de fille outrée, quand plusieurs personnes se retournent pour suivre notre échange. Il rit à gorge déployée. Voilà un tout nouvel Hélias, taquin, et peut-être aussi un peu revanchard. Et dans ce nouveau rôle, il est toujours aussi sexy. Sa voix tout contre mon oreille a déclenché une salve de frissons qui se ressentent encore sous ma petite culotte. Je jette un coup d'œil furtif et je ne peux, une fois de plus, que saliver devant sa silhouette musclée.

Je poursuis la visite, me perdant dans la contemplation d'une œuvre de Camille Claudel, déchirante de similitude avec ma mésaventure récente. Une femme pendue au bras d'un homme qui prend le large. Mon ventre se tord. Je me laisse quelques instants surprendre par la force de l'œuvre et ce qu'elle m'inspire : un profond déscspoir, semblable à celui que je vis alors qu'Hélias m'a rejetée. Celui-ci me frôle dans le dos et me dépasse pour faire le tour de la sculpture. Mon visage doit refléter mes sentiments, car il jette un coup d'œil sérieux vers moi.

– Tu viens ? me lance-t-il comme s'il était inquiet.

– C'est un peu moi, dis-je en montrant la femme, les traits du visage déformés par le chagrin.

Hélias reste silencieux mais son regard parle pour lui ; un regard empli de désarroi.

Je m'éloigne de lui d'un pas tranquille et reforme un sourire de façade alors que la tante se rapproche de moi. Mon ancien amant demeure quelques instants à étudier la sculpture comme si je venais de le gifler. Je m'arrête un peu plus loin et lorsqu'il lève les yeux vers moi, je retrouve mon Hélias, le temps de quelques secondes fugaces.

CHAPITRE 45

HÉLIAS

Ce samedi s'annonçait ennuyeux au possible mais c'est comme si le soleil se mettait à briller après une matinée pluvieuse. Sarah est là, à quelques mètres de moi, en train de discuter et de rire avec ma tante Val.

Je m'exaspère. Dès l'instant où je l'ai aperçue au milieu de la foule, en cherchant ma famille, mon corps n'a fait qu'exprimer la joie de la retrouver. Je suis foutu. J'ai un putain de crush pour elle. Tantôt mon rythme cardiaque s'emballe lorsqu'elle me lance une de ses œillades enamourées, tantôt il devient trop lent lorsqu'elle balance une de ses vannes qui font mal, comme lorsqu'elle a laissé entendre qu'elle ne voulait plus de moi dans son lit. J'ai eu envie de l'embarquer de force pour le musée du Louvre et de lui imposer ma présence pour admirer ses peintures de cul. Nerveusement, je pianote « les fêtes galantes » sur mon smartphone et découvre des tableaux qu'elle préférerait revoir en présence d'un mec qu'elle voudrait se taper. Ça n'a rien d'érotique. *C'est bien des toiles pour gonzesses, ça !* De pauvres types qui regardent des nanas glousser au bord d'un lac, à attendre un regard plus poussé que les autres pour espérer entrevoir une cheville. Je me serais ennuyé à cette époque ; j'aime bien trop la chair pour pouvoir me contenter de faire la cour à une fille durant des mois avant de pouvoir la traîner dans mon pieu. J'aurais été pendu pour luxure.

La tête penchée par-dessus mon épaule, Sarah me fait sursauter. Sans se cacher, elle se moque :

– Tu risques d'attendre longtemps si tu cherches ce tableau ici, il est au Louvre.

– Ça n'a rien de porno.

– Non, mais c'est d'une sensualité…, dit-elle en prenant un air romantique.

– Pfff.

Cette fille est tout ce que je dois fuir absolument.

– Tu es navrant. Tu devrais voir ces tableaux, tout est dans les regards, les postures, les sourires ; dans les détails, quoi. Le peintre décrit des scènes de libertinage où les hommes tentent de séduire des demoiselles, à la vertu pour certaines encore intacte…

Je lève les yeux vers la verrière car honnêtement, même avec elle, je n'irais pas m'y ennuyer. Elle me sourit, rosit avant de baisser les yeux, un peu timide. Si, finalement, pour elle j'irais, rien que pour pouvoir passer un moment à l'observer et me nourrir de ses mimiques, de la couleur claire de sa peau, de ses lèvres tentantes. *Putain, elle est en train de me retourner le cerveau.*

Je me penche et murmure tout bas pour ne pas déranger le silence presque monacal qui nous entoure :

– Je préfère les caresses, les baisers et les gémissements d'une femme sous mes lèvres à toutes ces balivernes.

– Ça ne m'étonne pas de toi, glousse-t-elle. D'ailleurs, ma vertu et mon honneur en ont pris un sacré coup à cause de toi. Mais j'ai aimé tout ça, dit-elle en s'éloignant avec un sourire coquin.

Ma queue fait un salto dans mon pantalon. Je frise la torsion de testicules juste à surprendre son petit sourire espiègle qu'elle dévore de ses belles dents blanches. Un petit coup d'œil malicieux vers moi et je manque de lui sourire comme un mec amoureux. *Quel changement d'humeur. Cette fille va me rendre chèvre.*

Je me retourne vers la sculpture de Claudel, encore troublé par l'attitude de Sarah quelques instants plus tôt. Je la vois encore, au bord des larmes, souffrant devant cette œuvre comme si elle l'incarnait, suppliante, dévastée par le chagrin, retenant un homme. Claudel l'aurait réalisée au moment de sa rupture avec Rodin. L'entendre me dire qu'elle se sentait un peu elle, vacillante, m'a ébranlé.

Quoi qu'elle fasse, Sarah ne me laisse jamais de marbre. Elle est bouleversante dans toutes ses facettes. Elle peut être la plus belle, la plus fascinante, la plus irrésistible, la plus exaspérante, la plus dure, la plus cinglante. Elle est toujours « la plus » parmi toutes les femmes que j'ai connues. Elle a ce pouvoir terrifiant de m'atteindre comme jamais une femme n'a réussi à le faire auparavant.

J'avais pris le parti de la rayer de ma vie personnelle, de me contenter de ses services purement professionnels – d'avocate. Tous ses mensonges étaient à mes yeux impardonnables. Et puis la voilà aujourd'hui, à quelques mètres de moi, et toutes mes bonnes résolutions sont en train de s'évanouir comme par magie.

Je suis comme un aimant, irrésistiblement attiré par un objet de fer. Mon esprit est brouillard et mon ventre cyclone. Je suis chamboulé et j'ai du mal à garder le contrôle. Je pourrais me remonter le moral en me disant qu'il ne s'agit que d'une attirance physique mais je sais que ce serait réducteur. Sarah est plus qu'une femme que je veux mettre dans mon lit. Elle a toujours été plus, dès la première minute, dès que j'ai croisé son regard.

Elle pivote vers moi car je n'ai pas avancé d'un centimètre. Son visage s'illumine d'un sourire doux et je me sens pousser des ailes. J'avance, je dirais même que je vole derrière elle, contemplant la danse de ses boucles dorées, sa nuque si parfaite, ses épaules fines que j'aime couvrir de baisers, alors que je les ai haïes quelques jours plus tôt.

Putain, je suis dans la merde. Sarah est sans nul doute *la* femme que je dois garder à distance, celle qui va me faire tomber. Je l'observe rejoindre mon père et l'air heureux de ce dernier ne fait que confirmer cela. Il l'adore déjà, tout comme ma tante. Une vraie fille de compét'. Ma mère l'aurait détestée de peur que Sarah ne m'emporte loin d'elle. Je souris en repensant à son indifférence face aux filles que je lui ai ramenées à la maison car elle savait qu'elles n'avaient aucune chance de rester dans ma vie. Mais elle, Sarah, ne l'aurait pas laissée impassible. Maman aurait senti à des kilomètres le pouvoir de cette nana sur moi.

– Oh, regarde ce tableau, s'exclame-t-elle. Il est magnifique. Quelle lumière ! Tu as vu tous ces détails…

J'avance très tranquillement derrière la blondinette car je ne veux pas être un petit toutou derrière sa maîtresse, mais je mets inéluctablement un pied devant l'autre, comme si un lien invisible m'enchaînait à elle. Je détaille chacun de ses mouvements, je me nourris de ses sourires, je m'intéresse à ce qu'elle regarde. Je la contemple jouer avec une mèche de cheveux, l'enrouler autour de ses doigts tout en restant concentrée sur les toiles.

– Sublime, approuvé-je, mais ce n'est pas le tableau que j'ai en tête.

Je m'amuse à la voir soulager ses pieds en levant une jambe, puis l'autre. Sur ses talons hauts, elle peine. Je m'imagine m'agenouiller devant elle, retirer délicatement son escarpin et masser doucement sa voûte plantaire. Mon corps s'embrase, pourtant il ne s'agit que d'un pied. Putain, je dévisse complètement.

Je jette des coups d'œil rapides aux œuvres, pour vite reporter mon attention sur un bien plus joli programme. Dans sa petite robe fleurie, Sarah est à croquer. Ses jambes fuselées sont suffisamment dévoilées pour que je m'imagine encore et encore glisser entre elles. Je toussote pour me ramener à la réalité et limiter le renflement de mon pantalon, gêné lorsque Sarah me scrute, attirée par le bruit.

Je la suis finalement comme un petit caniche bien dressé, sage et silencieux. Je me fatigue d'être comme ça. Un tableau attire toutefois mon attention.

– Sarah, regarde, la hélé-je depuis l'autre bout de la salle. C'est le tableau qu'on voit dans *Mister Bean* !

Elle se retourne vers moi, étonnée, puis en découvrant l'œuvre que je lui montre, elle éclate de rire. Plus loin, mon père lève les yeux au ciel, consterné, mais je m'en moque. À cet instant, il n'y a que ce rire qui vibre dans tout mon être, celui qui me fait tant de bien. Sarah se rapproche de moi et chuchote, encore hilare :

– Bravo pour ta culture cinématographique, tu m'impressionnes. À quand les tableaux des *Lapins crétins* ?

– Justement, j'en ai vu un dans une salle précédente, ricané-je.

Je m'apprête à dire une connerie de plus pour l'entendre encore rire mais elle pince mes deux joues pour me faire taire en disant tout bas :

– Arrête un peu, tu fais honte à ton père.

Ses doigts me font l'effet d'une caresse alors qu'elle ne retient pas son geste et doit avoir laissé des marques. Elle fait quelques pas et je la rejoins aussitôt.

– Regarde, me dit-elle devant une œuvre de Van Gogh. C'est incroyable l'épaisseur de peinture, les mouvements, on imagine les gestes du couteau à palette.

Je me colle à son dos, effleure son épaule de mon menton, pour regarder par-dessus elle. Je la contemple, fascinée par le tableau, et je la trouve encore plus belle, le regard scintillant d'intérêt, les lèvres entrouvertes. Je remarque les effets de ma présence tout contre elle et j'aime la voir s'empourprer. Sa respiration s'affole, sa poitrine se soulève, sa gorge rosit. Elle vient s'appuyer contre moi tout en douceur et mon cœur s'emballe à son tour en la découvrant fermer les yeux comme pour apprécier l'instant. Mes mains brûlent d'envie de se poser sur ses hanches, mes lèvres de baiser cette nuque. Mais je n'en fais rien. Je résiste car il y va de ma survie.

Je regrette vite ces quelques secondes de faiblesse, car Sarah change d'attitude pour la suite de la visite. Ses sourires se font charmeurs, ses mains s'accrochent à mon bras pour descendre quelques marches. Elle a remarqué la faille et s'y engouffre avec un plaisir non dissimulé.

Mes sens me rendent dingues. J'ai maintenant envie d'elle, mais pas seulement. Je voudrais la câliner, la tenir dans mes bras, effleurer ses lèvres avant de les dévorer, l'écouter parler pendant des heures, peut-être même chanter du Abba. Je voudrais la faire rire en faisant le pitre. Cette fille coule dans mes veines et a contaminé tout mon corps, il va falloir que je trouve le sérum très vite pour me débarrasser de ça. C'est nécessaire.

– Dis-moi, Hélias, m'interpelle mon père. Val et moi, on a pensé qu'on pourrait inviter Sarah à dîner ce soir.

Je jette un coup d'œil vers ma belle, qui sourit. En voilà un bien beau virus.

CHAPITRE 46

SARAH

J'ai accepté de venir dîner chez Hélias.

Je ne sais pas pourquoi, c'était une très mauvaise idée, même si j'apprécie beaucoup Philippe et Val. Le père d'Hélias est allé s'allonger quelques instants – il a encore besoin de s'accorder des moments de calme pour reprendre des forces –, pendant que Val regarde un reportage animalier sur l'énorme écran plat de son neveu. Elle commente toutes les images pour détendre l'atmosphère. Car depuis notre retour, Hélias n'a pas desserré les mâchoires. Et moi non plus. Il a profité des courses que nous devions faire tous les deux pour me prévenir : il ne se passera rien entre nous ce soir. Je ne sais pas ce qui lui a pris d'un coup de me dire cela – j'ai d'ailleurs eu l'impression qu'il le disait plus pour se convaincre lui que pour me contenir, moi –, mais son humeur s'est transformée depuis notre départ du musée.

Je pensais que nous avions fait un pas en avant ; c'était une grosse erreur.

Je déballe les pommes, une boule à l'estomac et jette un regard derrière le plan de travail de la cuisine, où Hélias est plongé sur son ordinateur portable. Je peine à dissimuler ma contrariété. Pas que je souhaitais absolument m'envoyer en l'air ce soir – enfin, peut-être un peu quand même, mais je me serais tout aussi bien contentée d'une soirée en sa douce compagnie. C'est le ton qu'il a employé qui m'a vexée, entre le mépris et le donneur de leçon. *Contentons-nous d'être de bons amis*, il a dit. Pourtant, si je me retrouve à faire un dessert chez lui, c'est parce qu'il n'a pas pu mettre sa jalousie de côté.

Lorsque nous sommes arrivés chez mon fromager pour préparer la soirée, celui-ci m'a fait la bise, sous le regard suspicieux de mon chauffeur. Ben est un jeune Normand avec qui j'ai sympathisé depuis déjà plusieurs mois : beau blond aux yeux clairs, ancien rugbyman comme Gabriel, il est canon. En me voyant, il s'en est donné à cœur joie, me couvrant de compliments sur ma robe et sur mes talents de pâtissière, ce que le bel Hélias n'a pas manqué de relever en me demandant comment un simple commerçant pouvait connaître ma cuisine. J'ai donc dû lui expliquer que ledit jeune fromager m'avait offert, une fois, une belle cagette de pommes directement livrée de notre Normandie natale, et que pour le remercier je lui avais concocté une tarte tatin.

C'est là que M. Soyons-amis m'a lancé en plein milieu de la boutique : « Je veux manger une de tes fameuses tartes avant de te croquer tout entière », tout en déposant une grosse bise sur ma joue. Exit le fromager.

Me voici donc à quelques centimètres dudit jaloux, dorénavant totalement indifférent, à éplucher mes pommes et à les détailler en lamelles dans un silence monacal, puisque l'élan de tendresse de Monsieur a disparu dès le seuil de la porte passé. Hélias semble plongé dans ses mails mais je remarque parfois le geste rapide de sa main qui vole quelques morceaux de pommes dès que j'ai le dos tourné. Seul le trahit le bruit de ses dents qui croquent dans le fruit juteux.

– Tu m'agaces, râlé-je, encore irritée. La prochaine fois, je te tranche un doigt.

– Mais j'ai faim, geint-il en levant suffisamment ses yeux pour que je puisse les entrevoir au-dessus de son écran. Alors, comment tu vas t'y prendre pour faire cette tarte aux pommes ? Tu vas mettre du caramel au fond d'un plat et recouvrir de fruits ?

– Une tarte tatin, pas une tarte aux pommes, grogné-je. Mettre du caramel au fond d'un plat, quel sacrilège !

– Bah, ce n'est pas la recette ?

Je me penche et découvre sur son écran quelques recettes de tarte tatin.

– C'est comme ça que tu travailles ?

– Que veux-tu que je fasse ? L'avocate que je paie une véritable fortune ne travaille pas le samedi.

Elle m'a baratiné comme quoi elle travaillerait pour moi ce week-end mais je n'ai rien reçu de sa part ce matin, ce n'est pas faute d'avoir relevé cinquante fois ma messagerie.

– Elle était chez l'esthéticienne, rétorqué-je en tapant sur le dos de sa main alors qu'il essaie de piquer un nouveau quartier de pomme.

– Aïe. Pourquoi ? Tu avais des projets pour la soirée ?

Je me renfrogne en le voyant me dévisager avec arrogance. Oui, j'ai été stupide de croire que je pourrais le récupérer. Je ne sais pas s'il a conscience du mal qu'il me fait endurer.

– J'aurais pu rencontrer l'amour de ma vie dans les couloirs du musée d'Orsay. Et dans ce cas-là, il vaut mieux être lisse comme le crâne de Shemar Moore que ressembler à celui d'un Jackson Five.

Hélias sourit tandis que je ricane de mes bêtises.

– Mais au musée d'Orsay, il n'y avait que moi…

– Oui, seulement toi, et nous ne sommes que des amis, renchéris-je tandis que son regard sur moi se fait plus appuyé.

– Oui, lâche-t-il en prenant un morceau de fruit.

Je pousse son ordinateur et il blêmit comme si j'allais attenter à sa vertu. Au lieu de cela, je pose une pomme devant lui et lui tends un couteau.

– Vu la quantité que tu ingurgites, tu peux donner un coup de main en cuisine. Je vais te livrer le vrai secret de la tarte tatin.

– Oh non, je suis nul pour la cuisine, se plaint-il en se laissant retomber sur son coude.

– Allez, cuisine avec moi, le supplié-je avec un petit sourire. Ce n'est pas comme si on faisait tout le temps plein de choses tous les deux.

Je mets volontairement le sexe de côté ; je crois que lui aussi.

– Ce n'est pas vrai, on a déjà fait des trucs ensemble, répond-il, piqué au vif.

– Ah oui ? Comme quoi ?

Il réfléchit en me scannant de la tête jusqu'à la taille. Pas moyen d'aller plus bas, je suis cachée par la table. Puis il sourit.

– On a joué au tennis ensemble.

– C'est vrai.

– On a mangé végane et c'était toute une aventure pour deux carnassiers comme nous.

Je ricane en le regardant continuer à chercher sérieusement.

– On a mangé une glace… mieux, une double glace, et on a chanté du Abba.

– Ça ne compte pas, il n'y a que moi qui ai chanté.

On se met à rire ensemble avant de se perdre dans le regard de l'autre, tout à coup nostalgiques de ces instants.

– Alors, on la fait cette tarte ? demandé-je en me raclant la gorge.

– Allez, vas-y pour une activité à deux… Comme de vieux potes. Après on boira quelques verres et on se racontera nos parties de jambes en l'air.

– On évitera ce passage, dis-je, amusée.

– Pourquoi, tu en as trop à raconter ? bougonne-t-il.

– Non, parce que tu es bien trop jaloux pour les entendre.

– Alors là, c'est bien la première fois qu'on me dit que je suis jaloux. Les filles m'ont toujours reproché mon indifférence vis-à-vis de la concurrence, se pâme-t-il en faisant la moue.

– Il n'y a pas plus jaloux que toi.

– Ce n'est pas vrai.

– Quel toupet ! Et la scène chez le fromager, ce n'était pas de la jalousie ?

– Pas du tout, j'essayais juste de te permettre de revenir chez lui sans te faire harceler sexuellement la prochaine fois. Il était quand même très lourd.

– Il me draguait, c'est tout.

– Tu vois, tu le reconnais.

– Mais ça me plaisait peut-être.

– Ah bon ? s'étonne-t-il en se figeant.

– Il est très sexy. Ça fait pas mal de mois que je le reluque. Et tu as fait exactement ce qu'il faut pour qu'il s'intéresse à moi : tu l'as défié. La prochaine fois, il fera tout pour me mettre dans son lit. Un grand merci, *mon ami*.

– Mais…, balbutie-t-il, complètement pris au dépourvu.

– Mais c'est dommage, je n'irai pas plus loin, je ne voudrais pas perdre cette bonne adresse. Il a les meilleurs camemberts de tout Paris. Ça vaut tous les meilleurs plans cul, pour une Normande.

– Tu as raison, le camembert avant tout. Surtout pas ce mec avec les mains qui sentent le fromage.

– Et après tu dis que tu n'es pas jaloux.

Il fait grise mine et attrape son ordinateur.

– Non, non. Tu fais cette tarte avec moi, ordonné-je en contournant le plan de travail pour le déloger de son tabouret de bar.

– Je n'en ai pas envie, râle-t-il. De toute façon, je n'ai que des défauts : je suis jaloux, tu ne fais jamais rien avec moi et le fromager est super sexy, finit-il par lâcher, amer.

– Tu as fini de bougonner ? Je te demandais juste de faire une tarte tatin avec moi, pas un baiser tatin. Tu sais quoi ? Laisse tomber. Retourne sur ton ordi.

– Un baiser tatin ? sourit-il.

C'est tout ce qu'il retient ?

– C'est quoi un baiser tatin ? Un truc comme ça ?

Il m'attrape et me renverse dans ses bras avant de venir effleurer mes lèvres. Je lâche un petit cri de surprise et me retrouve plongée dans ses beaux yeux verts, le cœur en pleine séance de Zumba.

– Un… un truc comme ça, bégayé-je, rougissante.

Hélias caresse ma joue du bout du pouce et me garde quelques secondes tout contre lui. Sous mes doigts, je sens son pouls qui accélère et je l'entends presque se livrer à un combat intérieur des plus féroces.

– On la fait, cette tarte, finit-il par dire, gêné, en me relevant.

Un petit coup d'œil vers Hélias qui se met à fouiller dans un placard. J'ai bien senti qu'il mourait d'envie de m'embrasser. Alors, bel Hélias, pas si facile que ça de gérer ses hormones, finalement !

Je sursaute lorsque je vois ses mains passer autour de moi.

– Tiens, je t'ai trouvé un tablier pour ne pas salir ta jolie robe, me dit-il gentiment.

Je me retourne et il enfile le cordon autour de ma tête. Comme je reste statique, presque hypnotisée par ses mains qui se baladent sur moi, il noue lui-même les cordons autour de ma taille. Le tablier est si grand qu'il est obligé de venir l'attacher devant, et nous nous retrouvons nez à nez à une distance qui est loin d'être réglementaire pour deux ex-amants qui souhaitent devenir de bons amis. Je déglutis avec bruit tandis qu'il s'approche davantage pour réaliser une jolie boucle.

– Voilà, tu es parfaite.

Je rougis en baissant les yeux mais il me force à relever la tête.

– Je ne dis pas ça pour te séduire. Tu peux cesser de rougir.

– Oui oui, bafouillé-je, le cœur au bord des lèvres. J'ai compris. Juste de bons amis, Big Boss. On n'a qu'à dire qu'il s'agit de *teambuilding* pour renforcer notre cohésion. C'est à la mode dans les start-up, non ?

– J'aurais préféré du paintball, geint-il.

– Ça aurait tourné au carnage.

Il se détend tout en observant les pommes cuire dans la poêle.

– Je suis étonné que tu sois dans ce cabinet. Ton patron est un vrai connard, comme la moitié des associés. Tu dénotes vraiment au milieu de tous ces vieux vicelards.

Je suis surprise, j'ai l'impression que sa colère est vraiment redescendue.

– Je me le dis souvent aussi, mais c'est un des plus gros cabinets d'avocats de Paris. J'ai dû bosser dur pour décrocher ce poste.

– Je n'en doute pas, mais tu n'as rien à gagner à y rester. Ils ne te prendront jamais comme associée.

– Pourquoi tu dis ça ?

– Parce que tu es une nana. Des mecs pareils n'embauchent des petites jeunes comme toi que pour attirer la clientèle masculine. Quand tu auras pris quelques années de plus, ils te flanqueront à la porte. Ton pote, lui, finira associé, c'est certain. Tu devrais créer ton propre cabinet.

– Je suis trop jeune et je n'ai pas de fonds. Et même si une banque m'accordait sa confiance, si je pars, je perds ma clientèle.

– Tu t'en feras une nouvelle vite fait. Nous sommes venus dans ce cabinet pour toi. Tu commences déjà à avoir une jolie réputation. Dans la vie, il faut savoir entreprendre, Sarah.

Ses paroles résonnent dans ma tête et me laissent songeuse. Devant moi, je n'ai plus le bel Hélias mais Big Boss, ce jeune entrepreneur qui est en train de révolutionner le monde des applications numériques.

– Réfléchis, mais pour le moment surveille tes pommes. Ne rate pas ma tarte tatin, ricane-t-il.

Il reste à mes côtés à contempler la poêlée de pommes que je remue délicatement, attendant que le sucre et le beurre fassent leur œuvre. Au bout de longues minutes, les fruits brunissent et une bonne odeur se répand dans toute la cuisine.

– Amène vite le plat à tarte ! m'écrié-je. C'est la phase la plus délicate. Donne-moi aussi une fourchette.

Hélias obtempère et revient tout excité près de moi. Je baisse le feu et soulève la première lamelle de pomme que je pose sur le plat. Je renouvelle l'opération pour former une belle rosace de pommes. Hélias est comme un gamin. Il attrape un bout de pomme pour l'engloutir mais j'éclate de rire quand il marmonne en ouvrant la bouche :

– C'est chaud mais c'est divin.

Je glousse et me penche pour lui mettre une pichenette sur le bout du nez.

– Gourmand.

Son regard s'illumine mais très vite, il se met à crier :

– Dépêche-toi, ça va cramer. Ne gâche pas ma tarte !

CHAPITRE 47

HÉLIAS

Sarah s'active aux fourneaux et je suis totalement sous le charme de ses talents de pâtissière. Délicatement mais avec une vitesse digne d'un commis de cuisine d'un restaurant cinq étoiles, elle dépose les morceaux de pommes caramélisées dans le plat pour en faire une véritable œuvre d'art.

La chaleur faisant son œuvre, ses joues deviennent écarlates. Elle essuie son front avec son avant-bras chaque fois qu'elle pose une nouvelle lamelle de pomme. Je la regarde, impuissant alors qu'elle semble commencer à peiner. Mes yeux descendent jusqu'à ses pieds qu'elle continue à relever pour soulager ses jambes.

Sans réfléchir, je me baisse et attrape une de ses chevilles. Elle grogne car, sous le coup de la surprise, elle en lâche un morceau de pomme.

– Enlève tes talons hauts, tu seras mieux pieds nus.

J'attrape ses escarpins et n'attends pas sa réponse pour aller les déposer plus loin dans un coin. Quand je reviens, elle me sourit gentiment.

– Merci, ça fait du bien.

– De rien ma douce, réponds-je avant de me maudire d'avoir utilisé ce surnom.

Elle rougit comme chaque fois que je suis tendre avec elle. Je m'en veux de ne pas savoir tenir mes distances, car elle sera forcément tôt ou tard la victime collatérale de mon manque de volonté. Je vois bien qu'à mesure que le temps passe, que nous nous amusons ensemble, elle retrouve l'espoir d'un nouveau round entre nous. Pourtant, je refuse de revenir vers elle, même si j'en meurs d'envie. Et plus je tarde à reprendre mes esprits, plus elle souffrira.

– Tu veux bien attacher mes cheveux ? Avec la vapeur, ils se collent sur mon visage et ça me gratouille les joues.

Je papillonne des yeux pour revenir sur terre et avance mécaniquement vers elle. Je pose mes doigts sur ses cheveux et la douceur de ses mèches me téléporte aussitôt vers des souvenirs sensuels. J'aime tellement ses boucles blondes, légères et brillantes, captant le moindre rai de lumière. Je fais glisser mes mains autour de sa chevelure que j'empoigne doucement. Une fois rassemblée dans mes mains, je ne peux me retenir d'approcher mon nez pour la sentir. Sous l'odeur du caramel, je reconnais son doux parfum et j'en ferme les yeux une fraction de seconde. Mes doigts frôlent sa nuque et je contemple sa peau frémissante. Je me revois mordiller son cou et ses épaules tendres, pétrir ses seins ronds et lourds et frotter ma queue sur ses fesses démoniaques.

Je soupire ; il faut que j'arrête ça tout de suite. Sarah pivote la tête vers moi.

– Je n'ai rien pour les attacher, dis-je, penaud.

– Entortille-les et coince-les avec une spatule en bois, ça suffira, dit-elle en relevant ses mains recouvertes de caramel. Je ne peux pas le faire.

Me voilà à tourner ses cheveux entre mes doigts sous ses conseils avisés. Je ne sais pas pour qui est la pire torture : elle à qui je tire les cheveux, ou moi qui m'imagine le faire en lui faisant l'amour. Une chose est certaine, heureusement que je suis derrière, au moins elle ne me voit pas bander comme un âne. Je me déteste de réagir comme un mec en rut, sans aucun self-control.

J'essaie d'attraper une cuillère en bois un peu plus loin sans lâcher ses belles boucles blondes que j'ai martyrisées. Je la fais geindre lorsque je passe tant bien que mal le manche en bois dans sa chevelure. Le résultat est catastrophique. Les mèches dégoulinent de nouveau sur ses joues et la spatule tombe sur le sol.

– Attends, je vais le faire, dit-elle en se retournant vers moi.

Elle ramène un doigt vers sa bouche et se met à le sucer goulûment pour le débarrasser des restes de pomme, puis un autre. Je la contemple, tellement hypnotisé par cette bouche sensuelle que j'en rougis de plaisir. J'ai tout à coup envie d'elle, une envie irrépressible. Je perds le contrôle et me saisis de sa main, attrapant un de ses doigts entre mes dents. Le goût de sucre est divin et j'enroule avec délectation ma langue autour de son annulaire. J'ouvre de nouveau mes lèvres et fais entrer également son petit doigt.

Sarah est muette devant moi, les lèvres entrouvertes, ses jolies billes bleues qui s'assombrissent rivées sur ma bouche. Alors que je la suce, elle se met à gémir.

– C'est bon…

– Avec toi, c'est toujours bon, dis-je en fixant sa bouche que j'ai aussitôt envie de dévorer.

– Hélias, dit-elle tout bas, d'une voix si douce que mon sexe triple de volume.

Je papillonne des yeux et lâche sa main d'un coup, l'éloignant de moi.

– C'était stupide, je suis désolé.

Sarah fait la moue, puis lâche un profond soupir avant de retourner à ses pommes.

– Vous avez besoin d'un petit coup de main ? demande Val qui entre dans la cuisine.

– Oui, vous tombez bien, dit Sarah. Pourriez-vous m'attacher les cheveux pour que je puisse finir cette tarte ?

– Bien sûr. Attendez, je vais bien trouver un élastique quelque part.

Je suis en train de perdre la boule. Plus je tente de m'éloigner de Sarah, plus je craque pour elle. Cette nana me rend littéralement dingue, comme si j'étais un pantin sous son emprise, incapable de lui résister. Je sors précipitamment de la pièce et me dirige directement vers ma chambre. Une douche glacée, voilà ce qu'il me faut.

J'ai besoin d'au moins dix minutes pour reprendre mes esprits sous un jet puissant et froid. Je change de vêtements pour chasser cette odeur de caramel qui ramollit mon âme. Revigoré, prêt à affronter la diablesse blonde au rez-de-chaussée et à la tenir à bonne distance, je rejoins le salon.

Dans la cuisine, c'est l'effervescence. Mon père, qui s'est relevé, est en train de se chamailler avec Val, préférant cuisiner à l'huile alors que ma tante ne jure que par le beurre, tout comme le faisait ma mère. Le débat ne dure cependant pas longtemps quand ma famille demande son avis à Sarah qui, en bonne Normande, n'hésite pas une seconde.

Je reste un peu en retrait à les regarder tous trois se mettre à rire. Val avec sa plaquette de beurre, mon père s'adossant à un placard et Sarah, le visage maculé de farine et les mains enfoncées dans son saladier.

J'approche doucement et Sarah lève les yeux vers moi. Son regard heureux me met à terre. Comment pourrais-je lui résister alors qu'elle est si parfaite ?

– Viens, me dit-elle. J'ai les bras en compote. Tu vas m'aider à pétrir ma pâte à tarte.

Je lui souris, moqueur, en lui montrant du bout du nez le robot ménager qu'elle aurait pu utiliser.

– Rien ne vaut les mains d'un homme pour façonner la meilleure pâte sablée.

Elle me laisse la place et à peine ai-je mis mes mains au-dessus du plat qu'elle m'enfonce les doigts dans la mixture. Je lâche un petit juron de dégoût avant que ses doigts ne rejoignent les miens et que son contact ne me fasse gémir de plaisir.

– C'est agréable, non ? ose-t-elle me demander avec un petit sourire coquin.

En guise de réponse, je hausse les épaules. Les effets de ma douche glacée n'ont pas fait long feu ; elle a tout gâché en quinze secondes. Ses doigts glissent et j'inspire pour m'aider à garder mon sang-froid. Si ma tante et mon père n'étaient pas là, cela ferait belle lurette que la jolie Sarah aurait les fesses dans son saladier.

La soirée est fabuleuse. La tarte tatin est extraordinaire au point que j'en dévore la moitié à moi tout seul, laissant juste des miettes aux autres. Mon père est en adoration devant l'esprit vif de Sarah, Val l'adore aussi, je le vois à sa façon de la contempler gentiment. Sarah me surprend à expliquer les raisons de sa vocation d'avocate, son enfance déchirée par la séparation de ses parents, la peine qu'elle a encore aujourd'hui d'avoir rejeté son père pendant l'adolescence et cette volonté maintenant de défendre le droit des enfants dans les divorces.

Elle nous raconte tout ça tout en pudeur. Elle est si touchante lorsqu'elle se livre à nous que j'en ai la chair de poule, et je me retiens de la serrer dans mes bras. Elle poursuit en parlant de son grand combat pour les femmes, au détriment parfois de sa carrière et source de grandes moqueries de la part de ses confrères. Les hommes paient plus que les femmes et dans un cabinet comme le sien, l'argent est roi. Et puis elle nous fait rire un long moment quand elle explique qu'elle est dorénavant l'avocate avec un grand A des prostituées de Paris et de la grande couronne après avoir soulevé un vice de procédure. Que son cabinet connaît depuis un grand défilé de proxénètes qui sont prêts à tout pour l'avoir, allant même jusqu'à lui proposer les services d'escorts mâles de luxe.

Je l'observe, je la découvre et j'aime cette femme qu'elle est vraiment, entière et généreuse. Drôle, pétillante, passionnée et passionnante.

Alors que mon père me met en boîte, elle n'hésite pas à me défendre, me trouvant des qualités auxquelles je n'aurais pas pensé. Elle me fait fondre en lui tenant tête, à lui et son humour sarcastique.

– Mon vieux, celle-là, tu devrais l'épouser, murmure ma tante dans le creux de mon oreille. Elle est follement amoureuse de toi.

Mon sourire s'estompe. Val a raison, c'est flagrant. Je connais maintenant la raison qui a poussé Sarah à faire une chose aussi dingue pour moi. Comment une fille comme elle aurait-elle pu accepter de passer pour une prostituée si elle n'avait pas de sentiments ? Mon cœur se serre. Je suis dans la merde.

Sarah croise mon regard et devant mon air inquiet, elle me demande :

– Tout va bien ?

– Oui, j'ai juste trop mangé.

– C'est vrai que tu as fait fort avec cette tarte, glousse-t-elle.

– J'avais faim, réponds-je en détournant les yeux pour qu'elle n'y lise pas la vérité.

J'avais faim, mais pas seulement de pâtisserie. J'avais et j'ai encore faim d'elle. Faim comme un homme épris, comme un homme qui ne rêve que de l'avoir dans ses bras jusqu'à la fin de ses jours, comme un homme qui ne pourra bientôt plus se passer d'elle. Il n'est pourtant pas question que je me laisse embarquer sur cette voie. Je le refuse. Reste maintenant à savoir comment je pourrai continuer à voir Sarah sans lui briser le cœur.

CHAPITRE 48

SARAH

Le trajet de retour est silencieux. Hélias est plongé dans ses pensées, inaccessible. Il semble vraiment perturbé, comme s'il avait vu le diable au coin d'une rue et qu'il souhaitait lui dissimuler son âme. J'avais pourtant l'impression qu'il avait passé un agréable moment ce soir, tout comme moi. Il a plaisanté durant tout le dîner, a pris soin de servir pour nous permettre de nous reposer.

J'ai les pieds en compote et comme je n'arrivais plus à enfiler mes escarpins à notre départ de chez lui, il m'a portée jusqu'à sa voiture. Je me suis prise quelques secondes pour une princesse dans les bras de son prince charmant, enivrée par son odeur, fascinée par la douceur de son cou auquel je m'accrochais. Pourtant, la réalité est tout autre. Hélias est juste un gentleman, un homme gentil et bien élevé. Rien à voir avec un prince de conte de fées.

Malgré la douleur, j'enfonce mes pieds l'un après l'autre dans mes talons hauts alors que la voiture s'engage dans ma rue.

– Je te remercie de m'avoir ramenée, dis-je calmement pour ne pas le sortir de sa torpeur alors qu'il se gare devant mon porche.

– De rien.

– On se revoit la semaine prochaine en réunion.

– Ouais, répond-il en me jetant un bref coup d'œil, comme pressé d'en finir.

Je sors de la voiture, un étrange sentiment au fond du cœur ; un mélange de tristesse mais aussi de colère à cause de son attitude contradictoire, tantôt gentil, tantôt froid. Il ne me pardonnera jamais. Les larmes au bord des yeux, j'avance vers la grande porte en bois. Je n'attendais pas qu'il finisse la nuit avec moi, mais nous aurions pu nous souhaiter bonne nuit comme de bons amis, avec de beaux sourires et quelques rires.

À quelques mètres de moi, je suis hélée par un groupe d'hommes. Je ne vois pas tous les visages mais je reconnais la voix de l'un de mes voisins. Une fois arrivée à la porte, je découvre les colocataires de mon palier. Une bande de jeunes sympas même s'ils sont souvent bruyants et parfois borderline.

– Salut les garçons.

– Salut, jolie Sarah, s'exclame l'un d'eux avec une bière à la main.

– C'est la fiesta ce soir ? Vous fêtez quelque chose ?

– C’est samediiiii, continue un autre bien aviné.

– Oh Sarah, j’ai besoin de toi, dit un troisième qui vient poser un bras recouvert de tatouages sur mon épaule.

– Qu’est-ce que tu as encore fait ?

Je détaille Aurel et fais la moue. Aurel n’est pas vraiment l’incarnation de la veuve et l’orphelin, il a plutôt l’allure du bad boy au look négligé qui passe son temps à fumer et à boire. Mes yeux s’arrêtent sur son jean sombre si élimé qu’il en est troué. Il est non seulement mon voisin mais aussi un de mes clients VIP. Pourquoi VIP ? Parce qu’il ne se passe pas une semaine sans que je sois obligée de l’assister au tribunal pour des questions de dettes et pour ses dérapages judiciaires. Un de ces clients qui font horreur à Bruno car je travaille pour lui avec l’aide juridictionnelle : aucun bénéfice pour le cabinet, tant financier qu’en termes d’image.

– J’ai été contrôlé au volant au bout de la rue.

– Tu avais encore bu ? râlé-je car je l’ai assisté pour conduite en état d’ivresse il y a moins d’un mois.

– Non…, ricane-t-il.

– Quoi ?

– J’avais fumé.

– Pas des clopes, je suppose.

Il se met à rire, suivi d’un de ses amis.

– C’était une sorte de clope, une bio. Tu sais, je fais dans le végane, moi, fanfaronne-t-il en s’accrochant à mon cou.

J'essaie de me dégager gentiment car il a une haleine si forte qu'il ne vaudrait mieux pas approcher une flamme de sa bouche.

– En bouffant un jour sur deux au fast-food, tu me fais bien rire. Bon, tu m'amèneras ta convocation dans la semaine pour que je regarde ça. Mais je ne vais pas toujours pouvoir te sauver les miches, tu vas finir à l'ombre si tu continues sur cette lancée.

Il m'attrape brusquement et embrasse ma tempe avec ardeur tout en s'écriant :

– Mais non, t'es la meilleure, maître Lucas !

Machinalement, je m'essuie le front et m'écarte de lui.

Je sursaute en sentant des doigts agripper mon épaule et je me retourne brusquement. À mes côtés, Hélias a un regard contrarié.

– Il y a un problème ?

– Non, pourquoi ?

Je regarde les garçons devant moi et je comprends.

– Je discutais avec mes voisins de palier. Les garçons, je vous présente Hélias, un ami.

– Un amiiiii ! s'amuse Aurel.

– Plus qu'un ami, alors ne t'avise pas de lui faire le moindre mal, ajoute Hélias d'un ton sec et furieux.

– On se calme, m'interposé-je alors que les deux hommes s'approchent l'un de l'autre pour se défier du regard. Hélias, ça suffit, et toi Aurel, si tu veux que je continue à t'éviter la taule, tu fais profil bas.

Je sors mes clés et ouvre la grande porte en bois. Hélias m'emboîte mon pas, légèrement agacé :

– Je t'accompagne jusqu'à ta porte.

– Ce n'est pas nécessaire, m'irrité-je.

Pas besoin d'un chevalier servant alors qu'il m'a larguée comme un vieux paquet sur le trottoir il y a moins de cinq minutes.

– Tu es inconsciente, s'agace-t-il. Tu vois un groupe de mecs bourrés et tu files leur taper la discute, me reproche-t-il.

– Ce sont mes voisins, ils sont bourrés trois cent soixante-quatre jours par an, pouffé-je. Ils ne m'ont jamais rien fait.

– Jusqu'au jour où ils te brutaliseront, grogne-t-il. Dépêche-toi et grimpe.

– Tu permets, j'ai mal aux pieds, je prends l'ascenseur.

Il lâche un long soupir et se décale pour me laisser appuyer sur le bouton d'appel. L'appareil descend dans un grincement lugubre.

– Il date de quand ce truc ?

– D'un temps certain, il est d'origine.

J'ouvre la grille et pénètre dans la cabine. Je me retourne vers Hélias qui hésite en observant le tableau de commandes.

– Tu fais quoi ? Tu montes ? Sinon, mon appartement est au sixième.

Hélias fait la tête mais il se précipite à l'intérieur. Je me retiens de rire lorsqu'il finit écrasé tout contre moi. J'arrive tant bien que mal à refermer la grille et nous commençons l'ascension sans un regard l'un pour l'autre.

– C'est pour deux personnes au moins ? demande-t-il.

– J'en sais rien, je l'ai toujours pris toute seule, dis-je en prenant l'air effrayé.

– Sale peste.

J'éclate de rire avant de poursuivre :

– Je le prends souvent, prise en sandwich entre deux de mes voisins, le tatoué et le grand Black. Je ne sais pas pourquoi, ils sont toujours très contents chaque fois qu'on s'y retrouve.

Hélias me fusille du regard. Monsieur n'est pas content ? Il me prend pour une écervelée qui ne se rend pas compte du danger, alors qu'il n'a pas la moindre idée de ce qu'une femme peut vivre tous les jours. Je sais ce que je fais.

– Et après tu dis que tu n'es pas jaloux.

– Je suis juste inquiet de te savoir avec ce genre de types.

– C'est très tendance les tatouages, mon vieux.

– C'est ton style, les mecs tatoués ? raille-t-il.

– J'aime bien, c'est très sexe.

– Sexe, rien que ça ?

Il détourne des yeux vexés.

– Je suis d'ailleurs étonnée que tu n'en aies pas sur ce corps de rêve, dis-je en caressant son torse pour le provoquer.

Ça lui apprendra à me prendre pour une petite chose fragile.

Je me serre davantage contre lui. Son regard s'assombrit mais lorsque j'approche ma bouche de la sienne, il lance précipitamment :

– J'ai peur des aiguilles.

– Oh ? Tu as peur de quelque chose ? m'étonné-je.

– Ouais, dit-il en ouvrant la grille dès que nous arrivons à mon palier, fuyant presque.

– D'un autre côté, tu as aussi peur de tomber amoureux, alors tu n'es pas aussi courageux que je le pensais.

Nouveau regard noir. J'avance vers ma porte et tourne la clef dans la serrure.

– Je suis arrivée. Je te remercie.

Derrière nous, les garçons toujours aussi bruyants déboulent dans l'escalier et se mettent à chanter mon prénom dans une cacophonie terrible. Hélias me pousse dans mon appartement.

– Je vais rester un peu pour vérifier que tout va bien.

Il referme la porte derrière nous et secoue la tête, agacé, en entendant les garçons beugler encore sur le palier.

– Franchement, retournons chez moi. Il n'est pas question que je te laisse avec ces zigotos dans les parages.

– Ils me font juste la sérénade, ricané-je.

Mes voisins imitent alors une scène de coït, l'un prenant la voix d'une femme et miaulant des « oui, j'aime ça ! » tandis que l'autre grogne des « t'aimes ça ma cochonne ». Je me mets à tousser et Hélias me toise, furieux.

– On rentre chez moi, ordonne-t-il.

Sa démonstration d'homme des cavernes commence à m'agacer.

– Ne t'inquiète pas, ce n'est pas la première fois qu'ils font ça quand je reçois un homme. C'est bon les gars, crié-je. Rentrez chez vous maintenant.

– C'est peut-être le défilé, c'est pour ça, rétorque Hélias, amer. Allez, reprends ton sac, on s'en va.

– Pas question, je reste chez moi. Je vais fermer à double tour derrière toi comme je le fais tous les soirs depuis plus de cinq ans, et il ne m'arrivera rien.

– Je ne te laisse pas ici toute seule, insiste-t-il.

Je soupire et retire mes chaussures avant d'allumer les lumières de mon salon. Il fait bien ce qu'il veut, moi, je ne bouge pas.

– Je vais rester un peu jusqu'à ce qu'ils se calment, alors, se ravise-t-il.

Devant mon indifférence, je le sens s'agiter.

– Tu me fais visiter ? demande-t-il timidement.

Je le contemple, si beau lorsqu'il est inquiet pour moi. Ses sourcils tombant sur un regard doux, ses lèvres rosies d'être trop mordue de stress. Mon cœur se gonfle d'amour mais je reprends mes esprits bien vite. Il ne se passera rien, même si j'ai une envie folle de me jeter sur lui. Je regarde tout autour de moi. La seule pièce de mon appartement est ridiculement petite à côté de sa grande demeure. Je me place au centre de mon salon et dis, un peu gênée, en montrant du doigt les quatre coins de la pièce :

– Le salon, la salle à manger, la cuisine, mon bureau. Tu ne risques pas de te perdre.

– C'est mignon, dit-il en détaillant lentement mon intérieur.

– Et derrière cette porte, c'est ma chambre.

Il reste quelques secondes à contempler la porte, plongé dans ses songes. Il lui jette peut-être un sort pour qu'elle demeure close quoi qu'il puisse se passer entre nous.

– Tu veux boire quelque chose ? lui demandé-je pour être polie, même si j'ai une folle envie qu'il s'en aille.

Il est presque une heure du matin, il serait peut-être temps qu'il rentre chez lui. Je prends la route à six heures pour assister aux quatre-vingts ans de ma grand-mère en Normandie ; je vais avoir une mine de déterrée.

– Non merci, c'est gentil, je vais juste attendre encore quelques instants et je vais y aller.

Il appuie ses fesses sur une petite console sur laquelle je pose mon sac à main. Je retire ma veste en cuir, soulève mes cheveux tout en bâillant. Hélias ne me quitte pas des yeux, les mains agrippées au meuble. Son regard se promène de ma nuque à mes seins puis vers mes hanches. Ses mâchoires se serrent. Il lutte, contre l'envie de fuir loin d'ici ou le désir de m'embrasser, peut-être. Après tout, dans sa cuisine, il a eu un comportement plutôt équivoque.

– Si cela ne te dérange pas, je vais aller me doucher. J'ai besoin d'un jet d'eau bien chaude, je suis épuisée par cette journée. Je te raccompagne.

– Je partirai quand tu auras terminé.

Je me fige, stupéfaite, avant de m'amuser en posant une main sur son avant-bras :

– Tu es mignon de toujours veiller sur moi.

– Je ne te veux que du bien, Sarah, répond-il d'une voix grave en me fixant tendrement.

Je m'éloigne de lui pour me rendre dans ma salle de bain mais en passant le seuil de ma chambre, je ne peux m'empêcher de lui lancer, un brin aguicheuse :

– Mais moi aussi, je ne te veux que du bien, Hélias.

Il se met à rire doucement en me faisant un clin d'œil.

Dix minutes plus tard, je me regarde dans le miroir de ma chambre, enroulée dans une serviette de bain. J'hésite devant mon placard, puis jette négligemment la nuisette en satin. Pas la peine de se fatiguer. Je n'ai cependant pas envie qu'il me voie à mon désavantage alors plutôt que pour le pyjama en pilou, j'opte pour ma chemise de nuit aux motifs licornes arc-en-ciel. Je laisse les premiers boutons ouverts et décide de ne rien mettre en dessous. C'est important de rêver, dans la vie.

Lorsque je fais mon apparition dans le salon, Hélias lève les sourcils.

– Quelle jolie tenue, se moque-t-il.

Il n'a pas bougé : il est toujours debout, appuyé contre mon meuble, les bras croisés.

– Il se fait tard, je commence à voir des licornes, ricane-t-il alors que je me hisse sur le meuble tout près de lui.

Je croise mes jambes et mes cuisses se dévoilent. Les yeux de mon *bodyguard* dévalent aussitôt vers elles et je m'amuse de voir ses lèvres s'entrouvrir et ses joues rosir. Ils remontent ensuite lentement pour ralentir leur progression à la hauteur de mon décolleté finalement plus généreux que je ne le voulais. Ses pommettes passent du rose au rouge et son regard se met à étinceler.

– Tu n'es qu'une allumeuse, lâche-t-il en souriant.

– Pardon ? rétorqué-je, faussement outrée.

– Tu m'as cherché tout l'après-midi et tu continues maintenant.

– Qu'est-ce que je fais ?

Il prend une voix aiguë pour m'imiter :

– « Oh tu es trop mignon, j'ai besoin d'une douche bien chaude. »

Il reprend sa voix normale, légèrement plus rauque que d'habitude.

– Et te voilà dans ta petite chemise de nuit à me montrer tes cuisses fantastiques.

– J'aurais pu mettre une nuisette, mais j'ai enfilé un vrai tue-l'amour pour te ménager.

– Même dans un sac à patates tu serais fabuleuse, grogne-t-il en regardant droit devant lui.

Il soupire avant de poursuivre, taquin :

– Un tue-l'amour mais avec une petite culotte sexy en dessous, je suis sûr.

– Tu as tout faux.

– Quoi, tu as mis un boxer en coton ?

– Non, je n'ai rien mis du tout.

Hélias en ouvre la bouche de stupéfaction avant de se remettre sur ses pieds pour pivoter vers moi. J'en profite pour l'attraper par les cordons de la capuche de son sweat.

– Je suis chez moi et je m'apprête à aller me coucher, rien d'anormal.

Je joue avec les cordons et je jubile en le voyant s'approcher un peu plus près.

– Et toi, tu n'as pas cherché à me séduire dans ta cuisine ? lui reproché-je.

– C'était un moment d'égarement à cause d'un manque de sucre, se justifie-t-il.

– Une hypoglycémie ? ricané-je.

– Avec tous ces effluves de pommes caramélisées, j'ai perdu la tête.

– Et maintenant avec toute cette quantité de tarte tatin que tu as ingurgitée, tu frôles l'hyperglycémie, et ta libido est au plus bas.

– J'aimerais bien, grommelle-t-il en mordant sa lèvre et en jouant avec le col de ma chemise de nuit.

Je me retiens de rire en le voyant s'empourprer. Je le tire à moi d'un coup sec et il ne résiste pas. La couleur de ses yeux change aussitôt, comme s'il paniquait un peu.

– Je veux juste te savoir en sécurité.

– Je le suis, tu peux filer.

Il ne bouge pas d'un centimètre, son regard magnifique braqué sur moi. Je décroise lentement mes cuisses et sans que je lève le petit doigt, il vient s'y loger en faisant encore un pas. J'ose poser mes mains à plat sur ses pectoraux. Son regard suit mes doigts qui filent jusqu'à ses abdominaux. Je l'entends inspirer d'un coup sec, comme si j'étais une flamme qui venait de le brûler. Il ne me repousse pas, mais je m'amuse à voir ses mains se poser sur le meuble de chaque côté de mon corps pour ne pas me toucher.

– Qu'est-ce que tu fais ? dit-il.

– Je t'allume peut-être un tout petit peu, susurré-je en passant ma langue sur mes lèvres.

– Qui te dit que je vais céder à tes avances ? me provoque-t-il en fixant ma bouche.

– Ton corps.

Je pose mes mains sur la ceinture de son jean. Il cesse de respirer, son regard rivé au mien ; un regard qui cherche pourtant à me fuir. Je murmure alors, ma bouche à quelques centimètres de la sienne :

– Pourquoi ne laisses-tu pas les choses arriver ? Toi et moi, on en a envie.

– Je ne peux pas, se défend-il.

– Pourquoi ?

– Parce que je ne veux pas te faire souffrir.

– Je suis assez grande pour savoir ce qui est bien pour moi et ce que je veux. Et pour le moment, c'est toi que je veux.

Mes lèvres caressent les siennes. Il inspire, résistant encore.

– Laisse-moi faire mes propres choix.

Mes cuisses s'enroulent autour de ses hanches et ma bouche se pose sur la sienne dans un baiser tendre. Il ne fait rien mais ne s'éloigne pas. Mes mains s'agrippent à son cou et mon corps se love contre le sien. Je plonge mon nez dans le creux de son épaule et inspire l'odeur enivrante de sa peau. Je sens ses doigts frôler mes cuisses. Mon corps s'embrase d'une impatience presque douloureuse.

– Sarah, Sarah, geint-il.

– Laisse faire les choses, Hélias.

Il pose son front contre le mien et inspire un grand coup.

– Sarah, on ne peut plus faire comme avant. Je le voudrais, mais ce ne sera plus jamais pareil.

Je déglutis, le cœur serré.

– Parce que j'ai menti.

– Non. Parce qu'il ne peut plus y avoir de deal entre nous. Tu te souviens ?

– Pas d'engagement, je sais mais…

– … tu voudras beaucoup plus, Sarah, et c'est normal. Mais je ne te donnerai pas ce que tu veux. Je te briserai le cœur. Et je ne le veux pas.

– Je ne te demande rien, supplié-je. Je veux juste passer du temps avec toi.

– Dans tes yeux, je vois bien trop de choses qui me font peur.

– Je vois la même chose dans les tiens, lui assené-je.

– Tu as tort, dit-il en se détachant de moi comme si j'étais une bombe sur le point d'exploser. Tu essaies de voir chez moi un sentiment qui n'existe pas.

Mon cœur encaisse. Ma vue se brouille.

– Tu vois, je te fais pleurer, râle-t-il.

– Ce n'est rien.

– Ce n'est pas rien, ce n'est pas ce que je veux.

Hélias me jauge et finit par avancer vers la porte. Il reste un petit moment, la main posée sur la poignée, réfléchissant probablement à ce qu'il pourrait ajouter pour me convaincre. Il sait bien que c'est trop tard, que je suis déjà trop amoureuse de lui.

– Ferme bien la porte derrière moi, se contente-t-il de dire tout en emmurant mon cœur dans nos souvenirs.

CHAPITRE 49

SARAH

Hélias a mis plus de trois jours avant de reprendre contact avec moi depuis notre sortie au musée. Pas un mail, pas un coup de fil, même de trente secondes, c'est Arthur qui a poursuivi les préparatifs des derniers contrats avec l'entreprise américaine. Un matin, mon ancien amant a cependant fini par décrocher son téléphone et m'appeler alors que j'allais vers le palais de justice. Il s'est excusé de ce qui s'est passé entre nous, de ses moments d'indécision, et a fini par conclure que nous devions nous contenter dorénavant de relations purement professionnelles. Qu'il y avait indéniablement une forte attirance entre nous, mais que nous devions passer outre pour notre bien.

J'ai écouté, j'ai acquiescé, puis j'ai déambulé comme un zombie tout le reste de la journée. Playlist Abba et glace au chocolat. Entre Hélias et moi, tout est donc définitivement terminé, je dois me faire à cette idée. Nous dépasserons tout ça. Aujourd'hui, nous sommes capables de nous parler au téléphone calmement et en respectant l'autre. Big Boss a laissé la place à Hélias Graçay, un homme courtois et bien élevé. Alors, les choses se passent…

Je suis en train de plancher sur un dossier ardu de fraude fiscale lorsque Véra pénètre dans mon bureau sans frapper. Je l'aime bien mais je déteste lorsqu'elle fait ça, car elle a le chic pour tomber au moment où je suis en train de remettre mon soutien-gorge ou de me bâfrer en douce de chocolat.

– Il y a un homme pour vous.

– Il a rendez-vous ?

– Non.

– Alors donnez-lui un rendez-vous et notez pourquoi il veut me rencontrer. Si je commence à recevoir les gens à l'improviste, ça va devenir ingérable.

– Il insiste. C'est un M. Graçay, je crois que c'est le père de votre Hélias.

– Philippe ? dis-je en me relevant de ma chaise.

– Oui, c'est ça.

– Mais pourquoi est-il là ?

Je contourne mon bureau et me rends dans le hall d'accueil. Je le reconnais tout de suite, longiligne, le dos bien droit, le cheveu grisonnant. Il se retourne et me sourit. Quelques instants, bien qu'Hélias ne lui ressemble pas beaucoup, je retrouve le même sourire tendre.

– Bonjour, Sarah. Je ne voulais pas vous déranger mais je profite d'une promenade près d'ici.

– Bonjour, Philippe. Entrez dans mon bureau. Cela me fait plaisir de vous revoir. Asseyez-vous, n'hésitez pas. Vous allez bien ?

– Oui, très bien.

Il reste silencieux quelques secondes le temps de regarder tout autour de lui, s'arrêtant sur des bibelots personnels qui traînent sur mon bureau.

– Que faites-vous ici ? demandé-je, déroutée.

C'est vrai que je l'apprécie, mais je suis surtout étonnée.

Il semble embarrassé.

– Hélias ne sait pas que je suis là. Je suis allé à la Sorbonne, où je travaille… enfin, quand je ne suis pas malade.

Il se met à toussoter, gêné. Il ne sait certainement pas que je suis au courant.

– J'ai mis une petite annonce, je suis en quête d'un étudiant pour faire des recherches pour moi, concernant un livre que je suis en train d'écrire.

– Un livre ? C'est super.

– Oui un de mes projets sur Mylasa et Labraunda à l'époque hellénistique.

– À vos souhaits, me moqué-je, ne sachant pas du tout de quoi il parle.

Il se met à rire.

– Vous êtes aussi moqueuse que mon fils.

On rit ensemble avant de se regarder en silence. Il sait. Il sait que je ne suis plus avec Hélias et il est là pour tenter l'opération de la dernière chance. J'imagine très bien dans quel état serait son fils s'il découvrait ses manœuvres.

– Par ailleurs comme j'avais besoin des conseils d'un avocat, j'ai pensé à vous.

Le petit malin.

– C'est à propos de la succession de ma femme. J'ai des soucis avec le notaire et je ne sais pas trop comment m'en sortir.

Philippe m'explique la situation durant quelques minutes. N'étant pas au fait de toutes les pratiques, je téléphone au père de Gabriel qui est notaire et qui me précise deux ou trois points, puis je règle le problème en quelques coups de fil.

– Je savais bien que je pouvais compter sur vous Sarah. Vous êtes adorable.

Allez, crache le morceau !

– De rien Philippe, je suis heureuse d'avoir pu vous aider. N'hésitez pas si vous avez de nouveau besoin. Tenez, je vous donne ma carte pro et vous note mon numéro de portable.

Je suis gentille, je te facilite la vie.

– Merci beaucoup, mais nous aurons peut-être l'occasion de nous revoir chez Hélias ?

Je grimace et réponds avec un sourire crispé :

– Je ne pense pas, mais je serai toujours disponible pour vous.

– Oh, je me doutais bien. Hélias est d'une humeur sombre en ce moment.

– Ah ? Je suis navrée de l'apprendre.

– J'ai peur qu'il ne se réfugie trop dans le travail et qu'il gâche sa jeunesse, reprend-il tristement en me jetant un petit regard pour me faire culpabiliser.

– Philippe, c'est Hélias qui m'a repoussée, m'agacé-je.

– Tout avait pourtant si bien commencé entre vous.

– Pas vraiment.

Il fronce les sourcils et je détourne le regard.

– Nous nous sommes rencontrés dans un contexte très particulier qui malheureusement a condamné notre relation à l'échec dès le début. Mais de toute façon, votre fils n'est pas prêt à avoir une relation, il a peur de souffrir.

Je hausse les épaules en faisant une moue déçue.

– C'est stupide.

– Il se protège, c'est tout. Il changera d'avis lorsqu'il aura trouvé le grand amour, dis-je en chassant les larmes qui embuent mon regard tout à coup. À l'évidence, ce n'est pas moi.

– Mais…

Je me lève pour l'inciter à s'en aller ; je n'ai pas envie de finir en pleurs devant lui. Son visage se marque de contrariété et il se redresse à son tour.

– Je ne vais pas vous embêter plus longtemps.

– Je suis contente de vous avoir revu.

Gabriel passe la tête dans l'entrebâillement de ma porte et dit tout en regardant Philippe :

– Je ne peux pas déjeuner avec toi, j'ai un ami qui est sur Paris, je n'ai pas pu refuser.

– Pas de souci, à tout à l'heure.

Je raccompagne Philippe jusqu'à la sortie mais il a une mine défaite. Je suis certaine qu'il rumine ce que je lui ai appris à propos d'Hélias. Je culpabilise à mort dans les derniers mètres et je commence même à avoir peur à l'idée qu'il puisse faire une bêtise dans le même genre que la dernière fois. Je pense à son fils. Il m'étranglerait pour ce que j'ai dit, surtout si cela doit nuire à la guérison de son père.

– Vous rentrez chez Hélias ? Ça vous dit de déjeuner avec moi et de me servir de cavalier ? Je déteste aller au restaurant toute seule.

Son visage se détend un peu.

– Je serais très heureux de vous inviter à déjeuner.

– Formidable, mais c'est moi qui invite.

Nous descendons les marches et arrivés dans la rue, je tombe nez à nez avec le fils de Véra qui attend sa mère au pied de l'immeuble. Son visage, si ressemblant à celui de Bruno, me fait tressaillir.

– Bonjour, Sarah, me salue-t-il poliment.

– Bonjour, Nicolas.

Philippe déboule sur le côté et je me sens obligée de les présenter.

– Philippe, je vous présente Nicolas, le fils de ma secrétaire. Il est en quatrième année d'histoire.

– Oui on se connaît, répond le jeune homme. Bonjour monsieur Graçay, je suis content de vous revoir, vous nous manquez beaucoup.

Philippe marque un temps d'arrêt puis dit en pointant un doigt vers le garçon :

– Deuxième rang, tout à droite. Lunettes en écaille et vous mâchouillez toujours vos stylos !

Nicolas se met à rire, rouge d'embarras.

– Oui, mais ne le dites pas à ma mère, elle a dépensé une fortune en appareils dentaires.

– Qu'est-ce que l'on ne doit pas me dire ? s'immisce Véra qui sort à son tour de l'immeuble.

– Rien du tout ! répond son fils.

Je regarde les deux hommes face à face et j'ai un éclair de génie.

– Philippe, ce garçon cherche un petit job pour arrondir ses fins de mois. Il pourrait peut-être s'occuper de vos recherches ?

– Pourquoi pas ! acquiesce le père d'Hélias.

– Et si on en parlait autour d'un bon repas ? proposé-je. Vous vous joignez à nous, Véra ?

Cette dernière n'ose pas dire non et alors que les deux hommes font quelques pas tout en parlant ensemble, je lui dis tout bas en prenant son bras :

– Je crois que j'ai trouvé un petit boulot à votre fiston. C'est son prof d'histoire.

Véra me sourit, radieuse, et je me sens aussitôt soulagée d'un poids en imaginant qu'elle pourrait arrêter sa « petite activité annexe ».

– Vous savez que vous êtes terrible, sainte Sarah ? Mais vous êtes une fille bien. Si le fils pouvait s'en rendre compte comme le père…

Je me blottis contre elle et je ne peux réprimer un petit pincement au cœur.

CHAPITRE 50

SARAH

Ma gentillesse me perdra. Une fois de plus, à cause de ce fichu trait de caractère, je suis dans une situation délicate. On peut dire qu'en croisant la route d'Hélias, j'ai gagné le pompon : un chagrin d'amour puissance dix et un père des plus collants. Depuis notre déjeuner, Philippe ne me lâche plus. Coups de téléphone, visite d'une exposition de photos et même de la bibliothèque de la Sorbonne en compagnie du fils de Véra. Je suis contente de voir que les deux s'entendent à merveille et qu'ils sont sur la bonne voie pour travailler ensemble, mais je me serais bien passée de cet après-midi. D'un autre côté, Philippe semble si heureux de partager un peu de temps avec moi. Il me parle d'Hélias, beaucoup. Je crois qu'il n'a pas perdu espoir de nous réconcilier, et je n'ose pas le rembarrer, comme je n'ai pas osé refuser ces sorties, de peur qu'il le vive mal.

Mais pourquoi lui ai-je dit oui ? Un coup de fil hier soir alors que j'allais dîner chez Maxine : le manteau sur le dos, les clefs déjà dans la serrure, Philippe me demandait de l'emmener dans sa maison de Fontainebleau et d'aider Val à débarrasser les armoires des effets de sa femme pour qu'il puisse tourner la page. J'aurais vraiment dû dire non, cette fois, mais j'ai été prise de court, et me voilà devant une penderie qui me donne la chair de poule. Val est sortie il y a quelques minutes, en pleurs ; trop difficile pour elle de s'occuper des robes de sa sœur dans lesquelles elle la voit encore, rayonnante et en bonne santé.

Je plie la belle étoffe en soie et la pose délicatement dans la malle devant moi. Depuis que je suis entrée dans cette maison, je suis au bord du malaise. Je ne sais pas si c'est le sentiment d'intrusion dans la vie privée d'Hélias qui me fait cet effet-là ou si c'est parce que je suis en train de ranger les vêtements d'une défunte, mais je me sens mal.

Juste en contemplant ses affaires, j'imagine celle qu'elle était. Une femme intelligente, menant d'une main de maître sa carrière de prof de maths et d'un autre côté, une femme tendre, dévouée à son mari et à son fils. Une femme qui aimait plaire vu le nombre incroyable de robes et de jupes que recèlent ses armoires. Les pantalons se font rares. Quelques jeans, probablement pour le week-end ou le jardinage. Je baisse les yeux sur une photo d'elle sur la table de nuit. Hélias lui ressemble beaucoup, un large sourire aux belles dents blanches, un regard doux, de beaux yeux verts. Devant elle, dans ses bras, une petite frimousse qui me tire un sourire amusé. Hélias, tout petit, très beau comme aujourd'hui, avec un regard pétillant que j'ai trop peu vu jusqu'ici. La banane d'un gosse insouciant qui ne connaît pas encore le destin cruel de sa mère. Je voudrais pouvoir chasser la peine d'Hélias, remplir son cœur blessé de tout l'amour que j'ai pour lui.

Je me remets à la tâche, le cœur gros. Ce soir, il faudra que je me loue une comédie pour oublier cette triste journée. Je plie une robe de soirée ainsi qu'un tailleur. Je prends soin de mettre quelques feuilles d'antimites. Je décroche quelques cintres et pose les vêtements sur le lit, continuant mon labeur en fredonnant une chanson, lorsque la porte s'ouvre brusquement, me faisant sursauter. Devant moi, Hélias, sonné de me trouver ici. Il me scrute, décomposé, avant de baisser les yeux sur mes mains qui tiennent une veste de sa mère.

– Qu'est… qu'est-ce que tu fais là ?

– Je… J'aide ton père.

– Pourquoi tu prends les fringues de ma mère ? s'offusque-t-il.

Je baisse les yeux sur les vêtements, mal à l'aise.

– Je ne les prends pas, je les range.

– Mais pourquoi ?

– C'est ton père qui m'a demandé de le faire pour aider Val.

– Mais pourquoi t'a-t-il demandé ça à *toi* ?

– Je ne sais pas… peut-être qu'il n'avait personne d'autre à qui le demander.

– On a plein de famille, il pouvait appeler une cousine ou une de ses sœurs, contrecarre-t-il, agacé. Comment il a eu ton numéro de téléphone ? C'est toi qui l'as relancé ? C'est pour pouvoir m'approcher ?

– Pas du tout ! m'insurgé-je. C'est lui qui a débarqué à mon cabinet l'autre jour. Il avait besoin d'un conseil juridique sur la succession de ta mère. Nous avons déjeuné ensemble, ça semblait tellement lui faire plaisir…

– Et il t'a demandé de venir aujourd'hui ? continue-t-il nerveusement en cherchant son père dans le couloir.

Il enchaîne les questions, j'ai à peine le temps d'y répondre. Je pourrais me vexer, mais je sens monter son anxiété.

– Il m'a passé un coup de fil hier soir. Je n'ai pas osé dire non…

– C'est toi qui l'as amené ici ?

– Oui, tu ne savais pas qu'il était là ?

– Non, c'est l'aide-soignant qui vient pour ses soins qui m'a alerté. Il n'était pas chez moi. J'ai tracé son portable et j'ai découvert qu'il était ici.

– Et tu as paniqué… Je comprends mieux pourquoi tu es si pâle.

Hélias me dévisage, presque gêné. Il déteste montrer ses peurs et pourtant avec moi, il n'a jamais pu les cacher. Je lis en lui comme dans un livre ouvert. Il balaie la pièce du regard et son visage se couvre d'un masque de douleur avant de revenir sur moi.

– Pose ça, m'ordonne-t-il en montrant la veste que je suis en train de plier. Tu t'en vas tout de suite. Je ne comprends pas pourquoi tu es là, tu n'as rien à faire dans cette maison. Je ne sais pas à quoi tu joues avec mon père mais tu arrêtes ça. C'est un homme fragile.

– Je sais bien, c'est pour ça que je n'ai pas voulu lui dire non, me justifié-je en avançant vers lui pour partir. Tu crois que ça me plaît de m'immiscer comme ça ? Ce n'est pas ma famille, je n'ai rien demandé.

Ma remarque est vraiment sèche. Son regard en dit long sur le sujet, même si je ne suis pas sûre qu'il me croie.

– C'est quoi ton problème, Sarah ? Toi et moi, c'est fini. Si tu espères revenir dans mes bonnes grâces en te rendant utile, tu as tout faux.

– Ne t'inquiète pas, tu as été très clair samedi, m'énervé-je à mon tour en battant des cils, mes yeux brûlant de larmes. D'ailleurs, je n'ai plus vraiment envie d'être ton amie, non plus. Tu ne devais d'ailleurs pas être là, comme d'habitude.

– Comment ça, comme d'habitude ?

– Tu permets ? dis-je en essayant de sortir de la chambre tandis qu'il bloque le passage.

Hélias attrape mon bras alors que je le dépasse et me demande méchamment :

– Tu tentes quoi là, avoir le père là où tu n'as pas réussi avec le fils ?

Je n'ai pas le temps d'assimiler complètement ce qu'il vient d'insinuer que ma main a déjà décollé et qu'elle percute violemment sa joue. Comment peut-il penser ça ? Ça me donne envie de vomir.

Nous nous regardons, furieux tous les deux.

– Je vais mettre ça sur le compte du chagrin et de l'inquiétude pour ton père, mais tu dépasses les bornes, Hélias. Je n'attends rien de toi, ni de lui. Je veux juste rendre service à un homme rongé par le deuil. Maintenant tu permets que j'aille saluer ton père et ta tante avant de m'en aller ?

Il finit par libérer mon bras. Ma gifle lui laisse une marque rouge vif mais il ne dit rien, pas un mot. Il est allé trop loin.

– Où est mon père ? demande-t-il en me suivant.

– Dans le grenier pour faire de la place, réponds-je tout en m'y dirigeant.

– Dans le grenier ? Ça fait longtemps qu'il y est ?

– Un bon moment déjà.

– Putain…

Je le vois devenir blanc comme un linge avant de me pousser vers le mur et de se mettre à courir.

Instinctivement, je lui emboîte le pas en comprenant. Ça fait un bout de temps que Philippe est là-haut, trop longtemps, et je n'ai pas eu le réflexe de vérifier s'il allait bien. Devant l'échelle en bois, Hélias s'arrête net et je le vois hésiter, la main posée sur l'une des marches. Son visage est exsangue, même les traces de ma gifle ont disparu. Devant moi, c'est juste un enfant qui a peur de perdre son dernier parent. Là-haut, aucun bruit, seule l'ampoule se balance en grésillant. De grandes poutres sont apparentes et j'imagine comment Philippe pourrait s'y balancer.

Je me colle contre le dos d'Hélias et, les doigts serrés autour de son bras, je trouve le courage qui lui fait défaut :

– Tout va bien là-haut ? Philippe, vous vous en sortez ?

Hélias pose ses doigts sur ma main et je sens toute sa détresse et son besoin de m'avoir à ses côtés. La respiration coupée, nous regardons tous deux vers le haut en attendant une réponse. Au bout d'une dizaine de secondes, la voix de Philippe s'approche :

– Oui, tout va bien, mais il y a un de ces bazars. J'étais en train de regarder la collection de timbres de mon père. Je ne sais pas ce qu'ils font là, je vais les redescendre.

Son visage apparaît dans l'ouverture et je sens le corps d'Hélias se détendre.

– Oh, tu es là mon grand ?

– Tu es un sacré cachottier, répond Hélias en dissimulant sa peur. Pourquoi tu ne m'as pas dit que tu venais à Fontainebleau ? Je serais venu avec toi.

– Je ne voulais pas te déranger, et tu détestes venir ici.

Il repart farfouiller plus loin.

– Du coup, tu as préféré embêter Sarah, lui reproche-t-il.

– Laisse-le tranquille, lui dis-je tout bas.

Je me décolle de son dos et grimpe quelques barreaux.

– Comme Hélias est arrivé, je vais vous laisser en famille.

La tête de Philippe réapparaît.

– Vraiment ? Je pensais me débarrasser de cette tâche aujourd'hui. Val et Hélias n'arriveront pas à le faire.

– Ça me gêne d'être ici, lui réponds-je. Maintenant qu'Hélias est là, vous pourrez vous en occuper en famille.

– Mais vous êtes une amie de la famille, vous pouvez tout à fait rester !

Hélias lève les yeux au ciel avant de me regarder d'un air agacé.

– Je n'y suis pour rien, chuchoté-je. Ton père est plutôt du genre collant lorsqu'il a quelque chose en tête.

– Ah oui, et qu'est-ce qu'il a en tête ?

– Il veut te marier.

Il lâche un soupir moqueur avant de me détailler de la tête aux pieds, comme s'il jaugeait la marchandise.

– Avec Sarah, on va finir la penderie de maman, crie-t-il à son père.

– Tu ne voudrais pas plutôt m'aider là-haut ? Je vois pas mal de cartons que tu pourrais récupérer chez toi.

Hélias écarquille les yeux avant de se figer dans une moue d'effroi.

– Ce sont tous tes Lego et Playmobil. Tu dois bien avoir un peu de place dans ta grande baraque.

– Qu'est-ce que tu veux que j'en foute chez moi ? répond-il en grimpant à l'échelle.

– Tu les donneras à tes enfants.

Hélias se retourne vers moi et me lance un regard accusateur. Il mime un égorgement et je lève les mains pour rendre les armes en ricanant.

Alors que je remplis la dernière malle, j'entends Val m'appeler pour venir manger une part de gâteau devant une bonne tasse de thé. Je ne suis pas mécontente d'avoir enfin terminé cette mission : quatre cantines entières en fer trônent sur le lit, Hélias et son père n'ont plus qu'à les monter dans le grenier. J'écarte les vêtements suspendus du père pour que l'armoire ne lui paraisse pas trop vide. Je décale les piles également dans les étagères. J'imagine le mal que cela pourrait lui faire en voyant tout ce vide. Je me retourne, regarde une dernière fois la photo. Je souris bêtement à ce gosse. Je ferme ensuite les loquets et relève les yeux. Je tressaille en trouvant Hélias dans l'encadrement de la porte, en train de m'observer tranquillement.

– Je te remercie pour ce que tu as fait.

Je fais un vague geste de la main.

– De rien. Je suis contente de pouvoir aider ton père.

Il se rapproche un peu en tapotant nerveusement sur l'une des caisses, le regard baissé.

– Je te demande pardon pour ce que je t'ai dit tout à l'heure.

– On oublie. Et je suis désolée pour la gifle.

Il attrape ma main et la tournant dans tous les sens, amusé.

– Comment une si petite main peut faire si mal ?

Je glousse.

– Imagine si je t'avais décoché une droite. Je t'aurais mis au tapis.

Il se frotte le menton comme si je l'avais vraiment fait.

– Non, je ne préfère pas imaginer. Je te connaissais toute douce, mais finalement maître Lucas est plutôt punchy.

– Goûter servi, crie Val depuis le salon.

– Il faut qu'on y aille, proposé-je en souriant à Hélias qui ne bouge pas.

Il est tourné vers les étagères, désormais vides des effets de sa mère, et observe avec douleur les caisses sur le lit.

– Tu sais, tout ça, c'est encore très dur pour moi, se confie-t-il soudain.

– Je me doute.

Je viens tout contre lui et frotte doucement son bras pour le réconforter.

– Mais ton père a besoin de toi. Pour ça, il faut que tu la laisses partir toi aussi. Ta mère sera toujours là, continué-je en posant ma main sur son cœur. Les vêtements, ça ne compte pas. Le plus important, ce sont tous les beaux souvenirs que tu gardes précieusement en toi. Ton père a besoin de retrouver son fils aventurier, entreprenant. Il veut te voir heureux. Donne-lui ça, Hélias. C'est la meilleure chose que tu puisses faire pour lui. Et puis, je crois qu'elle aussi voudrait ça, comme toutes les mères.

J'attrape son visage et dépose un long baiser sur sa joue légèrement barbue. Puis je sors de la pièce, le laissant seul quelques instants.

Un peu plus tard, un bon gâteau au chocolat englouti, je fais le tour du salon, pendant que Philippe et Val débarrassent la table. Je m'arrête devant un jeu d'échecs. Une partie semble en cours. J'ai toujours adoré ce jeu, j'y jouais enfant avec mon père durant des heures.

– Qui n'a pas fini cette partie ? demandé-je à Philippe qui revient dans la pièce.

Il devient triste.

– Hélias et sa mère. Ils adoraient jouer, tous les deux.

Hélias pénètre dans la pièce en s'exclamant d'un air soulagé :

– Les quatre malles sont montées. Une bonne chose de faite.

Je le regarde tendrement et mon cœur se serre. Je ne sais pas si je fais bien, mais j'ai le sentiment que je dois l'aider à passer cette étape, pour qu'il aille mieux lui aussi.

– Hélias, si on la finissait, cette partie d'échecs ? demandé-je doucement.

Il se raidit, aux abois, avant de plonger son regard dans le mien. Le chagrin que j'y décèle me vrille le ventre. Je viens le chercher, lui prends la main.

– Tu es d'accord ?

– Ouais, soupire-t-il pour se donner du courage.

Son père nous observe, un peu surpris, mais m'adresse un petit sourire d'encouragement.

– Tu jouais lesquels ?

– Les noirs.

– Pfff, tu es mal barré mon grand.

– Non, je suis en train de gagner.

– Désolée, mais je ne suis pas du style à laisser gagner même le plus choupinou des garçons.

Je m'assieds sans attendre et je sens, une fraction de seconde, Hélias se tendre, presque outré de ma désinvolture à prendre la place de sa mère. Il finit pourtant par me rejoindre. Je lui souris, fière de lui ; je sais que l'instant est difficile mais il prend sur lui. Il papillonne des paupières, ses yeux étrangement brillants.

– Prêt à perdre ? m'exclamé-je pour le ramener à moi.

Ses yeux se plantent dans les miens et j'aime le voir se mettre à rire.

– Je vais te laminer, maître Lucas. Pas question que je laisse gagner une enquiquineuse comme toi !

CHAPITRE 51

HÉLIAS

– Je t'assure qu'il est bien trop tard pour rentrer. Je suis épuisé. Ce serait plus raisonnable de dormir cette nuit à Fontainebleau et de repartir demain matin.

– Mais je suis en pleine forme, parlementé-je devant mon père décidé. Tu pourras dormir dans la voiture pendant que je conduis.

– J'en aurais bien profité pour trier quelques papiers ce soir et reprendre un peu de linge avant de rentrer chez toi. J'en ai marre de mettre les mêmes habits depuis des semaines. Je préférerais rester.

Sarah nous regarde comme si elle assistait à un match de tennis, tournant la tête à mesure que l'on parle.

– Sarah et moi, nous travaillons demain matin et on a beaucoup de boulot en ce moment.

– On se lèvera tôt.

Sarah réagit comme si elle venait enfin de comprendre la proposition de mon père.

– Philippe, c'est très courtois de votre part, mais je vais rentrer à Paris dès ce soir.

– Toute seule alors qu'il fait nuit et que vous avez travaillé pendant des heures ? Il n'en est pas question.

Sarah me lance un regard désespéré mais face à mon père, je fais rarement le poids. Il est têtu et il profite très facilement de son nouveau statut de « personne fragile ».

– Philippe, où voulez-vous que je dorme ? Il n'est pas question que je partage un lit avec Hélias. Attention, je vous vois venir.

Je me retiens de rire à la tête de mon père qui s'empourpre. Sarah le bouscule dans sa bonne éducation mais il a quand même quelque chose derrière la tête car il continue, sans oser relever les yeux vers moi :

– Dans la chambre d'amis, et Hélias dans sa chambre d'adolescent…

– Dans mon lit 90 ? m'insurgé-je.

– Pour quelques heures, tu en feras bien ton affaire.

Sarah m'adresse un sourire moqueur.

– C'est entendu alors, affirme mon père sans attendre notre réponse. Je vais commander des pizzas.

Assis sur le canapé à quelques centimètres de Sarah, je zappe sur l'écran plat vieux modèle de mes parents. En bons enseignants, ils ont toujours privilégié la lecture plutôt que toute forme de léthargie devant la télévision, alors on doit se contenter des chaînes de la TNT et autant dire qu'il n'y a rien. Je jette un coup d'œil vers mon père, plongé dans la pile de courrier qui dormait dans la boîte aux lettres. Je passe d'une émission de variétés à une série policière française pour finir sur un vieux film des années 1980 avec Belmondo. Sarah me regarde, silencieuse, et lorsque je me mets à remuer ma jambe nerveusement, elle y pose sa main pour me calmer.

Je la contemple quelques secondes, happé par la luminosité de son visage et la bonté qui s'en dégage. Elle est tellement belle que mon cœur s'emballe pour la centième fois de la journée. Sarah est là dans ma vie, indéniablement à sa place. Petit à petit, elle s'immisce dans ce que j'ai de plus intime et elle y a un rôle de plus en plus important. Je pourrais lui en vouloir car je sais bien, totalement impuissant, ce qui est en train de se dérouler sous mes yeux ; je reconnais ce sentiment qui naît en moi. Mais je crois que Sarah n'en est même pas consciente. Elle est là parce qu'elle a souhaité aider mon père. Elle n'imagine pas la torture qu'elle m'inflige à déambuler devant moi, à sourire, à rire.

La voir dans cette maison dans laquelle j'ai perdu le goût du bonheur me paraît surréaliste, elle qui est l'incarnation même de la vie. L'entendre rire avec ma tante, se moquer de mon père me semble par moments presque indécent. Pourtant, lorsqu'elle pose son beau regard bleu porcelaine sur moi, je me sens revivre, le cœur tambourinant dans ma poitrine et une douce chaleur se diffusant dans mon âme brisée.

Mon père se lève, les paupières tombantes.

– Je rends les armes pour ce soir, je vais me coucher. Hélias, tu aideras Sarah à faire le lit dans la chambre à l'étage.

– Oui, je m'en occupe. Bonne nuit papa.

Une fois mon père parti, Sarah me regarde à son tour.

– Je crois que je vais aller dormir aussi. La journée m'a éreintée et on doit se lever tôt pour la réunion de demain.

– La réunion, c'est vrai. J'avais oublié.

Je regarde ma montre. Vingt-deux heures. C'est tôt mais on va devoir se lever vers six heures si on veut arriver à temps.

J'accompagne Sarah au premier étage. Je m'amuse à la voir timide mais aussi curieuse, arrêtant son regard sur chaque cadre photo.

– Ici, c'est ma chambre, lui dis-je en ouvrant la porte.

Elle fait un pas pour regarder mais je referme aussitôt. Elle lève un regard frustré vers moi et je me retiens de rire.

– Personne n'entre dans ma chambre, ricané-je.

– C'est donc dans cette pièce que sont réunis les plus grands secrets du Big Boss de HG&Co ? sourit-elle.

– Le risque d'espionnage industriel est trop important pour te laisser visiter.

– Dis plutôt qu'il y a tes doudous bien en évidence et tes vieux magazines pornos.

Je la détaille de la tête aux pieds : le plus précieux de mes doudous est devant moi. Cette fille est une de ces peluches aux pouvoirs miraculeux, et pas besoin de je ne sais quel journal pour avoir envie de sexe.

– La salle de bain est ici si tu veux prendre une douche.

– Oh oui, j'en rêve, laisse-t-elle échapper. Mais je n'ai rien à me mettre pour dormir.

Je me souviens tout à coup de Jersey. Elle avait dormi totalement nue contre moi. Son corps tout chaud et si doux. Je papillonne des yeux et lâche un soupir rempli de frustration pour revenir au présent.

– Je vais te chercher quelque chose, ne bouge pas.

En quelques pas, je m'engouffre dans ma chambre et déniche un caleçon et mon tee-shirt des Stones. Elle me sourit et pénètre dans la salle de bain pour refermer la porte sur elle.

Je me laisse tomber sur mon lit de gamin et je me perds un long moment dans la contemplation des quelques affiches de jeux vidéo au mur. Je retrouve mes figurines *Star Wars* et quelques Lego sur des étagères. Mon ordi portable recouvert d'autocollants. J'avais pleuré des mois pour que ma mère cède et me l'achète. Sur ma table de chevet, ma lampe magma. Je l'allume et je suis hypnotisé par ces grosses boules vertes lumineuses qui flottent.

– Ambiance intersidérale.

Je sursaute en découvrant Sarah dans ma chambre. Debout, en train de me scruter, perdue dans mon tee-shirt qui n'a jamais été porté de façon aussi sexy. La main agrippée à son caleçon, elle avance vers les meubles pour fureter parmi mes souvenirs avant de revenir vers moi. Je la contemple, ses jolies jambes à l'air libre, ses tétons dessinés sous le coton léger. Je m'échauffe comme l'ado que j'étais quand je dormais dans cette pièce.

– Tu peux me montrer ma chambre ?

Je reste là, la bouche ouverte, à me dire que je préférerais qu'elle reste avec moi.

– Hélias.

– Oui, tout de suite.

Je me redresse d'un bond.

– Tu as un souci de caleçon ? lui demandé-je alors que nous avançons dans le couloir.

– Il est un peu trop grand.

Elle s'arrête, soulève son tee-shirt et lâche le tissu qui descend aussitôt sur ses hanches, me laissant entrevoir un quart de seconde la naissance de son pubis. Elle le remonte et je déglutis. Je préfère ignorer la pression qui se fait dans mon jean.

Elle fait le tour de la pièce dans laquelle elle va passer la nuit tandis que je trouve des draps dans l'armoire.

– Merci, dit-elle en me souriant gentiment.

– Je vais t'aider.

– Je vais me débrouiller, ne t'inquiète pas. Bonne nuit.

Elle me raccompagne à la porte et je me sens tout à coup frustré, à moitié vexé qu'elle ne cherche pas à me garder auprès d'elle. Après tout, elle a peut-être enfin accepté l'idée qu'il ne se passerait plus rien entre nous. Contre toute attente, j'en suis presque déçu.

Je prends une douche à mon tour et l'eau chaude ruisselant sur mon corps ne fait qu'attiser le désir sous-jacent qui me traverse depuis le début de cette soirée. Mon mal-être à me trouver dans cette maison et la proximité de Sarah ne font pas bon ménage. Ils exacerbent l'envie d'être dans ses bras. Pourtant, il est indispensable que je lutte, que je conserve mes distances avec elle. Je ne peux plus me voiler la face. Je suis en train de tomber amoureux d'elle. Mais je ne me remettrai pas de la perdre, elle aussi, alors le mieux, c'est de ne jamais l'avoir dans ma vie.

Je passe devant sa chambre, enroulé dans ma serviette et je l'entends râler. J'entrouvre la porte et je la découvre en train de se débattre avec la housse de couette. Son caleçon envolé, je bugue sur ses cuisses dévoilées et mon vieux tee-shirt finalement très court. Elle tressaille et tire sur le tissu tout en m'annonçant, rougissante :

– J'ai fini par abandonner. C'était impossible de faire mon lit avec une seule main.

– Je vais t'aider, proposé-je.

Elle me jette un petit coup d'œil furtif et j'ai bien l'impression qu'elle apprécie ce qu'elle voit. Je réprime un sourire. Quel connard je suis, je me sens déjà mieux rien qu'à la voir me reluquer. Je me concentre sur le drap et tente d'y faire entrer l'énorme couette en plumes. Je préfère ignorer la présence de l'enchanteresse de l'autre côté du lit.

Sarah se moque de moi, tire un coup sec sur le drap et je suis déséquilibré. Elle me jette un petit regard provocateur. Je retourne à ma mission mais elle recommence, cette fois-ci en vain car j'ai bien ancré mes talons sur le sol.

– Arrête ça tout de suite !

Elle ricane comme une peste. Elle me cherche et je me sens tout à coup très joueur.

– Tu vas voir, madame l'Enquiquineuse !

Je me saisis d'un oreiller et le lui lance, la percutant violemment. Elle laisse échapper un petit cri et me le renvoie avec mollesse. Je traverse le lit et elle se met à hurler de peur avant de recommencer à rire. Je l'attrape dans mes bras et chatouille ses hanches mais dans notre corps à corps, le sien se découvre et lorsque mes mains se posent sur sa peau nue, je perds le contrôle.

Je m'empare de ses lèvres dans un geste brusque et elle se jette sur moi. Deux affamés l'un de l'autre. Les Stones finissent en boule à l'autre bout de la pièce et la serviette à mes pieds. Je pousse Sarah sur le lit. Je me rue sur elle et elle s'accroche à mon cou avant de m'arracher un baiser si sensuel que j'en gémis comme un jouvenceau. Mes mains dévalent son cou, sa gorge. J'empoigne un de ses seins et je le suce avec une soif monstrueuse. Ses mains fourragent dans mes cheveux et j'adore ça.

Je plonge entre ses cuisses, mes lèvres à la recherche de son clitoris. Elle halète d'impatience, puis crie ; je l'ai trouvé. Elle gémit lorsque ma langue danse sur le chemin de son plaisir. Je titille. Elle frétille. Mes doigts filent l'explorer et quand je les enfouis en elle, elle se cabre. Putain, elle est si belle, les yeux mi-clos, la poitrine offerte. Elle frissonne, supplie, repousse mon visage. Je me redresse sur mes genoux et elle vient se mettre à quatre pattes devant moi, son regard brûlant me transperçant, et je retiens mon souffle lorsqu'elle ouvre la bouche.

J'inspire d'un coup, anéanti par la morsure divine de ses lèvres. Sa langue se met à tournoyer tout autour de mon sexe et je me retrouve aspiré dans un état de transe irrésistible. Je reste là sans réaction sous le pouvoir de sa bouche aguicheuse, juste traversé par les spasmes du plaisir qui me submerge. Putain, j'aime quand elle me fait l'amour de cette façon. Je suffoque lorsqu'elle me prend plus loin, s'agite le long de mon sexe surexcité. Je gémis, je râle. Je me contracte. J'ai envie de me laisser aller mais je me contiens, pour faire durer cet instant fabuleux. Je glisse mes doigts dans sa chevelure qui étincelle à la lumière de la lampe. Je contemple son corps magnifique, ses fesses rebondies et tendues qui s'agitent dans des va-et-vient à mesure qu'elle me célèbre de la plus belle des manières.

Elle relève les yeux, la bouche remplie de moi et je manque de jouir. Je ne tiendrai plus longtemps.

– Je n'ai pas de capote, m'affolé-je, au bord du désespoir.

Elle glousse, déclenchant des frissons tout le long de ma colonne vertébrale.

– J'en ai dans mon sac, susurre-t-elle en se relevant.

Elle me lance un regard avide. Je m'assieds au bord du lit, cherchant à reprendre un peu de calme ; à ce rythme, je m'enflammerai comme une allumette. Quand je la vois sortir un étui argenté de son sac, je perds encore une fois mes bonnes résolutions. J'enfile le préservatif à la va-vite, je l'attrape et la ramène à moi avec un empressement presque brutal.

– Putain, j'ai envie de toi !

Tout aussi fougueuse, elle m'agrippe derrière la nuque et se hisse à califourchon sur moi. Nos fronts collés, nos lèvres scellées dans un baiser éperdu, nous nous rejoignons dans des souffles mêlés, calés sur les mouvements de nos corps. Encore une fois nous sommes liés par une alchimie qui me dépasse. Elle ondule autour de moi et je me perds dans un lieu où elle est seule à pouvoir m'embarquer, un endroit où le chagrin n'existe plus, où le bonheur et la félicité sont rois. Les ombres de mon âme s'estompent pour disparaître lorsqu'elle ouvre ses beaux yeux clairs. Mon cœur enfle tant qu'il me ferait presque crier des mots d'amour que je ne veux pas ressentir. Sarah me serre si fort que je perds pied. Les bras tout autour d'elle, je la laisse nous mener vers un orgasme libérateur au bout de quelques minutes seulement.

Je me laisse retomber en arrière mais elle me pourchasse jusque dans ma béatitude, me couvrant de baisers légers comme les douces caresses du vent. Sa bouche me rend de nouveau si fou que je la bascule pour revenir entre ses cuisses avec une fièvre qui ne veut plus me quitter. Attrapant un préservatif, je la prends si profondément qu'elle suffoque à chaque poussée. J'admire sa peau se couvrir de gouttelettes de sueur, ses seins danser à chaque coup de reins. Elle est si parfaite que je pourrais mourir à cet instant sans avoir de regret, comme le plus heureux des hommes. Je ne pense pas pouvoir vivre quelque chose de plus beau que cette communion absolue de nos corps et de nos âmes.

– Je t'aime, murmure-t-elle alors que nous jouissons encore à l'unisson, bouche contre bouche.

Ses mots me font m'envoler et frissonner, mais je ne réponds pas. Je m'allonge derrière elle et me colle à son dos, la pressant contre moi. Ses petites mains tremblantes posées sur mes avant-bras, elle se laisse bercer jusqu'à s'assoupir dans une respiration tranquille.

Mais le sommeil ne veut pas me cueillir cette nuit. Les trois mots prononcés par Sarah me hantent. Qu'est-ce que j'ai fait ? J'ai été totalement envoûté par sa peau, par ses yeux, tellement hypnotisé que je n'ai pas réfléchi une seconde avant de m'abandonner à elle. Je vais la faire souffrir, je vais lui briser le cœur, et cette fois-ci, je ne peux m'en prendre qu'à moi. Je lui ai dit et répété qu'il ne pouvait rien se passer entre nous, je l'ai repoussée, et pourtant il a été si facile de la laisser revenir, de me laisser bercer par ce bonheur éphémère qu'elle m'apporte. Et si je me trompais en refusant d'aimer ? Si elle était là pour moi, pour être ma route vers le bonheur ? Je me refuse quelque chose qui me semble tellement naturel, c'est peut-être là qu'est mon erreur ? Mais comment lâcher prise après tout ce temps à m'emmurer ? Sarah me fait rêver, et en même temps elle me fiche une trouille monstre à l'idée de ce que je serais prêt à céder pour elle.

Je me lève tout doucement pour ne pas la réveiller, puis descends l'escalier en faisant le moins de bruit possible pour aller boire dans la cuisine. J'ai besoin de m'éclaircir les idées. Malgré l'obscurité, j'aperçois mon père sur le sofa, le regard dans le vide, avec ce masque de douleur qui avait pourtant disparu.

– Papa, qu'est-ce que tu fais là ?

– Je n'arrive pas à dormir.

Je m'assieds à côté de lui et le trouve, le corps tremblant.

– Tu as raison mon garçon. Ici, tout me rappelle trop ta mère. Elle me manque tellement. Comment pourrais-je continuer sans elle ?

Je prends mon père dans mes bras et il s'effondre en pleurs quelques minutes. Je ferme les yeux et le sourire de Sarah me transperce le cœur. Elle est de ces femmes, tout comme ma mère, qui ne peuvent partir sans laisser un vide incommensurable. Quand je regarde mon père, je me vois moi, un hypothétique Hélias, anéanti, détruit, et mon cœur cesse de battre. Si je cède, si je m'accorde le droit de la laisser entrer dans ma vie, d'être heureux auprès d'elle, ce ne sera que temporaire. Elle finira par m'abandonner, elle aussi, et je refuse de me laisser briser par un tel amour, aussi beau soit-il. Je n'y survivrais pas. Ma décision est prise et elle sera définitive, même si je me déteste déjà pour la souffrance que je vais nous imposer – au moins, elle ne durera pas.

Ma douce Sarah, je suis navré, mais je ne t'aimerai pas.

CHAPITRE 52

SARAH

– File-moi une triple dose, s'il te plaît.

Gabriel secoue la tête en se foutant de moi.

– Bruno va être fumace, il nous attend déjà devant la porte. Il a peur d'arriver en retard chez HG&Co.

– Il doit être pressé d'encaisser son gros chèque. Qu'il attende, ça lui fera les pieds !

Il verse le café dans ma tasse affublée d'un énorme #METOO. Je revois la tête des mecs du cabinet quand j'ai posé cette tasse la première fois sur la table lors de notre réunion hebdomadaire. Les sourires ont disparu, les remarques sexistes se sont faites plus discrètes et j'ai eu la paix deux jours. Depuis, les blagues fusent. « Je me ferai bien un plan cul, #youtoo ? », « Elle a de gros nibards, #youtoo ? » *On n'est pas sorties de l'auberge avec des idiots pareils.*

Heureusement, certains relèvent le niveau. Le sourire de bienheureuse que j'arbore depuis ce matin refait son apparition. Un sourire qui me donne une tête de camée mais je m'en fous. Les souvenirs d'Hélias cette nuit me transportent de joie.

Un Hélias passionné, insatiable qui m'a tenue toute la nuit dans ses bras. Certes, il n'a pas répondu à mon « je t'aime », mais j'ai espoir. Je sais qu'il me faut être patiente, lui donner l'envie d'aimer, de ne plus craindre l'avenir.

Un Hélias que je quittais sur le trottoir à l'aube, qui préférait ramener son père en urgence chez lui pour le protéger de ses idées sombres.

Un Hélias que j'aime à la folie.

Plus que quelques minutes avant de le revoir. Dans une réunion, certes, au milieu de tout un tas d'autres types, mais peu importe. Je vais le revoir et mon cœur danse la Zumba à cette idée.

– Vous êtes enfin prête ? râle Bruno en regardant sa montre avec contrariété.

Le trajet entre mon cabinet et le bureau d'Hélias me semble interminable, comme celui des vacances lorsque j'étais gosse. Gabriel et Bruno parlent du dossier, mais je m'en bats totalement les ovaires. Je crois que maître Lucas aura beaucoup de mal à rester concentrée sur autre chose que les sublimes yeux verts de son amant. Je glousse tout bas en regardant le paysage.

– T'en penses quoi, Sarah ?

– Que du bien, lâché-je avant de me rendre compte que je ne sais pas de quoi ils parlent.

Je me retiens de rire. Pour la première fois depuis si longtemps, je me suis endormie hier soir heureuse, repue d'amour. Ce matin, sur le chemin du retour, je me suis surprise à penser à moi pour une fois, à me rêver un avenir avec Hélias. Et si finalement mon destin n'était pas aussi solitaire que je le pensais ? S'il me réservait une belle vie remplie d'amour ? Je souris encore. Je regarde le ciel gris mais il me paraît aussi beau qu'un ciel bleu azur sans nuage.

Lorsque nous pénétrons dans les locaux d'HG&Co, je suis comme une adolescente qui cherche le garçon dont elle est amoureuse au milieu de la foule, rougissante, nerveuse, les mains moites et totalement déconnectée de la scène qui se déroule autour.

Je vois bien que plein de mains se tendent devant moi, que je les serre, mais je suis ailleurs. J'aperçois un bout d'Hélias dans un bureau tout en verre mais il me tourne le dos et je ne distingue qu'une épaule. Je me penche mais pas moyen de voir son visage. J'avance quand un grand type chevelu vient se planter devant moi pour se présenter. Je bafouille mon nom d'un air détaché mais il met trois heures à me dire ce qu'il fait dans la société. Je me force à sourire et le maudis avec sa petite voix criarde.

– Sarah ! s'écrie joyeusement Arthur qui vient me saluer.

Je grimace alors qu'il m'embarque dans un check interminable et qu'il me gâche la vue.

Il file heureusement aussi vite qu'il est venu et je cherche à nouveau Hélias des yeux, mais il est parti. Je lâche un juron tout bas avant d'entendre enfin sa voix derrière moi. Je pivote aussitôt et le trouve à quelques pas de moi, beau comme un Dieu dans un costume chic bleu marine. Il serre les mains de Gabriel et de Bruno tout en donnant des instructions à une femme qui doit être son assistante. En tout cas, elle en a l'allure.

Je m'avance vers eux et alors que je suis à moins d'un mètre de lui, Hélias croise enfin mon regard. Ses yeux étincellent et je me mets à sourire comme devant une pâtisserie bien appétissante, dégoulinante de crème. J'essaie de me reprendre pour rester discrète mais impossible de contenir cette joie de le revoir, même seulement quelques heures après l'avoir laissé. Il faut dire que nous nous sommes quittés précipitamment ce matin, devant l'état inquiétant de Philippe. Mon cœur bat la chamade, mes joues se mettent à me brûler et mes jambes deviennent molles.

– Bonjour, maître Lucas, dit-il en me décochant un bref sourire.

Lui au moins, il est dans le contrôle. D'un autre côté, on ne s'est pas vus depuis seulement trois heures, vingt-trois minutes et quelques secondes.

– Bonjour Hé… monsieur Graçay.

– Ça tombe bien, je voulais vous voir quelques minutes avant de commencer. Allons dans mon bureau, lance-t-il en me montrant le bocal en verre. Arthur, fais entrer tout le monde dans la salle de réunion, on arrive tout de suite.

J'exulte sur place et me mords les lèvres pour retenir ce nouveau sourire idiot qui envahit mon visage. Hélias est comme moi, finalement : contrôle, oui, mais à petites doses. Je pose mes lèvres discrètement sur le gras de ma main. Ouf, j'ai bien choisi mon rouge à lèvres ce matin, celui qui ne laisse aucune trace. J'imagine bien la tête de l'assemblée s'il revenait dans quelques minutes la bouche maculée de rouge vif. Je suis son pas rapide et trottine derrière lui le cœur joyeux, la culotte au bord de la combustion spontanée et les lèvres prêtes à rouler la pelle du siècle. M. Graçay est bien pressé de m'embrasser. Il en court presque dans les couloirs.

Il ouvre la porte de son bureau et je m'y engouffre derrière lui. Je n'attends pas qu'il se retourne et agrippe ses hanches, trop pressée de sentir son corps sous mes doigts. Il fait volte-face et, toujours dans la précipitation, je saisis sa cravate pour le ramener plus vite à moi. Je m'empare de ses lèvres avec tellement de hâte et de gaucherie que je me retrouve propulsée en arrière tout contre la porte. Hélias lâche un grognement mais sa bouche n'est déjà plus disponible pour dire le moindre mot. Il se débat avec mon baiser mais je ne le laisse pas m'échapper, j'ai bien trop rêvé de ses lèvres depuis ce matin. Malgré le poids de son corps appuyé contre le mien bien plus frêle, je ne faiblis pas et l'embarque dans un échange passionné auquel il s'abandonne très vite. L'effet de sa langue dans ma bouche, de ses mains sur mes côtes à l'orée de mes seins, me fait vaciller et je sens mes jambes se dérober sous moi. Hélias me rattrape et m'arrache un de ses baisers torrides, ceux qui me font chavirer dans un état de transe sexuelle comme lui seul sait le faire. Je commence déjà à m'affairer sur son pantalon mais il arrête subitement notre étreinte passionnée.

– Sarah, Sarah, arrête ça.

Je ne l'écoute pas et ricane comme une fille en manque tout en essayant de le déshabiller. Je viens de remarquer les plantes de l'autre côté de la vitre, et ce n'est pas plus mal, elles nous cacheront bien suffisamment. Les autres doivent déjà être en réunion.

– Si on fait vite, personne ne se doutera de rien, réponds-je avec un air malicieux.

Hélias repousse mes mains mais j'insiste lourdement.

– Sarah, arrête, geint-il alors que je repose mes doigts sur lui. Arrête ça tout de suite ! s'énerve-t-il d'un coup.

Je sursaute, surprise par son ton autoritaire. Il me toise en se rhabillant, furieux, puis essuie sa bouche comme si je l'avais sali.

– Sarah, j'ai réfléchi…

Non. Je n'aime pas quand il réfléchit. Ça augure toujours un mauvais moment pour moi.

– Je crois qu'on ne devrait pas…

Non non non non non non non.

Je l'interromps en perdant toute couleur :

– Ne dis pas la suite.

– Sarah, il le faut.

– Je ne veux pas t'écouter.

Je mets machinalement mes mains sur les oreilles comme lorsque j'étais petite fille pour ne pas entendre les disputes de ma mère avec ses petits amis. Hélias prend mes poignets et me force à lui faire face.

– Écoute ma douce, je ne suis pas un homme pour toi.

– Ne recommence pas avec ça, m'énervé-je.

Je le vois tenter de se calmer, prendre une grande inspiration, comme s'il s'encourageait à poursuivre.

– Je ne veux pas te faire souffrir.

Je ricane méchamment. Je sens qu'il est déjà trop tard pour ça.

– S'il te plaît, Sarah, écoute-moi.

– Tu ne peux pas faire ça, pas après ce que nous avons vécu ensemble ces derniers jours. Pas après cette nuit.

– Sarah.

– C'est parce que je t'ai dit que je t'aimais, c'est ça ? Tu as eu peur ? Mais je ne le pense pas, j'ai dit ça comme ça, dans le feu de l'action, mens-je, désespérée.

Je le sais, il le sait.

– Bien sûr que si, tu le penses, et il n'y a rien de mal à ça. Mais je ne te donnerai jamais rien en retour.

– Mais si… Je ne te demande rien tout de suite, je ne te presse pas, on peut prendre tout le temps qu…

– Sarah.

Il attrape mon visage en coupe et, les yeux dans les yeux, il fait tomber la sentence :

– Je ne t'aime pas.

Ses yeux papillonnent tandis que les miens s'embuent de larmes.

– Et je ne t'aimerai jamais, m'achève-t-il. Je ne veux pas tomber amoureux de toi. Je ne peux pas continuer à te faire croire à quelque chose qui n'arrivera pas.

Mes jambes flanchent.

– Tu mérites mieux que moi, Sarah. Un homme qui t'aimera, t'épousera, te fera de beaux bébés tout blonds.

– Je ne veux rien de tout ça. Je te veux toi, rien que toi, supplié-je.

– Tu sais bien que ce n'est pas vrai. Tu es une fille comme les autres, tu attends le prince charmant, mais ce n'est pas moi.

Son regard est éperdu de tristesse et ses mains tremblent sur mes joues.

– Tu es une sacrée supercherie alors, car tu en as vraiment tous les traits, réponds-je, amère.

Je me détache de lui et arpente son bureau, complètement bouleversée.

– Je suis désolée que mes attentes soient si banales, Hélias. Pourtant, ça ne t'a pas empêché de me faire l'amour, hier, pendant que je te disais que…

Ma voix se brise sur les derniers mots.

– Et ça ne t'a pas non plus empêché de m'embrasser comme un affamé à l'instant pour me jeter dix secondes après, alors que tu avais clairement déjà pris ta décision, lui reproché-je.

– J'ai été faible, je suis désolé, mais ça n'arrivera plus. J'aurais dû m'en tenir à ma résolution. Comprends-moi, Sarah, tu me plais énormément, tu es belle, tu as tout ce que j'aime chez une femme, mais je ne veux pas te faire du mal.

– Mon pauvre, mais bien sûr, je compatis ! C'est tellement difficile de me résister, tellement difficile de ne pas me blesser, que tu décides de me briser le cœur en me quittant, le raillé-je en secouant la tête nerveusement.

– C'est mieux que je le fasse maintenant plutôt que dans quelques semaines quand tu commenceras à espérer que je te demande de vivre avec moi.

Je ferme les yeux, ravagée. Je ne peux pas dire que je n'y ai pas déjà songé, surtout après la nuit dernière.

Il se met à soupirer dans ses mains comme s'il comprenait alors l'ampleur du désastre sur mon cœur.

– Je suis désolé, Sarah, mais il faut arrêter tout ça. Toi et moi, c'est trop tout. Tu vois, ça va déjà trop vite pour toi, je vais te briser d'un rien. Putain, je ne veux pas ça, non, surtout pas. Tu es bien trop importante à mes yeux.

Tellement importante qu'il me rejette de sa vie.

Les larmes roulent sur mes joues et je ne peux plus rien contrôler. Il a peut-être raison. Je suis trop amoureuse, et lui pas assez. Pire, pas du tout. Mais je ne peux pas accepter ça, surtout après un discours aussi tordu. Je suis bien trop éprise de lui, j'accepterais tout, même une relation bancale.

– Je t'en supplie Hélias, ne fais pas ça. Laisse-nous une chance.

– J'ai pris ma décision, je suis navré.

Je pleurniche en silence, m'accrochant à son bureau pour ne pas m'effondrer, et je détourne les yeux pour conserver un semblant de dignité. Il s'éloigne de moi et la main posée sur la poignée, il dit par-dessus son épaule :

– Les toilettes sont à droite, si tu veux corriger ton maquillage.

La porte se referme derrière lui et je chancelle, anéantie. J'ai mal comme s'il venait de m'arracher un membre. J'en oublie tout, où je suis, qui j'étais hier et celle que je suis maintenant, j'en oublie même de respirer au point d'en avoir la tête qui tourne.

Je mets de longues secondes à réagir. C'est en voyant l'assistante d'Hélias à travers les vitres, assise derrière son ordinateur, me scruter, l'air choquée, que je sors de ma torpeur. Finalement, les plantes ne nous auraient pas totalement dissimulés. Les mains tremblantes, j'essuie mes joues maculées de larmes et lorsque mes doigts redescendent entièrement noirs, je comprends que ça ne doit pas être beau à voir.

Précipitamment, le nez baissé, je vais me cacher dans les toilettes pour « corriger mon maquillage ».

Avant de réapparaître, je me dévisage avec dégoût dans le miroir au-dessus du lavabo. Je suis un vrai désastre. J'avais bien prévu un rouge à lèvres sans traces pour des baisers enflammés, mais j'étais loin d'imaginer que le mascara waterproof serait plus opportun. Voilà, Hélias m'a larguée. Toute l'histoire de ma vie. Une vraie loseuse. Sauf que cette fois-ci je vais devoir continuer à travailler pour lui, à lui parler régulièrement, à le voir en réunion et peut-être même à le croiser dans des soirées professionnelles au bras d'une autre femme, et je ne suis pas sûre d'y arriver.

De nouvelles larmes menacent.

– Non, non, non, me motivé-je. Reprends-toi, ma vieille. Ce n'est pas un petit chagrin d'amour qui va te démolir. Ce n'est pas le premier.

Non, ce n'est pas le premier, mais c'est le plus douloureux. Gros sanglot qui gratte la gorge mais ravalé immédiatement.

– Tu vas aller dans cette putain de salle de réunion, t'asseoir en face de ce connard, et assurer comme une cheffe.

Pas un connard… Si. Il est trop con pour voir qu'on est faits l'un pour l'autre, alors il le mérite.

Je sors dans le couloir, réajuste mon tailleur, glisse la main dans mes cheveux pour me donner contenance et rejoins la salle. Devant la porte, mon bras reste en suspension au-dessus de la poignée. Je n'y arriverai pas.

Quelqu'un sort tout à coup de la salle, me bousculant presque. Encore un de ces chevelus aux tee-shirts d'ados attardés. Est-ce qu'Hélias en porte des comme ça ? Voilà, c'est ça. L'imaginer ridicule avec un truc comme ça, une grosse tignasse et peut-être une odeur aigre de sueur et aussi des lunettes affreuses bien larges. Ce type n'a rien de plus que les autres.

– Maître Lucas, venez donc vous joindre à nous, s'écrie l'associé d'Hélias de l'autre côté de la porte.

Je lâche un soupir de terreur et entre dans la grande salle remplie d'informaticiens et d'avocats. Au milieu, une tache bleue. Hélias. Il me jette un regard nerveux mais je ne m'arrête pas sur lui. Pour tenir, mieux vaut éviter.

Gabriel lève le nez et lorsqu'il me voit, il en reste stupéfait. Oui, ça ne doit pas être beau à voir. Aussitôt, ses yeux dérivent vers mon ancien amant et le regard qu'il lui adresse équivaut à un bon coup de poing. Ce dernier toussote et se plonge dans son ordinateur. Gabriel me fait signe de venir à ses côtés et j'avoue que je ne me fais pas prier. J'ai bien besoin d'un ami en ce moment. Je suis à peine assise juste en face d'Hélias que Gabriel se penche vers moi.

– Tu as remis le couvert avec ce connard ?

J'encaisse le coup et réponds tout aussi bas :

– Il vient de me plaquer.

– Putain, je t'avais dit de garder tes distances avec lui. Il n'est pas pour toi.

– Ah tiens, toi aussi, c'est ce que tu penses ? râlé-je en sortant un bloc de feuilles et quelques stylos.

Mes yeux passent involontairement sur Hélias, assis de l'autre côté de la table. Il jette un coup d'œil vers moi et ce qu'il voit doit lui faire peur car il se fige, la mine défaite. Pour quelqu'un qui ne voulait pas me faire souffrir, c'est plutôt raté. Son regard change de couleur pour prendre celle de la mélancolie. J'ai beau être en colère contre lui, je ne peux m'empêcher de le détailler, avec son visage si doux qu'il ne m'inspire que de l'amour. Et ça fait encore plus mal.

Assis à ses côtés, Arthur me sourit mais quand il croise mes prunelles, il fronce les sourcils et s'empresse de marmonner quelque chose dans l'oreille de son ami. Hélias se raidit mais son associé insiste et je l'entends lui répondre sèchement :

– Mêle-toi de ton cul !

La remarque prononcée un peu fort ne passe pas inaperçue et je vois quelques têtes de leur équipe se pencher pour regarder les deux dirigeants de la société.

– Bon, si tout le monde est là, on va démarrer la présentation du dernier produit HG, annonce Hélias sur un ton glacial.

– *And Co*, rajoute Arthur, cinglant.

CHAPITRE 53

HÉLIAS

Je tente de contenir ma rage, sans succès. Sarah est assise juste devant moi et son visage si lumineux habituellement est désormais déformé par le chagrin. Les yeux rougis, le teint blafard, elle a perdu l'éclat que j'aime tant chez elle. La faute à qui ? À moi, le connard de service qui n'a pas su tenir sa queue dans son pantalon hier soir, qui n'a rien trouvé de plus intelligent que de passer la nuit avec elle et de la larguer ce matin.

Quand Arthur jette sa petite phrase assassine, « *and Co* », je ne peux réprimer un soupir d'exaspération. Il devrait me dire merci pour sa place de dirigeant car entre nous, je suis celui qui fait avancer la boutique. Sans moi, mes idées et mes premières applis, nous n'aurions pas pu créer cette société. J'ai été bien gentil de le prendre avec moi et de lui rétrocéder quelques parts. Et puis cette manie qu'il a de s'occuper de ma vie personnelle… Il n'a jamais pu s'en empêcher. Déjà du temps de Josépha, il n'hésitait pas à jouer les entremetteurs puis les médiateurs quand il commençait à y avoir de l'eau dans le gaz. Et là, le voilà qui s'est mis en tête que Sarah serait la femme de ma vie, que je devrais l'épouser sur-le-champ. Il disjoncte complètement. À croire qu'il a besoin que je fasse la même connerie que lui pour se sentir moins seul. Pas question que je lui emboîte le pas. S'il compte souffrir, c'est son problème, pas le mien.

Et puis lorsque je vois son comportement minable, je ne comprends pas pourquoi il s'est marié. Si j'épousais une femme, ce ne serait pas pour aller la tromper avec une pute. De toute façon, je ne me marierai jamais. Jamais.

J'enclenche la vidéo de présentation de notre nouvelle appli et tout le monde pivote vers le mur sur lequel sont projetées les images. Tout le monde sauf Sarah, qui semble engluée dans ses pensées. La tête baissée, elle triture ses doigts nerveusement, se penche pour prendre un mouchoir dans son sac et essuie discrètement son nez. Putain, je n'aurais jamais dû le lui dire avant la réunion, ni même ici. En plus de lui casser le moral, je mets sa carrière en danger. Heureusement, son idiot de patron n'a rien vu et jubile devant le film, sachant d'avance qu'il va récupérer le contrat pour son cabinet. Ce n'est que parce qu'il a Sarah. Je tressaille lorsque je vois une larme finir sa course sur la table. J'ai le ventre en vrac. Je ne supporte pas de la voir comme ça, anéantie.

– T'es vraiment un idiot, marmonne Arthur tout bas.

– Je sais ce que je fais, ne m'emmerde pas, réponds-je, les mâchoires crispées.

Ai-je bien fait ? Lorsque je la regarde, je n'en suis plus si sûr. La bile me brûle la gorge ; j'aurais peut-être dû laisser les choses se faire. Elle aurait sans doute mis fin à notre relation d'elle-même en se rendant compte que je n'étais pas celui qui la rendrait heureuse. Pourquoi, à cette simple idée, ai-je le cœur en miettes ?

Le film se termine et on réajuste la lumière. Je me racle la gorge, tentant d'ignorer la détresse de Sarah pour me reconcentrer sur l'objet de la réunion. Je garde quelques secondes les yeux rivés sur l'écran de mon ordinateur portable. La mission sera malaisée car chaque fois que je l'entends renifler de l'autre côté de la table, j'ai la nausée.

– Nous avons trouvé un acquéreur américain pour cette application dont nous sommes très fiers.

Autour de la table, mon équipe se met à applaudir. Arthur et moi, nous avions gardé la surprise pour aujourd'hui. Mon sourire reste coincé sur mes lèvres crispées, mais je les regarde les uns après les autres, satisfaits de ce qu'ils ont accompli à nos côtés depuis quelques années.

– Les négociations seront finalisées dans deux semaines à Miami, en Floride. Arthur, moi-même ainsi que les deux chefs de projet nous rendrons là-bas.

Les deux hommes se lèvent et checkent ensemble. Tout le monde se met à rire sauf Sarah et son acolyte. Ce dernier me transperce d'un regard assassin depuis que Sarah s'est assise près de lui.

– Bien évidemment, qui dit négociation dit…

– … avocat ! s'écrie le patron de Sarah. Nous sommes à votre entière disposition dans votre aventure américaine, mon très cher Hélias.

Je contiens un sourire mauvais car ce type me sort vraiment par les yeux. Heureusement que le cabinet est efficace et que le travail de Sarah est exemplaire.

– Nous pensons effectivement emmener Sarah avec nous, annonce Arthur.

Je serre les dents. L'enfoiré vient de me prendre au dépourvu. J'aurais dû lui dire avant la réunion que je ne voulais plus de Sarah sur ce contrat, que je souhaitais prendre mes distances avec elle. Encore une de ses ruses pour me caser. Comment vais-je faire maintenant pour revenir là-dessus ? Il n'est pas question qu'elle m'accompagne dans ce voyage, surtout pas avec ce que je viens de lui faire endurer. Je serais un mufle de première catégorie.

– Moi ? Certainement pas, rétorque-t-elle aussitôt, m'obligeant à tourner la tête vers elle.

Quelque part, ça me soulage de l'entendre dire cela. La salle plonge dans un silence de plomb, tout le monde en attente d'une explication qui ne vient pas.

– Sarah vous accompagnera si vous le souhaitez, évidemment, reprend son boss.

– Je n'irai pas, dit-elle, catégorique, alors que son ami pose une main sur la sienne pour la ramener à la raison.

Le patron se penche et lui jette un regard noir.

– Et pourquoi cela ? demande-t-il. Vous avez mieux à faire ? Une phobie de l'avion ?

Sarah me scrute méchamment comme si elle me crachait de la laisser en paix, puis elle se redresse sur sa chaise pour reprendre un air plus professionnel.

– Je suis mal placée pour vous assister là-bas, mon anglais laisse à désirer.

– Vous avez quinze jours pour le parfaire, renchérit son patron.

– Quinze jours, ça va être short, raille-t-elle en secouant la tête. Vous comptez prendre toutes mes audiences pour me laisser le temps de « parfaire » mon anglais ?

– Pourquoi pas.

– Même celles à l'aide juridictionnelle ? se moque-t-elle.

Son confrère la tempère en lui faisant les gros yeux.

– Vous êtes spécialisée en droit américain, non ? demande Arthur à mes côtés.

– Oui, l'anglais juridique écrit ne me pose pas de difficulté et je maîtrise le droit anglo-saxon des affaires.

– Alors il n'y a pas de problème, nos interlocuteurs sont bilingues. L'épouse est française et le PDG a fait toutes ses études en France.

Je regarde Arthur et à cet instant, je me rappelle pourquoi je l'ai pris avec moi. En matière de management, il est bien meilleur que moi, plus incisif. Mais je le déteste aussi de nous torturer, Sarah et moi. On a besoin de guérir l'un de l'autre, de s'oublier en mettant des milliers de kilomètres entre nous, et lui, il fait tout le contraire.

– Mais, je…

– Il n'y a pas de mais, Sarah vous accompagnera, conclut son patron.

En détresse, elle tourne la tête vers son ami qui hausse les épaules avant de dire :

– J'ai moins de connaissances juridiques que Sarah dans ce domaine mais mon anglais est impeccable. J'y ai passé deux mois par an durant toute mon enfance. Une lubie de ma mère, elle voulait que je sois bilingue, ricane-t-il. Le plus gros du travail juridique sera réalisé dans les deux prochaines semaines en France, je suppose, non ?

– Oui, c'est exact, réponds-je, impressionné par la détermination de cet homme à lui venir en aide.

– Je pourrais très bien prendre sa place pour ce voyage. Elle me guidera s'il le faut depuis Paris.

– Avec le décalage horaire et la perte de temps que ça suppose, pas question, insiste Arthur.

Gabriel me lance un regard menaçant mais mon associé ne lâche rien. Sarah, elle, me dévisage, ulcérée, mais je préfère l'ignorer.

Arthur se penche vers moi.

– Emmenons le blond aussi, elle acceptera plus facilement.

Je secoue la tête moi aussi, dépité.

– Dans ce cas, vous viendrez aussi avec nous, propose plus fort Arthur.

Sarah lâche un hoquet stupéfait. Une fraction de seconde, je crois qu'elle va faire une scène mais elle se ravise. Je soupire, soulagé, et reprends un ton professionnel :

– Bien, tout est réglé.

La réunion est levée et au milieu de mes collaborateurs qui discutent, j'aperçois Legris penché sur Sarah à l'écart, visiblement toujours aussi affligée. Il effleure tendrement sa joue avant de déposer un long baiser sur sa tempe. Les battements de mon cœur redoublent et je me fraie un chemin dans la foule pour approcher discrètement. La jalousie coule sournoisement dans mes veines. Je m'en veux, je ne dois pas ressentir ça et je n'en ai pas le droit.

– Je ne supporterai pas de le revoir, se lamente Sarah.

Je serre les dents. Moi, je sais déjà que je ne supporterai pas qu'elle disparaisse de ma vie. Malgré ma décision radicale, j'ai toujours besoin d'elle, quelque part, au plus profond de moi.

– Tu agiras en professionnelle, c'est tout. Et dorénavant, je ne te quitterai pas d'une Louboutin. Il ne pourra plus s'immiscer dans ta vie de quelque façon que ce soit. Sinon, il me trouvera sur son chemin.

– J'ai tellement de chance de t'avoir dans ma vie.

Sa voix est si douloureuse qu'elle m'atteint comme une lame en plein cœur.

– Toi et moi, on va reprendre là où nous en étions…

« Où nous en étions » ? Qu'est-ce qu'il veut dire ?

– Allez, au boulot ! m'interrompt Arthur en me tapant sur l'épaule avant de jeter un coup d'œil vers Sarah.

Je papillonne des yeux et essaie de me reconcentrer sur mon rôle de PDG. Je serre des mains et raccompagne Scozza. Alors que je reviens dans la salle de réunion, Legris se plante devant moi et balaie ma main tendue, crachant d'une voix menaçante suffisamment basse pour que personne n'entende :

– Écoutez-moi bien, Hélias Graçay, je m'en bats les couilles que vous soyez un gros client. Si vous faites encore du mal à Sarah, je vous défoncerai la gueule. On s'est bien compris ? Vous ne l'approchez plus en dehors du boulot.

Mon corps se raidit, mes poings se ferment mais je n'enchéris pas.

– C'est bien mon intention.

Je cherche Sarah dans la foule et quand je croise son regard empli de tristesse, j'essaie de masquer le mal qui me ronge aussi. Elle rejoint son confrère et il me jette un dernier coup d'œil hautain en passant son bras sur son épaule. La jalousie me submerge encore une fois. J'imagine qu'il pourrait être le chanceux qui la consolera et qui la rendra peut-être enfin heureuse, ce que moi, je suis incapable de faire. Mon corps a envie de courir derrière elle pour la retenir mais je dois tenir bon. Garder le cap, aussi bien pour moi que pour elle.

CHAPITRE 54

HÉLIAS

Ça fait cinq minutes qu'il est arrivé et Arthur me saoule déjà. Je ne comprends pas pourquoi, il a absolument tenu à m'accompagner à Miami. Sa femme est sur le point d'accoucher, il y a de fortes chances qu'elle mette leur fille au monde alors qu'il sera là-bas et elle m'en voudra jusqu'à la fin des temps. Le voilà qui parle et qui parle, sans s'arrêter. Les chefs de projet lui répondent poliment mais je vois bien qu'ils n'en ont rien à faire, trop excités à l'idée de prendre l'avion. J'ai l'impression d'emmener deux gosses à Disneyworld.

Je jette un coup d'œil discret au grand blond à côté de moi. Le collègue de Sarah n'est pas très loquace depuis son arrivée à l'aéroport. Il faut dire que lui et moi ne sommes pas les meilleurs amis du monde. Je suis le méchant, briseur de cœur et lui, l'ami très protecteur. Il a été mon seul interlocuteur ces deux dernières semaines, jouant les émissaires entre son cabinet et ma société. Sarah, quant à elle, est restée en retrait, prétendument pour parfaire son anglais. Elle m'évite, et je ne peux pas lui en vouloir.

Je vérifie l'heure sur ma montre. Maître Lucas se fait désirer. Je la cherche dans la foule, un peu anxieux à l'idée de la revoir.

– Elle vient d'arriver, me dit Legris en contrôlant son téléphone.

Je ne peux réprimer un petit sentiment de jalousie en constatant qu'elle lui écrit à lui et pas à moi. J'ai voulu rompre, elle s'en tient à ma décision. Mon cœur se met à battre plus vite alors que je scrute les gens qui arrivent les uns après les autres. Cette nana a le chic pour me rendre nerveux. Encore plus maintenant qu'elle ne m'est plus accessible. Je ne sais pas si c'est la culpabilité de l'avoir éconduite ou le regret de ne plus pouvoir être avec elle, mais elle m'obsède encore davantage.

Je n'ai pas besoin de voir sa silhouette se dessiner entièrement que tout mon corps est déjà en émoi. Je la détaille avec l'appétit d'un galérien. Sexy dans sa petite jupe noire fendue sur le côté qui lui arrive bien au-dessus du genou. Démoniaque avec ses jambes interminables rehaussées par des escarpins vertigineux. Et divinement belle avec sa chevelure dorée rassemblée dans une tresse épi sur le côté. Mais surtout remontée à bloc quand je croise son regard froid.

– Que l’on soit bien clairs, me murmure l’ange blond à mes côtés. Ne vous avisez pas de l’approcher pour autre chose que le boulot sinon je vous ferai avaler vos bijoux de famille.

Je fais volte-face, sur le cul.

– Et fermez la bouche et arrêtez de baver, insiste-t-il avant même que je réponde.

Je m’apprête à le menacer de le congédier au pied de l’avion mais j’entends une voix féminine derrière moi :

– Désolée, le taxi était bloqué dans les bouchons. J’ai cru que j’allais rater l’avion.

Je pivote vers Sarah et mon cœur se met à faire n’importe quoi. Essoufflée, elle nous scrute tous les deux, légèrement inquiète.

– J’ai cru que j’allais devoir assurer sans toi. Franchement, j’aurais fait moins bon effet en robe de gala, ricane le blondinet.

Il tente de chasser les soupçons de la belle demoiselle mais cette dernière n’est pas dupe.

– C’est à toi cette énooorme valise ? continue-t-il. Tu as laissé quelques fringues dans les boutiques quand même ?

– J’ai laissé toutes celles d’hiver. À moi les maillots de bain et les paréos, s’exclame-t-elle faussement guillerette avant de se reprendre très vite. Avec quelques vêtements pros quand même.

Je lui souris et me penche pour lui faire la bise.

– Salut, Sarah.

Elle se raidit. Elle s'attendait sûrement à ce que je lui balance du « maître Lucas », mais le temps des idioties est terminé. Nous avons été amants, des amants très passionnés, je refuse d'être hypocrite devant les autres, surtout devant ce connard qui m'est très antipathique ce matin. Pas cette fois. Et surtout, je ne peux pas m'en empêcher. Je dépose une longue bise tout près de ses lèvres et je la sens frissonner sous mes doigts que j'ai volontairement posés sur ses reins. Je m'enivre de son parfum et mon corps réagit aussitôt d'une façon très masculine. Quand je me redresse, je la vois rougir tout en battant des cils pour reprendre contenance. Je ne peux me retenir d'en être soulagé. Elle est encore un peu sous mon charme.

Un regard vers l'archange et le sourire mauvais qu'il m'adresse me satisfait au plus haut point. Je sais que je joue avec le feu, mais que les choses soient claires entre nous : je ferai ce que je veux, que ça lui plaise ou non.

Après un court passage dans un des salons luxueux de la compagnie aérienne, on nous entraîne vers d'immenses limousines blanches qui nous conduiront jusqu'à l'avion. Mes deux chefs de projet s'extasient devant les voitures d'un goût plus que douteux. Un peu plus loin, une file de personnes prend place dans un aérobus.

Je sens une main se poser sur mon bras et me tirer en arrière. Sarah, le visage fermé, vient se loger sous mon nez pour me sortir assez sèchement :

– Qu'est-ce qui s'est passé entre Gabriel et toi ?

Je lève les yeux en prenant un air hautain. Mme Je-sais-tout a décidé de m'enquiquiner au pied de l'avion. Si j'ai envie d'emmerder ce connard, je ne lui demande pas son avis.

– Hélias ?

Et la voilà qui prend un air d'institutrice revêche. *Putain, même comme ça, elle est sexy !*

– Il a décidé de jouer les gardes du corps. Je suis prévenu, si je t'approche, il m'émascule.

Stupéfaite, elle ouvre la bouche avant de répondre :

– De toute façon, il n'est plus question que tu m'approches. Tu ne joueras plus avec moi.

Je la fixe, bouleversé par son regard cristallin qui n'a plus l'étincelle que je lui connaissais.

– Oui, on est d'accord sur ce point.

Elle détourne le regard avant de s'éloigner et de monter dans une voiture – pas la mienne. Je ronge mon frein mais je balaie bien vite ce sentiment de jalousie qui me rend nerveux. C'est moi qui l'ai rejetée, je ne peux pas lui en vouloir de chercher le soutien d'autres que moi. Lorsque nous descendons sur le tarmac, à la tête que fait Legris, je comprends qu'elle lui a secoué les puces de la même façon et je me marre.

Escortés par de jeunes et très séduisantes hôtesses qui ne laissent pas indifférents mes compagnons de voyage, nous prenons place dans la partie de l'avion qui nous est dévolue. Je fais la moue en regardant tout autour de moi car je ne suis toujours pas habitué à tout ce luxe. Arthur, lui, jubile comme un nouveau riche qui aime montrer sa réussite. Je n'aurais pas dû le laisser se charger du voyage, la classe affaires nous aurait suffi. À la place d'un séjour qui va coûter une blinde, j'aurais préféré gratifier nos concepteurs d'une bonne prime.

Le collègue de Sarah semble apprécier la cabine, observant surtout avec beaucoup d'intérêt l'une des employées de la compagnie, une jolie brunette aux yeux verts. Sarah, quant à elle, a l'air très mal à l'aise au milieu de toute cette frime. Elle reste debout au milieu de l'allée, les mains agrippées à son bagage à main. Je suis l'hôtesse qui nous montre les places qui nous ont été réservées mais je suis obligé de revenir sur mes pas pour aller chercher ma belle qui n'a toujours pas fait un pas.

– Viens avec moi, Sarah, lui dis-je en lui tendant une main.

– On voyage avec vous ? demande-t-elle, étonnée, en refusant mon aide.

– Oui. Tu croyais que j'allais te mettre dans la soute à bagages ? me moqué-je.

– On pouvait voyager en classe économique.

– Moi aussi, mais avec Arthur, il faut toujours le summum du luxe.

Je lui ouvre le chemin par pure galanterie mais Arthur me lance déjà un petit clin d'œil complice. *Celui-là, qu'est-ce qu'il peut m'agacer. Tout est bon pour tenter de me marier.*

– Maître Lucas, venez donc, lui lance-t-il. Vous êtes la seule femme alors vous aurez le hublot.

Sarah s'arrête devant le siège en alcôve et me regarde, dubitative.

– Un nid douillet avec tout un tas de gadgets, lui dis-je, amusé.

– Hélias, assieds-toi donc à côté de Sarah. Gabriel et moi pourrons faire plus ample connaissance durant le vol.

Le blondinet se penche vers sa collègue mais cette dernière est déjà affairée à prendre place. *Désolé mon pote. Faudra attendre Miami pour retenter ta chance.*

– Range-moi cet air triomphant, me surprend une voix féminine derrière moi.

– Je me réjouis juste de ne pas passer dix heures aux côtés d'Arthur. C'est un stressé des vols en avion. Il a l'art et la manière de faire paniquer ses voisins en trouvant toujours des bruits suspects dans la carlingue.

Je ricane et elle le détaille quelques instants.

– J'ai l'impression que c'est un stressé de la vie en général, non ? Il a peur d'être père, c'est pour ça qu'il a besoin des services de Véra ?

Je bloque sur ce prénom. Véra. Il me ramène directement dans cette chambre 124, là où tout a commencé avec elle. Cette jolie blonde. Aujourd'hui, elle n'existe plus. Mon cœur se serre, mélancolique. C'était tellement plus simple à ce moment-là, il n'y avait qu'elle et moi, sans lendemain, sans engagement, juste des rencontres de pur plaisir où le temps était suspendu durant quelques heures.

J'observe Sarah et je reconnais à peine cette femme. Celle-ci est plus volubile, moins fragile mais tout aussi attachante. Même plus. Elle est d'ailleurs plus tout : généreuse, engagée, amusante, sensuelle. Trop, beaucoup trop pour que je ne prenne pas mes précautions.

Elle fronce les sourcils et je me ressaisis.

– Excuse-moi, je dois passer un coup de fil à mon père avant de décoller.

Je m'éloigne de quelques pas. Je n'arrive à contacter que l'infirmier de jour, mon père est chez son psychiatre, alors je retourne m'asseoir. J'ai beau tenter de me rassurer, je suis très inquiet de le laisser seul quelques jours, surtout après l'état dans lequel je l'ai retrouvé après la soirée à Fontainebleau.

– Arrête de cogiter, dit Sarah en se penchant vers moi. Comment va-t-il ?

Je bats des cils. Elle poursuit :

– Ça se voit comme le nez au milieu de la figure que tu es tendu. Philippe m'a appelée il y a trois jours et il semblait aller mieux, ce n'est pas le cas ?

– Si, il a repris le dessus. Vider la maison des affaires de ma mère a été compliqué à gérer pour lui mais chez moi, il va mieux.

Sarah a toujours su voir au-delà de ce que je montre, même quand je tentais de me persuader du contraire. Je soupire en jetant un coup d'œil vers elle, sa jupe si fendue qu'elle dévoile le haut de ses bas.

– Un problème ?

– Je suis en train de me dire que ça va certainement être chiant de passer dix heures à côté d'une avocate rabat-joie qui va parler boulot durant tout le vol, la provoqué-je.

– Je suis sûre qu'on pourra changer de place à un moment, non ? Je ne voudrais pas t'ennuyer avec des réflexions juridiques inaudibles.

– Inaudibles ? C'est un euphémisme. Rappelle-moi de fuir dès que tu citeras le mot « alinéa », la charrié-je.

J'ai envie de me mordre la lèvre jusqu'au sang de lui débiter de pareilles inepties alors que je meurs d'envie d'être avec elle. Elle se raidit avant de détourner le regard, visiblement blessée. Quelques phrases comme celle-ci suffiront à la maintenir à distance durant les trois prochains jours.

L'hôtesse nous invite à nous asseoir alors que l'avion est sur le point de décoller. Je m'attache alors que les employées défilent dans la cabine, vérifiant les ceintures. Je cale mon ordinateur dans le vide-poche et ferme quelques instants les yeux pour me détendre… Difficile lorsqu'un effluve de parfum vient éveiller de vieux souvenirs. Sarah couchée contre moi à Jersey devant cette étendue de mer à perte de vue. Sarah endormie dans mes bras, lors de notre dernière nuit à Fontainebleau. J'ouvre les yeux et soupire, agacé. Pas moyen de garder le contrôle lorsqu'elle est à moins d'un mètre de moi. Je siffle Arthur qui tourne la tête vers moi.

– On changera pendant le vol, j'ai besoin de voir quelques trucs avec toi avant qu'on arrive à Miami.

– Ouais ouais, on verra. Profite pour le moment, dit-il en refaisant son clin d'œil de merde.

Putain qu'il m'agace. Il ne se rend pas compte que j'ai besoin qu'il me sauve des griffes de ma douce ?

J'entends râler à côté de moi et je reviens à la belle Sarah. Non, juste « Sarah ». Il faut que j'arrête avec ces « belle Sarah », « douce Sarah ». Sarah, juste *Sarah* !

– Tu as un problème, maître Lucas ?

– Je n'arrive pas à attacher ce machin, répond-elle, un peu en panique.

– Ne me dis pas que tu es du style à devenir hystérique en avion, me moqué-je. Sinon je change de place illico. Eh, l'ami Gabriel ! fais-je semblant d'appeler.

– Non, ça devrait aller, j'ai supporté pire. J'ai volé avec un apprenti pilote.

Je me marre. Elle n'était pas très fière ce matin-là. Moi non plus, cela dit, j'étais plutôt distrait.

– Mais je me suis débrouillé comme un chef.

– Je n'en sais rien, je ne sais pas piloter.

– En tout cas, tu es arrivée en un seul morceau.

Elle se met à rire et la voir ainsi me fait un bien fou. J'aime entendre son rire, voir ses yeux ne devenir que deux liserés fins laissant juste échapper un filament bleuté d'un éclat extraordinaire.

Et après j'ai la naïveté de croire encore que je ne suis pas épris d'elle…

CHAPITRE 55

SARAH

L'hôtel est fabuleux. Ma chambre est fabuleuse. Miami est fabuleuse. Je n'arrive pas à me calmer depuis notre arrivée. Je ne peux m'empêcher d'ouvrir tous les tiroirs des meubles de ma suite. Car oui, ce n'est pas seulement une chambre, c'est une suite, plus grande que mon appartement tout entier. Une suite au dernier étage d'un immense immeuble qui fait face à un océan atlantique presque turquoise. Une terrasse avec une vue à couper le souffle qui me permet de repérer quatre immenses piscines alignées autour desquelles transats et parasols attendent les touristes.

C'est le rêve, surtout après ces deux dernières semaines à trimer sur mon anglais pour oublier mon chagrin d'amour, à chercher pourquoi Hélias refuse d'aimer, pourquoi il a décidé de me repousser malgré toute la tendresse dont il a fait preuve à Fontainebleau. Heureusement, Maxine et Gabriel se sont mobilisés pour me soutenir et j'ai tenu bon jusqu'ici.

Dans la suite d'à côté, Hélias. Je préfère fermer les yeux sur le cinéma que nous a fait Arthur, préférant soi-disant une chambre plus petite à l'étage d'en dessous avec Gabriel et les deux autres geeks. Je suis mauvaise langue, il faudrait que j'arrête de les appeler comme ça : j'ai discuté un peu avec eux, et entre le blond avec sa petite coupe de cheveux impeccable et le rigolo à la peau sombre et au crâne totalement rasé, ils sont aussi sympathiques l'un que l'autre.

Bref, Hélias et moi sommes seuls à l'étage, même s'il a fait la tête en découvrant le plan presque machiavélique de son ami et associé. J'ai l'impression que ce dernier manœuvre pour nous rapprocher, mais c'est peine perdue pour lui. Hélias et moi, c'est fini, et cette fois-ci, j'en suis aussi convaincue. Je ne laisserai plus son associé me briser le cœur. Arthur en paraît cependant un peu moins antipathique, malgré ses regards parfois encore un peu vicelards. Véra m'avait déjà dit qu'il était gentil malgré son côté volage, et je m'en suis rendu compte dans l'avion à sa façon de détendre l'atmosphère pendant une petite réunion improvisée lorsque Hélias m'a méchamment sabrée face à l'une de mes hésitations. C'est incroyable combien mon ancien amant peut être différent dans l'intimité et au travail. Dans ce dernier domaine, il est impitoyable. Juste, mais d'une exigence absolue.

Je regarde ma montre. Encore deux heures à tuer avant notre premier rendez-vous pro du jour. Un SMS de Gabriel : il préfère faire une sieste car il est épuisé du vol avec le trop bavard Arthur. *Quelle petite nature, celui-là !* Comme si je ne savais pas qu'il souhaite avant tout m'éviter pour ne pas devoir supporter mes jérémiades sur l'attitude d'Hélias lors de la réunion. Les chefs de projet, quant à eux, sont partis s'amuser au casino de l'hôtel. Arthur est au spa et Hélias, je n'en sais rien et ça ne m'intéresse pas.

Je sors sur la terrasse et me penche pour regarder les piscines, les palmiers et les transats recouverts de coussins moelleux. Puis je tourne la tête vers la droite, de l'autre côté de la palissade. Les deux suites ne sont pas communicantes mais elles partagent une terrasse qui fait tout l'étage. Aucun bruit, la baie vitrée est ouverte. Je pourrais presque me glisser sur sa terrasse si je me tenais à la cloison et marchais sur la rambarde comme on le fait sur une poutre. Je pourrais le surprendre, me blottir contre son corps, lui voler un baiser.

Sarah, arrête ça tout de suite. J'ai pourtant passé les quinze derniers jours à me morfondre en repensant à sa façon de me jeter en dix secondes. Il est peut-être d'ailleurs déjà en train d'utiliser le service discret d'escort de l'hôtel. J'ai envie de mourir. Je soupire, rentre dans ma suite et ferme la fenêtre.

Je m'assieds sur mon lit et allume la télé. Je zappe sur les différentes chaînes mais rien ne m'intéresse. C'est mon premier voyage aux États-Unis – voire mon premier voyage tout court – et ça m'agace de rester enfermée dans ma chambre. Mes yeux se posent sur mon maillot de bain qui dépasse de ma valise. Je suis à Miami, quand même ! Direction la piscine. *À moi les transats et la bronzette !*

Dans mon petit bikini blanc, j'arpente le rebord de la piscine sur laquelle j'ai porté mon dévolu. Je ne suis pas bien à l'aise dans cette tenue mais vu le peu de monde à cette heure-là, j'aurais bien tort de ne pas en profiter. J'ai soigneusement évité le bassin où des gosses sautaient toutes les dix secondes car je ne veux surtout pas mouiller mes cheveux. Je ne voudrais pas arriver à notre première entrevue avec les Américains le cheveu filasse qui empeste le chlore, et je n'aurais pas le temps de me refaire un brushing impeccable.

Je descends les quelques marches et savoure la chaleur de l'eau sur mes pieds. Elle est chaude, un vrai bouillon de plaisir. Je me jette précautionneusement dans le bain et effectue quelques mouvements de brasse pour rejoindre l'autre rive. Je souris, heureuse. Je me détends, j'évacue les tensions des deux dernières semaines. Au revoir les frustrations en tout genre : bye bye la contrariété de passer dix heures à côté de l'homme de mes rêves sans pouvoir le toucher, adieu les humiliations infligées par celui-là même qui fait battre mon cœur. S'il n'y avait pas eu ses collaborateurs, ses sautes d'humeur m'auraient fait péter un câble et je lui aurais enfin dit ses quatre vérités.

Au bout de la piscine, je me retourne et m'accroche quelques secondes au rebord pour reprendre mon souffle. Je contemple une silhouette d'homme qui se positionne de l'autre côté du bassin sur l'un des plots de plongeon. Mon cœur simule un arrêt cardiaque quand je reconnais l'allure athlétique d'Hélias. Les cheveux plus foncés, le regard brillant, il me scrute avant de se jeter à l'eau, d'un mouvement souple, sans aucune éclaboussure. Lourde comme un mannequin sans bras qu'on utilise pour faire passer les tests aux nageurs, j'en coulerais presque pour l'éviter, mais je n'ai pas le temps d'envisager la fuite que déjà son corps file gracieusement sous l'eau. Il me rejoint sans reprendre une seule fois sa respiration et remonte lentement le long de mon corps pour débouler juste sous mon nez. Le cheveu humide, il est encore plus beau que ce matin. J'en reste sans voix, la bouche ouverte de béatitude tandis qu'il me colle davantage pour s'accrocher au rebord derrière moi.

Presque dans ses bras, j'ai la tête qui tourne, mon cœur se manifestant dans un grand charivari et mes doigts de pied se recroquevillant de frustration pour ne pas s'enrouler autour de lui.

– Elle est bonne, non ? dit-il en me dévisageant.

– Très.

Sérieux Sarah, tu n'es pas capable de plus ? Navrante, tu es navrante !

– On fait quelques longueurs ensemble ? demande-t-il gentiment.

Le voilà redevenu sympa alors qu'il m'a gueulé dessus dans l'avion. Franchement, je n'arrive plus à le suivre.

– Non, je préfère nager en me concentrant sur mon intervention de tout à l'heure.

Je m'éloigne en faisant quelques mouvements hâtifs mais il me rejoint juste en poussant sur ses pieds.

– Rhoo, ne joue pas les rabat-joie.

– Rabat-joie ? Tu as vu comment tu m'as recadrée, ce matin ? Fous-moi la paix.

– Il faut savoir faire la part des choses entre le professionnel et le privé.

– Ça tombe bien, on n'a plus de privé. Contente-toi du pro.

J'augmente la vitesse de mes mouvements pour échapper à ses rires narquois mais je sens alors une main attraper ma cheville et me tirer vers le fond. Je m'égosille comme si j'étais happée par la gueule d'un requin, avalant au passage une grande lampée de flotte chlorée. Quand je réussis à revenir à la surface, je tousse comme un vieux fumeur, balançant des noms d'oiseau et touchant avec effroi ma chevelure totalement imbibée d'eau. J'en pleurerais presque.

Hélias émerge de l'eau devant moi et ne tarde pas à éclater de rire. J'essaie de le frapper mais ma main termine sa course dans un plat bruyant à la surface de l'eau. Il se marre de plus belle et se rapproche de moi avec précaution, puis me prend dans ses bras pour me permettre de m'accrocher à son cou et de vider mes poumons d'eau.

– Je te déteste.

– Non, je n'en crois rien, dit-il d'une voix mielleuse.

– Pourquoi tu agis comme ça, tantôt gentil, tantôt odieux ? lui reproché-je, au bord des larmes. Tu te rends compte de ce que ça me fait ?

Il caresse ma joue en me regardant comme la huitième merveille du monde.

– Parce que je ne sais plus quoi faire pour rester loin de toi. C'est trop dur.

Je perds mes moyens et le serre davantage contre moi, mes jambes s'enroulant autour de ses hanches. J'aime ce type à la folie. On se fixe, perturbés tous les deux par ce qu'il vient de dire. Dans son regard, la peur. Dans le mien, la détermination.

– *Mister Graçay ! Mister Graçay !* s'écrie un employé de l'hôtel.

Hélias tourne la tête vers lui. Le type baragouine quelque chose si vite que je ne comprends rien, mais déjà Hélias se détache de moi pour rejoindre le bord. Avant de se hisser hors de l'eau, il me lance par-dessus son épaule :

– Ils ont plus d'une heure d'avance. Dépêche-toi de sortir de l'eau, les acheteurs sont là.

Je panique et nage jusqu'à l'escalier dans un vague mélange de brasse et de crawl. Hélias ne m'attend même pas. Je fulmine derrière lui, attrape au vol une serviette de bain et le suis entre les transats puis entre les tables. Je n'ai même pas le temps d'enrouler ma serviette autour de mon corps, pas le temps non plus d'essuyer mes longs cheveux qui dégoulinent le long de mes épaules puis sur mes fesses. *Mon Dieu, quelle allure dois-je avoir ?*

Il est déjà en train de saluer deux hommes et une femme que je suis encore à la moitié du chemin. Il semble plaisanter sur sa tenue, se penchant sur son short de bain. Arthur est à leur côté, ainsi que Gabriel, habillé de la même façon que pendant le voyage. Ils ont dû être surpris comme nous. *Ce serait bien une technique des Amerloques pour nous déstabiliser.*

Je finis par rejoindre le groupe et fais les derniers pas timidement. Les regards se lèvent sur moi et Hélias se retourne pour me présenter. Ses yeux s'écarquillent et son visage change de couleur lorsqu'il me détaille de la tête aux pieds, arrêtant son inspection à hauteur de mes seins. *Qu'est-ce qu'il a encore ?* Je me faufile devant lui et tends la main aux Américains. Le plus âgé d'entre eux m'accueille avec un sourire ravi tandis que le plus jeune ne cache pas du tout son attirance. La femme, une vraie caricature de feuilleton américain, me toise avec dédain en me tendant une main molle.

– Je vous présente maître Lucas, l'un de nos avocats, dit Hélias tout en se rapprochant de moi pour m'arracher ma serviette des mains et me couvrir jusqu'au cou.

– Qu'est-ce que tu fais, marmonné-je alors que je ne vois presque plus personne.

– Ton maillot de bain, il est transparent, chuchote-t-il.

Je rouvre brutalement la serviette et me regarde. Effectivement, mes tétons sont apparents sous le tissu fin imbibé d'eau. Hélias me camoufle tout aussi brusquement. Gabriel se marre. En temps normal, j'aurais certainement rougi, mais après tout ce que j'ai vécu ces dernières semaines, je m'en fous. Si ça peut permettre à nos clients de se déconcentrer, ça ne fera que faciliter les négociations.

Je repousse les mains d'Hélias et reprends les rênes. Avec mon drap de bain, je tamponne mon corps de ma gorge à mes chevilles, volontairement très lentement pour permettre aux deux hommes de bien imprimer mes courbes dans leurs esprits de mâles. Je m'amuse à les voir décrocher très vite de la conversation avec Arthur et Hélias pour me contempler en train d'essorer les pointes de mes cheveux. J'imagine que ma poitrine s'étire, que mes abdominaux se dessinent, que ma nuque se dévoile. Je finis enfin par enrouler la serviette autour de ma taille. Pas question que je couvre ma poitrine généreuse et mes tétons qui pointent à cause d'une légère brise. Tout sourire, je prends place à la table en même temps que tout le monde. Hélias me jette un regard glacial – il n'apprécie pas du tout mon attitude. Il n'est d'ailleurs pas le seul : la bimbo, qui s'avère être la fille du client, ne me lâche plus du regard. Je la détaille quelques secondes et hausse les sourcils devant ses attributs plus que gonflés, certainement artificiellement, mais terriblement efficaces. Gabriel l'a bien remarqué car il ne détache plus ses yeux de la belle Américaine.

– Buvons un verre en attendant que Sarah aille se changer et récupérer son dossier, suggère Hélias d'un ton faussement enjoué.

– Oh, ne faisons pas de cet instant convivial un rendez-vous trop solennel, rétorque John Melows, le client le plus âgé, avec un léger accent. Nous avons tout le temps de négocier.

Hélias ne montre rien mais je sens qu'il n'est pas du tout content de la tournure des événements. Il se rend compte, tout comme moi, qu'ils essaient de nous prendre au dépourvu. Il me jette un coup d'œil inquiet et je tente de le rassurer en souriant gentiment. Son regard dérive vers mes seins et il me fusille du regard en retour.

– Et puis j'ai plusieurs exemplaires du contrat avec moi, propose Gaylord, le jeune.

– Très bien, mais ce serait mieux que mon conseil puisse avoir ses notes, intervient Hélias, tout à coup nerveux.

– C’est juste un premier tour de table Hélias, ne vous inquiétez pas, lance la sculpturale fille à papa en lui posant la main sur l’épaule et en lui décochant un sourire Ultra Brite.

Bordel de Dieu, je n’ai jamais vu des dents aussi bien alignées et aussi blanches. C’est vraiment flippant.

Hélias, en bon mec qu’il est, balaie la blonde platine d’un regard vertical. *C’est bon, tu as pu déterminer le bonnet ?* Je m’agace sur ma chaise et n’écoutant que ma jalousie, je pose ma main sur la sienne pour le ramener à ce qui doit l’intéresser, en l’occurrence moi, et lui déclare d’un ton abrupt :

– T’inquiète, je maîtrise. Gaylord, je veux bien un exemplaire du contrat, s’il vous plaît !

CHAPITRE 56

SARAH

J'adore les négociations de contrat. Et avec les personnages que j'ai en face de moi, j'ai l'impression d'être dans un soap américain.

Gaylord Melows (*ce prénom !*) me tend une liasse de feuilles et me sourit en me fixant droit dans les yeux. *Dur de ne pas regarder plus bas, mon garçon !*

Je scrute les personnes autour de la table et je m'amuse à voir mon clan prendre peur. Moi, je ne frémis même pas, car j'ai conscience de l'un de mes talents : la mémoire. Une mémoire d'éléphant qui m'a permis d'engranger durant toutes mes années d'études des quantités monstrueuses de connaissances juridiques en tout genre. Je rigole en voyant Gabriel détendu, sûr de lui. Il me connaît tellement bien qu'il ne se fait aucun souci, pour la simple et bonne raison que j'ai appris le contrat quasiment par cœur. C'est mon truc à moi, je déteste l'improvisation. Toutes mes plaidoiries sont toujours préparées au millimètre près.

Je feuillette les pages et dépose un léger trait de crayon dans la marge à chaque détail posant problème. Ils sont au nombre de dix-sept. Je le sais, je les ai comptés et je les ai préparés. Les trois acheteurs se penchent subtilement pour regarder ce que je biffe mais je fais si vite qu'ils n'arrivent pas à suivre. Je repère au passage une surprise et lâche d'un ton offusqué :

– Ce n'est pas le dernier contrat sur lequel nous nous étions arrêtés, Gaylord. Cette clause-ci n'y était pas.

Je lève les yeux vers lui et il semble gêné, tout à coup.

– Pas très fair-play.

Hélias se penche par-dessus mon épaule pour regarder mais Arthur, voyant que l'ambiance devient polaire, essaie de rattraper le coup.

– Vous n'aviez peut-être pas vu cette clause, Sarah.

– Pour cause, elle n'y était pas. Mais nous en reparlerons plus tard, temporisé-je en relevant les yeux vers nos hôtes. La formulation n'est pas mauvaise mais il faut quand même qu'on en rediscute.

Le beau Gaylord – un vrai quarterback dans une série pour teenagers – se détend et le père me scrute maintenant avec un regard intéressé. Kimberley, la fille, me détaille avec méfiance. Je tourne la tête vers Hélias.

– C'est bon pour moi, on peut commencer.

Il entrouvre ses lèvres, presque sidéré par mon aplomb, mais je lui lance un sourire convaincant.

– Eh bien commençons.

Je ne peux empêcher un instant de déconcentration en matant sans ciller le torse absolument fantastique de mon ex-amant. Des pectoraux divinement bombés, recouverts de ce très léger duvet sombre, et des abdominaux, *mama mia*…

– Je crois que votre atout vient de se dévoiler, lâche John Melows en souriant, me ramenant à ce moment beaucoup moins sexy.

– Pouvais-je encore me dévoiler davantage ? m'exclamé-je en gloussant, écartant les bras pour montrer que je suis en bikini.

Tout le monde se met à rire autour de la table sauf Hélias, qui ronge son frein.

– Trêve de plaisanteries, John, reprends-je. J'en ai encore beaucoup dans mes manches. Et les manches des avocats français sont très, très larges.

– J'aime les femmes joueuses, se moque-t-il en levant un sourcil.

Le ton a été donné.

L'heure qui suit est intense, les trois Américains ne sont pas venus signer gentiment un petit contrat. Ce sont de vrais négociateurs. Je ne suis pas mécontente d'avoir passé de longues heures au téléphone avec Marwin, un des chefs de projet d'HG&Co,

pour obtenir des explications techniques sur l'application. Hélias s'avère très ferme et implacable à mes côtés. Deux vrais pit-bulls qui ne lâchent rien et qui réussissent même à grappiller des bonus qui n'étaient pas prévus. Nous sommes arrivés à poil mais nous repartirons chaudement habillés.

Rendez-vous est pris pour finalisation de notre accord demain matin autour d'un petit déjeuner.

– Ma très chère Sarah, j'ai vraiment été charmé par votre travail, s'extasie John qui vient de laisser quelques plumes. Je devrais vous embaucher. À vous seule, vous êtes plus efficace que les sept juristes que j'emploie.

– Pas possible, Sarah est à moi, s'interpose Hélias avec un sourire peu franc.

Tu parles un peu vite, mon vieux.

– Retrouvons-nous ce soir au Leynia autour d'un bon repas. Mon épouse sera ravie de passer un peu de temps avec des compatriotes.

– Avec plaisir, répond Arthur qui a du mal à cacher sa joie pour notre première victoire.

– Interdiction de parler business, menace-t-il en me regardant.

Je lève les mains en l'air en signe d'accord, amusée. Arthur raccompagne la famille Melows et c'est le soulagement. Le danger éloigné, je me rends compte que je n'étais pas si détendue que je le pensais. Je me laisse retomber sur ma chaise, les jambes en coton, comme si j'avais couru un marathon. Gabriel me rejoint et me frotte le haut du crâne.

– Bravo Lucas, tu as assuré. Je vais passer un coup de fil à Bruno, il va faire des bonds quand je vais lui annoncer les chiffres.

Chiffres dont dépendent nos honoraires, et pour le moment, c'est jackpot.

Les deux geeks lèvent le pouce dans ma direction et j'affiche une banane de vainqueur. Je tourne la tête vers Hélias mais il ne me calcule pas, adressant à ses collaborateurs des remerciements pour leurs quelques interventions efficaces. Arthur revient vers nous, se précipite vers moi et me soulève en me faisant tournoyer.

– Sarah, je vous adore !

– Attendez un peu, le contrat n'est pas signé. Je suis certaine qu'ils vont faire trimer leur équipe de juristes toute la nuit pour trouver une parade demain matin.

– Je crois que c'est quand même mal barré pour eux, rétorque Gabriel.

Hélias daigne enfin m'accorder un regard.

– Merci pour ton travail. Tu as été décisive cet après-midi.

– De rien.

Il détourne les yeux vers Arthur :

– Je remonte pour prendre une douche. À plus tard.

– Ouais, à plus. Les gars, on se boit une coupe ?

Je me mets à courir derrière Hélias mais il avance vite. Essoufflée, je déboule derrière lui dans le grand hall de l'hôtel au milieu duquel se déploie un énorme palmier. Je me plante devant lui alors que les portes de l'ascenseur s'ouvrent.

– Il y a un souci ?

Il me transperce d'un regard furieux et explose en attrapant le nœud de ma serviette de bain et en me traînant dans la cabine qui se referme aussitôt :

– NE ME FAIS PLUS JAMAIS ÇA !

– Quoi ? Ça a été un succès.

– JE NE PARLE PAS DE ÇA !

– TU PEUX ARRÊTER DE CRIER COMME ÇA ? m'égosillé-je à mon tour.

Il me fusille du regard avant de fondre sur moi. J'ai un instant l'espoir qu'il me vole un baiser, mais il s'agrippe de nouveau à ma serviette pour la remonter à hauteur de mes seins et l'enrouler très serrée.

– Je ne veux plus voir ce maillot de bain de tout le séjour, gronde-t-il.

– Je te demande pardon ? Tu n'as pas ton mot à dire.

– Quelle idée de se balader avec un maillot aussi fin que du papier à cigarettes ? Autant déambuler à poil, pendant que tu y es.

– C'est quoi cette attitude ? Tu veux peut-être que je me baigne en combinaison de plongée ?

– Non, mais avec un maillot plus… plus…

Il fait un vague geste avec ses mains.

– … grand et moins transparent, s'étrangle-t-il.

– Je n'étais pas censée faire réunion en bikini.

– Mais il y avait plein de mecs autour de cette piscine. Tu as dû faire un tas d'heureux ! Et c'était quoi, cette attitude d'allumeuse avec les deux Melows ? Faire du charme à la clientèle n'était pas prévu au contrat !

– Ce ne sera pas la première fois que tu me paies pour ça.

Son souffle se coupe, stupéfait.

– Et il fallait bien que je fasse contrepoids avec leur débarquement intempestif. Ce sont des tueurs, tous les coups sont permis. Ils ont voulu nous surprendre ? J'en ai profité.

– Et tu comptes faire quoi s'ils ne veulent pas signer ? Coucher avec Melows ? scande-t-il, hors de lui.

Sa remarque me glace et je ne peux pas m'empêcher de répliquer :

– Il faudrait revoir mes honoraires, dans ce cas. Pourquoi pas le jeune, il n'est pas mal dans son genre.

Hélias se fige, les poings serrés. Je regarde les étages qui défilent au compteur ; j'ai hâte de sortir de cette cabine d'ascenseur, ses ordres mal placés m'ont agacée.

– Tu pourrais quand même reconnaître que j'ai assuré, et pas seulement grâce à mon corps.

Hélias ferme les yeux quelques instants. Après avoir lâché un long soupir, il concède, d'un ton calme :

– Bravo, tu as assuré. En revanche, que l'on soit bien clairs pour la suite, continue-t-il avec un air menaçant. Je préfère mille fois rater ce contrat que te vendre de quelque manière que ce soit. Je ne veux plus te voir te rabaisser à utiliser tes charmes pour parvenir à nos fins, j'ai beaucoup trop de respect pour toi pour ça. Si tu recommences un truc dans le genre, je te vire. C'est compris ?

Penché vers moi, il attend ma réponse, ses yeux coléreux braqués sur moi. Je déglutis et, après un long soupir, je réponds :

– Compris, Big Boss.

CHAPITRE 57

HÉLIAS

Je claque la porte de la suite derrière moi, laissant Sarah dans le couloir. Je dois me calmer sinon je risque de dire ou de faire des choses que je regretterai ensuite.

Je reste quelques secondes appuyé contre la porte les yeux fermés, à tenter de ramener mon pouls à une cadence normale, mais cela fait trop longtemps que je bous sur place. Rester dans la suite pendant deux heures à attendre notre rendez-vous avec les Melows, sachant Sarah juste à côté, ce n'était pas envisageable. Je n'avais qu'une envie, c'était toquer à sa porte, me jeter sur elle comme un animal affamé et lui faire l'amour le reste de l'après-midi. Cette fille me rend dingue. Chaque fois qu'elle s'approche, j'ai le cœur qui déconne à plein tube. Je vais finir par devenir cardiaque.

J'étais plutôt fier de moi après le vol. Dix heures à côté l'un de l'autre, une proximité à laquelle j'ai résisté, malgré ses tendres sourires et les effluves de son parfum. J'ai même programmé une réunion trois heures avant d'atterrir pour m'empêcher de craquer. Je me suis montré intransigeant et cinglant, pour me souvenir de tenir le cap, de garder mes distances.

J'ai cru à un début de guérison à la piscine. J'essayais d'éviter des gamins qui n'arrêtaient pas de sauter dans le bassin lorsque j'ai vu un petit cul passer sous mes yeux. Ma queue s'est mise à pointer vers le nord devant ces deux sublimes fesses moulées dans un tout petit maillot de bain blanc. Je souriais comme un bienheureux, trop content de me voir réagir de nouveau aux courbes d'une autre femme que Sarah. Je me disais « ça y est, je suis sauvé ». Jusqu'à ce que la belle inconnue se retourne.

Sarah, dans ce bikini blanc. Un instant de grâce dans un premier temps, surtout lorsqu'elle s'est s'agrippée à moi dans l'eau. Nous venions de revisiter le « jeu de mains, jeu de coquins ». Je sais bien que je n'aurais pas dû, mais c'était plus fort que moi. Elle était là, sa peau à portée de doigts, loin de tous nos soucis, et je n'ai pas pu résister. À force de chahuter, de me chercher, elle m'avait trouvé. Mais ces connards de Ricains ont débarqué avec une heure d'avance.

À cette plénitude a succédé le supplice, celui où j'ai livré ma belle et douce Sarah au regard répugnant de ces sales types. Et pas seulement des Melows, mais aussi d'Arthur qui louchait sur ses seins et de son collègue Gabriel qui ne savait plus où donner de la tête entre la dinde qui sert de fille à Melows et Sarah. Sans compter les deux chefs de projet qui se régalaient du spectacle. J'ai cru devenir dingue. J'ai imaginé les égorger les uns après les autres devant le regard terrorisé du suivant.

Je lâche un soupir. Il faut que je garde mon sang-froid. Tout va bien, Sarah a assuré. J'avais l'impression d'être dans une série américaine avec une nana représentant le ministère public usant et abusant de « objections votre honneur », faisant pleurer les témoins. Ma douce a été implacable et sans états d'âme pour l'adversaire. Une Rambo au féminin, le couteau entre les dents, même si je me doute que les Melows vont réagir.

Je prends ma douche et après un long moment passé sur mon lit à zapper sur les chaînes d'info, à contrôler mes mails et à répondre aux SMS incessants d'Arthur qui me scande de rejoindre ma jolie voisine, j'enfile un costume pour une soirée encore laborieuse.

J'attends nerveusement devant l'ascenseur, j'ai cinq minutes de retard. Les autres doivent déjà m'attendre pour nous rendre au restaurant. Je m'engouffre dans la cabine et regarde les portes se refermer, perdu dans mes pensées, quand Sarah se faufile à toute allure dans l'ascenseur, essoufflée, la main sur sa poitrine. Un seul battement de ses cils, un seul regard sublimé par un fard à paupières sombre et me voilà de nouveau bouillonnant.

Le palpitant irrégulier, je me réfugie tout au fond de la cabine, les doigts enroulés autour de la main courante.

– Ouf, je ne suis pas la seule à être à la bourre, ricane-t-elle en reprenant son souffle.

Dans sa robe moulante couleur pêche, un pan de tissu recouvrant sa poitrine jusqu'à sa gorge, ses épaules et son dos entièrement nus et une fente à mi-cuisse, elle est parfaite. Elle pivote vers le tableau de commande et je découvre ses seins à demi dévoilés. Son chignon sophistiqué lui donne l'air d'une lady. Sa gorge parsemée de quelques mèches rebelles me donne aussitôt faim ; je me verrais bien y planter mes crocs. Dans mon pantalon, c'est branle-bas de combat. Elle n'est pas seulement démoniaque, elle est absolument bandante.

– J'ai quelque chose qui cloche ? demande-t-elle en fronçant les sourcils avant de se mirer dans l'un des miroirs de la cabine.

– Non, réponds-je, la gorge tout à coup asséchée.

– Tu fais encore la tête, c'est ça ?

– Non. Tu es époustouflante.

Je m'amuse à la voir s'empourprer comme la fille parfois timide qu'elle peut être. Son cou devient rose et ses joues se gonflent. Elle baisse les yeux.

– Merci. Tu n'es pas mal non plus, répond-elle, un peu embarrassée.

Je la détaille avec une telle envie que mes poumons se compriment. J'oublie de respirer, trop accaparé par le spectacle qui s'offre à moi. Je me promène de ses lèvres à sa gorge, à ses seins qui durcissent sous sa robe. *Putain, elle ne porte pas de soutif !* Je devine son nombril. J'aime tellement y glisser la pointe de ma langue et l'entendre gémir d'un désir rageur alors que j'approche ma bouche de son sexe. Et puis je plisse les yeux pour m'empêcher de faire dévaler davantage mon regard jusqu'à la chaleur de son entrecuisse, dans lequel j'aime tant me perdre.

La cloche de l'ascenseur me sort de ma torpeur et je m'échappe presque en courant. Elle ferait renoncer le plus saint des hommes à son vœu de chasteté. J'entends Sarah me rattraper et sens ses doigts se refermer autour de mon avant-bras.

– Nous sommes vraiment très en retard ou c'est moi que tu fuis ?

– Ce soir, c'est boulot. Alors concentre-toi !

– OK, Big Boss.

Puis elle murmure alors que nous arrivons à hauteur des autres :

– Ravie de toujours te faire de l'effet, mon cher Hélias.

Je lui jette un regard volontairement menaçant, mais elle se met à glousser.

Après un trajet en limousine, nous arrivons à l'un des restaurants les plus chics et les plus branchés de Miami. Toujours aussi nerveux, je suis l'employé qui nous accompagne jusqu'à notre table où la famille Melows au complet nous attend déjà.

Devant nous, un joli portrait de famille idéale. Le père, un grand type aux cheveux teints, avec juste quelques racines blanches. Un regard d'un gris acier qui vous pétrifie sur place. L'épouse, qui n'était pas là cet après-midi, la fameuse Française qui nous permet de converser dans la langue de Molière. Une blonde platine qui n'a plus grand-chose de naturel. La fille ensuite, aussi surfaite et trafiquée que la mère malgré sa petite trentaine, boudinée dans une robe d'un rose flashy qui me donne aussitôt la migraine. Et enfin le fils, qui, putain, est déjà en train de loucher sur Sarah, la bouche ouverte, le bassin en avant, comme un bonobo. Le type est une vraie tête à claques, beau gosse musclé, richissime sans avoir besoin de bosser, avec une assurance affligeante qui devrait faire fuir toute fille normalement intelligente.

Je tourne la tête vers Sarah qui lui décoche un sourire éclatant, la poitrine enserrée entre ses deux bras crispés sur sa pochette, un genou plié, les hanches sur le côté. Traduction en langage du corps de « tu me plais, est-ce que je te plais aussi ? ».

D'un pas décidé, je romps leur contact visuel et en dépit du bon sens et des convenances, je salue le fils avant le père d'une poignée de main plus que virile, avec un regard suffisamment clair pour qu'il en affiche une mine contrariée. Cette fille est à moi et personne ne l'approchera. Enfin, plus maintenant et je n'ai plus le droit de dire quoi que ce soit, pourtant je promets que ce soir, elle repartira toute seule, même si je dois dormir sur le sol devant sa suite.

Je salue les autres et alors que je me remets près d'Arthur, ce dernier murmure, hilare :

– Et tu dis que t'en as rien à foutre de cette fille ? J'ai cru que t'allais jeter un gant à la gueule de ce type pour un duel au coucher du soleil.

– C'est juste un connard. Je ne veux pas que Sarah s'entiche encore d'un mec qui la fera souffrir comme moi.

– Trop chou, bonhomme.

Je le fusille du regard alors que nous prenons tous place autour de la table, moi entre les deux belles plantes de la soirée. Sarah se penche en voyant la fille Melows à mes côtés, devenant rouge de colère. Je souris comme un bienheureux. *Quel con je fais, d'être content de la voir jalouse pour moi.* Ça ne tourne vraiment pas rond.

– Méfie-toi, la peroxydée va te faire du rentre-dedans pour que tu oublies l'enjeu de la soirée, me murmure-t-elle.

– Ne t'inquiète pas.

– Le cul et les affaires, c'est du tellement vu et revisité.

Je suis surpris par son langage cru. Sarah est nerveuse, et pas seulement pour la négociation. Je m'approche d'elle et dis, un peu amusé :

– Il n'y a qu'une belle blonde à cette table qui me ferait oublier le contrat, et c'est toi.

Elle lève les yeux lentement vers moi. Je me noie quelques secondes dans le bleu clair de son beau regard avant d'ajouter :

– Tu n'as rien à craindre, alors concentre-toi sur ce qui nous amène ce soir. Déchire tout !

Plus la soirée avance et plus je me sens oppressé, à me débattre au milieu d'un panier de crabes. La stratégie des Melows est plus que répugnante : d'un côté la fille, une vraie sangsue que je n'arrive pas à repousser et qui monopolise mon attention ; et de l'autre le fils, qui a porté son dévolu sur Sarah et qui ne la lâche pas d'une minute. Et cette dernière qui est plus que nerveuse, sur le point de craquer. Je dois absolument abréger cette soirée avant que ça ne tourne au vinaigre.

J'inspire alors que je sens le pied de Kimberley remonter mon mollet et l'une de ses mains se poser discrètement sur ma cuisse. *À ce rythme-là, elle me malaxera les bourses avant le dessert.* Délicatement, je me saisis de ses doigts et les repousse en étant le plus discret possible. Si ma jeune avocate s'en rend compte, elle serait capable de l'égorger sur place.

– John, il me semble que vous êtes adepte du golf ? J'adorerais faire une partie avec vous. Pourquoi pas demain ?

Je préfère mille fois faire un dix-huit trous avec le père que m'en coltiner un seul avec sa fille.

– Quelle bonne idée ! répond-elle à la place de son géniteur. J'adore le golf. Jouons demain, Hélias !

Je n'ose pas tourner la tête vers Sarah qui doit être en train de m'imaginer gésir dans une mare de sang, l'un de ses talons planté dans mes parties intimes.

Arthur me scrute, impuissant, passant de moi à Sarah puis à la glu décolorée. Le moindre faux pas de ma part et le contrat s'envole. Il y a quelques mois, je me serais fait Kimberley. Je l'aurais calmée dans un coin en la prenant brutalement sans préliminaires, sans même effleurer ses lèvres, et je lui aurais fait miroiter un prochain rendez-vous plus romantique pour obtenir les faveurs de son père et signer ce putain de contrat. Plus maintenant. Maintenant, il y a une femme que je ne veux surtout pas blesser, et je l'ai déjà bien assez fait ces dernières semaines.

– Si vous le souhaitez, Kimberley, renaclé-je.

– Vous êtes un amour, s'exclame-t-elle en m'embrassant sur la joue. Maman, j'ai envie d'épouser cet homme.

Je ris nerveusement.

– Vous allez bien Sarah ? demande le fils Melows.

Elle est devenue livide.

– Pas vraiment, rétorque-t-elle avant de se rendre compte que tout le monde s'est arrêté de parler pour l'écouter.

Je me crispe à ses côtés et lui jette un regard inquiet.

– Je croyais qu'on ne devait pas travailler ce soir, mais je lis sur mon téléphone que vos juristes sont déjà à pied d'œuvre et que ma nuit s'annonce très courte si je dois répondre à toutes les modifications que vous envisagez.

Je soupire de soulagement. Les Melows quant à eux se forcent à sourire tandis qu'Arthur en rajoute une couche avec un clin d'œil :

– Je vais me mettre à l'eau si je veux avoir les idées claires pour travailler toute la nuit.

Le repas terminé, Legris suggère de rentrer à l'hôtel pour travailler sur les avenants transmis par le service juridique des Melows, mais ces derniers nous traînent dans une partie plus tamisée de l'établissement, avec une piste de danse.

Arthur et Gabriel se sont approprié Sarah, la maintenant à l'écart. Je remercie en silence son collègue de l'occuper sur son téléphone. Le fils Melows tente de l'inviter à danser mais elle décline poliment.

Les coupes arrivent. Les Melows sont forts, tenaces et calculateurs ; le champagne va couler à flots pour embrumer davantage nos esprits, déjà bien fatigués par le décalage horaire. Tout sera fait pour qu'on oublie le contrat et les petites lignes écrites en pattes de mouche. Tous les coups sont permis.

Je m'écarte de la fille, me rapproche de John. Arthur vient à ma rescousse, tente d'attirer l'attention de la blonde mais rien n'y fait. Elle s'obstine à s'insinuer dans chaque phrase. Le nez dans mon verre, j'essaie de trouver un moyen de partir sans froisser nos hôtes, mais c'est raté. Quand je pense m'échapper, Kimberley se plante devant moi, la main tendue.

– Venez danser avec moi, Hélias.

Arthur lève les yeux au ciel avant de refuser une nouvelle coupe de champagne. Je ronge mon frein une fois de plus.

– Très bien, une petite danse avant d'aller me coucher.

Je m'approche de son oreille et rajoute tout bas :

– Tout seul, n'allez pas vous faire de film.

Elle perd son sourire une fraction de seconde avant de m'entraîner vers le centre de la piste, de nouveau toute guillerette.

Je la prends dans mes bras, gardant une bonne distance de sécurité. Tout me hérisse chez elle : son sourire figé, son regard trop chargé en mascara, ses pommettes artificiellement saillantes, ses lèvres gonflées comme des boudins sur le point d'exploser et son parfum trop entêtant. Ses seins volumineux frôlent mon torse malgré mes bras presque tendus.

– Vous me plaisez, Hélias, dit-elle en anglais.

– Vous êtes charmante Kimberley, réponds-je gentiment, mais j'ai déjà quelqu'un dans ma vie.

– C'est l'avocate ? demande-t-elle, agacée.

– Cela ne vous regarde pas. Vous auriez dû jeter votre dévolu sur le blondinet, il était plus ouvert, me moqué-je en désignant Gabriel.

À côté de lui, je surprends les yeux de Sarah braqués sur moi. Ils brillent si intensément que je devine qu'ils sont baignés de larmes. Mon cœur se serre.

– Pas assez riche, reprend-elle avec dédain.

Le morceau de musique prend fin et je me détache d'elle. Je lui tends le bras et la raccompagne à notre table où tout le monde nous observe. Tous sauf Sarah. Je me sens mal ; je la veux elle, pas une autre. Et je ne veux pas la voir ainsi, triste et en colère, même si j'essaie de la repousser depuis des jours. Je me sens tout à coup sali, j'ai envie de tenir Sarah dans mes bras, qu'elle balaie toutes les traces sur ma peau de cette femme qui me dégoûte.

Je me penche au-dessus d'elle et lui vole sa main. Je la tire brusquement, la forçant à me regarder et à venir avec moi.

– Viens danser, lui ordonné-je.

Je l'entraîne sur la piste, puis me retourne et empoigne sa hanche que je ramène à moi. Cette fois-ci, aucune distance imposée. Je veux la sentir tout contre moi.

– Je… je ne sais pas danser sur ce genre de musique, balbutie-t-elle en rougissant.

– Ce n'est pas grave. Laisse ton corps suivre le mien.

Je la serre un peu plus, sa poitrine se gonflant contre mes pectoraux. J'appuie légèrement ma main sur ses reins et je sens mon corps s'enflammer aussitôt. Qu'est-ce que je fais ? Je sais que je ne devrais pas, putain, je sais que je n'ai absolument pas le droit de faire ça, mais je suis complètement sous le charme de cette femme. Juste une minute, rien que le temps de cette chanson, et après je reprendrai mes distances. Sans réfléchir aux autres qui pourraient nous voir, je promène mes lèvres dans son cou. Je m'enivre de son doux parfum d'agrumes, frissonne sur sa peau si tendre qui frémit aussitôt. Mes mains remontent sur son dos nu, j'oublie où nous sommes. Je voudrais, ne serait-ce qu'une fois encore, lui faire l'amour toute une nuit, l'entendre crier mon prénom, lui donner encore et encore du plaisir. Car c'est ce que j'aime le plus, la voir basculer dans cet état de grâce absolue alors que je suis en elle.

Je plonge mon regard sur elle, mes lèvres presque collées aux siennes. Une lueur de tristesse ne la quitte plus et je ne le supporte pas. Je veux la voir sourire, rire comme elle sait si bien le faire.

– Arrête de me regarder comme ça, m'intime-t-elle.

– Je te regarde comme j'en ai envie. Pourquoi tu boudes ?

– Tu crois que c'est drôle ? s'offusque-t-elle. Que tu peux me rejeter puis revenir grappiller de l'attention auprès de moi pour gonfler ton ego ? Que veux-tu, je ne suis pas guérie de toi, Hélias.

J'ai encore du mal à ne pas être avec toi, te toucher, t'embrasser, et toi, tu en joues.

Mon cœur s'emballe. Elle se trompe totalement sur mes intentions, mais elle ressent la même chose que moi. La séparation est douloureuse, insidieuse à chaque instant où je suis auprès d'elle.

– Je ne suis pas prête à te voir avec une autre, poursuit-elle.

A-t-elle vraiment tort ? Mon incapacité à m'en tenir à mes décisions n'est-elle pas pire qu'un simple rejet ? C'est pourtant plus fort que moi. J'ai essayé de lutter, j'essaie tout le temps, merde, mais je n'y arrive pas.

– Je ne suis pas guéri non plus, Sarah. Ne t'inquiète pas, je ne suis pas prêt à voir quelqu'un d'autre que toi. Cette femme ne me plaît pas, je suis juste poli, rien de plus.

Je lève une main et caresse sa joue avec tendresse. Son regard s'embue. Son corps se met à frémir.

– Ma douce Sarah.

Elle pose sa main sur mon épaule et y blottit sa joue. Je la berce doucement, le cœur battant la chamade avec l'envie que ce moment dure pour toujours.

Lorsque nous revenons vers le groupe, notre tête-à-tête n'est pas passé inaperçu. La greluche me fusille du regard, Arthur lève un pouce approbateur et quant à l'ange Gabriel, c'est le bannissement en enfer qu'il me réserve.

Sarah y est indifférente, enferrée dans ses idées noires. Aussitôt assise, elle replonge sur son téléphone et échange avec son collègue à voix basse. Maître Lucas est de nouveau au travail. De l'autre côté de la table, je continue à la contempler, si belle. Sarah me fait sortir de ma ligne de conduite. Mais comment pourrais-je continuer tout droit lorsqu'elle est sur le bord de ma route ? J'ai tout le temps envie d'elle, envie de la serrer dans mes bras, de l'embrasser, de lui tenir la main, de l'écouter parler en jouant avec ses boucles blondes. Depuis que je connais la vraie Sarah, j'ai même envie de la taquiner pour voir son regard farouche, de lui raconter mes journées épuisantes, de la retrouver le soir et de me blottir contre elle. Je la veux tout le temps, pas seulement pour le sexe, et j'ai beau avoir mis un terme à notre relation, je n'arrive pas à m'en passer, et je nous fais souffrir tous les deux.

Elle lève les yeux vers moi et je lui souris, brusquement intimidé, parce que j'ai enfin compris. Son regard s'adoucit et son visage s'éclaire doucement. Mon cœur se met à battre à tout rompre. Je n'ai pas menti tout à l'heure, moi non plus je ne suis pas guéri d'elle. Loin de là.

Putain, je suis amoureux. Et pas qu'un peu.

CHAPITRE 58

SARAH

Il n’est pas guéri non plus.

Franchement, cet homme est une énigme. Nous passons une nuit merveilleuse à faire l’amour, à rire, à se câliner, à être heureux. On se quitte au petit matin, certes un peu à la va-vite, et puis trois heures plus tard, il me largue sans ménagement, entre deux portes, juste avant une réunion. Et le voilà maintenant qui me dit qu’il n’est pas guéri.

Mais pour guérir, il faudrait déjà être malade. Malade d’un amour qu’il ne m’a jamais donné.

Je lève les yeux et croise son regard. Il me sourit d’un air doux, qui me donne l’impression d’être importante à ses yeux. Gabriel me gratifie d’un coup de coude et je baisse les yeux sur mon téléphone.

La dernière mouture du contrat ne relève même plus d’un remaniement de texte : c’est un véritable sabotage. Certes astucieux, mais encore trop visible pour deux avocats comme nous. Je fais signe à Arthur que le travail nous attend. Il se dresse aussitôt sur ses pieds et après avoir pris la main de Mme Melows avec élégance, il se retire :

– J'ai été ravi de vous rencontrer, madame. Cette soirée en votre compagnie était délicieuse mais je suis épuisé par notre voyage. Mon épouse doit mettre au monde notre premier enfant dans quelques jours, et je lui ai promis de revenir en forme pour affronter les nuits blanches qui nous attendent.

Le signal est donné, nous nous levons, y compris Hélias qui salue à son tour ses clients.

Le retour en limousine est agité. Arthur et moi sommes outrés par la tournure que prend la négociation. Le service juridique des Melows a littéralement réécrit le contrat avec tout un tas de clauses abusives. Je m'emporte, agacée et fatiguée, Gabriel me tempère. Il sait que je vais trouver un argumentaire à chaque point. Hélias, lui, semble ailleurs, presque sans réaction à notre colère. Il écoute d'une oreille tout en regardant le paysage défiler, ce qui m'agace d'autant plus. Après tout, c'est pour lui qu'on fait tout ça !

Une fois à l'hôtel, tout le monde convient d'une réunion de travail immédiate dans la suite d'Hélias. Gabriel et Arthur prennent les devants en grimpant avec les deux chefs de projet dans l'ascenseur. Les portes se referment et j'attends Hélias qui se traîne encore, l'air distrait.

Sa démarche tranquille, comme celle d'un grand fauve, me rappelle ces quelques instants sur la piste dans la chaleur de ses bras, nos corps collés l'un à l'autre, son souffle chaud dans mon cou et ses doigts sur la peau nue de mon dos. Je ne sais pas ce qui lui a pris, mais j'en frissonne encore. *Prends garde, Sarah !*

Nous patientons sans un mot devant les portes de l'ascenseur. Lorsqu'elles coulissent, je suis la première à pénétrer dans la cabine, branchée sur mille volts. Je n'aime pas lorsqu'il fait ça. Qu'il ne dit rien. Qu'il me laisse à mon combat intérieur, celui où je résiste à l'envie de me pendre à son cou ou de l'invectiver avec pléiade de noms d'oiseau. Hélias me suit nonchalamment, appuyant sur le bouton des suites terrasses.

Une fois les portes refermées, je m'appuie au fond de la cabine, les fesses contre le miroir. Hélias n'a fait qu'un pas, restant le plus loin possible de moi. Pourquoi fait-il ça ? Il ne sait pas garder ses mains dans ses poches, et maintenant il me fuit ? C'est moi qui subis son comportement, qui me prends à rêver avec ses mots doux qu'il balance sans y penser, c'est moi qui devrais le repousser !

– Tu n'as pas le droit de dire que tu n'es pas guéri, Hélias.

Son regard se fige sur moi et change de couleur instantanément. Je vais encore avoir droit à une gueulante ? Après tout, cet homme souffle le chaud et le froid depuis des semaines, je ne serais pas étonnée qu'il me rejette encore, quelques minutes après s'être enfin dévoilé.

– Tu n'as pas le droit de dire ça, sinon que faisons-nous à rester loin l'un de l'autre alors qu'on pourrait être ens…

Je n'ai pas le temps de finir ma phrase. Hélias traverse la cabine, une lueur brûlante dans le regard, et sa bouche s'abat sur mes lèvres avec passion. J'en oublie ma colère, j'en oublie mes peurs. Mes lèvres s'entrouvrent et sa langue s'enroule autour de la mienne, ses paumes tièdes s'agrippant à mes hanches. Mes mains se posent sur ses pectoraux comme si elles pouvaient encore me protéger de quoi que ce soit mais je suis déjà à lui, désespérément. Je le laisse prendre tout ce que je suis. Sa main dans mes cheveux, je cherche son regard mais ses yeux sont presque fermés. Je caresse sa joue recouverte d'une fine barbe. Il se fige contre mon oreille et me susurre :

– Est-ce que tu me crois maintenant ?

– Q… Quoi ?

– Que je ne suis pas guéri de toi.

Mon Dieu. Sa voix rauque résonne contre moi. Il lâche une longue plainte sur mes lèvres, comme s'il ne parvenait plus à reprendre le dessus, et j'enroule mes bras autour de son cou. Ses câlins se font plus tendres, plus doux mais tout aussi intenses, je sens qu'il me veut, mais surtout qu'il a *besoin* de moi. J'ai envie de lui crier d'arrêter de résister, qu'on ne lutte pas contre l'amour. Que la bataille est perdue d'avance.

– Je ne veux que toi, souffle-t-il.

– Hélias, je…

– J'ai loupé un épisode.

Mes mots se figent dans ma gorge. Hélias soupire et se détache de moi sans quitter mon regard. Je mets deux secondes à comprendre que ce n'est pas lui qui a parlé : c'est Gabriel, qui se tient devant nous. Je n'avais même pas remarqué que les portes de l'ascenseur s'étaient ouvertes. Hélias se renfrogne et lance en tournant la tête vers mon ami :

– Rien qui te concerne.

J'en reste bouche bée en lui emboîtant le pas mais il avance vite vers sa suite. *Comment ça, rien ?*

– Tu ne vas pas chercher tes notes ? demande mon casse-pieds de collègue alors que j'atteins le seuil de la suite de M. Bouche-en-feu qui n'a rien à dire.

Il est déjà en train de discuter avec Arthur. Je ne vais jamais réussir à avoir une explication.

Je lâche un soupir, exaspérée, et reviens sur mes pas, bientôt suivie par le casse-bonbons de service.

– Sarah qu'est-ce que tu faisais avec Big Boss ? Tu veux encore finir en miettes ? À croire que tu aimes les connards.

– Gab, fous-moi la paix. Il faut que je discute avec lui, dis-je en ouvrant la porte de ma suite.

– Discuter ? Mais tu n'as rien retenu des dernières semaines ? Ce type revient vers toi chaque fois qu'il a besoin de tirer un coup, c'est tout.

– Ce n'est pas vrai.

– Bien sûr que si, et tu le sais.

Je cherche nerveusement dans la chambre mon épais dossier et m'en saisis. Le cœur au bord des lèvres, j'essaie d'échapper au regard furieux de Gabriel mais quand je passe à côté de lui, il attrape mon coude et me force à m'arrêter.

– Sarah, reprends-toi. Ce type n'est pas pour toi. Je t'assure que cette fois-ci, je ne serai pas là pour te consoler.

– Laisse-moi tranquille !

Je sors de ma suite et cours presque jusqu'à celle d'Hélias, Gabriel aux trousses. Quand j'entre, Hélias lève les yeux vers moi, avec un regard totalement différent de celui que j'espérais. Un regard de regret.

Mon cœur cesse de battre. *C'est trop tard.*

J'ai vu la lueur dans ses yeux, j'ai senti son besoin, son désespoir. Si Gabriel ne nous avait pas surpris, Hélias aurait peut-être compris à quel point il pourrait être heureux, il aurait compris que je n'en peux plus d'espérer qu'il ouvre les yeux, et il ne se serait pas éloigné de moi, me laissant avec un cœur brisé et un corps supplicié.

Dans cette cabine d'ascenseur, il n'était que tendresse, proche. Dans cette suite, il n'est que remords, loin.

J'avance vers la table où sont déjà installés Arthur et ses collaborateurs.

– Il y a du pain sur la planche, prévient-il. On va y passer la nuit.

– Super ! Je rêvais de passer la nuit toute seule avec cinq mecs, gloussé-je, amère.

Hélias fronce les sourcils. Maintenant, c'est la carte du mec hautain. *Génial !* Il s'écarte pour m'éviter. *Encore plus génial !*

Gabriel prend place à côté de Marwin et me lance un coup d'œil entendu. Je l'entends presque me dire : « Tu vois, je te l'avais dit. Il a eu ce qu'il voulait et maintenant il te plante, comme chaque fois. »

Je pose mon dossier avec un peu trop de force. La table soubresaute bruyamment. Je sors nerveusement mon ordi de sa sacoche tandis que tous les hommes sont assis à l'autre bout de la table, y compris Hélias. On ne sait jamais, je pourrais vouloir le prendre de force devant tout le monde.

– Je vous fais peur ou quoi ? Bon, on y va ! J'ai déjà relevé huit clauses qu'on doit absolument réussir à bannir du contrat…

Durant les deux heures qui suivent, j'assiste à un vrai brainstorming collectif. Malgré les pièges des Melows et les contraintes techniques de l'application, nous parvenons enfin à renvoyer un projet satisfaisant de contrat aux adversaires.

Devant nous, les cadavres de plusieurs tasses de café nous narguent. Une chose est sûre, les Américains ne savent pas le faire. Hélias s'est finalement rapproché pour pouvoir commenter les points modifiés sur mon ordinateur, les manches relevées, le col défait. Ses cheveux sont en bataille à force de les avoir fourragés pendant toute la séance. La barbe un peu plus longue, les cernes apparents, il reste très beau et je dois me forcer à me souvenir de son rejet pour ne pas céder.

Arthur se lève, satisfait, et, passant derrière moi, pose une main sur mon épaule.

– Bravo maître Lucas. Bon boulot.

Hélias lève les yeux et sourit brièvement avant de rajouter tout en regardant son écran :

– C'est vrai, tu as assuré, Sarah.

– Je suis payée pour ça.

Il me regarde, étonné par mon ton sec. Je rassemble les feuilles de mon dossier et referme mon ordinateur portable. J'hésite à prendre mon temps et rester pour lui parler, mais Gabriel m'empêche de faire une bêtise en me hélant :

– Tu te dépêches, je t'attends.

Il a beau dire, c'est vraiment un ami. Hélias se tourne vers moi après avoir branché son ordinateur pour le recharger.

– Merci à vous deux, s'exclame-t-il à notre attention. Bonne fin de nuit et à demain matin.

Je ne réponds pas, presque déçue qu'il nous congédie. Si j'avais des doutes, je suis maintenant certaine que ses yeux traduisaient son regret de m'avoir embrassée, de s'être laissé aller. Après m'avoir adressé un bref coup d'œil, Hélias retourne à son rangement devenu presque maladif, et je me laisse embarquer par Gabriel.

Dans le couloir, il en profite pour en remettre une couche :

– Pour ton bien, reste loin de ce type. Ça finira mal.

J'acquiesce, muette, trop bouleversée pour lui répondre, puis enclenche la carte magnétique de ma suite avant de fermer la porte derrière moi.

Dans la pénombre, le mobilier ultra moderne donne un air glacial à la chambre. Je frissonne et encercle ma poitrine de mes deux bras pour conserver un peu de chaleur. Je me retrouve une fois de plus face à ma solitude. Combien de fois devrai-je me ramasser avant d'accepter enfin l'inévitable ? Je ne suis pas faite pour Hélias. Et je ne suis pas faite pour l'amour. Je vais passer à côté de la vie, de l'amour, de la famille. Je serai une de ces vieilles filles acariâtres qui noient l'ennui de leur existence dans le travail, rentrant tous les soirs dans un appartement vide. Je ravale un sanglot. J'aurai peut-être un chien. Pas un chihuahua avec des yeux globuleux, mais une jolie cocker avec un regard doux comme dans *La Belle et le Clochard*, un animal qui m'aimerait avec des yeux d'amour devant notre petite série télé du soir.

Mon sanglot se coince dans ma gorge.

Je n'ai pas envie de devenir une de ces femmes un peu rondes, blond platine permanenté, avec des tailleurs en laine et la gaine jusqu'aux seins. Pourquoi deviendrais-je l'une d'elles ? À cause de lui ? L'autre d'à côté qui m'a brisé le cœur ? Je peux trouver quelqu'un d'autre ! J'essaie de respirer mais je n'y arrive plus, j'ai chaud, je peine à avaler de l'oxygène, angoissée devant mon avenir et anéantie en m'imaginant vivre sans lui. Il faut que je prenne l'air. Je me précipite sur la grande baie vitrée, la fais coulisser et sors sur la terrasse. La brise nocturne me fait l'effet d'une gifle et j'inspire d'un coup, difficilement. Une deuxième respiration à fond, serrée dans mon bustier. *Inspirer, bloquer et expirer loin devant moi. Inspirer, expirer. Inspirer... Oui, c'est ça ! Loin, Hélias ! Casse-toi !* Je ricane avant de me retenir une fois de plus de fondre en larmes. Je n'en peux plus.

Une main sur le front, je regarde le reflet de la lune sur l'océan. Je suis devant un putain de tableau romantique, mais la réalité est beaucoup moins sympa. Ma vie est vraiment merdique.

Il y a soudain un bruit dans la suite d'à côté. Je me penche, j'ai juste le temps de voir une ombre remuer. Il est là, le félon, à attendre dans l'obscurité, à me laisser perdre la tête à cause de lui.

Ma colère redouble. Il n'a pas voulu d'explications ? Tant pis pour lui. Ni une ni deux, je grimpe sur le grand fauteuil près de la palissade. Le coussin est si mou que je trouve difficilement l'équilibre mais je m'accroche à la cloison en bois pour me rattraper. Je lève une jambe et pose le pied sur le rebord de la rambarde du balcon, puis me hisse dessus tout en me tenant aux planches de bois.

Je suis complètement dingue. Je dois oublier que je suis au huitième étage. Ne pas regarder en bas. J'avance comme sur une poutre – je préfère ne pas me rappeler que j'étais la plus nulle de ma classe en agrès, que je tremblais comme une feuille au vent sur la barre, et que je n'ai jamais été capable de réaliser la moindre figure, prise d'un vertige monstrueux à un mètre du sol. Je souffle pour ne pas trop réfléchir et mes pieds se succèdent pour me faire passer de l'autre côté de la balustrade, vers la suite d'Hélias. Je le surprends en train de quitter sa chambre.

– Toi, là-bas ! Ne crois pas que tu vas échapper à une mise au point !

Hélias fait volte-face, aussi surpris qu'épouvanté. *Il a les foies ! Eh ouais mon pote, tu ne connais pas encore le côté hargneux de ta « douce » Sarah.* Après s'être figé quelques secondes, il se précipite sur moi et je sursaute. Mon équilibre déjà précaire se fragilise encore, mais Hélias est déjà sur moi, me saisissant violemment par le haut des cuisses pour me tirer vers lui.

– Mais tu es complètement cinglée !

Blême, il me fait descendre et me secoue les épaules tout en m'invectivant :

– Putain, quand arrêteras-tu de faire des trucs aussi stupides pour moi ?

Je me débats et il me lâche, me jetant un regard de tueur.

– Quand tu arrêteras de jouer avec moi, craché-je en arpentant la terrasse.

– Mais je ne joue pas avec toi, j'allais d'ailleurs te…

– Laisse-moi te dire ce que j'ai sur le cœur, Hélias Graçay. Tu peux t'asseoir car la liste commence à se faire longue.

Les sourcils froncés, je le vois abandonner, les épaules basses. Il abdique avant même le lancement des hostilités.

– Il est trois heures du mat', Sarah, on est fatigués tous les deux, se lamente-t-il en faisant quelques pas vers sa suite.

– PAS QUESTION ! hurlé-je.

Il se retourne, sidéré. Je soutiens son regard froid et mon cœur se met à palpiter comme une vieille locomotive à vapeur prenant de l'élan. Et puis, victime d'une surchauffe, je disjoncte. Je cours vers lui et tape de mes poings ses pectoraux tout en m'égosillant :

– Jamais un homme ne m'a traitée comme ça ! Pourtant j'en ai connu, des connards ! Tu n'es qu'un salaud, qu'est-ce que je t'ai fait pour mériter ça ? Pourquoi tu ne veux pas de moi ? Pourquoi tu me fais croire des choses pour me les retirer juste après ? C'est parce que je t'ai dit que je t'aimais ? C'est ça, n'est-ce pas ?

Il me toise, stupéfait, les lèvres crispées, le torse dur sous mes coups.

– Oui, je l'avoue, je suis coupable, *I love you* comme ils disent ici ! Je t'ai dans la peau depuis la première seconde où j'ai croisé ton regard, je suis à toi depuis que ton souffle s'est promené sur ma gorge, si amoureuse que j'ai accepté de faire n'importe quoi pour te revoir ne serait-ce qu'une fois. Mais toi, t'es qui ?

Il tente d'ouvrir la bouche, choqué, mais je ne le laisse pas parler et reprends en criant :

– Un lâche ! Un dégonflé qui a décidé de ne pas aimer pour ne pas souffrir, pour ne pas avoir mal à son petit cœur ! le raillé-je. Mais tu sais quoi ? Tu sais quoi ?

Il veut parler mais je l'empêche de l'ouvrir. Il ne me baratinera pas une fois de plus.

– Tu n'es qu'un crétin amoureux ! Tu l'es, que tu le veuilles ou non ! Chez toi, tout transpire d'amour pour moi, ton regard, ta bouche, tes mains, même ça ! scandé-je en attrapant son entrejambe.

Il lâche un cri étouffé car je n'y suis pas allée mollo. Je retire ma main et fais quelques pas pour m'éloigner.

– Tu as fini ta plaidoirie, maître Lucas ? demande-t-il sèchement. Je peux en placer une maintenant ?

– Non, tu n'as plus rien à dire.

– Mais je n'ai même pas commencé à parler, ricane-t-il avec un air suffisant.

– Je m'en fous, c'est terminé ! Je ne te laisserai plus jouer avec moi. Tu préfères vivre ta petite vie de trouillard ? Eh bien, ça sera sans moi. Trouve-toi une autre idiote ! Je n'en peux plus de tes allers-retours. Je n'en peux plus, Hélias, je suis à bout. Tu me veux, tu me veux plus, tu me veux encore. Je ne veux plus de ça. Va te faire foutre, Hélias Graçay ! Je veux de l'amour dans ma vie, je veux un homme qui m'aime, qui désire vivre une vie avec moi, qui me rende heureuse. Je ne vais pas passer ma jeunesse à écouter du Abba et à bouffer des glaces au chocolat pour un connard qui passe son temps à me briser le cœur juste après m'avoir fait l'amour. Ça, c'est fini, sangloté-je.

– Mais je…

– Tais-toi, je ne veux plus t'entendre ! aboyé-je en pointant un doigt vers lui, les larmes coulant sur mes joues. Tout ce que tu dis c'est de la merde ! Tu ne veux pas être amoureux, alors reste loin de moi avec ton cœur de pierre. Je ne finirai pas avec un chihuahua et une gaine à cause de toi. Pas question. Ta mère est morte, c'est malheureux, mais tu n'es pas le premier à qui ça arrive. Heureusement que tous les mecs ne renoncent pas à l'amour pour autant. Ton père a voulu se foutre en l'air, oui, mais maintenant il essaie de s'en sortir. Alors au lieu de jouer les misérables pétochards, retrousse-toi les manches ! Montre-lui que la vie vaut d'être vécue même sans elle, que toi, tu comptes, que tu as besoin de lui. Donne-lui une famille, des petits-enfants à chérir, une belle-fille à adorer comme sa propre fille.

Il fronce les sourcils, avance vers moi mais je recule. Je ne veux pas qu'il me touche, qu'il embrouille mon esprit avec ses caresses, ses regards mélancoliques. Il fait quelques pas rapides et je me retrouve prise au piège par le mur derrière moi.

– Ne t'approche pas.

– Sarah, souffle-t-il en me scrutant, bouleversé.

Je gémis lorsqu'il pose sa main sur ma joue. Mon cœur s'affole. Son regard m'enveloppe et je me retrouve prisonnière, comme dans la suite 124. Je résiste mais il est bien plus fort que moi, la respiration tranquille, le regard certain alors que je ne suis qu'émotions et doutes.

– Sarah, répète-t-il d'une voix douce.

Mes yeux s'embuent de larmes et je sais que je ne tiendrai pas. Soudain, quelqu'un frappe à la porte et me sauve des griffes de cet homme sous l'emprise de qui je suis malgré moi, malgré la raison. Qui que ce soit, je lui suis redevable.

Hélias hésite, fronce les sourcils, mais devant l'insistance du perturbateur, il cède.

– Ne bouge pas, je reviens, dit-il en allant à la porte.

Je n'attends pas et alors qu'il a le dos tourné, je m'enfuis vers la fenêtre.

CHAPITRE 59

HÉLIAS

Je me racle la gorge comme si j'allais passer un oral du bac. Mon pouls martèle mes tempes. Je lève une main moite sur cette porte comme je l'ai fait cette nuit. J'espère que cette fois-ci, elle s'ouvrira. Deux coups secs et j'attends.

Des pas résonnent de l'autre côté, mes poumons se vident. *Respire, respire !* Putain, j'ai presque peur de l'affronter, surtout après tout ce qu'elle a pu me balancer à la gueule cette nuit. Mais c'était mérité. Elle a raison sur tout. Je n'ai simplement pas eu le temps de le lui dire. Elle est partie par où elle était venue, telle une funambule, pendant que je me faisais engueuler par un des concierges de l'hôtel alerté par ses cris.

Je dois lui parler, lui expliquer. Lui dire ce que je ressens, ce que j'ai enfin accepté de ressentir, lui montrer que j'étais prêt à lui en parler avant qu'elle ne me repousse. Mes intestins font des doubles nœuds. Depuis que j'ai cessé de lutter, je me sens incroyablement léger, et absolument terrifié. J'ai peur comme jamais, tellement impressionné par cette femme qui a su si vite me démasquer, cette femme qui a eu le courage de remettre en question tous ses principes pour moi, de me dire « je t'aime » alors que je lui jetais des « jamais » à la figure. De venir me chercher alors que je la fuyais.

La porte s'entrouvre un peu et je souris timidement. Je ne la vois pas, je me fraie un passage en poussant le battant et j'entends au loin :

– Entre, je suis bientôt prête.

Elle a l'air calme. Je me détends et avance, la cherchant du regard, le cœur battant. Je la découvre un peu plus loin en train d'attacher ses cheveux en une queue-de-cheval, ses jambes moulées dans un legging de running et la poitrine juste couverte d'une petite brassière. Elle est belle et je frissonne de plaisir. Je papillonne des yeux pour rester concentré sur ce que je dois lui dire. Elle pivote vers moi tout en disant :

– Ça va être dur ce matin.

Lorsqu'elle me voit, elle se fige, son visage se couvrant d'un masque de mécontentement.

– Hélias ?

Sa voix est froide. Son regard est dur. Elle est toujours fâchée après moi. Je déglutis d'appréhension.

– Salut, Sarah.

– Qu'est-ce que tu veux ? demande-t-elle sèchement en continuant à s'affairer, rangeant son téléphone dans un étui fixé à son bras.

– Je voulais te proposer de petit-déjeuner avec moi. On pourrait profiter de cette matinée ensoleillée pour le prendre sur la terrasse, tous les deux.

Elle lâche un soupir stupéfait. Je garde le cap même si je sens que ça va être difficile de la convaincre. Je triture le bout de ma chemise.

– Tu me disais qu'on ne faisait jamais rien ensemble, commençons par déjeuner. On pourrait ensuite faire une balade sur la plage et parler de ce qui s'est passé hier.

Elle se raille de moi à présent en resserrant le lacet d'une de ses baskets.

– On s'est tout dit hier. Il n'y a plus rien à ajouter.

– C'est surtout toi qui as parlé, tu sais, l'interromps-je en prenant la voix la plus douce possible.

– Je crois que tu as assez parlé avant. De toute façon, pour ce que tu as d'intéressant à dire…

J'encaisse le scud sans broncher. Elle y va fort quand elle est en colère.

Elle se redresse et je sens que je la perds. Il faut absolument qu'elle accepte de me voir quelques minutes, qu'on discute, que je lui dise.

– Il faut quand même qu'on parle, persisté-je.

– Je n'ai pas le temps, je vais courir avec Gabriel.

Elle ne me calcule pas, passe devant moi et se dirige vers le seuil de la suite. Ma gorge se noue et je ronge mon frein. *Ne pas s'énerver, ne pas l'effrayer.*

– Je pourrais vous accompagner. Laisse-moi juste quelques minutes pour aller enfiler une tenue de sport.

– Certainement pas.

Nouvel uppercut. Je regarde tout autour de moi pour trouver quelque chose à dire qui pourra détendre l'atmosphère et la retenir quelques instants. C'est tout ce dont j'ai besoin.

– Tu comptes rester planté là ? demande-t-elle en me lançant une œillade agacée.

– Ma douce, j'insiste…

– Arrête avec ça. Je ne suis plus ta douce. Je ne suis plus rien pour toi.

Je me mords la lèvre. *Non non non non non non.* Elle m'échappe, elle s'éloigne, je sens déjà la distance qu'elle nous impose. Mon cœur commence déjà à se sentir vide et je panique. Il faut qu'elle m'écoute !

– Arrête ce cinéma, il faut qu'on parle tous les deux, déclaré-je en haussant le ton.

– Du cinéma ? Non mais je rêve ! À partir de maintenant, on se voit uniquement pour les besoins du contrat. Ça tombe bien, il ne reste plus qu'une journée. Après ça, ciao l'artiste.

Je reste soufflé par la façon dont elle me fustige et me toise avec animosité, les poings plantés sur ses hanches. Je fais un pas vers elle, c'est ma dernière chance. Elle papillonne des yeux et mon palpitant repart. *Elle faiblit.* Si c'est la seule façon que j'ai de la garder près de moi quelques instants, alors je fonce. Je fais un autre pas, le regard braqué sur elle. Elle vacille.

– Sarah, on arrête les conneries et on parle tous les deux de ce qui s'est passé hier soir.

– Il n'y a plus rien à dire.

– Bien sûr que si. C'est important d'en parler. Je comprends ta colère, tu avais tout à fait rai…

La porte s'anime tout à coup derrière elle et je lâche un juron en voyant son casse-pieds de collègue rappliquer. Si je n'avais pas eu la crainte qu'il me provoque hier devant tous les autres, je n'aurais pas agi ainsi après notre baiser dans l'ascenseur. Je n'ai pas voulu le pousser à bout en m'affichant avec elle et me donner en spectacle devant les types de ma société en me bagarrant comme un connard. Même s'il est plus grand et plus costaud que moi, ça fait un petit moment que je rêve de lui mettre un pain dans la tronche. Je sais bien que ses menaces à l'aéroport n'étaient pas des paroles en l'air et qu'il serait prêt à en venir aux mains pour m'empêcher d'être avec Sarah.

– J'arrive, dit-elle alors qu'il me découvre dans la suite.

Son regard s'assombrit et je le soutiens avec une certaine irritation.

– Je veux vraiment qu'on parle, Sarah, insisté-je encore. Reste avec moi, nous devons discuter.

– Et moi je t'ai expliqué que je n'avais plus rien à te dire, souffle-t-elle.

– Je ne te demande que quelques minutes. S'il te plaît.

– Quelques minutes, pouffe-t-elle. Alors, ça ne doit pas être bien important. Ça attendra.

– Putain, Sarah !

Elle ne m'écoute pas et avance vers la sortie.

– Désolé, mon pote, s'esclaffe son confrère.

Je fais un pas avec l'envie d'en découdre mais elle revient vers Gabriel pour le tirer derrière elle.

– On se voit plus tard, me lance-t-elle froidement.

Elle vient de me planter là, seul dans sa chambre, et je n'ai pas été capable de réagir. Mais je n'ai pas dit mon dernier mot.

Accueillie deux heures plus tard en grande pompe par les Melows au complet au Turnberry, un club de golf très haut de gamme de Miami, l'équipe est aux anges, et je ne tiens plus en place. Je n'ai jamais connu une fille aussi têtue de toute ma vie. Pourtant, j'ai croisé la route de quelques jolis spécimens de chieuses. Sarah surpasse tout le monde. Lorsqu'elle croise mon regard, elle me toise de la tête aux pieds en se retenant de rire.

– Sarah, tu ne t'éloignes pas, on doit parler, lui ordonné-je.

La douceur n'a pas fonctionné, on va y aller à la manière forte. Elle finira par m'écouter.

– Tu es d'un ridicule dans cet accoutrement.

Je lâche un soupir exaspéré. Son petit air insolent m'horripile. J'ai envie de lui clouer le bec en lui arrachant un baiser de force, mais la connaissant, je vais finir à la une des journaux affublé d'un #balancetonporc. Cela dit, je ne l'aurais pas volé.

– Viens par ici, il faut qu'on parle tous les deux ! lui dis-je en tentant de l'éloigner des autres.

– Que veux-tu me dire, Hélias ? se défend-elle en parlant très fort devant le petit groupe qui nous observe avec curiosité.

J'hésite. Je n'ai pas envie de lui faire une déclaration d'amour devant tous ces types. Je voudrais que ce moment ne soit qu'à nous.

– Alors ? s'impatiente-t-elle en me scrutant d'un air hautain.

– Pas devant tout le monde.

– On est d'accord. Cette discussion est close.

Le groupe se scinde très vite en deux. D'un côté ceux qui vont jouer, le patriarche et sa fille, Arthur, Gabriel, les chefs de projet et moi. De l'autre, Mme Melows, son fiston adoré et Sarah qui décident d'aller visiter les salons privés du club. Je m'approche doucement de ma belle pour la faire changer d'avis : non seulement pour moi nous sommes loin d'en avoir terminé, mais je vois d'un très mauvais œil qu'elle reste loin de notre groupe, toute seule au milieu de deux Melows.

– Sarah, je pense qu'il serait plus opportun que tu m'accompagnes sur le green, lui dis-je doucement pour ne pas la braquer.

– Non, le golf et moi, ça fait deux.

– Tu pourrais juste être à mes côtés, insisté-je, retenant un certain agacement.

– Comme potiche ? Très réjouissant, comme programme.

– Non, comme mon avocate, la rabroué-je tout bas. Je te rappelle que le contrat n'est pas encore signé. Dieu sait ce qu'ils vont encore nous sortir de sous le chapeau.

– Justement, je serai plus au calme au club et je pourrai regarder les mails de leur service juridique et y répondre.

Cette tête de mule ne me facilite vraiment pas la tâche.

– Peut-être, mais je ne suis pas un expert en droit comme toi. J'ai besoin que tu sois là.

– Gabriel sera à tes côtés et nous pourrons nous téléphoner s'il y a le moindre souci.

– Super, soupiré-je. Ton collègue qui ne pense qu'à me faire la peau depuis hier soir.

– Oh, ça date depuis plus longtemps. Et je ne pense pas qu'il veuille te tuer, non, juste t'émasculer au cas où il te prendrait l'envie de m'approcher de nouveau, ricane-t-elle.

– Sarah, il y a eu méprise hier. Tu dois me laisser t'expliquer.

– C'est ça… On verra ça l'année prochaine.

Je capitule et la laisse partir avec appréhension, Melows Junior posant déjà sa main dans le creux de ses reins pour l'emmener. À tous les coups, il va tenter de la détourner des mails pour que nous soyons pris au dépourvu au moment de la signature. Mais ce n'est pas seulement cela qui me dérange. Ce n'est pas cela du tout. C'est simplement de la savoir loin de moi et en compagnie d'un type qui la dévore des yeux depuis deux jours.

Après deux heures à arpenter le parcours, à subir les gestes non ambigus de Mlle Melows et l'humour potache d'Arthur et de Gabriel, je ne suis pas mécontent de retrouver Sarah entière et détendue, et surtout attablée à l'opposé de Gaylord (*ce prénom !*) au restaurant du club. Discrètement, elle m'informe des dernières modifications du contrat et me soumet ses propositions que je valide avec Arthur, mais j'ai du mal à me concentrer. J'essaie de l'embarquer sur la terrasse pour pouvoir enfin lui parler des événements de la veille mais impossible de la convaincre. Elle retourne à ses mondanités avec Mme Melows et son fils, ne s'intéressant plus du tout à ma petite personne.

La suite de la journée se déroule sans que nous ayons l'occasion de nous retrouver seule à seul pour discuter. Je suis dans un état de nerfs qui frise l'hystérie. Heureusement, le contrat est finalement conclu après quelques tractations de dernière minute. L'équipe a tenu le coup et les Américains ont finalement lâché du terrain. Sarah s'est éclipsée l'après-midi pour quelques visites touristiques avec son acolyte sans me proposer de les accompagner et depuis son retour, elle est enfermée dans sa suite et ne répond pas à mes SMS. Je suis de plus en plus exaspéré car le temps s'écoule et je n'ai toujours pas réussi à l'approcher pour lui dire ce que je ressens. J'ai passé des semaines à hésiter, à la rejeter, et maintenant Sarah ne veut plus m'écouter. Plus le temps passe et plus j'ai peur qu'il soit trop tard.

Je me sape pour une dernière soirée avec les Melows, même si je n'en ai absolument pas envie. Ils n'ont invité que les dirigeants d'HG&Co à dîner dans leur propriété, à savoir Arthur et moi, et j'appréhende déjà les heures de supplice à subir Kimberley. D'autant que Sarah ne sera pas là pour me donner du courage. Demain, ce sera retour en France et ma dernière chance de la récupérer. J'aurai cette discussion en tête à tête avec elle, qu'elle le veuille ou non, quitte à l'enfermer dans les toilettes de l'avion avec moi et à condamner le verrou pour l'empêcher de s'échapper. C'est mon dernier espoir. J'ai déjà commencé à préparer mon discours, pour lui dire ce qu'elle attend depuis si longtemps et ce que je ne peux plus garder pour moi.

Je sors de ma suite et avance vers l'ascenseur, baladant mon regard sur sa porte lorsque je passe devant. Celle-ci s'ouvre et je retiens mon souffle. A-t-elle changé d'avis ? Accepte-t-elle de me parler ?

Je la découvre alors que la clenche se verrouille derrière elle et mes yeux buguent sur sa robe rouge. Sarah est époustouflante. Les portes de l'ascenseur s'ouvrent mais je ne réagis pas, trop absorbé par la vision diabolique de ma douce. Elle chaloupe des hanches dans sa tenue si moulante qu'elle ne peut pas faire de grands pas. On ne voit rien et on voit tout. Un truc à rendre fou. Je la détaille, probablement comme un affamé, mais elle ne prend même pas la peine de soutenir mon regard.

Très tranquillement, elle s'arrête à côté de moi et appuie sur le bouton d'appel pour que les portes s'ouvrent de nouveau. Où va-t-elle comme ça ? Est-ce que les Melows ont changé d'avis et que l'équipe peut venir ? Aussitôt, je lui demande, ravi et timide :

– Tu m'accompagnes ce soir ?

Elle ne me répond pas.

– Je croyais qu'il n'y avait qu'Arthur qui y allait, mais c'est formidable si tu viens avec moi.

Toujours le silence. Elle lève un sourcil étonné et je me sens tout à coup embarrassé devant son mutisme, comme un adolescent qui proposerait un rencard.

– Tu… tu es…, bredouillé-je. Étourdissante. Cette robe est…

– C'est ma sœur qui me l'a confectionnée, me coupe-t-elle en la réajustant devant le miroir. Elle fait son effet.

– C'est clair.

Elle me toise, stupéfaite. Je m'approche d'elle en souriant mais elle lève une main.

– Tu restes de ton côté de l'ascenseur. Je ne serai pas ta victime ce soir.

– Ma victime ? Dis donc, je ne t'ai pas forcée hier. Tu étais plutôt consentante, me rebiffé-je.

– Ce n'est plus le cas.

J'accuse le coup mais ne m'avoue pas vaincu. J'essaie de faire un pas vers elle.

– Sarah, s'il te plaît.

Elle me jette un regard ulcéré. Je m'apprête à lui décocher un sourire tendre, mais les portes s'ouvrent déjà sur le rez-de-chaussée et elle se précipite pour sortir, me plantant sur place. Je suis pris de court. Je me lance à sa poursuite.

– Attends-moi !

– Je ne peux pas, je suis déjà en retard. On m'attend au bar de l'hôtel.

– Tu ne m'accompagnes pas chez les Melows ?

– Non, les avocats ne sont pas conviés. Oh, s'exclame-t-elle en souriant et en marchant plus rapidement, mon rencard est arrivé. Bonne soirée !

Une enclume me tombe sur les épaules et je sens le sang quitter mon visage.

– Quel rencard ? m'étranglé-je en recommençant à courir derrière elle. Gabriel ?

– Non, il est parti au casino avec tes collègues.

Je l'attrape au vol au niveau du poignet et la ramène de force à moi.

– C'est quoi, cette histoire de rencard ?

– Un homme m'a invitée à dîner, se vante-t-elle avec un petit air satisfait que j'ai envie de lui effacer du visage.

– Qui ?

Je scanne le bar et je découvre au milieu des clients une silhouette qui s'avance vers nous. Gaylord Melows en smoking. Mon Dieu, ce n'était pas du tout prévu, elle ne peut pas partir avec lui. Je manque d'exploser et ne me rends pas compte que je resserre ma poigne autour de Sarah.

– Lâche-moi, bon Dieu, m'invective-t-elle en se débattant. Tu me fais mal.

– Non, grommelé-je entre mes dents alors que le dandy arrive à notre hauteur.

Tous les beaux discours que j'avais prévu de lui dire demain ont disparu. Le fils Melows avance et je panique complètement. Il faut que je lui explique.

– Il est sérieusement temps que nous parlions tous les deux, lui soufflé-je précipitamment. Avant que tu ne fasses une bêtise.

– Fous-moi la paix !

J'ouvre la bouche mais je suis interrompu.

– Bonsoir, Hélias, vous n'êtes pas chez mes parents ? intervient le petit con avec embarras.

– J'y allais…

– Formidable ! Pendant que vous discuterez avec ma famille, j'emmène votre délicieuse Sarah dîner en ville, me poignarde-t-il.

Les bras m'en tombent et ma « délicieuse » Sarah en profite pour se dégager de moi. Elle s'éloigne et enroule son bras autour de celui de Gaylord, qui lui décoche un sourire charmeur. Mon cœur se déchire en deux dans un bruit sinistre.

– Sarah, vous êtes divine, se pâme-t-il d'admiration.

– Merci Gaylord, dit-elle en rougissant.

Je manque de m'étouffer avec ma salive devenue aussi compacte que du béton.

Dis-lui.

J'essaie de parler mais impossible d'ouvrir la bouche. J'aurais pourtant envie de lui crier de ne pas écouter ce beau parleur, que je l'aime et qu'elle devrait rester avec moi ce soir, et tous les autres jours. Que j'ai cessé de fuir, de courir partout, que j'ai trouvé mon chez-moi. Que je ne veux qu'elle, que je n'ai toujours voulu qu'elle, et que je suis à elle.

– Ma sœur trépigne d'impatience de passer cette soirée en votre compagnie, lance Melows.

Je ferme les yeux.

Dis-lui !

Je pivote la tête vers ce type qui veut me voler ma Sarah. J'entends presque le grincement de mes vertèbres qui refusent de tourner vers lui. Mes mâchoires si serrées m'empêchent de lui dire de se barrer et je ne peux que l'observer me prendre l'amour de ma vie sous mes yeux effarés.

– Soyez sage avec elle, m'achève-t-il en tirant Sarah vers la sortie.

Le visage de ma douce se crispe une fraction de seconde mais elle reprend vite un sourire de façade.

Mais dis-lui, bordel !

– Aucun risque, mon cœur est déjà pris, réponds-je enfin en braquant mon regard affolé sur Sarah.

Celle-ci ne réagit pas et le couple commence à faire quelques pas.

– Sarah, appelé-je. On se voit tout à l'heure à ton retour ? Nous devons parler.

– Oh, ne l'attendez pas. Nous rentrerons très tard… ou très tôt, ricane-t-il.

Sarah évite mon regard et se laisse embarquer. Je reste là, une nouvelle fois comme un con, à la regarder partir.

– C'est Sarah avec Melows ? demande Arthur qui vient de me rejoindre.

Oui, c'est Sarah, ma douce Sarah, ma belle Sarah.

Sarah, qui a désormais tiré un trait sur moi.

– Putain, je l'ai perdue.

CHAPITRE 60

SARAH

– Hmm, ça fait du bien.

J'envoie valdinguer mes escarpins l'un après l'autre loin devant moi avec soulagement. Cette journée se termine enfin et j'avoue ne pas en être mécontente. Après la dernière nuit passée à ressasser la scène que j'ai faite à Hélias, je suis lessivée.

Son regard lorsque je suis partie au bras de Gaylord m'a hantée toute la soirée. Un mélange d'effroi et de tristesse. Si je ne le connaissais pas aussi bien, j'aurais même dit de désespoir. Une phrase a semé le doute dans mon esprit : « Mon cœur est déjà pris. » Qu'a-t-il voulu dire par là ? Qu'il admet enfin avoir des sentiments pour moi ? Ou simplement qu'il n'était pas intéressé par Kimberley Melows ? Je lâche un juron. *Sarah, tu dois absolument le chasser de ton esprit ! Hélias est toxique pour toi, rempli de poisons dangereux pour un cœur fragile comme le tien.* Particulièrement lorsqu'il attaque mon système nerveux avec son indécision, son je-t-embrasse-comme-un-putain-de-mec-en-manque-et-après-je-te-jette, ou le fameux tu-es-à-moi-mais-je-ne-suis-pas-à-toi. Et le pire de tous, celui qui me donne de l'espoir mais qui en fait n'est qu'une saloperie de promesse qui ne se réalisera jamais, le si-je-devais-être-amoureux-ce-serait-de-toi.

Je n'ai qu'une envie. Prendre une douche et me glisser dans mon lit. Oublier ce séjour pénible. Demain, retour en France, adieu HG&Co. Je refilerai le bébé à Gabriel, même si Bruno proteste. Point barre. Enfin, je n'ai quand même pas pu m'empêcher de penser à lui toute la soirée, de culpabiliser de l'avoir planté pour partir avec un autre homme. Je suis encore loin de tourner la page.

Pendant une fraction de seconde, j'ai eu l'espoir fou, le désir même qu'il me retienne et qu'il m'empêche de me faire la belle avec Melows, mais il est resté là sans réagir. Il est prêt à me laisser partir, à me voir au bras d'un autre. Une boule se forme au creux de mon estomac. J'ai besoin d'air, une fois de plus. Il y a quelque chose d'oppressant dans cette suite pourtant gigantesque.

Je sors sur la terrasse mais l'extérieur est bruyant. Un morceau d'Abba dérange la quiétude de la nuit, à croire que l'hôtel s'est mis au diapason de mon moral. Je devrais peut-être changer de rituel, trouver un autre groupe de musique ou je vais finir par le détester, vu le nombre de fois que je me prends un râteau.

Une drôle de voix se met à reprendre le refrain de *Dancing Queen*. Une voix caverneuse, un peu brouillée et surtout étrangement familière. Je me penche légèrement vers la suite d'Hélias et le découvre debout, regardant au loin, marmonnant en rythme. Je me recule brusquement pour qu'il ne me voie pas mais je bute bruyamment contre la table en verre derrière moi et geins de douleur.

– C'est toi, Sarah ? s'égosille-t-il d'une voix inhabituelle, lente.

Je décide de ne pas répondre et tente de repartir vers ma suite sur la pointe des pieds mais il apparaît soudain au-dessus de la palissade, grimpé sur un siège.

– Tu es là ma douce ?

Je me tourne vers lui et le scrute. Son allure est moins soignée que d'habitude : sa chemise est froissée, ses cheveux sont ébouriffés et son regard est un peu vitreux. La musique vient apparemment de sa terrasse et ça me laisse une drôle d'impression ; il se fout toujours de moi quand je lui dis aimer Abba.

– Tu écoutes Abba, maintenant ?

– Yep, j'essaie ta méthode, mais elle est nulle.

– Quelle méthode ?

Il disparaît derrière la palissade et j'entends un grand vacarme.

– Ça va ? demandé-je en faisant un pas vers les pans de bois.

– Fait chier, je me suis cassé la gueule.

Il grogne puis réapparaît sur le côté de la séparation. Il a un comportement vraiment étrange ce soir.

– Abba et glace au chocolat ! s'écrie-t-il en me tendant un pot de glace.

– Abba et glace au chocolat ? C'est pour les chagrins d'amour, me moqué-je.

– *You are the dancing queen !* beugle-t-il en chantant horriblement faux. *Young and sweet. Only seventeen. Dancing queen. Feel the beat from the tambourine, oh yeah !*

– Mais chut, gloussé-je, hilare. La réception va encore venir te disputer.

– Je m'en fous, j'ai mal. Faut que ça sorte.

– Tu as picolé ou quoi ?

– Quelques verres. C'est plus efficace qu'Abba et le chocolat. Parce que ça, ça marche pas, continue-t-il en louchant sur le pot de glace qu'il tient à deux centimètres de son nez. J'ai toujours mal, putain. Ouais, j'ai mal. En plus ce truc, ça fait grossir.

– L'alcool aussi, soulevé-je, un sourcil relevé.

– Ouais mais ça désinfecte tout. Ça tue le microbe de l'amour.

– Mais qu'est-ce que tu racontes ? Tu es complètement bourré. Éteins cette musique et va te coucher.

Je fais demi-tour pour rentrer dans ma suite mais il se met à m'invectiver :

– C'est ça, casse-toi ! Tu me brises le cœur et après tu te tires !

Je m'arrête net, sidérée. *Il déconne ou quoi ? Moi, la briseuse de cœur ? Il se fout de moi !* Je fais volte-face, furieuse, mais j'écarquille les yeux d'effroi en le voyant debout sur la rambarde de la terrasse, le dos côté vide, en équilibre, le pot de glace dans une main et son téléphone gueulant du Abba dans l'autre.

– Oh, mon Dieu, soufflé-je tout bas pour ne pas lui faire peur. Hélias, ne fais aucun geste. Ne bouge surtout pas.

– Hein ?

Je le vois chanceler dangereusement et je sens le pire arriver. Sans réfléchir, je me précipite vers lui et l'attrape de toutes mes forces, le propulsant violemment contre le sol entre la table basse et le sofa. Ivre, il tombe lourdement, puis gît là à mes pieds sans mouvement et sans bruit.

– Hélias ?

Pas de réponse. Mon sang se fait la malle dans mes orteils.

– Putain, je l'ai tué, m'exclamé-je en me penchant au-dessus de lui.

– Qui ? baragouine-t-il en relevant la tête.

Je sursaute et me saisis de ses épaules pour le forcer à se retourner. Je soupire en le voyant me regarder avec son air doux.

– Qui t'as tué ?

– Personne, mon amour, Dieu soit loué.

Je caresse son visage et me laisse aller à un élan de tendresse en posant mon front contre le sien. J'ai eu tellement peur. Je préfère ne pas imaginer ce qui aurait pu arriver si je ne l'avais pas fait descendre de cette rambarde.

– Sarah, j'ai mal. J'ai tellement mal…

– Tu as mal ? Où ça ? demandé-je en tâtant nerveusement ses bras et ses poignets pour vérifier qu'il n'a rien de cassé.

– Là, dit-il en posant sa main sur sa poitrine.

Je me laisse retomber sur la table basse en verre derrière moi, attendrie par l'expression de douleur qui voile son beau regard.

– Tu as le cœur brisé ? ricané-je, amusée.

– Ouais, j'ai si mal, se lamente-t-il.

Je me retiens de rire en le voyant relever sa main avec son téléphone qui chante à tue-tête. Il est craquant même avec cet air ahuri que lui donne l'alcool.

– On va peut-être arrêter la musique, proposé-je en lui prenant l'appareil des mains.

– Ouais, j'en ai mal à la tête, dit-il en frottant son front.

J'aperçois une bosse se former sur son crâne.

– Merde, ce n'est pas la musique, tu as pris un coup sur la tête. Je vais aller te chercher de la glace.

– Non non non, ne me quitte pas ! s'écrie-t-il en s'accrochant à l'une de mes cuisses.

– Je reviens, ne t'inquiète pas.

– Reste avec moi.

Je me penche et dépose un petit baiser sur son nez avant de réussir à me dégager de ses bras.

Je retourne dans ma suite, farfouille dans le petit réfrigérateur et reviens avec quelques glaçons dans une serviette de bain. J'en profite pour lui ramener un grand verre d'eau.

– Bois ça, lui ordonné-je gentiment.

Je le regarde prendre une première gorgée et recracher violemment.

– C'est de l'eau, râle-t-il. Tu n'as pas quelque chose de plus fort ? Je dois me bourrer la gueule pour t'oublier.

J'ai dû louper un épisode. La dernière fois que je me suis penchée sur la situation, c'est moi qui avais un chagrin d'amour.

– Pourquoi veux-tu m'oublier ?

Il me contemple sans répondre et je ne peux réprimer un rire. J'entends presque son cerveau valdinguer dans son crâne comme sur le pont d'un bateau en pleine tempête.

– Ça tangue ?

– Ouais, j'ai le mal de mer.

– Tu ne vas pas vomir, hein ?

– Sais pas.

Il plonge sa tête contre mon ventre et je prie le saint patron des marins pour qu'il ne me vomisse pas dessus.

Je pose la poche de glace sur son front.

– Aïe, grogne-t-il.

– Ne fais pas ton bébé.

– Mais ça fait mal, geint-il. J'ai besoin d'un bisou magique.

Je souris alors qu'il relève le bout de son nez vers moi. Il est trop chou quand il est comme ça. Trop beau, trop mignon. *Tu es en train de craquer, Sarah.* Oh et puis après tout, il ne s'en souviendra peut-être pas demain. C'est comme si je pouvais enfin dire adieu à mon Hélias, celui qui me regardait avec des yeux tendres et ne voulait qu'une chose, me prendre dans ses bras.

Je me penche et j'approche mes lèvres des siennes. Il ne dit rien, il attend sagement. J'effleure sa bouche, il baisse ses paupières. Je dépose un doux et lent baiser sur ses lèvres et il se met à sourire. Je me redresse et il rouvre les yeux.

– Ça me fait du bien, j'ai moins mal. Tu es une super guérisseuse.

– Merci, réponds-je en lui faisant une pichenette sur le nez.

– Encore.

Je m'approche de nouveau et lui donne un nouveau baiser aussi délicat. Il en profite pour poser ses mains sur mes hanches.

– Ça va mieux ? lui demandé-je.

– Encore un peu mal. J'en veux un autre.

– N'en profite pas.

– Non, non, j'ai une très grosse bosse, il faut beaucoup de bisous.

Son regard s'illumine et mes joues chauffent.

– Pourquoi tu rougis, Sarah ?

– Pour rien.

Il se met à rire et me tire à lui. Il enfouit son visage contre mon ventre et se met à le caresser du bout de son nez. J'aime ce geste câlin qu'il fait souvent.

Il faut que je me reprenne.

– Hélias…, soupiré-je en me détachant de lui.

– Je t'aime, Sarah. J'ai tout gâché.

Et il se met à pleurnicher.

– Maintenant, tu m'aimes, soupiré-je en posant ma joue sur le haut de son crâne.

– Bien sûr que je t'aime.

Mon cœur fleurit comme une superbe pivoine au printemps, dans un rose poudré. Purée, j'ai attendu ces trois mots depuis si longtemps, et c'est maintenant qu'il me les dit, aviné. Je ne suis même pas sûre qu'il les pense. Je ne dois pas me laisser espérer.

– Comme par hasard, le soir où je dîne avec un autre. Je n'appelle pas ça de l'amour mais de la jalousie, Hélias.

– Je t'aime. J'ai d'ailleurs essayé de te le dire la nuit dernière mais tu n'as pas voulu ouvrir ta porte. Et puis toute la journée. Je t'aime comme un fou.

Je pouffe, presque gênée par sa déclaration d'amour, et le doute s'immisce. Est-ce qu'il m'aime vraiment ?

– Mais je savais que c'était une mauvaise idée, continue-t-il de nouveau énervé en me repoussant. Je n'aurais pas dû te laisser me fourrer ça dans le crâne. Je vivais ma vie tranquille. Je couchais avec des filles de temps en temps sans me prendre la tête, et il a fallu que je te rencontre. Tout est devenu barré dans mon crâne. Un truc de malade. J'ai lutté, tu sais ? Et puis tu m'as fait tout ton speech hier, et j'y ai cru. Mais c'était du vent, tout ça.

– Comment ça du vent ? contesté-je, vexée.

– Parce que tu avais à peine fini de me le dire que tu allais passer la soirée avec ce connard d'Amerloque. Maintenant je souffre, j'ai le cœur brisé.

– Tu n'en fais pas un peu trop, là ? me moqué-je en me rapprochant de lui.

– Tu es à lui, maintenant ! s'écrie-t-il.

– Je ne suis à personne.

– Tu as passé la nuit avec lui.

– Il est vingt-trois heures, gloussé-je en vérifiant ma montre. D'ailleurs tu es rentré tôt de chez les Melows.

– Je me suis cassé. Je n'en pouvais plus de la fille qui me tripotait sans arrêt sous la table, et je voulais te retrouver. J'ai fait plein de restos. Mais tu n'étais nulle part.

Mon cœur bat un peu plus vite. Si c'est vrai… *Ça a dû être l'enfer.*

– Je suis rentré et j'ai écouté du Abba et mangé de la…

– … glace au chocolat.

Je l'aide à se relever et à entrer dans ma chambre, pour l'asseoir sur le grand sofa, le laissant lourdement retomber contre le dossier. Son regard un peu embué par l'alcool se plante sur moi.

– Tu es tellement belle dans cette robe rouge. Tu aurais dû la porter pour moi, pas pour lui.

– Hélias, soupiré-je de nouveau.

– Tu vas l'épouser, hein ? Il est plus beau et plus riche que moi. Tu vas lui faire plein de bébés.

Il se penche et pose ses mains sur mon ventre.

– C'est moi qui aurais dû t'en faire, insiste-t-il.

Je ricane.

– T'as couché avec lui, hein ? C'était meilleur qu'avec moi ? se lamente-t-il, dépité.

Mon cœur fond devant son chagrin.

– Pour quelqu'un qui ne voulait pas m'aimer, maintenant tu as envie de me faire des bébés ?

– Maintenant, j'ai envie de tout avec toi, parce que tu as raison. Je n'étais qu'un froussard, je fuyais tout. C'est tellement angoissant d'aimer, si tu savais ! Et puis tu as débarqué avec tes grands yeux bleus, tes cheveux d'or et ta douceur, et ton caractère ! J'avais tellement envie de te faire taire avec tes mails, mais je voulais tellement te serrer dans mes bras et embrasser ta petite bouche agaçante… Tu m'as montré tout ce que je manquais… mais c'est fini. Je suis prêt à vivre, à prendre des risques, tu sais ! J'ai peur, Sarah, mais je voulais tout te donner, tout, je voulais tout faire pour être avec toi. Et aujourd'hui… je ne sais pas comment je vais vivre sans toi…

Mon Dieu, alors c'est vrai. J'ai l'impression que mon cœur s'était arrêté depuis des jours, des semaines, que j'avais cessé de respirer, et que je peux de nouveau inspirer à fond, que mes poumons revivent. Émue aux larmes, je tends mes mains vers ses cuisses et les frotte doucement avec mes paumes.

– Tu n'as pas à vivre sans moi.

Il ne m'écoute pas, enfouissant son visage dans ses mains, répétant à plusieurs reprises qu'il a tout gâché, qu'il m'a perdue. Je finis par me redresser, relever un peu ma robe et m'asseoir à califourchon sur lui. Surpris, il écarte ses mains et je plaque mes lèvres contre les siennes. Mon cœur implose et je me noie dans ce baiser que je suis seule à donner.

– Je t'aime, Hélias.

Il reste inerte, ahuri, à me regarder.

– Embrasse-moi, lui ordonné-je.

Je le sens sursauter puis attraper ma nuque d'une main ferme avant de m'enlacer à son tour avec une douceur infinie.

– Oh Sarah, je t'aime, je t'aime tellement… Je me fous de ce que tu as fait ce soir. Je ne veux pas te perdre.

– Je n'ai rien fait, arrête de faire ton jaloux.

– Rien ?

– Rien.

– Même pas un baiser ?

– Même pas un baiser.

Il m'agrippe de ses bras forts et me serre contre lui, pressant sa bouche sur la mienne. Ses beaux yeux verts s'ouvrent sur moi.

– Je t'aime plus que tout, Sarah.

Notre baiser est si tendre qu'un doux frisson se diffuse sur tout mon corps. Hélias fond dans mon cou et je le sens s'y attarder, submergé par un gros sanglot, avant de m'étreindre encore plus fort.

– C'est fini, mon amour, le rassuré-je. Tu ne m'as pas perdue. Jamais je ne te quitterai.

Il cherche mon regard, soudain très sérieux.

– Tu me le promets ? Tu ne me quitteras jamais ?

– Promis, mon bel Hélias.

Son visage s'adoucit avant de s'illuminer de bonheur. Il s'empare de mes lèvres et je retrouve l'homme dont je suis amoureuse depuis des semaines, passionné, viril et d'une sensualité enivrante. Ses mains se font cavalières et enjôleuses. Elles se baladent sur mon corps qui s'anime aussitôt.

– Viens, on va se coucher, lui proposé-je en me levant et en lui tendant la main.

Il me suit d'un pas chancelant dans ma chambre et je le déshabille tranquillement.

– Tu es si belle, ma douce, murmure-t-il en glissant ses doigts entre les fentes de ma robe.

Quand je parviens à la ceinture de son pantalon, je ne peux ignorer l'effet que je lui fais.

– J'ai envie de toi, me lance-t-il d'une voix grave qui se propage le long de ma colonne vertébrale.

– C'est ce que je vois, gloussé-je en ouvrant sa braguette pour le laisser en caleçon.

Il attrape ma nuque et me demande avec un petit air contrarié, ses lèvres tout contre les miennes :

– Pourquoi es-tu allée dîner avec lui ?

– Pour t'emmerder.

– Tu n'es qu'une sale peste, rétorque-t-il en me pressant contre son sexe dur.

Je le provoque du regard avant de chercher à l'embrasser mais il me refuse ce baiser dans un équilibre précaire.

– Tu es à moi, me scande-t-il.

– Je ne suis à personne.

Je le repousse d'un doigt et il bascule sur le matelas, puis se redresse sur les coudes. Étendu sur le lit, il est magnifique, ses abdominaux joliment dessinés, sa peau satinée. Son sexe est dressé sous son boxer, mon corps est en ébullition. S'il n'était pas si saoul, je me jetterais sur lui.

Au lieu de cela, je me penche et retire ses chaussettes, une à une.

– Et toi, tu es à moi ? demandé-je, amusée de le voir lutter contre le sommeil.

– Oui, tout à toi, répond-il en se frottant les yeux pour les forcer à rester ouverts.

Je me déshabille à mon tour et lorsque ma robe s'envole par-dessus ma tête, je l'entends grogner :

– Je te veux.

Je rampe sur le lit jusqu'à lui et ses mains m'agrippent pour me ramener plus vite. Je dépose un doux baiser sur ses lèvres et il m'avoue avec un air dépité :

– Je suis tellement bourré que je n'arriverai pas à te faire l'amour, ma douce.

– Je sais, glousse-je.

Il roule sur moi et vient se loger entre mes jambes, sa joue posée sur mon ventre. Les doigts mêlés à ses cheveux, je le caresse tendrement.

– Pourtant j'en ai tellement envie.

– Je sais, continué-je à rire en le sentant se relâcher.

– Je t'aime, ma Sarah.

– Je t'aime aussi.

Il s'endort en quelques secondes, me laissant le sourire aux lèvres, aussi heureuse que s'il m'avait fait l'amour toute la nuit.

Il m'aime.

CHAPITRE 61

HÉLIAS

Un horrible bruit me réveille en sursaut. Une enclume qui vient de tomber à côté de moi, vu la vibration qui se propage dans mon cerveau. J'ouvre un œil et je vois Sarah debout devant le lit. Elle ramasse quelque chose et me dit :

– Désolée, je t'ai réveillé ?

Sarah, habillée, peignée. Le soleil qui brille déjà. *Putain, il est quelle heure ?* Je me hisse sur mes bras pour me redresser mais un truc se déplace dans ma tête et je me laisse retomber sur l'oreiller. *La vache, j'ai dû me mettre une sacrée murge hier vu l'état dans lequel je suis.*

– Mal au crâne ? hurle-t-elle dans mes oreilles.

– Crie pas, dis-je en remontant la couette sur ma tête.

– Je ne crie pas. Toi, t'as la gueule de bois.

– Ouais.

Elle se penche pour m'embrasser le front.

– Tu vas où ? bafouillé-je.

– Je vais courir avec Gab. Je te laisse dormir encore un peu.

– Non, reste.

Je l'attrape par la cuisse et la ramène à moi. Enfin, elle se *laisse* plutôt ramener car mes bras sont en coton.

– Viens au lit avec moi.

– Même pas en rêve. Pas avant que tu passes par la case douche. Tu sens le fennec.

Je me marre mais le soubresaut de mon rire me fait grogner de douleur. Purée, j'ai une migraine horrible.

– Dors encore. Je reviens dans une heure, dit-elle en déposant un long et salvateur baiser sur mes lèvres.

Cette femme est mieux qu'un tube de paracétamol.

– Je t'aime, me déclare-t-elle en me contemplant comme si j'étais merveilleux.

Pourtant, je ne dois pas ressembler à grand-chose. Je souris et referme mes paupières qui pèsent trois tonnes, et je la laisse filer malgré moi.

Il me semble que seulement cinq minutes se sont écoulées depuis son départ lorsque mon téléphone se met à hurler. J'y vais à tâtons dans le lit car j'ai un mal fou à émerger. Sarah a peut-être un problème. J'ouvre les yeux et je les referme aussitôt pour que ma tête arrête de tourner. Jamais plus je ne boirai autant. *Mon téléphone.* Où est ce putain de téléphone ? Je mets un temps infini à le dénicher dans mon tas de fringues au pied du lit. Je peste car la sonnerie s'arrête et reprend immédiatement. *Sarah, je ne suis pas en état de te répondre à la première sonnerie.*

– Alléluia, râlé-je alors que je réussis enfin à l'extirper de cette satanée poche de jean. Allô, ma douce ? réponds-je sans regarder mon écran.

– Hélias, c'est toi ?

La voix n'est pas celle de Sarah.

– Ouais, grogné-je, presque déçu.

Je n'aurais pas dû répondre.

– C'est tante Val.

– Tante Val ?

– Je suis désolée de t'appeler, mon grand, mais je devais te tenir au courant.

Mon cœur s'arrête et je me raidis. J'ai un mauvais pressentiment. Je me frotte les yeux pour aider mon regard à faire le point en me redressant sur le bord du lit, mais j'ai cette fichue fumée dans la tête. Putain, pourquoi ai-je autant bu ?

– Ton père a fait un malaise cardiaque.

Je dessaoule d'un coup. Le brouillard se dissipe instantanément.

– Non…, soufflé-je, horrifié.

– Il va bien, maintenant, mais il a fait une réaction à ses médicaments.

– Qu'est-ce qui s'est passé ? Il… il a recommencé ? demandé-je, livide.

Je n'aurais jamais dû le laisser. J'aurais pu confier cette mission à Arthur ou à un des cadres de l'entreprise. Mais non, il y avait Sarah, et il n'était pas question que je la laisse partir sans moi. Je suis tellement amoureux d'elle que je me fous du reste. Je n'ai même pas pensé au bien-être de mon père. J'ai encore été le pire des égoïstes.

– Non non, il a juste mal réagi à son traitement. Il a été pris en charge à l'hôpital et il est hors de danger maintenant.

– Putain, pourquoi je suis parti ? me reproché-je. Comment c'est arrivé ?

– Nous étions en train de dîner et il s'est senti mal. Heureusement, l'un des infirmiers était encore à la maison. Ton père a vite été pris en charge par le Samu.

– Je rentre par le premier vol.

– Ce n'est pas la peine, il va mieux.

– Il faut que je le voie. J'aurais dû être là, putain, paniqué-je.

– Tu rentres demain, tout ira bien jusque-là, je t'assure. Il ne voulait même pas que je t'appelle pour te le dire. Ne t'inquiète pas, tout va bien.

Je ne l'écoute plus. Je suis déjà debout à tourner en rond dans la chambre, regardant par la fenêtre si je vois Sarah revenir.

– Je te rappelle, Val. Je rentre le plus vite possible.

Ne pas m'inquiéter, facile à dire quand il ne me reste plus qu'un parent. J'appelle la réception et conjure l'employé de me trouver deux billets le plus rapidement possible sur un vol pour Paris. Pas question que j'attende ce soir pour repartir, et Sarah rentrera avec moi. Le contrat est signé, sa mission est terminée et je ne veux plus me séparer d'elle, même une journée.

Le concierge me trouve un départ deux heures plus tard et je m'active. J'essaie d'appeler Sarah sur son portable pour qu'elle revienne vite mais la sonnerie de son téléphone retentit dans la pièce. Elle ne l'a pas pris. Je fulmine sur place. Je vais sur la terrasse et me penche au-dessus de la rambarde : aucune trace d'elle sur la plage ou autour des piscines. Je me lave sommairement, balance de l'eau fraîche sur ma goule d'arsouille et retourne m'habiller. Au moins ces événements auront eu le mérite de me ramener sur terre et de me permettre d'ignorer cette gueule de bois qui me martèle les tempes.

« Ton père a fait un malaise cardiaque. »

J'ai failli le perdre. Je n'étais pas là.

Je tourne en rond quelques minutes mais je dois me rendre à l'évidence : il me faudra partir sans Sarah. Pourtant, j'ai vraiment besoin d'elle. Tant pis, elle me rejoindra en France par le même vol que les autres. Contrarié et extrêmement anxieux, je me saisis d'un bloc-notes de l'hôtel que je trouve sur le bureau près de la baie vitrée. Les mains tremblantes, je commence à écrire deux, trois mots mais je ne sais pas comment formuler mes phrases. Je m'énerve, déchire la page, la roule en boule et la jette à l'autre bout de la pièce. Je recommence et cette fois-ci, je lui écris quelques lignes à la va-vite avant de détacher la page et de la mettre en évidence, lui disant que je dois rentrer pour mon père de toute urgence et lui indiquant le vol si elle avait le temps de me rejoindre. J'ajoute un « je t'aime » le cœur serré, car j'aurais préféré savourer cette matinée auprès d'elle.

Je me bénis quand je déniche mon pass dans ma poche de pantalon pour ouvrir la porte de ma suite ; je n'aurais pas supporté de devoir courir après une femme de ménage pour récupérer ma valise. Je n'en reviens toujours pas d'avoir été assez cinglé pour jouer les funambules sur la rambarde, il fallait vraiment que j'en tienne une sacrée couche pour prendre un tel risque. Je n'avais encore jamais joué les Roméo jusque-là, même quand j'étais ado.

Je mets à peine quelques minutes pour rassembler mes affaires et quelques secondes plus tard, je quitte l'hôtel dans la précipitation en laissant une fois de plus ma douce Sarah derrière moi.

Le personnel de l'avion a beau être à mes petits soins, je n'arrive pas à profiter du vol pour me détendre. La loi des séries continue : j'ai oublié mon téléphone dans la suite de Sarah. Je me maudis car je ne peux pas appeler Val pour avoir des nouvelles de mon père avant mon retour à Paris. Je ne sais même pas dans quel hôpital il se trouve. Je finis par comater tout le long du trajet pour reprendre quelques forces ; mon père aura besoin de moi et il ne manquerait plus qu'il me voie avec une tête de déterré. Il a toujours désapprouvé l'abus d'alcool, alors à mon âge, il ne me fera pas de cadeau, même tuyauté de partout.

Je pense à Sarah que j'ai abandonnée derrière moi, mais je me rassure : cette fois-ci, ce n'est que pour quelques heures. Lorsqu'elle sera en France, nous serons réunis, définitivement. Elle viendra vivre avec moi. Avec elle à mes côtés, rien ne pourra plus arriver. On s'occupera de papa et on le remettra sur pied. Enfin, s'il est encore là. Je me mets à frissonner de terreur. Je suis à bout. Je souhaiterais enfin pouvoir savourer mon bonheur sans attendre le prochain coup du sort, mais j'ai l'impression que ça ne se terminera jamais.

Je sors de ma léthargie en entendant le commandant de bord annoncer l'atterrissage à Roissy. Adieu la lune de miel et retour aux emmerdes.

CHAPITRE 62

SARAH

Dès que l'hôtel est en vue, Gabriel allonge sa foulée en me narguant d'un air moqueur. À une bonne dizaine de mètres de lui, je traîne la patte. Je n'en peux plus. Ce type est un homme bionique, il n'a même pas transpiré une goutte alors que je ressemble à une de ces serpillières à franges. Dégoulinante et crasseuse.

À l'idée de rentrer dans cet état dans ma suite et d'y retrouver Hélias, j'ai honte. Il n'aura plus envie de me dire des « je t'aime ». Il pourrait même regretter ce qui s'est passé hier et prendre ses jambes à son cou.

– Je peux prendre une douche dans ta suite ? crié-je au sublime blondinet devant moi.

Incompréhensible qu'il soit encore célibataire. Ce mec est beau comme un ange. Il fait volte-face et se met à courir à reculons tout en me lançant :

– C’est une proposition indécente ? Je te croyais amoureuse de ton geek.

– Tu as vu dans quel état je suis ? Il va me larguer s’il me voit comme ça.

– C’est le meilleur moyen pour savoir s’il t’aime vraiment, surtout maintenant qu’il aura dessaoulé.

– Je n’aurais jamais dû te raconter. Tu vas te foutre de lui pendant des semaines.

– C’est clair, un mec qui braille, c’est pitoyable. Elle n’est pas née, celle qui me fera jeter une petite larme. Ce type est une lavette, il n’aurait jamais dû te montrer ses faiblesses. Maintenant, tu vas en profiter pour le mener par le bout du nez.

– Ce n’est pas une faiblesse. Il a juste prouvé qu’il est l’homme sensible que j’espérais. Il m’aime, c’est tout ce qui compte, assuré-je, un large sourire sur les lèvres.

Gabriel s’arrête et me regarde gentiment.

– Je suis content pour toi, même si je ne suis pas très sûr de ton choix. Ce type est trop parfait pour être honnête. Promets-moi de rester sur tes gardes.

– Oui, papa, réponds-je en me blottissant dans ses bras.

Il me serre avant de se raviser.

– Putain, tu es visqueuse, quelle horreur ! Si Hélias supporte ça, je le propose au Vatican pour une canonisation.

Je le frappe méchamment sur le bras et avance jusqu’aux larges portes coulissantes des ascenseurs.

– Tu pourrais parfaire cette séance de sport en prenant l'escalier, me reproche mon collègue.

– Huit étages, tu veux ma mort ? Et j'ai besoin de conserver quelques forces…, éludé-je en fixant mes pieds.

– Je refuse d'entendre ça. Pour moi, tu resteras à jamais cette fille chaste qui passait ses soirées à bosser ses dossiers au bureau.

– Et qui utilisait son vibro en rentrant devant ses feuilletons.

– Oh, mon Dieu, maintenant j'ai l'image.

Je lui tire la langue.

– Ne blasphème pas, mon petit Gabrielinou, sinon Mamandzilla va en faire une syncope.

– Ne te moque pas de ma mère, ricane-t-il en faisant une croix sur son torse.

Gabriel me pousse dans la cabine et je glousse.

Je n'aurais jamais cru qu'un bonheur pareil pouvait me tendre les bras. Hélias dans ma vie, amoureux de moi. Je n'arrive pas à m'en rendre compte. Son sourire épanoui hier soir alors qu'il me déclamait des mots d'amour. J'en frissonne encore de plaisir.

Je laisse Gabriel au sixième étage et, le cœur tambourinant d'une euphorie non contenue, je me prépare à retrouver l'amour de ma vie. J'attache mes cheveux encore humides dans un chignon improvisé. Je glisse le pass dans la fente, les mains tremblantes. Je suis idiote de réagir ainsi, je suis certaine qu'il est encore au lit. Il avait une mine si chargée ce matin au réveil que je pense qu'il va tourner au paracétamol toute la journée.

J'actionne la poignée et un courant d'air me surprend, faisant claquer la porte derrière moi. Des feuilles de papier s'envolent par la baie vitrée comme des pétales de fleurs au printemps. *L'amour me rend poète.*

Je pose la carte magnétique sur la console et avance dans la suite.

– Hélias, c'est moi, je suis rentrée ! crié-je depuis le vestibule. J'en ai plein les pattes, Gabriel est un bourreau. Rappelle-moi de ne plus courir avec lui.

Je découvre mon lit défait mais vide. Hélias est levé. Il est peut-être dans la salle de bain.

– Hélias ?

Je fais le tour des pièces mais il n'est pas là. Il a dû retourner dans sa chambre pour se changer. Je suis un peu déçue, mais j'en profite pour filer sous la douche. Au moins je serai belle et pimpante pour le retrouver. En l'attendant, je ramasse mes vêtements de la veille disséminés un peu partout, et trouve son portable sous la couette. Il ne doit pas être loin, il ne s'en sépare jamais.

Mon téléphone se met à vibrer sur ma table de chevet et je m'en saisis à la hâte. Je lève les yeux au ciel en voyant le nom de mon patron sur l'écran.

– Maître Bruno Scozza, quoi de neuf au pays des mangeurs de grenouilles ?

– Sarah, je vous félicite pour ce marché obtenu avec brio. Les chiffres sont hallucinants.

– Ça frise l'indécence, c'est vrai. Ça mérite bien mon nom sur la plaque.

C'est vrai que ce n'est pas ce qui m'a occupé le plus l'esprit ces dernières heures, mais j'ai accompli un travail incroyable. J'ai adoré bosser sur ce dossier – si on met de côté les allers-retours avec Hélias –, mais j'en ai fait nettement plus que ce qu'on pouvait attendre, Bruno doit bien le reconnaître.

– Sarah, Sarah, vous êtes trop impatiente. L'ambition est une qualité dans notre métier, mais vous devez encore faire vos preuves. Le cabinet ne peut pas se permettre de prendre un second associé cette année.

– Un second associé ? Qui est le premier ?

– Gabriel, bien sûr.

Gabriel. Celui qui n'y comprend rien au droit des affaires. Les paroles d'Hélias me reviennent en mémoire et j'ai une douleur soudaine à l'estomac. *« Ils ne te prendront jamais comme associée. »*

– Mais nous penserons à vous pour la prochaine intégration.

– C'est ça.

Je raccroche et mets quelques minutes à me calmer, le cœur dans les chaussettes. Après tout ce que j'ai fait, je suis balayée comme une mauvaise herbe. Je suis contente pour Gabriel, je ne lui en veux pas, mais c'est injuste. Il faut que je me change les idées si je ne veux pas craquer, et rien de mieux que mon amant de l'autre côté de la terrasse.

Je sors de ma suite pour rejoindre Hélias. La porte de sa chambre est entrouverte. J'imagine déjà ce qui m'attend pour le reste de la matinée : plus d'obligations professionnelles, les téléphones en mode avion, nous allons nous nourrir l'un de l'autre pendant quelques heures. Je rougis à l'avance. Je me faufile discrètement pour le surprendre mais sursaute en tombant nez à nez avec une femme de ménage qui lâche un cri de terreur.

– Désolée, m'excusé-je en anglais. M. Graçay n'est pas là ?

– Non, il a quitté l'hôtel.

– Quitté l'hôtel ? Pour aller où ?

– Je ne sais pas, madame. On m'a simplement dit de nettoyer la suite après le départ du client.

Je fronce les sourcils. Je n'ai pas souvenir d'une énième entrevue avec les Melows. Je cherche les effets d'Hélias mais il n'y a plus rien. Pas une valise, pas un sac. Plus d'ordinateur. Plus d'Hélias. *Non non non, calme-toi. Il y a forcément une explication.* Je regarde son téléphone que je tiens à la main. Aucun message. Je retourne en courant vers ma suite. Il a peut-être cherché à me joindre sur le mien. Je cherche mon portable ; il y a onze appels en absence. Il a dû se passer quelque chose. J'écoute le premier message vocal.

« Sarah, c'est Hélias. Je ne sais pas ce que tu comptes faire ce soir avec ce type mais c'est une très mauvaise idée. Dis-moi où tu es et je viens te chercher. »

Je souris. Hélias a dû m'appeler hier soir mais j'avais laissé mon téléphone dans ma chambre avant de sortir avec Gaylord. Je fais défiler les messages sans les écouter. Mon regard se bloque sur la dernière notification. Un appel reçu il y a un peu plus d'une heure, mais il n'a pas laissé de message.

Les jambes coupées, le palpitant qui bat beaucoup trop vite, je m'assieds sur le lit. Les Melows sont peut-être venus le chercher pour une dernière activité. Kimberley a peut-être souhaité tenter sa chance une ultime fois. *Ça doit être ça. Ça ne peut qu'être ça.*

Son téléphone se met à vibrer entre mes doigts. Arthur cherche à le joindre.

– Salut mon vieux, tu as repris tes esprits ?

– Bonjour Arthur, c'est Sarah. Vous savez où est Hélias ?

– Saraaah, Hélias a donc réussi à vous attendrir. Il est incroyable, il a toujours ce petit truc avec les filles. Un putain de chanceux, se marre-t-il.

Je me crispe, mais mets sa remarque de côté. Ce n'est pas le moment.

– Hélias n'est plus là. Vous savez où il est ?

– Comment ça, il n'est plus là ?

– Il a rendu sa chambre.

– Quoi ?

– Il n'y a plus ses affaires et il n'est plus là. Il est parti.

– Non, ce n'est pas possible. Il m'aurait appelé, assure Arthur.

– Il a oublié son téléphone dans ma chambre.

– Dans votre chambre ? ricane-t-il.

– Arthur !

– Oui, pardon.

Il tousse pour se reconcentrer.

– Il doit y avoir une explication à tout ça, reprend-il. Je vais me renseigner.

– Il est parti, répété-je alors que mon esprit commence à se souvenir que les licornes n'existent pas.

Mon cœur se met à ralentir.

– Sarah, on ne se fait pas de film. Je suis sûr qu'Hélias avait une bonne raison pour partir comme ça. Je vous rappelle dès que j'en sais un peu plus. En attendant, restez zen.

Puis il raccroche.

J'essaie de ne pas paniquer, mais j'en suis incapable. La bonne raison, je la connais : il avait dessaoulé au réveil. En émergeant de mes draps, il s'est probablement rendu compte qu'il avait fait une connerie, a décidé de faire machine arrière et a pris la poudre d'escampette. Il m'a encore larguée.

Non, non, non, fais-lui confiance. Il était sincère, même ce matin. Il ne voulait pas que tu ailles courir, ce n'était pas pour fuir une heure plus tard.

Les minutes défilent sans aucune nouvelle, ni d'Hélias, ni d'Arthur. J'appelle Gabriel qui met à peine deux minutes pour rejoindre ma suite.

– Ne te fais pas un mauvais trip, OK ? Il doit y avoir une explication à tout ça, me lance-t-il en pénétrant dans ma chambre. Ce type est un connard mais j'ai bien lu dans son regard hier au club de golf qu'il était ferré. Je ne le vois pas te quitter comme ça après tout ce qu'il t'a dit.

– Tu ne comprends pas, Gabriel. Il a perdu sa mère. Son père a voulu se suicider. Il est complètement déboussolé, il a peur de s'engager, de souffrir si je le quitte. Il était prêt à tout pour ne pas ressentir ça…

Plus le temps passe, et plus je pense qu'il a décidé de fuir. Il reste une personne qui aurait pu voir Hélias, aujourd'hui. Je me saisis de mon téléphone et appelle Gaylord.

– Bonjour Gaylord, auriez-vous vu Hélias ce matin ? Nous sommes tous à sa recherche.

– Sarah ! Décidément, cet homme a un pouvoir extraordinaire sur la gent féminine. Ma sœur vient de m'envoyer un SMS, elle a décidé de prendre un vol pour Paris. Je suppose qu'elle s'est dit qu'une fois qu'elle serait sur les terres de notre Don Juan, elle ne le lâcherait plus.

Je marque un blanc, sous le coup de la surprise. Le sang quitte mon visage.

– Ma sœur est amoureuse, reprend-il. Et quand elle l'est, elle est prête à tout pour obtenir ce qu'elle veut…

Je raccroche, incapable d'en entendre plus.

Gabriel me regarde, attendant les nouvelles, les sourcils froncés.

– Il est parti avec la fille Melows, annoncé-je d'une voix d'outre-tombe.

– Mais non, ne déconne pas, répond Gabriel en se levant du lit pour aller regarder par la fenêtre.

Mon téléphone sonne à côté de moi. Je me jette dessus, déçue en découvrant le nom d'Arthur.

– Sarah, pas de panique. La réception m'a prévenu qu'Hélias a réservé deux places précipitamment sur le premier avion pour la France. Il doit y avoir une explication. Nous aurons plus de renseignements dans quelques heures, il va m'appeler.

Mon cœur s'arrête. *Deux billets.* Il a encore décidé de me repousser, quitte à partir avec une autre pour se changer les idées. Mon ventre se tord de douleur.

– Pas besoin, Arthur, je sais ce qui s'est passé, je viens d'avoir Gaylord au téléphone. Hélias a pris un avion pour la France avec Kimberley. Hier, il était saoul et m'a dit qu'il m'aimait. En se réveillant ce matin, il a dû regretter et préférer prendre la fuite.

Plus je parle, et plus les mots s'impriment en moi, brûlant mon cœur au passage. Je lui ai tout donné, je lui accordé ma confiance, et lui…

– Comment ai-je pu être assez stupide pour croire la parole d'un homme bourré ? me sermonné-je, un sanglot dans la voix.

– Sarah, je suis certain que ce n'est pas ça. Je ne peux pas croire cela d'Hélias. C'est mon meilleur ami, il n'a jamais agi ainsi avec une femme.

– Je ne dois pas faire partie de celles qui comptent, alors, ricané-je méchamment. Avec moi, Hélias a toujours été très expéditif. Il largue plus vite que son ombre.

– Je vous assure, Sarah, il doit y avoir une explication.

Je ferme les yeux et raccroche, livide. J'ai beau me dire que j'aurais dû le voir venir, me traiter d'idiote, j'ai encore l'infime espoir de me tromper et de trouver Hélias en bas, à m'attendre, prêt à me prendre dans ses bras.

Jusqu'à ce que Gabriel lève les yeux sur moi, le visage recouvert d'un masque de colère.

Dans ses mains, un papier chiffonné, ramassé dans un coin de ma chambre. Sans un mot, il me le tend et je lis quelques mots griffonnés par mon amant :

Je suis désolé

CHAPITRE 63

HÉLIAS

Douze heures se sont écoulées depuis l'appel de Val. Anxieux, je demande le numéro de chambre de mon père à l'accueil de l'hôpital et très vite, on m'indique le pavillon de cardiologie. Heureusement, un infirmier était encore chez moi et il a pu me donner par téléphone le nom de l'établissement dans lequel mon père a été admis.

Sans mon téléphone portable, je suis perdu. Incapable de me souvenir des numéros de Val et de Sarah. Je connais juste celui d'Arthur mais il doit être dans l'avion de retour à cette heure-ci, impossible de le joindre pour le moment. Et comme un con, j'ai payé un coursier pour ramener ma valise avec mon ordi à la maison, donc même pas moyen de lui envoyer un mail.

Je repense à la mauvaise surprise qui m'attendait à la descente de l'avion. Kimberley Melows. Elle sortait du carré VIP alors que j'avais voyagé en classe affaires. Un peu étonnée d'avoir pris le même avion que moi alors qu'elle avait apparemment l'intention de me mettre la main dessus à mon bureau, elle s'est littéralement jetée sur moi telle la sangsue qu'elle a été durant tout notre séjour à Miami, avec l'assurance qu'elle était prête à me faire oublier, je cite, « toutes les blondes fades et coincées que je pouvais avoir en tête ». Apparemment, elle n'a pas très bien pris mon rejet. Le temps que je me remette de ma sidération, j'ai explosé de colère et, je dois l'avouer, elle s'est pris en pleine tête toute mon inquiétude ressassée depuis des heures. Je ne pense pas qu'elle reviendra de sitôt.

Je déambule dans les couloirs de l'hôpital tel un zombie. Je suis à côté de mes pompes à cause de ma cuite de la veille, de ma nuit sans sommeil, de la peur de perdre mon père et du manque de Sarah. Ça fait beaucoup pour ma petite personne.

Quand je frappe à la porte, la voix claire de mon père qui répond « entrez » me soulage d'un coup. J'ouvre et je le trouve assis dans son lit, certes un peu pâle et tuyauté de partout, mais bien lui, le regard lucide.

– Hélias ? s'étonne-t-il. Que fais-tu là ?

– Salut, papa. Je suis rentré un peu plus tôt.

– Ce n'est pas à cause de moi, j'espère ? Ne me dis pas que Val n'a pas tenu sa langue, râle-t-il.

Je souris, ça ne sert à rien de lui mentir.

– Ne lui en veux pas. Tu es mon père, j'ai le droit de savoir si tu ne vas pas bien.

– Ce n'était rien.

– Rien ? Si ce n'était rien, tu ne serais pas dans un lit d'hôpital. Val a très bien fait.

Il fait la moue en réajustant son drap et je n'aime pas le voir ruminer en détournant le regard. Je retire mon blouson et m'assieds sur le fauteuil à côté de son lit. J'ai l'impression de faire un bond en arrière de quelques semaines lorsque je venais le visiter après sa tentative de suicide. La différence c'est que depuis, nous nous sommes rapprochés, et que je ne veux pas perdre cette complicité.

– J'ai eu le temps de signer mon gros contrat et je devais prendre l'avion suivant. Je n'ai loupé que quelques heures de farniente au bord d'une piscine.

– Et Sarah ? Elle n'est pas avec toi ?

– Non, elle sera de retour dans quelques heures.

– Très bien. Tu dois profiter de chaque instant pour la reconquérir, me rabroue-t-il.

Je hausse un sourcil, amusé.

– Ça faisait longtemps que tu n'avais pas joué les entremetteurs.

– Je ne comprends pas pourquoi tu ne vois pas ce qui est pourtant si évident, s'agace-t-il.

– Quoi ?

– Que Sarah est la femme de ta vie.

– Rien que ça, ricané-je.

– Oui, quand vous êtes ensemble, c'est si naturel, si beau à voir.

Je souris, heureux. Mon père qui s'efforce de me convaincre d'aimer Sarah, c'est trop touchant.

– Papa…

– Non, tu dois m'écouter ! Ce n'est pas parce que ta mère nous a quittés trop tôt que tu dois refuser de vivre ta vie par peur de souffrir. La vie est belle quand on décide de la vivre à fond. Alors fonce.

C'est bien ce que j'ai l'intention de faire, mais voir la détermination de mon père à me rendre heureux me touche profondément et j'ai du mal à contenir mes larmes. Décidément, si être amoureux veut dire chialer toutes les dix secondes, ça va devenir un problème.

– Papa, j'ai avoué mes sentiments à Sarah. Je l'aime et je compte bien vivre ma vie avec elle.

– C'est vrai ? s'exclame mon père en se mettant à sourire. Tu ne peux pas savoir quel plaisir tu me fais, mon fils. Sarah est une femme adorable. Elle te rendra heureux.

Je m'approche de lui et lui prends la main, son bras serré autour du mien.

Je passe un long moment à son chevet. Suffisamment pour rencontrer le médecin qui me rassure sur son état. Lorsqu'il finit par s'assoupir après un repas frugal, je décide de partir. Il ne reste que quelques heures avant que l'avion de Sarah atterrisse. Juste le temps de prendre une douche, de lui acheter un beau bouquet de fleurs et d'aller la chercher à l'aéroport.

J'arrive une bonne demi-heure à l'avance. Sarah n'a pas quitté mes pensées depuis que je suis parti ; j'ai envie qu'elle soit là, à mes côtés, qu'elle ne s'éloigne plus jamais. Le cœur battant, j'attends ma belle dans le salon privé. L'avion n'a pas de retard, tout est parfait. Je ne sais pas ce qu'elle voudra faire mais j'aimerais l'emmener chez moi pour la nuit. Je voudrais ne plus passer une seule nuit sans elle. Je souris comme un idiot, tout seul dans mon fauteuil, un bouquet de roses rouges à la main. J'ai envie de la demander en mariage. De lui proposer de faire un enfant tout de suite. Je suis stupide de vouloir aller si vite mais je ne veux plus perdre une seconde de vie avec elle.

Je bats la mesure avec mon pied et une quinquagénaire assise en face de moi me scrute, souriante.

– Vous allez en faire, une heureuse.

– Merci. C'est surtout elle qui va me rendre heureux.

Lorsque l'arrivée de l'avion est annoncée, je ne tiens plus en place. Debout devant les grandes baies vitrées, je regarde l'engin approcher puis les passagers en descendre. Mon regard s'illumine quand je reconnais la silhouette d'Arthur. *Les voilà !*

Après une attente incroyablement longue derrière la porte des arrivées, Arthur est le premier à apparaître, suivi de près par les deux chefs de projet. Je me penche pour voir Sarah ; elle doit encore être en train de récupérer sa valise. Lorsque mon associé me repère, il fonce sur moi, le visage épuisé, contrarié.

– Putain, Hélias ! Pourquoi t'es parti comme ça ?

Il jette un coup d'œil dédaigneux à mon bouquet mais ce qu'il peut penser de mes fleurs m'est bien égal. J'attends ma douce Sarah.

– Sarah ne t'a rien dit ? demandé-je en souriant à chaque personne nouvelle qui apparaît.

– Sarah n'en sait pas plus que moi, bordel !

Je lui lance un regard surpris.

– Bien sûr que si, je lui ai laissé un mot. Mon père a fait un malaise cardiaque. Je suis rentré par le premier vol.

– Merde !

Je me retourne vers lui et le vois devenir exsangue.

– Ne t'inquiète pas, il va mieux, le rassuré-je en posant une main sur son épaule. Il a juste fait une méchante réaction à un médoc.

– Tu n'as pas laissé tomber Sarah ?

– De quoi tu parles ?

– Tu ne t'es pas barré avec la fille Melows ?

– Quoi ?

Je ne sais pas ce qui se passe, mais j'ai soudain des sueurs froides. Quelque chose ne va pas.

– Tu es parti comme un voleur, sans rien nous dire, balbutie-t-il. Je me doutais bien qu'il y avait une explication à tout ça mais elle n'a pas voulu m'écouter. Et Gaylord lui a dit que sa sœur était partie en France avec toi.

– Qui ? Quoi ? C'est quoi cette connerie ?

– Sarah, elle a cru que tu l'avais quittée pour elle.

C'est ridicule !

– Mais j'ai laissé un mot à Sarah, tenté-je, la voix devenant soudain faible.

– Celui où tu disais que tu étais désolé ?

– Non, un mot où j'expliquais tout.

– Elle ne l'a pas trouvé. Et comme tu avais oublié ton téléphone…, dit-il en le sortant de sa poche pour me le tendre.

À l'idée de la souffrance que Sarah a pu ressentir en imaginant que je l'avais laissée tomber, mon cœur se contracte. Il faut vite que je la serre dans mes bras pour la rassurer.

– C'est un truc de fou. La fille Melows m'a retrouvé ici mais je n'avais aucune idée du fait qu'elle en avait l'intention. Quand je l'ai vue, je l'ai envoyée se faire voir. Je vais tout lui expliquer.

J'avance vers la porte pour aller à sa rencontre lorsque j'entends derrière moi :

– Elle n'a pas pris l'avion, Hélias.

Non.

Mon cœur s'arrête. Mes jambes aussi.

– Qu'est-ce que tu racontes ?

– Elle était bouleversée. Elle a refusé de rentrer avec nous.

Non non non non non.

– Tu déconnes ! m'écrié-je en me jetant sur mon téléphone pour l'appeler.

L'appareil collé à mon oreille, je relève les yeux et vois une ombre se précipiter sur moi en hurlant :

– Putain, t'oses te pointer ici, sale connard !

Gabriel. Je m'apprête à l'envoyer sur les roses pour pouvoir laisser un message à Sarah mais il me frappe violemment au visage, me faisant valser deux mètres plus loin. J'en lâche l'appareil, qui s'éparpille en morceaux sur le sol, et le bouquet de roses qui s'écrase plus loin.

– Je t'avais prévenu, enfoiré. Je vais te défoncer la gueule.

Je ne réagis pas, sonné. Il m'attrape par le blouson et me relève *manu militari*.

– Hé mon gars, calme-toi, intervient Arthur. Il y a eu méprise.

Gabriel fait un mouvement violent de l'épaule et je vois mon pote prendre un coup dans le nez. Il se met aussitôt à pisser le sang. Je vois rouge. Je me relève précipitamment et attrape la veste de l'ange pour lui coller un pain avant qu'il ne réagisse.

La suite est une succession de coups de poing de chaque côté. Je sens les os de ma mâchoire morfler à chaque baffe. Mes mains s'éclatent sur ses maxillaires. Les insultes pleuvent. Depuis le temps que ça bouillonnait en nous, l'éruption était inévitable. Pas besoin de chercher bien loin pour trouver des raisons de lui frapper la gueule jusqu'au sang, certaines images flottant devant mes yeux : la danse de salon au gala des entrepreneurs, sa façon de poser ses mains sur ma Sarah, de la couver parfois d'un regard déplacé, ou le moment où il l'a embrassée sur la tempe, bien trop intime, quand je rompais avec elle. Et le pire : tout ce qu'il lui a probablement dit ce matin, les gestes tendres qu'il a dû avoir pour essayer de l'éloigner de moi une fois de plus, à tel point qu'elle a refusé de rentrer en France. Dieu seul sait où elle peut se trouver maintenant, quel danger la guette. Ma Sarah toute seule aux States. Putain, j'ai envie de le tuer.

Cet enfoiré est fait d'acier. Il ne plie même pas sous mes coups. Ses paluches sont aussi larges et dures que des rames en bois. Je serre les dents, même si au rythme où il frappe, il va me déchausser les incisives. Je cogne encore et encore. Son nez amortit mal le dernier coup. Je souris malgré ma rage ; il sera beaucoup moins beau demain. Sa maman va faire une attaque en voyant sa belle gueule d'amour complètement explosée.

J'entends des cris autour mais pas le temps de regarder. Je tape, je donne des coups de genou, j'en prends aussi. Des biens douloureux qui coupent la respiration. On essaie de nous séparer mais pas question que je lâche ce connard. Je tiendrai jusqu'à l'épuisement total. Je prends un coup dans le dos et je grogne en tombant à genoux. Gabriel essaie de me retenir mais deux grosses mains lui empoignent les épaules. Je suis maîtrisé au sol sans pouvoir me débattre, la face écrasée contre le béton. J'entends deux hommes et lorsque l'un commence à me serrer les mains derrière le dos, je comprends que je suis dans la merde.

– Putain, fait chier, crie de rage mon adversaire.

Entravé, il me jette un regard noir alors que deux types avec des brassards de police le tiennent fermement.

– Il ne manquait plus que ça, râle-t-il en ne me quittant pas des yeux.

– T'es calmé ? demande un mec qui prend mon cul pour une selle de vélo.

– Ouais.

Il me relève et je me retrouve nez à nez avec le grand blond à la tronche ensanglantée. Je gueule :

– Comment t'as pu la laisser toute seule là-bas ? S'il lui arrive quelque chose, je te…

– Tu veux aggraver ton cas ? m'interrompt le flic.

Je ferme ma gueule mais le message est passé. Je plisse les yeux de douleur alors qu'il tord mon bras dans mon dos, martyrisant mon épaule.

Comment cet instant de bonheur a-t-il pu dégénérer à ce point ? Journée de merde !

CHAPITRE 64

HÉLIAS

– Qu'est-ce qu'on a ce soir ? demande un vieux type bedonnant, le crâne rasé pour dissimuler sa calvitie.

– Deux idiots qui ont voulu refaire la scène des deux rappeurs mais à Roissy. Ils se sont pris pour des stars. Ils voulaient peut-être passer à la télé.

Le vieux se met à rire si fort qu'il finit par en tousser. Il avance vers ma cage en Plexiglas.

– T'es un peu blanc-bec pour jouer les grosses frappes… Putain, il t'a pas raté le blondinet !

L'autre se relève et le rejoint devant moi en chantant un truc qui me donne envie de tout casser.

– Bouba, Bouba, mon petit ourson !

– Ne réponds pas à leurs provocations, me lance Gabriel depuis sa cellule. Ça se retournera contre toi.

– Oh, mais alors c'est donc vrai ? Nous avons un des ténors du barreau de Paris ? Maître Lenoir, Leblanc ? Ah non, maître Legris, avocat à la Cour.

Ça va faire tache lundi, une gueule pareille pour plaider, mon bon cher maître.

– Ils se sont battus pour une histoire de gonzesse, se marre le second.

– Qui a baisé la copine de l'autre ? C'est toi avec ta gueule d'ange ? demande-t-il en me pointant du doigt.

– Nan, ça devait être l'autre. Lui, il avait un bouquet de roses à la main. Il a une bonne tête de cocu.

Je serre les mâchoires et mes ongles s'enfoncent dans mes paumes.

– Contiens-toi. On ne va pas tarder à nous sortir de là, insiste Gabriel.

– Ta gueule, craché-je en lui jetant un regard noir. Je n'ai pas besoin de tes conseils.

– Comme tu voudras. Ne t'étonne pas si je sors avant toi.

– Il a raison, ton pote, ferme-la, s'agace le plus jeune des flics en s'adressant à Gabriel. Ne cherche pas l'embrouille. Gueule d'ange ne veut pas te parler, alors garde tes belles phrases pour le tribunal, l'avocat.

Le vieux sourit en nous scrutant l'un après l'autre puis s'éloigne des cellules. Il lance par-dessus son épaule :

– On vous laisse un peu au frais le temps qu'on aille bouffer, après on discute ensemble. D'accord les gars ?

Je ne réponds pas et retourne m'asseoir sur le banc en béton. Je n'avais pas osé jusque-là de peur d'attraper des miasmes, mais j'en ai plein les bottes. Il faut que je pose mon cul pour réfléchir au moyen de sortir de là au plus vite. Le problème c'est que l'un de mes avocats est au trou avec moi, et que l'autre est je ne sais où aux États-Unis. Je suis mal barré. J'espère qu'Arthur va trouver un moyen de me sortir de là, même si, quand j'ai eu le droit de prévenir quelqu'un, il était à l'hôpital avec sa femme qui venait d'entrer en salle de travail. Pas question que je lui fasse louper la naissance de son gosse ; je préfère moisir ici deux jours s'il le faut.

Un coup d'œil vers ma droite : Gabriel est debout dans sa cellule et soupire d'exaspération. Tout ça, c'est à cause de ce connard. S'il ne s'était pas jeté sur moi, on n'en serait pas là. J'aurais déjà réussi à joindre Sarah qui rentrerait au plus vite en France.

– Vous allez nous laisser moisir ici combien de temps ? s'énerve-t-il en prenant un air hautain. Je vous ai entendus parler avec le parquet, ils ne veulent pas poursuivre, alors relâchez-nous !

Il n'a rien compris à la vie, celui-là. Ce n'est pas en prenant ces flics de haut qu'il nous fera sortir d'ici plus vite.

– C'est qu'on a notre procédure à boucler d'abord, s'amuse le plus vieux. Moi, j'aime que les choses soient faites au carré. C'est mon côté flic obtus. Sinon, tu as toujours une petite saloperie d'avocat qui passe par là et te fait annuler toute ta procédure. L'autre jour, une petite pétasse a fait annuler toute une ribambelle de gardes à vue.

Les collègues de Boulogne avaient pourtant rempli un bus de putes. Trois heures de boulot foutues aux chiottes.

Gabriel me jette un coup d'œil embarrassé. Je crois savoir qui est la pétasse en question. Une jolie blonde aussi mignonne qu'imprévisible.

– Mais pour l'instant, j'ai les crocs, alors à tout à l'heure.

Le mec se barre et son collègue le suit en se marrant.

– Vous allez peut-être nous écrire une chanson, hein, les rappeurs ?

Il éclate de rire et referme la porte sur eux.

– Putain de journée de merde, grogné-je en plongeant le visage dans mes mains.

– À qui la faute ? répond l'autre con.

– Mais tu vas la fermer, ta grande gueule ? Tu ne sais rien de ce qui s'est passé.

– Je sais que tu as une fois de plus planté Sarah et qu'elle a décidé d'arrêter de subir tes conneries, ricane-t-il avec suffisance.

– Je ne l'ai pas plantée ! Je lui ai laissé un mot, bordel de merde.

Il renifle avec dégoût.

– « Je suis désolé », tu parles d'un mot.

– Mais pas celui-là, purée, j'en ai écrit un autre. J'étais tellement perturbé que je m'y suis pris à deux fois. J'ai dû rentrer pour mon père, il a fait un malaise cardiaque. J'ai pris le premier vol pour retourner plus vite en France.

Il marque un temps d'arrêt.

– Tu as laissé un autre mot ?

– Un message sur une feuille à l'en-tête de l'hôtel que j'ai laissé dans sa suite. J'ai attendu Sarah le plus longtemps possible. Je voulais qu'elle rentre avec moi mais elle était en train de courir avec toi. Putain, et maintenant, elle est je ne sais où. À tous les coups, il va lui arriver un truc. Il faut que je l'appelle, que je lui explique…

– C'est pas vrai, putain ! me coupe-t-il. Sarah n'a pas trouvé ce message. Tu ne pouvais pas l'appeler, comme les gens normaux ?

– Elle n'avait pas son portable et j'ai oublié le mien en partant. Je ne connais pas son numéro…

– Quel con !

– Ouais, je sais, grogné-je en me tapant les tempes de rage.

– Elle a cru qu'une fois dessaoulé, tu avais changé d'avis. Que tu ne voulais plus d'elle, que tu regrettais ce que tu lui avais dit. Et puis le fils Melows nous a dit que sa sœur était partie en France avec toi, et on n'a pas cherché plus loin.

– Mais pas du tout ! Elle m'est tombée dessus sans prévenir à la descente de l'avion et je l'ai envoyée bouler. Fait chier !

Je soupire dans mes mains. C'est une histoire de fous, pire que dans une mauvaise série télé.

– Je vais nous sortir de là, me rassure-t-il.

– Au prix que je te paie, j'espère bien.

– Bon, je suis nul pour trouver les vices de procédure. C'est la spécialité de Sarah, ça. Moi, c'est plutôt le relationnel.

– Et les coups dans la gueule.

Il se met à rire mais peste aussitôt en tenant sa lèvre éclatée.

– Je t'ai mis quelques bonnes droites, c'est vrai, fanfaronne-t-il en grimaçant.

Je ris jaune. Je dois récupérer Sarah au plus vite.

– Comment comptes-tu nous sortir d'ici ?

– J'ai des contacts au parquet. Une amie va nous sortir de là, sourit-il. Une substitut du procureur. Je l'ai appelée tout à l'heure, ce sera plus efficace qu'un avocat.

– Juste une *amie* ?

Je relève un sourcil. Il se met à rigoler.

– Un plan cul très utile, tu vas voir.

– Tu te la tapes en échange de quelques services.

– Je joins l'utile à l'agréable. Je ne suis pas une pute.

Je grimace et il me détaille, tout à coup amusé :

– Comment un mec comme toi a pu recourir à une pute ? Tu es comme moi, tu peux lever ce que tu veux.

Je me renfrogne.

– J'avais besoin d'un plan facile, sans avoir besoin de séduire et surtout sans engagement.

Gabriel éclate de rire.

– Et tu es tombé sur Sarah. Quel échec ! C'est plutôt le genre à attendre le prince charmant et vouloir se marier. Tu vas avoir droit à tout ça si tu restes avec elle.

– Je m'en fous. Je voudrai tout ce qu'elle voudra.

C'est clair que je lui donnerai tout. Cette nana, je l'ai dans la peau, et rien que de savoir qu'elle est en ce moment même de l'autre côté de l'Atlantique, seule, et qu'elle pense que je l'ai abandonnée, j'ai envie de tout casser pour me barrer d'ici.

– Comment as-tu pu croire que c'était une pute ? Elle n'a pourtant pas le style.

– J'ai pensé que c'était une étudiante qui avait besoin de fric.

– Ouais, enfin elle ne devait pas assurer un service d'escort haut de gamme, ricane-t-il. Je la vois mal te faire toute la carte proposée par Mme Claude.

J'ai envie de le faire chier. Encore ma putain de jalousie.

– Détrompe-toi, mon pote. Dans un lit, Sarah est volcanique. Il ne lui a fallu que deux minutes pour se jeter sur moi et me proposer un menu dégustation digne d'un cinq-étoiles.

Il fait grise mine et je me retiens de rire. De toute façon, je ne mens pas, Sarah est une amante extraordinaire – même si c'est plutôt sa douceur et sa beauté candide qui la rendent fabuleuse. Quand elle me regarde langoureusement avec ses grands yeux clairs, ses lèvres rosées de poupée et sa peau diaphane, j'ai envie de la prendre comme un diable jusqu'à l'entendre me supplier d'arrêter.

– Ça te fait chier qu'elle soit avec moi, hein ? le provoqué-je.

– C'est vrai que j'ai eu du mal à l'encaisser. T'étais trop parfait pour être honnête. Je ne veux pas qu'on lui fasse du mal.

– Tu es amoureux d'elle ?

– Non. Sarah est juste une amie.

– Vous n'avez jamais couché ensemble ?

– Je ne vais pas te mentir, on en a eu envie tous les deux.

Je fais la moue mais j'encaisse sans rien dire, même si dans ma poitrine, c'est un champ de bataille. Rien que d'imaginer Sarah lui faire des œillades lubriques, j'ai envie de le tuer.

– Mais on a vite compris qu'il ne se passerait rien d'autre. À part l'envie de baiser à un instant T, on savait qu'on n'irait pas plus loin. Alors, tous les deux, on a regardé ailleurs. Je me suis enfilé quelques blondes pour dépasser ça et Sarah a joué avec Ryan.

– Ryan ? C'est qui ?

– Son vibro.

Je me marre.

– Je vais lui faire jeter ce machin.

– Ça va être dur, elle y tient vachement à son canard vibrant.

On ricane tous les deux, enfermés chacun dans notre emballage transparent comme deux Action Man sur l'étal d'un supermarché.

– Ça pue, putain, pesté-je en regardant le chiotte dégueulasse.

– Tu n'imagines même pas ce qui a dû se passer dans la mienne.

On se met à rire comme deux cons avant que je soupire, las :

– Putain, Sarah, tu fais chier. Pourquoi elle n'a pas lu ce mot ? Et pourquoi je ne lui ai pas laissé un message sur son portable quand je l'ai appelée ? Je ne suis qu'un crétin.

– Je ne veux pas te contrarier, raille Gabriel.

Le grand blond se met à faire les cent pas. Dans sa petite cellule, il paraît immense. Nerveux, il se fait craquer les os de ses phalanges et je plisse chaque fois les yeux – j'ai toujours eu horreur de ça. Ça me rappelle avec douleur le bruit de ma mâchoire lorsqu'elle se déformait sous ses coups. Je passe la main sur ma joue tuméfiée. Je dois ressembler à Quasimodo. Mon œil et ma pommette sont boursouflés.

La porte du bureau au fond de la salle s'ouvre brusquement et le vieux flic réapparaît, un sandwich à la main. Furieux, il avance vers nous en s'exclamant :

– C'est votre jour de chance, les gars ! Il paraît qu'on n'a pas le droit de vous garder plus longtemps au frais.

Gabriel se met à exulter.

– Ce n'est pas trop tôt !

Je me relève, soulagé, et tapote mon cul comme si les microbes allaient quitter mon pantalon par magie. J'ai envie de pisser et je ne suis pas mécontent de pouvoir le faire ailleurs qu'ici. J'aurais bien trop peur de sortir mon engin à l'air libre et de voir des dizaines de morpions se précipiter dessus.

Dix minutes plus tard, nous sommes dehors. La première chose que je fais est d'appeler Sarah sur la ruine qui me sert encore de téléphone ; une partie de l'écran est explosée, mais j'arrive quand même par miracle à trouver son nom dans mes contacts. Les sonneries se succèdent mais elle ne répond pas. Tombant sur sa messagerie, je fais grise mine mais je m'écarte de son collègue pour lui laisser un message :

– Sarah, c'est moi, Hélias. Gabriel m'a expliqué pourquoi tu n'es pas rentrée en France. Je suis complètement anéanti. Je ne t'ai pas laissée, j'ai dû rentrer en urgence à cause de mon père. Il a fait une crise cardiaque. Je t'avais laissé un mot dans ta suite mais apparemment tu ne l'as pas vu. Appelle-moi dès que tu as ce message car ici c'est l'enfer. Je veux savoir si tu vas bien. J'ai besoin de toi, Sarah. Je t'aime. Je t'embrasse.

Je raccroche, le cœur gros de ne pas avoir pu lui parler. Que croyais-je donc ? Qu'elle allait répondre à la première sonnerie ?

Je reviens sur mes pas. Gabriel m'attend, les yeux rivés sur son téléphone portable.

– Elle ne répond pas, lui dis-je sans réussir à contenir ma déception.

– Elle ne m'a laissé aucun message.

Mon téléphone se met à sonner et l'espoir me tire un sourire heureux mais le numéro qui s'affiche n'est pas celui de ma jolie blonde.

– Allô ?

– Monsieur Graçay ?

– C'est moi.

– C'est le service de cardiologie. Votre père a fait un nouvel incident cardiaque. Il est au bloc. Je tenais à vous prévenir car son état est sérieux et son pronostic vital est engagé.

Mon cœur sombre et mon sang se fait la malle. La fatigue et la peur étant de bien mauvaises compagnes, je me laisse retomber sur les marches du commissariat. Mes jambes refusent de me porter et je ne parviens pas à me relever.

– J'arrive, assuré-je avant de raccrocher, même si je me demande comment je vais y parvenir.

– Un problème ? C'est Sarah ?

– Non. Sarah devra attendre. Mon père est mourant. Je dois retourner à son chevet.

– Je croyais qu'il allait mieux ?

– Il s'est enfoncé de nouveau.

Gabriel grimace et pose une main sur mon épaule.

– Merde.

J'arrive à me relever par miracle et, apercevant un taxi, je me jette devant lui pour l'arrêter. Il n'a d'autre choix que de piler pour m'éviter.

– Il faut que j'y aille.

– OK. Je te préviens dès que j'ai des nouvelles de Sarah.

CHAPITRE 65

SARAH

Je suis ravagée comme une toxicomane en période de sevrage. Une semaine passée le regard dans le vide, à ne pas quitter la terrasse de cette chambre de motel miteux. Je revois encore les immenses palmiers du Riviera Beach filant vers le ciel bleu, son regard vert étincelant me transperçant d'une tendresse infinie. Je secoue la tête pour chasser ce visage de mon esprit. Je *dois* l'oublier, pour ma survie.

Cette dernière nuit tourne sans arrêt dans ma tête. Je cherche encore ce que j'aurais dû faire pour éviter à Hélias de fuir une fois de plus, d'être acculé au point d'utiliser une autre femme pour me faire renoncer à lui. Je sais que Kimberley n'était qu'un alibi, un moyen d'être sûr que cette fois-ci, je ne chercherais pas à le retrouver. Tout cela, je l'ai compris en écoutant les messages qu'il m'a laissés lorsqu'il me croyait dans les bras de Gaylord. Saoul, il s'est livré à cœur ouvert. J'ai enfin entendu ce qu'il essayait de me dire depuis des semaines, cette douleur de m'aimer malgré lui, cette haine qu'il m'a vouée lorsque j'ai dévasté sa vie tranquille en ne lui laissant pas le choix que de m'aimer. J'ai ressenti son supplice à me croire perdue, cette vie devenue sans saveur. Je sais tout cela parce qu'aujourd'hui, c'est moi qui souffre ainsi.

Recroquevillée dans mon grand fauteuil en osier, je laisse mon regard se perdre sur la baie. J'ai si peu mangé ces derniers jours que ma tête tourne un peu, que mes membres me font souffrir comme si mes muscles avaient déjà fondu.

J'entends frapper à la porte de ma chambre, mais je ne relève pas les yeux. Ce doit être une erreur, personne ne me connaît, ici, et c'est tant mieux. J'ai besoin d'être seule avec cette souffrance, de la choyer, car elle me rappelle à tout instant que je suis vivante et qu'Hélias a bien fait partie de mon existence. Il m'a détruite, mais j'ai passé les plus beaux moments de ma vie avec lui, j'en suis certaine.

La porte s'ouvre devant un visage familier. Ma mère, la seule personne que j'ai appelée depuis le départ d'Hélias. La seule à qui j'avais envie de parler. Je ne pensais cependant pas qu'elle ferait le voyage jusqu'ici, et elle n'est pas seule. Je plisse les yeux pour reconnaître la silhouette derrière elle, un homme à l'allure familière.

– Trouve de l'eau sucrée, elle est déshydratée, intime-t-il à ma mère en s'accroupissant devant moi.

Ma mère revient de la salle de bain avec un verre d'eau. À la fois sidérée et déconnectée, je le prends machinalement, même si je n'ai pas soif.

– Sarah, ma puce…

Il m'observe les yeux emplis d'inquiétude.

– Mon bébé, se lamente ma mère. Ça va aller, ne t'inquiète pas.

Je croise leur regard, encore abasourdie, et plonge dans un passé que je croyais oublié. Un regard sombre et protecteur qui me berçait lorsque j'étais enfant.

– Papa, balbutié-je.

– Je suis là, ma grande.

Je ferme les yeux, soudain extrêmement fatiguée. L'épuisement a enfin raison de moi.

– Nous sommes là, ma Sassa, on ne te laissera pas.

Je me laisse aller, apaisée, contre mon père qui me prend dans ses bras. Mon corps attendait ce soutien, cette assurance d'être veillée le temps de panser ses blessures, et je me détends enfin.

J'ai retrouvé mon chez-moi.

***

Je laisse filer le sable fin de Floride entre mes doigts. Je regarde ma mère, devenue un tout petit point au loin dans l'océan scintillant au soleil. Elle me fait signe en criant mon prénom et je réponds avec un sourire rasséréné. Je suis prête à reprendre le chemin de la maison. Je vais mieux. Quatre jours passés auprès de mes parents m'ont permis de faire le point et de me reprendre en main. Ce sera difficile, mais je peux désormais affronter ce qui m'attend à Paris.

Je savoure le rire de mon père à mes côtés. Ce son, je l'espérais depuis des années. Il m'a tellement manqué.

– Papa, je voulais te remercier.

Mon père tourne la tête vers moi et se penche pour m'embrasser la joue.

– C'est normal, ma fille. Tu avais besoin de moi. Je me devais d'être là.

Mon regard s'embue. J'ai attendu ces mots toute ma vie.

– Ça fait si longtemps que je rêvais que tu me dises ça, tu sais.

Mon père relève ses jambes contre sa poitrine, nerveux.

– Je sais, Sarah. J'ai essayé, pourtant.

– J'ai cru que tu nous avais oubliées.

– Vous oublier ? J'ai failli en crever de vous avoir perdues toutes les trois. Je me suis retrouvé dans cette maison vide où tout me parlait de toi, de Maxine et de ta mère. J'ai attendu tellement longtemps, à accumuler les cadeaux pour le jour où enfin votre mère vous ramènerait, mais quand tu es rentrée, tu avais tellement changé. Tu n'étais plus une fillette. Tu devenais jeune femme. Tu avais tellement de colère en toi que je ne savais pas comment faire.

– J'avais besoin de temps, de ton aide.

Ses mâchoires se crispent.

– Je m'en veux aujourd'hui d'avoir baissé les bras. Je te demande pardon. Il n'y a pas un seul jour où je ne regrette. J'aurais dû insister, mais j'avais si mal de te voir me détester. J'ai été lâche. J'ai préféré renoncer pour cesser de souffrir. Fermer les yeux sur mon passé.

Je ne peux m'empêcher de penser à Hélias, à sa propre lâcheté. Lui aussi a préféré renoncer à l'amour pour se préserver.

– Mais toi, Sarah, tu es une jeune femme courageuse. Tu vas te reconstruire parce que malgré tout ce qui a pu déjà t'arriver, tu es toujours restée debout.

Sa confiance me serre le cœur.

– Cette fois-ci, je ne sais pas si je m'en remettrai. J'ai pris un chemin si éloigné de ce que je suis que je me suis perdue. Je ne sais pas si j'arriverai encore à faire confiance à quelqu'un, je n'en vois pas l'utilité. Tous ceux que j'aime finissent toujours par me tourner le dos.

Mon père grimace.

– Je sais que je t'ai donné cette sensation, mais je n'ai jamais cessé de t'aimer. Tu es ma fille pour la vie, mon premier enfant, celle qui a fait de moi un père. Je suis là aujourd'hui et je te promets que tu pourras dorénavant compter sur moi. Maxine et toi, je souhaite que vous fassiez partie de ma vie, que vous rencontriez vos frères et sœurs, que l'on forme enfin de nouveau une famille.

– Maman est notre famille.

Il serre les dents avant de se mettre à sourire. Je peux voir sa souffrance.

– Oui, elle est votre famille. Malgré ce qui a pu se passer entre nous, elle est votre mère et je la respecte. Elle a su, contrairement à moi, reconnaître ses torts et vous protéger quand vous en aviez besoin. Elle a mis de côté nos griefs et s'est présentée chez moi pour que l'on vienne à ton secours, tous les deux. Et elle a bien fait.

Je baisse les yeux à mon tour, gênée.

– Ta mère aura toujours mon respect. Et on formera toujours tous les quatre une famille.

– Un peu agrandie aujourd'hui.

– Oui, acquiesce-t-il en me serrant contre lui. Un peu agrandie aujourd'hui.

Dans mes mains, mon téléphone se met à vibrer. Gabriel. Une bouille d'ange sur mon écran. Je bloque l'appel comme je le fais déjà depuis plus d'une semaine. Un *bing* m'indique qu'il a encore laissé un message. Comme toutes les autres fois, je l'efface sans même l'écouter. Il a peut-être déjà pris son nouveau poste, de l'autre côté de l'Atlantique. Je l'aime beaucoup, vraiment, mais je sais qu'il voudra me ramener à la raison en pensant que je fais une erreur en voulant prendre une nouvelle direction. Je préfère me laisser un peu de temps avant de lui parler, me permettre d'abord d'amorcer ce grand changement dans ma vie. Je l'appellerai à mon retour, quand je me sentirai suffisamment forte pour soutenir mon projet, même face à la plaidoirie choc qu'il me fera. En attendant je préfère ignorer ses appels, comme je le fais pour Hélias.

Je cherche dans mes contacts et souris lorsque j'appuie sur le numéro de mon mentor. Quatre sonneries et j'entends Gloria dire avant même que je ne parle :

– Henri chéri, c'est Sarah ! Dis-moi jeune fille que tu m'appelles parce que tu as claqué la porte de chez Scozza.

– Salut, Gloria.

Un blanc s'installe comme si elle retenait son souffle. Je souris avant de me mettre à glousser.

– Pas encore, je suis à Miami.

– Miami ? Tu prends des vacances à ton âge ? Avec Henri, nous allons enfin faire notre première croisière à soixante-cinq ans.

– Non, j'étais à Miami pour un contrat.

Un nouveau blanc avant de percevoir la voix de son mari en arrière-plan.

– Alors, elle reprend le cabinet ?

– Oui, si c'est encore possible.

Je n'ai pas fini ma phrase que Gloria se met à hurler dans mes oreilles, me faisant perdre une partie de mon audition. Je l'imagine sautiller sur place dans les bras d'Henri.

– Mais je ne sais pas si j'obtiendrai un financement suffisant pour vous acheter le cabinet.

– On va s'arranger, Sarah. Promets-moi juste de faire de grandes choses, de garder la ligne de conduite que nous t'avons enseignée. Nous resterons encore quelques années membres honoraires et on verra plus tard pour le rachat définitif du cabinet, lorsque tu auras suffisamment de clientèle.

– Je ne me perdrai plus, Gloria, je te le promets.

– Alors rentre vite à Paris, nous t'attendons.

Je raccroche et mes parents me regardent, amusés.

– Maître Sarah Lucas est dans la place, sourit ma mère.

– Oui, il faudra de nouveau compter sur moi.

CHAPITRE 66

SARAH

Je suis de retour en France depuis à peine quelques heures et je me précipite au cabinet Scozza pour mettre à exécution mes nouvelles résolutions. Battre le fer tant qu'il est chaud avant de me dégonfler.

Je dois penser à moi. Enfin. Me retrouver dans tout ce que je suis au plus profond de mon être. Fini la pression sociale. Adieu les méfaits d'un amour chaotique. Je ne ferai plus rien de contraire à mes convictions profondes, je ne laisserai plus rien heurter ce que je veux être, ce que je pense. Rien, quitte à faire le vide autour de moi.

Au pied de l'immeuble du cabinet, une boule dans mon estomac se forme. Tout ira mieux dans quelques instants. La prolongation de mon séjour aux States n'était pas prévue, les dents ont dû grincer, mais j'ai profité de tous les jours de congé que je n'avais jamais pris pour faire une mise au point. Je vais enfin quitter ce troupeau de pachas, qui ne bougent plus leur auguste postérieur de leur fauteuil depuis des années, qui ne sont bons qu'à recevoir les huiles, à faire du réseau pendant que leurs collaborateurs se tapent tout le boulot. Les audiences à pas d'heure, les nuits à rédiger des conclusions. Bientôt, tout ça sera terminé.

Je grimpe les étages, ma gorge s'assèche. Difficile de revenir ici. J'introduis ma clef dans la serrure et la porte s'entrouvre. Véra est la première personne que je vois. Le visage crispé, elle a les yeux baissés sur sa table. Des cris résonnent dans le hall et Bruno apparaît dans l'entrebâillement, en train de hurler sur sa secrétaire.

– Tu n'es qu'une bonne à rien ! Je t'avais dit que je ne voulais pas lui parler.

– Je suis navrée, elle a insisté, se défend Véra sans lever les yeux vers lui.

– À quoi bon avoir une secrétaire si elle n'arrive même pas à filtrer les appels ? Je ne sais pas pourquoi je te garde ici. Tu n'es qu'une incapable.

Les joues de Véra sont maculées de larmes. Ça doit certainement faire un bon moment qu'il est sur son dos à lui dire tout un tas de vacheries, car elle n'est pas femme à jeter sa petite larme à la première remontrance. *Tu veux t'en prendre à quelqu'un ? Viens donc chercher une adversaire à ta taille !*

Je fais mon entrée bruyamment en claquant la porte derrière moi et l'œil mauvais de Bruno dévie vers moi.

– Ah, voilà le deuxième maillon faible de ce cabinet. Maître Lucas a enfin fini de se dorer la pilule en Floride. Madame a décidé de rentrer.

– Bonjour, Bruno. Vous êtes d'une humeur joviale, j'en suis ravie.

– Vous croyez que je vous paie pour faire du tourisme ? Vous ne nous avez pas prévenus de votre absence, et puisque je n'ai pas pu vous empêcher de rester, ces dix jours seront retirés de votre paie.

– Mais retirez, retirez, réponds-je en avançant vers le bureau de Véra à qui je tends un mouchoir. Bonjour, Véra.

Ma secrétaire esquisse un rictus nerveux en guise de réponse.

– Si ça avait été pour parfaire nos relations avec HG&Co, s'égosille le boss dans mon dos, ça aurait été utile ! Mais Hélias Graçay est rentré avant vous. Vous n'avez même pas été foutue de le séduire. Si nous perdons ce client, je vous en tiendrai pour personnellement responsable et je n'hésiterai pas à vous virer. Je savais bien qu'employer une femme était une erreur. Ah, vous voulez la parité, mais commencez par bosser autant que nous.

Je scrute Véra qui pleure en silence, les épaules baissées. Je repense à la prostituée que j'ai défendue au tribunal. À toutes ces femmes que j'ai libérées. Je pense à celles que je défends contre des ex-maris ingrats. Aux Femen qui sont prêtes à se mettre à nu pour défendre leur cause. Je pense à toutes ces femmes qui font valoir leurs droits, qui se battent chaque jour pour ce qu'elles sont. Et puis, je me regarde dans le miroir dans l'entrée du cabinet. Qu'ai-je fait durant tous ces mois ? Ici j'ai fermé les yeux sur mes opinions, rangé dans un tiroir tout ce qui m'irrite chaque jour dans toutes les inégalités de la vie et de la société. Les femmes mais pas seulement ; tous les opprimés en tout genre, les pauvres, les différents, les exclus, les pères bafoués dans leurs droits. Tout. Pour devenir un pantin sans réflexion. La marionnette de cet horrible personnage. Tout ça pour quoi ? Pour avoir mon nom sur cette fichue plaque en laiton en bas de l'immeuble.

– Ne vous donnez pas la peine de me virer, Bruno.

Ma voix a changé. C'est celle que je revêts chaque fois que je me lève des bancs du tribunal pour venir plaider à la barre.

– Je démissionne. Il n'est pas question que je bosse une minute de plus pour un sale connard de misogyne, un salopard de patron abusif, un vicelard rondouillard et toute la ribambelle d'insultes en « ard ». Je pars.

Bruno en reste stupéfait quelques secondes avant d'éclater de rire. Véra, quant à elle, me dit tout bas :

– Sarah, ne faites pas ça.

– Si vous partez, vous n'aurez rien, crache Bruno d'un air hautain. Votre clientèle me revient. Rappelez-vous la clause de non-concurrence.

Véra me fixe et je lis la peur dans son regard. Durant tous ces mois, je me suis trompée sur elle.

Elle a toujours été de mon côté mais elle avait peur de lui, de cet homme qui lui a fait endurer le pire : l'indifférence.

– Et je pars avec Véra.

– Vous rêvez, ricane-t-il.

– Je suis sérieuse, rétorqué-je en détaillant Véra qui devient blême. Il n'est pas question que je la laisse à votre merci. Plus jamais vous ne lui ferez de mal.

– Et vous croyez vraiment qu'elle va vous suivre ?

– Oui. N'est-ce pas, Véra ?

Je pose une main sur la sienne. Elle me regarde, inquiète, avec un millier de questions dans les yeux.

– Tout comme ma clientèle, poursuis-je. D'ailleurs, vous verserez à Véra les indemnités auxquelles elle a droit après toutes ces années de bons et loyaux services.

– Et pourquoi pas un mars et cent balles aussi pendant que vous y êtes ? ricane Bruno.

– Désolée, mais il va falloir mettre davantage la main au porte-monnaie.

– Et pourquoi ça ?

– C'est le prix à payer pour que votre petit secret reste entre nous, menacé-je en jetant un coup d'œil vers Véra.

– Quel secret ?

– Que penserait votre épouse de l'existence de Nicolas ?

Bruno perd toute couleur une fraction de seconde avant de reprendre contenance. Véra me scrute, désemparée.

– Je ne connais pas ce Nicolas, scande-t-il en tournant la tête vers sa secrétaire et en lui assénant un regard meurtrier.

– C'est certain, puisque vous avez eu la lâcheté de ne pas faire partie de son existence.

– Rien ne prouve qu'il est de moi, persiste-t-il.

Véra hoquette de stupéfaction. Il est déjà perdu, et il le sait.

– On peut facilement faire un test ADN, mais pourquoi perdre de l'argent ? Il vous ressemble comme deux gouttes d'eau. Ça va être difficile de le renier.

– Il n'est plus en âge d'agir en justice pour une recherche de paternité. Il se réveille trop tard, jubile-t-il.

– Mais il ne demande rien ! s'insurge Véra.

– Non, je crois même qu'il préférerait ne pas être lié à un abominable individu comme vous, rajouté-je en posant une main de soutien sur l'épaule de Véra. En revanche, il aurait certainement envie de vous tordre le cou pour tout ce que vous avez fait endurer à sa mère.

– Personne ne pourra m'obliger à reconnaître cet idiot.

Véra fait mine de se lever pour frapper Bruno, mais je retiens son mouvement et menace de nouveau :

– Laissez-nous partir par la grande porte, sinon ce sera le grand déballage.

– Je vous ferai poursuivre pour diffamation.

– Il n'y a pas diffamation, puisque tout est vrai. Et même si j'étais poursuivie en justice, le mal serait fait. Votre femme, vos enfants, votre famille, tout le monde saurait ce que vous avez fait. L'infamie vous guette. Adieu ce beau cabinet financé par chérie d'amour.

– Vous n'êtes qu'une petite salope.

– J'ai été à bonne école, mon cher Bruno.

Les mâchoires serrées, il tente encore de m'intimider, mais il est déjà tombé.

– Vous n'aurez rien.

– Nous allons partir d'ici, Véra avec ses indemnités, et moi avec ma clientèle.

– Certainement pas.

– À vous de voir, c'est ça où je dis tout à votre femme.

– C'est du chantage !

– Même de l'extorsion, mon cher Bruno. Je m'adapte à l'adversaire.

Il s'agrippe à la banque de l'entrée.

– On pourrait faire ça comme des adultes : vous nous laissez partir, Véra et moi, et nos deux cabinets pourront même collaborer pour s'échanger de la clientèle. Des cabinets partenaires. Nous pourrions mutualiser nos compétences sur certains dossiers. Je vous laisse gracieusement HG&Co.

– Les putes aussi, exige-t-il.

– Si vous le souhaitez, accordé-je avec dédain.

Comme si les macros de Boulogne allaient le laisser décider à leur place !

– Je veux un préavis de deux mois pour Véra, le temps de trouver une autre secrétaire, continue-t-il.

Véra lève un regard désespéré vers moi.

– Pas question. Véra part avec moi dès aujourd'hui.

Cette dernière me scrute et ce que je lis dans son regard me met davantage la pression. Je n'aurai pas le droit à l'erreur. Il faudra que mon cabinet tourne pour que je puisse la payer.

– Ramassez vos affaires et dégagez d'ici toutes les deux, fulmine-t-il. Je ne veux plus vous voir.

Bruno s'éloigne d'un pas pressé mais avant qu'il ne s'enferme dans son bureau, je lui lance de loin :

– Et pour votre gouverne, maître Scozza, votre fils est loin d'être un idiot. C'est un homme bien qui aurait pu être votre fierté si vous aviez daigné faire partie de sa vie. C'est un étudiant brillant, un garçon responsable qui prend soin de sa mère, un bon fils.

Bruno se retourne et me dévisage alors que je poursuis :

– Un jour, lorsque vous serez plus vieux, vous regretterez peut-être de ne pas lui avoir fait une place à vos côtés.

Il jette un regard noir vers Véra en pleurs et s'engouffre dans son bureau sans omettre de nous infliger un claquement de porte théâtral.

Le calme revenu dans le hall, je souffle de soulagement. Je suis libre. Enfin. Bien vite pourtant, la pression remonte lorsque je tourne la tête vers Véra. Elle est silencieuse malgré les sanglots qui l'étouffent, le regard perdu dans la tapisserie du mur.

– Véra, je suis désolée de vous avoir mêlée à ça, bredouillé-je. Mais quand je vous ai vue, je n'ai pas pu vous laisser. Je vous promets que…

– J'aurais dû faire ça il y a plus de vingt ans, lorsque je suis venue lui annoncer ma grossesse et qu'il m'a rejetée, me coupe-t-elle d'une voix glaciale.

Je l'observe, intimidée par cette femme qui a tout mis de côté, jusqu'à sa personne, pour sa famille.

– Je ne sais pas où vous m'embarquez, Sarah, mais j'espère que vous avez bien réfléchi avant de nous précipiter dans ce panier de crabes. Bruno n'est pas du genre à se laisser battre sans lutter.

– Oh que oui, tout est bien réfléchi. Certes, je ne pensais pas vous emmener si vite, mais vous m'auriez trop manqué, j'avais prévu de vous en parler. Qui pourrait mieux que vous me sermonner de bon matin lorsque je ne récupère pas mes honoraires ? ricané-je.

Véra me transperce d'un regard grave et me dit calmement :

– Je vous aime bien Sarah, vous êtes une fille formidable. J'ai confiance en *vous*.

Ma gorge s'assèche. Je ne dois pas la décevoir. Je papillonne des yeux et repense à mes nouvelles résolutions : ne plus baisser les bras, quoi qu'il arrive. Je me mets à sourire.

– Promis, si je vous mets enceinte, j'assumerai ma maternité.

Véra rigole doucement avant de jeter un coup d'œil sur son bureau. Elle lève une liasse de papiers griffonnés de la main de Bruno avant de les jeter joyeusement par-dessus son épaule.

– Qu'il aille se faire foutre !

J'éclate de rire à mon tour et je recule d'un pas en lui annonçant :

– Ramassez vos affaires, je vous emmène visiter votre nouveau bureau.

Je reprends plus bas en faisant des gestes de la main vers son poste de travail :

– N'hésitez pas à prendre un max de fournitures dans vos cartons. Ce sera toujours ça de moins à acheter pour notre installation.

Le rire de Véra s'étrangle dans sa gorge, pas le moins du monde rassurée. Elle me regarde avant de se lever et d'aller chercher dans le local à papiers des cartons vides, puis m'en tend un.

– Prenez vos dossiers et faites une copie de tous vos fichiers. N'oubliez pas de piquer les codes. Ça vaut une blinde !

On se regarde quelques secondes en silence avant de pouffer.

– On est complètement dingues, me dit-elle en posant une main sur son front. Mais purée qu'est-ce que ça fait du bien de se sentir libre.

Je lui souris, les larmes aux yeux, consciente de ce que je lui demande mais quelque part, au fond de moi, je sais que je fais bien. Il lui fallait ce déclic pour s'émanciper.

– Et il rêve s'il croit conserver le dossier Graçay, me balance-t-elle en vidant à la va-vite le contenu d'un des tiroirs de son bureau. Il n'arrivera pas à retenir Hélias. Cet homme est enchaîné à vous.

Ma bonne humeur retombe et mon rire s'éteint. J'avance vers mon bureau, cachant mes yeux soudain embués.

– Ce dossier-là, on le lui laissera, me contenté-je de dire sans me retourner vers elle.

– Sarah, il y a un problème ? Que s'est-il donc passé à Miami ? Gabriel est resté très évasif.

– Laissez-moi le temps de digérer tout ça avant de vous en parler.

Je la sens me détailler, perdant sa gaîté, avant de repartir vers la banque du secrétariat.

– Comme vous voudrez, Sarah.

CHAPITRE 67

HÉLIAS

Je me réveille en sursaut, le jour mordant violemment mon visage. Une ombre salvatrice passe devant mes yeux, me permettant en une fraction de seconde de faire la netteté. Chambre d'hôpital. Matin, torticolis. Coma.

– Papa, soufflé-je en me redressant d'un coup.

Léonie tourne la tête et pose une main sur mon épaule.

– Votre père est stable, Hélias. Calmez-vous.

Je tourne la tête vers elle et la regarde activer la manivelle pour ouvrir les volets de la chambre.

– Vous avez dormi un peu ?

– Oui, probablement, réponds-je en ramassant une couverture à mes pieds.

Je ne me souviens pas de m'être assoupi au petit matin. Ça fait presque deux semaines que je suis au chevet de mon père. Plus précisément, treize jours et treize nuits que mon corps tient presque sans sommeil, avec peu de nourriture. En revanche, avec beaucoup de café. Je n'arrive pas à avaler grand-chose d'autre.

– Je vous amène un petit déjeuner, me dit Léonie en s'approchant de mon père.

Je décline d'un geste de la tête.

– Hélias, vous devez faire un effort. Votre père a besoin de vous, d'un fils fort, pas d'un fils malade. Ce n'est pas le moment de faire la grève de la faim. À chaque problème, il y a une solution. Laissez-vous le temps.

Elle ne parle pas que de mon père, et nous le savons tous les deux. Je ferme les yeux et détourne la tête ; je n'aurais jamais dû me confier à cette parfaite inconnue.

Il y a deux semaines, quand je suis sorti de garde à vue et que j'ai vu mon père une fois de plus dans cet état végétatif, j'ai craqué. J'ai éclaté en sanglots devant son lit, seul, blessé, autant physiquement que mentalement, désespéré de devoir faire face à ça sans Sarah, qui m'abandonnait malgré elle. Léonie était là, jeune, avec son regard doux et sa voix chantante, et je me suis senti suffisamment proche d'elle pour me livrer. Un véritable ange gardien, aussi bien pour le père que pour le fils. Elle a soigné les plaies de mon visage et moi, je lui ai tout raconté. Ma terreur pour mon père. Mon cœur brisé par Sarah, qui refuse encore aujourd'hui de répondre à mes appels. *Où est-elle, bordel ?* Je papillonne des yeux pour revenir au présent et j'observe l'infirmière contrôler les perfusions et le moniteur cardiaque.

– Pour le moment, remplumez-vous, continue-t-elle sans s'apercevoir que je suis ailleurs. Vous avez une mine de déterré. Et vos hématomes n'arrangent rien.

– Vraiment ? demandé-je en me penchant vers le miroir de la porte d'entrée. C'est quand même un peu mieux, non ?

C'est vrai que j'ai une sale gueule. Gabriel ne m'a pas épargné. Heureusement pour mon ego, il est lui aussi encore amoché. Je grimace en passant mes doigts sur ma pommette tuméfiée qui me fait toujours mal.

– Depuis que votre père est là, vous avez perdu au moins cinq kilos.

Je soulève mon pull et remarque les bleus devenus verts sur mes côtes qui sont un peu plus apparentes qu'à l'accoutumée.

– Vous êtes fine observatrice.

– Je dois quand même faire preuve de beaucoup d'imagination pour me souvenir que vous étiez beau gosse avant.

Je souris – douloureusement, ma lèvre n'est pas encore guérie – avant de revenir vers mon père et de passer la main sur son front.

– C'est vrai que vous étiez là quand je suis rentré de Miami.

– Oui, et je me souviens bien de votre sourire lorsque vous vous apprêtiez à aller chercher votre petite amie à l'aéroport.

Je ricane.

– La preuve que tout peut basculer en un quart de seconde.

– Tout va rentrer dans l'ordre, Hélias. Un peu de patience. Pour l'heure, occupez-vous de votre père. Il va falloir le stimuler pour l'obliger à sortir du coma. Continuez à lui parler, racontez-lui votre journée, le temps qu'il fait.

Je caresse la joue de mon père avant de poser ma main sur son torse.

– Je suis là, papa. Je ne bougerai pas d'ici tant que tu ne seras pas réveillé.

Un gloussement retentit derrière moi.

– Ça, c'est sûr ! Pourtant, si vous ne voulez pas finir avec une perfusion dans le bras vous aussi, il va falloir manger. Et je ne serais pas contre quelques allers-retours à la douche et que vous changiez de vêtements un peu plus souvent. Je ne savais pas qu'il y avait deux patients dans cette chambre.

Je fronce les sourcils.

– Et ce n'est pas négociable. Faites-moi revenir le beau gosse sur-le-champ, termine-t-elle en me faisant les gros yeux.

Elle sort de la pièce et je reste là avec un sourire gêné, devant une pâle copie de mon père. Lui et moi n'avons pas fière allure. Les deux beaux mecs de ma mère, comme elle le disait souvent, ont disparu. Mon père a le cheveu terne, le visage blafard. Plongé dans un coma artificiel depuis son intervention, il est censé récupérer. J'ai du mal à être positif quand je le vois comme ça, et quand je pense à tout ce qui s'est cassé la gueule autour de moi en quelques semaines. Un incident cardiaque qui viendrait d'une déficience congénitale. Je devrais être surveillé de près aussi, selon l'équipe médicale. *« Il faudra prendre soin de votre cœur »*, s'est exclamée Léonie. Mon cœur ? Pour cela, il faudrait qu'il existe encore.

Mon père remue les paupières et mon cœur se met à battre plus vite. Finalement, mon organe vital ne doit pas encore être totalement hors d'usage.

– Papa, c'est moi, Hélias. Je suis là, papa. Accroche-toi.

Ses paupières papillonnent quelques instants mais très vite, mon père replonge dans un profond sommeil. Je me laisse retomber dans le fauteuil, las.

Mon téléphone vibre dans ma poche et je le sors, agacé. Ça doit être encore un SMS d'Arthur ; il me bombarde de photos de son bébé depuis plus d'une semaine. Je devrais être heureux pour lui, mais mon chagrin est si profond que je n'arrive pas à m'empêcher d'être égoïste. Le voir épanoui avec sa petite famille me rend amer, envieux. Je jette un bref coup d'œil sur l'écran mais c'est un autre nom que je découvre : l'Archange, le surnom que j'avais donné à Gabriel avant de sympathiser avec lui. Je déchiffre les lignes, le cœur au bord des lèvres, le ventre crispé comme jamais.

L'Archange : Sarah est de retour
en France.

Je perds tout l'air de mes poumons juste en lisant son prénom. Sarah. Sarah est en France. Putain, il était temps. Je pianote vite fait :

Hélias : Elle va bien ?

Gabriel me répond aussitôt.

L'Archange : Je pense que oui. Je ne
l'ai pas encore vue. Elle a pris des
mesures radicales mais ça va aller.
Je m'en occupe et je te tiens informé.

« Des mesures radicales. » De quoi parle-t-il ? Je commence à connaître Sarah et sa façon très insensée parfois de réagir aux problèmes. J'espère qu'elle n'est pas revenue travailler affublée d'une robe lamée d'or comme une des chanteuses d'Abba pour prouver que ses succès ne sont pas liés à son goût vestimentaire. Je me marre malgré la gravité de la situation ; Sarah a ce pouvoir, celui de me rendre joyeux même dans les situations les plus noires.

Hélias : Je dois m'inquiéter
de ces mesures radicales ?

L'Archange : Non ça ne te concerne
pas, tkt.

Hélias : Merci vieux.

L'Archange : Du nouveau du côté
de ton père ?

Hélias : Toujours dans le coma.
Les médecins veulent qu'il récupère
avant de le réveiller.

L'Archange : Tiens le coup mon pote,
et bon rétablissement à ton père.
Je gère Sarah et je te recontacte.
Concentre-toi sur lui pour le moment.

Dire qu'il y a presque une quinzaine de jours, je cognais sur la tronche de ce type sans retenir mes poings. Tous les coups étaient permis pour lui faire mal. Sarah avait pourtant raison, c'est un bon ami, un très bon ami, sur lequel elle peut compter. Je suis content qu'elle ait des personnes comme lui autour d'elle.

Je pose mon téléphone sur une console alors que Léonie revient dans la chambre avec un plateau dans les mains. Elle me le colle sous le nez avec un air autoritaire.

– Ne me regardez pas comme ça, je vais manger, grogné-je en esquissant un petit sourire contrit.

– Tiens, une grimace, ça faisait longtemps. Du nouveau ?

Je me retiens de sourire jusqu'aux oreilles.

– Elle est rentrée en France. Je suis soulagé.

Pour l'être, je le suis. J'avais tellement peur qu'elle ait fait une mauvaise rencontre, qu'elle soit peut-être retenue quelque part, dans la cave d'un tueur en série ou dans les bras du fils Melows.

Des cauchemars qui m'ont réveillé toutes les nuits à m'en provoquer des crises d'angoisse terribles.

– Et bah voilà. Dans quelques semaines, votre père ira beaucoup mieux et vous pourrez vous concentrer sur votre belle.

– Oh, rien n'est gagné. Vous ne connaissez pas Sarah, je n'ai pas le cul sorti des ronces, ricané-je en croquant dans le pain rond.

L'infirmière repart et je reste assis un long moment à contempler mon père endormi. Mes pensées me ramènent inexorablement vers Sarah. J'aimerais tellement savoir ce qu'elle a fait durant ce temps aux États-Unis, ce qu'elle fait en ce moment même. J'attrape mon téléphone mais je renonce à l'appeler. Inutile, je bascule systématiquement vers sa messagerie. Je suis un paria, un indésirable dans ses contacts et dans sa vie. Elle ne veut plus de moi. Si je n'étais pas bloqué ici, je me précipiterais à son bureau pour la voir, mais je ne me risquerai plus à laisser mon père jusqu'à ce que je sois certain de son état. Je regrette bien trop tout le temps que j'ai passé au commissariat. Pendant que je faisais le con à l'aéroport, son cœur cessait de battre et commençait une course contre la montre pour le ramener à la vie. Et moi, je n'étais pas là. Encore une fois.

Mon cœur se serre et me donne la sensation d'être trop à l'étroit dans mon corps. *Putain de période !* Si au moins Sarah était là, ce serait moins difficile. Elle saurait trouver les mots pour m'apaiser. Je suis certain que sa présence aiderait mon père ;

il serait soulagé de me savoir enfin heureux avec une femme.

Machinalement, je reprends mon téléphone et compose le numéro de son cabinet. Le temps qu'elle comprenne que c'est moi, j'aurai déballé mon discours, elle ne pourra pas m'empêcher de lui expliquer. Deux sonneries et une voix masculine chantonne :

– Cabinet Scozza et associés bonjour !

Où est donc passée Véra ?

– Bonjour, monsieur, je souhaiterais parler à maître Lucas, s'il vous plaît.

Pourvu qu'il ne me demande pas mon nom sinon je suis grillé. Au pire, j'inventerai.

– Désolé monsieur, mais maître Lucas n'est plus collaboratrice de ce cabinet.

– Quoi ? m'écrié-je. Vous savez où je peux la joindre ?

– Non, navré, nous n'avons pas encore cette information.

– Et sa secrétaire, Véra, elle a peut-être davantage d'informations ?

– Véra ne travaille plus ici non plus.

Merde. Ont-elles été virées toutes les deux ?

– Et Bruno Scozza, est-il joignable ? Je suis Hélias Graçay.

– Oh, monsieur Graçay, je ne savais pas, je vous aurais passé directement maître Scozza. Ne quittez pas.

Je m'impatiente tandis que la musique du standard me casse les oreilles. La bande-son est si courte que son passage en boucle va me rendre dingue. Au bout d'un temps infini, j'entends enfin la redirection sur une autre ligne.

– Mon cher Hélias, quelle joie d'entendre votre voix, m'accueille Bruno.

Pourquoi, connard ? Elle a un écho de caisse enregistreuse ?

– Maître Scozza, votre secrétaire vient de me dire…

– Mon assistant, me coupe-t-il.

– Appelez-le comme vous voulez, m'agacé-je. Il vient de m'informer que maître Lucas a été virée de votre cabinet.

– Ah mais pas du tout, maître Lucas a décidé de créer son propre cabinet. L'oisillon a pris son envol.

– C'est très fâcheux.

Malgré mon ton, je suis vraiment satisfait d'apprendre que ma belle Sarah a décidé de se lancer comme je le lui avais conseillé. Un sourire mauvais me monte aux lèvres.

– Ne vous inquiétez pas, nous continuerons à vous conseiller avec professionnalisme pour vos prochains contrats, m'assure Bruno.

Je me mets à rire.

– Non, c'est maître Lucas que je veux et personne d'autre. Je suis navré mon cher Scozza, mais notre collaboration va s'arrêter là.

Il marque un temps d'arrêt et je sens une brise glaciale traverser l'écran de mon smartphone.

– Maître Lucas est partie avec sa clientèle mais a été bien claire sur le sort dévolu à votre dossier. Elle ne souhaite plus défendre vos intérêts. Elle m'a chargé de prendre sa succession.

Je ne sais pas pourquoi je suis si vexé mais j'en lâche presque mon portable. Logique pourtant, puisqu'elle ne veut plus me voir ni me parler.

– Eh bien nous verrons pour la suite, mais ce n'est pas maître Lucas qui va décider pour moi. Nous ne sommes pas mariés. Bonne journée.

– Ne le prenez pas comme ça…

Je mets fin à l'appel.

Je comprends maintenant les mesures radicales dont parlait Gabriel. Je suis vraiment content pour elle, elle n'avait rien à faire au milieu de ces vicelards bons à rien. Au moins un point positif. Je n'aurai pas de mal à la localiser quand elle sera installée dans son nouveau cabinet. Et lorsque je pourrai enfin tout lui expliquer, elle reviendra vers moi, et tout sera enfin à sa place. Elle sera probablement désemparée, certainement confuse de sa réaction, mais je ne peux pas lui jeter la pierre. Toutes les apparences étaient contre moi. Mon départ précipité, ce bout de papier trouvé avec juste les mots « Je suis désolé », la présence de Kimberley Melows dans le même avion que moi. Avec toutes les hésitations et marches arrière des semaines précédentes, c'est normal qu'elle ait eu des doutes. Mais bientôt, nous serons de nouveau réunis, j'en suis certain.

Pour l'heure, mon esprit est bien trop occupé par l'état de mon père, et Sarah doit avoir pas mal de choses à gérer avec son départ. Le mieux est de laisser les choses se tasser, peut-être qu'en plus, sa colère retombera un peu. « Les meilleures choses ont besoin de patience », m'a dit un jour Léonie. Et Sarah est la meilleure chose qui soit.

CHAPITRE 68

SARAH

J'ai beau avoir des projets plein la tête, des tas de papiers administratifs à remplir, des montagnes à déplacer, je n'ai plus l'entrain que j'avais ces dernières années lorsque je briguais le titre d'associée au cabinet Scozza. Si le sort de Véra n'était pas entre mes mains, si Gloria et Henri ne comptaient pas sur moi pour reprendre leur affaire, je resterais cloîtrée dans le petit appartement de ma sœur, planquée sous la couette, à espérer que la vie passe plus vite. Car je dois bien le dire, perdre Hélias est bien la pire chose que j'ai pu connaître dans ma vie depuis la séparation de mes parents. J'ai beau avoir décidé de me reprendre en main et essayer d'aller de l'avant, aucune douleur n'est plus intense que le vide qu'il a pu laisser dans mon cœur.

– Tu es enfin réveillée ? demande Maxine qui passe devant moi.

Je me redresse de son très inconfortable clic-clac. J'ai mal partout. C'est principalement dû au matelas, mais les parties de Just Dance sur les titres d'Abba n'y sont pas pour rien. J'ai trouvé ce nouveau compromis avant que mes pantalons craquent suite à un abus de glace au chocolat, comme d'habitude.

– Lève-toi et va bosser, m'ordonne-t-elle.

Je ricane doucement. Incroyable le changement de ma petite sœur ces trois dernières semaines. Et le mien aussi. À mon retour de Miami et après quelques jours passés avec moi, mes parents sont repartis en Normandie, confiant ma guérison à ma petite sœur qui prend cette mission très à cœur, et les rôles se sont inversés : elle est devenue la plus sérieuse de nous deux.

– Ne pars pas le ventre vide. J'ai coupé deux tartines de pain. Tu les manges sans discuter et gare à toi si je les retrouve dans la poubelle ce soir.

– Oui, m'man, me moqué-je en étirant les bras au-dessus de ma tête.

– Quand crois-tu que tu pourras réintégrer ton appart ?

– Tu en as marre que je squatte ton canapé ?

– J'aimerais bien pouvoir me taper un mec un de ces jours. Le sexe, ça me manque. J'ai une ouverture avec un gars de mon cours de dessin. Je pensais l'inviter un de ces soirs.

Je ris mais elle a l'air très sérieuse.

– Et toi, ça ne te manque pas ?

Mon sourire se fane. Bien sûr que ça me manque. Être dans les bras d'Hélias me manque, me blottir contre sa peau, couvée de son regard étincelant, me manque. *Il* me manque. J'ai tiré un trait sur lui, mais ça ne veut pas dire que je n'en souffre pas. Je soupire, au bord des larmes. Putain de maladie d'amour. Je suis encore bien mal en point. Ce serait peut-être plus simple si je me décidais à bloquer son numéro, mais étrangement, pour guérir j'ai besoin de voir qu'il pense encore à moi. Même si je n'écoute aucun de ses messages, ils me prouvent que je n'ai pas totalement inventé notre histoire et que je pourrai peut-être encore faire confiance à mon cœur, à l'avenir.

– Ne recommence pas à cogiter et va te laver. Tu pues le vieux bouc, me lâche-t-elle.

Charmant.

Je lui lance mon oreiller alors qu'elle s'éloigne vers la cuisine. Allez, on se motive.

Quand j'arrive au cabinet, Gloria est déjà sur le pont. Henri passe devant moi, un énorme carton dans les bras.

– Incroyable ce que l'on peut entasser en quarante ans de métier.

– Vive l'ère du numérique, lancé-je en lui volant une bise au passage.

Véra me salue de la main, affairée à répondre au standard.

Je pose mes affaires sur une chaise et déambule dans ce qui deviendra le cabinet Lucas dans quelques semaines. Mon ventre se tend. Je suis morte de trouille, seule aux commandes. Tout repose sur mes épaules. La clientèle me suivra-t-elle ? Pourrai-je concurrencer de grosses structures ?

– Sarah, tu tombes bien, me dit Gloria du bout du couloir. Viens ici.

J'avance vers son bureau – qui sera bientôt le mien. C'est la seule pièce du cabinet encore intacte, comme si Gloria avait du mal à le quitter. J'admets que cela me fera quelque chose de la laisser partir d'ici. Tous les murs sont encore imprégnés de son énergie, de son âme d'avocate comme on n'en voit plus aujourd'hui, passionnée, avec l'intention de faire avancer la société.

J'entre et salue une femme assise en face d'elle. Son visage ne m'est pas inconnu mais je ne parviens pas à la remettre. Pourtant, je la connais, j'en suis certaine.

– Lucie, je vous présente Sarah Lucas, qui prend ma succession. Je vous la recommande. Sarah a toute ma confiance pour défendre vos intérêts. Elle ira jusqu'au bout à vos côtés.

Je fronce légèrement les sourcils et serre la main de la femme, essayant en vain de me souvenir.

– Sarah, je ne sais pas si tu reconnais Lucie Louvel, une grande joueuse de tennis qui a remporté plusieurs titres mondiaux.

Mon visage s'éclaire d'un coup ; je me souviens enfin. Mon prof de tennis me surnommait Lucie à cause d'elle lorsque j'étais enfant, à cause de notre blondeur commune.

– Enchantée.

– Sarah, Lucie a besoin de toi. Elle s'apprête à lâcher une bombe médiatique qui pourrait faire des ravages, principalement sur elle. Tu vas devoir l'aider.

– Bien sûr.

Gloria se pousse et désigne son siège pour que je m'y installe. Je fronce les sourcils ; j'ai l'impression que l'instant qui va suivre sera désagréable.

L'heure suivante est à la fois abominable et déterminante. Lucie, tout en douceur et masquant tant bien que mal sa terreur, se confie à nous sur les sévices sexuels qu'elle a subis, enfant, de la part de l'entraîneur qui l'a menée au plus haut niveau mondial. Les images de son calvaire me voilent la vue. Je vois cette enfant prostrée après un énième viol dans les vestiaires. Je la regarde avaler de force des médicaments qui la feront avorter d'une grossesse à treize ans. Je l'entends pleurer, abandonnée par sa fédération sportive lorsqu'elle a enfin osé raconter. Maltraitée et moquée par ses pairs. Une descente aux Enfers à cause de laquelle elle s'est noyée dans l'alcool et la drogue avant de rencontrer son mari, qui l'a sortie de là à coups de grandes preuves d'amour. Je frissonne, je partage ses pleurs. Je note, je pose des questions. Ses explications sont parfois insoutenables, d'autres plus émouvantes. Je ressors de cette entrevue bouleversée, mais galvanisée par ce nouveau combat qui sera le mien, c'est certain. Gloria me jette des coups d'œil pétillants. Elle sait que des affaires comme celle-là me feront repartir du bon pied, m'aideront à oublier mes propres chagrins, si insignifiants à côté de tels drames.

Le monde est en train de changer. Les victimes parlent. Les femmes s'ouvrent sur leurs calvaires passés pour protéger celles de demain. Les prédateurs ne sont plus à l'abri. Je ferai partie de celles et de ceux qui aideront à les déloger de leur impunité, à les traquer et à les forcer à répondre de leurs actes.

Lucie Louvel partie, je reviens vers le hall, l'esprit encore tourmenté. Véra m'intercepte :

– Gabriel a tenté de m'appeler. Je ne pourrai pas toujours refuser ses appels.

– C'est mieux pour le moment, Véra. Je lui ai envoyé un SMS hier soir pour lui dire que nous avions toutes les deux besoin de recul vis-à-vis du cabinet Scozza. Je reprendrai bientôt contact avec lui, je vous le promets, réponds-je en retournant dans mon ancien bureau de stagiaire.

– Sarah, il faudra quand même me dire ce que vous lui reprochez. Il s'est toujours bien comporté avec moi. Ça m'est difficile de ne pas lui répondre.

– Encore quelques semaines, Véra. Gabriel est dans un cabinet concurrent, j'ai besoin de temps loin de cette ambiance et de ce que ça représente. Vous pouvez comprendre, non ?

– Oui, mais ne tardez pas trop, dit-elle en repartant alors que le téléphone sonne derrière nous.

Je repense à la discussion téléphonique avec Bruno. Gabriel sera associé chez Scozza. Je sais maintenant que je n'aurais jamais obtenu ce titre. C'est aussi pour ça que je mets de la distance avec mon meilleur ami : je ne veux pas l'obliger à choisir entre sa réussite et son amitié pour moi, et je ne veux pas voir la culpabilité ou la pitié dans ses yeux. Si je me laisse du temps pour me consolider, je pourrai de nouveau l'affronter sans ces sentiments désagréables. Il fallait que je parte, Hélias avait raison.

Hélias. Gabriel s'occupe-t-il de ses contrats, maintenant ? Hélias est-il toujours avec Kimberley ? Est-ce qu'il a trouvé chez elle ce qu'il ne trouvait pas avec moi ? Une simple relation sans engagement, sans sentiments ? Mon regard se brouille mais je secoue la tête. Oublier. Et pour ça, travailler. Travailler pour ceux qui ont besoin de moi, comme Lucie.

La journée finie, je passe chez moi pour récupérer quelques affaires. Des semaines que je ne vis plus ici. J'ai cloisonné tous les pans de ma vie : pas question de laisser Gabriel ou Hélias me retrouver tant que je ne me suis pas reconstruite, alors je me réfugie quelques semaines chez Maxine, le temps de dénicher un nouvel appartement plus près du cabinet.

La boîte aux lettres est pleine à ras bord. Au milieu des prospectus et des factures, une lettre d'Hélias. Encore. Ce n'est pas la première que je trouve depuis mon retour de Miami. Je ne l'ouvre pas, comme toutes les autres, et la jette dans la poubelle du hall de mon immeuble.

Pendant que j'attends l'ascenseur, j'ai les yeux rivés sur la corbeille, l'enveloppe blanche encore bien en évidence. J'aimerais savoir ce qu'elle contient. Lire ce qu'il a à me dire. Mais je sais que cela ne pourra que me faire davantage de mal, alors je me force à détourner le regard et à ne pas le laisser pénétrer une fois de plus dans ma vie, même avec quelques lignes griffonnées sur du papier.

Le nez plongé dans le reste de mon courrier, je n'entends pas arriver mon délinquant de voisin.

– Sarah ! Ça fait plaisir de te voir, dit-il en m'ouvrant les bras.

– Salut, Aurel.

Ses taquineries me font un peu de bien. La dernière fois que je l'ai vu, c'était avec Hélias. Je le laisse me parler de sa prochaine convocation au tribunal – étonnant –, souriant à ses explications plus farfelues les unes que les autres. J'ai intérêt à le faire taire à l'audience et à inventer un baratin plus convaincant pour le jury. Je glousse en l'écoutant ; il ne changera jamais.

– Je ne suis pas le seul à vouloir te voir, tu sais. Ton mec est passé ce soir. Il n'a pas de nouvelles de toi. Il m'a dit de te dire que…

– C'est gentil, Aurel, mais je ne souhaite pas savoir ce qu'il avait à me dire, le coupé-je en me raidissant.

J'ouvre la porte en fer forgé de l'ascenseur et m'y engouffre sans demander mon reste. Aurel marmonne avant de me crier :

– Il dit qu'il y a eu un malentendu, il est désolé !

Je secoue la tête, effarée. Désolé de quoi ? De ne pas avoir assez de cran pour m'aimer ? De m'avoir jetée après avoir tout obtenu de moi ? *Désolée*, mais ça ne m'intéresse pas. Qu'il aille se faire voir.

CHAPITRE 69

HÉLIAS

Quatrième semaine à l'hôpital. Je finis presque par attendre avec impatience les plateaux fumants et malodorants du service de restauration pour voir quelqu'un, parler au moins une minute. Avoir une réponse lorsque je dis quelque chose. Ce n'est malheureusement pas le cas avec mon père qui reste endormi profondément malgré les efforts de l'équipe médicale pour le sortir du coma. Je lui parle durant des heures. Je lui raconte ce qui se passe à l'extérieur, lui fais la lecture des informations. Politique, économie, science, sorties culturelles ; tous les sujets y passent. Il faut dire que j'ai des heures à meubler. Je le rase chaque matin, m'occupe de ses ongles, le peigne, le masse comme le suggère le kiné. Je reste à son chevet. Je n'en bougerai pas tant qu'il ne sera pas sorti d'affaire. Les jours passent cependant si lentement que je vais finir par mourir d'ennui. On a peu de visites. Quelques membres de la famille, quelques amis, mais les semaines filent et les visites se font plus rares.

– Wouah, si tu voyais, papa, il y a un superbe soleil aujourd'hui, lancé-je en caressant la joue de mon père. Les beaux jours sont de retour. Dépêche-toi de te réveiller pour qu'on puisse en profiter. Le parc de la maison s'embellit chaque jour. Il y a tout un parterre de fleurs sous les chênes, c'est magnifique.

Léonie fait son entrée et je me sens tout à coup beaucoup plus gai. Elle avait quatre jours de repos et je dois dire que durant cette fin de semaine, c'était dur sans elle. Sa bonne humeur est un rayon de soleil dans mes journées.

– Salut, Philippe, chantonne-t-elle en entrant.

Elle se penche et m'embrasse sur les joues.

– Salut, beau gosse, je t'ai manqué ?

– Salut, Léonie, ça fait du bien de te voir. Les journées étaient bien longues sans toi.

Elle m'adresse un clin d'œil et fait le tour du lit pour vérifier les constantes de mon paternel.

– Ton père est en phase de réveil. Il va falloir le stimuler dans les prochaines vingt-quatre heures. Philippe, fait-elle en se tournant vers lui, il est temps de quitter les bras de Morphée ! Hélias est en train de virer pépère. Il fait des mots mêlés, la situation est grave.

Je ris en la voyant reluquer mes lectures. C'est vrai que je ne sais plus quoi faire pour m'occuper. Heureusement, je peux bosser ici. Je me suis remis à la programmation et au développement, comme j'aimais le faire avant la création de mon entreprise. Je reviens aux sources et je ne suis pas mécontent de ma nouvelle appli médicale. Arthur gère l'entreprise ; je ne suis plus capable de le faire. Trop épuisé. Trop déprimé. Et je ne quitte que très peu de temps le chevet de mon père. Je veux être là au cas où il lui prendrait l'idée de me quitter ; pas question que je le laisse faire.

– Je te remercie de t'occuper de mon père comme tu le fais. Sans toi, je ne sais pas si on tiendrait le coup.

– C'est normal, je vous aime bien tous les deux, dit-elle en me jetant un regard doux. Tu as autant besoin de soins que ton père.

Je fais la moue mais elle a raison. Les semaines ont laissé des traces. Celles auprès de mon père, mais celles sans Sarah aussi. Je me traîne, j'ai du mal à ne pas penser à elle, même si je sais que ça ne sert plus à rien.

– Tu es allée chez le coiffeur ? lui demandé-je en remarquant la naissance de sa nuque.

– Oui, j'ai voulu changer un peu. C'est pas mal, non ?

Elle prend une pose de mannequin et je me mets à rire. La joie de cette fille est communicative. Elle nous a vraiment soutenus ces derniers temps, même quand je passais des heures à lui parler de mon cœur brisé.

– Que pourrais-je faire pour te remercier ? Je te dois bien ça.

– Me voir hors de ces murs. Le bleu de cette chambre est en train de déteindre sur ton teint, il faut que tu reprennes des couleurs.

Je ricane. Après tout, pourquoi pas ? S'il y a bien une personne avec qui je peux me permettre de quitter le chevet de mon père, c'est elle. Elle comprendra si j'ai la tête ailleurs ou si je dois partir précipitamment.

– Un repas et un cinéma ? proposé-je.

– Puisque c'est si gentiment demandé.

Elle me sourit, ses cheveux bouclés à la Lauryn Hill rebondissant alors qu'elle quitte la chambre.

Mon téléphone sonne, et comme chaque fois, mon cœur se contracte avec espoir, mais ce n'est jamais le numéro que j'attends. Je dois me résoudre à ne plus jamais le voir s'inscrire sur mon écran, elle a tourné la page.

Arthur prend des nouvelles, il me rend compte de ce qu'il fait pour HG&Co. Je le drive sur certains points, notamment techniques, et aujourd'hui sur une réunion qu'il doit mener avec quelques-uns de nos chefs de projet. Je l'écoute ensuite me parler de son bébé, de son bonheur, anesthésié par ma propre douleur.

Au bout de longues minutes, quelques coups à la porte me font sursauter et j'abrège la communication avec mon ami. Une tête blonde apparaît dans l'entrebâillement.

– Gabriel !

– Salut, mec.

Nous nous donnons l'accolade et je l'embarque dans le long couloir vers la machine à café. Discuter au-dessus du lit de mon paternel n'aide pas vraiment à détendre l'atmosphère. Depuis notre explication musclée, je m'étonne de goûter sa compagnie. Il est gentil, patient et étonnamment protecteur avec les gens qu'il apprécie, et les stratagèmes qu'il ne cesse d'inventer pour apaiser sa mère me font bien rire. On parle de mon père, de boulot. J'aborde volontairement tout un tas de sujets pour éloigner l'instant où il me parlera d'elle. Sarah. J'ai peur, peur de ce qu'il pourrait me dire, mais on arrive inexorablement au moment fatidique.

– Sarah a quitté le cabinet, finit-il par lâcher.

Je soupire en acquiesçant. Crevons l'abcès.

– Ouais, je sais. Comment va-t-elle ?

– Je n'en sais rien. Elle refuse de me parler depuis des semaines.

– À toi aussi ? Pourquoi ?

– Scozza m'a proposé un poste d'associé. Bruno le lui a dit. Je crois qu'elle a quitté le cabinet en grande partie pour ça. J'ai juste reçu un SMS de sa part me disant qu'elle ne m'en veut pas, mais qu'elle a besoin de prendre du recul pendant quelque temps. Aucune réponse à mes autres messages. J'ai l'impression qu'elle continue à m'éviter.

– C'était pourtant prévisible. Sarah n'obtiendra jamais un tel poste dans ce genre de société d'avocats.

– Pourtant, elle le méritait plus que moi.

Je hausse les épaules en insérant de la monnaie dans la machine.

– Mais depuis, je l'ai localisée, reprend-il.

Je papillonne des yeux. Des semaines que je la cherche.

– Où ?

– Elle est en train de reprendre le cabinet Attia, elle a embarqué Véra avec elle. Je suis passé à son appartement pour lui parler, mais elle n'y est plus. Son voisin m'a prévenu qu'elle vivait chez sa sœur, Maxine.

Je grommelle. J'ai dû avoir affaire au même voisin la semaine dernière, et il n'a pas été aussi loquace avec moi.

– Je vais aller la voir à son nouveau bureau. Tu pourrais m'accompagner.

Il y a encore quelques jours, j'aurais dit oui. J'aurais sauté sur l'occasion, j'aurais forcé le passage et j'aurais obligé Sarah à m'écouter. Mais aujourd'hui… Aujourd'hui, je n'en ai plus la force. J'ai le cœur brisé, je suis épuisé, inquiet, et à l'évidence, ce n'est pas réciproque.

– Pour quoi faire ? lâché-je, las.

– Pour la revoir.

– La revoir pourquoi ? Sarah ne veut plus de moi. Elle a tiré un trait sur notre histoire. Je lui ai laissé des centaines de messages, je suis passé chez elle, j'ai déposé des courriers dans sa boîte aux lettres.

– Elle ne les a peut-être pas vus.

– Sa boîte est régulièrement vidée. Elle ne veut plus rien avoir affaire avec moi. J'arrête là.

– Sans avoir pu t'expliquer sur ce qui s'est réellement passé ?

– Sarah ne m'a laissé aucune possibilité de le faire. J'étais peut-être le seul à croire en notre histoire, elle a dû passer à autre chose.

Je sélectionne un café serré sans sucre.

– C'est gentil de me tenir au courant, Gabriel, mais j'abandonne. Si Sarah ne veut plus de moi, je dois passer à autre chose aussi. Je suis fatigué.

Non pas que je sois près de le faire. Mais ça, pas besoin de le préciser.

Je me brûle la main en saisissant le gobelet qui se tord sous mes doigts et je grommelle.

– Je suis désolé, mec, reprend mon ami. Je trouve ça triste de vous voir passer tous les deux à autre chose alors que vous étiez si bien ensemble.

Je baisse les yeux et fixe mes baskets. Il n'y a pas une heure où je ne me dis pas la même chose, mais Sarah a fait ce choix pour nous deux. Je ne peux plus rien y faire, je n'en ai plus l'énergie. Et je lui en veux. Je lui en veux de s'être emparée de mon cœur pour le rejeter sans même un au revoir.

– Dis donc, beau gosse, intervient Léonie en s'arrêtant à notre hauteur, son chariot de médicaments devant elle. Je regardais le journal et j'ai vu que le dernier Marvel sortait aujourd'hui. Je finis mon service à dix-neuf heures. On pourrait y aller à la séance de vingt heures ?

– Si tu veux, réponds-je en souriant, pas mécontent d'éviter de me morfondre dans ma grande maison vide en rentrant ce soir.

Gabriel me scrute, étonné, en détaillant l'infirmière de la tête aux pieds. Il se raidit et détourne le regard, visiblement contrarié. Je n'en tiens pas compte et continue :

– Un Marvel, ça fait longtemps, en plus.

– Parfait, alors à ce soir ! rétorque Léonie avec un petit clin d'œil malicieux.

Elle s'éloigne et le silence s'installe entre Gabriel et moi. Il descend son gobelet et me dit :

– Bon, je vais te laisser à tes nouveaux projets…

Je fronce les sourcils. De quoi parle-t-il ? De manière assez pathétique, mes projets pour les prochaines semaines sont de retourner faire mes mots mêlés et d'entamer la cinquième saison de *Vikings*. Pas de quoi fouetter un chat.

– Si tu changes d'avis pour Sarah, tu as mon numéro.

– Ouais, salut.

Il a déjà tourné les talons.

La journée se termine et je m'apprête à aller chercher Léonie. Je câline mon père et lui explique que je vais le laisser quelques heures seulement, le temps de prendre un peu l'air. L'infirmière du soir passe dans la chambre et je lui confie mes coordonnées au cas où il y aurait le moindre problème, mais elle enfourne négligemment ma carte dans sa poche. Ça suffit pour que je décide que je n'aime pas cette femme. Je ne suis pas tranquille de lui confier mon père, même pour peu de temps. Je pourrais annuler cette soirée, rester ici et m'assurer que tout va bien. J'entends déjà les remontrances de Léonie. Non, je dois prendre sur moi ; j'aurai toujours une bonne raison de ne pas bouger, il faut que je fasse un effort.

J'attends donc patiemment les quelques minutes qu'il reste et lève les yeux sur la chaîne des informations continues. Mon cœur loupe un battement lorsque j'aperçois le visage de Sarah sur l'écran. Je me précipite sur la télécommande pour monter le son. Elle est l'avocate d'une ancienne joueuse de tennis dans un nouveau scandale sexuel. Elle est toujours aussi magnifique.

Mon cœur s'emballe, mes mains se mettent à trembler. Elle est là, derrière cet écran, alors que je la cherche depuis des semaines. Des heures à écumer Internet pour la retrouver là. C'est maître Lucas qui parle, mais dans l'étincelle de son regard, je vois Sarah. Je vois cette façon qu'elle avait de poser des yeux tendres et timides sur moi, me faisant passer mille messages d'un simple coup d'œil. Je vois ses yeux pétillant après une pique acérée, ou son enthousiasme en me parlant de ce qu'elle aime. Ce regard me manque tant. C'est ça, dont j'ai besoin. Pas de me changer les idées, pas de discuter avec des amis.

Et soudain, ça me frappe. J'ai beau avoir dit à Gabriel que je laissais tomber, que je la laissais décider pour nous deux, je ne peux pas imaginer ne plus jamais la revoir. Je voudrais pouvoir traverser l'écran et la rejoindre, la prendre dans mes bras, la supplier de m'écouter, de me reprendre. Je veux plonger mon nez dans sa chevelure dorée, me noyer dans son regard porcelaine, passer mes mains sur ses courbes et la coller contre moi, me fondre en elle.

Comment ai-je pu croire que j'avais renoncé à elle ? J'en ai plus que jamais besoin, putain.

Le reportage terminé, je veux déjà la revoir. Je cherche avec frénésie sur Internet et son annonce est partout. Devant un gros plan de son visage, je reste là comme un con, dévasté par le manque d'elle. Je caresse mon écran. Elle est le souffle qui me manque pour continuer, pour surmonter toutes ces épreuves. Je ne pourrai jamais mettre fin à ce que je ressens pour elle. Jamais, tout simplement parce que je lui ai tout donné. Pour rompre ce lien qui nous unit, si elle ne veut vraiment plus de moi, et aussi mal que ça puisse me faire, elle me doit au moins une dernière rencontre. Au moins ça, pour me rendre ma liberté.

Je prends mon téléphone et envoie un message à Gabriel.

Hélias : Je veux la revoir au moins une fois. Dis-moi où la trouver.

Je balance nerveusement mon téléphone sur le lit aux pieds de mon père et me relève pour faire les cent pas dans la pièce. J'entends alors une petite voix faible résonner dans la chambre :

– Un problème, mon fils ?

Je sursaute et découvre mon père, étendu, tuyauté de partout, les yeux mi-clos posés sur moi. Je ne comprends pas tout de suite. J'ai attendu tellement longtemps ce moment que je mets un certain temps avant de percuter. Je le rejoins en deux pas et prends sa main dans la mienne.

– Non papa, il n'y a pas de problème. Il n'y en a plus, lui assuré-je, les larmes aux yeux. Tu m'as fait une de ces peurs. Il va falloir que tu arrêtes de me faire des frayeurs comme ça, tu sais.

– Ça va aller, mon grand, dit-il en levant une main vers moi.

J'acquiesce, soulagé, frottant ma joue contre ses doigts.

– Oui, maintenant, ça va aller.

CHAPITRE 70

SARAH

– Alors, argile sablonneuse ou bleu canard ? m'agacé-je devant le nuancier.

– J'ai un petit penchant pour le vert jade, c'est très tendance, répond Véra en jetant un coup d'œil par-dessus mon épaule. Ça trancherait avec les moulures en blanc.

– Moi, je préfère jaune soleil. Ce lieu est lugubre, il faut absolument lui donner du peps, s'immisce ma sœur Maxine tout en peignant une porte en blanc.

– Je croyais que tu avais opté pour du taupe, ricane ma mère qui scotche un encadrement de fenêtre.

– Le blanc est une valeur sûre, rajoute Nicolas.

J'hallucine devant cette horde d'indécis. J'aurais mieux fait de ne pas leur poser de question.

– Merci pour votre aide, je ne sais plus où j'en suis, grogné-je en plaquant la palette de couleurs sur le mur pour voir ce que cela donne à la lumière du jour.

Un beau rayon de soleil aurait pu m'aider, mais il flotte depuis ce matin et il fait sombre comme à la tombée de la nuit. Je lève les yeux vers les vieux lustres. Il va falloir que je change aussi tous les luminaires si je veux pouvoir travailler sans perdre un dixième à chaque œil par an.

Je balaie la pièce et malgré la tâche colossale qui nous attend, je me sens bien. Je suis chez moi, dans mon cabinet. Dans cet endroit où je me suis sentie protégée durant mes deux années de formation, où la parole était libre, l'ambition encouragée et la liberté de penser et de lutter, une qualité substantielle.

La clientèle me connaît déjà, Gloria a passé les deux dernières semaines à prévenir ses principaux clients. Après un petit coup de jeune dans le mobilier et un rafraîchissement des peintures, tout sera prêt pour me mettre vraiment en selle. Aujourd'hui, j'ai fait mon premier pas dans cette nouvelle aventure, au côté de Lucie. Cette femme meurtrie n'imagine même pas à quel point elle m'a sauvée de mes démons en m'insufflant l'énergie nécessaire pour batailler dans ce monde de requins.

Le vieux standard du cabinet sonne pour la vingtième fois en une heure, et au sourire de Véra, je sais que mon agenda est en train de se remplir à vitesse grand V. Dans les premiers jours après mon départ du cabinet Scozza, les curieux sont venus voir ce que je valais. Aujourd'hui, ils affluent suite à mon passage à la télévision. J'ai conscience que cette médiatisation ne me permettra plus de poursuivre mon activité dans l'anonymat. Bientôt, je me retrouverai face à Gabriel et à Hélias. Il faudra tenir bon, affronter leurs questions et surtout leurs reproches.

– Encore un rendez-vous pour une procédure de divorce, s'exclame Véra. Il va falloir mettre les bouchées doubles pour la peinture car vous avez un agenda de ministre dès la semaine prochaine.

Le téléphone se remet aussitôt à sonner et Véra reprend sa tâche.

Je souris comme une bienheureuse alors que ma mère passe à côté de moi et me chuchote à l'oreille :

– Je suis si fière de toi, ma fille.

– *Maître Lucas*, se moque ma sœur avec un air pincé tout en faisant glisser son pinceau.

La porte d'entrée tinte et je me retourne. J'espère que ce ne sont pas déjà des clients ; avec mon vieux jean recouvert de peinture, je n'ai pas l'allure de l'avocat modèle. J'ai promis à Véra de faire un effort sur ma présentation. Je ne basculerai pas pour autant tout de suite du côté sombre de la barre, je ne suis pas encore prête pour le carré Hermès ni les escarpins vernis. Mais je n'ai pas renoncé à ma cocker au regard doux.

Mon cœur s'arrête lorsque je reconnais la silhouette qui passe la porte. Il ne m'avait donc pas menti en m'assurant qu'il serait dorénavant là pour moi. Intimidée, j'avance vers mon père.

Instinctivement, je me blottis dans ses bras qu'il ouvre bien grand lorsqu'il me voit approcher de lui.

– Papa, je suis si contente que tu sois là.

– Moi aussi, ma puce. Alors voilà ton nouveau cabinet ?

– Oui.

– C'est très classe, mais il va falloir mettre de la couleur pour moderniser tout ça.

Il baisse les yeux vers moi avec un sourire affectueux.

– Je suis très fier de toi.

Mon père fait quelques pas vers ma sœur, l'embrasse affectueusement, avant de saluer ma mère. La scène est surréaliste. Nous quatre réunis dans la même pièce, sans cris, sans insultes, sans une tierce personne pour nous dire comment nous parler. Fini les psys, les éducateurs spécialisés, les pièces rapportées pour se mettre entre nous.

Il revient vers moi et déroule un plan sur une table qui nous sert à entreposer nos outils.

– Voilà ce que je peux te proposer au vu des photos que tu m'as envoyées. On va faire de cet endroit le plus beau cabinet d'avocat de la capitale. Moderne et engagé, comme toi.

Je tends la main vers ma mère qui est restée un peu à l'écart. Il n'est pas question qu'elle se croie de trop maintenant qu'il est là. En dépit de tout ce que nous avons pu vivre, c'est ma mère, celle sans qui je ne serais pas celle que je suis aujourd'hui. Celle que j'ai appelée en premier lorsque j'étais mal. Celle qui a pris sur elle pour aller chercher mon père et voler à mon secours à Miami. Celle qui a su trouver les mots pour me forcer à reprendre mon existence en main. Qui m'a insufflé le courage de prendre les décisions radicales qui s'imposaient.

– C'est beau ! approuve-t-elle en regardant les plans de mon père. Tu as toujours autant de goût.

– Alors au boulot ! lâche-t-il.

J'entends Véra derrière moi, au téléphone :

– Veuillez patienter, je m'en entretiens avec maître Lucas tout de suite.

Je me retourne, intriguée.

– Sarah, c'est la petite Abigaïl Descartes, m'annonce-t-elle, peinée.

– Oui, que se passe-t-il ?

– Abigaïl a été victime d'une agression sexuelle dans le foyer où elle était placée.

Mon cœur s'envole en éclats. Je pensais qu'elle était enfin en sécurité. Il y a quelques mois, elle a été un de mes premiers dossiers en arrivant chez Scozza ; un cas difficile en milieu rural, là où on parle peu. Une victime jeune, sans défense, brimée par la figure parentale sur laquelle elle était censée compter. Alors qu'elle était battue par son père, je l'ai assistée devant le juge des enfants et j'ai plaidé son placement. Et voilà qu'une fois de plus, la vie ne l'épargne pas. Une agression sexuelle, il ne manquait plus que ça pour cette gosse. J'ai de plus en plus de cas comme celui-ci, des personnes qui décident de briser le silence. Exercer sur ce genre de sujets est atroce, mais ils me rappellent chaque jour pourquoi j'ai décidé de faire ce métier : pour donner une voix à ceux qui en ont besoin. Et ça, c'est ce qui me fait vivre.

– Elle est entendue demain au commissariat, précise ma secrétaire.

– J'y serai, prenez les éléments.

– Ça va, ma fille ? demande ma mère en posant une main dans mon dos.

J'ai dû laisser échapper un soupir malgré moi.

– Non, je m'en veux. J'avais demandé son placement en foyer. Je croyais qu'elle y serait en sécurité mais je me suis trompée. Hors de question que ça recommence.

Elle me sourit tendrement et je retourne vers les plans de mon père, l'esprit préoccupé mais avec une détermination plus présente que jamais.

Les heures passent et tout le monde met la main à la pâte. Mon père abat quelques cloisons avec Nicolas, Véra et moi nous mettons d'accord sur le choix des peintures et Maxine entame un *floss* lorsque nous acceptons un joli jaune dans la salle de repos. Gloria et son mari finissent par nous amener des paniers repas que nous accueillons avec joie pour une pause salvatrice.

Les peintures livrées, les meubles commandés, nous sommes en plein chantier lorsque la porte d'entrée tinte de nouveau en fin d'après-midi, nous faisant lever la tête en plein karaoké sur un air qui passe à la radio. Le froncement de sourcils de mon père me fait craindre le pire. J'ai peur de me retourner, de découvrir celui qui habite encore mon cœur malgré tous mes efforts pour l'oublier. Hélias. Je ne suis pas certaine d'être capable de le maintenir à distance malgré mes nouvelles résolutions si je me retrouve face à lui. Il me manque, terriblement. Son obstination à me laisser des messages avait cessé quelques jours puis a repris, me faisant vaciller un peu plus chaque fois. Maintenant que la colère des premières semaines s'est estompée, le doute s'installe pernicieusement dans mes veines. S'il avait changé d'avis ? S'il voulait vraiment s'engager dans une relation stable avec moi ? Et si… Des affres qui m'ont fait prendre un gros risque : je n'ai pas effacé son dernier message comme les autres. J'ai hésité toute la nuit à l'écouter. J'ai cependant tenu bon, me rappelant douloureusement ce que j'ai ressenti en découvrant la suite de l'hôtel vide. Il n'y a que ça qui me permet de ne pas craquer.

Crispée, je pivote enfin les épaules.

– Alors, c'est ici que tu te terres depuis des semaines ?

Les mèches blondes qui me font face ne sont pas celles d'Hélias, à moins qu'il ne se soit lancé dans un look à la Billy Idol.

– Si tu es venu me faire la morale, tu peux repartir tout de suite, menacé-je Gabriel en pointant mon pinceau vers lui.

– J'ai pourtant quelques reproches à te faire, grommelle-t-il.

Oh que oui, je sais. Je n'ai pas hâte d'avoir cette conversation, mais je dois avouer que ça fait du bien de le voir. Il n'a pas changé.

Il s'approche et se plante devant moi, les bras croisés.

– Tu m'as abandonné sans prévenir.

– Oh vous savez, Gabriel, Sarah n'avait pas le choix, intervient ma secrétaire.

– Je vous en veux aussi, Véra. Je vous croyais plus raisonnable que cette morveuse. Toutes les deux, vous êtes deux pestes. Je ne vous pensais pas capables de me laisser tomber comme ça.

– Pauvre petit Gabriel, c'était trop difficile de devenir associé, le raillé-je en me remettant à peindre.

– Je savais bien que tu avais claqué la porte pour ça.

Je ne peux empêcher un petit sourire de monter à mes lèvres. Son air ronchon m'avait manqué.

– Je ne suis pas partie que pour ça. Ça m'a fait revenir sur terre, c'est vrai, mais j'ai surtout pris conscience que je ne suis pas comme les membres de ce cabinet. Je n'aspire pas aux mêmes combats, je ne suis pas dans cette course permanente après l'argent. Je m'y suis perdue un temps mais c'est terminé, tout ça. J'ai des projets qui dépassent de loin tout ça.

Gabriel se met à ricaner.

– Encore tes satanées jérémiades du MLF.

Ses lèvres s'étirent cependant. Il n'a jamais pu se retenir de me charrier.

– Retourne dans le premier arrondissement et laisse-moi tranquille.

– On avait pourtant un deal, toi et moi.

– Oui, c'est vrai. Mais c'était avant que tu ne deviennes associé chez Scozza. J'avais peur que tu essaies de m'empêcher de partir, même si c'était pour mon bien, et que tu sois désolé pour moi. Je ne voulais pas non plus te forcer à choisir alors que tu avais cette opportunité. Une coupure nette, c'était ce qu'il y avait de plus simple.

– J'ai refusé la proposition de Bruno.

Mon bras cesse de peindre et j'arrête de respirer une seconde, abasourdie.

– Où est mon bureau ?

– Au fond à droite, balbutié-je, encore incapable de réagir.

Le téléphone se met à sonner et Véra se précipite pour répondre.

– Cabinet de maître Lucas.

– Maîtres Lucas et Legris, corrige Gabriel en se retenant de sourire.

Je me reprends enfin et me poste sous son nez, les yeux écarquillés, avant de lui donner un coup dans l'épaule.

– Tu déconnes ?

– Non.

– Tu as démissionné de chez Scozza ? Tu as refusé le poste d'associé ?

– Qu'est-ce que tu crois ? Je t'avais dit qu'on reprendrait où nous en étions, tous les deux, avant que ta petite routine ne parte en vrille. Et ça veut dire qu'on continue la route ensemble. À nous deux, on surpassera tous les cabinets, ma grande. Pas question que tu avances sans moi. C'est quand même moi le mec, ici, scande-t-il en gonflant les pectoraux.

– Tu sais que si tu veux que je te garde ici, il va falloir que tu arrêtes toutes tes conneries de macho ? le sermonné-je. Tu vas devoir te mettre à faire le café comme tout le monde et à faire ta propre vaisselle. Réfléchis bien.

– J'ai le droit de garder mes roubignolles ou tu veux faire de moi un Immaculé, Mère des dragons ?

– Idiot ! Et sur la plaque, ce sera Lucas & Legris, insisté-je en me marrant.

Gabriel s'esclaffe, puis fouille dans sa chemise en cuir. Il en retire une plaque en laiton qu'il me tend.

Lucas & Legris
Avocats associés

– Comme ça, associée ?

Je plaque mes mains sur mon visage, incrédule. Je vais avoir mon ami à mes côtés pour relever ce défi. Au bord des larmes, je fonds sur lui et explose de joie.

– Je suis trop contente ! Toi et moi, on va casser la baraque !

– Il y a du pain sur la planche. J'ai vu ton intervention à la télévision. Tu vas devoir améliorer ton profil droit.

– Petit con.

– En tout cas, j'ai un plan pour contourner les prescriptions dans le dossier Louvel.

– Je n'en attendais pas moins de toi. Je suis vraiment heureuse que tu sois là.

Il me serre dans ses bras avant de passer une main dans ses cheveux.

– On risque de tirer la langue les premiers mois, le temps de trouver de la clientèle. Enfin, surtout moi. Bruno n'a pas voulu me laisser partir avec mes dossiers, contrairement à toi. Comment as-tu donc fait pour qu'il te laisse te barrer aussi facilement ?

Je regarde Véra et Nicolas puis réponds, badine :

– C'est certainement grâce à mon beau sourire.

Gabriel se rembrunit aussitôt et suit machinalement mon regard. Je le vois bloquer sur Nicolas lorsque ce dernier se retourne pour me sourire. J'entends presque ses neurones s'entrechoquer les uns aux autres. Il balbutie un vague « Mais… que… » puis abandonne, stupéfait.

– Oui, c'est bien ce que tu crois, mais Nicolas n'en sait rien. C'est une très longue histoire, je t'expliquerai plus tard.

– O… OK, rétorque-t-il en battant des cils pour s'extirper de son état de choc.

Il se retourne vers moi et demande tout bas :

– Bruno, il est au courant ?

– Malheureusement oui.

– Quel connard.

– Ah, voilà monsieur Beau-Gosse !

Maxine nous interrompt pour le prendre dans ses bras. Il fait ensuite le tour du propriétaire. Je m'amuse à le voir se projeter dans les lieux, consulter l'agenda. Il reçoit un appel et semble convenir d'un rendez-vous avant de venir me trouver.

– Bon, associée, ce n'est pas le tout de peindre mais il faut faire les démarches pour la création de notre société d'avocats. J'ai tout préparé avec le bâtonnier pour le dépôt de nos statuts. Il nous attend.

– Maintenant ?

– Oui, tout de suite. Ce n'est pas le genre de type qu'on peut faire attendre.

– Mais tu as vu dans quelle tenue je suis ? Mon jean est couvert de peinture.

Gabriel me toise de la tête aux pieds.

– De toute façon, il te trouvera parfaite.

Je hausse les sourcils et fais mine de bouder en essuyant mes doigts tachetés avec un vieux chiffon.

– En plus, je n'ai pas lu les statuts. Tu veux me faire signer n'importe quoi, c'est ça ?

– Et la confiance ? Tu les liras là-bas. J'ai pris une convention classique. Dépêche-toi, ou on devra attendre encore un paquet de temps.

– OK, OK, j'arrive.

J'avais déjà pris rendez-vous de mon côté, mais puisque Gabriel a tout préparé avec l'ajout de son nom, autant en profiter. Je tente en vain de me refaire une allure et remets mes clefs à ma mère.

Une fois dans la voiture, Gabriel m'assaille de questions sur Véra. Je lui raconte tout ce que je sais, sur l'attitude de Bruno à l'annonce de la grossesse, sur sa façon de la tenir au secret pendant toutes ces années. Il explose. Je lui explique comment j'ai fait pour quitter le cabinet sans dommages et avec une confortable indemnité pour Véra. Il m'en félicite mais je sens bien qu'il s'en veut de n'avoir rien vu, lui non plus.

Les kilomètres défilent et je sens l'ambiance se tendre, Gabriel devenant tout à coup muet. Inquiète, je finis par m'apercevoir que notre itinéraire ne nous conduit pas du tout vers l'ordre des avocats.

– Quel chemin tu prends ?

Gabriel ne me répond pas et maintient le cap, avant de me demander au bout de quelques secondes :

– Tu as des nouvelles d'Hélias ?

Mon corps entier se raidit sur mon siège.

– Je ne veux plus entendre parler de lui.

– Il va pourtant falloir, ma jolie.

CHAPITRE 71

SARAH

Je n'ai pas envie de parler d'Hélias, encore moins avec Gabriel qui l'a toujours détesté. Je ne veux plus subir ses petites remarques moralisatrices sur mes choix passés et mes erreurs de jugement. Oui, j'ai fauté avec Hélias. J'ai bafoué tous mes beaux principes pour lui. J'ai piétiné mon honneur parce que je suis tombée amoureuse de lui à tel point que j'étais prête à tout pour le garder. C'est pathétique.

Je jette un bref coup d'œil vers mon chauffeur et je comprends à son air que je ne pourrai pas me défiler.

– Pourquoi veux-tu parler de lui ?

– Parce qu'il mérite un peu d'intérêt après des semaines de silence.

– C'est nouveau, cet élan de considération pour lui ?

– Non, on a sympathisé en garde à vue, ricane-t-il.

Mon corps se fige, alarmé.

– En garde à vue ? De quoi tu parles ?

– Il était à la sortie de l'avion quand nous sommes rentrés de Miami.

Je me ferme, serrant les mâchoires. J'imagine tout à fait ce qui a pu se passer.

– Il était en compagnie de Kimberley Melows ?

– Non, il était seul avec un énorme bouquet de roses.

– Tu m'étonnes, il avait vraiment quelque chose à se faire pardonner.

– Ouais… Quand je l'ai vu, je me suis jeté sur lui. Je ne l'ai pas laissé dire la moindre chose. J'ai cogné, il a cogné. Une baston digne d'un film, je t'assure. On était sacrément amochés de chaque côté.

Je tressaille en imaginant Hélias blessé mais me renfrogne aussitôt.

– J'espère que tu n'as pas retenu tes coups.

– Non, je m'en suis donné à cœur joie. On a même fini chez les flics.

– Il est quand même gonflé d'être venu à l'aéroport après s'être barré comme ça de Miami.

– Il était surpris que tu ne sois pas avec nous.

Je renifle sèchement, outrée.

– Qu'est-ce qu'il croyait ? Que j'allais lui sauter au cou après ce qu'il m'a fait ?

– Le problème, c'est qu'il n'a rien fait.

– Bien sûr que si. Il m'a laissée tomber pour se barrer avec la fille Melows.

– Il n'est pas parti avec elle. Il ne savait même pas qu'elle était dans le même avion que lui.

– Mais bien sûr que si, il a même pris lui-même les deux billets, assené-je, amère.

– Sarah, Hélias a juste dû partir en urgence. Le billet n'était pas pour Kimberley.

Mon cœur s'arrête un instant, mais je me reprends. Il est en train de m'embrouiller.

– Ce n'est pas vrai, sinon il m'aurait prévenue. La vérité, c'est qu'il s'est dégonflé une fois de plus, qu'il n'a pas voulu assumer ses sentiments.

– Il t'a laissé un mot avant de partir.

– « Je suis désolé », tu parles. Quel courage.

– Non, un autre mot. Celui-là n'était qu'un brouillon. Tu te souviens comme il était chiffonné ? Il avait écrit autre chose sur une page d'un bloc-notes de l'hôtel pour te prévenir.

Des images viennent aussitôt sournoisement voiler mon regard. Celles de feuilles s'envolant par la fenêtre alors que je pénétrais dans ma suite. *Non. Non non non.*

Ce n'est pas possible. Mon cœur se retourne et l'appréhension me comprime la poitrine.

– Me prévenir de quoi ?

J'aimerais qu'il se taise, qu'on retourne au cabinet, qu'on revienne en arrière. Je sens que ce qui va suivre va tout changer et je voudrais qu'il arrête avant de tout bouleverser, mais Gabriel poursuit :

– Hélias a dû quitter Miami précipitamment. Son père venait d'être hospitalisé suite à un malaise cardiaque. Il a passé des semaines en soins intensifs. Il vient juste de sortir du coma.

– Q… Quoi ? bredouillé-je, les jambes coupées.

– Heureusement, il est sorti d'affaire et il ne va pas trop mal. Un coup de chance, il n'a aucune séquelle. Hélias n'a pas fui de Miami, Sarah. Il a juste dû rentrer au plus vite en France. Il a même voulu que tu partes avec lui. Il avait pris ces deux billets pour vous deux mais nous avons trop traîné ce matin-là. Il a dû prendre l'avion sans toi.

J'écoute, interdite, à deux doigts de m'évanouir. Mon cerveau n'arrive pas à assimiler ce que Gabriel me dit, il bute sur les mots, il me repasse en boucle ses phrases. Parce que si ce qu'il annonce est vrai…

– Quand nous avons atterri à Roissy, il t'attendait avec un magnifique bouquet de roses. Et moi, je lui ai cassé la gueule car je croyais qu'il s'était foutu de toi, une fois de plus.

Ma salive s'épaissit au point que je n'arrive plus à déglutir. L'horrible quiproquo se dessine sous mes yeux exorbités. Ma poitrine se serre, j'ai du mal à respirer. Mes poumons refusent l'entrée de l'oxygène.

Gabriel poursuit, inconscient de mon malaise, me glaçant jusqu'aux os.

– Sarah, Hélias est désespéré. Il cherche à te joindre depuis des semaines pour tout t'expliquer.

C'est un cauchemar. Je bloque sur ses derniers mots, prenant peu à peu conscience de l'ampleur du désastre.

– Mais pourquoi tu ne m'as rien dit plus tôt ?

– Tu déconnes ! Ça fait un mois que je te cherche partout ! Bruno n'a pas desserré les dents jusqu'à ma démission, impossible de lui soutirer la moindre information. Je suis venu chez toi mais tu n'y étais pas.

Je détourne le regard, honteuse et affligée. Si je n'avais pas fui comme chaque fois, je l'aurais su. Gabriel martèle ses reproches et j'encaisse sans broncher.

– Et puis ne parlons pas de ton obstination à bloquer tous mes appels. Du grand Sarah ! Je croyais qu'on était meilleurs amis ? C'est comme ça que tu me traites ? Tu aurais dû me faire confiance, au lieu de prendre des décisions pour moi.

Je me sens tout à coup très mal. Mon cœur se met à battre si fort qu'il tambourine partout dans ma tête. Ma vue devient floue, mes oreilles sifflent comme si j'avais des acouphènes, et mon ventre se tord devant toute la méchanceté dont j'ai pu faire preuve ces derniers jours. J'ai repoussé mon ami le plus proche en décidant pour lui. J'ai rejeté l'amour de ma vie en lui prêtant des intentions qu'il n'avait pas, ne lui laissant même pas la possibilité de s'expliquer. J'imagine Philippe dans son lit d'hôpital, Hélias à son chevet, dans un état de stress extrême. Je sens la nausée me prendre. Je suis une horrible personne. La pire qui soit. Je n'arrive pas à chasser de ma tête tous les appels téléphoniques, les messages, les mails, les lettres. J'ai dû le rendre fou à tous les ignorer, alors qu'il avait clairement d'autres urgences. Si j'avais pris le temps d'en écouter ne serait-ce qu'un seul, si je n'avais pas décidé qu'Hélias n'était qu'un menteur et si j'avais cru en lui... Hélias a besoin de moi et je ne suis pas là au pire moment de sa vie. Plus encore, j'ai été totalement indifférente à sa douleur.

Mon Dieu, je suis un monstre.

– J'ai complètement merdé, bafouillé-je, les larmes aux yeux. Je suis horrible.

– Ne sois pas si dure avec toi, me console mon ami, me voyant au trente-sixième dessous. Il y a eu un mauvais concours de circonstances, c'est tout, et on ne peut pas dire qu'il avait tout fait pour que tu ne t'imagines pas n'importe quoi. Maintenant, à toi d'arranger les choses.

Je tente de ravaler un sanglot, cherchant désespérément quoi faire. L'appeler. Courir à l'hôpital pour me jeter à ses pieds. Le supplier de me pardonner. J'ai tellement honte que je ne sais pas comment réparer tout ça. Il est peut-être trop tard. Hélias ne voudra plus de moi. Quel homme voudrait d'une femme comme ça, égoïste et incapable de faire confiance ? Qui laisse tomber la personne qu'elle est censée aimer le plus au monde au moment où tout s'effondre pour elle ?

– Laisse-moi descendre. Je dois aller le voir tout de suite.

– Pas besoin, nous sommes bientôt arrivés. Je t'y emmène.

Mon regard s'embue de désespoir. Comment ai-je pu en arriver là ? Il ne voudra pas me parler. Il ne m'ouvrira même pas la porte, il me regardera avec dédain, avec dégoût.

Je ne comprends pas d'où vient le bruit insupportable qui résonne dans l'habitacle jusqu'à ce que Gabriel pose sa main sur mon genou, le regard alarmé.

– Ça va aller Sarah, respire !

Je suis incapable de remplir mes poumons d'air alors qu'Hélias agonise de mon silence depuis des semaines. Je suffoque, essaie de respirer, cale ma respiration sur celle de mon ami en suivant ses consignes. J'ai envie de hurler après Gabriel qui respecte les feux et les priorités. Je me retiens après un carrefour qui m'angoisse et manque de me faire craquer. Je n'ai plus une minute à perdre, je dois absolument le retrouver. J'attrape mon téléphone puis me ravise ; la moindre des choses, c'est de tout lui expliquer face à face, même si je dois subir ses foudres. Je n'aurai que ce que je mérite.

Je repense tout à coup au dernier message d'Hélias que je n'ai pas supprimé. Je m'empresse de l'écouter. L'oreille collée à mon smartphone, je frémis lorsque je reconnais sa voix déformée par un trémolo.

– Sarah, c'est encore moi. Je ne sais vraiment pas pourquoi tu ne veux pas m'écouter. Putain, je vis un enfer depuis des semaines. Mon père est dans le coma et toi tu joues la fille de l'air. Je ne peux pas le laisser, je ne peux pas te chercher, j'ai l'impression que je vais devenir dingue. Sarah, je t'aime, je ne sais pas ce que tu as cru mais tu as tout faux. Je ne sais plus quoi penser, quoi faire. Ça fait des semaines que je n'ai pas dormi. Je finis par me dire que je dois laisser tomber si c'est ce que tu veux. C'est ça, ce que tu veux, Sarah ? Que je renonce à nous, à toi, à la seule chose qui soit bien dans ma vie merdique ? C'est ça, hein ? Je suis timbré, je parle à une putain de messagerie. Bon, j'arrête tout, t'as gagné Sarah, c'est mon dernier appel…

Le message se coupe et je suis pétrifiée. Je lève les yeux alors que le véhicule s'arrête. Je reconnais aussitôt la façade de l'hôtel qui a abrité nos amours. Gabriel me lance un regard encourageant.

– Vas-y, il t'attend chambre 124.

– Il arrête tout, répété-je, au bord des larmes, submergée par le remords.

– Il est là pour toi, Sarah. File !

– Mais il va me rejeter…

– Bordel, Sarah, sois un peu courageuse ! L'amour, ça ne tombe pas tout cuit. Il faut aller le dénicher, alors fonce. Sois la Sarah des prétoires, celle qui est prête à tous les combats. Celui-là, tu ne dois pas le rater. C'est le bonheur au bout. Allez, ripe tes galoches !

Sonnée, j'ai du mal à réagir, même à me mouvoir. Les mots pleins de chagrin d'Hélias tournent en boucle dans ma tête. Je m'extirpe difficilement de la voiture et avance péniblement, les jambes en coton.

Je tremble de tout mon être, les larmes aux yeux. Qu'ai-je donc fait ?

Je passe devant la conciergerie et le type antipathique est toujours là. Comme chaque fois, il me détaille avec dédain. Je jette un coup d'œil sur mon jean maculé de peinture. Quelle allure. Il lève les yeux au plafond et c'est la goutte d'eau de trop.

– Les temps sont durs, je dois cumuler plusieurs petits boulots, lui craché-je, sarcastique. Vous ne cherchez pas une femme de ménage ? J'ai encore du temps à tuer entre quatre et sept heures du mat'.

L'employé hausse les épaules et retourne à la lecture de son livre tandis que je monte deux à deux les marches de l'escalier principal. Il est recouvert de l'un de ces gros tapis orientaux trop moelleux et je m'enlise un peu plus à chaque marche. À mesure que j'avance, j'ai l'horrible sensation que l'escalier s'allonge et que mon corps ne tiendra pas le coup jusqu'à la suite 124. La respiration sifflante, le cœur au bord de l'implosion, je crois que je ne serais pas plus mal si je filais vers la guillotine. Pas par peur d'Hélias, non. Par crainte de l'effroyable spectacle de la douleur que je lui ai fait endurer depuis Miami. Je ne sais pas si je pourrai supporter de le voir ainsi sans mourir de culpabilité.

Arrivée à l'étage, je me mets à courir comme s'il était au fond du couloir, se tenant à bout de bras en haut d'une falaise, les jambes dans le vide. Attendant à bout de forces que je daigne enfin venir le secourir. Je me rue comme une dingue jusqu'à la porte, à perdre haleine. Elle est entrouverte et je ne prends pas plus d'une inspiration avant de la pousser et de m'engouffrer dans la chambre, avançant vers mon destin.

CHAPITRE 72

HÉLIAS

Gabriel : Elle arrive.

Ces deux mots envahissent tout à coup l'écran de mon portable et me font l'effet d'un choc thermique. Je bouillonne depuis une heure dans cette chambre d'hôtel, ressassant le passé, les moments magiques que j'ai partagés avec Sarah entre ces quatre murs, mais aussi contenant la colère qui m'envahit chaque fois que je pense à ces dernières semaines, à sa façon de me tenir à l'écart, de me jeter de sa vie. Je me consume littéralement dans un mélange de lente décrépitude et de fureur dévastatrice.

Un mois maintenant que je n'ai plus de nouvelles, qu'elle me refuse toute attention. Je n'ai droit qu'à subir son ostracisme, sans un mot, sans une explication. Pas moyen de me défendre. Non, pour elle, je ne vaux rien, en tout cas moins que l'un de ses clients ; je n'ai même pas droit à un temps de parole.

Pour moi, pas de procès, pas de plaidoiries de défense. La sanction directe, la chute dans le néant comme si je n'avais jamais fait partie de sa vie.

La bile me brûle. J'ai la haine. Maintenant que mon père est sorti d'affaire, j'ai repris mes esprits. L'écorché vif prend la suite de la loque effondrée. J'ai envie d'en découdre. Elle ne veut plus de moi, OK, mais elle devra me le dire droit dans les yeux. Et si ce n'est pas le cas… Il ne sera pas question de pardon si facilement. Non. Sarah a dépassé les bornes. Elle s'est montrée froide et indifférente. Je ne partagerai pas ma vie avec une telle femme si elle ne s'en repent pas. Elle verra la douleur dans mon regard, celle qui m'a torturé durant tout ce temps.

Assis sur le lit, je me redresse comme un ressort pour aller m'installer vers la fenêtre, le plus loin possible de la porte d'entrée. Il faut que je garde la tête froide. Une impression de déjà-vu me fait frissonner : j'ai agi exactement de la même façon le jour de notre rencontre. J'étais angoissé, je ne savais pas si elle allait me plaire, si j'allais réussir à avoir envie d'elle. J'attendais comme un jouvenceau, la gorge serrée.

Aujourd'hui, j'ai tout aussi peur. D'elle ? Non. De moi. Je suis fatigué, éreinté de toutes ces semaines d'insomnie. Pourtant, je vais devoir livrer le combat de ma vie. Cette femme m'a mis à terre, mais je puiserai dans mes dernières forces pour remporter le duel. Je ne devrai pas céder un pouce de terrain. Je croise les bras et j'attends. J'entends des pas précipités dans le couloir et j'avale ma salive, tout à coup un peu plus nerveux. Je relève mes épaules, prends une profonde inspiration et braque mon regard furieux sur la porte d'entrée.

Le battant percute violemment le mur et je vois une silhouette se précipiter sur moi. J'ouvre la bouche mais son corps est déjà contre le mien, ses mèches blondes sous mon nez et ses bras tout autour de moi. J'essaie de résister. Je veux protester mais son parfum sucré, elle contre moi, son front tiède dans mon cou, ses mains plaquées dans le bas de mon dos, c'en est trop. Je m'enroule autour d'elle et je la serre aussi fort que je le peux. *Putain, elle est là. Sarah est là.* Dans mes bras. J'ai envie de pleurer. Je la serre davantage, au point de lui faire mal, mais elle ne se plaint pas. Elle enfouit son visage sous ma mâchoire et me dit dans un filet de voix :

– Je t'aime, Hélias. Je t'en supplie, pardonne-moi, mon amour. J'ai été si stupide.

Mon corps s'affaisse, libérant toutes les tensions engrangées depuis des jours. Mon cœur s'emballe encore un peu plus. Tout l'air vicié de mes poumons s'échappe dans un hoquet libérateur, comme si je pouvais enfin respirer. Elle lève son beau visage vers moi et je fonds en croisant son regard abattu. Ses yeux cristallins me transpercent et je vois bien que ce qu'elle lit lui brise le cœur. Sa main sur ma joue, elle me fixe avant de se mettre à pleurer.

– Mon Dieu, tu as l'air si fatigué…

– Je… je ne voulais pas partir sans toi, Sarah, mais mon père avait besoin de moi.

– Je sais, mon amour. Tout est de ma faute.

Ses mains tremblantes me parcourent comme si elle faisait le tour des dégâts. Mes cernes sombres, ma pommette encore un peu jaunie, mes joues creuses, ma barbe trop longue. Je frissonne à mesure qu'elle progresse sans un mot, avec un air affligé.

– Qu'est-ce que j'ai fait…, sanglote-t-elle, la voix brisée. J'aurais dû être là pour t'aider à supporter tout ça, j'aurais dû être là pour t'épauler, pour te soutenir… J'ai été si stupide !

Je la laisse parler. Je n'arriverai pas à dire le moindre mot. Je suis si ému d'être enfin avec elle ; je n'ai pas résisté longtemps. Mes mains s'accrochent à ses hanches, je ne veux plus la lâcher. Je crois que je pourrais tomber à terre si elle s'éloignait maintenant de moi. Je me savais meurtri de son absence, mais la voir là devant moi me fait comprendre combien j'ai souffert d'un terrible manque d'elle, comme si on m'avait privé d'un organe vital.

– Oh, Sarah, j'ai cru que je ne te reverrais jamais.

Un sanglot dans la voix, j'attrape son cou de mes deux mains. Elle croise mon regard et des larmes s'échappent de ses yeux clairs troublés. Je pose mes lèvres sur les siennes avec la hâte d'un homme au bord de l'asphyxie et lorsque je sens la fraîcheur de son haleine m'envahir, je gémis. Ma bouche contre la sienne, j'ai mal à en mourir. Sans elle, j'étais dans l'entre-deux mondes ; pas totalement passé à trépas, mais plus vraiment parmi les vivants non plus. Mais maintenant elle est là, son corps chaud contre le mien, ses mains s'agrippant à mon dos et ses lèvres s'offrant sans résistance. Elle est à moi comme elle n'aurait jamais dû cesser de l'être.

Mon baiser raconte à ma place ce que j'ai dû endurer loin d'elle. Il se fait désespoir avant de redevenir passion. Colère avant tendresse. Mais peu à peu, son étreinte se fait si amoureuse, ses lèvres si douces que mon chagrin s'apaise, ma rancœur se dissipe pour ne laisser place qu'à l'amour, celui que je ressens pour elle, tellement fort et puissant qu'il a balayé tout ce que j'étais pour me laisser à nu, prêt à n'être que nous pour le reste de nos vies.

Elle se hisse sur la pointe des pieds et s'accroche à mon cou, me terrassant d'un seul petit sourire contrit. Je plisse les yeux de bonheur lorsque sa langue s'enroule autour de la mienne et qu'elle laisse échapper un petit gémissement plaintif. Mes mains passent sous ses fesses et je la soulève pour l'avoir encore plus près de moi. Son baiser langoureux me fait aussitôt planer et j'oublie pendant quelques secondes tout ce qui a pu se passer entre nous ce dernier mois.

Oui, je m'en fous. Tout ce qui compte, c'est qu'elle soit là maintenant. Dans mes bras. Tout à moi.

***

SARAH

Je me retiens de hurler de colère. Il est faible, amaigri, épuisé, il semble s'accrocher à moi comme à un réverbère en pleine tempête. Il me tient si fort que j'en perdrais presque connaissance. Tant pis, je suis prête à tout subir pour être là où je suis, près de lui. On s'enlace, on se nourrit des regards de l'autre, on se retrouve même si j'ai le sentiment affreux que cet épisode laissera des traces. Tout était si beau et si léger entre nous ; l'insouciance a laissé place à la douleur et à la culpabilité. Je ne me pardonnerai jamais ce que je lui ai fait.

Je le caresse, je l'embrasse, je le réconforte, lui se contente de s'accrocher à moi, très fort, presque tétanisé. Comme s'il craignait que je disparaisse de nouveau.

– Pardon, pardon mon amour.

Ses yeux scintillent. C'est la seule chose qui brille encore chez lui. Sa peau a revêtu une étrange pâleur, ses cheveux sont devenus ternes. Il me foudroie d'un regard désappointé. Je l'étreins avec amour en m'accrochant à ses épaules, tantôt prenant son visage entre mes mains pour l'embrasser, tantôt le serrant contre moi pour lui souffler des mots doux. Il répond à mes baisers avec ferveur mais aussi avec une note de désespoir. Je ne le laisse pas réfléchir, je le noie sous mes lèvres. Il gémit avant de lâcher quelques mots :

– Ne me refais plus jamais ça.

Sa voix se brise et mon cœur s'effrite. Je m'accroche à son cou, mes doigts caressant tendrement sa nuque. Il frissonne et m'embrasse avec une telle intensité que j'en perds l'équilibre. Ses mains me pressent encore plus fort contre lui, s'emparent de mes fesses. Un bref instant, je retrouve mon bel amant fougueux, celui qui me faisait tourner la tête avec un seul de ses baisers fabuleux. Je capture son regard qui jusque-là se faisait furtif et il s'arrête, hypnotisé. Je me perds dans ses beaux yeux bleu-vert d'une douceur infinie, je l'observe tendrement et mon cœur joue un air de *tam tam* dont la cadence s'accélère à mesure qu'Hélias esquisse son sublime sourire. Je rougis et il se met à rire doucement, caressant l'une de mes pommettes. Je sais qu'il aime me voir m'empourprer à ses regards, découvrir mon corps réagir à la moindre de ses attentions, me sentir le désirer à ma façon de devenir nerveuse et impatiente. Il dépose délicatement ses lèvres sur les miennes mais je me jette très vite sur lui, affamée.

– Ma Sarah, susurre-t-il en promenant ses doigts le long de mes flancs.

Mon baiser se fait langoureux, le sien torride. Nos corps s'animent, nos respirations se font bruyantes. Je fourrage dans ses cheveux tout en l'embrassant sauvagement. J'aime tellement le goût de sa bouche, sa langue avide, cette façon qu'il a de mordiller mes lèvres. Je me love si près que nos peaux se confondent. Je sens son désir contre moi, mes mains partent à l'assaut de ses pectoraux, de ses abdominaux. Je le veux, tout mon être le réclame.

J'attrape sa main et le tire à ma suite vers le lit. Ses yeux étincellent d'envie, vibrant, grognant devant l'espace qui s'est de nouveau créé entre nous. Il se laisse emmener sur quelques pas mais se fige bien vite, le visage fermé.

– Pas ici, plus jamais. Je ne veux plus de ça.

Je refuse de l'écouter. J'insiste en attrapant son cou pour le ramener à moi. Il dévore de nouveau mes lèvres avec voracité mais alors que mon corps l'embarque sournoisement vers le lit, il se braque et s'arrache à moi.

– Pas ici, Sarah. Je ne veux pas.

– Pourquoi ?

Il me prend par la taille, m'oblige à le regarder dans les yeux. Son regard brille d'une si belle lueur que mon corps crépite contre lui et que mon âme danse le tango.

– Je ne veux plus faire l'amour avec toi ici, dans cette chambre, explique-t-il en regardant tout autour de lui. Tout ça, c'est fini. Tout était basé sur des mensonges.

J'ouvre les yeux en grand, observant la pièce autour de moi, me rappelant tous les moments que nous avons partagés ici. Notre histoire, notre vie, sera à jamais marquée par une imposture. La mienne. Il a raison, ce lieu est à l'origine de beaucoup de souvenirs douloureux, peut-être trop.

– J'ai gâché notre rencontre, me lamenté-je en enfouissant mon visage dans son cou. Tout aurait été différent si je m'étais contentée de te transmettre le message.

– C'est clair que je ne t'aurais pas sauté dessus, sourit-il.

Je relève la tête, notant son changement d'humeur.

– Tu m'aurais laissée partir ?

– Oui.

Je le fixe tristement.

– Enfin, peut-être pas, reprend-il, amusé. Je t'aurais probablement demandé si tu étais une de ses collègues.

– Et si j'avais dit oui ?

– Belle comme tu es et vu combien tu m'as plu au premier regard, j'aurais tenté ma chance. Je me serais approché et j'aurais pris une légère inspiration dans ton cou, juste là, chuchote-t-il en effleurant le creux de mon épaule.

Ma peau frissonne et je rougis, intimidée comme à notre première rencontre.

– Comme ça ? Sans me demander l'autorisation ?

– Oui, comme ça. J'étais attiré comme un aimant ce jour-là… et encore maintenant.

Je glousse, gênée. Il n'était pas le seul… Il ne l'est toujours pas.

– J’aurais adoré ton parfum car ta peau sent si bon, susurre-t-il en posant délicatement ses doigts sur l’arête de mon menton. J’aurais goûté tes lèvres et j’aurais adoré.

Il mordille ma lèvre inférieure avant de l’aspirer.

– J’aime tellement ta bouche. Tes baisers me rendent dingue.

Il écrase la sienne contre la mienne, me faisant suffoquer. Pour reprendre mes esprits et chasser cette brûlure lancinante au creux de mes cuisses, je reprends :

– Et si j’avais répondu que Véra était ma secrétaire ?

– J’aurais été un peu déconcerté et je t’aurais demandé ce que tu faisais.

– J’aurais répondu avocate à la Cour de Paris.

Il fait un pas en arrière.

– J’aurais eu un mouvement de recul car je déteste les avocats.

J’éclate de rire. Il sourit, fixant ma bouche avec avidité.

– J’aime ton rire, il me rend heureux. Il a quelque chose de magique.

Je rosis encore un peu plus.

– Je crois que j’aurais bravé ma phobie des avocats, tout compte fait, poursuit-il. Peut-être que ça m’aurait même excité davantage de m’en taper une petite.

– Davantage ? le raillé-je. J’ai souvenir que ton pantalon était déjà sur le point de craquer.

Il se marre et avance vers moi, mordillant sa lèvre, me faisant reculer contre le mur. J'attrape le col de son blouson et le tire à moi.

– Finalement, pourquoi changer notre rencontre, elle était parfaite, murmure-t-il en caressant ma gorge puis en glissant ses doigts sur un de mes seins.

J'inspire, tremblante de désir. Hélias résiste.

– Pas ici, plus ici, insiste-t-il lentement tout en continuant à malaxer mon sein et en promenant ses lèvres le long de ma gorge.

– Pourquoi sommes-nous dans cette chambre, alors ?

Il se redresse, redevient tout à coup sérieux, une évidence dans les yeux.

– Parce que dans cette chambre, tu m'as donné ta confiance. Tu ne me connaissais pas, tu ne savais rien de moi, et pourtant tu m'as tout donné, ce que tu avais de plus intime. J'ai pensé que si nous revenions ici, tu voudrais bien enfin m'écouter et peut-être me faire de nouveau confiance.

Je le scrute, émue et les yeux baignés de larmes. Il espère regagner ma confiance alors que c'est moi qui l'ai abandonné au pire moment, sans lui accorder une once de crédit, malgré tous les changements que j'avais perçus en lui. Il me met sur un piédestal, et je pense que je ne l'ai jamais aussi peu mérité. Après tout ce qui s'est passé, il pense encore devoir me convaincre ? Cet homme est incroyable. Et puisque lui a le courage d'aller de l'avant, de me pardonner et de croire en nous, je jure qu'à partir de maintenant, je ferai tout pour en être digne, quoi qu'il arrive.

– Je te promets que ce sera toujours le cas à l'avenir. Je me suis laissée entraîner par mon manque de confiance en moi. J'ai eu beaucoup de mal à croire qu'un homme comme toi pouvait s'intéresser à moi.

– Mais Sarah, je ne *m'intéresse* pas seulement à toi. Je t'aime, je t'aime comme un fou ! Tu es tout pour moi. J'ai voulu lutter contre ça mais je niais l'évidence. Ce qui se passe entre toi et moi, c'est tellement flagrant ! C'était probablement écrit quelque part. Comment pourrait-il en être autrement avec une rencontre pareille ?

Je souris en repensant à ce jour où je suis entrée dans cette chambre, à l'instant où j'ai croisé son regard, où j'ai voulu être à lui. Ce moment complètement dingue où j'ai eu le sentiment presque immédiat d'avoir enfin rencontré mon âme sœur, l'homme de ma vie. C'est bien la première fois que j'ai été clairvoyante en amour. *Parce qu'il est le bon. J'en suis sûre, maintenant.*

– Sarah, aujourd'hui, je veux plus. Je veux tout. Je veux vivre avec toi, je veux me marier avec toi, je veux des enfants de toi, je veux me chamailler, je veux me réconcilier, je veux vieillir à tes côtés. Je veux vivre enfin ma vie, ne plus être un lâche, la vivre à cent à l'heure. Profiter de l'instant, de tous les instants avec toi.

– Pour quelqu'un qui ne voulait pas aimer…

– Pour quelqu'un qui ne pensait pas être aimée…

Je ris doucement, vaincue. Il a raison.

– Et maintenant, tu veux faire des bébés ?

– Plein, et tout de suite.

– Tout de suite ?

– Pourquoi pas, finalement, répond-il avec son sourire séducteur tout en regardant le lit.

– C'est une demande en mariage ?

– Non, rétorque-t-il brusquement.

– Ah, je me disais bien…

– Entendons-nous bien, je veux t'épouser, mais je te ferai une vraie demande en mariage avec la bague, les fleurs, les bougies et tout, précise-t-il tout à coup, un peu timide.

– Celle-là était pourtant parfaite, m'amusé-je.

– Oui mais je veux plus… Pour toi, je veux plus.

Mon cœur déborde. Je prends enfin conscience de ce qu'il m'offre, de l'amour qu'il me donne, sans restriction. C'est beaucoup, c'est incroyable. Je me sens tout à coup dépassée, et en même temps incroyablement sereine ; avec lui, je pourrai faire face à tout, n'importe quoi.

– Mais si ça avait été une vraie demande en mariage, tu aurais répondu quoi ? demande-t-il tout à coup.

– Je n'en sais rien, il aurait fallu que j'y réfléchisse. Ce n'est pas une décision qu'on prend à la légère.

Je le vois encaisser, déçu. Il faut dire qu'il a retourné sa veste un peu rapidement, tout à l'heure, je peux bien le bouder cinq secondes. Il jette un regard autour de nous pour m'empêcher de voir sa réaction.

– Mais ce n'était pas une demande en mariage…

– Non, heureusement, réplique-t-il, cinglant.

Je le regarde tendrement. Il est vexé, mais il s'en remettra.

– Tu n'as pas peur de perdre aux échecs tout le reste de ton existence ?

– Tu es nulle aux échecs, se marre-t-il en me narguant.

– Ce n'est pas vrai. La dernière fois, j'ai gagné.

– Je t'ai laissée gagner.

– Oh le menteur !

– Et toi, tu n'as pas peur de vivre le reste de ton existence avec un macho, madame MLF ? me provoque-t-il.

– Toi, tu as parlé avec Gabriel.

– Si peu, juste le temps d'une garde à vue.

– Je te materai tout comme lui.

– Tu peux rêver, je suis un mec avec tout le package.

– Le package ? Avec les gants en silicone pour la vaisselle ?

– Non, ma testostérone, mes poils et même mes chaussettes qui puent après une séance de sport. Pour la vaisselle, j'ai un lave-vaisselle.

J'éclate de rire et il sourit, fier de sa sortie.

– Tu changeras les couches de toute ta marmaille, le menacé-je.

– J'emploierai une nurse. Mais du coup, tu sortiras les poubelles ?

– Certainement pas, j'ai horreur de ça.

– Tu feras la peinture ? continue-t-il en baissant les yeux sur mon pantalon recouvert de taches. Et tout le bricolage ? Ma maison est très ancienne, il y a toujours un truc à réparer.

– Je suis nulle en bricolage. Je suis nulle en ménage aussi et selon ma cousine Agathe, je ne suis pas très douée avec les enfants.

– Quel parti ! Tu fais bien la cuisine, c'est déjà ça. À moins que tu ne saches faire que les tartes tatin ?

– Je te rassure, je sais faire d'autres desserts.

– Ouf ! Bon…, lance-t-il en faisant celui qui réfléchit. Dans un lit, tu ne te défends pas trop mal. Du coup, je veux bien te garder.

Je lui donne une tape dans le ventre en lui faisant les gros yeux.

– Dans un lit, j'assure grave.

– Ah bon ? Viens donc voir que je vérifie ça, lance-t-il en me tirant vers le lit tout en effleurant mes lèvres avec sa bouche pour me faire perdre la tête.

Je le pousse sur le matelas et grimpe aussitôt sur lui. Dans un mouvement brusque, il me retourne et me susurre, les lèvres déjà posées sur ma gorge.

– Ma douce et volcanique Sarah.

– Je croyais que tu ne voulais pas me faire l'amour dans cette chambre.

Il se redresse pour me regarder, tout sourire :

– Il n'y a que les imbéciles qui ne changent pas d'avis. Et c'est l'une de mes prérogatives de mec.

– Q… quoi ? m'étranglé-je.

– De choisir où et quand on fait l'amour.

– Mais tu rêves, mon ami ! m'exclamé-je en me remettant face à lui.

Il rit aux éclats alors que je lui laboure le bassin en lui grimpant dessus sans grâce.

– Je vais tuer Gabriel. Qu'a-t-il fait de mon Hélias ?

Il continue de ricaner, détendu comme jamais. Je me fige, émerveillée par sa façon de rire la bouche ouverte, le regard lumineux. Au bout de quelques secondes, il s'arrête sans pour autant se départir de son sourire. Je le contemple, magnifique, aussi beau à l'extérieur qu'à l'intérieur. J'aime cet homme plus que tout. C'est mon âme sœur.

– Oui, me contenté-je de dire alors qu'il plonge dans mon regard.

– Oui ?

Je vois une étincelle traverser ses yeux. Il hausse les sourcils, soufflé.

– Oui ? répète-t-il.

Je me penche vers lui et effleure ses lèvres rosies, naviguant dans ses yeux d'un vert scintillant.

– Oui.

Ses mains s'amarrent à mes joues et sa bouche déjà sur mes lèvres, il m'avoue :

– Ça tombe bien, parce que c'était ma vraie demande…

REMERCIEMENTS

De cancans autour d'un café naissent souvent de bonnes histoires. C'est fou ce que l'imagination peut faire d'un tout petit truc. *Coupable ! I Love You* est le fruit d'un potin entre collègues un lundi matin autour de la cafetière. Une histoire rocambolesque. Une collègue intrigante, toujours tirée à quatre épingles, des conversations téléphoniques à la voix suave, des rendez-vous mystérieux entre midi et deux, il n'en fallait pas plus pour créer une légende urbaine et le personnage de Véra.

Un défi qu'on m'a lancé, à moi, l'auteure de romances, que j'ai bien évidemment relevé avec plaisir, et voilà comment est née l'histoire d'amour entre Sarah et Hélias.

Écrire un roman à deux voix était une expérience nouvelle et très enrichissante car il me fallait entrer dans la tête d'un homme et le faire suffisamment bien pour être crédible. Ces petites choses ont des façons de penser bien à elles, et nous, nous avons des *a priori* trop faciles dans lesquels je ne souhaitais pas sombrer. Pour cela, je remercie mon mari d'avoir su être un excellent censeur et un parfait ambassadeur de la gent masculine. Avec lui les gars, vous pouviez dormir tranquilles. Pour nous les filles, heureusement, il n'a pas lu tout le livre et j'ai quand même pu me laisser aller à quelques traits plus forcés sur certains de mes personnages secondaires. Il fallait bien rire un peu de cette moitié de l'humanité, non ?

Coupable ! I Love You a connu une première aventure en auto-édition grâce à la plateforme Stories by Fyctia. Une belle rencontre avec les lectrices qui m'a donné beaucoup de joies et m'a permis de poursuivre mon voyage après la parution de *Camilove*. Ce roman n'aurait pas vu le jour sans le concours fabuleux de toutes les lectrices de Fyctia et Wattpad qui me sont fidèles depuis plusieurs années maintenant. Merci de tout cœur d'être toujours là pour moi, de prendre le temps de venir me lire et de commenter avec autant de bienveillance mes romans. À celles plus mordantes, merci de m'avoir tourmentée et de m'avoir ainsi permis de faire progresser mon texte dans le bon sens. Je ne croyais pas rejoindre un jour l'incroyable équipe d'auteurs de chez Hugo Publishing qui me font rêver depuis des années grâce à leurs histoires fabuleuses. J'ai tellement adoré lire les romans d'Elle Séveno, de C. S. Quill et de Laura S. Wild. Je ne pensais pas avoir le plaisir de rejoindre mes copines de concours Fyctia, Mo Gadarr, Maloria

Cassis et Marjy Nomane. Alors quand Marie, mon éditrice, m'a appelée pour me proposer de publier *Coupable ! I Love You* chez Hugo Poche, je suis restée sans voix. Heureuse, fabuleusement heureuse car j'ai tellement mis de cœur à écrire ce roman que c'était une fabuleuse récompense pour tout ce travail. J'ai relevé mes manches et, guidée par les précieux conseils de Marie, je vous propose une version retravaillée qui, je l'espère, vous plaira encore plus.

Un grand merci à mes deux bêta-lectrices, Anne-Laure et Aure, deux filles en « aure » qui ont fait un travail fabuleux sur la première version. Vous m'avez torturée sur ce roman. J'espère que le résultat sera à la hauteur de vos attentes. À toi Anne-Laure, merci d'être toujours là pour me soutenir dans mes choix et de me donner de si judicieux conseils lorsque je me perds dans mes mille et une fins. Merci d'être celle qui me pousse à aller de l'avant lorsque je joue l'écrivaine torturée. Merci pour ton émotion lorsque tu tiens mes livres dans tes mains. Merci, merci. À Aure, merci de t'être laissée embarquer dans cette nouvelle aventure malgré tes interrogations du départ.

Il est vrai que j'ai beaucoup douté sur ce livre d'un nouveau genre pour moi. Plus noir, plus triste… je me suis un peu éloignée de mon style de prédilection mais je suis contente d'avoir fait un tel voyage.

Merci à Lia Flandey de m'avoir reboostée lorsque mes incertitudes sur cette histoire me paralysaient.

Merci aux copinautes Aure, Sfans, Maloria, Marjy, Alexia, Sybelline, Lilly, Jeanne, Sylvie, Manon, Élise, Valérie, Anaïs, JR, Gaëlle, Caro, Haley et Petit Lu, et à toutes celles et tous ceux qui sont venus me soutenir sur Fyctia.

Merci à mes collègues Donzélica, Malika, Sandrine, Christèle, Laure, Pierre-Louis, Denis, Évelyne, Christophe, Jeffry pour vos votes sur Fyctia et vos bonnes idées. Lequel de vous inspirera mon prochain roman ? Hé hé, tremblez les gars (oui, oui, les gars, car j'en ai deux dans le collimateur et ils se reconnaîtront, hi hi hi).

Merci à toutes les chroniqueuses qui se sont penchées sur la première version de ce roman et qui m'ont beaucoup soutenue : Notre Passion au fil des pages, Breti_book, LillyUnLivre, ludi_book, Les Lectures de Céline, Les Plumes ensorceleuses, Cosmebook, Ivre de mots, les Lectures de Mumu, les Magiciennes des mots, Le Coin des Auteurs, Feiza Taouzia, Lou des Bois, Voyageons avec les livres, Mes critiques littéraires, Petites discussions entre amis, Les Amoureux des lettres, New readings & coco, Les Lectures de Kleo, Le Petit Cahier d'Angéline, etc.

Merci à toute l'équipe Fyctia sans qui toute cette aventure n'existerait pas, plus particulièrement à Camille, pour mon aventure Stories by Fyctia, et à Marie pour ce nouveau voyage chez Hugo Poche.

Merci de donner leur chance à nos histoires. À toi, Marie, merci de me guider avec bienveillance et tant de professionnalisme. J'ai adoré me creuser les méninges pour répondre à tes retours éditoriaux. Voilà pourquoi je rêvais d'être accompagnée par une maison d'édition, pour ne plus être seule devant mes hésitations. Merci, merci.

Merci à ma famille d'être toujours là pour moi, d'être un précieux soutien chaque jour. À mon amour, merci de me supporter lorsque je suis aux prises de la création, dans la lune et moins à nous. Merci à mes loulous de me laisser écrire au détriment parfois de moments passés ensemble. Je vous aime plus que tout. Merci à maman pour cette petite étincelle dans le regard lorsque je te parle de mes projets. Encore un nouveau livre dans ta bibliothèque que tu pourras enfin trouver chez ton libraire.

Merci enfin à la vie, à l'amour qui m'inspire tant !

Composition et mise en pages
Nord Compo à Villeneuve-d'Ascq